TOUTES les matières

1re

SPÉCIALITÉS
SC. HUMAINES

Objectif BAC

Humanités, littérature et philosophie
Laurence TEPER

Langues, littératures et cultures étrangères
Anglais
Caroline GARNIER
Espagnol
Michaël SALAÜN
Allemand
Véronique VEYRIER-MILAN

Histoire-géographie, géopolitique et sciences politiques
Vincent ADOUMIÉ

Français
Isabelle de LISLE

Histoire-Géographie
Arnaud LÉONARD

Anglais
Caroline GARNIER

Espagnol
Michaël SALAÜN

Allemand
Véronique VEYRIER-MILAN

Enseignement scientifique
Nathalie THAU
Pierre BINZ
Sébastien DESSAINT

Mathématiques
Éric BARBAZO
Nadine BILLA

hachette
ÉDUCATION

Découvrez les œuvres au programme du Bac de français, avec les titres de notre collection

BiBLiO LYCÉE

NOUVEAU BAC

Toutes les clés pour réussir votre BAC !

- **Le texte de l'œuvre** clarifié grâce à de nombreuses notes explicatives.
- **Des questionnaires** de préparation à l'oral du Bac.
- **La biographie** de l'auteur.
- **Le contexte historique, artistique et culturel** d'écriture de l'œuvre.
- **La genèse** de l'œuvre.
- **Le genre** de l'œuvre.
- **Un groupement de textes** sur le parcours associé à l'œuvre.
- **Un dossier SPÉCIAL BAC** proposant des sujets d'écrit et d'oral corrigés, avec des conseils de méthode.

hachette ÉDUCATION

ISBN 978-2-01-722596-6

www.parascolaire.hachette-education.com

Sommaire

ENSEIGNEMENTS DE SPÉCIALITÉ

ENSEIGNEMENTS COMMUNS

Crédits photographiques

PARTIE HUMANITÉS, LITTÉRATURE ET PHILOSOPHIE

Sauf mention contraire ci-après, tous les documents sont crédités : © Photothèque Hachette. **P. 10 :** © shutterstock/FineShine ; **pp. 20, 33 (b), 94, 100 (h) :** © akg-images ; **p. 26 :** © shutterstock/Morphart Creation ; **pp. 45, 91, 93 :** Rousseau, Rabelais et Montaigne © shutterstock ; **pp. 48, 54 (b), 63 :** © National Gallery of Art, Washington ; **p. 54 :** Statue © shutterstock/Millionstock ; **p. 55 :** © Tallandier/ Bridgeman Images ; **p. 61 :** © shutterstock/Everett Historical ; **p. 71 :** © shutterstock/Georgios Kollidas ; **p. 77 :** © shutterstock/steve estvanik ; **p. 82 :** dessin © Alicia Dassonville ; Tableau de Masaccio © akg-images/Eric Lessing ; **p. 83 :** © akg-images/Rabatti & Domingie ; **p. 84 :** © Heritage Images/Fine Art Images/akg-images ; **p. 99 :** akg-images/MPortfolio/Electa.

PARTIE LANGUES, LITTÉRATURES ET CULTURES ÉTRANGÈRES

Sauf mention contraire ci-après, tous les documents sont crédités : © Photothèque Hachette.
pp. 102, 108, 131, 134, 137 : © shutterstock/Everett Historical ; **p. 105 :** © Lebrecht Authors/Bridgeman Images ; **pp. 106, 150, 170 (b), 171 :** © National Gallery of Art, Washington ; **p. 107 :** © shutterstock/AndreaRaffin ; **p. 111 :** © akg-images/Album/Paramount Pictures ; **p. 113 :** © shutterstock/Everett Collection ; **p. 114 :** © shuttertock/Georgios Kollidas ; **p. 115 :** © Bridgeman Images ; **pp. 116, 123 :** © shutterstock/Featureflash Photo Agency ; **p. 118 :** © shutterstock/Kathy Hutchins ; **p. 132 :** © akg-images/Universal Images Group/Underwood Archives; **p. 135 :** illustration © akg/North Wind Pictures Archives ; **p. 138 :** © akg-images/ullstein bild ; **p. 139 :** © shutterstock/ MarleneVD ; **p. 143 :** © akg-images/World History Archive ; **p. 147 :** © akg-images/Album/Joseph Martin ; **p. 149 :** © akg-images/Album/ Oronoz ; **p. 151 :** Botero © shutterstock/Prometheus72 ; Boqueria © shutterstock/NoyanYalcin ; **p. 152 :** carte © shutterstock/The hope ; **p. 154 :** © shutterstock/Melanie Lemahieu ; **p. 156 :** © shutterstock/Vlad G ; **p. 157 :** © shutterstock/joserpizarro ; **p. 158 :** © Heritage Images/Index/akg-images ; **p. 160 :** hg © shutterstock/imagestockdesign ; hd © shutterstock/MindStorm ; m © shutterstock/criben ; b © shutterstock/meunierd ; **p. 161 :** © shutterstock/EvijaF ; **p. 163 :** © akg-images/TT News Agency / SVT ; **p. 164 :** h © shutterstock/AGCuesta ; m © shutterstock/Dina Julayeva ; b © Disney ; **en ligne : p. 167 :** © akg-images ; **p. 168 :** © shutterstock/Discoverinf Destination ; **p. 169 :** © akg-images/De Agostini Picture Lib./A. Dagli Orti ; **p. 170 :** h © Heritage Images/Historik Bildbyra/Mustang Media/akg-images ; **p. 173 :** © akg-images/De Agostini Picture Lib. ; **p. 175 :** © shutterstock/Everett-Art ; **p. 182 :** g © shutterstock/Bill Perry ; d © shutterstock/Massimo Sati.

PARTIE HISTOIRE, GÉOGRAPHIE, GÉOPOLITIQUE, SCIENCES POLITIQUES

Cartographie : Domino et Hachette Éducation. **Schéma :** Médiamax.
P. 181 : illustration de Howard Pyle © North Wind Pictures/Leemage ; **p. 182 :** extrait du film documentaire « Salvador Allende » de Patricio Guzman, 2004 © Farabola/Leemage ; **p. 185 :** © Gerald Bloncourt/RDA/Leemage ; **p. 189 :** © AFP ; **p. 193 :** miniature. Museo Navale, Genes © Luisa Ricciarini/Leemage ; **p. 195 :** discours de Vladimir Poutine à Moscou, le 7 juillet 2011 © ITAR-TASS/UIG/Leemage ; **p. 215 :** garde-frontière nord-coréen à la frontière entre les deux Corées, 2002 © Sovfoto/UIG/Leemage ; **p. 216 :** invasion de la Pologne. L'armée allemande retire les barrières délimitant les frontieres entre l'Allemagne et la Pologne, septembre 1939 © MP/Leemage ; **p. 227 :** le toit d'une maison à Tananarive, Madagascar © Godong/Leemage ; **p. 228 :** les presses rotatives Marinoni à l'exposition universelle de Paris, 1889 « Revue de l'Exposition Universelle » © DeAgostini/Leemage ; **p. 235 :** première page du journal «L'Aurore» du 13 janvier 1898 © Bridgemanimages/Leemage ; **p. 235 :** caricature de Caran d'Ache (Emmanuel Poire 1859-1909) montrant une famille divisée autour de l'affaire Dreyfus dans Le Figaro du 14 février 1898 © Gusman/Leemage ; **p. 236 :** télescripteur de bagence Havas, gravure, 1895 © Abecasis/Leemage ; **p. 239 :** Nick Ut, Associated Press, parue le 12 juin 1972 dans le New York Times D.R. ; **p. 244 :** Charles Maurras (1868-1952) © Selva/Leemage ; **p. 249 :** denier en argent à l'effigie de Charlemagne, frappé à Mayence vers 812. Paris Musée du Cabinet des Médailles de la Bibliothèque National de France © DeAgostini/Leemage ; **p. 250 :** Solidus de Léon VI le Sage, pièce d'or byzantine, Musée Benaki, Athènes © FineArtImages/Leemage ; **p. 251 :** Photothèque Hachette ; **p. 253 :** photographie v. 1930. Ankara, Turkish Historical Society. Turquie © Luisa Ricciarini/Leemage.

PARTIE FRANÇAIS

Sauf mention contraire ci-après, tous les portraits d'auteurs et les documents sont crédités : © Photothèque Hachette ; **p. 311 (La Bruyère), 337 (b) :** © National Gallery of Art, Washington ; **p. 295 :** © shutterstock/Everett – Art ; **p. 297 :** Eluard © Collection Dupondt/akg-images ; Bonnefoy © akg-images/Marion Kalter ; Jaccottet/Photo © Louis Monier/Bridgeman Images ; Tableau de Delaunay © akg-images ; **p. 308 :** Rabelais et Montaigne © shutterstock ; Colomb © shutterstock/Everett historical ; **pp. 310, 312 :** Érasme et D'Alembert © shutterstock/Georgios Kollidas ; **pp. 302, 324 :** Voltaire, Diderot et Rousseau © shutterstock ; **p. 310 :** © shutterstock ; **p. 312 :** collection privée © FineArtImages/Leemage ; **p. 329 :** Yourcenar © PVDE/Bridgeman Images ; **p. 331 :** Photo © Mario Dondero / Bridgeman Images ; **p. 336 :** Eschyle © Eric Vandeville/akg-images ; **p. 337 :** Molière © shutterstock ; **p. 341 :** Hernani © akg-images/Erich Lessing ; **p. 343 :** Beckett © akg-images/Pictures From History ; **en ligne :** Francis Ponge © Louis Monier / Bridgeman Images ; Hélène Dorion © Louis Monier / Bridgeman Images ; Olympe de Gouges – Collection privée © Fine Artimages / Leemage ; Jean-Luc Lagarce © Michel.

PARTIE HISTOIRE-GÉOGRAPHIE

P. 349 : caricatures révolutionnaires, D.R. ; **p. 354 :** Le Serment du Jeu de Paume © Photothèque Hachette ; **p. 356 :** Scène des massacres de Scio © RMN-Grand Palais (musée du Louvre) / Stéphane Maréchalle / Adrien Didierjean ; **p. 358 :** Le vote ou le fusil © Photothèque Hachette ; **p. 359 :** Allégorie de l'abolition de l'esclavage à La Réunion, 20 décembre 1848. © musée du quai Branly – Jacques Chirac, Dist. RMN-Grand Palais / Claude Germain ; **p. 360 :** L'arrestation de Louise Michel (pendant la Commune). © Saint-Denis, musée d'art et d'histoire / © Bridgeman Images/Leemage ; **p. 362 :** Napoléon III remettant au baron Haussmann le décret d'annexion des communes limitrophes. © Musée Carnavalet / Dist. RMN Grand Palais ; **p. 363 :** Le marteau-pilon, forges et aciéries de Saint-Chamond. © Ecomusée du Creusot-Montceau, CUCM, service écomusée, cliché D. Busseuil ; **p. 364 :** Carte Domino ; **p. 365 :** Carte Domino ; **p. 367 :** © Leemage ; **p. 368 :** D.R. **Cartes :** Domino et Hachette Éducation. Photos **pp. 373, 379 :** © shutterstock.

PARTIE ENSEIGNEMENT SCIENTIFIQUE ET MATHÉMATIQUES

Sauf mention contraire ci-après, tous les schémas sont crédités : Grafatom et Ma petite FaB. **P. 426 :** © shutterstock/banderlog ; **p. 431 :** © shutterstock/Dr. Norbert Lange ; **p. 432 :** DR ; **p. 447 :** chaîne des triangles de Dunkerque à Barcelone © BnF ; **p. 448 :** © shutterstock/Georgios Kollidas ; **p. 449 :** © Photothèque Hachette ; **p. 451 :** principe de cosmographie et géographie universelle de Jean-Baptiste Delambre, planche 4 © BnF ; **p. 452 :** DR ; **p. 453 :** référentiel héliocentrique © shutterstock/D1min ; référentiel géocentrique © shutterstock/ aapsky ; **p. 454 :** phases de la lune © shutterstock/BlueRingMedia ; **p. 457 :** harpe © shutterstock/Peter Voronov ; **p. 458 :** © shutterstock/ Sterjman ; **p. 462 :** © shutterstock/Svetlana Verbinskaya ; **p. 463 :** © shuttertock/Sakurra.

Conception graphique
Couverture : Stéphanie Benoit
Intérieur : Françoise Bouvard – Médiamax – Graph'in Folio

Réalisation
Composition et mise en pages : Médiamax – Grafatom – Ma petite FaB

Humanités, littérature et philosophie

MÉTHODES

COURS

THÈME 1 : Les pouvoirs de la parole

THÈME 2 : Les représentations du monde

LES MÉTHODES

Le contrôle continu

Descriptif

• **Qui est concerné par le contrôle continu ?** Les élèves ne reprenant pas, en Terminale, l'enseignement de spécialité « Humanités, littérature et philosophie » sont évalués dans le cadre du contrôle continu comptant pour le Bac avec un coefficient 8.

La spécialité abandonnée en Terminale est la matière dotée du plus fort coefficient de contrôle continu, d'où l'importance de la travailler régulièrement et avec assiduité tout au long de l'année.

• **En quoi consiste le contrôle continu ?** Des devoirs en temps limité auront lieu tout au long de l'année sur les 2 thèmes étudiés en Première : « Les pouvoirs de la parole » et « Les représentations du monde ».

Si les modalités des évaluations peuvent varier selon les lycées, les devoirs de contrôle continu types s'organisent autour de 2 questions portant sur un texte relatif à l'un des thèmes du programme :

– **la question d'interprétation :** travail portant sur la compréhension et l'analyse d'un enjeu majeur du texte ;

– **la question de réflexion :** rédaction d'une réponse argumentée à une question soulevée par le texte.

Dans ce type de devoir, si la 1re question relève d'une approche littéraire, la 2nde relève d'une approche philosophique, et réciproquement.

Attention !

Le sujet des devoirs précise l'orientation « littéraire » ou « philosophique » des questions. Veillez à bien repérer cette indication : cela détermine, pour vous, la manière de traiter votre sujet.

La question d'interprétation

Approche littéraire

Ex. : « En quoi ce discours met-il en œuvre les ressources de la rhétorique et de l'éloquence ? »
« Comment l'auteur du texte déclare-t-il sa flamme à la femme qu'il aime ? »
« En quoi et comment ce texte se fait-il l'écho des découvertes géographiques de l'époque ? »
« Quels sont les avantages, pour l'auteur, du recours aux animaux ? »

• Les contrôles en Humanités, littérature et philosophie sont généralement beaucoup plus courts qu'en français : votre réponse doit en conséquence être plus courte également. Inutile par exemple de détailler vos parties en sous-parties.

• N'oubliez pas qu'il ne s'agit pas d'un devoir de français mais d'« **humanités** ». Vous devez donc accorder beaucoup d'importance à l'**analyse des idées** développées par le texte en relation avec les textes et thèmes étudiés en classe pendant l'année.

Rappel

C'est le **fond** (le **contenu**) du travail de l'élève qui prime : attachez-vous donc à **bien expliquer le texte** et à apporter une véritable **réflexion**.

• Votre réponse doit constamment avoir le souci de **répondre à la question posée**. Donc, **chaque partie** doit être un **élément de réponse** à la question.

Attention !

Établissez un **compte à rebours** en tenant compte de vos facilités, de vos difficultés et notez-le sur votre brouillon. Laissez-vous suffisamment de temps pour la rédaction.

Approche philosophique

Ex. : « Selon l'auteur du texte, la rhétorique peut-elle servir la vérité ? »
« Selon ce texte, qu'est-ce qui distingue la parole philosophique de la parole religieuse ? »
« Au nom de quels principes l'auteur de ce texte condamne-t-il l'esclavage ? »
« Comment l'auteur remet-il en cause la supériorité de l'homme sur l'animal ? »

Rappel

Vous serez évalué sur la base de **votre réflexion personnelle** appuyée sur les connaissances du cours ; la clarté et la pertinence de vos propos ; ainsi que sur votre capacité à vous approprier les textes étudiés en classe.

• Comme pour l'approche littéraire, votre réponse doit constamment avoir le souci de répondre à la question posée.

• Attention ! l'exercice d'explication de texte en philosophie impose un travail important de **définition des mots** et d'**explication des idées**.

• La démarche exposée précédemment s'applique aussi à l'explication philosophique. Mais, beaucoup plus que pour l'approche littéraire, vous devez vous attacher à **expliquer la démarche argumentative** de l'auteur et à présenter le **déroulement de sa pensée**.

Le travail au brouillon

• **Repérez à quel thème et quel sous-thème** du programme le texte se rapporte.

• **Notez ce que vous savez de l'auteur :** époque, courant littéraire, autre(s) œuvre(s), caractéristiques, combat(s) éventuel(s), etc.

• **Faites une première lecture du texte** pour répondre aux questions suivantes :
– **thème** du texte (de quoi parle-t-il ?) ;
– **genre** (est-ce un extrait de roman ? un essai ? etc.) ;
– **type** (est-ce une description ? un dialogue ? une argumentation directe ou indirecte ? etc.) ;
– **thèse** (s'agit-il d'un texte argumentatif ?) ;
– **idées** (quelles idées sont défendues ?).

Attention !

Ne rédigez pas intégralement votre devoir au brouillon.

• **Repérez le plan du texte,** de son début à sa fin. Faites ce plan en vous attachant, pour chaque partie du texte, à définir quelle réponse elle apporte à la question et comment.

• **Faites le plan de votre réponse.** Organisez votre réponse en 2, 3 ou 4 axes, en fonction de la question posée et de la nature du texte.
Selon le texte et la question posée, vos axes peuvent correspondre au plan et à l'ordre du texte **(explication linéaire)** ou s'articuler selon les règles du **commentaire composé**.

• **Prévoyez une courte introduction :**
– Présentation de l'auteur, du texte et du thème dans lequel s'inscrivent le texte et la question.
– Annonce rapide de vos axes de développement.

• **Prévoyez aussi votre conclusion et élargissez votre réflexion :**
– au thème général ;
– à d'autres époques que celles envisagées par le programme.

La rédaction au propre

• **Soignez la présentation de votre copie.** N'hésitez pas à sauter une ligne entre l'introduction et le développement, entre le développement et la conclusion. Plus vous serez lisible, plus votre correcteur aura du plaisir à vous lire !

• **Veillez à insérer correctement les citations du texte** du sujet ou d'autres textes : la phrase finale doit être correcte syntaxiquement ; la citation – exacte – doit être entre guillemets.

• **Relisez-vous phrase par phrase** en vous posant les questions suivantes :
– Ma phrase est-elle correcte grammaticalement ?
– Est-elle claire ? Quelqu'un qui « n'est pas dans ma tête » peut-il la comprendre ?
– L'ai-je bien ponctuée ?
– Quel est le sujet des verbes ?
– Avec quels mots de la phrase s'accordent les adjectifs ?
– Ai-je respecté la concordance des temps ?

Conseil

« Vingt fois sur le métier remettez votre ouvrage », conseille **Boileau** dans son *Art poétique* (1674). Faites de même ! Rédigez une phrase et relisez-vous aussitôt : quand on ne se relit qu'à la fin, on ne corrige pas suffisamment la construction des phrases. Que cela ne vous empêche pas de vous relire aussi à la fin !

La question de réflexion à partir du texte

Descriptif

• **Qu'est-ce que c'est ?** Il s'agit, dans cet exercice, de rédiger **un texte en prose en réponse à une question** soulevée par le texte. Ce texte, de type argumentatif, présente une **réflexion** menée **rationnellement** et s'appuyant sur des **connaissances**.

• **Quel est le genre de la question posée ?** La question peut être d'ordre littéraire ou d'ordre philosophique. Le sujet indique sa nature. La question est adossée au texte constituant le sujet.

• **Quelle forme doit prendre cette réponse ?** Votre texte doit être **construit** : introduction, développement organisé en axes, conclusion. Il doit être **rédigé clairement**, de manière à ce que votre correcteur comprenne votre réflexion et suive votre argumentation.

Le travail au brouillon

• **Analysez d'abord la question :**
– **Nature de la question :** est-elle littéraire ou philosophique ?
– **Type de question :** est-ce une interrogation totale (qui appelle une réponse par « Oui » ou « Non ») ou une interrogation partielle (réponse qui porte sur un des mots de la question : *comment, pourquoi, en quoi, quels/quelles…*) ?
– **Analyse des termes de la question :** quels sont les mots importants ? quel est le sens de ces mots ? quels sont les présupposés ou sous-entendus de ces mots ?

• **Analysez quelles réponses le texte du sujet apporte à la question posée.** Pour cela, vous devez relever :
– la thèse ;
– les arguments ;
– les exemples ;
– s'il s'agit d'une argumentation directe ou indirecte ;
– les effets de style, figures, images.

- **Pensez aux textes que vous avez étudiés :**

– Quels sont ceux qui concernent cette question ?
– Quelles réponses apportent-ils à la question ? et comment ?

- **Élaborez le plan du développement de votre réponse.** Chaque élément de réponse à la question posée est une partie, constituée des étapes suivantes :

– affirmation/thèse ;
– argument(s) ;
– textes en exemple.

- **Pensez aux connecteurs qui relient vos parties entre elles :** *de plus, par ailleurs, cependant, mais, toutefois, néanmoins, en revanche, bien que, non seulement… mais encore, s'il est vrai que… il n'en reste pas moins que…*

La rédaction au propre

Le **travail au propre** respecte les consignes précédemment données pour la 1re question.

Rappel

« Je » ou « nous » ? Traditionnellement, dans un devoir scolaire de type commentaire ou dissertation, la **1re personne du singulier est interdite** car la réflexion menée est censée ne relever que de la raison et non pas de la subjectivité de la personne qui se livre à l'exercice. On utilise alors le « nous » ou parfois le « on », même si le sujet formule la question en disant « à votre avis » ou « selon vous ». Dans le cadre de la réponse à une question de réflexion, cela dépend de la question : en cas de doute, interdisez-vous le « je » et employez le « nous » ou le « on ».

1 Contexte historique : l'Antiquité et le Moyen Âge

L'**Antiquité** commence avec l'**apparition de l'écriture** en Mésopotamie et en Égypte, vers 3000 av. J.-C., et s'achève à la fin du Ve siècle ap. J.-C. En Europe, cette époque est assimilée aux **civilisations hellénistique et romaine.** Le **Moyen Âge** désigne la période qui suit et se termine à la fin du XVe siècle. Plusieurs dates symboliques sont admises pour indiquer son achèvement : 1453 (chute de Constantinople) ou 1492 (découverte de l'Amérique par Christophe Colomb).

1 L'Antiquité

Rappel

La Mésopotamie correspond à l'actuel Irak.

A L'apparition de l'écriture

• **La culture mésopotamienne** s'est développée du IVe millénaire av. J.-C. jusqu'aux débuts de l'ère chrétienne. Son système d'**écriture cunéiforme** est certainement le plus ancien.

• **La civilisation de l'Égypte antique** a duré environ de 3150 à 30 av. J.-C. L'**écriture hiéroglyphique** est apparue dès le IVe millénaire av. J.-C. Il s'agit d'une écriture **figurative** dont les caractères désignent des objets divers. Jean-François Champollion, égyptologue français, traduira les hiéroglyphes à partir de 1822.

Hiéroglyphes gravés sur le temple d'Horus à Edfou (Égypte). ▲

B La civilisation grecque

• **Les cités grecques** apparaissent vers **800 av. J.-C.** Chaque cité regroupe un territoire urbain et un territoire rural. L'épanouissement de la civilisation hellénistique, **du VIIe au IVe siècle av. J.-C.**, va de pair avec leur développement et l'expansion grecque autour de la Méditerranée.

• **La domination d'Athènes.** En 477 av. J.-C., la **ligue de Délos** (une alliance militaire) installe la prééminence d'**Athènes**. À cette époque, la civilisation grecque connaît son apogée, notamment grâce à **Périclès**, un stratège hors pair, et au triomphe de la **démocratie**. Cette période est aussi celle du philosophe **Socrate** et des grands auteurs de tragédies, **Eschyle**, **Sophocle** et **Euripide**. La guerre du Péloponnèse (431-404 av. J.-C.) et la victoire de Sparte annoncent le déclin d'Athènes.

• **Une influence capitale.** La Grèce antique des Ve et IVe siècles av. J.-C. a eu un **rôle essentiel** dans le développement de la civilisation occidentale. Fondateurs de la philosophie, précurseurs dans les **sciences**, les Grecs ont aussi influencé considérablement l'**art** occidental.

Étymologie

• Le terme **« démocratie »** vient des mots grecs ***démos*** (« peuple ») et ***kratos*** (« force, puissance »).
• Le mot **« république »** vient du latin ***res publica*** (« la chose publique »).

C L'Antiquité romaine

• **Le plus grand des États.** Selon la légende, Rome a été créée en **753 av. J.-C.** par Romulus et Rémus, descendants d'Énée, héros de la guerre de Troie. Simple cité-État à l'origine, Rome a étendu sa **domination** d'abord à toute l'Italie, puis au monde méditerranéen et, enfin, à l'Europe occidentale.

• **De la royauté à l'empire.** Rome est d'abord une **royauté**, mais la tyrannie et les exactions des Tarquins, qui dominent la ville pendant presque un siècle, conduisent les patriciens à les chasser et à instaurer la **république** en 509 av. J.-C. Cette dernière est d'abord aristocratique et, de 494 à 300 av. J.-C., les **plébéiens** doivent lutter pour l'égalité des droits. Cependant, **César** devient progressivement le maître de Rome (de 59 à 44 av. J.-C.), et les guerres civiles qui suivent son assassinat aboutissent à la mise en place de l'**empire**.

• **Le christianisme** se développe au Iᵉʳ siècle, après la crucifixion en l'an 30, à Jérusalem, de Jésus de Nazareth. Malgré les **persécutions**, le christianisme se diffuse dans le monde romain. En 380, le christianisme devient la **religion officielle de l'empire**.

• **La fin de l'Empire romain.** Les grandes invasions des peuples germaniques commencent dès le début du Vᵉ siècle. C'est en **476** que les Barbares déposent le **dernier empereur romain d'Occident**.

Dates-clés

- **753 av. J.-C. :** fondation de Rome.
- **476 ap. J.-C. :** chute de l'Empire romain.

2 Le Moyen Âge

A Un millénaire contrasté

• **Les trois grandes périodes.** Le **haut Moyen Âge** (476-Xᵉ siècle) est marqué par la poursuite des grandes invasions et les troubles politiques. Le **Moyen Âge classique** (XIᵉ et XIIIᵉ siècles) est une période de renouveau politique, économique et intellectuel. Enfin, le **bas Moyen Âge** (XIVᵉ et XVᵉ siècles) est troublé par les émeutes, les épidémies de peste, la guerre de Cent Ans et les conflits religieux.

• **La mise en place du pouvoir royal.** La société médiévale est d'abord organisée autour du système de la **féodalité**. À partir du XIIᵉ siècle, le **domaine royal** s'agrandit et le **pouvoir royal** se renforce. Au XIIIᵉ siècle, la notion de **« monarchie de droit divin »** apparaît.

• **L'importance de l'Église.** À la fin du XIᵉ siècle, le pape Grégoire VII **affermit son autorité**. Au XIIIᵉ siècle, l'**Inquisition** se développe afin d'éliminer les diverses hérésies. De 1096 à 1270 ont lieu les huit **Croisades,** qui visent à reconquérir Jérusalem et les Lieux saints.

Mot-clé

Hérésie : idée ou pratique contraire aux dogmes d'une religion (s'oppose à l'orthodoxie).

B Une richesse artistique et littéraire

• **L'art roman et l'art gothique.** Aux XIᵉ et XIIᵉ siècles, l'**art roman** traduit une **vision chrétienne de l'univers**. Du XIIIᵉ au XVᵉ siècle, l'**art gothique** recherche davantage la lumière et le réalisme.

• **La transmission des œuvres littéraires** est surtout orale jusqu'au début du XIIIᵉ siècle. Avant l'invention de l'**imprimerie** (v. 1450), ce sont des moines copistes qui assurent la diffusion des textes par les **manuscrits**, reproduits manuellement.

• **Les grands genres littéraires.** Dès le XIIᵉ siècle, se développent en ancien français la **chanson de geste** *(La Chanson de Roland)*, la **poésie lyrique** (Rutebeuf, Villon), le **roman** (Chrétien de Troyes), la **littérature satirique** *(Le Roman de Renart)* et le théâtre *(La Farce de Maître Pathelin)*.

Info-clé

Longtemps, le **Moyen Âge** a été considéré comme une période obscurantiste. Mais les auteurs romantiques du début du XIXᵉ siècle l'ont revalorisé et ont montré toute sa **richesse intellectuelle et artistique**.

2 Parler : le propre de l'homme ?

L'existence humaine ne se conçoit pas sans la parole : **l'homme est fondamentalement un être de parole.** La parole humanise et socialise l'individu. C'est aussi par la parole que l'âme se manifeste. Philosophes, poètes et écrivains n'ont cessé d'interroger la nature, l'origine et les formes de cette parole.

1 S'entendre sur les mots

• **Langage.** Dans son sens premier, le *langage* est la **capacité naturelle qu'ont les êtres humains à s'exprimer et à communiquer grâce à un système de signes vocaux** (la parole) et, éventuellement, de **signes écrits** (l'écriture). C'est par image que l'on peut ensuite parler, par exemple, du « langage des fleurs ».

• **Langue.** La langue est un **système de signes linguistiques propre à une communauté, à un groupe culturel**. Étudier une langue, c'est en étudier les **signes vocaux** (prononciation) et les **signes écrits** (alphabet, grammaire, formation des mots, etc.).

• **Parole.** La parole est la **manifestation vocale du langage**. Mais le mot *parole* est aussi employé comme synonyme de *langage*.

• **Voix.** La voix est un **phénomène acoustique** (sons produits par les cordes vocales). C'est l'organe de la parole. Dans son sens abstrait, le mot *voix* renvoie à l'**intériorité** de l'individu : c'est ainsi qu'on parle, par exemple, de la « voix de la conscience ».

Citation-clé

« Ne sachant pas non plus écouter, ils ne savent pas non plus parler »
(Héraclite, *Fragments*, VIe siècle av. J.-C.)
Pour le philosophe grec, les hommes sont incapables d'accueillir la vérité. Pour user vraiment de la parole, du *logos*, il faudrait qu'ils soient, au préalable, capables d'être à l'écoute du vrai.

2 La parole : signe distinctif de l'homme ?

A Le langage différencie l'homme de l'animal

• **Pour Aristote,** philosophe grec du IVe siècle av. J.-C., l'homme est l'unique animal à disposer du langage. Certes les animaux ont une **voix**, mais celle-ci n'exprime que la **sensation** (la douleur, par exemple). Seul le langage permet d'énoncer des **valeurs morales**, comme le juste et l'injuste, et fait de l'homme un **« animal politique »**.

• **La parole manifeste la pensée.** Pour le philosophe **Descartes** (XVIIe siècle), les paroles montrent que l'homme a une **âme** et des **pensées** ; les animaux ne parlent pas, car ils ne pensent pas. Pour son contemporain **Hobbes**, la parole transforme notre ***« discours mental »*** en ***« discours verbal »***.

• **Un désir propre à l'homme.** Selon **Rousseau**, philosophe du XVIIIe siècle, le langage ne provient pas de nos besoins physiques mais du désir des premiers êtres humains de **se rapprocher** d'autres humains. Rousseau reconnaît que certains animaux communiquent entre eux par un langage gestuel, mais il constate que *« la langue de convention n'appartient qu'à l'homme »* : les animaux, eux, n'ont pas à apprendre à « parler ».

• **La poésie est la parole pure.** Pour **Sartre** (XXe siècle), les poètes n'utilisent pas le langage pour communiquer, ils n'en font pas un **instrument**. Selon lui, les poètes considèrent les mots comme des choses et non pas comme des signes d'autres réalités.

• **Un anthropocentrisme critiqué.** Dès le XVIe siècle, **Montaigne** dénonce la présomption de l'homme qui déduit paradoxalement sa supériorité sur les animaux de son incapacité à les comprendre et à communiquer avec eux. Dans ses *Essais* (livre II), l'écrivain invite son lecteur à **renverser son point de vue et à prendre celui des bêtes.**

Citation-clé

« Vouloir penser sans les mots, c'est une tentative insensée. »
Hegel, *Philosophie de l'esprit*, 1817.

B Les limites de la parole

• **Le langage nomme-t-il la réalité ?** Les **mots** sont-ils **justes** ? Le mot révèle-t-il l'**essence de la chose** ? Permet-il de connaître la **réalité** qu'il nomme ? Permet-il l'**accès à la vérité** ? Dans *Cratyle*, **Platon** examine ces questions. Vingt siècles plus tard, le philosophe **Spinoza** invite à se méfier du langage car il provient de l'imagination et traduit nos sensations plus que la nature des choses. Le poète **Mallarmé** (XIXe siècle) regrette, quant à lui, que la forme des mots contredise parfois leur sens ; ainsi, la sonorité du mot *nuit* est plus claire que celle du mot *jour*, plus obscure.

• **Le langage permet-il d'accéder à la connaissance ?** Pour le **philosophe mystique Plotin** (IIIe siècle), le langage est **incapable d'atteindre l'Absolu**, qui est le principe supérieur de toute la réalité. Au XXe siècle, le philosophe Éric Weil constate que, paradoxalement, l'homme sait parler de ce qui n'existe pas mais est **incapable de parler correctement de ce qui est**.

• **Le langage permet-il de communiquer ?** Le théâtre de l'**absurde** des **années 1950** met en scène l'**échec du langage à permettre aux hommes de communiquer entre eux**. Les personnages de **Beckett** ruinent la pratique habituelle du dialogue : ils enchaînent les répliques sans se répondre ou contredisent, par leur attitude, ce qu'ils viennent d'annoncer verbalement.

3 Socrate et Platon : l'art du dialogue

A Les deux pères de la philosophie occidentale

• **Socrate** est né à Athènes vers 469 av. J.-C. Ce philosophe n'a laissé aucun écrit mais est connu à travers ce qu'en a dit Platon. Il place la supériorité de l'être humain dans l'**âme** et fait de la **connaissance la dignité de l'homme**. Exceptionnel éveilleur d'esprit, Socrate passionne les jeunes gens qui l'écoutent, à tel point qu'il est accusé d'impiété, de corruption de la jeunesse et condamné à mort.

• **Platon** est né vers 428 av. J.-C. et mort vers 348 av. J.-C. À la suite de sa rencontre avec Socrate en 408 av. J.-C., il décide de se consacrer à la philosophie et fonde à Athènes la première école philosophique : l'**Académie**.

B L'invention du dialogue

Platon a écrit 28 **dialogues philosophiques**. Socrate en est souvent le personnage central et mène une **conversation** sur ce qui est vrai ou ce qui est bien. Pour Platon, le dialogue est la forme philosophique par excellence car la pensée est un *« discours »* que l'**âme** se tient à elle-même *(Théétète)*. Dans ces dialogues, Socrate pratique la maïeutique : par ses questions, il « accouche » l'esprit de son interlocuteur qui énonce, dans ses réponses, la **vérité** qu'il portait en lui sans le savoir.

3 La rhétorique dans la Grèce antique

La rhétorique est l'art de **bien parler,** c'est-à-dire de savoir composer les discours afin d'**agir** par les paroles sur ceux auxquels on s'adresse. Elle a partie liée avec l'**éloquence,** qui désigne la facilité à bien s'exprimer et la capacité à savoir toucher son interlocuteur. La rhétorique et l'éloquence ont depuis toujours une connotation **à la fois positive et négative.**

1 Sophistes et orateurs

A Une histoire liée à la démocratie

• **Naissance en Sicile.** On fait remonter la naissance de la rhétorique aux VIe et Ve siècles av. J.-C. en **Sicile grecque**, à la **chute des tyrans**. Les agissements des despotes conduisirent au soulèvement démocratique du peuple au cours duquel de nombreux propriétaires spoliés voulurent défendre leur cause et récupérer leurs biens. Certains surent tenir des **discours aux procédés efficaces** et gagnèrent leur procès. Ils eurent alors l'idée de formaliser ces procédés et d'enseigner, moyennant salaire, l'art de parler efficacement et de savoir convaincre par les mots.

• **Développement dans l'Athènes démocratique.** Dès le Ve siècle av. J.-C., s'installe un régime politique inédit, la **démocratie**, qui repose sur la notion de **« citoyen »**. Une de ses institutions fondamentales est l'**ekklesia**, l'assemblée de tous les citoyens se réunissant une quarantaine de fois par an. Cette assemblée vote les lois et les décisions importantes. N'importe quel citoyen peut y prendre la parole : il devient alors fondamental de **savoir convaincre par les mots et tenir des discours plus influents que ceux des autres orateurs.** La rhétorique est ainsi liée à la pratique démocratique.

> **Étymologie**
> Le mot grec ***ekklesia*** a donné **« église »** en français.

• **Sophistes et rhéteurs.** Ainsi sont apparus les **sophistes**, « maîtres de sagesse », et les **rhéteurs**, maîtres de rhétorique, qui allaient, de ville en ville, enseigner l'art de bien parler.

B Protagoras et Gorgias

• **Le père des sophistes.** C'est ainsi qu'est considéré **Protagoras** (v. 486-410 av. J.-C.), brillant rhéteur, le premier, selon les témoignages, à **vendre**, et cher, ses **leçons de rhétorique**. Récusant l'existence de l'Absolu, il défend l'idée que la **vérité** n'est pas une, mais **multiple et relative**. Selon lui, le **meilleur discours** n'est donc pas celui qui dit la vérité mais celui qui **rallie le plus d'opinions favorables**.

• **Gorgias** (v. 486-380 av. J.-C.) arrive à Athènes en 427 av. J.-C. comme **ambassadeur** de sa cité sicilienne. Son éloquence lui assure succès et fortune. Il considère la parole comme dotée d'un **pouvoir magique susceptible d'agir sur les âmes** et estime, lui aussi, qu'un discours éloquent peut fasciner une foule nombreuse même s'il ment. Gorgias compare le discours et la parole poétique au médicament : ils sont aussi **efficaces sur l'âme** que le remède sur le corps.

> **Citation-clé**
> *« Discours est un grand tyran […]. Il a la force de mettre un terme à la peur, d'apaiser la douleur, de produire la liesse et d'inciter à la pitié. »*
> Gorgias, cité par J.-P. Dumont, *Les Sophistes*, 1969.

C Les orateurs attiques

Ils sont une dizaine à s'être distingués, aux Ve et IVe siècles av. J.-C., par leur éloquence efficace et à faire de celle-ci un genre littéraire :

- **Lysias,** spécialiste des plaidoyers civils, écrit plus de 200 discours.
- **Isocrate** fonde une célèbre école de rhétorique.
- **Démosthène** met son éloquence au service de sa lutte politique.
- **Lycurgue** s'illustre dans de nombreux procès politiques.

Mots-clés

- **Attique :** qui a un rapport avec Athènes, cité localisée dans la région de l'Attique.
- **Philippique :** discours violent dirigé contre quelqu'un. Ce nom féminin provient des discours de Démosthène contre Philippe de Macédoine.

2 Rhétorique et philosophie

A La condamnation de la rhétorique par Platon

Pour Platon, la rhétorique n'est que **séduction et manipulation des esprits**. Le rhéteur, selon lui, fait œuvre de **propagande** et cherche à imposer ses opinions, à gouverner les esprits. Platon oppose la **philosophie** qui, elle, **libère l'esprit**. Il reproche aux sophistes d'être attachés aux apparences et non à la vérité : grâce à la rhétorique qui sait donner aux mots toute leur puissance, ces derniers savent **donner au faux l'apparence du vrai**. Dans ses dialogues, Platon met souvent en scène Socrate en train de dialoguer avec un sophiste ; par ses questions/réponses, le philosophe amène le sophiste à **se contredire**.

Rappel

Les **Muses** sont des déesses qui inspirent les poètes et les musiciens. Calliope est la Muse de l'Éloquence tandis que Polymnie est celle de la Poésie lyrique et de la Rhétorique. Selon les versions, le poète et musicien Orphée est considéré comme le fils de Calliope ou de Polymnie.

B La réhabilitation de la rhétorique par Aristote

Aristote, lui, considère la **rhétorique** comme **nécessaire** et il la définit comme l'**étude des techniques propres à élaborer des discours capables de persuader**. Il lui consacre plusieurs ouvrages, dont *Rhétorique* **(voir leçon 5, p. 18)**.

◄ Aristote.

Rappel

Depuis la condamnation de Platon, la « rhétorique » et l'« éloquence » restent des **notions à la fois positives et péjoratives**. Elles traduisent à la fois un art et une capacité mais aussi la tendance à construire des discours vides, peu soucieux de la vérité et ne visant qu'à séduire et manipuler les esprits.

4 L'art oratoire à Rome

À Rome, comme en Grèce, le **discours** constitue un **genre littéraire,** avec ses buts, ses formes et ses outils. On le considère même comme le genre qui **explore** le mieux **toutes les ressources du langage et de la prose.** Les orateurs romains ont écrit des milliers de discours, mais très peu nous sont parvenus. **Cicéron** est le modèle de l'éloquence romaine.

1 L'éloquence au cœur de la cité

A Importance de l'éloquence

• **La culture du citoyen.** Pour les Romains, l'**art de bien parler** constitue la part essentielle de la **culture** et le but principal de l'éducation des **futurs citoyens**. L'apprentissage scolaire doit former un *orator*.

• **La vie publique.** Le discours tient un rôle fondamental dans la **vie publique** à Rome. C'est par son art de bien parler qu'un membre de la **classe dirigeante** peut assumer ses fonctions sociales et politiques et accéder aux **plus grandes dignités**.

• **Les types de discours.** Il s'agit aussi bien de **discours politiques**, de **discours militaires**, de **plaidoiries** que de **discours d'apparat** (pour faire l'éloge du prince ou de l'empereur). Le bon orateur doit être à la fois **écrivain** et **acteur**.

• **Caton le Censeur (234-149 av. J.-C.).** C'est avec lui que l'éloquence romaine prend son envol. Cicéron le considère comme le **premier véritable orateur romain**. Homme politique et chef militaire, il donne au latin ses lettres de noblesse et l'impose face à la langue grecque.

> **Mot-clé**
>
> **Harangue :** discours solennel prononcé devant une assemblée ou un haut personnage. Il s'agit parfois d'un discours comportant des remontrances à l'égard du public qui l'écoute.

B Pouvoir de l'éloquence

• **La force politique du discours.** En 494 av. J.-C., la plèbe, mécontente, se retire sur un des monts qui entourent Rome. Le consul Menenius Agrippa réussit à calmer les esprits et à réconcilier plébéiens et patriciens en leur racontant la **« Fable des membres et de l'estomac »**, qui montre que les membres du corps ont besoin de l'estomac comme l'estomac a besoin d'eux. Selon Tite-Live, qui raconte l'anecdote dans son *Histoire romaine*, ce discours marque la **puissance de l'éloquence**, capable d'éviter les conflits armés et de faire remporter des victoires politiques.

• **L'exemple des frères Gracques.** Ces deux **tribuns de la plèbe** du IIe siècle av. J.-C. doivent leur ascension et leur carrière politique à la **force de leurs discours**. En effet, ils inaugurent une éloquence forte, qui use d'**images frappantes et violentes**, interpelle le public et joue sur l'émotion.

• **L'âge d'or de la rhétorique romaine** se situe dans la **première moitié du Ier siècle av. J.-C.** C'est une période de crises qui voit aussi l'essor remarquable de la vie intellectuelle. En 94 av. J.-C. ouvre la **première école de rhétorique latine**.

2 Cicéron : modèle de l'éloquence romaine

A Un « homme nouveau »

Né en 106 av. J.-C., **Cicéron** est un jeune bourgeois qui n'appartient pas à la classe sénatoriale – ce qui lui donne peu de chances de gravir le *cursus honorum* et d'atteindre les plus hautes fonctions de la carrière politique. Pour y accéder, il choisit non pas la voie militaire mais celle de la **vie civile** et utilise ses **talents d'orateur**. Avocat très talentueux, il devient consul en 63 av. J.-C. Mais son opposition à Antoine, général et homme politique romain, conduit à son assassinat en 43 av. J.-C.

Étymologie

Le mot **« avocat »** vient du latin ***advocatus***, qui désigne « celui qui a été appelé à assister quelqu'un en justice ». *Advocatus* est construit sur le mot latin qui désigne la « voix » (*vox, vocis*).

B Une formation typique

Dans son dialogue ***Brutus*** *(Dialogue sur les orateurs illustres)*, Cicéron raconte ses années de formation. Comme tous les aspirants à l'art oratoire, il a **voyagé** et est allé étudier dans les écoles d'Athènes, de Rhodes ou d'Asie Mineure. Cicéron explique aussi qu'il a développé ses talents d'orateur grâce à un **travail acharné** et à l'**acquisition d'une vaste culture** (littérature, philosophie, droit civil, histoire).

C Une conception de l'« orateur idéal »

• **Cicéron distingue trois types d'éloquences** dans son dialogue ***De oratore*** *(Sur l'orateur)* :
– l'école attique au style sobre et sec ;
– l'école asiatique au style fleuri et abondant ;
– l'école rhodienne qui se tient dans un juste milieu, recherchant l'équilibre et l'harmonie, et à laquelle il se rattache.

• **L'exigence de l'éloquence.** Cicéron fait de l'art oratoire un **art suprême**. L'**orateur idéal**, selon lui, remplit les caractéristiques suivantes :
– il possède une **solide culture générale** ;
– c'est un homme de **réflexion** conscient de la nécessité de la **philosophie** ;
– c'est un homme aux **qualités morales certaines** ;
– c'est un artiste, cherchant certes à emporter l'**adhésion de son auditoire** mais tout autant soucieux de la **beauté de son discours**.

Étymologie

• **« Orateur »** vient du latin ***orare*** qui signifie « parler » mais aussi « prier ».
• **« Discours »** vient du latin ***discursus*** qui signifie d'abord « parcourir en tous sens ».

3 Après Cicéron

• **Après les guerres civiles et la fin de la république,** l'éloquence ne joue plus le même rôle dans la vie politique et publique romaine. L'exercice se resserre sur le travail de la forme et le discours d'apparat. Ainsi **Pline le Jeune** rédige-t-il en 100 son ***Panégyrique de Trajan*** pour remercier l'empereur quand celui-ci le fait consul. Virtuose et ingénieux, ce discours a servi de modèle pour de nombreuses allocutions prononcées à la Cour impériale.

• **Quintilien.** Cet avocat et professeur de rhétorique rend un hommage à Cicéron dans son ***De institutione oratoria*** (92-94), programme complet de l'éducation du parfait orateur. Comme Cicéron, il lie éloquence, qualités intellectuelles et morales à l'expérience de la vie.

5 Les éléments de l'analyse rhétorique

Selon Aristote, la rhétorique est la **technique mise en œuvre par la parole** qui cherche à persuader son auditoire. Aristote part du **but du discours** (persuader) pour en définir les **genres** et pour déterminer les règles qui en régissent la **conception**, la **composition** et l'**élocution.** Cicéron et Quintilien reprendront ses analyses, qui influenceront longtemps l'enseignement français.

1 Les trois grands genres rhétoriques

A Les éléments de la relation rhétorique

Toute relation rhétorique s'articule autour de trois éléments fondamentaux : un **orateur**, un **auditoire**, un **média** ou langage.

Étymologie

Le mot **« médium »** ou **« média »** désigne tout moyen de transmission et de diffusion d'un message. Il est construit sur le latin ***medium*** (« milieu, intermédiaire »). Au pluriel (les « médias »), le mot désigne un ensemble de supports de communication.

B Les trois genres selon Aristote

• **Aristote** distingue trois grands **genres** de discours selon le type de **sujet** traité. Cette distinction sert à analyser l'allocution, mais il arrive souvent qu'un même discours relève de plusieurs de ces genres.

• **Le genre épidictique ou démonstratif**

Le but du **discours épidictique** est de **louer**, de **blâmer**, ou encore d'**instruire**. L'auditoire va juger ce dont parle le discours en fonction du critère du **beau** ou du **laid**.
Le **discours épidictique** concerne aussi bien le passé que le présent ou le futur. Ce genre se retrouve notamment dans les **éloges funèbres**, dans les **discours d'apparat** et dans les **portraits**.

Ex. : Le *Panégyrique de Trajan* de Pline le Jeune.

• **Le genre judiciaire.** Le but du **discours judiciaire** est de **défendre** ou d'**accuser**. L'auditoire va juger celui-ci selon le critère du **juste** ou de l'**injuste**. Les discours judiciaires portent surtout sur le passé puisqu'il s'agit de juger ce qui a déjà eu lieu. Le **tribunal** est le lieu privilégié de tels discours.

Ex. : Les discours de Cicéron contre Catilina.

▲ Cicéron.

• **Le genre délibératif.** Le but du **discours délibératif** est de **persuader** ou de **dissuader** d'agir. L'auditoire va juger celui-ci selon le critère de l'**utile** ou de l'**inutile**, du **nuisible**. Les discours délibératifs portent surtout sur le futur puisqu'il s'agit de conseiller et de prendre une décision dont les conséquences seront effectives ultérieurement. Ce genre de discours se trouve notamment dans les **assemblées** diverses.

Ex. : Les discours politiques fournissent de nombreux exemples de discours délibératifs. Certains monologues des héros de tragédies du XVIIe siècle l'illustrent aussi très bien (celui de Rodrigue dans *Le Cid* de Corneille, acte I, scène 6).

2 Les trois registres de la persuasion

Pour persuader, un discours peut avoir recours à trois registres différents selon la manière dont il cherche à atteindre son auditoire et à le toucher.

A L'*ethos*

L'***ethos*** renvoie à la **personnalité de l'orateur**. Le discours fondé sur l'*ethos* persuade car l'orateur donne de lui une **image positive et légitime**. On adhère à son discours car il a l'**autorité** nécessaire pour parler de ce dont il parle. De ce fait, il est **crédible**.

Ex. : Quand le devin Tirésias parle (*Œdipe roi* de Sophocle), on l'écoute respectueusement car il a l'autorité de celui qui voit ce que les autres hommes ne voient pas. De même, quand Cicéron dénonce Catilina, il profite de l'autorité que lui donne son statut de consul.

> **Étymologie**
>
> ***Ethos*** en grec signifie **« mœurs, habitudes, coutumes »**. Il a donné le terme « éthique », souvent synonyme de « morale » ou désignant un ensemble de règles morales propres à un groupe.

B Le *pathos*

Le ***pathos*** fait appel aux **émotions**. Un discours fondé sur le *pathos* persuade l'auditoire car celui-ci a le **sentiment** de ressentir ce que ressent l'orateur. Avec le *pathos*, le public du discours **imagine** l'émotion de l'orateur et **s'identifie** à lui. Tout ce qui, dans un discours, rend **vivant** ce dont parle l'orateur, va dans le sens du *pathos*.

Ex. : Quand Iphigénie s'adresse à son père (Racine, *Iphigénie*, acte IV), elle provoque la pitié d'Agamemnon et du spectateur au moment où elle évoque sa jeunesse.

> **Étymologie**
>
> ***Pathos*** en grec signifie **« ce qui arrive, expérience subie, malheur »**. Il a donné l'élément *patho-* que l'on retrouve dans des termes comme « pathologie ». Le mot français « pathos » est souvent péjoratif et traduit la recherche exagérée de l'émotion.

C Le *logos*

Le ***logos*** concerne le **message** lui-même. Le discours fondé sur le *logos* cherche à **convaincre par le raisonnement** ; il s'adresse à l'auditoire en faisant appel à sa **raison**. Contrairement à l'*ethos* et au *pathos* qui reposent aussi sur la séduction, le *logos* se fonde uniquement sur la logique.

Ex. : La démonstration mathématique relève du *logos*.

> **Étymologie**
>
> ***Logos*** est un mot grec très important dans la **philosophie**. Il désigne aussi bien la **raison** que la **parole**, mais également la raison commune à tous les êtres. Il a donné les suffixes français *-logie* et *-logue* qui désignent un discours scientifique (comme « géologie » : étude de la Terre) ou un savant (« géologue »).

3 Les tâches de l'élaboration d'un discours

Une fois que le sujet de son discours est déterminé, tout orateur qui cherche à persuader doit accomplir cinq tâches pour composer son discours :

- **L'invention / *Inventio.*** **Trouver quoi dire.** L'orateur cherche ses arguments et ses exemples – ce qui va constituer le **« fond »** de son discours.
- **La disposition / *Dispositio.*** **Mettre en ordre** la matière trouvée à l'étape précédente. Cette opération aboutit à l'élaboration du **plan** du discours.
- **L'élocution / *Elocutio.*** **Énoncer**, selon le plan défini, **la matière trouvée dans l'invention**. L'orateur choisit ses mots, construit ses phrases, orne son discours de figures de style. Cette étape révèle son **style**.

• **L'action / *Actio et prononciato.*** **Exécuter le discours.** L'orateur peut jouer des différents effets de **voix** et utiliser des **gestes** et des mimiques. Il se rapproche alors de l'**acteur**.

• **La mémoire / *Memoria.*** **Mémoriser le discours** afin de le prononcer devant le public.

Rappel

De l'écrit à la parole. Un discours qui a vocation à être prononcé joue davantage sur des **procédés**, comme les apostrophes, les interjections, etc. Quand il prononce son discours, l'orateur use de **moyens propres à l'oral** : gestes, regards, intonations, etc.

4 Le plan d'un discours rhétorique

Le plan type d'un discours rhétorique comprend quatre parties :

• **L'exorde / *Inventio.*** Dans ce **début de discours**, l'orateur cherche à s'attirer la **bienveillance** et l'**intérêt** de l'auditoire. C'est ce que l'on appelle également « la ***captatio benevolentia*** ». L'orateur peut aussi annoncer le plan de son argumentation.

• **La narration / *Narratio.*** Dans cette partie, l'orateur expose les **faits en cause**. Ce récit, qui relève de l'information, est plus ou moins important selon les genres de discours ; il est, par exemple, primordial dans les discours judiciaires ou épidictiques.

• **La confirmation / *Confirmatio.*** L'orateur définit d'abord le **point à débattre**, puis développe ses **arguments** et ses **preuves** ; il réfute ensuite la thèse adverse. Dans cette partie, il peut recourir à divers procédés, comme l'interpellation de l'adversaire ou la digression.

• **La péroraison / *Peroratio.*** C'est la **conclusion** du discours. L'orateur commence par résumer ses arguments (récapitulation), puis termine avec un élan qui s'appuie sur l'émotion.

Mot-clé

Digression : récit ou description vivante destinés à amuser l'auditoire et à éveiller ses sentiments comme l'indignation ou la pitié.

Rappel

En logique, il existe deux types de raisonnements : la **déduction**, qui va du général au particulier, et l'**induction,** qui remonte du particulier au général. Le **syllogisme** est le modèle même du raisonnement déductif : *« Tout homme est mortel. / Or, Socrate est un homme. / Donc Socrate est mortel. »*

Info-clé

Les trois devoirs de l'orateur selon Cicéron : **convaincre** par la rigueur du raisonnement, **émouvoir** par l'éveil des sentiments moraux et **plaire** par le style.

Cicéron au Sénat accuse Catilina de conjuration, fresque de Cesare Maccari (1840-1919), 1889. ▶

6 La rhétorique au Moyen Âge et à la Renaissance

Les invasions barbares qui inaugurent le Moyen Âge marquent une **rupture avec la tradition.** Cependant, le Moyen Âge n'est pas une époque entièrement obscurantiste. Elle connaît en effet plusieurs périodes de renouveau culturel et intellectuel lié au **développement des écoles,** d'abord lors des VIIIe et IXe siècles, puis au XIIe.

1 Au Moyen Âge

A Une rhétorique surtout religieuse

Le Moyen Âge reprend la **rhétorique antique** mais l'adapte aux exigences de la **conception chrétienne** du monde qui règne à l'époque médiévale. L'éloquence s'adresse au public chrétien et s'exerce surtout dans les **sermons** et lors des **prêches**.

B Une discipline scolaire

L'enseignement médiéval répartit les disciplines intellectuelles enseignées en deux cycles, et la **rhétorique** fait partie du premier, le ***trivium***, avec la grammaire et la dialectique. L'enseignement rhétorique se fonde sur *La Rhétorique à Herennius*, traité datant du Ier siècle av. J.-C. et reprenant les **principes aristotéliciens et cicéroniens**.

C Le renouveau à partir du XIIe siècle

Les **écoles** se développent loin des monastères, dans les villes, comme Chartres. Avec elles s'étend la connaissance des textes d'Aristote sur la **rhétorique** et la **dialectique** étudiés par des philosophes et des théologiens comme Bernard de Chartres, Abélard ou Jean de Salisbury. Au XIIIe siècle, le philosophe florentin **Brunetto Latini** traduit et diffuse les œuvres de Cicéron et présente la **rhétorique** comme une **science nécessaire à l'action politique**.

2 Les débuts de la Renaissance

A Le débat sur la traduction et sur la langue

Les **premiers humanistes** (Érasme, Étienne Dolet, Guillaume Budé) entreprennent de **nouvelles traductions des auteurs antiques**, dégagées des gloses chrétiennes de l'époque médiévale. Ces travaux s'accompagnent de débats parfois houleux qui portent sur la **fidélité aux textes originaux** et sur la **nature des langues**.

▲ Érasme.

B De la rhétorique à la poétique

Les auteurs et poètes de la **Renaissance**, qui veulent **promouvoir la langue française**, retiennent de la rhétorique ce qui leur permet de montrer que le français est une langue aussi riche et aussi excellente que le latin ou le grec. Ils réduisent ainsi souvent la rhétorique à l'**étude des figures de style**, dont les traités et arts poétiques de l'époque dressent des listes.

Info-clé

La rhétorique distingue trois styles : le **style élevé**, pour les sujets graves et nobles ; le **style moyen**, pour les sujets neutres ; le **style bas**, pour les sujets ridicules ou comiques.

7 Histoire du français

Les langues apparaissent, se développent, se transforment, évoluent en d'autres langues et, parfois, disparaissent. Selon le linguiste Claude Hagège, il meurt chaque année environ 25 langues. Le **français** tel que nous le pratiquons aujourd'hui en France est lui-même issu d'une **longue évolution qui démarre avec le latin.**

1 Une langue indo-européenne

A Les familles de langues

• **Un sujet de débat.** Tous les savants ne sont pas d'accord sur la question de savoir si les **différentes langues** ont une **racine unique**. Avec le **mythe de Babel**, la Bible (*Genèse*, 11, 1-9) propose une réponse à l'origine de la diversité des langues. L'épisode biblique indique qu'aux débuts de l'humanité, *« toute la Terre avait une même langue et des paroles semblables »*. Mais les hommes voulurent construire une tour qui leur permettrait d'atteindre le ciel. Pour punir leur orgueil, Dieu décida de brouiller leur langage de sorte qu'ils ne se comprennent plus. Ainsi, Babel désigne un lieu où l'on ne s'entend et ne se comprend plus.

• **Les différentes familles.** Les philologues et linguistes ont, très tôt dans l'histoire, travaillé à établir une **généalogie des langues** à partir d'une étude des similitudes entre elles. Au XIXe siècle, on a découvert la **famille des langues indo-européennes** qui rassemble **plusieurs catégories de langues** (indiennes, iraniennes, germaniques, slaves, **romanes**, celtiques). À côté de cette famille, il existe les familles de langues africaines, mais aussi la famille ouralienne, l'altaïque, l'eskimo-aléoute et la sémitique.

• **Les langues romanes** appartiennent à la grande famille des langues indo-européennes et sont issues du **latin**. Il s'agit du français, du portugais, de l'espagnol, de l'italien et du roumain.

B L'évolution d'une langue

• **Les mots : éléments de base d'une langue.** On peut décrire un mot par sa **forme** (d'une part sa **prononciation**, d'autre part sa **graphie**), par son **sens** et par la **manière dont il s'insère dans une phrase**.

• **Quatre facteurs d'évolution.** Quatre branches étudient l'évolution d'une langue :

– la **phonétique** étudie l'évolution de la prononciation ;

Ex. : Le passage de *vinea* en latin à « vigne » en français.

– la **morphologie** s'intéresse à la variation de la forme écrite des mots ;

Ex. : L'abandon progressif des déclinaisons.

– la **sémantique** analyse les changements de sens des mots ;

Ex. : Le mot « chef », issu de *caput,* a d'abord signifié « la tête ».

– la **syntaxe** examine la transformation de la construction des mots dans la phrase.

Ex. : L'ajout de la préposition *à* pour les compléments d'objet indirects.

Citation-clé

« La langue de l'Europe, c'est la traduction »
Umberto Eco.

2 Du latin au français

A Le gallo-roman

• **L'évolution du latin.** Le **latin classique** s'est d'abord transformé en **bas latin** sous l'Empire romain et en **latin vulgaire**, à partir du IIe siècle. Les soldats romains importent ce latin en Gaule où il se mêle à la langue gauloise celtique (ou **gallique**).

• **Vers le gallo-roman.** La langue évolue progressivement vers le **gallo-roman**, usitée du Ve siècle au IXe siècle. Les **invasions germaniques** des IVe et Ve siècles provoquent ensuite l'éclatement du gallo-roman en deux groupes : la langue d'**oïl** au Nord et la langue d'**oc** au Sud. Dans le même temps, un nombre important de mots germaniques pénètrent dans la langue.

• **Naissance du français.** En 813, les évêques réunis par Charlemagne au **concile de Tours** décident que, désormais, les sermons seront dits en **langue romane**, et non plus en latin, afin d'être compris de tous. Le **premier texte écrit en langue romane** date des **« Serments de Strasbourg » de 842**. La *Cantilène de sainte Eulalie* est le premier texte littéraire en langue d'oïl (v. 880).

B L'ancien et le moyen français

• **L'ancien français (Xe-XIIIe siècles)** est né dans le domaine d'oïl. C'est la langue des **premières grandes œuvres littéraires françaises**, celle des romans de **Chrétien de Troyes**, du *Roman de la Rose*, ou de la *Complainte Rutebeuf*. La langue se stabilise progressivement, et la ponctuation s'approche de la nôtre.

Ex. : *« Qui petit seme petit quialt, et qui auques recoillir vialt, an tel leu sa semance espande que fruit a cent dobles li rande » :* Chrétien de Troyes, *Perceval ou le Conte du Graal*, v. 1180.
(Traduction : « Qui sème peu, récolte peu, et qui veut avoir belle récolte, qu'il jette sa semence en une terre où elle lui rapporte au centuple. »)

• **Le moyen français (XIVe-XVIe siècles),** qui se différencie de plus en plus des autres langues d'oïl (le picard notamment), devient la **langue officielle du royaume de France en 1539** (ordonnance de Villers-Cotterêts qui abolit l'usage du latin dans les tribunaux). Le système des déclinaisons, hérité du latin, disparaît complètement, et le vocabulaire s'enrichit considérablement. Au XVIe siècle, les poètes de la Pléiade hisseront la langue française à l'excellence des langues grecque et latine.

C Le français classique et moderne

Depuis le XVIIe siècle, le français ne cesse de se stabiliser par l'**établissement de son orthographe et des règles du bon usage**. L'Académie française, créée en 1634-1635 par Richelieu, édite son premier dictionnaire en 1694. En 1660, la *Grammaire de Port-Royal* inaugure une **réflexion nouvelle sur la langue**. En 1794, le *Rapport* de l'abbé Grégoire propose d'éradiquer les patois et d'**universaliser à tout le territoire la langue française**, *« langue de la liberté »*.

▲ Le cardinal de Richelieu.

Info-clé

Au XVIIIe siècle, le français était la **langue véhiculaire** de l'Europe, c'est-à-dire qu'elle était la **langue de communication des différentes nations**. Aujourd'hui, c'est l'anglais.

8 L'éloquence à l'Âge classique

La notion de **« classicisme »** a été inventée au XIXe siècle par les romantiques qui voulaient se démarquer et s'affranchir des règles littéraires élaborées au XVIIe siècle. Si l'Âge classique désigne une tendance qui existe dès les années 1625, ce sont surtout les **années 1660-1685** qui marquent l'apogée de ce courant qui accorde à la rhétorique et à l'éloquence une place cruciale.

1 La victoire définitive du français

A Une évolution menée à son terme

• **La poursuite de l'entreprise de la Renaissance.** La langue française devient la **langue des classes cultivées** de la société, celle de la **littérature** et des **textes sérieux**. C'est en français que **Descartes** écrit, en 1637, son œuvre philosophique fondatrice, le *Discours de la méthode*, et **Pascal** en 1656-1657 et 1670, ses *Provinciales* et ses *Pensées*. C'est également en français qu'est dispensé l'enseignement de haute qualité des « petites écoles » de Port-Royal et que se tiennent les conférences scientifiques et médicales organisées par Théophraste Renaudot, dès 1632.

• **Le français, mais quel français ?** Au début du siècle, s'opposent ceux qui souhaitent encore que la syntaxe française **se calque sur la latine**, notamment des théologiens ou des juristes, et ceux qui veulent définitivement **rompre avec cet usage rhétorique** et développer une langue plus sensible et plus poétique.

Ex. : Le roman d'Honoré d'Urfé *L'Astrée* (1607-1628) réussit la synthèse entre ces deux tendances.

B Élaboration et définition de la langue classique

• **L'âge des grammaires.** Bien avant la création de l'Académie française, fleurissent des **ouvrages de grammaire** (Maupas, *Grammaire et Syntaxe française*, 1607). En 1647, paraissent les *Remarques sur la langue française* de **Vaugelas**. L'ouvrage se présente comme un témoignage sur le « bon usage » de la langue française qu'il veut libérer des modèles antiques. Jusqu'à la fin du siècle, les érudits étudient la langue et en définissent l'emploi correct. Ces grammaires œuvrent à **l'unification d'une langue française** que l'on veut **claire** et **élégante**.

• **Une langue pure et rationnelle.** Dès Malherbe, apparaît l'exigence d'une **langue précise** dont le vocabulaire comme la syntaxe doivent **éviter toute ambiguïté**. Les tournures anciennes et les mots archaïques sont bannis. De même, on condamne les inversions qui risquent de rendre les phrases moins claires. La langue classique du XVIIe siècle vise l'alliance de la **simplicité**, de la **clarté**, de la **noblesse** et du **naturel**. La langue classique reflète ainsi la prédilection de ce siècle pour la rationalité.

Mots-clés

• **Barbarisme :** faute grossière de langage consistant à déformer un mot ou à l'employer dans un sens qu'il n'a pas.
• **Néologisme :** création incorrecte d'un mot.
• **Solécisme :** faute grossière de syntaxe.

Rappel

François de Malherbe (v. 1555-1628) est un **poète français** influent pendant la période classique. Ses annotations sur les œuvres des autres poètes de l'époque constituent un art poétique.

2 Le beau discours selon l'esthétique classique

A Les principes

• **Une élaboration progressive.** L'esthétique classique est un **ensemble de règles** élaborées dès 1623 par divers érudits et théoriciens. Ceux-ci se réfèrent à **Aristote** et au poète latin **Horace**, auteur d'un *Art poétique* (19 av. J.-C.). Horace insiste sur le caractère utilitaire de l'art et fait du beau discours le résultat du **travail** plus que du génie.

Citation-clé

« Avant donc que d'écrire, apprenez à penser. [...] Ce que l'on conçoit bien s'énonce clairement, / Et les mots pour le dire arrivent aisément »
Boileau, *Art poétique*, chant I, 1674.

• **L'imitation de la nature.** Ce principe fonde l'**esthétique classique**. Mais, pour les lettrés de l'Âge classique, la nature n'est ni la sauvagerie ni même la spontanéité. Il s'agit d'une nature **universelle**, **rationnelle**, **intemporelle** et **impersonnelle**.

Mot-clé

Esthétique : science du beau, conception particulière du beau.

• **Instruire et plaire.** Ce sont les **deux buts du discours classique** qui vise donc à **emporter l'adhésion** du destinataire et qui, à ce titre, s'appuie sur les règles de l'éloquence.

Ex. : Les pièces de théâtre de Corneille et de Racine, notamment, sont riches en tirades qui savent mêler les divers genres et registres rhétoriques.

B Le sublime

• **Une notion redécouverte.** Le XVIIe siècle redécouvre le *Traité du sublime*, datant du Ier siècle et attribué à un certain Longin. Traduit du grec en latin à la Renaissance, il est **retranscrit en français** par **Boileau**, auteur d'un *Art poétique* en 1674. La notion de « sublime » est ainsi mise à l'honneur.

• **Dépasser la rhétorique.** Le sublime ne vise pas seulement la persuasion mais aussi le « *ravissement* » et l'« *extase* » de l'âme. La rhétorique seule ne peut permettre d'atteindre le sublime ; il faut, explique Boileau, de l'« *extraordinaire* » et du « *merveilleux* ».

Ex. : La clémence d'Auguste dans le *Cinna* de Corneille ou le pathétique d'Iphigénie dans la pièce du même nom de Racine sont des modèles de sublime.

▲ Boileau.

9 Quand les dieux parlent…

La notion d'**« autorité de la parole »** désigne le pouvoir qu'a l'orateur de **se faire obéir** et de faire de son discours une **référence** pour son public. Cette **force d'obligation** est en rapport avec le **mérite** que les auditeurs reconnaissent au locuteur (l'***ethos***). Tout dieu étant par définition une entité surnaturelle considérée comme éminemment supérieure par celui qui y croit, la **parole de ce dieu** est nécessairement dotée elle aussi d'une autorité supérieure.

1 La parole des dieux gréco-romains

A Des dieux qui ont la langue bien pendue…

• **Des dieux qui parlent comme les hommes.** Les dieux gréco-romains sont construits sur le modèle de l'homme et, comme lui, ils parlent. Ils parlent même beaucoup, que ce soit dans la *Théogonie* d'Hésiode, dans l'*Iliade* ou l'*Odyssée* d'Homère, dans l'*Énéide* de Virgile ou dans les *Métamorphoses* d'Ovide. Les dieux parlent aux hommes et se parlent entre eux.

Ex. : L'*Iliade* commence par une invocation à la déesse à laquelle le poète demande de chanter la colère d'Achille.

• **Des dieux qui parlent comme des dieux.** Mais la parole des dieux, du fait de leur supériorité, a une **autorité** que n'a pas celle des humains. Les dieux savent en effet pourquoi les choses se passent, comment elles se passent, ce qui va se passer et ce qu'il faut faire. Ils parlent par **oracle**, c'est-à-dire en réponse à une question posée par les humains et à travers laquelle ils expriment leur volonté. Il leur arrive aussi de prendre la parole *via* des **songes** qu'ils envoient aux hommes pendant leur sommeil.

Ex. : Le chant II de l'*Iliade* commence avec un songe trompeur envoyé par Zeus à Agamemnon.

• **Des lieux et des gens pour le dire.** La parole des dieux s'exprime dans un **lieu sacré**, le sanctuaire : à **Olympie** parlent Zeus et Héra, à **Delphes** Apollon. L'oracle s'exprime à travers un porte-parole, une **pythie** ou une **sibylle**, souvent en état de transe, qui rend une **réponse énigmatique** que recueille et interprète un **devin** ou un **augure**.

Ex. : Dans le mythe d'Iphigénie, c'est le devin Calchas qui explique à Agamemnon comment apaiser la colère d'Artémis.

▲ La sibylle de Delphes.

B Un exemple : *Œdipe roi* de Sophocle

Cette **tragédie grecque** du Ve siècle av. J.-C. met en scène **plusieurs oracles** et **Œdipe**, le roi maudit de Thèbes, découvrant ses propres crimes. La pièce commence alors qu'une terrible peste décime le peuple. Afin de découvrir l'origine de cette épidémie, Œdipe envoie son beau-frère Créon consulter l'oracle de Phoïbos à Delphes. Celui-ci rend sa réponse : *« il faut punir le meurtre de Laïos »*. En effet, Laïos, précédent roi de Thèbes, a été tué sur la route, et l'on n'a pas retrouvé son meurtrier. Œdipe demande donc au **devin Tirésias** d'interpréter cette parole pour découvrir qui est le meurtrier. Le devin désigne alors le coupable : Œdipe lui-même ! Accablé par la révélation, ce dernier écoute sa femme Jocaste, auparavant épouse de Laïos, lui raconter comment un oracle leur avait prédit, à elle et à Laïos, que leur fils tuerait son père. Œdipe raconte comment lui aussi a consulté la pythie après avoir été traité d'enfant supposé. Tout au long de ces révélations, Jocaste remet en doute la **capacité des devins à interpréter les paroles divines**. Mais Tirésias a raison : Œdipe a été victime d'une impitoyable malédiction ; il est coupable de parricide et d'inceste.

Étymologie

On retrouve, dans **« malédiction »**, les termes latins ***male*** (« mal ») et ***dictio*** (« fait de parler, paroles ») qui désigne des paroles par lesquelles un dieu condamne quelqu'un au malheur ou par lesquelles on appelle la colère divine à s'exercer contre quelqu'un. La malédiction s'oppose à la **bénédiction**.

2 La parole du dieu biblique

A Une parole créatrice

La ***Genèse***, premier livre de la Bible, raconte comment Dieu S'est forgé un peuple. La première partie concerne la **création du monde et de l'humanité** : formation de la lumière et du jour, fondation de l'Univers, séparation de la terre et des eaux, apparition des plantes, des étoiles, des êtres vivants, de l'homme et de la femme. Or, **toute cette création ne résulte que de la parole divine**. En effet, chaque étape du récit biblique constate d'abord la parole divine *(« Dieu dit »)*, puis l'effet de cette parole *(« Et cela s'accomplit »)*.

B Des formes différentes de paroles

Le Dieu de la Bible S'adresse aux hommes **directement** ou **indirectement**. L'histoire d'**Abraham** fournit des exemples de ces divers modes. Dieu S'adresse directement à Abraham quand Il lui **ordonne** de quitter son pays pour le pays de Canaan ou quand Il lui demande de sacrifier son fils Isaac. Parfois, le texte biblique dit que la parole de Dieu arrive à Abraham sous forme de **vision**. Parfois aussi, Dieu S'adresse à Abraham grâce à des **messagers** ou des **envoyés** : par exemple, celui qui arrête le bras d'Abraham qui s'apprête à sacrifier son fils.

Rappel

Dès le VIe siècle av. J.-C., le philosophe **Xénophane** mettait en garde contre l'**anthropomorphisme** (même si le mot n'apparaîtra que bien plus tard) qui consistait à faire parler les dieux comme les hommes. **Cicéron**, lui, dénonçait l'**imposture** de toute prétention à l'interprétation de la parole divine.

3 Des philosophes et la parole de Dieu

- **Parménide, *De la nature*.** Le poème de ce philosophe grec (v. 515-440 av. J.-C.) met en scène une **déesse** qui reçoit avec bienveillance le **philosophe** (qualifié d'*« enfant »*) qui est allé la consulter. Elle accepte de lui **parler** *(« Eh bien donc ! Je vais parler »)* et lui **enseigne la réalité et la vérité**. Elle lui apprend à distinguer la vérité (le *« chemin de la certitude »*) de l'opinion humaine et elle affirme *« ce qu'il faut dire et penser »*. C'est donc du divin que procède la vérité.
- **Érasme, le chrétien humaniste.** Auteur humaniste (1466-1536), Érasme tente de concilier sa **foi en Dieu** et sa **foi en l'homme**. Dans son *Essai sur le libre arbitre* (1524), il veut prouver que la croyance en Dieu n'est pas incompatible avec le **principe de la liberté humaine**. Pour ce faire, il s'affranchit des gloses médiévales et **cite directement le texte biblique**. Il fait ainsi entendre la voix de Dieu afin de rendre son propos plus légitime et incontestable.

10 La parole politique dans l'Antiquité

Pendant l'Antiquité, la **carrière politique** passe par l'usage du **discours** qui permet à l'homme politique de **convaincre le peuple** de son mérite personnel, de la pertinence de ses choix, de la raison de ses actions. S'il parle bien, l'aspirant au commandement amène le peuple à le choisir ou à le suivre. Ce discours ne se réduit donc pas à des mots mais il **agit sur le cours des événements.** Voici quelques exemples de discours politiques antiques célèbres…

1 Les discours de Périclès selon Thucydide

A Thucydide

• **Un stratège qui devient historien.** Aristocrate athénien né vers 460 av. J.-C., Thucydide est **stratège** pendant la guerre du Péloponnèse. Après son échec à Amphipolis en -424, il doit s'exiler et ne revient à Athènes qu'en -404. Il meurt, vraisemblablement assassiné, vers -399.

• **Un historien qui raconte une guerre qu'il a vécue.** Thucydide écrit *l'Histoire de la guerre du Péloponnèse* qui opposa Sparte à Athènes de 431 à 404 av. J.-C. Il y retrace les événements en en cherchant les **causes** et en écartant les explications divines et mythologiques. Son récit est **chronologique** et a pour but d'établir la **vérité**. Sa mort laisse son œuvre inachevée.

• **Un écrivain formé à l'éloquence.** Fidèle à l'**enseignement des sophistes**, Thucydide insère de nombreux **discours** dans son récit. Leur importance reflète celle de la parole dans la démocratie athénienne mais permet aussi de rendre le **récit plus vivant**. Si les discours sont **reconstitués librement**, Thucydide explique qu'il a été le plus fidèle possible à la réalité.

B Les trois discours de Périclès

• **Un personnage de premier plan.** **Périclès** (v. 495-429 av. J.-C.), homme politique athénien, domine la vie politique de la cité pendant son apogée. Il est le représentant emblématique de la **démocratie athénienne**. Il engage aussi la cité dans la **guerre contre Sparte**.

• **Des discours variés**

Thucydide rapporte **trois discours** de Périclès, dont il dit que c'était *« l'homme le plus influent d'Athènes,* ***le plus habile dans la parole et l'action*** *»* :

– le premier discours évoque des conseils donnés aux Athéniens quant à la réponse à apporter aux Lacédémoniens (livre I) ;

– le deuxième est une **oraison funèbre** prononcée en l'honneur des soldats morts au combat et qui se révèle être un éloge de la démocratie athénienne (livre II) ;

– le dernier vise à calmer la colère des Athéniens qui subissent les ravages de la guerre et de la peste (livre III).

▲ Buste de Périclès, IIe siècle av. J.-C.

• **Des discours modèles.** Les discours de Périclès **réécrits par Thucydide** sont très construits. Périclès marque lui-même les **étapes de sa harangue** *(« je me suis étendu… », « j'en ai fini avec… », « j'ai terminé… »).* Il n'hésite pas à envisager les réactions de son auditoire et passe habilement du « nous » au « je ».

2 *Catilinaires* : discours du consul Cicéron

• **Le pouvoir par la parole.** Cicéron est **consul** lorsqu'il prononce les *Catilinaires* en 63 av. J.-C. Il détient le pouvoir mais choisit de l'**exercer par la parole**. Il commence d'ailleurs ses discours en disant : *« Que les armes s'effacent devant la toge* [de l'orateur]. »

• **Des discours efficaces.** Cicéron prononce **quatre discours** opposés à Catilina, homme politique qui conspire contre le Sénat de la République romaine. Le consul emploie toutes les ressources de la rhétorique : il s'appuie notamment sur l'**histoire romaine** dont il rappelle les grands moments fondateurs, il **interpelle son adversaire**, dont il dresse un portrait impitoyable, et donne un tour dramatique à ses propos. L'**éloquence de Cicéron a porté** puisque l'orateur a réussi à démanteler la conjuration de Catilina et à forcer ce dernier à quitter Rome.

> **Citation-clé**
>
> *« Écrire l'histoire est une tâche qui revient tout particulièrement à l'orateur. »*
> Cicéron, *De legibus*.

> **Étymologie**
>
> ***Auctoritas*** désigne l'autorité intellectuelle et morale de l'orateur qui fonde et permet l'efficacité politique de ses discours. Ce mot est construit sur le mot *auctor* qui signifie **« auteur »**.

Ex. : Dans sa première *Catilinaire*, Cicéron déclare :
« I. *Jusques à quand abuseras-tu de notre patience, Catilina ? Combien de temps encore serons-nous ainsi le jouet de ta fureur ? Jusqu'où s'emportera ton audace effrénée ? Quoi ! ni la garde qui veille la nuit sur le mont Palatin, ni les forces répandues dans la ville, ni la consternation du peuple, ni ce concours de tous les bons citoyens, ni le lieu fortifié choisi pour cette assemblée, ni les regards de tous les sénateurs, rien n'a pu t'ébranler ?* [...] *Ô temps ! Ô mœurs !* »

3 Le discours de Germanicus selon Tacite

• **Tacite,** homme des Iᵉʳ et IIᵉ siècles de notre ère, a occupé toutes les fonctions politiques prestigieuses de l'Empire romain. **Écrivain** remarquable, il a composé plusieurs œuvres dont des **ouvrages historiques** comme *Histoires* et *Annales*. Moraliste pessimiste, il est parfois accusé de partialité, mais il était, selon Racine, *« le plus grand peintre de l'Antiquité »* (*Britannicus*, préface).

• **Un discours mis en scène.** En 110, Tacite rédige les ***Annales***, ouvrage qui couvre la période qui commence avec le règne de Tibère et s'achève avec celui de Néron. Dans le livre I, il fait le récit de la rébellion des légions de Germanie et donne longuement la **parole** au chef militaire Germanicus qui tente de calmer la révolte. C'est l'occasion, pour Tacite, d'un **discours éloquent** qui montre son goût pour les **figures** et les **formules frappantes** ainsi que sa recherche de l'effet et même du **sublime**. Germanicus n'hésite pas, par ses questions rhétoriques notamment, à éveiller, chez son auditoire, la honte et le remords.

• **Un discours efficace.** Tacite conclut que les mutins, *« touchés de ce discours »*, ont reconnu leurs fautes et ont demandé grâce à Germanicus. La **force du discours** de Germanicus a même réussi à faire que les mutins deviennent *« d'autres hommes »*.

11 La parole religieuse, du Moyen Âge à l'Âge classique

Dans une société régie par l'**Église,** la parole religieuse est **fondamentale et omniprésente.** Son autorité est incontestée. Au Moyen Âge, une grande part de la **littérature** est **religieuse,** et ce n'est qu'à partir du XIIIe siècle que philosophes et théologiens cherchent à faire entendre différemment la parole divine. Au XVIIe siècle, l'éloquence sacrée liera conviction et rhétorique.

1 Représenter la parole religieuse

A L'allégorie

• **Définition.** L'allégorie est la **personnalisation** d'une notion **abstraite** (le Bien, le Mal), d'un **sentiment** (l'Amour), ou d'une **qualité** ou d'un **défaut** (la Bonté ou la Méchanceté).

• **Un mode de pensée.** L'allégorie médiévale correspond à une **manière de voir le monde** : d'une part, un monde **cohérent** où chaque élément a un **sens** et une **place bien délimités** ; d'autre part, un monde où les **notions abstraites** (par exemple, l'Humanité) existent indépendamment de leurs réalisations concrètes (par exemple, tel ou tel homme).

• **Des exemples.** Dans *Le Songe d'enfer* de Raoul de Houdenc (1224), qui raconte un voyage dans l'Autre Monde, le narrateur rencontre sur sa route tous les **vices personnifiés** qui mènent à l'enfer. Dans *Le Roman de la Rose* (1225-1230/1270-1285), Guillaume de Loris, puis Jean de Meung développent des allégories amoureuses, mais aussi théologiques et morales.

> **Mots-clés**
> • **Canon :** loi ecclésiastique.
> • **Concile :** assemblée des évêques de l'Église catholique qui fixe le dogme.

B Hagiographies et miracles

• **L'hagiographie.** Les premiers textes en langue « vulgaire » sont des **récits de la vie des saints**. Vers 880, la *Cantilène de sainte Eulalie* raconte la vie exemplaire de cette martyre. Au milieu du XIe siècle, la *Vie de saint Alexis* raconte la dévotion d'un homme qui abandonne tout pour Dieu. Dans la seconde moitié du XIIIe siècle, **Rutebeuf** racontera la *Vie de sainte Helysabel*. Ces récits visent à émouvoir et impressionner grâce à leurs personnages exemplaires.

• **Le miracle.** Cet autre genre littéraire décrit, en quelques pages, l'**intervention d'un saint** dans l'existence d'un fidèle. Dans *Le Miracle de Théophile* (1262), écrit en vers, Rutebeuf reprend le thème du combat entre la tentation du Mal (Satan) et la dévotion à la Vierge.

C La parole religieuse mise en scène

• **Les mystères (XVe siècle).** Ces **spectacles théâtraux** mettent en scène l'histoire de la chute et du salut de l'homme. Il s'agit d'imposantes représentations qui durent plusieurs jours et nécessitent de nombreux figurants. La plupart reprennent les thèmes de la **passion du Christ**.

• **Les moralités (fin du XVe siècle).** Ces **saynètes**, courtes et vivantes, mettent en scène un principe chrétien et une **vérité religieuse simple**.

2 Donner accès à la parole religieuse

A La démonstration philosophique

Saint Thomas d'Aquin (1225-1274) est le plus grand **théologien** du Moyen Âge. Sa pensée concilie la philosophie d'Aristote et la théologie chrétienne. Tout en distinguant le domaine de la **foi** de celui de la **raison**, Thomas d'Aquin montre leur accord fondamental. Sa méthode philosophique s'appuie sur le **commentaire rigoureux des textes** et le **raisonnement**.

Mots-clés

- **Scolastique :** enseignement délivré dans les universités européennes du IXe au XVIIe siècle, qui mêlait philosophie aristotélicienne et théologie chrétienne.
- **Théologie :** étude des textes sacrés destinée à élaborer la doctrine religieuse sur telle ou telle question.

B Les traductions des textes sacrés

- **Du grec au latin.** À la fin du IVe siècle, la Bible est traduite en latin : c'est ce que l'on appelle « la *Vulgate* ». La *Vulgate* est le **premier livre imprimé** par Gutenberg en 1454.
- **En français.** Dès le XIIIe siècle, des traductions partielles de la Bible voient le jour. Vers 1528-1530, l'Ancien et le Nouveau Testament deviennent entièrement **accessibles en français**.

3 Dire la parole religieuse : l'éloquence sacrée au XVIIe siècle

A La prédication

- **Aller à l'église comme au spectacle.** Au XVIIe siècle, la **chaire** est l'occasion pour les **prédicateurs éloquents** de montrer leur talent, de devenir célèbres et de se faire payer. Un public certes dévot mais aussi mondain se presse dans les églises pour les entendre.
- **Le sermon.** Dans une société où la plus grande partie de la population est analphabète, le **sermon** reste important dans la **transmission de la parole religieuse**. Le sermon, qui dure au moins une heure, part d'une citation des textes chrétiens qu'il commente en des formules parfois frappantes pour le public.

B Bossuet (1627-1704)

- **Un Père de l'Église.** Élève des jésuites, docteur en **théologie**, il devient célèbre par son **talent d'orateur** et prêche pour la première fois devant Louis XIV en 1662. Élu à l'**Académie française** en 1671, il devient **évêque de Meaux** en 1681.
- **Un orateur au style sublime.** Bossuet **veut répandre la parole divine** par ses nombreux sermons et ses oraisons funèbres de hauts et puissants personnages. Ses discours développent les **grands thèmes chrétiens** et sont riches en **considérations sur la nature humaine**. Son style allie la **grandeur** et la **simplicité** ; le **rythme** de ses discours, qui se déploient souvent telle une tragédie ou une épopée, emporte ses auditeurs.

Rappel

L'argument d'autorité consiste à citer, dans son argumentation, la **parole de quelqu'un qui fait autorité**, c'est-à-dire qu'on se **refuse à contester**. On accorde ainsi plus de **valeur** à l'**origine** de l'argument qu'à son contenu.

12 La parole savante

L'**autorité de la parole savante** vient de ce qu'elle ne relève **ni de l'opinion ni de la subjectivité** mais d'un rapport à la **vérité** qu'elle est censée établir **rationnellement,** grâce à l'observation, au raisonnement ou à l'expérimentation. Pourtant, l'histoire montre que cette parole, quelle que soit sa nature, a toujours eu à **lutter contre les idéologies et les croyances** pour se faire entendre.

1 La parole philosophique

A Se défaire de l'illusion

• **Le désir de connaissance.** Le philosophe grec **Aristote** affirme, au début de son ouvrage *La Métaphysique*, que ***« tous les hommes désirent naturellement savoir »*** et que c'est ce qui distingue l'homme de l'animal : *« le genre humain s'élève jusqu'à l'art et aux raisonnements »*.

• **L'allégorie de la caverne.** Cependant, dans *La République*, Platon représente, de manière imagée et concrète, ce qu'est l'**ignorance des hommes** et ce que serait l'**accès à la connaissance et à la vérité**. Il imagine des **prisonniers** enfermés dans une caverne depuis leur enfance et ne pouvant voir que le mur devant eux. Sur ce mur, défilent les images, les **ombres** de ce qui se passe véritablement derrière eux ; mais les prisonniers, ne connaissant que cela, **prennent ces ombres pour la réalité elle-même**. Platon imagine ensuite que certains prisonniers soient libérés, qu'ils sortent de la caverne. Au début, ils seraient **éblouis et aveuglés par la lumière du dehors**, mais s'y habitueraient peu à peu et reconnaîtraient que ce qu'ils ont pris jusque-là pour les réalités n'étaient que des images. Mais si ces prisonniers redescendent dans la caverne libérer de leur ignorance les prisonniers qui y sont restés, il est à craindre, dit Platon, que les prisonniers toujours attachés aux images ne les **tuent**.

• **Le refus de la connaissance.** La parole libre, soucieuse de rationalité et de vérité, est souvent combattue par les dogmatiques divers. Ainsi, **Socrate**, père de la philosophie occidentale et inventeur du **dialogue philosophique**, a été accusé d'impiété et de corruption de la jeunesse et condamné à mort. **Platon**, quant à lui, a dû quitter Athènes où il risquait d'être inquiété comme élève de Socrate. Enfin, **Aristote**, lui aussi incriminé pour mépris de la religion, a dû s'exiler.

Étymologie

Le mot **« raison »** provient du latin *ratio* qui désigne le fait de compter, de calculer et de penser. La raison est la **faculté humaine de bien juger et de raisonner**, c'est-à-dire de connaître selon des principes et selon les règles de la logique.

B Une seule autorité : celle de la raison

• **Le goût des mathématiques et des sciences.** Le philosophe **Descartes** (1596-1650) a fait ses études au collège de jésuites de La Flèche, où il reçoit l'**enseignement scolastique** traditionnel. Mais seules les **mathématiques** trouvent grâce à ses yeux *« à cause de la **certitude** et de l'**évidence de leurs raisons** »* (*Discours de la méthode*, 1637). Descartes connaissait aussi très bien les travaux de Galilée.

• **Le fondateur du rationalisme moderne.** Descartes **refuse d'appuyer sa philosophie sur l'autorité des Anciens** (Aristote, Thomas d'Aquin). Selon lui, la **vérité** ne peut être construite que par la **raison** et selon une **méthode** qui s'inspire du **raisonnement mathématique**.

Cette méthode est fondée sur le **doute** qui doit permettre, dans un premier temps, de se dégager de ses erreurs et de ses illusions trompeuses.

• **La vérité accessible à tous.** Descartes a écrit son *Discours de la méthode* en français et non pas en latin afin qu'il soit plus largement accessible. Dès les premières phrases, le philosophe affirme que la raison est ***« la chose du monde la mieux partagée »*** et qu'elle ***« est naturellement égale en tous les hommes »***. Si certains accèdent à la vérité et pas d'autres, cela ne tient qu'à la méthode suivie.

▲ René Descartes.

2 La parole scientifique

A Le refus de la magie, de la croyance et de la légende

• **L'exemple de la médecine.** L'art de la médecine a toujours existé mais pas **la science médicale**. Dans l'Antiquité, cet art fait appel à la **magie** et à la **religion**, et la maladie est considérée comme une **sanction** infligée par une **puissance surnaturelle**, divine ou diabolique. Au début du Moyen Âge encore, la médecine est une **œuvre pieuse** placée sous l'égide de l'**Église** et, jusqu'au XIIe siècle, c'est l'apanage des clercs. L'Église, par le biais de l'**ancienne faculté de médecine de Paris**, créée en 1253, se méfie des innovations et des dissections.

• **La connaissance de l'Univers.** Ce que nous appelons « science » aujourd'hui n'existe pas avant le XVIIe siècle. De l'Antiquité à la Renaissance, on parle plutôt de **« philosophie naturelle »** : la connaissance y est très liée à des **considérations philosophiques et religieuses**.

• **Le discours historique.** Au Moyen Âge, le récit historique est encore très proche du **récit légendaire**. *La Vie de Saint Louis* de Joinville (XIIIe siècle) relève par endroits de l'**hagiographie**, tandis que le « cycle de Charlemagne » (ensemble de chansons de geste retraçant la carrière de Charlemagne), par exemple, se rapproche nettement de l'épopée.

Rembrandt, *La Leçon d'anatomie du docteur Nicolaes Tulp*, 1632, huile sur toile, La Haye, Mauritshuis. ▶

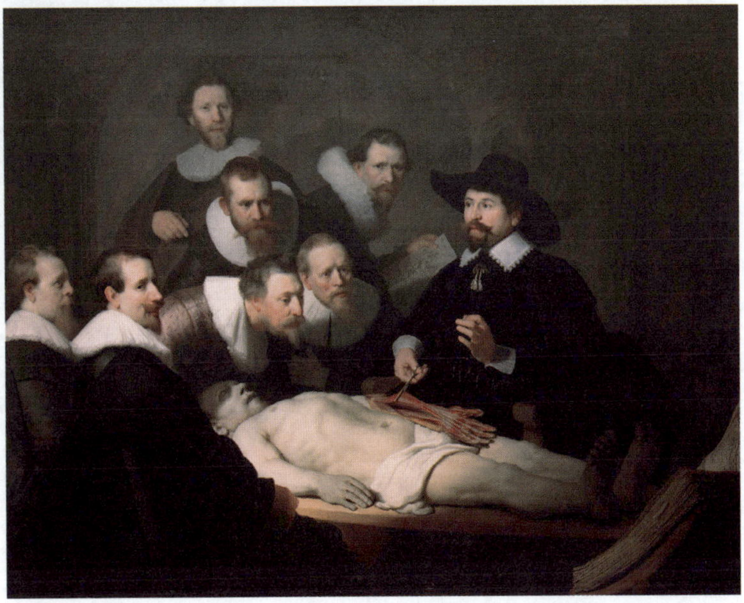

B L'autorité de l'observation objective : la médecine

• **Hippocrate.** Ce **médecin grec** des Ve et IVe siècles av. J.-C. désacralise la maladie. Valorisant l'**observation des faits** et la rigueur morale, il considère la santé comme un **phénomène naturel** sur lequel il s'agit de **raisonner**.

• **Le développement des connaissances.** L'**Humanisme de la Renaissance** a des répercussions considérables sur le développement de la médecine. L'**anatomie** humaine est de mieux en mieux connue : le médecin **André Vésale** (1514-1564) réalise, en 1543, une dissection publique et entreprend de corriger les erreurs de son prédécesseur Galien, qui constituaient pourtant le dogme. Dans son ouvrage *De humani corporis fabrica*, il n'affirme que ce qu'il a pu **constater vraiment**. Au XVIe siècle, le travail du chirurgien **Ambroise Paré** apporte de **nouvelles connaissances**. La circulation du sang ne sera prouvée qu'au XVIIe siècle et la respiration au XVIIIe siècle. Toutes ces découvertes et nouvelles connaissances sont rendues possibles grâce à la **valeur accordée à l'observation rigoureuse des phénomènes et à l'expérimentation**.

• **Le poids de la tradition.** Cependant, la parole qui se prétend savante ne l'est pas toujours et usurpe parfois une autorité injustifiée pour abuser de la crédulité. Ainsi, **Molière**, qui a vu, jeune, sa mère mourir, **se moque** de l'**ignorance** et de l'**immoralité des médecins** de la Faculté dans sa pièce *Le Malade imaginaire* (1673).

Ex. : Dans l'acte II, scène 5, Monsieur Diafoirus, médecin et charlatan, dit à propos de son fils, également médecin : « *Mais sur toutes choses ce qui me plaît en lui, et en quoi il suit mon exemple, c'est qu'il s'attache aveuglément aux opinions de nos anciens, et que jamais il n'a voulu comprendre ni écouter les raisons et les expériences des prétendues découvertes de notre siècle, touchant la circulation du sang, et autres opinions de même farine.* »

Info-clé

Qu'est-ce que l'*Index* ? C'est la liste des livres dressée à partir du concile de Trente, dans la seconde moitié du XVIe siècle, dont l'Église **interdit la lecture car ils sont contraires à la foi.** Les ouvrages de Copernic, de G. Bruno ou de Descartes, par exemple, furent mis à l'*Index*.

C L'autorité de l'observation et des mathématiques : l'astronomie

• **Dès le XVIe siècle,** la **Renaissance** impose l'idée que les **mathématiques** sont la clé de la **connaissance de l'Univers**. Contredisant et Aristote et la Bible, et s'appuyant sur l'observation et le calcul mathématique, **Copernic** (1473-1543) décrit un nouveau système : l'héliocentrisme. Celui-ci place le Soleil au centre de l'Univers, et non plus la Terre, comme cela était communément admis. Luther le traite de fou, et son livre est mis à l'*Index* en 1616.

• **Les instruments optiques.** La mise au point de la **lunette astronomique** puis du **télescope** permet à des **physiciens mathématiciens** comme **Galilée**, **Kepler** et **Newton** de développer les connaissances dans ce domaine, malgré les oppositions qu'ils rencontrent.

Info-clé

Entre 1938 et 1939, le dramaturge allemand **Bertolt Brecht** (1898-1956) écrit ***La Vie de Galilée***, pièce de théâtre qui retrace le procès de Galilée et le combat de la science contre l'obscurantisme.

▲ Copernic et une sphère armillaire.

D L'autorité des faits : l'histoire

Au cours du XIVe **siècle**, la notion de **« vérité historique »** émerge avec le genre de la **chronique** dont les auteurs ne sont plus des moines ni des seigneurs mais des écrivains de métier. Ainsi, **Jean Froissart** (v. 1337-v. 1410) écrit l'histoire des guerres de l'Europe de 1327 à 1400 en rassemblant de nombreux témoignages. À la fin du XVe siècle, **Philippe de Commynes** écrit *Mémoires*, premier livre d'Histoire moderne : il ne s'attarde plus sur les épisodes spectaculaires mais privilégie l'analyse et la perspective historiques tout en s'appuyant sur le récit des faits.

> **Attention !**
> ***Parole savante*** **ne signifie pas « vérité universelle ».** La vérité scientifique ou historique peut toujours être remise en cause, voire invalidée, par de nouvelles recherches et découvertes.

3 La parole juridique

A L'autorité de la souveraineté

La loi est une **règle obligatoire** établie par l'**autorité souveraine**. Cette autorité souveraine **varie** selon les sociétés et les régimes politiques. Dans la monarchie mésopotamienne, le ***Code d'Hammurabi*** (XVIIIe siècle av. J.-C.), un des premiers textes juridiques, invoque le patronage des dieux, la stèle montrant le dieu Soleil dictant la loi au roi. Au **XVIIe siècle** en France, les lettres de cachet et les lettres patentes étaient la **manifestation de la puissance du roi dont la seule personne légitimait l'ordre**. Aujourd'hui, en France, la loi est ***« l'expression de la volonté générale »*** (*Déclaration des droits de l'homme et du citoyen* de 1789) ; pour être acceptée, elle doit être **votée** dans les mêmes termes par l'Assemblée nationale et le Sénat, tous deux constitués des **représentants élus du peuple** (Constitution de 1958).

B L'autorité de la force publique

La loi établie par l'autorité souveraine d'une collectivité s'**impose aux membres de cette collectivité** qui sont sanctionnés par la **force publique** s'ils contreviennent à cette règle de droit.

> **Info-clé**
> La **force publique** représente l'**ensemble des services de l'État**, comme la police par exemple, chargés du maintien de l'ordre, de la sécurité et de l'exécution des lois.

13 La querelle des Anciens et des Modernes

Au XVIe **siècle** déjà, éclate la **« querelle du cicéronianisme »** qui oppose des lettrés qui veulent écrire en un latin calqué sur celui de Cicéron à des hommes comme Érasme qui veulent écrire en un latin vivant et moderne. À la fin du **XVIIe siècle,** éclate dans les milieux littéraires une querelle retentissante, celle des **Anciens** et des **Modernes,** dont les enjeux dépassent les simples cercles littéraires.

1 Jalons et enjeux

A Les étapes de la Querelle

• **La bataille autour du « merveilleux ».** Des années 1650 aux années 1670, éclate la **querelle sur le merveilleux**. Plusieurs poètes veulent substituer au **merveilleux mythologique de l'Antiquité** un **merveilleux chrétien, français et moderne**. Les productions de ces poètes sont médiocres (*Alaric ou Rome vaincue* de Scudéry ou *Saint Paul* de Godeau), mais un **nouvel esprit** est apparu.

• **Latin ou français ?** Vers 1676, se pose la question de savoir si les **inscriptions qui ornent les monuments** doivent être en **latin** ou en **français**. Le français est finalement choisi mais l'opposition entre les deux camps se durcit.

• **Deux camps en présence.** D'un côté, des **auteurs doctes et classiques** et l'Académie française prônent une **éducation humaniste** fondée sur l'étude et l'**imitation des auteurs anciens** : Boileau, Racine, La Fontaine, Bossuet, La Bruyère. De l'autre côté, des auteurs militent pour une **littérature de divertissement** qui développe des **genres nouveaux** : Saint-Évremont, Quinault, Perrault, Fontenelle.

• **Provocation et réaction.** En 1687, **Perrault** lit, à l'Académie française, un poème, *Le Siècle de Louis le Grand*, qui affirme la **suprématie du règne de Louis XIV sur l'Antiquité**. Boileau, La Fontaine et La Bruyère d'un côté, Perrault et Fontenelle de l'autre se répondent à **coups de textes**.

• **La « querelle homérique ».** Les auteurs dits « Modernes » contestent aussi le génie d'**Homère**, et parfois même son existence. En 1713, un dramaturge qui ne connaît pas le grec, Houdar de La Motte, traduit une *Iliade* abrégée et peu fidèle à l'original. Les hellénistes lettrés sont furieux. Fénelon, homme d'Église et écrivain, réconcilie les deux camps.

> **Étymologie**
> Le mot **« moderne »** vient du latin ***modernus*** qui signifie « récent, actuel » et qui vient lui-même de *modo*, « à l'instant, tout de suite ».

B Les enjeux : à quelle autorité se référer ?

• **L'autorité des auteurs anciens remise en cause.** L'**Âge classique** fonde son esthétique et même sa vision du monde sur l'**autorité des Anciens**, leur culte et leur imitation. Depuis la Renaissance, en effet, et la redécouverte de la culture gréco-latine, l'**Antiquité** est considérée comme l'**excellence**, le modèle de perfection artistique à atteindre.

• **La question posée par la Querelle.** Les **Modernes refusent cette autorité** des auteurs anciens et posent la question de savoir si les « Anciens » sont forcément supérieurs aux « Modernes », si la civilisation gréco-latine l'emporte forcément en excellence sur leur civilisation contemporaine.

• **La notion de « progrès ».** Les Modernes, autour de Perrault, répondent par la négative. Ils mettent en avant la notion de **« progrès »** : tout a progressé depuis l'Antiquité, constatent-ils, et il n'y a aucune raison que les lettres et les arts échappent à ce progrès généralisé. Selon eux, **la culture antique ne peut plus constituer une autorité** pour les hommes d'aujourd'hui ; elle n'est qu'une étape dans le grand cheminement des sociétés et des cultures.

Info-clé

Un nouveau merveilleux. Charles Perrault (1628-1703) s'empare de toute une **tradition orale et populaire** à laquelle il donne ses lettres de noblesse dans ses *Contes en vers* ou *Contes de ma mère l'Oye* (1697).

2 Deux acteurs importants de la Querelle

A Jean de La Fontaine (1621-1695)

L'auteur des *Fables* répond, en 1687, au poème de Perrault par son ***Épître à Huet***. Huet est un homme d'Église et un homme de lettres, opposé aux Modernes. La Fontaine n'hésite pas à citer ses adversaires, dont les discours, dit-il, sont *« fort beaux mais souvent fort frivoles »*. Il critique ainsi ceux qui refusent de suivre les Anciens car ***« près de ces grands noms notre gloire est petite »***. Mais il critique aussi ceux qui les imitent servilement. ***« Mon imitation n'est point un esclavage »***, affirme-t-il. Son épître est un hommage à Quintilien, Térence, Horace et Homère.

Jean de La Fontaine. ▶

Citation-clé

Bien avant la Querelle, **Bernard de Chartres,** philosophe du XIIe siècle, montrait que le progrès doit toujours s'appuyer sur les connaissances des siècles passés : *« Nous sommes des nains juchés sur les épaules de géants. »* Nous, hommes modernes, ne sommes que des « nains », mais grâce aux génies du passé, nous pouvons voir loin.

Citation-clé

Le questionnement sur le **rapport aux prédécesseurs** et sur la **nécessité du changement** est constant et dépasse la querelle des Anciens et des Modernes. Ainsi, **Rimbaud,** en 1873, affirme dans *Une saison en enfer* : ***« Il faut être absolument moderne. »*** Le poète, au cours d'une douloureuse méditation, constate qu'il faut se tourner vers l'avenir, mais ce constat est aussi empreint d'amertume.

B Charles Perrault (1628-1703)

Dans les **années 1690**, Perrault publie ***Parallèles des Anciens et des Modernes***. Il met en scène un dialogue entre un admirateur de l'Antiquité, un abbé et un chevalier favorables aux Modernes. Perrault développe une **conception du progrès** : *« Tous les arts ont été portés dans notre siècle à un plus haut degré de perfection que celui où ils étaient parmi les Anciens, parce que le temps a découvert plusieurs secrets dans tous les arts, qui, joints à ceux que les Anciens nous ont laissés, les ont rendus plus accomplis. »*

Charles Perrault. ▶

14 Séduire par la parole

La parole, parce qu'elle établit un lien entre le locuteur et celui auquel elle s'adresse, se caractérise par les effets qu'elle provoque. L'étude de la rhétorique et de l'éloquence montre que la parole cherche soit à **convaincre** le locuteur en faisant appel à sa **raison,** soit à le **persuader** en cherchant à le toucher et à provoquer chez lui des **sentiments** divers. La **séduction** relève de cette persuasion.

1 Le sens des mots

A Les mots de la séduction

• **Séduire.** Dans son sens premier, **« séduire »** signifie *« détourner quelqu'un du droit chemin ou du bien »*. Comme deuxième sens, le dictionnaire indique *« amener quelqu'un à se donner sexuellement »* (*Le Petit Robert de la langue française*, 2017). Ce verbe signifie aussi *« convaincre en persuadant ou en touchant, avec l'intention de créer l'illusion, en employant tous les moyens de plaire »* ou ***« attirer de façon puissante, irrésistible »***.

Citation-clé

« Pour plaire aux autres, il faut parler de ce qu'ils aiment et de ce qui les touche. »
La Rochefoucauld, *Maximes, Réflexions diverses*, IV, 1664.

• **La séduction.** Ce nom commun renvoie d'une part à l'action de **séduire** et de **corrompre**, d'autre part au moyen de séduire, au **charme** ou à l'**attrait**.

• **Une étymologie éloquente.** Le verbe français « séduire » provient du latin *seducere* qui signifiait **« emmener à part, à l'écart ; séparer »**. Le verbe latin est construit à partir du pronom réfléchi ***se***, employé dans un sens particulier (privatif) et du verbe *ducere*, « tirer », bâti sur le mot *dux, ducis*, « chef ».

• **Une connotation péjorative.** Ces différentes significations tirent la séduction du côté de la **dépossession de soi-même**. De plus, la parole séductrice est dotée d'une **force irrépressible** qui semble priver le locuteur de toute maîtrise, de toute raison.

B Convaincre et persuader

• **Sens courant et sens philosophique.** À peu près équivalents dans le langage courant, les verbes *convaincre* et *persuader* désignent pourtant **deux manières différentes d'amener un auditeur à partager l'opinion du locuteur** et à rejeter l'opinion adverse. Ce sont deux moyens de l'argumentation verbale.

Mot-clé

Sincérité : qualité qui consiste à reconnaître la vérité, à faire connaître ce que l'on pense réellement, sans se tromper soi-même ni tromper les autres.

• **Séduction contre réflexion.** La **persuasion** recourt à la **rhétorique** telle que la condamne le philosophe Platon **(voir leçon 3, p. 14)** et se préoccupe **d'emporter l'adhésion mais pas de défendre le vrai**. Ainsi, la persuasion repose souvent sur la **séduction** et ne se soucie pas de **sincérité** : le locuteur vise à atteindre les ressorts intimes de son auditoire. Au

Citation-clé

« L'art de persuader consiste autant en celui d'agréer qu'en celui de convaincre, tant les hommes se gouvernent plus par caprice que par raison. »
Pascal, *De l'esprit géométrique*, 1658.

contraire, celui qui veut **convaincre** s'adresse à la **raison** de son locuteur et n'a recours qu'à des **arguments rationnels**. Ce qui suppose que le locuteur adhère à ce qu'il dit et **considère comme vrai ce dont il veut convaincre** son public.

2 Exemple de parole séductrice : les Sirènes d'Homère

A Un danger irrésistible

Dans l'*Odyssée* (VIIIe-VIe siècles av. J.-C.), **Homère** met en scène la magicienne **Circé** caractérisée, dès le chant X, par sa ***« belle voix »*** et son ***« si beau chant »*** qui **fascinent** les compagnons d'Ulysse. Surtout, au chant XII, elle avertit le héros grec des dangers qu'il va rencontrer sur la mer. Il s'agit des **Sirènes** qui, selon elle, *« ensorcellent tous les hommes* [...] *d'un chant clair »*. Elle recommande donc à Ulysse de boucher, avec de la cire, les oreilles de ses compagnons et de se faire, lui, attacher très solidement à un mât pour profiter du chant sans risquer d'y céder.

Ulysse et les Sirènes. ▶

B Le chant des Sirènes

Le poète qualifie, à plusieurs reprises, le **chant des Sirènes** de ***« chant clair »***. Et c'est en discours direct qu'il retranscrit les paroles de ces **ensorceleuses**. Les Sirènes commencent par **flatter** Ulysse en évoquant sa célébrité et son renom : *« Ulysse fameux, gloire éternelle de la Grèce. »* Puis elles s'appuient sur **l'autorité de l'expérience** pour **intimider** Ulysse tout en **éveillant ses sens** : *« Jamais aucun navire n'est passé là sans écouter de notre bouche de doux chants »*. Enfin, elles évoquent les effets de leur parole : la connaissance (de l'histoire de la guerre de Troie) et le **charme**. Ulysse **succombe à cette séduction** puisqu'il supplie d'un signe des sourcils qu'on défasse ses liens, mais ses compagnons, au contraire, les resserrent. Ce mythe montre ainsi la puissance que les mots peuvent exercer sur les esprits.

> **Citation-clé**
> *« On ne loue d'ordinaire que pour être loué. »*
> La Rochefoucauld, *Maximes*, 1678.

15 Les moyens de la persuasion

L'**« éloquence »** est une notion à la fois **positive** et **péjorative :** de cet art relèvent ce qu'il y a de meilleur dans la parole et ce qu'il y a de plus dangereux. Or, ce sont souvent les mêmes moyens de persuasion et de séduction qui sont utilisés par les orateurs dans l'un et l'autre cas. Il est donc nécessaire de savoir **analyser les discours persuasifs** pour identifier leurs **procédés** et leurs **desseins.**

1 Registres et style de la persuasion

A L'*ethos* et le *pathos*

• **Les registres rhétoriques.** La **persuasion** relève de deux des trois registres rhétoriques **(voir leçon 5, p. 18)**, l'*ethos* et le *pathos*, tandis que la **conviction** relève du *logos*. L'***ethos*** renvoie à la personnalité et à l'autorité de l'orateur ; le ***pathos*** fait appel aux émotions de l'auditoire.

• **L'*ethos*.** Le **prestige** de l'orateur, fondé ou non, concourt à son autorité et à sa **capacité à séduire** son public.

Ex. : Dans le dialogue de Platon *Phèdre*, Socrate et Phèdre insistent sur le renom du rhéteur Lysias dont les talents d'orateur ont fait leurs preuves et impressionnent d'emblée l'auditoire. De même, dans le chant VIII de l'*Odyssée,* Ulysse, qui s'apprête à écouter Démodocos, sait qu'il s'agit d'un *« fidèle aède par le peuple honoré »* qui chante avec un *« grand art »*.

• **La prosopopée.** Cette figure de style permet à l'orateur de **faire parler, dans son propre discours, une illustre personne** pourtant morte ou une abstraction consensuelle. Elle relève de l'**argument d'autorité**.

Ex. : Agrippa d'Aubigné, dénonçant les guerres de Religion, donne la parole à *« la France une mère affligée »* pour qu'elle s'adresse en discours direct à ses deux *« félons »* (*Les Tragiques*, « Misères », 1616, v. 127 à 129). De même, en 1750, dans son *Discours sur les sciences et les arts*, Rousseau, voulant remettre en cause les notions de « progrès » et de « civilisation », fait parler un Romain connu pour sa vertu et irréprochable : Fabricius.

• **Le *pathos*.** Avec le *pathos*, l'auditeur est **touché**. Il réagit au discours **non pas par sa pensée et sa réflexion mais par son affectivité**. Le discours ne le fait **pas réfléchir** mais **ressentir une émotion**.

Ex. : Ainsi, après le récit de Démodocos, Ulysse pleure abondamment, en proie à *« la plus pitoyable angoisse »*. Dans le *Phèdre* de Platon, le personnage éponyme est enthousiaste après le discours de Lysias ; et Socrate, lui-même, dit de ce discours qu'il l'a *« transporté »* hors de lui.

Mot-clé

Démagogie : attitude ou politique par lesquelles on flatte et on exploite les sentiments et les réactions des masses. Le mot français vient du grec ***demos***, « le peuple », et du latin ***ago***, « conduire ».

B Le lexique de l'affectivité

• **L'affectivité** désigne l'ensemble des phénomènes psychologiques liés aux états de **plaisir** ou de **douleur**. Les **affects** et les **sensations** sont les formes les plus élémentaires et primaires de ces états ; les émotions, les passions et les sentiments en sont les formes plus complexes.

• **La sensation** se distingue du sentiment par son **caractère immédiat** et par sa composante plus physiologique, **le sentiment** étant plus **stable** et plus **durable**.

• **L'émotion** est un **trouble**, généralement brusque et momentané, souvent accompagné de manifestations physiologiques.

• **Une impression** est une émotion, une sensation ou un sentiment élémentaire, **vague et peu identifiable**. Celui qui la ressent a, le plus souvent, du mal à la nommer et à l'expliquer.

C Le style de la persuasion

• **Une parole forte.** Si la parole séductrice a recours à toutes les figures de style, elle privilégie néanmoins l'**amplification** et la **répétition**. Parmi les figures d'amplification, qui ont pour effets de dramatiser le propos de l'orateur et de frapper l'auditoire, citons l'**hyperbole** et la **gradation**. L'**anaphore** relève et de l'amplification et de la répétition. Les **procédés emphatiques** (extraction d'un élément syntaxique) permettent de mettre en évidence le propos et de l'affirmer de façon frappante. Enfin, les figures par analogie (**comparaison, métaphore, personnification** et **allégorie**) suscitent l'imagination de l'interlocuteur qui se représente de manière plus concrète et vivante ce dont parle l'orateur.

Mots-clés
• **Hyperbole :** forte exagération.
• **Gradation :** énumération de termes croissants.
• **Anaphore :** répétition en début de vers ou de phrase.

• **Un discours qui emporte.** L'orateur qui veut persuader son auditoire s'attache à donner à son discours un **rythme** qui conquiert ceux qui l'écoutent. Pour cela, il peut avoir recours à la **période** : une longue phrase harmonieuse, au rythme binaire ou ternaire, composée d'une partie ascendante (la protase), d'une partie descendante (l'apodose), puis d'une conclusion (la clausule) qui ferme l'ensemble. Dans les discours de **Cicéron** (puis, au XXe siècle, dans ceux de **Charles de Gaulle**), la période est très fréquente. On y trouve aussi des **parallélismes**, phrases à la structure syntaxique similaire qui mettent en relief les différences de termes.

2 Des moyens pour mettre le public de son côté

A Interpeler l'auditoire

• **Jouer sur la place de l'orateur.** L'orateur habile use à la fois du **« je »** et du **« nous »**. Le pronom de la 1re personne du pluriel lui permet de créer une **« communauté »** d'intérêts, de pensée : il fait ainsi du public son **complice**. Celui du singulier lui permet de **se mettre en avant** et de se poser comme **éventuel recours** ou **leader**. De plus, l'orateur peut user de **fausse modestie** (« Je ne prétends pas avoir les capacités de… ») pour capter la bienveillance de l'assistance, ou de **prétérition**, afin d'attirer l'attention sur ce qu'il prétend taire.

• **Jouer avec la place du public.** L'**orateur persuasif** n'hésite pas à **impliquer son auditoire** par le biais du pronom **« vous »**, des **apostrophes**, des **périphrases** qui désignent le public en lui attachant une caractéristique et des **interrogations rhétoriques**. Ce faisant, il empêche le public d'être indifférent, l'oblige au contraire à se **sentir concerné** et même partie prenante. Ces procédés lui permettent aussi de **faire croire au public qu'il instaure avec lui une conversation**.

Mots-clés
• **Apostrophe :** interpellation soudaine de son interlocuteur.
• **Interrogations rhétoriques :** fausses questions, n'appelant pas de réponse.
• **Prétérition :** dire qu'on ne va pas parler… de ce dont on parle !

B Flatter ceux auxquels on s'adresse

La flatterie est un vieux procédé de la séduction et de la persuasion : rappelons-nous la fable de **La Fontaine** *Le Corbeau et le Renard*. Avec la flatterie, l'orateur adresse au public des louanges, souvent fausses ou excessives, pour lui plaire et l'amadouer.

Ex. : C'est ce que fait Don Diègue, dans *Le Cid* de Corneille (acte I, scène 5), quand il veut persuader son fils Rodrigue d'aller affronter en duel le père de sa bien-aimée – ce qui revient à lui demander de sacrifier son amour. Don Diègue commence par mettre en avant les qualités guerrières de son ennemi pour flatter l'amour-propre de Rodrigue.

Citation-clé

La leçon du Renard de La Fontaine : « *Mon bon Monsieur, / Apprenez que tout flatteur / Vit aux dépens de celui qui l'écoute.* » Le Renard a réussi à prendre au Corbeau sa nourriture sans utiliser la force, sans recourir à d'autres armes que la flatterie.

▲ *Le Corbeau et le Renard* de La Fontaine.

C Disqualifier le rival

• **Un autre procédé consiste à discréditer l'adversaire,** que celui-ci soit ou non explicitement **nommé** et identifié, et à l'**isoler**, à l'**exclure** du « groupe » que le locuteur tend à former avec son public. L'**argument *ad hominem*** peut relever de ce procédé : il vise l'opposant en tant qu'individu et personne et non pas en tant qu'adversaire rationnel dans un débat qui prétend, pourtant, se situer au niveau des principes.

• **L'insinuation,** par exemple, est un moyen de **dénigrer l'autre**. En effet, c'est une allusion qui laisse entendre quelque chose sans l'affirmer explicitement ; comme l'attaque n'est pas explicite, elle est plus difficile à contrer.

• **L'ironie** permet de **faire rire** son public aux dépens de l'adversaire tout en rendant ce public complice de l'orateur moqueur.

3 Entraver la pensée de l'auditoire

A Le lexique du manque de réflexion

• **La parole séductrice** ne cherche pas toujours à faire réfléchir ceux auxquels elle s'adresse. Au contraire, parfois, elle profite du **manque de précision** et de la **confusion** pour faire naître des jugements non rationnels. Ces derniers, justement parce qu'ils ne sont pas fondés sur la raison, sont plus difficiles à combattre.

• **Un *a priori*** est un jugement qui ne se fonde sur aucune expérience. L'*a priori* est proche du **préjugé**, qui désigne une croyance ou opinion antérieure à toute réflexion et souvent conditionnée par le milieu, l'époque ou l'éducation.

- *Parti pris* et *idée toute faite* sont des synonymes de ***préjugé***.
- **L'approximation** et **l'à-peu-près** se caractérisent par leur manque de précision, parfois même grossier.
- **La confusion** est le manque de clarté tandis que **l'amalgame** est le mélange ou l'assimilation d'éléments très différents.
- **La rumeur** est une nouvelle qui se répand dans le public mais dont l'origine et la véracité sont incertaines.

B L'usage de l'implicite

L'implicite est un contenu suggéré par le discours ou la phrase mais pas clairement énoncé. Il fonctionne par **présupposé** ou par sous-entendu. L'implicite peut relever d'une **stratégie de séduction ou de persuasion** de plusieurs façons : d'une part parce qu'il fait **comme si le public pensait forcément comme l'orateur**, d'autre part parce qu'il limite la prise de distance et **empêche les tentatives de réfutation**.

Mots-clés

- **Présupposé :** information obligatoirement sous-entendue par le propos.
- **Sous-entendu :** information éventuellement sous-entendue par le propos.

C Le goût du paradoxe

Le **paradoxe** exprime une idée contraire à l'opinion commune ou à la conclusion habituellement tirée de tel ou tel raisonnement. Il peut aussi bien inviter à la réflexion qu'entraver celle-ci. En effet, la surprise provoquée par le paradoxe peut amener à s'interroger, mais elle peut aussi **sidérer et séduire par son côté osé**. De même, les **figures d'opposition** (antithèse, antiphrase, oxymore), qui souvent **plaisent à l'auditoire**, peuvent tout aussi bien éveiller la réflexion que l'embrouiller.

Ex. : Le fameux éloge de l'infidélité que Dom Juan fait dans la pièce de Molière qui porte son nom (acte I, scène 2) est un exemple remarquable de l'usage séducteur et sidérant du paradoxe : non seulement Dom Juan nous persuade qu'il rend justice aux femmes qu'il trompe, mais encore il rend impossible la défense de la fidélité.

Rappel

- **Un discours simple** est un discours clair et accessible ; **un discours simpliste** est un discours réducteur et primaire, donc dangereux.
- Être **partiel**, c'est être incomplet ; être **partial**, c'est avoir un parti pris et ne pas juger justement.

Dom Juan de Molière, acte II, scène 5. ▶

16 Plaire ou instruire : faut-il choisir ?

La question se pose particulièrement pour la **littérature,** art de la parole par excellence. N'est-elle qu'un **art de divertissement** cherchant à plaire ? ou doit-elle s'emparer de la parole qu'elle met en scène pour **instruire les lecteurs ?** Au XVIIe siècle, la question est **au cœur des débats :** l'esthétique classique, en effet, assigne à la littérature une **fonction moralisatrice.**

1 Plaire pour instruire

A L'efficacité de la fiction : les fables

• **Dans l'argumentation directe,** l'auteur s'exprime en son nom et présente ses idées **sans recourir à la fiction**. Le lecteur sait donc qui parle et qui professe telle ou telle opinion. C'est le cas des essais, des articles, des lettres, des pamphlets, des satires, des maximes et des divers discours.

• **Dans l'argumentation indirecte,** l'auteur passe par le **détour de la fiction**. Ce type d'argumentation peut concerner **tous les genres littéraires** qui relèvent de la fiction (roman, conte, utopie), mais il est surtout à l'œuvre dans la **fable** et au **théâtre**. Avec l'argumentation indirecte, le lecteur/spectateur doit **s'interroger davantage sur le sens délivré**.

• **Alors, quelle argumentation choisir ?** La Fontaine met en scène cette question dans *Le Pouvoir des fables* (1678). Dédiée à un ambassadeur, cette fable raconte l'**échec** d'un orateur athénien qui veut mobiliser ses concitoyens par une **leçon morale et politique** : son auditoire ne l'écoute pas. Dépité, l'homme se met à raconter une **fable** mêlant une déesse et des animaux : aussitôt, le public l'écoute avec intérêt. La Fontaine conclut sur l'efficacité du plaisir que procurent les fables.

• **La fonction éducative des fables.** Dans sa préface à ses *Fables* (1668), La Fontaine affirme que les fables sont le meilleur moyen de **donner aux enfants de bonnes habitudes** : *« Par les raisonnements et conséquences que l'on peut tirer de ces fables, on se forme le jugement et les mœurs, on se rend capable des grandes choses. »* Le plaisir de la narration rend réceptif à la leçon.

B L'efficacité du rire : la satire

Molière doit, à plusieurs reprises, **défendre ses comédies contre la censure**. Son *Tartuffe* attaquant les faux dévots, l'auteur, dans sa préface, se justifie. Il part de l'impératif classique : **le but de la comédie est de *« corriger les vices des hommes »*** et le théâtre a une **fonction moralisatrice** certaine. Mais, constate Molière, la satire démolit bien plus les vices que *« les plus beaux traits d'une sérieuse morale »*. Son argument tient à la **psychologie humaine** : ce que l'amour-propre redoute le plus, c'est d'être moqué. On voudra donc ne pas ressembler au personnage dont on s'est moqué.

Info-clé

« Castigat ridendo mores » est la devise inventée par le Français Jean de Santeul (1630-1697) pour la troupe du Théâtre-Italien. Cette expression latine dit que « la comédie corrige les mœurs par le rire ».

C L'efficacité de la peur : la tragédie

C'est un autre argument qu'emploie **Racine** pour défendre ses tragédies contre ses détracteurs qui lui reprochent de mettre en scène d'affreux comportements : celui de la **punition**. Le dramaturge affirme que la tragédie, montrant toutes les conséquences déplorables des passions, ne peut qu'inciter le spectateur à redouter de tels effets et donc à s'éloigner de tels comportements.

Citation-clé

Dans sa préface à *Phèdre* (1677), Racine dit à propos des auteurs anciens : *« Leur théâtre était une école où la vertu n'était pas moins bien enseignée que dans les écoles des philosophes. »*

2 *Séduction* ne rime pas avec *éducation*

A Le danger de la fiction

• **Donner l'illusion de la connaissance.** Dans *La République* (livre X), le philosophe grec **Platon** critique les arts fondés sur l'imitation de la nature, et en particulier la **poésie tragique** et la **tragédie**. Il leur reproche de donner l'illusion de la vérité. Il prend l'exemple d'Homère qui, selon lui, représente les médecins mais ignore tout de la médecine.

• **Truquer la représentation des passions.** Au XVIIe siècle, le **moraliste Pierre Nicole** (*Traité de la comédie*, 1667) reproche aux auteurs de comédies de ne pas montrer les passions sous leur vrai jour et de ***« les dépouiller de ce qu'elles ont de plus horrible »***. Ainsi, le dramaturge habile **maquille les passions** de telle sorte qu'au lieu d'être repoussantes, elles en deviennent attirantes.

Citation-clé

Platon, dans *La République* (livre X, 599), interpelle Homère : *« Ô cher Homère,* [...] *dis-nous quelle cité a été grâce à toi mieux administrée* [...] *! Quel État te revendique pour un bon législateur* [...] *? »*

B La séduction impose la flatterie

• **Le danger de la parole littéraire. Platon** critique aussi la manière dont la poésie et le théâtre exercent un **charme magique** sur le spectateur. Cet attrait l'**ensorcelle** et l'empêche de réfléchir. De plus, selon Platon, ces arts **flattent le spectateur** dans ses mauvais penchants. De même, au XVIIIe siècle, **Rousseau** (*Émile ou De l'éducation*,1762) conteste l'apport éducatif des fables et montre qu'au contraire, **l'amour-propre** fait que les enfants choisissent toujours le personnage qui a le « beau rôle » mais pas le plus vertueux.

• **Plaire : objectif premier et exclusif. Jean-Jacques Rousseau**, dans sa *Lettre à d'Alembert sur les spectacles* (1758), explique que le théâtre cherche d'abord à **plaire** et à **amuser** et que ces deux buts sont incompatibles avec l'**instruction**. Il montre qu'on donne à chaque public le type de spectacles qu'il aime et qui donc l'encouragent dans ses éventuels défauts, et non pas des spectacles instructifs qui pourraient chercher à le changer.

Jean-Jacques Rousseau. ▶

17 La parole, entre sincérité et mensonge

Un des principaux critères d'appréciation et d'évaluation de la parole est celui du **vrai** et du **faux.** La vérité n'étant pas toujours agréable à entendre, la parole qui veut séduire peut être tentée de la travestir. Une **parole vraie** est conforme à la réalité et à la vérité ; une **parole sincère** est conforme à ce que son auteur croit ou pense vrai et réel. Enfin, un **mensonge** est une parole sciemment contraire à la réalité et à la vérité, proférée dans l'intention de tromper.

1 Sincérité, erreur et mensonge

A La parole sincère

- **Une notion évidemment positive.** La « **sincérité** » est considérée comme une **valeur** et une **qualité**. Les mots qui s'y rapportent sont **valorisants** et **mélioratifs**, tandis que ses antonymes (*feinte, dissimulation, hypocrisie, tartufferie*, etc.) sont, en général, péjoratifs. Cette valeur lui est conférée par sa parenté avec le concept de « **vérité** ». Elle lui vient aussi de la place que la sincérité occupe dans la **relation à autrui**.

- **Une attitude parfois dangereuse.** Qualité morale évidente, la sincérité peut, en société, générer des difficultés.

Ex. : Dans *Le Misanthrope* (1666), Molière met en scène ce conflit entre une parole sincère mais asociale et une parole mondaine mais plus ou moins hypocrite. Alceste refuse de ne pas dire ce qu'il pense et donc de se plier au jeu social habituel. Cette attitude entraîne son isolement, puis son retrait final de la société. Il s'oppose à son ancien ami Philinte qui, lui, est le parfait modèle de l'homme agréable en société. De même, dans *Les Obsèques de la Lionne* (1668), La Fontaine oppose aux hypocrites courtisans le sincère Cerf qui ne pleure pas à la mort de la femme du roi. Finalement, et pour échapper à la colère du roi, le Cerf décide de lui mentir, comme les courtisans : il est alors porté aux nues.

Citation-clé

« Je veux qu'on soit sincère, et qu'en homme d'honneur, / On ne lâche aucun mot qui ne parte du cœur», dit Alceste dans *Le Misanthrope* de Molière (1666).

- **Une qualité remise en cause.** La sincérité est-elle seulement possible ? Les moralistes du XVIIe siècle remettent en cause la sincérité… de la sincérité.

Ex. : La Rochefoucauld, dans ses *Maximes* (1678), se demande si la sincérité traduit de l'honnêteté ou, au contraire, de l'habileté (maxime 170). Il affirme aussi que l'*« aversion du mensonge »* est souvent une manière de rendre très respectables nos paroles (maxime 63).

Citation-clé

« La sincérité est une ouverture de cœur. On la trouve en fort peu de gens ; et celle que l'on voit d'ordinaire n'est qu'une fine dissimulation pour attirer la confiance des autres. »
La Rochefoucauld, *Maximes*, 62, 1678.

B Erreur et mensonge

- **C'est l'intention qui compte !** Le **mensonge** comme l'**erreur** sont des assertions contraires à la réalité ou à la vérité mais, si le premier est commis en toute connaissance de cause et dans **l'intention de tromper**, la seconde est **involontaire**. Le mensonge relève de ce que l'on appelle « la **fonction conative du langage** », selon laquelle la parole a pour but d'agir sur le destinataire ou de le faire agir.

• **Mentir pour séduire.** Ainsi, le mensonge peut avoir pour but de **plaire** à son interlocuteur **afin d'obtenir de lui ce que l'on veut**. C'est le cas du **courtisan**, dénoncé par Du Bellay au XVIe siècle (*Les Regrets*, sonnet CL) ou La Bruyère au XVIIe siècle *(Caractères).* C'est le cas aussi de **Dom Juan**, dans la pièce éponyme de Molière (1665), qui ment à Charlotte et à Mathurine pour les **séduire** l'une et l'autre (acte II, scènes 2 à 4), ou de **Tartuffe** qui ment à Orgon pour obtenir tous ses biens.

Ex. : Tartuffe, démasqué par le fils d'Orgon, fait croire à ce dernier que, devant tant d'« ingratitude » à son égard, il va quitter sa maison : « *Laissez-moi vite, en m'éloignant d'ici, / Leur ôter tout sujet de m'attaquer ainsi*. » Orgon refuse : « *Non, vous demeurerez : il y va de ma vie* » (acte III, scène 2). La rhétorique de l'hypocrite est tellement bien menée qu'Orgon veut finalement hâter son mariage avec sa fille et lui léguer tous ses biens.

▲ Molière démasquant l'imposture : frontispice de la pièce *Le Tartuffe*.

Citation-clé

« L'homme n'est donc que déguisement, que mensonge et hypocrisie, et en soi-même et à l'égard des autres. Il ne veut pas qu'on lui dise la vérité, il évite de la dire aux autres ; et toutes ces dispositions, si éloignées de la justice et de la raison, ont une racine naturelle dans son cœur. »
Pascal, *Pensées et opuscules*, 100, 1658-1662.

2 Application à la parole politique

A Platon : une exception pour l'homme politique

Le philosophe grec Platon condamne le mensonge comme contraire au Bien. Cependant, dans le livre III de *La République*, il explique que le chef peut être amené à mentir dans l'intérêt de la cité. Platon fait une analogie avec la médecine et le remède : le mensonge est *« interdit »*, mais il peut servir aux hommes en tant que remède ; mais alors, dit-il, seuls ceux qui sont capables de l'administrer (le médecin – le chef de la cité) peuvent y recourir.

B Machiavel : le réalisme politique

Dans ***Le Prince*** (1513-1532), Machiavel examine à quelles conditions un gouvernant peut réussir et durer. S'il admet qu'il est louable de tenir ses promesses, il constate que seuls les princes qui n'ont pas tenu les leurs *« ont accompli de grandes choses »*. Et il cite l'exemple d'Alexandre VI : ***« Jamais personne ne fit des promesses plus solennelles, ne prononça des serments plus enflammés, et ne les oublia plus vite. »*** Il conclut que le prince qui veut garder le pouvoir doit **agir contre la sincérité**. Ce réalisme politique repose sur une conception pessimiste de l'homme : *« Le trompeur trouvera toujours quelqu'un qui se laisse tromper. »*

Info-clé

Au XIXe siècle, les philosophes **Constant** et **Kant** s'opposeront à propos du mensonge. Kant refuse tout droit à mentir et affirme que le mensonge n'est jamais juste. Constant relativise cet impératif et veut montrer que le mensonge est parfois nécessaire.

18 L'expression amoureuse dans la littérature

L'amour, par définition, met en jeu la séduction : le sujet amoureux veut amener à lui la personne vers laquelle son désir le pousse. Le thème de l'amour, sous toutes ses formes, est un motif majeur de la littérature universelle, et en particulier de la poésie. On peut relever quelques **modes de représentation littéraire de la séduction.**

1 Les formes de la déclaration amoureuse

A Dans la poésie

• **L'ode** a été remise à l'honneur par les poètes de la **Pléiade** au XVIe siècle. Dans l'Antiquité, l'ode est un poème composé de plusieurs strophes identiques et accompagné de musique. Elle peut être consacrée à des sujets divers, dont l'amour.

Ex. : Dans ses ***Odes*** (23 av. J.-C.), le poète latin **Horace** évoque ses amours avec Lydie et Hélène.

• **L'élégie** exprime la **mélancolie liée à un amour malheureux**. Catulle, Tibulle, Properce et Ovide ont illustré ce genre lyrique.

• **L'églogue,** poème court, met en scène les amours de bergers et de bergères, sur le modèle des ***Bucoliques*** de Virgile.

• **Le sonnet** est un poème à **forme fixe** ; il vient de l'**Italie** et de la poésie provençale des troubadours. **Pétrarque**, dans le ***Canzoniere*** (1370), en définit les règles. Clément Marot est l'un des premiers poètes à l'introduire en France au **début du XVIe siècle**. Le sonnet se compose de 14 vers répartis en 2 quatrains et 2 tercets. Les rimes sont au nombre de 5 et renforcent la partition du sonnet en 2 parties. Rimes féminines et rimes masculines alternent. Jusqu'à Ronsard, le sonnet est écrit en décasyllabes, ensuite surtout en alexandrins. Traditionnellement, le thème majeur du sonnet est **l'amour, sa passion et ses douleurs**.

Rappel

• **Rimes du sonnet italien :** ABBA ABBA CCD EED.
• **Rimes du sonnet français :** ABBA ABBA CCD EDE.

▲ Pierre de Ronsard, poète de la Pléiade.

• **La ballade** est très répandue aux XIVe et XVe siècles. Il s'agit d'un poème de 3 à 5 strophes de longueur variable, suivies d'un envoi (demi-strophe). Le vers employé est souvent le décasyllabe, et chaque strophe se termine par un vers-refrain. La ballade est fréquemment construite sur 2 rimes.

• **Le rondeau** se caractérise par sa brièveté (en général, 8 vers sur 2 rimes) et l'importance du refrain qui revient à plusieurs reprises dans le poème. Les œuvres de **Guillaume de Machaut**, **Eustache Deschamps** et **Charles d'Orléans** comptent de nombreux rondeaux et ballades liés au thème amoureux.

• **Le madrigal** est un bref compliment en vers, tendre et galant, adressé à une dame, et qui n'obéit à aucune règle, tandis que le **blason** célèbre une partie du corps de la femme aimée.

B Au théâtre

• **Dans la comédie,** l'amour est souvent le fait de **jeunes amoureux** qui doivent **lutter** de toutes les manières (ruse, apitoiement, etc.) contre les volontés parentales mais qui voient leurs **vœux se réaliser** à la fin. Presque toutes les pièces de **Molière** obéissent à ce schéma. Les scènes fréquentes sont celles où les jeunes gens se confirment leur engagement réciproque ou se disputent sans méchanceté pour mieux affirmer leurs sentiments.

Ex. : Le Tartuffe de Molière est un modèle de rhétorique amoureuse. Le personnage éponyme est un dévot hypocrite qui profite de la naïveté d'Orgon dont il cherche à séduire la femme. Dans la scène 3 de l'acte III, il se déclare à Elmire et, pour l'amener à lui céder, a recours à toutes les ressources de l'éloquence. Par exemple, il assimile son désir sexuel à l'amour qu'un dévot comme lui doit aux choses créées par Dieu : « *Nos sens facilement peuvent être charmés / Des ouvrages parfaits que le Ciel a formés.* » Il n'hésite pas non plus à retourner un compliment en accusation : « *Et si vous condamnez l'aveu que je vous fais, / Vous devez vous en prendre à vos charmants attraits.* »

• **Dans la tragédie,** l'amour est souvent une **passion funeste** qui mène le héros à sa perte ou au **malheur**. La **séduction** s'exprime dans des scènes de **reconnaissance (*Britannicus*, Racine)**, des scènes d'**aveu (*Phèdre*, Racine)** ou des scènes d'**adieu (*Bérénice*, Racine)**.

▲ L'amour dans la comédie, avec Lucinde, Clitandre, Lisette et Sganarelle (*L'Amour médecin* de Molière).

▲ L'amour dans la tragédie avec Phèdre, Hippolyte et Œnone (*Phèdre* de Racine).

C Dans le roman

• **Les discours rapportés.** La déclaration amoureuse s'effectue, le plus souvent, par la **parole** et sous forme de discours. Le **discours direct** – comme le **discours indirect libre** – présente l'avantage de faire entendre de manière plus vivante les émotions, éventuellement violentes, contradictoires, liées à l'amour. Le **discours indirect** lisse davantage les affects mais permet au narrateur d'insérer ses propres jugements.

Info-clé

L'Astrée, d'**Honoré d'Urfé**, est un roman du XVIe siècle de plus de 5 000 pages ! Il met en scène les amours du berger Céladon et de la bergère Astrée. L'action se situe au Ve siècle dans la plaine du Forez. Le sentiment amoureux s'y exprime de multiples manières.

• La peinture du tourment intérieur. L'expression de l'amour peut prendre la forme du portrait moral ou du portrait en action. Ainsi, au XVIIe siècle, le **roman d'analyse psychologique** fait de l'introspection un ressort de l'intrigue. De plus, l'impératif de **bienséance** impose d'autres formes de déclarations amoureuses.

Ex. : Dans *La Princesse de Clèves* de Madame de Lafayette (1678), Madame de Clèves laisse Monsieur de Nemours dérober son petit portrait – ce qui est un signe d'amour que ce dernier sait parfaitement interpréter. Par ailleurs, c'est dans la solitude et dans l'analyse de ses soudains changements d'états d'âme que la princesse s'avoue à elle-même son amour pour Monsieur de Nemours. Ce n'est qu'à la fin du roman, quand elle renonce à lui définitivement, que la princesse accepte de dire à Monsieur de Nemours qu'elle l'aime.

• La lettre. L'insertion de **lettres** dans un roman (ou le **roman épistolaire** construit uniquement de lettres fictives) permet également à l'amour de se dire. Ce procédé introduit de la **variété** et de la **polyphonie**.

Ex. : Dans *La Princesse de Clèves*, Monsieur de Nemours et Madame de Clèves doivent réécrire la lettre d'amour et de rupture qu'un de leurs proches a perdue : c'est une manière détournée, pour les deux personnages principaux, de se dire leur passion. En 1669, Guilleragues publie les *Lettres portugaises* qu'il présente comme d'authentiques lettres d'amour d'une religieuse abandonnée par son amant. Ce n'est qu'au XXe siècle qu'on a découvert qu'il s'agissait de lettres fictives. Ce roman est constitué de cinq lettres, toutes écrites par la femme amoureuse, dans lesquelles se déploie l'expression d'une passion intense. Guilleragues inaugure ainsi le genre littéraire de la lettre d'amour fictive.

Info-clé

Histoire vraie. Héloïse et Abélard sont deux amants passionnés qui ont vécu au XIIe siècle. L'illustre professeur et sa jeune élève tombent amoureux, vivent ensemble et ont un fils. Mais, pour venger l'honneur de la famille, des parents d'Héloïse châtrent Abélard, qui se retire dans un monastère. Héloïse et lui échangent alors des lettres d'un amour enflammé.

2 Les registres de l'expression amoureuse

A La flamme

La forme littéraire, qui joue sur les **frontières entre le fictif et le réel**, autorise l'expression de la **passion amoureuse** dans ce qu'elle peut avoir de **transgressif**. Ainsi en est-il du désir amoureux **féminin**. Au début du XVe siècle, **Christine de Pisan** écrit *Cent Ballades d'amant et de dame* qui raconte, du point de vue de la femme, l'histoire d'un amour qui finit mal. Au XVIe siècle, Pernette du Guillet *(Rimes)* et **Louise Labé** *(Sonnets)* n'hésitent pas à évoquer le désir dans ce qu'il a de sensuel.

Citation-clé

« Je vis, je meurs ; je me brûle et me noie. / J'ai chaud extrême en endurant froidure ; / La vie m'est et trop molle et trop dure. » Dans ces trois premiers vers du sonnet 8, Louise Labé a recours à l'antithèse.

▲ Louise Labé.

B Le délire

La passion amoureuse est parfois dépeinte comme une **fureur proche du délire**. Ainsi en est-il de **Didon** dans le chant IV de l'*Énéide* de Virgile (29-19 av. J.-C.). Didon veut tout faire pour retenir Énée qui, lui, veut reprendre la route de l'Italie. Dans son discours, elle commence par l'interpeller et le traite de « cruel ». Tour à tour, elle pleure, évoque leur amour sensuel, fait appel à sa pitié, le maudit et s'évanouit. Puis elle envoie sa sœur Anna pour faire fléchir Énée. Didon menace même de se suicider, mais Énée reste inflexible devant ces tentatives de séduction.

> **Info-clé**
> **Le premier écrivain femme** de la littérature en langue vulgaire est **Marie de France** (seconde moitié du XIIe siècle). Son œuvre principale est un recueil de *Lais* (textes courts en vers).

Ex. : *« Impitoyable amour, à quoi ne forces-tu pas le cœur des mortels ! La voici forcée de recourir encore aux larmes, d'essayer encore de la prière et d'abaisser en suppliante sa fierté devant son amour, pour ne rien laisser sans l'avoir tenté »* (Virgile, *Énéide*, Livre IV, v. 412 à 415). Toutes les ressources de l'éloquence sont utilisées ici !

C Le deuil

La **mélancolie** due à la perte de la personne aimée est un registre fréquent dans la **tradition lyrique**.

Ex. : Charles d'Orléans (début du XVe siècle) a recours à l'allégorie et à la métaphore de manière originale pour évoquer le deuil de l'amant dont la maîtresse est morte : le malheur est représenté par *« la forêt d'Ennuyeuse Tristesse »*, le deuil par l'exil et l'amant par un aveugle égaré qui cogne un peu partout son bâton (« Ballade LXIII »).

D L'avertissement

Dans la **tradition courtoise**, l'amant doit patienter bien longtemps avant que la dame, impitoyable, ne commence à céder à ses avances. Dès la Renaissance, les auteurs jouent avec cette **figure imposée de l'amant transi**. Ces réécritures s'écrivent dans un registre humoristique qui renverse les codes.

Ex. : Ronsard (*Sonnets pour Hélène*, II, 24) n'hésite pas à mettre en scène sa maîtresse *« vieille accroupie »*, *« au soir à la chandelle »*, regrettant son amant mort, et l'engage à profiter du temps présent *(« Vivez, si m'en croyez, n'attendez à demain : / Cueillez dès aujourd'hui les roses de la vie »)*. Malherbe, dans son poème « Beauté, mon beau souci… », va plus loin et prévient sa maîtresse que, si elle ne cède pas enfin, il l'abandonnera.

L'entrevue amoureuse inspirée du roman médiéval *Lancelot du Lac.* ▶

19 Chanter pour séduire : l'amour courtois

La **« courtoisie »** est une notion propre à la société aristocratique des XIe-XIIIe siècles. Elle définit un **idéal de relations humaines** fondé sur la loyauté, la générosité, la discrétion et les valeurs chevaleresques. Elle s'applique particulièrement aux relations hommes/femmes et impose de **nouveaux codes à l'expression amoureuse.**

1 Les principes de la *fin'amor*

- **La courtoisie** désigne tout à la fois un **art de vivre**, une **élégance morale** et un système de valeurs qui se développent dans les grandes cours de France. Elle correspond à l'**organisation féodale** de la société et à l'**esprit chevaleresque**.
- **La *fin'amor*** provient de la langue d'oc. L'expression désigne **l'amour parfait et délicat** qu'un homme éprouve pour une **dame noble**. Cet amour suit un certain nombre d'étapes, de l'espoir d'être aimé au « surplus » (don physique), en passant par le regard et le baiser.
- **L'amour courtois renverse les hiérarchies.** D'une part, l'homme qui aime la noble dame n'est **pas forcément noble** lui-même. D'autre part, l'homme qui aime devient **l'inférieur de sa dame**. L'amour courtois instaure ainsi un **mode relationnel fictif contraire à l'ordre social de l'époque** qui veut que la fille soit soumise à son père, puis l'épouse à son mari.
- **Un homme au service de sa dame.** La **dame** devient la **suzeraine** de l'homme qui l'aime. Celui-ci est entièrement **soumis** à ses désirs, à ses vœux et à ses exigences. L'homme ne peut rien exiger de sa dame et doit s'évertuer à **gagner ses faveurs**, notamment par ses **prouesses poétiques**. L'amant devenu poète use de **périphrases** pour désigner sa dame sans la trahir, d'**images** et de **métaphores** pour faire allusion au corps, d'**hyperboles** pour dire sa flamme et du **futur** pour anticiper l'accomplissement de son amour.
- **Une dame qui récompense.** La *fin'amor* n'est **pas platonique**, et la dame doit finir par **reconnaître le mérite de son amant**. Bien que fondé sur l'**adultère**, l'amour courtois cohabite avec la morale chrétienne jusqu'à la fin du XIIIe siècle.

2 Quelques grands poètes

- **Guillaume de Poitiers (1071-1127)** est le premier grand troubadour dont l'œuvre nous soit parvenue.
- **Raimbaut d'Orange (v. 1140-1173),** le plus ancien des troubadours de Provence, développe un art de la « chanson d'amour » très élaboré et très sophistiqué.
- **Bernard de Ventadour (v. 1125-v. 1200),** fils de domestiques, rejoint Aliénor d'Aquitaine en Angleterre ; c'est le plus célèbre troubadour. **Thibaut de Champagne**, **Rutebeuf** poursuivent et développent la tradition de l'amour courtois au XIIIe siècle.
- **L'amour courtois et la littérature romanesque.** **Chrétien de Troyes** (v. 1135-v. 1185) tente, dans ses romans, de concilier amour courtois et morale chrétienne *(Yvain ou le Chevalier au lion, Lancelot ou le Chevalier à la charrette)*. ***La Châtelaine de Vergi***, texte anonyme du milieu du XIIIe siècle inaugure le genre de la nouvelle. Un chevalier aime la châtelaine, mais le secret, comme dans toute la tradition courtoise, est au cœur de leur amour clandestin.

20 Écrire pour séduire : la préciosité

La préciosité est une esthétique qui se développe durant les années 1620-1660. Elle consiste à la fois en un art de vivre et une attitude morale. Elle donne lieu à des productions littéraires variées et nombreuses qui imposent un nouvel usage du langage.

1 Le rôle des femmes

A Les salons

Les « précieuses » sont d'abord des femmes de la bonne société parisienne qui réagissent contre certaines mœurs de l'époque qu'elles jugent grossières. Les salons se multiplient à Paris et en province. La marquise de Rambouillet tient un **salon très prestigieux,** de **1620 à 1648**, dans un hôtel particulier. De 1653 à 1661, Mademoiselle de Scudéry tient un salon dans le Marais.

B Une conception spirituelle de l'amour

- L'amour est le thème majeur des salons précieux. Les précieuses en développent une **conception paradoxale** : elles l'exaltent tout en le tenant à distance. Elles refusent tout ce qui peut relever de la brutalité, de la grossièreté et imposent un amour platonique.
- Une anticipation du féminisme. Les précieuses **dénoncent l'état de domination** qui est alors celui des femmes. Elles préconisent le **célibat** et l'**indépendance** des femmes, défendent l'idée d'un **mariage fondé sur le libre consentement** des futurs époux.

2 Écrire pour séduire

A Quelques auteurs précieux

L'esthétique précieuse impose aux hommes de **passer par la littérature pour séduire** la femme qu'ils convoitent. Vincent Voiture pratique tous les **petits genres poétiques** et se caractérise par la **finesse de son analyse psychologique et de son style**. Il rivalise à coups de sonnets avec Claude de Malleville sur le thème de la belle matineuse (comparaison entre la beauté de la femme aimée et celle du lever du jour). Isaac de Benserade est connu pour son blason *Éloge de la bouche*.

B Formes et style précieux

- Les précieux affectionnent les **textes courts** (le madrigal, le blason, l'épigramme, le rondeau, l'énigme, le bout-rimé). Le but est de divertir, de surprendre, de plaire.
- Le ton précieux est souvent un ton badin, mélange d'ironie et de sérieux. Les figures de style privilégiées sont la périphrase, l'hyperbole et l'antithèse. Les précieux inventent un vocabulaire.

  Ex. : Exclusion des mots vulgaires *(crotte)*, création d'autres mots *(débrutaliser)*, substantivation d'adjectifs *(l'inhumaine)*, emploi au pluriel de mots abstraits *(les douceurs, les patiences)*.

21 Les pouvoirs de la parole : iconographie commentée

1 La puissance oratoire

▲ Statue de Cicéron devant le palais de justice de Rome.

- Cette statue récente reconstitue la posture caractéristique de l'orateur et homme politique romain **(voir leçon 4, p. 16)**. L'emplacement choisi pour cette construction n'est pas anodin : Cicéron est représenté devant le palais de justice, lieu par excellence du discours rhétorique et, en particulier, du genre judiciaire, dans lequel il s'est illustré avec ses plaidoiries et ses discours contre Verrès et contre Catilina.

- Avec adresse, cette sculpture révèle les trois éléments incontournables de la persuasion **(voir leçon 5, p. 18)**.

Tout d'abord, l'***ethos***. L'orateur se tient droit ; il semble regarder loin devant lui, et de sa posture se dégagent force, dignité et autorité. Il porte la toge, costume d'apparat et marque de citoyenneté, dont les plis caractéristiques ont bien été respectés par l'artiste.

Ensuite, le ***pathos***. La présence du public, qu'il s'agit de persuader, se fait sentir dans l'attitude adoptée par Cicéron : il porte son corps vers son auditoire – son pied gauche s'avance et son bras droit est dirigé vers le public –, et sa main droite est ouverte, non pas accusatrice mais accueillante.

Enfin, le ***logos*** et le message. L'homme politique tient dans sa main gauche un rouleau dont on peut penser qu'il contient le texte de son discours. Mais le parchemin est roulé : l'orateur a appris son texte *(memoria)* et peut alors le rendre à l'oral avec toutes ses qualités d'acteur *(actio* et *prononciato)*.

2 La parole divine

- **Domineco Zampieri,** dit « Le Dominiquin », est un **peintre italien** qui, au début du XVIIe siècle, était très réputé à Rome, notamment pour ses peintures à fresque.

Le Dominiquin (1581-1641), *Dieu réprimandant Adam et Ève*, v. 1624, huile sur toile, National Gallery of Art, Washington. ▶

• **Le tableau** présenté ci-contre s'organise selon une diagonale qui démarre dans le coin en haut à droite et s'achève au niveau du bas gauche de la toile. Selon la **tradition anthropomorphique**, Dieu est représenté comme un homme **(voir leçon 9, p. 26)**. Tout Son physique témoigne de Son **autorité** : Il a la barbe et la chevelure d'un vieillard sage mais Son corps vif et musclé donne une impression de force. Sa main gauche repose sur ce qui s'apparente à un globe – ce qui rappelle qu'Il est le **Créateur universel et omnipuissant**. Sa main droite est levée et Son index accusateur tendu traduit sa **colère**, tout comme Son visage. Il est entouré de cinq chérubins dont un qui désigne la scène et un qui met son doigt sur sa bouche : **la parole divine requiert le silence**.

• **Ici, l'ire de Dieu s'exerce contre Adam.** De manière presque comique, celui-ci semble rejeter la faute sur Ève qui, elle-même, désigne le serpent coupable. L'homme et la femme ont commis le péché originel, en croquant dans le fruit défendu, et savent désormais qu'ils sont nus puisque, par pudeur, ils cachent certaines parties de leur corps. Ils seront donc chassés du paradis, représenté ici comme un lieu de paix (le cours d'eau calme), d'harmonie (par exemple entre les trois animaux) et de beauté (le ciel bleu) : c'est le châtiment pour avoir désobéi à la **parole divine**.

• **Cette représentation idéalisée du récit biblique** est un hommage à la Renaissance et à *La Création d'Adam*, œuvre de Michel-Ange qui orne la voûte de la chapelle Sixtine.

3 La déclaration d'amour courtoise

• **Guillaume de Machaut (1300-1377)** est un des plus grands écrivains du Moyen Âge. Il était à la fois **poète et musicien**, clerc et au service d'un grand seigneur, Jean de Luxembourg. Son œuvre est importante, et c'est lui qui a inventé la **forme du « dit »**, texte composé d'un récit en partie autobiographique, de réflexions générales sur le monde et la littérature, et de pièces lyriques. Son *Voir-Dit* (le « dit véridique ») date des années 1362-1365.

• **Cette enluminure** représente une scène d'amour courtois typique. L'amant vient présenter ses **hommages à sa dame**, accompagnée de deux suivantes ou amies. Toutes portent une couronne, et la dame se distingue par sa robe bleue. Elle porte sa main droite sur son cœur, lieu des **sentiments** et **des émotions**.

Les hommes sont en position d'**infériorité** : à genoux, le visage tendu vers les femmes qui les surplombent. Le soupirant semble désigner de son index l'objet de son **désir**.

La jeunesse des personnages représentés accentue le caractère un peu naïf de cette illustration.

Enluminure extraite d'un manuscrit du *Dit du Lion* écrit par Guillaume de Machaut au XIVe siècle. ▶

22 Contexte historique : les Temps modernes

Cette période historique s'ouvre à la **fin du XVe siècle** et se termine avec la **Révolution française en 1789.** Les trois siècles qui constituent les Temps modernes se caractérisent par l'importance des **guerres** (extérieures et intérieures), la mise en place progressive d'une **monarchie de plus en plus centralisatrice** et un **essor économique** qui laisse de côté une partie importante de la population.

1 Le XVIe siècle

A La rencontre avec l'Italie

• **De 1494 à 1559,** les rois de France (**Charles VIII, Louis XII, François Ier, Henri II**) mènent des **guerres contre l'Italie** afin de faire valoir leurs droits. Après sa victoire à Marignan en 1515, François Ier est capturé en 1525 à la défaite de Pavie. Henri II renonce à toute prétention sur l'Italie en 1559.

> **Rappel**
>
> **Les mouvements culturels à retenir :**
> • XVIe siècle : **Renaissance** et **humanisme.**
> • XVIIe siècle : **baroque** et **classicisme.**
> • XVIIIe siècle : les **Lumières.**

• **L'influence italienne.** L'**Italie** et sa **Renaissance** séduisent les **classes cultivées** de la société française. Les artistes, les écrivains et les philosophes **voyagent à Florence, Venise et Rome**.

Ex. : L'humaniste parisien Guillaume Budé voyage dès 1501 en Italie où il apprend le grec ; le poète Du Bellay part pour Rome en 1553, mais en revient aigri et malheureux comme le montre son recueil *Les Regrets*.

Des **artistes italiens**, invités par François Ier, viennent aussi **en France**.

Ex. : Léonard de Vinci passe les dernières années de sa vie en France et meurt à Amboise en 1519.

Ainsi, la Renaissance italienne (qui démarre dès le XVe siècle : le *Quattrocento*) imprègne et influence la pensée et la création artistique françaises.

B Les guerres de Religion

• **La Réforme.** À la fin du XVe siècle, le théologien allemand **Luther** conteste l'autorité du pape et s'oppose à certains articles du dogme catholique, comme la confession obligatoire. En **1555**, la **paix d'Augsbourg** accorde la liberté de culte aux princes allemands. En France, c'est **Calvin** qui diffuse les idées de la Réforme.

• **Des années de guerre civile en France.** **François Ier** est d'abord tolérant envers les protestants, mais l'**affaire des Placards, en 1534**, l'irrite fortement, et s'ouvre alors la répression contre le protestantisme. En **1562**, une soixantaine de protestants sont tués lors du **massacre de Wassy** (dans l'Est de la France). **Huit guerres sanglantes** se succéderont jusqu'en **1598**, date de la signature, par **Henri IV**, de l'**édit de Nantes** qui accorde sécurité et liberté de culte aux protestants.

> **Info-clé**
>
> **Le massacre de la Saint-Barthélemy** est un épisode sanglant de l'histoire de France. Il désigne le massacre de protestants à **Paris**, dans la **nuit du 23 au 24 août 1572**, et en province les jours suivants. Dans ***La Princesse de Montpensier***, dont l'intrigue se déroule sous le règne de **Charles IX**, Madame de Lafayette évoque *« cet horrible massacre si renommé par toute l'Europe »* (1662).

2 Le XVIIe siècle

A Vers la monarchie absolue

• **Régences et règnes.** La **régence** de **Marie de Médicis** suit l'assassinat d'Henri IV en **1610**. **Louis XIII** règne jusqu'en 1643, et le cardinal de **Richelieu** est son ministre dès 1634. **Anne d'Autriche**, secondée par le cardinal **Mazarin**, exerce ensuite la régence jusqu'en **1661**, début du règne personnel de **Louis XIV**.

> **Info-clé**
> Les paysans pauvres forment la **partie la plus importante de la population française.** Les famines sont fréquentes. Celles de 1693-1694 provoquent des jacqueries (révoltes paysannes), celle de 1709 fait environ 1 million de victimes.

• **La centralisation.** Pendant ce siècle, le roi règne sans rendre aucun compte : selon la théorie du **droit divin**, son autorité émane de Dieu. Le Parlement de Paris et les princes (prince de Condé, prince de Conti, prince de Marcillac, duc de Bouillon notamment), mécontents de cette centralisation, mènent la **Fronde** (1648-1653), mais **Mazarin** écrase ce mouvement de révolte et l'absolutisme triomphe. En 1682, la cour de Louis XIV s'installe définitivement à **Versailles**.

B Un siècle de guerres

• **Guerres extérieures.** La France est **continuellement en guerre** tout au long du siècle, contre l'Espagne, la Hollande ou l'Angleterre. Ces conflits laissent le **pays exsangue**.

• **Guerres religieuses. Louis XIV,** voulant restaurer l'unité religieuse du pays, **révoque l'édit de Nantes en 1685** : de nombreux protestants **s'exilent** en Angleterre, aux Pays-Bas ou à Genève. Avec l'aide des jésuites, il persécute les **jansénistes** dont il fait détruire l'**abbaye de Port-Royal des Champs** en 1712.

> **Mot-clé**
> Jansénisme : courant religieux et intellectuel développant une **conception tragique de la condition humaine** (l'homme ne peut être sauvé que par la grâce divine mais celle-ci est arbitraire).

3 Le XVIIIe siècle

A La vie politique

• **L'absence d'une véritable politique.** Après la **mort de Louis XIV en 1715**, sous la régence de **Philippe d'Orléans**, les mœurs se libéralisent. **Louis XV,** surnommé « Louis le Bien-Aimé », gouverne seul dès 1743. Il n'entreprend aucune réforme du statut des privilégiés et s'attaque aux Parlements qui deviennent le lieu de la résistance. Lui aussi engage la France dans de **nombreuses guerres**.

• **Vers la Révolution. Louis XVI**, qui monte sur le **trône en 1774**, rétablit les Parlements. Faible, il laisse le climat politique et économique se dégrader. Les **États Généraux de 1789** annoncent la **fin de l'Ancien Régime** : la **Ire République** est proclamée en **1792**, et **Louis XVI**, condamné à mort, est exécuté en **janvier 1793**.

B Une société inégalitaire

Aux XVIIe et XVIIIe siècles, la société française est divisée en **trois ordres hiérarchiques** :
– le **clergé**, qui domine l'enseignement, exerce une influence politique et intellectuelle considérable ;
– la **noblesse**, ruinée, est réduite à l'inaction par l'absolutisme ;
– le **tiers état**, immense majorité de la population, ne dispose d'aucun privilège : il rassemble une **population rurale** très nombreuse, souvent misérable, et une **bourgeoisie** qui se développe et aspire à la représentation politique.

23 La découverte de nouvelles terres

Aux XVe et XVIe siècles, les Européens explorent le monde par la mer et découvrent des **terres jusque-là inconnues.** Grâce aux voyages des Polo (Marco, son père et son oncle) au XIIIe siècle et d'explorateurs arabes et chinois au XIVe siècle, ils connaissent l'existence d'autres continents. Mais la **découverte du monde** prend, au XVe siècle, une **nouvelle dimension, à la fois géographique, économique, et humaine.**

1 Causes et moyens

A Des causes diverses

• **Causes politiques et religieuses.** La fin progressive de la ***Reconquista*** dans la péninsule Ibérique et de la **guerre de Cent Ans** libère le Portugal, l'Espagne, la France qui peuvent alors **s'intéresser aux expéditions maritimes et commerciales**. Évincée du continent par la France, l'Angleterre se tourne davantage vers les expéditions maritimes. Les jeunes nobles espagnols et portugais préfèrent la **carrière d'explorateurs** à la vie ecclésiastique. De plus, les Européens cultivent toujours l'idéal de la **croisade religieuse**.

> **Œuvre-clé**
>
> Dans ***Le Livre des Merveilles*** (1298), **Marco Polo** fait connaître à ses contemporains, parfois de manière fantaisiste, les **terres asiatiques** qu'il a traversées de 1291 à 1295.

• **Causes économiques.** Dès la fin du Moyen Âge, en Europe occidentale, prospère une **classe bourgeoise** dont la richesse provient du **commerce** et des affaires bancaires. Ces commerçants cherchent de **nouveaux marchés** et de **nouveaux produits**. Ils souhaitent également **investir** dans des activités rentables et prometteuses, comme la construction navale ou l'armement. Gênes, Venise, Lyon, Bruges sont de grands centres du **commerce international** de l'époque.

B De nouveaux moyens

• **Une meilleure connaissance géographique.** La **représentation médiévale du monde** – un disque limité aux régions méditerranéennes et entouré d'eau – **se transforme** : les Arabes transmettent aux Européens les descriptions géographiques d'auteurs grecs antiques (comme celle de **Ptolémée**) que synthétise, par exemple, le **cardinal d'Ailly** dans son ***Imago mundi*** (1410) ; parallèlement, **Marco Polo** fait connaître l'existence du Japon et de la Chine. En Algarve (Sud du Portugal), le prince **Henri le Navigateur** (1394-1460) fait venir plusieurs savants qui établissent une **première collection de cartes diverses.**

> **Info-clé**
>
> La **caravelle** est un navire mis au point au Portugal au XVe siècle. Long de plus de 30 m, avec un haut bord, il comporte cinq voiles et trois mâts. Ces atouts, alliés à sa légèreté, le rendent capable d'atteindre une vitesse de 10 km/h. C'est le bateau idéal pour les explorateurs au long cours.

• **De meilleurs outils pour s'orienter et mesurer.** La **boussole** est connue en Méditerranée depuis le début du XIVe siècle. L'**astrolabe** et le **quadrant** se perfectionnent et, au XVIe siècle, on est en mesure de calculer la **latitude**.

2 L'exploration de l'Orient

• **L'impulsion portugaise.** Les **Portugais** sont les **premiers** à entreprendre de grandes expéditions. Cherchant à éviter les Italiens, en Méditerranée, et les Arabes, en mer Rouge, ils explorent les **côtes africaines**. Ils conquièrent Ceuta (ville située sur le côté africain du détroit de Gibraltar) dès 1415. En 1419, ils découvrent et colonisent Madère, puis ils franchissent le cap Bojador (actuel Sahara occidental) en 1434, après avoir découvert les Açores en 1427. En 1445, ils passent le **cap Vert** (au large des côtes du Sénégal) avant d'atteindre le **cap de Bonne-Espérance** (Afrique du Sud) en 1487.

> **Info-clé**
> Au début du XVIIe siècle, l'Europe a une connaissance assez exacte du monde, mais beaucoup de terres restent inconnues. Les **terres océaniennes** sont découvertes au cours de la première moitié du XVIIe siècle, les **sibériennes** au début du XVIIIe siècle.

• **La découverte de l'Inde.** Le Portugais **Vasco de Gama**, parti en juillet 1497, aborde les **côtes indiennes** au printemps 1498. Il rentre à Lisbonne en 1499 sans avoir pu établir un véritable commerce avec l'Inde. Pour sa **deuxième expédition** (février 1502), il part avec quinze navires, bien décidé à imposer la domination portugaise : en 1504, le **premier établissement portugais en Inde** est construit.

3 À l'Ouest

• **Les expéditions de Christophe Colomb.** Dès 1483, **Christophe Colomb propose**, d'abord au roi du Portugal puis aux Espagnols, de **rejoindre les Indes par l'Ouest** ; tous refusent. Il n'obtient l'autorisation de la reine Isabelle de Castille qu'en 1491. Il part en **août 1492**, arrive en octobre au sud de la **Floride** mais se croit en Asie. Il effectue trois autres voyages (1493, 1498 et 1502), découvre **Cuba**, toujours persuadé d'être en Inde. Mais les souverains Isabelle et Ferdinand d'Espagne sont déçus : le navigateur ne rapporte pas assez d'or ni assez d'épices. Colomb repart néanmoins en 1504 pour un quatrième voyage au cours duquel il explore les côtes de l'**Amérique centrale**.

> **Info-clé**
> **Jacques Cartier,** envoyé par François Ier, explore le **Canada** dès 1534.

• **« Le Nouveau Monde ».** L'italien **Amerigo Vespucci**, qui participe aux expéditions ibériques entre 1499 et 1504, publie, en **1503, une lettre** dans laquelle il parle des « régions nouvelles » que l'on peut appeler ***« le Nouveau Monde »*** puisque ***« c'est là chose absolument nouvelle »***. Celui qui découvre l'actuel Venezuela en 1497 donne son nom au nouveau continent.

> **Info-clé**
> **Et pourtant elle tourne !** Magellan, qui veut aller aux Indes en passant par l'Amérique, fait le premier le tour du monde en 1522 ; il sera suivi au XVIIIe siècle par Bougainville, Cook et Lapérouse.

• **Rivalités et conquêtes.** Le Portugal et l'Espagne se disputent ce nouveau monde. Le **traité de Tordesillas** (juin 1494) accorde aux Portugais la moitié Ouest du Brésil (en échange des Philippines en Asie) et aux Espagnols le continent américain au-delà du Brésil. L'arrivée de **Cortés** en 1519 sur les côtes mexicaines, puis celle des *conquistadores* à la recherche de l'**or** marquent le début de la **colonisation espagnole**.

Caravelle de Christophe Colomb en partance pour l'Amérique (tapisserie du XVe siècle). ▶

24 La découverte de nouveaux hommes

« Notre monde vient d'en trouver un autre [...] *non moins grand, plein et fourni de membres que lui »,* écrit Montaigne à la fin du XVIe siècle (*Essais*, III, 6). Cette découverte géographique de nouvelles terres va en effet de pair avec la **découverte d'êtres humains.** Celle-ci est un choc radical pour les contemporains de Montaigne. La rencontre avec ces peuples si différents est d'autant plus difficile qu'elle est d'abord une conquête dont la victoire impose une grande violence.

1 Une découverte difficile

A Le problème de la langue

• **Trouver des interprètes.** **Colons européens** et **indigènes** s'ignoraient totalement avant les grandes découvertes et, au début, il n'y a **aucun intermédiaire possible**. La **langue** des uns est incompréhensible pour les autres, et réciproquement. **Pierre Martyr d'Anghiera**, qui a recueilli le témoignage de son ami Christophe Colomb, raconte, dans ses lettres, que le navigateur, après son premier voyage, ramène de force des Indiens en Espagne pour en faire des **interprètes,** tandis qu'il laisse sur place des hommes d'équipage pour qu'ils apprennent la langue des indigènes. Ses récits témoignent de la **difficulté durable** que représente ce **problème linguistique**.

▲ Christophe Colomb reçoit des présents des indigènes (gravure de 1594).

Mots-clés

• **Anthropologie :** étude scientifique de l'espèce humaine.
• **Ethnologie :** étude scientifique des peuples. **Claude Lévi-Strauss** (1908-2009) est un célèbre ethnologue qui a fondé l'anthropologie structurale avec son ouvrage ***Tristes Tropiques***, en 1955.

• **La traduction littéraire de cet obstacle.** Les écrivains et penseurs qui ont évoqué cette découverte du nouveau continent ont abordé le **problème de la langue.** Ainsi, **Montaigne** critique l'incompétence de son interprète (*Essais*, I, 31) quand il essaie de s'entretenir avec un des indigènes amenés à Rouen. De manière ludique, **Voltaire**, dans *L'Ingénu* ou dans *Candide*, élude la difficulté : le Huron a appris le français grâce à un prisonnier et aux huguenots ; la langue maternelle du serviteur de Candide, Cacambo, est le péruvien, langue de l'Eldorado. **Diderot affronte davantage la difficulté.** Dans le *Supplément au voyage de Bougainville*, le Tahitien ramené par Bougainville, Aoutourou, ne parvient pas à apprendre le français, **trop différent de sa langue maternelle**.

B Le choc de la différence

• **La peur des indigènes.** Les divers témoignages ou récits de l'époque insistent sur la **peur** des **indigènes** – ce qui les incite à **fuir** et à **éviter le contact** avec les explorateurs européens. Dans sa lettre du 22 mars 1493, **Christophe Colomb** explique cette crainte des indigènes par leur **absence d'armes en fer**. **Montaigne**, s'appuyant sur les nombreux témoignages qu'il a lus, rappelle que ces peuples n'avaient jamais vu de **chevaux** ainsi montés par des hommes munis d'**armures étincelantes** et n'avaient jamais entendu de bruit équivalent à celui de l'**artillerie** européenne.

• **Des mœurs très différentes.** Les témoins, notamment Christophe Colomb, insistent d'abord sur la **nudité** dans laquelle vivent les hommes et femmes du Nouveau Monde. Certains récits mettent aussi en avant la **liberté sexuelle** qui règne chez les « peuples nouveaux ». Des auteurs, comme Jean de Léry (*Histoire d'un voyage faict en la terre du Brésil*, chap. XIII, 1548), s'étonnent de la **simplicité** de ces habitants qui ne recherchent que le strict nécessaire et affectionnent surtout le **repos**. Enfin, le **cannibalisme**, supposé ou avéré, de ces populations constitue une source majeure d'interrogation.

2 La violence de la rencontre

A La violence de la conquête

• **Les buts de la colonisation.** Ils sont d'abord **économiques** : il s'agit de mettre la main sur des **terres**, sur des productions de **biens** inconnus en Europe et sur l'**or**. Ainsi, pour justifier auprès de la Couronne son exploration, Christophe Colomb écrit que l'« *île d'Hispaña regorge en outre d'aromates divers, ainsi que d'or et d'autres minerais* ». L'exploitation de ces richesses exige aussi de s'approprier la **main-d'œuvre** indigène, et les colons espagnols transforment rapidement le système de l'*encomendia* en **esclavage**. Enfin, le but est aussi **évangélisateur** : lors de la « controverse de Valladolid », le théologien Juan Ginés de Sepúlveda justifie l'usage de la force pour convertir les indigènes au catholicisme.

▲ Bataille entre l'explorateur espagnol Ponce de León (1460-1521) et des Amérindiens en Floride (1521).

• **La chute démographique.** Selon la *Très Brève Relation de la destruction des Indes* (1552) de Bartolomé de Las Casas, les Indiens sont passés de 1 100 000 individus en 1492 à 16 000 en 1516. Cette hécatombe est due à la **conquête** mais aussi au **choc épidémiologique** qu'a constitué, pour les peuples indigènes, la rencontre avec le monde européen.

Mot-clé

Encomendia : système en vigueur dans l'Amérique espagnole qui consistait à « confier » à un colon des Indiens qu'il devait protéger, convertir et civiliser en échange de leur tribut (en nature, en or ou en force de travail).

B La dénonciation de la cruauté

• **Sur place.** Dès 1514, le **dominicain Bartolomé de Las Casas**, ancien *encomendero*, dénonce les traitements infligés aux populations indigènes auprès du roi d'Espagne. Charles Quint promulgue, en 1542, un ensemble de lois **(« Lois nouvelles »)** visant à protéger les Indiens des colons.

• **À distance.** Dans ses *Essais* (III, 6), **Montaigne** fustige comme de « *viles victoires* » les conquêtes des Européens qui sont allées de pair avec « *tant de peuples exterminés* ». Au **Siècle des lumières, Montesquieu**, dans les *Lettres persanes* (lettre 121), estime que « *rien n'est plus propre à corriger les princes de la fureur des conquêtes lointaines que l'exemple des Portugais et des Espagnols* ». Montesquieu, par la voix de son personnage Usbek, accuse les Espagnols d'avoir choisi d'« *exterminer* » les Indiens. **Diderot**, dans son *Histoire des deux Indes* comme dans son *Supplément au voyage de Bougainville*, critique la **cruauté des Européens** qui sont dénoncés comme des « brigands » voleurs et immoraux.

25 De la rencontre de l'Autre à la critique de soi

Les explorateurs européens découvrent des **êtres humains extrêmement différents d'eux** mais qu'ils **reconnaissent comme des hommes.** Mais comment qualifier ces hommes ? Comment comprendre qu'on puisse **être à la fois aussi identiques et aussi différents** que le sont un cannibale du Brésil et un homme en *« hauts-de-chausses »* (Montaigne, *Essais*, I, 31) déambulant dans les rues d'une ville française ?

1 L'Autre : un sauvage ?

A Le choix des mots

• **Un lexique varié.** Les explorateurs (Colomb, de Léry, Vespucci, etc.) parlent, dans leurs récits, aussi bien d'« hommes » et de « femmes », de « peuples », d'« habitants », d'« Indiens » que de « sauvages ». Le mot **« sauvage »** vient du latin *silva*, **« forêt »**. Le sauvage désigne donc celui qui n'a pas été façonné par la civilisation et dont le **mode de vie est archaïque**. Ce mot peut être pris dans un **sens neutre** ou avoir une **connotation péjorative** ; auquel cas il se rapproche du terme **« barbare »**. Mais, au XVIIIe siècle, avec le **mythe du bon sauvage**, il prend une **connotation très positive** (voir leçon 28, p. 70).

Mots-clés

• **Altérité :** c'est le fait d'être autre.
• **Autre :** c'est celui qui n'est pas moi.
• **Autrui :** ce pronom indéfini désigne l'Autre dans sa qualité de sujet.

• **Le sauvage : un barbare ? Montaigne** (*Essais*, I, 31) rapporte que ces peuples récemment découverts sont parfois appelés **« barbares »**. Pour les Grecs et les Romains, le mot qualifie l'**« étranger »**, celui **qui ne parle pas la même langue**. Par extension, il est synonyme de **« sauvage »** mais toujours avec une **connotation nettement péjorative**. Le barbare est donc non seulement primitif mais aussi ignorant, grossier, et surtout féroce et inhumain.

Citation-clé

« Le barbare, c'est d'abord l'homme qui croit à la barbarie. »
Claude Lévi-Strauss, *Race et Histoire*, 1987.

Pour le grand anthropologue, le barbare, c'est celui qui est capable, en le traitant de « sauvage » ou de « barbare », de rejeter l'Autre hors de l'humanité.

Jean-Théodore Gudin (1802-1880), *Jacques Cartier découvre le fleuve Saint-Laurent au Canada en 1535* (détail), Paris, musée du Quai-Branly. ▶

• **L'importance des mots.** Le choix des mots pour désigner les habitants du Nouveau Monde est donc important : il correspond à la **manière dont ceux qui les découvrent les considèrent** et justifie, éventuellement, les **traitements infligés aux populations.** La violence des colons amène le **pape Paul III**, en 1537, à affirmer que ***« les Indiens sont véritablement des hommes »*** (bulle *Sublimus Deus*), mais, lors de la **controverse de Valladolid** (1550-1551), le théologien Juan Ginés de Sepulveda justifie encore cette violence des colons par ce qu'il estime être la barbarie des indigènes.

B La connaissance de ces autres hommes

• **Nous ne connaissons pas ces hommes que nous jugeons.** Dès le XVIe siècle, les penseurs ont attiré l'attention sur le fait que nous connaissions peu ou mal ces hommes traités de « barbares ». **Montaigne**, à propos des témoignages sur le Nouveau Monde, regrette que *« les gens qui ont l'esprit affiné »* ne *« représentent jamais les choses telles qu'elles sont »* (*Essais*, I, 31). **Jean-Jacques Rousseau**, dans une note de son *Discours sur l'origine et les fondements de l'inégalité parmi les hommes* (1755), affirme que *« nous ne connaissons d'hommes que les seuls Européens »* et que *« toute la Terre est couverte de nations dont nous ne connaissons que les noms »*. Le philosophe **conteste la capacité d'observation des explorateurs** qui, selon lui, restent **prisonniers de leurs préjugés nationaux** et *« plus curieux de remplir leurs bourses que leurs têtes »*.

▲ Frederick Kemmelmeyer (v. 1760-v. 1821), *Premier Débarquement de Christophe Colomb en Amérique*, v. 1800-1805, National Gallery of Art, Washington.

• **Les qualités des hommes sauvages.** Par ailleurs, dès le XVIe siècle, des explorateurs comme Colomb ou de Léry insistent sur les **qualités des hommes du Nouveau Monde** : douceur, sens de l'hospitalité, générosité, honnêteté, capacité à discuter et raisonner. **Montaigne**, qui n'est jamais allé dans les terres récemment découvertes, se fait l'écho de témoignages et met en avant le courage physique et moral des indigènes, leur clarté d'esprit et leur habileté artisanale et artistique.

C Le problème du cannibalisme et de la liberté sexuelle

• **Le cannibalisme.** Ceux qui appellent « barbares » les nouveaux peuples s'appuient notamment sur la pratique du **cannibalisme**, attestée par plusieurs explorateurs. **Montaigne** y consacre le chapitre XXXI du livre I de ses *Essais*. Dans ces pages, l'écrivain rattache l'anthropophagie à la **guerre** et explique que les cannibales ne tuent pas pour manger (contrairement au témoignage de de Léry) mais mangent leurs ennemis déjà tués pour rendre leur vengeance plus complète. Montaigne ne conteste pas la « barbarie » d'une telle pratique mais conteste le droit des Européens à s'ériger en juges. Plus tard, **Voltaire**, dans l'article « Anthropophages » de son *Dictionnaire philosophique*, reconnaît l'existence de cette pratique qu'il rattache à la nécessité vitale de se nourrir. Il oppose cette nécessité à la superstition qui fondait les sacrifices humains qui, eux, ne nous choquent pas tant. Il cite aussi Montaigne et conclut que le mal réside dans le fait de tuer et non pas de manger ses ennemis morts.

Citation-clé

« Chacun appelle "barbarie" ce qui n'est point dans ses coutumes. »
Montaigne, *Essais*, I, 31.

• **La liberté sexuelle** en vigueur chez certains peuples des nouvelles terres sert aussi d'argument à ceux qui justifient la violence de la domination et celle de la conversion religieuse. À ce propos, **Diderot** se moque des Européens avec le personnage de l'aumônier de son *Supplément au voyage de Bougainville* qui d'abord s'offusque de cette liberté, puis… en profite à son tour.

Ex. : Le Tahitien Orou, hôte de l'aumônier, lui parle ainsi : « *Tu as soupé, tu es jeune, tu te portes bien ; si tu dors seul, tu dormiras mal ; l'homme a besoin, la nuit, d'une compagne à son côté. Voilà ma femme, voilà mes filles : choisis celle qui te convient ; mais, si tu veux m'obliger, tu donneras la préférence à la plus jeune de mes filles qui n'a point eu encore d'enfants.* » « *Mais ma religion ! mais mon état !* » s'écrie l'aumônier (section III). À la fin de la section suivante, l'aumônier continue à pousser les mêmes cris… tout en passant la première nuit avec une fille de l'hôte, la deuxième avec son autre fille et la troisième avec sa femme…

▲ Amerigo Vespucci en Amérique, extrait des *Grands Voyages* de Théodore de Bry (1528-1598).

2 Relativisme et critique de soi

A Montaigne et le relativisme

• **L'attitude philosophique** de **Montaigne** se fonde sur le **scepticisme** du philosophe **Pyrrhon** (v. 365-v. 275 av. J.-C.). Pyrrhon affirme la **nécessité du doute**. Il ne remet pas en cause l'existence de la vérité mais estime qu'il est impossible à l'esprit humain de l'atteindre. Il préconise donc la ***« suspension du jugement »***. La découverte des nouveaux mondes confirme Montaigne dans sa conviction que les **choses humaines**, dont les mœurs et les manières de penser, sont constamment **changeantes** et n'ont **rien d'absolu**.

• **La critique de l'européocentrisme. Montaigne** invite à **se méfier des idées préconçues** sur les autres et communément admises : « *Il faut se garder d'adhérer aux opinions courantes, et il faut juger les gens par la voie de la raison, non par la voix de tout le monde.* » Il oppose ainsi la démarche rationnelle à l'opinion commune. Les philosophes du **Siècle des lumières** mettent souvent en scène un **renversement du regard** : les Européens ne sont plus ceux qui jugent mais ceux qui sont observés et jugés.

Citation-clé

« *Vérité en-deçà des Pyrénées, erreur au-delà.* »

Pascal, *Pensées*, 56.

Dans ce texte inspiré de Montaigne, Pascal veut montrer que l'homme ne peut atteindre le bien ni la justice : la preuve en est que ce qui est considéré comme bien ou vrai quelque part ne l'est pas ailleurs.

Mot-clé

Relativisme : doctrine qui nie l'existence d'une vérité absolue ou la possibilité de la connaître et postule la **relativité** de la connaissance humaine. Les valeurs dépendent des circonstances et sont variables. La **relativité** est le caractère de ce qui est relatif. En physique, depuis Einstein (début du XXe siècle), la **théorie de la relativité** établit qu'un mouvement se mesure toujours par rapport à un point de référence.

Ex. : Chez Montesquieu *(Lettres persanes)*, les Persans Usbek et Rica découvrent la société française qui est, pour eux, un autre monde et s'étonnent de mœurs et pratiques communément acceptées.
Dans plusieurs de ses contes philosophiques, Voltaire aussi inverse le regard : dans *L'Ingénu*, c'est un Huron qui observe les coutumes des provinciaux et des gens de la cour du roi ; dans *Micromégas*, ce sont les habitants d'une autre planète qui s'étonnent de la bêtise et de la vanité des Français.

▲ « Subtilité des Floridains pour tuer les crocodiles et les cerfs », illustration extraite de *La Galerie agréable du monde... – L'Amérique* (1729).

B La critique de la civilisation européenne

• **Le relativisme culturel et le renversement du regard** engendrés par la découverte des nouveaux peuples conduisent les penseurs et écrivains à une critique des pratiques et mœurs européennes.

• **Une critique morale.** À la **prétendue barbarie** des indigènes, les écrivains et philosophes opposent la **réelle cruauté** des Européens. Ainsi, **Montaigne** (*Essais*, I, 31) nous dénie le droit de les traiter de « barbares », *« nous qui les surpassons en toute sorte de barbarie »*. Pour ce faire, il évoque les guerres extérieures mais surtout les **guerres de Religion** qui déchirent alors la France. Au XVIIIe siècle, dans le *Supplément au voyage de Bougainville*, **Diderot** fait parler un vieillard tahitien qui traite les Européens de brigands, de voleurs et de criminels venus apporter le *« sang »* et les *« fureurs »*. Les extraterrestres de **Voltaire** *(Micromégas)* se fâchent de la **bêtise cruelle** de ces Terriens qui passent leur temps à s'entretuer.

• **Une critique politique et religieuse.** Les indigènes que **Montaigne** a rencontrés à Rouen, en 1562, s'étonnent que l'on obéisse, en France, à un homme encore enfant (Charles IX, alors âgé de 12 ans). De même, ils ne comprennent pas qu'on tolère l'injustice économique qui s'étale sous leurs yeux. **Montesquieu**, dans les *Lettres persanes*, passe par Rica et Usbek pour critiquer le pouvoir royal (lettre 24 notamment) et le pouvoir religieux (lettres 57 et 85, par exemple).

• **Une critique des mœurs.** Le vieillard tahitien de **Diderot**, dans le *Supplément,* critique la poursuite vaine et incessante des Européens de biens inutiles qui ne parviennent jamais à combler leurs ***« besoins superflus »***. Dans *Candide* de **Voltaire**, les habitants de l'*« Eldorado »* s'étonnent du grand cas que les Européens font de l'or et des pierres précieuses. D'une manière générale, la découverte des populations des nouveaux mondes amène nos penseurs à **interroger notre conception du bien et du bon** et à se demander qui, d'eux ou de nous, sont **les plus heureux**.

26 La découverte d'un nouvel Univers

Aux XVe et XVIe siècles, le **monde s'élargit :** par la découverte de nouvelles terres mais aussi par celle d'un **nouveau cosmos.** Les **découvertes astronomiques,** en effet, font **éclater le monde clos** d'Aristote et de Ptolémée. Les savants du XVIIe siècle poursuivent, confirment et approfondissent ces découvertes. Pour coordonner ces foisonnantes avancées, l'homme d'État Colbert crée, en 1666, l'**Académie royale des sciences.**

1 Nicolas de Cues, le premier des modernes

• **La rupture avec la tradition.** Ce **théologien**, **savant** et **penseur allemand**, naît en 1401 et meurt en 1464. Son œuvre majeure s'intitule *De la docte ignorance*. L'oxymore du titre met en valeur le principe épistémologique de la Renaissance à venir : **la connaissance doit être consciente de ses limites.** Nicolas de Cues rompt avec la traditionnelle astronomie héritée d'Aristote. Le philosophe antique grec définissait le ciel comme la *« substance de la périphérie dernière de l'Univers » (Du ciel)* et distinguait deux mondes : le monde supra-lunaire, immuable et éternel, et le monde sub-lunaire, soumis à la dégradation et à la mort.

> **Citation-clé**
>
> « [Le monde] *est une sphère infinie dont le centre est partout et la circonférence nulle part.* »
>
> Nicolas de Cues, *La Docte ignorance*.

• **Un Univers sans limites.** Nicolas de Cues rompt aussi avec la philosophie de **Thomas d'Aquin** qui n'appliquait qu'à Dieu l'**image de l'infini**. Pour Thomas d'Aquin, Dieu est un être infini qui a choisi de créer un monde fini. Le théologien allemand refuse cette contradiction et estime que, puisque Dieu est infini, l'Univers qu'Il a créé doit l'être aussi. Selon lui, l'Univers est *« interminé »*, **sans limites**, et le centre du monde est identique à la circonférence de l'Univers.

2 La révolution copernicienne

• **Le renversement des apparences.** Nicolas **Copernic** est un astronome, mathématicien et chanoine polonais (1473-1543). Sa grande œuvre s'intitule *Des révolutions des orbes célestes* (1543). Copernic reproche à Aristote d'avoir bâti son système astronomique sur l'observation et la perception. Or, **la perception se révèle souvent illusoire ou erronée.** Copernic introduit donc la notion de **« relativité » liée à l'observateur** : on croit que la Terre est immobile parce qu'on ne la sent pas bouger ; on croit que les étoiles bougent parce que, nous, nous bougeons.

> **Info-clé**
>
> Au XXe siècle, l'inventeur de la psychanalyse, **Sigmund Freud**, fera de l'héliocentrisme de Copernic la **première blessure narcissique de l'humanité**.

• **L'héliocentrisme.** Chez Aristote ou Ptolémée, la Terre est immobile au centre de l'Univers, et ce sont les autres planètes qui tournent. Copernic propose un **changement de modèle géométrique** qui permette de **penser l'Univers plus**

> **Étymologie**
>
> Le premier sens du mot **« révolution »** n'est pas politique mais **physique**. Une révolution (construit sur le latin ***volvere***, « faire rouler ») est la rotation complète d'un corps mobile autour de son axe.

simplement et de manière plus cohérente. Il fait l'hypothèse que c'est le ciel, et non pas la Terre, qui est immobile ; et il affirme que **la Terre tourne autour du Soleil en 1 année et sur elle-même en 24 heures.**

• **Un système de calcul accepté.** L'Église ne s'oppose pas frontalement aux thèses de Copernic qu'elle réduit à des **hypothèses mathématiques et géométriques.** De plus, Copernic ne tranche pas la question de **savoir si le ciel est infini ou non** ; il se contente d'expliquer que l'hypothèse d'un ciel infini permet de mieux comprendre le fonctionnement de l'Univers. Cependant, son ouvrage majeur sera mis à l'***Index*** en 1616.

3 L'intuition de l'infini : Giordano Bruno

• **Le ciel n'existe plus.** Dans le système de Copernic, le ciel existe encore. Giordano Bruno (1548-1600) le remplace par l'**espace cosmique infini**. Ce dominicain, poète et philosophe, expose, en 1584, ses théories dans *Le Banquet des cendres* et *L'Infini, l'Univers et les Mondes*. Il repousse la **notion d'« horizon »**. Ce dernier, démontre-t-il, est toujours **relatif à la position de l'observateur** : à chaque fois que cet observateur se déplace, un **nouvel horizon apparaît**. Il n'y a donc pas d'horizon en soi, absolu : l'**horizon est toujours celui d'un observateur**. S'appuyant sur les observations de l'astronome danois **Tycho Brahe** (1546-1601) à propos de la grande comète qui est passée près de la Terre en 1577, Giordano Bruno affirme que l'espace est **homogène** et **infini**.

> **Citation-clé**
>
> *« L'Univers est infini et par conséquent sans centre ni limite. »*
>
> G. Bruno, *L'Infini, l'Univers et les Mondes*, 1584.

• **Dieu et l'Univers.** Pour Giordano Bruno, contrairement au dogme, **Dieu n'est pas transcendant au monde**. Il affirme que **Dieu et l'Univers se confondent**. Cette position hérétique lui vaudra d'être emprisonné par l'Inquisition pendant de longues années et **condamné au bûcher en 1600**.

4 De Galilée à Newton : un monde mathématique

A Galilée (1564-1642)

• **Le fondateur de la physique.** Ce physicien et astronome italien construit une **nouvelle conception de la nature** en en énonçant les **lois** sous une **forme mathématique**. Dans ses ouvrages les plus célèbres (*Discours sur les deux nouvelles sciences*, 1638, et *Dialogue sur les deux grands systèmes du monde*, 1632), il étaye l'**héliocentrisme de Copernic** par ses propres observations et l'érige en vérité scientifique. Ce qui lui vaut d'être condamné à une résidence forcée dès 1633.

> **Citation-clé**
>
> « [L'Univers] *est écrit dans la* ***langue mathématique*** *et ses caractères sont des* ***triangles****, des* ***cercles****, et* ***autres figures géométriques****, sans le moyen desquels il est humainement impossible d'en comprendre un mot. Sans eux, c'est une errance vaine dans un labyrinthe obscur.* »
>
> Galilée, *L'Essayeur*, 1623.

• **Les outils d'une véritable observation.** Dès 1609, Galilée introduit l'usage de la **lunette d'approche** dont la puissance de grossissement est égale à 20. Grâce à cette lunette, il révèle **plusieurs phénomènes astronomiques inconnus jusque-là** : la nature des étoiles, les quatre gros satellites de Jupiter, les phases de Vénus et la rotation solaire.

Info-clé

Les **lois de Kepler** sont des lois mises au point par l'astronome allemand **J. Kepler** (1571-1630) et qui rendent compte du mouvement des planètes autour du Soleil.

B Isaac Newton (1642-1727)

• **Le fondateur de la mécanique classique.** Isaac Newton est **un des plus grands savants occidentaux**. Philosophe, astronome et mathématicien, il poursuit la ***« géométrisation de l'espace »***, selon l'expression du philosophe Alexandre Koyré, entreprise par Galilée. Newton publie, en 1687, les *Principes mathématiques de la philosophie naturelle*. Son apport aux découvertes scientifiques est considérable. Il établit, notamment, la **loi de la gravitation universelle** qui rend compte de la chute des corps sur la Terre et du mouvement des astres.

Info-clé

L'Observatoire de Paris est fondé en **1667**. C'est le plus ancien observatoire du monde en fonctionnement continu depuis sa création.

• **Lumière et Univers.** Newton réalise de nombreuses recherches dans le domaine de l'**optique**. Il découvre le spectre de la lumière blanche – avancée importante dans la **connaissance de l'Univers**.

• Au XVIIIe siècle, **Madame du Châtelet** (1706-1749), mathématicienne éminente, traduit en français l'œuvre de Newton.

▲ Newton décompose la lumière.

Info-clé

Un autre univers : le vide. La question de la **possibilité du vide** tourmente les esprits depuis l'Antiquité. Aristote, par exemple, le niait. Au milieu du XVIIe siècle, **Pascal** poursuit les travaux du mathématicien et physicien italien de la première moitié du siècle, **Torricelli**, et démontre la présence du **vide**, un autre monde.

27 Quelle place pour l'homme dans ce nouvel Univers ?

De Nicolas de Cues (XVe siècle) à Newton (XVIIe-XVIIIe siècles), la perception du monde change radicalement : d'un **cosmos fini et ordonné** dont la structure correspondait à une **hiérarchie des valeurs,** on passe à un **univers infini sans hiérarchie naturelle** et **régi par des lois mathématiques.** Ce bouleversement dans la connaissance de l'Univers a, bien sûr, des répercussions considérables sur la **manière dont l'homme se pense lui-même.** En voici trois exemples.

1 Montaigne et le mouvement perpétuel

• **Le constat.** Des découvertes sur l'Univers, Montaigne retient l'idée du **« mouvement »**. Dans le chapitre II du livre III des *Essais*, l'auteur constate que *« le monde n'est qu'une balançoire perpétuelle. Toutes choses y sont sans cesse en mouvement* [...] *et sous l'effet du mouvement général et en vertu de leur propre agitation »*.

Citation-clé

« Moi à cette heure, et moi tout à l'heure, sommes bien deux. Mais quand meilleur, je n'en puis rien dire. »

Montaigne, *Essais*, III, 9.

• **La conséquence.** Montaigne transpose à l'**individu** le **mouvement perpétuel** qui est celui de la Terre. L'homme est lui-même *« dans une ivresse naturelle »*, *« il va trouble et chancelant »*. Montaigne en tire une **conséquence morale et littéraire** : celui qui veut s'étudier lui-même étudie un **objet toujours changeant** et ne peut donc ***« peindre »*** que le ***« passage »*** d'un état à un autre et non pas un être stable. D'où la forme de l'**« essai »**, qui suit les variations perpétuelles, physiques, morales et intellectuelles de l'auteur.

2 Pascal et l'infini

• **Les deux infinis.** Des découvertes scientifiques, le philosophe du XVIIe siècle **Pascal**, dans le fragment 185 de ses *Pensées*, retient l'**idée de l'« infini »**. Il invite son lecteur à considérer que le *« monde visible »* n'est qu'**un point dans la nature infinie** et il reprend la définition de l'Univers comme *« une sphère infinie dont le centre est partout et la circonférence nulle part »* (N. de Cues). De plus, Pascal fait voir à son lecteur **un autre infini** : celui ouvert par le microscope, qui permet de découvrir dans l'atome d'**infinis univers de plus en plus minuscules**.

• **Une « disproportion » tragique.** La considération de ces deux infinis ne peut que conduire l'homme, selon Pascal, à l'**angoisse** et au **vertige**. *« Qu'est-ce qu'un homme dans l'infini ? »*, *« Qu'est-ce qu'un homme dans la nature ? »* demande-t-il. L'infini de l'Univers doit amener l'homme d'une part à **renoncer à sa présomption de tout connaître avec certitude**, d'autre part à **reconnaître l'infinie puissance de Dieu**.

3 Les Lumières et l'hommage à Newton

Avant de publier, en 1738, les *Éléments de la philosophie de Newton*, œuvre de vulgarisation, **Voltaire** écrit auparavant une *Épître* à la traductrice du grand savant anglais, Madame du Châtelet, dans laquelle il loue la **force émancipatrice de la connaissance** : *« Le compas de Newton, mesurant l'Univers, / Lève enfin ce grand voile, et les cieux sont ouverts. »*

28 La question de l'état de nature

Les grandes découvertes révèlent aux Européens des populations restées proches de l'état primitif. La comparaison donne lieu, dès le XVIe siècle, au **« mythe du bon sauvage »** et à la **question de l'état de nature.** Ces thèmes trouvent d'autant plus d'écho que l'**humanisme de la Renaissance** puis celui des **Lumières** revalorisent la **nature.** Enfin, la réflexion sur l'état de nature va de pair avec une **philosophie politique** qui essaie de penser l'origine et la légitimité des systèmes et modes de gouvernement.

1 Qu'est-ce que l'état de nature ?

A Une réalité ou un mythe ?

▲ Laudonnière et Athore, le fils du chef indien des Timucuas Saturiwa, extrait des *Grands Voyages* de Théodore de Bry (1528-1598).

• **Une définition en creux.** L'état de nature est la situation des hommes **avant leur organisation en société**. Il s'oppose à la **société civile**. La vie **dans et avec la nature**, une nature que l'homme n'a pas encore transformée, est sa caractéristique principale. L'homme y trouve **ce qui est indispensable à sa vie** : abri, nourriture, vêtements. Ceux-ci ont pour buts de le couvrir et de le protéger des intempéries, et non pas de dissimuler son corps car l'homme à l'état de nature ne connaît ni péché originel ni pudeur.

• **Une description littéraire.** L'état de nature a été assimilé aux modes de vie des populations découvertes et décrites par les explorateurs dès la fin du XVe siècle : Pedro Àlvares Cabral et Pero Vaz de Caminha, Jacques Cartier, Christophe Colomb, Amerigo Vespucci et, au XVIIIe siècle, Bougainville notamment. Des écrivains comme **Diderot** ou **Voltaire** s'emparent de ces récits et placent des **états de nature fictifs** dans certaines de leurs œuvres.

• **Un état inaccessible ?** Jean-Jacques Rousseau (1712-1778), dans son *Discours sur l'origine et les fondements de l'inégalité parmi les hommes* (1755), interroge l'**existence de l'état de nature** : *« Il faut nier que, même avant le Déluge, les hommes se soient jamais trouvés dans le pur état de la nature. »* Il estime, en effet, que **l'état de nature** *« n'a peut-être point existé ».* Surtout, Rousseau affirme que nous sommes **incapables de connaître l'homme primitif** car tous les progrès réalisés par l'homme n'ont fait que l'éloigner considérablement de cet éventuel état de nature.

Citation-clé

« La vie sauvage est si simple, et nos sociétés sont des machines si compliquées ! Le Tahitien touche à l'origine du monde, et l'Européen touche à sa vieillesse », dit un personnage du *Supplément au voyage de Bougainville* (Diderot, 1772-1796) à propos de l'homme naturel de Tahiti.

• **Une hypothèse intellectuelle.** C'est pourquoi Rousseau considère l'état de nature **non pas comme une origine réelle** mais comme *« une* ***hypothèse*** *destinée à éclairer notre état présent »*. Son travail de philosophe consiste à **penser un état de nature** tel que l'on puisse comprendre pourquoi et comment l'**homme civilisé** est devenu tel qu'il est.

B La guerre ou la paix ?

• **Une vision négative.** Le philosophe anglais **Thomas Hobbes** (1588-1679) développe sa conception de l'état de nature dans son œuvre *Léviathan* (1651). Selon lui, l'état de nature condamne l'homme à une **vie** qu'il qualifie d'**« animale »**, sans agriculture, sans navigation, sans construction, sans aucun art. De plus, il décrit l'état de nature comme une **guerre permanente**, la *« guerre de chacun contre chacun »*. En effet, selon Hobbes, l'homme primitif voit dans chaque autre homme une **menace** qu'il cherche violemment à éliminer.

• **Une vision positive. Rousseau** développe une **conception opposée** de l'état de nature. Selon lui, quand il est à l'état de nature, l'homme vit **seul**. Il ne vit que **pour lui-même**, *« errant dans la forêt, sans industrie, sans parole, sans domicile, sans guerre et sans liaison »*. Seuls comptent ses **besoins immédiats**, et cet *« homme sauvage »* n'a *« nul besoin de ses semblables »* et *« nul désir de leur nuire »*.

2 Le passage de l'état de nature à la société

A La sortie de l'état de nature

• **Le besoin de sécurité.** Pour Hobbes, ce sont la *« crainte »* et le *« risque continuels d'une mort violente »* qui arrachent l'homme primitif *« à ce misérable état de guerre »*. Les hommes primitifs renoncent à leur **liberté** et concluent un **contrat** pour assurer la **paix** et leur **sécurité**. Le passage à l'état civilisé est ainsi permis par le souci de **se préserver** et de **vivre plus heureusement**.

• **Une évolution progressive.** Selon Rousseau, l'**homme primitif**, parce qu'il est **perfectible**, acquiert des **qualités** et se rapproche de ses **semblables**. Puis il découvre qu'il a **besoin des autres** pour son propre développement. Enfin, il se rend compte qu'il doit **partager** biens et outils. Cette **acquisition progressive du sens de la propriété privée** fonde, pour Rousseau, la société en même temps qu'elle initie le **malheur de l'homme**.

B Revenir à l'état de nature ?

• Ni **Hobbes** ni **Rousseau** ne prônent le retour à l'état de nature : pour Hobbes parce que l'**état civil vaut mieux**, pour Rousseau parce que ce retour à un état qui *« probablement n'existera jamais »* est tout bonnement **impossible**. **Diderot**, à la fin de son *Supplément au voyage de Bougainville*, fait clairement poser la question à l'un de ses personnages (*« Reviendrons-nous à la nature ? »*) pour conclure qu'il ne s'agit pas de *« renoncer aux avantages les plus précieux de nos sociétés »* mais de réformer ces dernières par les lois.

▲ Thomas Hobbes.

Info-clé

Prolongement. Au XXe siècle, impressionné par la guerre de 1914-1918, **Freud**, l'inventeur de la psychanalyse, décrit, dans *Malaise dans la civilisation*, l'**agressivité humaine** en reprenant la formule de Hobbes : *« Homo homini lupus »* (« L'homme est un loup pour l'homme »). Les hommes sont habités par une **hostilité primaire et innée** les uns envers les autres qui **menace constamment la société**.

29 La découverte de l'Extrême-Orient

La découverte de l'Extrême-Orient se passe très différemment de celle du Nouveau Monde : les Européens y trouvent des civilisations développées et des sociétés organisées. Plutôt **pacifiste,** cette découverte ne s'accompagne pas d'une conquête mais va de pair avec l'**évangélisation** et la mise en place de **relations commerciales** parfois intenses.

1 La découverte de la Chine

A Croisade et commerce

- **Dès le XIIIe siècle,** les papes (dont Innocent IV) organisent des expéditions vers les **terres mongoles** pour proposer au khan des **alliances évangéliques**, souvent repoussées, pour **lutter contre l'islam.** Ainsi, le franciscain **Guillaume de Rubrouck** (v. 1220-1293), proche de Saint Louis, part dans les années 1250 à la rencontre des Mongols et parvient jusqu'à la ville de Karakorum. En 1255, il envoie une longue lettre au roi *(Itinerarium ad partes orientales)* qui regorge de détails précieux sur les terres et les peuples qu'il a découverts et sur les difficultés d'une telle expérience pour un Européen.

- **La famille Polo.** Dans les **années 1270, Marco Polo (1254-1324),** qui est un marchand italien, traverse l'Asie accompagné de son père et de son oncle. Leur voyage dure plus de trois ans. Marco Polo reste en **Chine** au moins jusqu'au début des années 1290. À la fin du siècle, pendant son emprisonnement à Gênes, Marco Polo dicte son récit de voyage (***Le Devisement du monde***, écrit en français) dans lequel il décrit toute la richesse de la civilisation chinoise qui l'a conquis.

- **Les missions jésuites** se succèdent en Chine de 1582 à 1773. Les missionnaires **admirent la culture** qu'ils découvrent et tentent d'apprendre la langue locale. Certains, comme le prêtre Matteo Ricci (1552-1610), adoptent complètement les modes de vie chinois. **Différentes conceptions de l'évangélisation** s'opposent et donnent lieu, au XVIIe siècle, à la **« querelle des rites »** : jusqu'où le missionnaire chrétien, pour évangéliser ces peuples différents, doit-il aller dans l'acceptation des rites étrangers ?

- **La mode chinoise.** Dès le XVIe siècle, les **porcelaines chinoises** sont à la mode en Europe et les **compagnies commerciales avec l'Orient** se créent dès le début du XVIIe siècle. En France, **Colbert** rassemble, en 1664, commerçants et financiers pour développer le commerce avec la Chine. De très **grandes ventes de porcelaine chinoise** ont lieu à Nantes, en 1722 et 1723.

◄ Départ de la famille Polo pour son deuxième voyage en Chine, en 1271 (extrait du récit de voyage de Marco Polo, 1298).

B Une réelle influence

• **Le succès des témoignages.** Si la **lettre de Guillaume de Rubrouck** ne connaît qu'un succès limité, celui du **récit de voyage de Marco Polo** est immense. De la fin du XVIe siècle à la fin du XVIIe siècle, les jésuites missionnaires envoient en Europe de **nombreuses lettres** (regroupées dans une collection de plusieurs volumes intitulée *Lettres édifiantes et curieuses* et publiée entre 1702 et 1776) qui permettent aux Européens de découvrir la Chine.

• **Un sujet de réflexion.** Le prêtre **Jean-Baptiste Du Halde** (1674-1743) publie, en 1735, une ***Description de l'Empire de la Chine***. Il n'est jamais allé en Chine mais compose son ouvrage à partir des divers témoignages et lettres de jésuites. Cette œuvre très documentée permet à **Montesquieu**, dans *L'Esprit des lois* (1748), d'analyser les régimes politiques asiatiques (livres VI et VII). En 1776, **Voltaire**, dans ses *Lettres chinoises, indiennes et tartares*, répond au Hollandais **Cornelius de Pauw** (1739-1799) qui contestait la grandeur de ces civilisations.

> **Citations-clés**
>
> « *Les sciences et les beaux-arts* [sont restés] *dans une éternelle enfance parmi les Chinois* », selon Cornelius de Pauw (1773). « *Voilà le peuple le plus juste et le plus humain de l'univers* », lui répond Voltaire en 1776.

2 La découverte du Japon

• **Découverte de l'archipel.** Marco Polo a l'intuition de l'existence du Japon qu'il appelle « Cipango ». Les Européens – certainement le Portugais Fernão Mendes Pinto – **abordent l'archipel nippon en 1543**. Les Japonais appellent les Européens **« Barbares du Sud »**, expression qui désignera ensuite tout ce qui viendra de la culture européenne. Le **contact** entre les deux civilisations se fait sans heurts : les Européens sont **pacifistes** ; les Japonais ont peu d'or mais de l'**argent** et souhaitent acquérir les **armes** européennes qu'ils découvrent afin de réaliser l'unification du pays.

• **Évangélisation et commerce.** Dès **1549**, **saint François Xavier** (1506-1552), membre fondateur de la Compagnie de Jésus, emmène des missionnaires sur l'île la plus au sud de l'archipel : Kyūshū. Les missionnaires voyagent sur les **bateaux des marchands** et avec ceux-ci. En 1570, un seigneur japonais et un jésuite (Cosme de Torres) créent la ville de **Nagasaki**, qui devient le centre du commerce avec le Portugal et l'**un des pôles du commerce entre l'Asie et l'Europe**.

• **Nécessité de se connaître.** L'**évangélisation** est un **succès** : selon les missionnaires, au début des années 1580, **200 églises** sont construites et 150 000 Japonais **convertis**. Japonais et Européens éprouvent la **nécessité de se connaître davantage** : en **1585**, des Japonais convertis sont reçus à Rome. Leur trajet a duré environ trois ans et pendant leur séjour, qui dure huit ans, ils visitent le Portugal, l'Espagne et l'Italie. Cette rencontre a donné lieu à de **nombreuses publications**. Ainsi, dès 1585, le **jésuite** Luís Fróis publie *Européens et Japonais – Traité sur les contradictions et différences de mœurs*, dans lequel il compare les deux mondes qui viennent de se rencontrer.

> **Citation-clé**
>
> « *Chez nous, le noir est la couleur du deuil ; chez les Japonais, c'est le blanc.* […] *En Europe, un gentilhomme qui irait pieds nus au-devant de son prince passerait pour fou ; les Japonais trouvent mal élevé de rester chaussé devant un seigneur.* »
>
> Luís Fróis, *Européens et Japonais. Traité sur les contradictions et différences de mœurs*, 1585.

• **La fin des contacts.** Dès la fin du XVIe siècle et tout au long du XVIIe, la **persécution anti-chrétienne** se développe et s'intensifie au Japon. À la fin du XVIe siècle, les missionnaires sont renvoyés en Europe et, au début du XVIIe, plusieurs martyres anti-chrétiens ont lieu.

30 La question de l'esclavage

L'existence de l'**esclavage** est attestée depuis l'Antiquité sumérienne (IIIe millénaire av. J.-C.). L'esclavage a même constitué longtemps la **forme majoritaire de travail.** Cependant, il a atteint avec la découverte du Nouveau Monde, de **nouvelles dimensions,** avant d'être **aboli en Europe** au début du XIXe siècle.

▲ « Marchand d'esclaves de Gorée », extrait de l'*Encyclopédie des voyages* de Grasset de Saint-Sauveur (1796).

1 Le commerce triangulaire

A Un trafic de plus en plus important

• **Les débuts.** Dès la **seconde moitié du XVe siècle**, les explorateurs ibériques capturent, sur la côte occidentale de l'Afrique, des populations noires qu'ils ramènent d'abord en Afrique du Nord ou dans la péninsule. Le **pape Nicolas V** confirme, en **1455** (bulle *Romanus Pontifex*, qui vient après celle de 1452, *Dum Diversas*), le monopole portugais sur la traite négrière en Afrique. Au **milieu du XVIe siècle**, la **controverse de Valladolid**, en reconnaissant le statut inaliénable des Indiens d'Amérique, va accélérer le commerce triangulaire avec l'Afrique.

• **Le système mis en place.** En **échange de produits européens** (textiles, armes, alcool, etc.), les négriers africains des royaumes côtiers livrent aux négriers européens des **esclaves** envoyés ensuite dans les **plantations du Nouveau Monde**. Puis les **productions** de ces plantations (sucre, cacao, coton, tabac) sont expédiées en **Europe**, où elles sont transformées et commercialisées. En **Afrique**, les négriers rassemblent les captifs dans les **forts de traite** avant de les enferrer, nus, dans des navires qui **traversent l'Atlantique** en deux mois environ. Un grand nombre de captifs meurent pendant la traversée.

• **L'expansion du commerce triangulaire. Avant 1650**, la traite concerne moins de 10 000 esclaves noirs par an. **Au XVIIe siècle**, elle s'amplifie considérablement, notamment parce que les colons constatent que les populations africaines sont davantage immunisées que les indiennes contre certaines épidémies. **Au début du XVIIIe siècle**, l'Amérique, dépassant les marchés du Proche et du Moyen-Orient, devient la plus grande zone esclavagiste du monde.

Info-clé

L'*asiento* est une **pratique administrative** par laquelle l'**Espagne**, à partir de l'autorisation officielle de Charles Quint de 1519, confie à d'autres nations européennes (Portugal, France, Angleterre, etc.), en échange d'une redevance, la **traite des Noirs** vers ses **colonies d'Amérique**.

B Le cas de la France : le Code noir

En **mars 1685**, **Louis XIV** promulgue l'édit *« sur les esclaves des îles de l'Amérique »* (aussi appelé « Code noir ») préparé par **Colbert**. Deux autres édits sont promulgués, au **début du XVIIIe siècle**, par le très jeune Louis XV. Le Code noir a d'abord semblé **améliorer** considérablement le traitement réservé aux esclaves, s'attirant ainsi l'opposition des maîtres. Mais l'esclave, même si l'ordonnance royale lui accorde une « âme » – ce qui peut permettre sa conversion religieuse –, reste considéré comme un ***« bien meuble »*** (c'est-à-dire qui peut être déplacé), entière **propriété** du maître.

2 Vers l'abolition de l'esclavage

A Les dénonciations littéraires et philosophiques

• **Un consensus sur la nécessité de l'esclavage.** Aux XVIIe et XVIIIe siècles, nombreux sont les esprits convaincus que la **prospérité** et le **développement économique** reposent sur l'institution de l'esclavage. Le Code noir va dans ce sens, et ce d'autant plus qu'une prime est versée au négrier par esclave importé. Par ailleurs, à la fin du XVIIe siècle, **Bossuet**, l'**évêque de Meaux**, dans son *Avertissement aux protestants*, justifie l'esclavage en citant le **Saint-Esprit** et **saint Paul**.

• **Les philosophes des Lumières,** quant à eux, critiquent l'esclavage et l'inhumanité des traitements infligés aux esclaves. **Montesquieu** *(Pensées)*, **Helvétius** *(De l'esprit)*, **Jaucourt** (*Encyclopédie*, art. « Esclavage »), **Rousseau** *(Du contrat social)*, **Condorcet** *(Réflexions sur l'esclavage des Nègres)* dénoncent avec vigueur les justifications absurdes et scandaleuses de ce système. **Diderot** *(Supplément au voyage de Bougainville)* et **Voltaire** *(Candide, Histoire des voyages de Scarmentado)* passent par des fictions pour mettre en relief le crime que représente l'esclavage.

Info-clé

Les grands ports négriers français sont Nantes, La Rochelle, Bordeaux, Saint-Malo, Lorient, Vannes.
80 000 esclaves noirs, par exemple, sont partis de Saint-Malo et plus de 1 700 expéditions de Nantes.

Citation-clé

« Le droit d'esclavage est nul, non seulement parce qu'il est illégitime, mais parce qu'il est absurde et ne signifie rien. Ces mots, esclavage *et* droit, *sont contradictoires : ils s'excluent mutuellement »*

Rousseau, *Du contrat social*, 1762.

Ex. : Candide arrive à Surinam, possession hollandaise en Amérique latine. « *En approchant de la ville, ils rencontrèrent un nègre étendu par terre, n'ayant plus que la moitié de son habit, c'est-à-dire d'un caleçon de toile bleue ; il manquait à ce pauvre homme la jambe gauche et la main droite.* » L'esclave répond aux questions horrifiées de Candide : « *On nous donne un caleçon de toile pour tout vêtement deux fois l'année. Quand nous travaillons aux sucreries, et que la meule nous attrape le doigt, on nous coupe la main ; quand nous voulons nous enfuir, on nous coupe la jambe : je me suis trouvé dans les deux cas. C'est à ce prix que vous mangez du sucre en Europe* » (Voltaire, *Candide*, chap. XIX, 1759).

B La fin de l'esclavage

Dès le milieu du XVIe siècle, des **insurrections** d'esclaves ont lieu en Amérique, qui vont en s'intensifiant. À **Saint-Domingue**, notamment, une **importante révolte**, à l'**été 1791** – dans laquelle émerge la figure légendaire de Toussaint Louverture (né en 1743, mort en 1803, ce descendant d'esclaves noirs a mené la lutte contre la colonisation et l'esclavage) –, aboutit à l'indépendance de Haïti. Des sociétés anti-esclavagistes se créent, comme la **Société des amis des Noirs** fondée par l'homme politique français Jacques Pierre Brissot en 1788. Quatre ans après l'adoption de la ***Déclaration des droits de l'homme et du citoyen***, la Convention, en 1794, abolit l'esclavage dans les colonies françaises. Mais Napoléon le rétablit en 1802. C'est le gouvernement provisoire de la République de **1848** qui l'**abolit définitivement en France**, après l'Angleterre et l'Espagne.

▲ Toussaint Louverture en tenue militaire.

31 Comment représenter ces nouveaux mondes ?

Du XVe siècle à la fin du XVIIIe, les Européens découvrent de **nouveaux mondes** et s'ouvrent à de **nouvelles cultures** qu'ils vont chercher à représenter. Tous les **arts** et tous les **domaines intellectuels** sont concernés par cette **représentation du monde** qui peut prendre **différentes formes.**

1 Décrire

• **Définition.** Décrire quelque chose consiste à **représenter** cette chose **dans son ensemble**, à en **énumérer les caractéristiques**. La description cherche à **rendre fidèlement une réalité existante**. Ses critères sont la **sincérité** de l'auteur et la **véracité** de son exposé.

Rappel

Dans le **domaine des arts,** la description donne lieu à l'**illustration** plus ou moins **documentaire** et au **portrait**.

• **Formes.** La description peut prendre la forme du **portrait**, de l'**exposé**, du **témoignage** d'une expérience personnelle. Elle se trouve surtout dans les **récits de voyage**, les **ouvrages scientifiques et encyclopédiques**. Le souci de l'**exactitude**, de l'**objectivité** et de la **précision** prime.

• **Exemples.** Les diverses **lettres** des **explorateurs** contiennent de **nombreuses descriptions** des **lieux et populations** qu'ils découvrent.

Ex. : Dans sa lettre du 14 mars 1493, Christophe Colomb écrit qu'il a « *décidé de détailler* [...] *les faits et les découvertes* » de son voyage, alternant les descriptions géographiques et ethnologiques.

Les ouvrages de **Copernic**, **Galilée** ou **Newton** renferment des **comptes rendus d'expériences et d'observations**.

Ex. : Dans *Le Messager céleste* (1610), Galilée expose les résultats des observations stellaires que la lunette qu'il a mise au point lui a permis de réaliser.

L'*Encyclopédie*, menée par Diderot et d'Alembert, comporte de nombreux articles descriptifs, en particulier ceux qui concernent les **sciences** et les **techniques**.

En peinture, de nombreux **portraits** font **connaître le visage des grands hommes**, en en dégageant les traits essentiels.

Ex. : Le portrait de Galilée par Le Tintoret (1605) montre un visage solide, au regard clair et assuré.

Cependant, les explorateurs ont, parfois, enjolivé leurs descriptions des terres du Nouveau Monde pour convaincre les rois d'Espagne d'en entreprendre ou d'en poursuivre la découverte.

2 Figurer

• **Définition.** Figurer quelque chose consiste à **donner** à ce quelque chose (souvent **abstrait**) une **forme visible**. Il s'agit de représenter une **réalité qui n'est pas forcément présente ni perçue**. Cette démarche s'impose d'autant plus que les **terres et populations** nouvellement découvertes sont **loin et inconnues** et que les **découvertes astronomiques** restent **abstraites**. Figurer passe donc souvent par l'**image** : les cartes, les schémas, l'illustration et la peinture relèvent de cette démarche.

• **Images scientifiques.** Certains de ces procédés constituent des **moyens de connaissance**, et leur critère est celui de la **véracité**. On peut notamment citer :
– les **cartes**, qui connaissent un important essor à partir des grandes explorations ;
– les **schémas techniques**, qui se trouvent dans les traités des astronomes et des physiciens ;
– les **planches anatomiques**, qui sont réalisées dès la Renaissance ;
– les nombreuses **planches techniques** de l'*Encyclopédie*.

• **Images artistiques.** L'**illustration** et la **peinture**, en figurant des situations ou des mondes lointains et inconnus, permettent ainsi de **s'en faire une idée**.

Ex. : Publié en 1557, les *Singularités de la France antarctique* de l'explorateur français André Thevet comporte de nombreuses gravures qui représentent la flore, la faune et les mœurs des indigènes du Brésil. De même, l'*Histoire philosophique et politique des établissements et du commerce des Européens dans les deux Indes* (1770) de l'abbé Raynal contient de nombreuses gravures représentant des scènes liées à l'esclavage dans les terres d'Amérique.

▲ Carte du monde dessinée par Ortelius (v. 1570).

3 Imaginer

• **Définition.** Imaginer relève de l'**invention**. L'invention peut être **totale** (on imagine quelque chose qui n'existe pas ou dont on n'a aucune connaissance ni idée) ou **partielle** (on imagine à partir d'un début de connaissance ou de représentation). Les critères ne sont plus ceux de la véracité ni de l'exactitude, mais ceux de la **vraisemblance** et de l'**originalité**. Cependant, les œuvres d'imagination peuvent aussi permettre le **développement de la connaissance et de la réflexion** en faisant d'autant plus réfléchir le destinataire de l'œuvre que son originalité lui procure du **plaisir**.

> **Notion-clé**
> **Peinture de scènes de genre :** type de peinture représentant des **personnes ordinaires**, anonymes, ainsi que des **scènes de la vie quotidienne**. S'oppose à la peinture historique ou mythologique.

• **Exemples.** Les **utopies**, de la Renaissance aux Lumières, constituent un mode privilégié de cette démarche : les auteurs imaginent un **monde idéal**, qui **n'existe pas mais paraît possible** et, en comparaison, fait **réfléchir à celui dans lequel les lecteurs vivent**.

Ex. : *L'Utopie* de Thomas More (1516) décrit une société fondée sur l'amour du travail, le partage des biens matériels et la tolérance qui s'oppose radicalement à la société anglaise de l'époque.

• Le **conte** et le **dialogue philosophiques**, au XVIIIe siècle, s'appuient sur les connaissances de leur époque pour imaginer des personnages et des situations parfois peu vraisemblables mais plaisants.

Ex. : Voltaire, dans *L'Ingénu*, imagine un Huron qui ressemble plus à un Européen qu'à un homme à l'état de nature. Diderot, dans le *Supplément au voyage de Bougainville*, attribue au vieillard tahitien une éloquence digne des salons parisiens des Lumières.

32 L'essor du livre imprimé

Si l'**imprimerie gravée** existe en Chine dès le VIIe siècle, en **Europe** elle n'est mise au point progressivement par Gutenberg qu'au **milieu du XVe siècle.** Entre le IIe et le IVe siècle, le ***volumen*** avait été remplacé par le ***codex.*** À l'époque de la **Renaissance,** l'imprimerie fait basculer l'Occident dans la **culture de l'écrit ;** le **Siècle des lumières** est celui de la **lecture.**

1 Le développement du livre imprimé

A Les techniques

• **Papier, caractères mobiles et presse à imprimer.** Dès le VIIIe siècle, les Européens découvrent auprès des Chinois le processus de **fabrication du papier** qui remplace peu à peu le parchemin (peau animale traitée). Vers 1450, **Gutenberg** met au point une technique d'impression qui allie **caractères mobiles** et **presse à imprimer**, inconnue en Chine. Les caractères mobiles sont en **métal** ; le compositeur les dispose sur une **planche** spéciale enduite d'encre et recouverte d'une feuille ; le tout passe ensuite dans une **presse à imprimer**. La **reproduction mécanique des textes** est devenue possible.

Mots-clés

• ***Codex*** : ensemble de pages de parchemin reliées.
• ***Volumen*** : rouleau de papyrus.

• **Essor des imprimeries.** Les imprimeurs s'installent dans les **grandes villes** (Milan, par exemple), dans les **centres de foire** comme **Lyon**, ou dans les **ports** comme **Anvers**. À **Paris**, la Sorbonne accueille la **première imprimerie française** en **1472**. Mais c'est **Venise** qui exerce une suprématie incontestée. Au long du XVIe siècle, c'est environ 200 millions de livres qui sont imprimés ; et, en 1600, plus de 250 villes d'Europe sont dotées d'imprimeries.

▲ Une imprimerie au XVe siècle.

B La mise en page

• **Se dégager des modèles.** Au début, les imprimeurs imitent le **modèle du manuscrit** (longues suites d'un texte serré et sans blancs) mais peu à peu ils s'en dégagent. La **page de titre**, par exemple, apparaît et est de mieux en mieux **mise en valeur** ; à l'époque baroque, le titre est gravé au centre de la page et entouré de figures allégoriques qui constituent une sorte de programme. L'**écrit** supplante progressivement le **modèle de l'oral** et impose ses normes : les imprimeurs éditeurs s'efforcent de rendre les pages plus lisibles en aérant les textes et en insérant des **zones de blanc**, en découpant les textes en **paragraphes**, en présentant plus clairement les **dialogues**. Le *Discours de la méthode* de Descartes (1637) est le premier ouvrage de philosophie écrit en français à être présenté en paragraphes.

Info-clé

Très courant aux XVIe et XVIIe siècles, le **livre d'emblèmes** propose un répertoire de maximes morales illustrées par une gravure (sur bois ou sur métal) allégorique.

• **Un rapport texte/image différent.** Avant l'imprimerie, les moines copistes illustraient les manuscrits d'**enluminures** réalisées manuellement. Au milieu du XVe siècle, grâce à la gravure sur bois, de nombreuses images sont encore insérées dans les ouvrages imprimés, mais **l'illustration disparaît ensuite progressivement**.

• **Des formats et caractères différents.** Dès la fin du XVe siècle, le grand imprimeur de Venise, **Alde Manuce**, invente le **« in octavo »**, format beaucoup **plus petit et maniable**. Les petits formats se multiplient alors et concourent à la pratique accrue de la lecture. Par ailleurs, Alde Manuce crée de nouveaux caractères comme les **italiques** et généralise les **caractères romains**. Les imprimeurs accordent aussi une importance croissante à la **correction orthographique**, à l'usage des **lettres accentuées** et de la **ponctuation**.

Rappel

Jusqu'à la fin du XVIIIe siècle, les mots **« libraire »** et **« éditeur »** désignent un **imprimeur.**

2 Le marché du livre

A Expansion du nombre d'impressions

• **Les incunables.** On appelle **« incunables »** les ouvrages imprimés au début de l'imprimerie, c'est-à-dire **avant 1500**. Cela représente à peu près **20 millions d'exemplaires** issus de 30 000 éditions différentes, dont 44 % sont italiennes, 31 % allemandes et 16 % françaises. 50 % des incunables sont des ouvrages religieux et plus de 70 % sont rédigés en latin. Parmi eux, on compte la célèbre **« Bible à 42 lignes »**, imprimée par Gutenberg en 180 exemplaires en 1454-1455, et la grammaire latine de Donatus.

Info-clé

Robert Estienne (1503-1559) est un éminent imprimeur français. Cet imprimeur du roi améliore considérablement la **mise en page** des livres qu'il souhaite plus accessibles.

• **Une évolution rapide.** Les publications de nouvelles traductions des textes sacrés se multiplient.

Ex. : La traduction du grec du *Nouveau Testament* par Érasme en 1516.

• Les impressions en millions d'exemplaires des **traductions allemandes de la Bible par Luther** favorisent la diffusion de la **Réforme**. Les imprimeurs travaillent de plus en plus : au XVIe siècle, 40 000 éditions différentes sortent des presses de Venise, 25 000 de celles de Paris. Le **livre religieux** reste dominant, mais la part des textes littéraires progresse : en 1532, c'est le roman de Rabelais *Pantagruel* qui est imprimé.

Info-clé

Un **imprimeur du roi** est, sous l'Ancien Régime, un imprimeur qui bénéficie de **nombreuses prérogatives** et occupe, de ce fait, une **place prééminente**.

B Des lecteurs de plus en plus nombreux

• **Les bibliothèques.** En **1537**, François Ier instaure le **dépôt légal** qui précise que toute publication doit recevoir une autorisation et être déposée en un exemplaire à la **Bibliothèque royale**. En 1759, à Lyon, s'ouvre le premier cabinet littéraire. Des sociétés de lecture se créent.

Mot-clé

Cabinet littéraire : forme de bibliothèque. Souvent géré par un libraire ou éditeur, le cabinet littéraire permet aux lecteurs, moyennant un abonnement payant, de venir y lire les journaux et les nouveautés.

- **Une production surveillée.** Le **« privilège du roi »** est la **permission d'imprimer** un livre accordée à un imprimeur, et à lui seul, à la suite de l'examen du texte par un collège de **censeurs**. Ce **monopole** est concédé pour une durée dépendant du bon vouloir des censeurs. L'administration de la censure se développe tant qu'elle atteint au XVIIIe siècle la dimension d'un ministère : la **« Librairie »**.

Info-clé

Du danger d'écrire ! Deux déclarations royales, en 1728 et en 1757, punissent de la **peine de mort** les auteurs, éditeurs, imprimeurs et colporteurs de livres tendant à *« attaquer la religion, à émouvoir les esprits et à donner atteinte à l'autorité du roi »*.

- **La diffusion de la lecture.** Aux XVIIe et XVIIIe siècles, les livres se vendent dans les **villes**, les **foires** ou par **colportage**. Le colporteur, qui vend livres et feuilles de journaux, diffuse les livres jusque dans les campagnes et permet le développement d'une littérature populaire.

  Ex. : Dès les guerres de Religion, de nombreux livres de piété se mêlent, dans l'achalandage du colporteur, aux feuilles racontant nouvelles et faits divers. Au début du XVIIe siècle, l'imprimeur de Troyes Nicolas Oudot imprime des livrets à bon marché (la « Bibliothèque bleue », du nom de la couleur de la couverture) qui proposent des réécritures des anciens romans de chevalerie, des textes burlesques aussi bien que des almanachs.

Citation-clé

« On lit certainement dix fois plus à Paris qu'on ne lisait il y a cent ans », écrit, en 1782, dans le *Tableau de Paris*, Sébastien Mercier qui évoque la *« multitude de petits libraires semés dans tous les lieux »*.

- **La « révolution » de la lecture.** Au Siècle des lumières, la production de livres augmente fortement et se transforme : les livres religieux reculent devant les livres littéraires, scientifiques et d'art. La **« roue à livres »**, qui présente au lecteur plusieurs livres ouverts, illustre cette **soif de lire tout et tout le temps** qui agite les classes lettrées. Le **« cahier de lieux communs »**, sur lequel le lecteur note ses remarques personnelles, témoigne d'une pratique différente qui consiste à **relire sans cesse un livre** que l'on adore, dont on apprend par cœur des passages et qu'on récite (c'est le cas de *La Nouvelle Héloïse* de Rousseau ou de *Paul et Virginie* de Bernardin de Saint-Pierre).

Rappel

Tout le monde ne lit pas ! À la veille de la Révolution française, plus de la moitié des hommes et les trois quarts des femmes ne savent pas signer de leur nom.

▲ L'assemblée au salon : lecture et jeux (XVIIIe siècle).

33 Le goût de l'exotisme au Siècle des lumières

L'**exotisme** est un goût prononcé pour les mœurs et coutumes des **peuples lointains, non occidentaux** et radicalement différents des Européens. La découverte de l'Orient et celle du Nouveau Monde nourrissent ce goût. Au-delà du simple **pittoresque,** l'exotisme joue un rôle important dans la **réflexion** et dans les **œuvres des philosophes des Lumières.**

1 L'exotisme, une arme critique

A La critique politique

Le détour par l'exotisme permet aux auteurs des Lumières de **dénoncer les défauts des sociétés européennes** tout en faisant **réfléchir sur les sociétés les meilleures**. Le cadre oriental des romans amène souvent une réflexion sur le despotisme.

Ex. : Dans les *Lettres persanes* (1721), Montesquieu critique aussi bien le harem oriental que l'arbitraire du pouvoir en France. Dans *Zadig* (1748), situé entre Babylone et l'Arabie, Voltaire montre ce qu'est, selon lui, un souverain éclairé. Dans son *Supplément au voyage de Bougainville* (1772), Diderot utilise la description utopique et exotique de Tahiti par Bougainville pour mener une virulente critique contre la colonisation européenne.

> **Rappel**
>
> **Des modèles influents.** Entre 1704 et 1717, Antoine Galland traduit en français les ***Mille et Une Nuits***. Sa traduction remporte un grand succès et met l'Orient perse à la mode. La première traduction française du ***Robinson Crusoé*** de Defoe date de 1720 et transporte le lecteur en Amérique du Sud.

B Le libertinage

Les **romans libertins du XVIIIe siècle** mettent en scène des jeux de séduction et des épisodes plus crus. Situer l'intrigue dans un **cadre oriental** permet à leurs auteurs de jouer avec ce que le public européen de l'époque s'imagine de l'**Orient** et du **sérail**.

Ex. : Ainsi, Crébillon publie *Le Sopha* en 1740 : le narrateur est le sopha qui raconte les aventures sensuelles des couples qui l'ont utilisé.

> **Mot-clé**
>
> **Sérail :** dans l'Orient musulman, le sérail est la maison où habitent les femmes et concubines d'un seigneur.

2 L'exotisme, visage d'une nouvelle sensibilité

- Le Siècle des lumières est celui de la raison et de la **sensibilité**. Les **passions** sont réhabilitées, et le **pathétique** colore une part importante de la production littéraire. Ces tendances préfigurent le **romantisme** du XIXe siècle.
- La description de paysages exotiques concourt à éveiller des états d'âme propices à la rêverie ou à la mélancolie. **Bernardin de Saint-Pierre** publie, en 1784, ses *Études de la nature* qui contiennent des évocations esthétiques et oniriques des paysages des Tropiques. Avec *Paul et Virginie* (1788), il invente le **roman exotique**. Ce roman contient de **minutieuses descriptions de paysages tropicaux**. La richesse des évocations sensorielles suscite l'imagination et établit une **correspondance** entre la **nature** et les **états d'âme** des personnages.

> **Citation-clé**
>
> *« Quelquefois, ce **spectacle sublime** se présente à eux à l'heure de la prière et semble les inviter à élever leurs **cœurs** comme leurs **yeux** vers les **cieux** »*, écrit Bernardin de Saint-Pierre quand il décrit l'effet des nuages des Tropiques sur les matelots (*Études de la nature*, 1784).

34 L'invention de la perspective en peinture

Le mot **« perspective »** vient du verbe latin *perspicere*, qui signifie à la fois « voir dans, regarder à travers » et « regarder attentivement, reconnaître clairement ». La perspective concerne d'emblée **le regard et l'observateur.** C'est la Renaissance italienne, dès le tout début du XVe siècle, qui invente la perspective en peinture.

1 Histoire et principes

A Principes

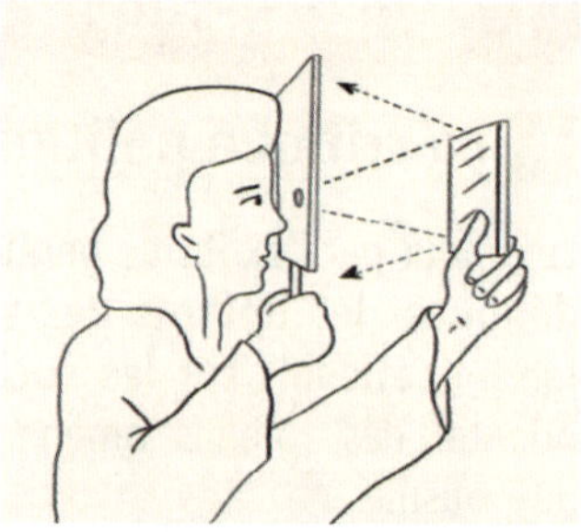

▲ Expérience de Brunelleschi qui démontre les principes de la perspective dite « linéaire ».

- **Un fondement architectural.** Vers 1415-1417, à **Florence**, l'architecte **Filippo Brunelleschi** prouve la perspective en réalisant une **expérience** : il peint, au verso d'un petit panneau, le baptistère de Florence selon des **règles géométriques rigoureuses**, troue ce panneau en son centre, se place devant le bâtiment en plaçant un miroir entre le dessin et le baptistère, et regarde à travers le trou. **Son dessin se superpose exactement à l'édifice réel.**

- **Un fondement esthétique. Du XIVe siècle à la fin du XIXe siècle**, la peinture se veut ***mimesis*, imitation de la nature et du réel**. La ressemblance de l'œuvre picturale avec son modèle est le critère de sa réussite. L'invention de la perspective s'inscrit dans cette exigence : il s'agit de représenter l'espace, les objets, les personnages tels qu'ils se donnent à voir dans la réalité, c'est-à-dire en **trois dimensions**. La représentation doit donc réussir à rendre le **relief** et la **profondeur**.

B Définitions

- **Une illusion optique et géométrique.** En 1425-1428, le peintre **Masaccio** peint une fresque, *La Trinité*, qui réussit à représenter la **profondeur** du décor, à tel point que **le spectateur du tableau se croit dans une vraie chapelle**. En 1435, à partir de cette fresque, le philosophe, peintre et **mathématicien Alberti** théorise, dans *De pictura*, les **explications mathématiques et géométriques de la perspective** : l'œil constitue le point de vue à partir duquel

Info-clé

Venise en perspective. Au **XVIIIe siècle**, la mode vénitienne des **« vues »** de la cité lacustre poursuit la recherche picturale de la perspective. Ses représentants en sont **Canaletto, B. Bellotto** et **F. Guardi**.

Masaccio, *Fresque de la Trinité*, église Santa Maria Novella, Florence, 1425-1428. ▶

se construit une pyramide visuelle. Tout peintre, selon lui, doit connaître la **géométrie**. En 1480, le **mathématicien et peintre Piero della Francesca** propose la première systématisation de la perspective dans son ouvrage *De prospectiva pingendi*. Tout au long du XVIe siècle, des artistes comme Léonard de Vinci, Dürer ou Fouquet poursuivent les recherches sur la perspective.

• **La représentation en trois dimensions.** La perspective est la **représentation, sur une surface plane en deux dimensions (le tableau), d'objets ou d'espaces en trois dimensions vus par un observateur supposé immobile et placé devant la représentation**. On distingue la **perspective naturelle** (fondée sur l'optique et la science de la vision) de la **perspective artificielle** (méthode graphique de représentation de l'espace fondée sur la géométrie). Dans le tableau, le point de fuite est le point où se rassemblent les lignes fuyantes et la ligne **d'horizon** est la **ligne imaginaire** qui correspond à la **hauteur du regard**.

Rappel

On distingue plusieurs types de perspectives picturales :
- la **perspective linéaire ou centrée unifocale** (un seul point de fuite dans le tableau qui est construit comme s'il était regardé par un seul œil – ce qui ne correspond pas à la vision) ;
- la **perspective bifocale centralisée** (deux points de fuite dans le tableau qui correspondent aux deux yeux) ;
- la **perspective tournante** (les éléments viennent du fond du tableau vers le spectateur, au milieu, et repartent sur le côté) ;
- la **perspective atmosphérique ou aérienne** (le peintre donne de la profondeur à la scène qu'il représente en jouant sur les couleurs et les dégradés et en estompant ce qui est à l'arrière-plan).

2 Deux exemples

A *La Cité idéale*, de Piero della Francesca, 1475-1480

▲ Piero della Francesca, *La Cité idéale*, v. 1475-1480, Urbino, Galleria nazionale delle Marche.

Dès l'Antiquité, Platon développe le thème de la « **cité idéale** » dans *La République*. À la Renaissance, auteurs et artistes, redécouvrant les auteurs antiques, développent à leur tour ce **motif utopique**. Le tableau de Francesca est construit selon une **géométrie et une symétrie rigoureuses** : toutes les **lignes de fuite** convergent vers l'**unique point de fuite** qui se trouve sur la **porte du bâtiment central**, le seul à être circulaire. Or, cette porte en bois est **entrouverte**, comme pour inviter le spectateur à entrer dans le bâtiment et à traverser la toile par son regard. Selon les principes de la perspective aérienne, le paysage au fond est peu net et peint en couleurs froides (bleu du ciel, vert des collines).

B *Les Époux Arnolfini*, de Jan Van Eyck, 1434

Ce tableau du grand peintre flamand représente, dans leur **chambre**, deux époux : Giovanni Arnolfini, riche marchand, et Giovanna Cenami.

L'**œil du spectateur**, d'abord arrêté par les deux personnages, grands et majestueux, file ensuite vers le **miroir** posé sur le mur du fond, au centre du tableau. Ce tableau s'organise, en effet, selon une **profondeur très progressive**, mise en relief par la verticalité de certains éléments du tableau (les deux personnages notamment) et par le triangle que forment les bras des époux et le miroir.

La **perspective** se double d'une **mise en abyme** : le miroir reflète non seulement les époux, de dos, mais aussi **deux personnages** que ne contient pas le tableau mais **qui regardent la scène**, dont le peintre lui-même. D'ailleurs, juste au-dessus du miroir se trouve l'inscription : « *Johannes de Eyck fuit hic, 1434* » (« J. de Eyck fut là, 1434 »). L'**impression de profondeur** est aussi créée par le **contraste entre l'intérieur représenté et l'extérieur suggéré par les deux fenêtres** : celle que le spectateur voit sur le mur de gauche et qui laisse entrevoir le ciel, celle que le spectateur ne voit pas mais qui donne la lumière éclairant les chaussures.

▲ Jan Van Eyck (v. 1390-1441), *Les Époux Arnolfini*, 1434, Londres, National Gallery.

3 Signification de la perspective

L'invention de la perspective a donné lieu à de nombreuses analyses et interprétations, parfois différentes ou contradictoires.

• **Un monde géométrique et infini.** Selon l'historien d'art **Erwin Panofsky** (1892-1968), l'invention de la perspective correspond à une nouvelle conception du monde. Elle est la forme symbolique d'un **monde mathématisé et sans Dieu**. Le point de fuite est le symbole de l'**infini**.

• **Un monde regardé.** **Daniel Arasse** (1944-2003), autre historien d'art, insiste, lui, sur le fait que la perspective fait du spectateur le point de départ central du tableau : avec la perspective telle que la Renaissance italienne l'invente, le tableau devient une **scène** – comme au **théâtre** – entièrement disposée pour le regard qui l'observe et organisée uniquement en fonction de celui-ci. Il rappelle qu'Alberti désigne d'abord la perspective par le mot ***commensuratio*** (« égalité de mesure ») et il explique que la perspective construit un monde à partir du regard de l'**humain spectateur**.

Info-clé

Prolongement. Au **XXe siècle**, avec la contestation, engagée dès la fin du siècle précédent, de la définition de l'art comme imitation et avec la remise en cause de la géométrie euclidienne, la représentation de l'espace selon la perspective inventée à la Renaissance sera rejetée par de nombreux artistes.

▲ Jan Van Eyck (v. 1390-1441), *Vierge du chancelier Rolin*, dit aussi *La Vierge d'Autun* (v. 1435), Paris, musée du Louvre.

35 L'esprit encyclopédique des XVIIe et XVIIIe siècles

Au **XVIIe siècle,** une **nouvelle attitude philosophique** concilie Dieu et la raison. La vérité n'est plus un dogme qui s'impose sans contestation à l'homme, et celui-ci peut donc **observer et comprendre le monde.** Le **Siècle des lumières** poursuit cette entreprise de développement des connaissances et se distingue par une **approche originale de la littérature** qui sait mêler étroitement pensées philosophique et scientifique, connaissance et création littéraire.

1 Les précurseurs

A Francis Bacon (1561-1626)

- Ce philosophe et homme politique anglais est considéré comme le **fondateur de la science moderne**. Il publie plusieurs œuvres importantes, dont le *Novum Organum* ***(Nouvelle Logique)*** et le *De dignitate et augmentis scientiarium* ***(De la dignité et de l'accroissement des sciences)***.
- Francis Bacon cherche à **émanciper la science et la connaissance** de l'autorité d'Aristote, de la tradition scolastique et de la religion. Il développe une **méthode expérimentale d'exploration de la nature** afin d'agir sur elle. Bacon introduit aussi l'idée que la **connaissance scientifique** ne se construit pas en un siècle mais au cours de plusieurs et fonde ainsi l'idée d'un **« progrès des sciences »**.

B Dictionnaires et encyclopédies

Dès le XVIIe siècle, la rédaction et la publication de dictionnaires encyclopédiques se développent dans **différents pays d'Europe occidentale**. En 1650, le ***Dictionnaire universel*** de **Furetière** remporte un immense succès. Publié d'abord en un volume en 1674, le ***Grand Dictionnaire historique*** de Louis **Moréri** est ensuite édité en dix volumes. En 1694, c'est le frère du grand Corneille, Thomas, qui livre un ***Dictionnaire des termes des arts et des sciences***. Pierre Bayle publie, en 1697, son ***Dictionnaire historique et critique*** en deux volumes. Enfin, l'éditeur **Zelder** sort l'encyclopédie en **langue allemande** la plus complète à l'époque : ***La Grande et Très Complète Encyclopédie de tous les arts et de toutes les sciences*** ; plus de 60 volumes paraissent entre 1731 et 1754.

Mot-clé

Encyclopédie : désigne un ouvrage où l'on traite de **toutes les connaissances humaines** dans un **ordre alphabétique** ou **méthodique** (par thèmes). Par extension, le mot désigne aussi un ouvrage qui traite de toutes les matières d'un même domaine (on peut, par exemple, parler d'une « encyclopédie de la peinture »).

▲ Francis Bacon.

Citation-clé

« *Il est possible de parvenir à des connaissances qui sont fort utiles à la vie* » et susceptibles de « *nous rendre comme maîtres et possesseurs de la nature* », écrit Descartes dans le *Discours de la méthode* en 1637.

2 L'*Encyclopédie* de Diderot et d'Alembert

A Un projet difficile à mener

• **Un travail d'équipe.** Un éditeur parisien, Le Breton, entreprend de **faire traduire** les 2 volumes de la ***Cyclopaedia*** de Chambers, parue en Angleterre en 1728. Puis, associé à d'autres éditeurs, il charge Diderot d'un projet plus ample. En **1748**, **Diderot** et **d'Alembert** obtiennent le privilège royal pour une ***Encyclopédie ou Dictionnaire universel des sciences, des arts et métiers traduit*** [...] ***avec des augmentations***. Diderot réussit à persuader environ **160 collaborateurs** d'écrire pour le projet : ce travail d'équipe constitue une première, la plupart des dictionnaires étant, jusque-là, l'œuvre d'un seul auteur.

• **Succès et obstacles.** Le **premier volume** paraît en **juin 1751**, mais un **arrêt du Conseil du roi** de **février 1752** supprime les 2 premiers volumes. Grâce à **Malesherbes** et à Madame de Pompadour, le gouvernement autorise discrètement la **reprise de la publication en 1753**. Mais, en 1757, les attaques reprennent, et en **1758**, **d'Alembert renonce à la direction de l'ouvrage**. Le Parlement dénonce notamment l'« impiété » et la « licence » de l'*Encyclopédie* et, en **1759**, **le Conseil du roi révoque le privilège** de 1748 et ordonne le remboursement des souscripteurs. **Malesherbes** autorise les libraires à rembourser avec des volumes de planches. **Diderot** poursuit discrètement son travail tandis que les jésuites sont expulsés de France en 1763. Malgré la censure effectuée par Le Breton lui-même, Diderot mène sa tâche à son terme et, en **1766**, **les 10 derniers volumes** sont publiés.

> **Info-clé**
> **Quelques chiffres.** En tout, l'*Encyclopédie* compte **28 volumes** et **72 000 entrées.**

B Principes

• **Une ambition intellectuelle.** Diderot est le rédacteur de l'article **« Encyclopédie »** dans lequel il définit le but et l'esprit de cette entreprise : *« rassembler les connaissances éparses sur la surface de la terre* ; [d'] *en exposer le système général aux hommes avec qui nous vivons, et* [de] *le transmettre aux hommes qui viendront après nous »*.

• **Des auteurs prestigieux.** Parmi les très nombreux collaborateurs de l'*Encyclopédie* figurent de grands noms des Lumières :
– des **philosophes** comme d'Holbach, Dumarsais ou Rousseau ;
– des **écrivains** comme Marmontel, Voltaire ou Saint-Lambert ;
– des **hommes d'État** comme Damilaville ou Turgot ;
– des **savants** comme d'Alembert, Tronchin, Jaucourt ou Quesnay.

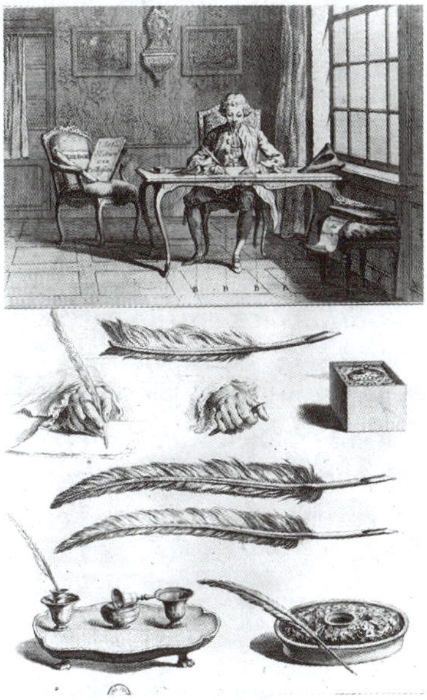

▲ « L'art d'écrire », planche extraite de l'*Encyclopédie*.

> **Citation-clé**
> *« L'Univers se tait ; le silence et la nuit s'en emparent. Tout se change en une vaste solitude où les phénomènes inobservés se passent d'une manière obscure et sourde. C'est la présence de l'homme qui rend l'existence des êtres intéressante. »* C'est ainsi que Diderot justifie l'*Encyclopédie*. Seul l'homme, être pensant, peut révéler la beauté du monde en en entreprenant la connaissance raisonnée et la plus complète possible.

C Une arme intellectuelle

• **Un acte de foi en la raison humaine.** La volonté de Diderot de faire, avec l'*Encyclopédie*, un inventaire « **raisonné** » des connaissances témoigne de sa **confiance dans le progrès scientifique, technique, moral et social**. La *connaissance*, parce qu'elle dissipe l'ignorance et les préjugés, est synonyme de ***libération***.

• **La place des sciences et des techniques.** L'*Encyclopédie* présente un **tableau très complet des sciences et techniques** au milieu du XVIIIe siècle. Les mathématiques, la physique, l'astronomie, la biologie ou la médecine y occupent une place très importante. Le monde des champs, ceux de l'atelier, de la manufacture ou de la mine y sont très présents, à travers les articles, les listes de lexique, les planches et les schémas.

Rappel

Une œuvre de convictions. L'*Encyclopédie* est aussi l'œuvre d'intellectuels qui **défendent des idées** : dénonciation de la religion et du christianisme, des abus de pouvoir et de la tyrannie, de l'esclavage, de la guerre ; défense de la monarchie tempérée et constitutionnelle, de la tolérance, de la liberté de la presse...

3 Le XVIIIe siècle : un siècle voué à la connaissance

• **Buffon (1707-1788).** À la fois mathématicien, physicien, chimiste et botaniste, Buffon est l'auteur de l'***Histoire naturelle générale et particulière*** dont la publication des **36 volumes** s'échelonne de 1749 à 1789 (le dernier volume a été publié à titre posthume). Buffon y aborde **tous les sujets** des sciences naturelles, de la physique, de la chimie et de la technologie : le système solaire, la géologie, la flore et la faune, l'évolution du monde vivant, etc. Aidé par des collaborateurs dans ses recherches, Buffon en est, cependant, le **principal auteur**. L'ouvrage contient de nombreuses **planches et illustrations** ; le style de Buffon brille par sa capacité à mêler **poésie, précision scientifique**, vivacité et émotion. Son œuvre eut un grand et immédiat succès.

• **L'encyclopédisme européen.** Plusieurs **libraires italiens** publient des versions traduites et aménagées de l'œuvre de Diderot. Dans les années 1770, le savant italien De Felice fait paraître, en Suisse, un ***Dictionnaire universel raisonné des connaissances humaines*** de 58 volumes en tout. En 1797, est achevée l'***Encyclopedia Britannica*** en 18 volumes. Enfin, l'homme de presse français Charles-Joseph Panckoucke lance, en 1781, un immense projet : une ***Encyclopédie méthodique*** en 49 volumes divisés en 26 dictionnaires, mais l'entreprise échoue.

« Le phoque », planche extraite de la *Collection des animaux quadrupèdes de Buffon*. ▶

36 Figurer la Terre : les cartes

Une carte est la **représentation géométrique plane et simplifiée** d'une partie ou du tout de la surface terrestre. La **cartographie** s'est d'abord limitée à la **description des terres connues,** puis elle est devenue un **instrument de connaissance, de pouvoir et un moyen d'action sur le monde lui-même.** La carte géographique relève à la fois de la **science** et de l'**art**. La cartographie se heurte à une difficulté essentielle : comment représenter, sur une surface plane, la surface courbe de la Terre ?

1 Une image du monde

A L'héritage de l'Antiquité et du Moyen Âge

• **Dès l'Antiquité,** les hommes ont le souci de **représenter la Terre** et leurs **itinéraires**. Des peuples navigateurs comme les Phéniciens ou constructeurs comme les Égyptiens tentent de mesurer la Terre. Mais ce sont les **savants grecs** (comme Thalès de Milet) qui initient vraiment la cartographie. L'**astronome et géographe Ptolémée** (v. 90-168) fait la synthèse des connaissances de son époque dans sa ***Géographie*** (ou *Cosmographie*). Il y décrit le **monde habité** (écoumène) en **27 cartes**. Son travail contient de **nombreuses erreurs** mais aussi des **notions fondamentales** comme la « sphéricité de la Terre » ou la « mesure des latitudes ».

Mots-clés

• **Échelle :** rapport entre les longueurs mesurées sur la carte et les longueurs correspondantes sur le terrain.
• **Globe :** sphère matérielle qui représente le globe terrestre (la Terre).
• **Mappemonde :** carte plane qui représente le globe divisé en deux hémisphères l'un au-dessus de l'autre

• **Au Moyen Âge,** la représentation du monde est **théologique** et se réfère à son partage entre les fils de Noé. Les cartes et mappemondes médiévales représentent la surface terrestre connue comme **un O partagé par un T** (d'où leur nom de « cartes en T ou TO », *orbis terrarum*). Seuls les trois continents connus à l'époque y sont représentés : l'**Europe** et l'**Afrique** de part et d'autre de la barre verticale du T, l'**Asie** en haut car le paradis terrestre est censé être situé en Orient.

• **L'apport arabe.** Dès le IXe siècle, les Arabes **traduisent** les savants grecs antiques, et en particulier **Ptolémée.** Ils abandonnent la représentation en T du monde au XIIe siècle, et le voyageur géographe **Idrisi** (1100-1165) établit une carte qui va de l'Europe à la Chine et de la Scandinavie au Sahara.

B Le renouveau de la Renaissance

• **Les cartes portulans.** Les progrès techniques de la **boussole** et son usage de plus en plus généralisé au XIIIe siècle permettent l'établissement des **« portulans »**. Ces cartes, réalisées sur des parchemins, indiquent le nom des **ports** et des **îles** et sont ainsi utiles pour la navigation de port en port. La **rose des vents** et les **lignes de vents** qui y sont représentées aident à se repérer et à déterminer son itinéraire. Si ces cartes se révèlent assez précises pour les **côtes de la Méditerranée**, en revanche, les tracés des autres rives et les descriptions des terres intérieures restent imprécis et **parfois imaginaires**.

• **L'impact de la découverte du « Nouveau Monde ».** Avec les grands voyages de Christophe Colomb et la conquête espagnole, **la connaissance géographique de la surface terrestre s'agrandit considérablement.** En 1507, le géographe allemand M. Waldseemüller établit une carte du monde en 12 feuillets sur laquelle **apparaît pour la première fois l'Amérique** (du nom d'Amerigo Vespucci). En 1569, le mathématicien et géographe flamand **Mercator** (1512-1594) publie une carte du monde en 18 feuilles proposant un **canevas des méridiens et parallèles** établi selon un mode de projection original de la surface terrestre sur une surface plane. À la fin du XVIe siècle, les cartes offrent du monde connu une représentation **conforme à la réalité.**

Œuvre-clé

L'**atlas Miller** (1519) est un **chef-d'œuvre de la cartographie portugaise** du XVIe siècle. En une dizaine de planches, il représente le monde tel qu'il est connu avant les expéditions de Magellan. Ses tableaux paysagers et ses nombreuses enluminures en font une véritable œuvre d'art.

2 Les cartes : un instrument de pouvoir

A Le souci de la précision et de l'exactitude

• **Au XVIIe siècle,** la **cartographie** se développe considérablement, en partie pour des **raisons militaires.** Les guerres, nombreuses, et la stratégie exigent une **connaissance exacte et précise** des lieux et des itinéraires. La **géodésie** (science de la mesure de la surface terrestre) fait de grands progrès grâce à de nombreuses enquêtes sur le terrain (le **levé** désigne cette collecte de renseignements et de mesures et la localisation de ces données sur une carte).

Info-clé

Le premier atlas universel. En 1570, le Flamand **Ortelius** publie le *Theatrum Orbis terrarum*, composé de 53 planches et de 70 cartes. La Terre est représentée sur une **mappemonde** divisée par des méridiens courbes. L'Ancien et le Nouveau Monde sont situés chacun dans un cercle.

• **Au XVIIIe siècle,** de **grandes explorations** ont lieu pour continuer à **mesurer la Terre** : par exemple, en 1735-1737, celles de Charles-Marie de **La Condamine** en **Équateur** et de Pierre Louis Moreau de **Maupertuis** en **Laponie.** De 1748 à 1789, les **Cassini** père et fils effectuent une série de levés sur le **sol français.**

B Une prolifération de cartes

Dès le XVIIe siècle, sont établies de **nombreuses cartes à grande échelle** (représentant un petit terrain par une surface relativement importante sur la carte). Les États s'intéressent à la cartographie. Ainsi, en France, le **ministre de la Guerre** de Louis XIV, Louvois, crée le **« dépôt de la Guerre »** chargé de la conservation des cartes en 1688. En 1696, Vauban (ingénieur et architecte militaire) crée le corps des « ingénieurs des camps et des armées » chargé de réaliser les cartes, qui devient, au XVIIIe siècle, le corps des **« ingénieurs géographes ».** Sous l'impulsion de **Colbert,** la cartographie du royaume se développe : La Hire présente, en 1682, à Louis XIV, la **première carte d'ensemble de la France.** Au XVIIIe siècle, les Cassini père et fils publient une carte du territoire français divisé en plus de 180 feuilles.

Carte d'Europe et d'Afrique occidentale, extraite de l'*Atlas* de Luis Lazaro (1563). ▶

37 Imaginer le monde : l'utopie

L'**humanisme** de la **Renaissance** place la question du **bonheur** de l'homme au centre de ses préoccupations, tandis que la **découverte de mondes et de sociétés inconnus** amène à comparer les modes de vie et à s'interroger sur ce qui est le meilleur pour l'homme. Les **récits utopiques** apparaissent alors : ils **imaginent un monde idéal** qui n'existe pas mais paraît **plausible** et en comparaison duquel les sociétés européennes sont **critiquées.**

1 L'utopie à la Renaissance

A Rappels sur l'Âge d'or

• **Un mythe littéraire.** L'**Âge d'or** est un moment mythique des origines de l'humanité synonyme de *bonheur*, de *vie facile*, de *liberté* et de *paix*. Pour le poète grec du VIIIe siècle av. J.-C. **Hésiode**, la « race d'or » vivait sans soucis, sans misère, sans vieillesse. La nature était généreusement abondante sans que les hommes aient besoin de travailler *(Les Travaux et les Jours).* À sa suite, de nombreux poètes antiques ont évoqué ce mythe : **Homère** (*Odyssée*, VII), **Ovide** (*Métamorphoses*, I), **Virgile** (*Géorgiques*, I, et 4e *Églogue*).

• **Un mythe philosophique. Platon**, dans *La République*, imagine la cité idéale, l'**État juste**. Gouverné par les « meilleurs », ceux ayant atteint la connaissance philosophique du Bien, cet État idéal se caractérise par le partage ou la propriété commune des biens et des femmes, l'ordre et l'équilibre.

B Thomas More (1478-1535), *L'Utopie* (1516)

• **Une société idéale.** Dans cet ouvrage qui, quinze siècles après Ovide, réveille le **genre de l'utopie**, l'humaniste anglais met en scène, dans un **lieu imaginaire**, une **société idéale** selon les caractéristiques suivantes : respect de la nature, respect raisonnable de la volonté divine, modération des instincts et des passions individuelles, recherche de la douceur de vivre, rejet de la violence, amour du prochain. ***L'Utopie*** propose ainsi un **épicurisme chrétien**.

• **Une critique de la société féodale.** La **société idéale** que défend More prône l'amour du travail, le partage des biens, la tolérance religieuse, le respect d'autrui. Elle **dénonce** ainsi, en creux, l'**arbitraire du pouvoir royal** et la **misère** dans laquelle le système économique de l'époque maintient le peuple.

C À la suite de Thomas More

▲ Rabelais.

• **François Rabelais (1494-1553).** Dans ***Pantagruel*** qu'il publie en 1532, Rabelais fait plusieurs allusions à *L'Utopie* de Thomas More. Vers 1534, il publie ***Gargantua***. Dans ce roman à la fois épique, humaniste et satirique, Rabelais insère l'utopie de l'**abbaye de Thélème**. Pour remercier Frère Jean qui l'a aidé, Gargantua lui propose de bâtir l'abbaye de ses vœux : celle-ci s'oppose en tout aux abbayes traditionnelles. Sa devise ***(« Fais ce que tu voudras »)*** instaure une **liberté raisonnée et placée sous le respect de la volonté divine**. La vie y est harmonieuse, heureuse, sans contraintes ni conflits, dédiée à l'éducation, au plaisir et au **bien-être**.

• **Tommaso Campanella (1568-1639).** Ce philosophe de Calabre, moine dominicain, publie en 1602 ***La Cité du Soleil ou l'Idée d'une république philosophique***. S'inspirant et de **Platon** et de **More**, il imagine un dialogue entre un navigateur génois et son hôte qui lui demande de lui décrire en détail la cité du Soleil où son périple l'a amené. Il s'agit d'un dialogue austère, dénué d'effets romanesques, entièrement consacré à la **description minutieuse de tous les aspects de la vie dans la cité. La cité**, gouvernée par un prêtre métaphysicien, ignore la propriété privée et repose sur le partage de tous les biens.

2 L'utopie aux XVIIe et XVIIIe siècles

A Les romans et descriptions utopiques

• **Un cadre de vie utopique.** ***La Nouvelle Atlantide*** de **Francis Bacon** (1624/1627) se situe sur l'île imaginaire de Bensalem dirigée par une association de philosophes. Dans l'***Histoire comique des États et Empires de la Lune et du Soleil*** de Cyrano de Bergerac (1657/1662), Cyrano emmène son lecteur dans un « monde renversé », l'obligeant ainsi à relativiser ses propres valeurs et à renoncer à son vaniteux anthropomorphisme. ***Robinson Crusoé*** de Defoe (1719) expose la vie à l'état naturel de Robinson, échoué sur une île déserte. Le caractère utopique de l'œuvre réside dans l'évocation d'un retour possible à l'état de nature.

• **Les récits de voyage** proposent la **description de sociétés restées à l'état de nature** et non corrompues par la civilisation. Bougainville, dans son ***Voyage autour du monde*** (1771), décrit Tahiti comme le ***« jardin d'Éden »***. Diderot, dans le ***Supplément au voyage de Bougainville***, reprend cette description, d'une part pour louer une vie plus conforme à la nature, d'autre part pour critiquer sévèrement la colonisation.

Info-clé

Il n'y a pas d'**article « Utopie »** dans *L'Encyclopédie* de Diderot. Pourtant, le XVIIIe siècle propose une abondante littérature utopique.

▲ Couverture de *Robinson Crusoé*, éd. J. Hetzel, Paris.

• **Des descriptions utopiques.** D'autres œuvres font voyager leurs personnages dans des lieux utopiques. Dans ***Candide***, Candide et Cacambo arrivent dans l'Eldorado, résurgence de l'Âge d'or. **Voltaire** reprend, avec humour et distance, tous les **thèmes traditionnels de l'utopie**, mais Candide quitte ce pays idéal, non seulement pour retrouver Cunégonde mais aussi par **crainte de s'ennuyer** dans un monde si parfait.

B L'uchronie

En 1771, **Sébastien Mercier** publie le premier **roman d'anticipation** : ***L'An 2440, rêve s'il en fut jamais.*** Le narrateur s'endort et fait un rêve : il imagine Paris en 2440. Son Paris est à l'opposé du vrai Paris que Mercier décrira en 1781 dans ***Tableau de Paris***. Il imagine, en effet, une ville propre, hygiénique, agréable, où les gens vivent libres et heureux, libérés des abus de pouvoir des autorités. Le détour par l'imaginaire permet à Mercier de dresser une virulente critique de la société française d'avant la Révolution.

Mot-clé

Uchronie : récit dont l'intrigue est située non pas dans un pays imaginaire mais dans un temps qui n'existe pas.

38 La relation de l'homme à l'animal

Cherchant à saisir sa propre **essence,** l'être humain tente de **se situer par rapport à l'animal,** cet autre être vivant auquel il peut **se comparer.** La question principale est celle de la **continuité** ou de la **discontinuité** entre l'homme et la bête : l'homme et l'animal sont-ils radicalement **différents et séparés ?** Ou l'homme **partage**-t-il avec l'animal certaines qualités ? Y a-t-il une **hiérarchie** entre les êtres vivants ? Et l'homme est-il nécessairement supérieur à l'animal ?

1 Homme et animal ne sont pas si différents

A La modernité de la position de Montaigne

• **La remise en cause de la hiérarchie des êtres.** Montaigne critique la **tradition philosophique** selon laquelle l'homme, par sa **raison**, est **supérieur** aux autres êtres vivants. En effet, selon Aristote, tous les **êtres vivants** ont une **« âme »** et leur place dans la hiérarchie dépend de la nature de leur « âme ». Ainsi, les plantes n'ont qu'une « âme végétative » ; les animaux ont, en plus, une « âme sensible » ; l'être humain y ajoute une **« âme rationnelle »** qui le place au sommet de cette échelle.

> **Rappel**
> Selon la ***Bible*** (« Genèse »), Dieu crée les poissons et les oiseaux le **quatrième jour** de la **Création**. Le **sixième jour**, Il crée les autres animaux et l'homme. Il ordonne à l'humain de **commander** à tous les autres êtres vivants.

• **La critique de la vanité humaine et le relativisme.** Dans le livre II des ***Essais*** (chap. XII), Montaigne parle de ***« l'impudence humaine sur la question des bêtes »*** : l'homme se permet abusivement de juger et de décider qui est « bête » et qui est supérieur. *« Par quelle comparaison d'eux avec nous conclut-il à la stupidité qu'il leur attribue ? »* interroge Montaigne. Certes, nous ne nous comprenons pas avec les animaux, mais cette « imperfection » n'est pas forcément de leur fait : ***« nous ne les comprenons pas plus qu'*[ils] *ne nous comprennent »***, affirme Montaigne.

• **L'égalité entre l'homme et l'animal.** Dans le livre I, chapitre XLII, Montaigne se réfère au philosophe grec **Plutarque** (Ier-IIe siècles ap. J.-C.) qui affirme (dans *Que les bêtes usent de la raison*) qu'il y a parfois plus de distance entre deux hommes qu'il n'y en a entre deux animaux. Montaigne va plus loin : *« je dirais qu'il y a* ***plus de distance de tel homme à tel homme qu'il n'y en a de tel homme à telle bête*** *»*. Ainsi, Montaigne met l'animal sur un **pied d'égalité** avec l'homme.

> **Rappel**
> On ne parle pas de **visage** pour les animaux, mais de **gueule**, de **museau**, de **mufle**, de **truffe**.

• **L'apport des animaux.** Pour Montaigne, homme et bête appartiennent à ***« une seule et même Nature »*** (*Essais*, II, chap. XII). L'animal rappelle à l'homme sa nature, leur appartenance au même monde de la **vie** et leur **sensibilité** commune. Montaigne parle des animaux comme des ***« confrères et compagnons »*** des hommes, suggérant ainsi l'amitié qui devrait unir les uns et les autres.

Montaigne. ▶

B Les moralistes du XVIIe siècle

• **La Rochefoucauld (1613-1680).** Dans ses ***Réflexions diverses*** (XI – « Du rapport des hommes avec les animaux »), le moraliste **La Rochefoucauld** établit une correspondance entre l'attitude des hommes et celle des animaux. Il décrit longuement des **attitudes animales** dans lesquelles le lecteur retrouve des **comportements humains**.

Ex. : *« Combien y a-t-il d'hommes qui ont du rapport aux chiens ! Ils détruisent leur espèce ; ils chassent pour le plaisir de celui qui les nourrit ; les uns suivent toujours leur maître, les autres gardent sa maison. »* Dans ce portrait des chiens, le lecteur peut retrouver celui des courtisans.

• **La Bruyère (1645-1696).** Dans ***Les Caractères*** (« Des jugements », 119), **La Bruyère** conteste la légitimité de l'homme à se définir comme **« animal raisonnable »**. Il montre que **l'homme est bien un animal**, souvent beaucoup plus cruel que les autres animaux, mais pas un être raisonnable. Il **personnifie les animaux** pour **nier la supériorité que l'homme s'accorde sur les bêtes**.

▲ Charles Le Brun (1619-1690), peintre officiel de Louis XIV, étudie les parallèles de têtes et de regards d'hommes et d'animaux (ici, avec le hibou et le bouc).

2 Une différence radicale

A Descartes et l'animal machine

• **L'âme et le corps.** Pour le philosophe Descartes (1596-1650), le **corps vivant** est une **machine mécanique** créée par Dieu. Selon lui, **l'âme et le corps sont radicalement différents**. Dans une lettre (5 février 1649), le philosophe affirme que *« nous ne pourrions prouver en aucune manière qu'il y a une âme pensante chez les bêtes »*. Descartes réduit l'animal à un **corps vivant mécanique**, à une **machine** et attribue à un *« préjugé »* enfantin de croire que *« les bêtes pensent »*.

> **Rappel**
> Pour **Descartes,** les **animaux** ont une **sensibilité** et des **« passions »** comme la douleur ou le plaisir.

• **Les animaux n'ont pas d'esprit,** affirme Descartes dans le ***Discours de la méthode*** (V^{e} partie). Seule *« la nature agit en eux selon la disposition de leurs organes »*. Descartes estime donc qu'il y a **entre l'homme et l'animal une différence irréductible et de nature**.

• **L'absence de langage chez les bêtes** prouve, pour Descartes, que **les animaux ne pensent pas**. Il **récuse l'idée de Montaigne** selon laquelle les bêtes parlent peut-être et nous ne les comprenons peut-être pas : les chiens savent bien nous exprimer leur douleur, leur plaisir, leur faim ; pourquoi ne nous exprimeraient-ils pas leurs pensées s'ils en avaient ? interroge Descartes.

> **Info-clé**
> **L'homme : une autre machine ?**
> Le philosophe La Mettrie (1709-1751) publie anonymement en 1747, ***L'Homme machine***, dans lequel il étend à l'être humain la conception cartésienne de l'« animal machine ». Pour lui, l'homme aussi n'est qu'une mécanique bien huilée.

B L'absence d'empathie de Malebranche

Le philosophe et théologien **Malebranche (1638-1715)** va beaucoup plus loin que Descartes dans l'idée que les animaux nous sont **totalement étrangers**. Pour lui *(De la recherche de la vérité)*, l'animal, par exemple, ne peut pas souffrir : d'une part parce qu'il n'est qu'une **machine**, d'autre part parce que la souffrance est punition de Dieu et que Dieu ne peut punir l'**être irresponsable** qu'est un animal. *« Ils mangent sans plaisir, ils crient sans douleur, ils croissent sans le savoir* […] *»*, dit des animaux celui qui, relate-t-on, donnait des coups de pied à son chien pour prouver sa thèse.

3 L'animal, un être sensible : débat au Siècle des lumières

Le **Siècle des lumières**, qui **réhabilite la nature et la sensibilité**, s'intéresse à la question de l'animal et à celle de sa différence – de nature ou de degré – avec l'homme. Plusieurs écrivains et philosophes du XVIIIe siècle invitent l'humain à considérer l'animal avec **moins de cruauté** et **plus d'humanité et d'empathie**.

> **Info-clé**
>
> Le naturaliste, philosophe et écrivain **Buffon (1707-1788)** publie, dès 1749, une ***Histoire naturelle, générale et particulière***, qui comptera 36 volumes dont 21 consacrés aux animaux. D'abord anti-cartésien, Buffon évolue ensuite et considère qu'*« il y a une distance infinie entre les facultés de l'homme et celles du plus petit animal – preuve que l'homme est d'une différente nature, que seul il fait une classe à part de laquelle il faut descendre en parcourant un espace infini avant que d'arriver à celle des animaux. »*

A La thèse de Rousseau

• **Une machine qui a des sens et des idées.** Dans son *Discours sur l'origine et les fondements de l'inégalité parmi les hommes* (1755), Rousseau cherche à définir ce qui différencie l'homme de l'animal. Il définit l'animal comme ***« une machine ingénieuse, à qui la nature a donné des sens »***. Il en déduit que tout animal a des **idées**, puisque, selon lui, les idées proviennent des sens, et affirme qu'il ***« combine même ces idées jusqu'à un certain point »***. Rousseau en conclut que ce qui différencie l'homme de l'animal n'est donc pas l'**entendement** et que, dans ce domaine, il n'y a qu'une **différence de degré** entre la bête et l'humain. Selon Rousseau, l'animal peut, comme l'homme, **éprouver de la pitié** – vertu naturelle antérieure, selon lui, à toute réflexion.

• **Le critère de la liberté.** La première **différence essentielle**, selon Rousseau, entre l'animal et l'homme, réside dans la **liberté**. L'animal, dit-il, ne peut échapper à sa nature (par exemple, un oiseau granivore se laissera mourir de faim à côté d'un tas de viande), tandis que l'homme ne cesse de **désobéir à sa nature**.

• **Le critère de la perfectibilité.** Le second critère de cette **différence essentielle**, selon Rousseau, est la **capacité de l'homme à se perfectionner** qui s'oppose à la fixité de l'animal : *« un animal est au bout de quelques mois ce qu'il sera toute sa vie, et son espèce est au bout de mille ans ce qu'elle était la première année de ces mille ans »*.

« La girafe », planche extraite de la *Collection des animaux quadrupèdes de Buffon*. ▸

B *Le Traité des animaux* de Condillac (1755)

• **Contre Descartes et Buffon.** Le philosophe expose d'abord son but (***« savoir ce que sont les bêtes »*** car c'est ***« un moyen de connaître mieux ce que nous sommes »***). Dans la première partie, il commence par analyser la **thèse de Descartes de l'animal machine** pour la nier : *« Il y a donc* ***autre chose dans les bêtes que du mouvement****. Ce ne sont pas de purs automates : elles* ***sentent*** *»* (chap. I). Il examine ensuite la position de Buffon pour la contester et affirme que, ***« si les bêtes sentent, elles sentent comme nous »***.

• **Des êtres sensibles et capables.** Condillac cherche à montrer (chap. V et seconde partie du traité) que ***« les bêtes sont capables de quelques connaissances »*** : elles savent comparer, juger ; elles ont de la **mémoire** et des **idées**. Il estime que les animaux ont une **âme** et éprouvent des passions, mais leur âme comme leurs passions sont différentes de celles des hommes.

C Le point de vue de Voltaire

Dans l'article « Bêtes » de son *Dictionnaire philosophique* (1764), **Voltaire** se fâche contre les thèses selon lesquelles *« les bêtes sont des machines privées de connaissance et de sentiment »*. Il compare le chien – inquiet et triste quand il croit son maître perdu, joyeux et affectueux dès qu'il le retrouve – au « barbare » qui le dissèque pour prouver le fonctionnement des organes.

Rappel

Un exemple d'humanité ? Dans l'***Odyssée*** (Homère), Argos, le chien d'Ulysse, reconnaît le premier son maître. Le vieux chien meurt ensuite, comme s'il avait attendu de revoir son maître une dernière fois avant de mourir.

39 La question de l'animal dans la littérature

Le recours aux animaux dans la littérature a souvent pour fonction d'**interroger les frontières entre animalité et humanité.** L'humanisation des animaux et l'animalisation des humains permettent aux écrivains de mettre en scène la **proximité entre les deux espèces.** C'est aussi le moyen de **critiquer** l'orgueil, la bêtise, la folie ou la cruauté des hommes. Les XVIIe et XVIIIe siècles ont largement pratiqué ce détour dont les exemples ci-dessous sont emblématiques.

1 Exemples du XVIIe siècle

A Les *Fables* de La Fontaine

• **Un peintre animalier.** La publication des *Fables* de La Fontaine s'échelonne de 1668 à 1693, en 12 livres. Les titres des fables montrent l'importance de la **présence animale** dans ces apologues. **Toutes les espèces animales** sont représentées, des **insectes** (cigale, fourmi, mouche) aux **mammifères** (loup, lion, renard, chien), en passant par les **mollusques** (huître), les **batraciens** (grenouille) et les **oiseaux** (colombe, pigeon, cigogne). Chaque animal est placé, par le fabuliste, dans son **environnement naturel** (le corbeau vit dans les bois) et **caractérisé traditionnellement** (l'agneau est doux, le chien fidèle, le loup cruel).

• **Un moraliste.** L'**animal humanisé** représente un **type social** (le singe pour le courtisan par exemple) ou un **défaut humain** (comme la fourmi l'avarice). Inversement, l'**homme** est, à plusieurs reprises, ramené péjorativement à son **animalité**.

Ex. : Dans *Les Obsèques de la Lionne* (livre VIII, XIV), La Fontaine critique le « *peuple caméléon, le peuple singe du maître* » ; dans *Le Pouvoir des fables* (livre VIII, IV), il désigne le peuple qui écoute l'orateur comme « *l'animal aux têtes frivoles* ».

B Les *Contes* de Charles Perrault

Ce partisan des « Modernes » reprend d'anciennes légendes orales et écrit des ***Contes en vers*** en 1694 (dont *Peau-d'Âne*) et des ***Contes du temps passé*** (dont *La Barbe bleue* ou *Cendrillon*) en prose en 1697. Les **animaux** y sont **personnifiés**, comme le **loup** du ***Petit Chaperon rouge*** qui parle et peut facilement passer pour une grand-mère. Inversement, dans ***Peau-d'Âne***, le **travestissement de la jeune fille en bête** est le seul moyen de la sauver de l'amour incestueux de son père.

Ex. : « *Pour vous rendre méconnaissable, / La dépouille de l'Âne est un masque admirable. / Cachez-vous bien dans cette peau : / On ne croira jamais, tant elle est effroyable, / Qu'elle renferme rien de beau* », dit la Fée à la Princesse dans *Peau-d'Âne*.

Le Petit Chaperon rouge, illustré par Gustave Doré (1867). ▶

2 Exemples du XVIIIe siècle

A *La Belle et la Bête* de Marie-Jeanne Leprince de Beaumont

Ce **conte**, réécriture d'une histoire ancienne, paraît en 1757 dans le recueil ***Le Magasin des enfants*** de **Marie-Jeanne Leprince de Beaumont**. Il met en scène, à travers un même personnage, le **passage de l'animalité à l'humanité** et inversement. La Bête a une apparence monstrueuse et repoussante, mais témoigne d'une profonde et sincère gentillesse – ce qui constitue une première **leçon de morale** avertissant de **ne pas se fier aux apparences**. Grâce à l'**amour** de Belle, qui sait dépasser les simples obstacles physiques, la Bête révèle sa **véritable nature** : un beau jeune homme victime d'un sortilège punitif. De ce conte se dégagent ainsi l'idée que c'est l'amour qui donne leur humanité aux êtres et celle qu'animal et humain ne sont jamais loin l'un de l'autre.

Ex. : « Quoique ce prince méritât toute son attention, [Belle] *ne put s'empêcher de lui demander où était la Bête. "Vous la voyez à vos pieds, lui dit le prince. Une méchante fée m'avait condamné à rester sous cette figure, jusqu'à ce qu'une belle fille consentit à m'épouser." »*

▲ La Belle de retour au château (image d'Épinal).

B *Les Voyages de Gulliver* de Jonathan Swift

En **1726**, paraît en Angleterre l'œuvre romanesque de **Jonathan Swift**. L'auteur fait voyager son héros, **Gulliver**, d'abord chez les Lilliputiens, ensuite chez des géants. À chaque fois, l'aventure permet de **relativiser** la place et le point de vue humains. Lors de son **quatrième et dernier voyage**, Gulliver arrive chez les « Houyhnhnm », peuple de **chevaux sages, intelligents et vertueux**. Ces chevaux vivent dans une sorte de **royaume utopique** où tout est fait pour le **bien-être** des habitants et selon la **raison**. Gulliver est d'abord *« surpris de voir des bêtes se comporter ainsi »* (chap. I). Le lecteur assiste à un **renversement** : les chevaux essaient tant bien que mal d'apprendre leur langage au héros et finissent par lui trouver un peu d'« intelligence ». Dans ce pays se trouvent aussi les « Yahous », **humains sauvages** que Gulliver juge **dégoûtants** et **difformes** et dont Swift fait, dans le chapitre VII, un portrait très critique.

C *La Découverte australe par un homme volant*

En 1781, **Restif de La Bretonne** publie ce **roman utopique** qui s'inspire des tentatives de vol en montgolfière qui ont lieu dans la seconde moitié du Siècle des lumières. Le héros, Victorin, et sa femme, Christine, s'échappent en ballon et découvrent des terres australes. Leurs petits-enfants découvrent la **« Mégapatagonie »**, lieu où tout est **inversé** par rapport à l'Europe, ***« notre Antipode physique et moral »*** où chaque défaut humain est transformé en vertu, écrit Restif de La Bretonne. Ce pays est peuplé d'**êtres mi-humains mi-animaux**.

Dans la préface du roman, l'auteur se défend d'avoir écrit une allégorie. Avec son roman, il montre que, **de l'animal à l'homme, il y a une série d'intermédiaires** et non pas une frontière imperméable. L'humanité n'est qu'une **étape** dans le développement continu de la vie où n'existe **aucune hiérarchie**.

Ex. : « Auparavant, chaque individu était souvent un composé monstrueux de plusieurs espèces », écrit Restif de La Bretonne.

40 Les représentations du monde : iconographie commentée

1 La découverte scientifique du monde

Pelagio Palagi (1775-1860), *Newton découvrant la réfraction lumineuse*, 1827, Brescia, Pinacoteca civica T.-Martinengo. ▶

• **Pelagio Palagi (1775-1860)** est un peintre italien néoclassique important à son époque et reconnu.

• **Une scène d'intérieur.** Le **grand savant Newton** (1642-1727) est représenté dans une pièce, bureau ou chambre, avec une **femme** et un **jeune enfant**, selon une ligne oblique qui va du haut du visage du grand homme au milieu du tableau jusqu'à celui du visage de l'enfant en bas à gauche. Les visages sont **sereins**, selon les normes néoclassiques. Le savant anglais est représenté plutôt jeune, assis à sa **table de travail** dans un grand fauteuil qui accentue la **majesté** du personnage. Seule la femme regarde le spectateur. Les couleurs des vêtements apportent de la chaleur au tableau.

• **Le travail du scientifique.** Le tableau, dont le titre est explicite, fait référence aux **expériences** que mène Newton dès 1666 et qui aboutissent à ses **découvertes sur la lumière blanche et ses composantes**. Newton, en effet, dans une pièce relativement sombre (le fond du tableau), regarde la **source de la lumière** (la fenêtre), tandis que les bulles transparentes soufflées par l'enfant qui joue peuvent représenter le prisme de verre dont se servit Newton dans son expérience. Le trait de lumière traverse la pièce presque horizontalement.

• **Un hommage au savoir.** Plusieurs éléments de la toile attestent de l'importance de la **connaissance** et du **travail intellectuel** :
– les nombreux **livres** fermés ou ouverts (sur le bureau, par terre, sur les étagères du fond) ;
– le volumineux **globe terrestre** qui rappelle les découvertes géographiques de l'époque ;
– la **lunette astronomique** qui évoque la mise au point du télescope par Newton et les découvertes sur l'Univers.

2 Figurer l'autre monde

▲ André Thevet (1516-1590), « Plantation du tabac », extrait de *Cosmographie universelle, illustrée de diverses figures des choses les plus remarquables vues par l'auteur*, 1575.

• **André Thevet (1516-1590)** est un explorateur et écrivain français, **géographe officiel** du roi en 1560. Après un premier voyage en Orient, il part pour le Brésil où il séjourne de la fin 1555 au début 1556. Son œuvre offre un **témoignage fondamental sur les mondes récemment découverts.**

• **L'état de nature.** Cette scène représente des **hommes nus**, trois au premier plan, d'autres à l'arrière-plan, qui frappent par leurs corps robustes. Au fond, les **cabanes** signalent l'**absence de civilisation urbaine**. On note aussi la présence d'un **arc**, qui rappelle que ces hommes ne connaissaient pas les armes à feu. Les œuvres d'André Thevet concoururent ainsi au développement du mythe du bon sauvage.

• **La découverte du tabac.** Dès son œuvre de 1557, André Thevet décrit une nouvelle plante : le **tabac** (le « pétun »). Notre gravure reprend précisément sa description : les indigènes cueillent d'abord l'herbe **(l'homme assis au fond du tableau)**, la font sécher dans les **cabanes** que le tableau représente en **arrière-plan**, cueillent de grandes feuilles de palmier **(l'arbre et l'homme à droite au premier plan)** dans lesquelles ils enveloppent le tabac **(l'homme de gauche au premier plan)**, allument un bout de la chandelle ainsi constituée et reçoivent la fumée par la bouche et le nez **(homme du milieu au premier plan et homme au second plan)**.

3 Quand l'animal parle de l'homme

Cette gravure illustre la **fable XI** du livre II des ***Fables*** de **La Fontaine** (1668). Elle a été dessinée par Gustave Doré et gravée par L. P. P. Dumont (1867). **Gustave Doré** a, en effet, illustré de nombreuses œuvres de la littérature universelle : Dante, Shakespeare, Cervantès, Perrault…

La gravure représente le **début du récit**. On y voit un **lion, grand, majestueux et noble**. Ses pattes de devant sont bien visibles. Le **minuscule rat** est mis en valeur par la tache de lumière qui l'entoure ; son mouvement et sa tête tournée vers le lion illustrent *« assez à l'étourdie »*. Mais le lion ne le regarde pas et vise un lointain hors-tableau, honorant ainsi son statut de **« roi des animaux »**. Il n'y a **aucune présence humaine** dans la gravure, fidèle en cela à la fable dont pourtant **les deux morales** concernent **l'homme**.

Extrait : « Il faut, autant qu'on peut, obliger tout le monde : / On a souvent besoin d'un plus petit que soi. […] / Patience et longueur de temps / Font plus que force ni que rage. »

« Le Lion et le Rat » : illustration de 1860, d'après une gravure de Gustave Doré. ▶

Langues, littératures et cultures étrangères

ANGLAIS

Imaginaires

Rencontres

ESPAGNOL

Circulation des hommes et circulation des idées

Diversité du monde hispanophone

ALLEMAND

Les imaginaires

Représentations et expressions de la mémoire

Flashez et retrouvez la totalité des cours ici :

1 Creative and Visionary Imagination

By moving away* from reality and shifting to* **fantasy*,** to the **land of the weird*** and **supernatural*,** an artist accesses a **wonderful space of freedom.** He can then give free rein* to the **creative power of language,** he can free himself* from the rules of reality and thus, expand the boundaries of the human mind. A field of possibilities opens to the reader who can delve* as he pleases into the fabulous worlds he is offered.

1 Extraordinary Worlds

A Definitions

• **Imagination helps people understand the world,** transform it or reinvent it. It allows readers to experiment with different ways of seeing the world.

• **Extraordinary worlds are very much present in literature.** From *Gulliver's Travels* by Jonathan Swift and its Lilliputians, *Neverland* by J.M. Barrie and *Peter Pan and the Lost Boys* to *The Chronicles of Narnia* by C.S. Lewis, they all place the reader in **some distant worlds whose inhabitants and customs are very remote from us,** allowing us **to escape from reality** and yet, at the same time, connect with our feelings.

These worlds are **colourful**, full of characters and **allow people to move away from the harsh reality of life**. As readers, we are being offered a new playground, with new rules, new goals and that is what makes this kind of narrative attractive. The whole purpose is to go as far as we can from our everyday life and difficulties, while questioning some important issues.

Vocabulary

To move away from: s'éloigner de
To shift to: basculer vers
Fantasy: fantastique
The weird: l'étrange
The supernatural: le surnaturel
To give free rein: laisser libre cours
To free oneself: se libérer
To delve into: s'aventurer

B Literary Example

• **A wonderful world.** One of the most famous "imaginary worlds" is the one Alice lives in, "Wonderland". ***Alice's Adventures in Wonderland*** was written in **1865** by **Lewis Carroll** (1832-1898), an English writer of children's fiction. Its main character is **Alice**, a **young girl who falls into a rabbit hole into a fantasy world** populated by talking animals, The Queen of Hearts, the Mad Hatter, the Cheshire Cat and other anthropomorphic creatures.

Lewis Carroll. ▶

• **Change of identity.** Throughout this world of fantasy, Carroll helps us **question the notion of identity change as we grow up and how people struggle with this difficult question**. Alice goes through a variety of physical changes, very similar to those encountered during adolescence. She is never the right size and feels uncomfortable and frustrated. She also keeps being asked to give her identity to the creatures she meets and she sometimes fails to do so.

> **Key Quote**
>
> *"But I don't want to go among mad people," Alice remarked.*
> *"Oh, you can't help that," said the Cat;*
> *"We're all mad here. I'm mad. You're mad."*
> *"How do you know I'm mad?" said Alice.*
> *"You must be," said the Cat, "or you wouldn't have come here."*
>
> Lewis Carroll, *Alice's Adventures in Wonderland*, 1865.

By imagining a world with talking cats and rabbits, Lewis Carroll manages to address a **young audience** about **important topics** without sounding too boring or too educational. That is the power of imagination.

▲ *Alice's Adventures in Wonderland:* A mad tea party.

C Other Important Works to Remember

• ***The Wonderful Wizard of Oz*, Lyman Frank Baum, 1900**: An American children's novel which chronicles the adventures of Dorothy, a young farm girl travelling in a fantasy world on a yellow brick road.

• ***Harry Potter* series, J. K. Rowling, 1997-2007**: A series of novels following the life of Harry Potter, a young wizard, fighting Voldemort, an evil character who killed his parents.

• ***Games of Thrones* series, 2011-2019**: An American fantasy TV series following three story arcs. It was based on A Song of Ice and Fire by George R.R. Martin.

2 Dream Visions

A Definitions

• **Imagination is never freer than in our dreams.** But what are dreams?
Strictly speaking, dreams are **imagery, sounds** and **subjective sensations** experienced when we sleep. Sigmund Freud believed that dreams are a window into our unconscious. All the feelings that we bury* deep in our minds and hearts during the day suddenly erupt* at night, representing our unconscious desires, wishes or fears, and we have no power over them.

• **Influence. Dreams have had a pervasive* influence upon art and literature throughout history** from the very beginnings of its emergence as a narrative medium.

Vocabulary

To bury: enterrer
To erupt: surgir
Pervasive: envahissant
To portray: dépeindre
A mishap: une mésaventure
To recur: se reproduire
To fathom: comprendre, saisir
Slumber: sommeil, somnolence

B Literary Example

• **William Shakespeare (1564-1616),** an English poet and playwright is considered as the greatest writer in the English language. He used this motif in ***A Midsummer Night's Dream***, as the title suggests. It's a comedy written in **1595** and portrays* the events surrounding the marriage of Theseus, the Duke of Athens, to Hippolyta, former queen of the Amazons.

▲ William Shakespeare.

• **The bizarre.** Here, **dreams are linked to the bizarre**, magical mishaps* in the forest. Hippolyta is the queen of Amazons, engaged to Theseus. Her first words in the play stress the importance of dreams:
"Four days will quickly steep themselves in night,
Four nights will quickly dream away the time."
The theme of dreaming recurs* more specifically when characters try **to explain weird events** in which these characters are involved. For example, Bottom, the weaver chosen to play Pyramus in the play, says:
"I have had a dream, past the wit of man to say what dream it was.
Man is but an ass if he go about t'expound this dream.", which shows he is unable to fathom* the magical happenings that have affected him as anything but the result of slumber*.

• **Fantastic creatures.** Moreover, Shakespeare is also keen on understanding the actual workings of dreams: The way events occur without an explanation, how time loses its normal sense of flow… He recreates this environment through the intervention of the **fairies** in the **magical forest**.

Key Quote

"If we shadows have offended, / Think but this, and all is mended: / That you have but slumbered here, / While these visions did appear; / And this weak and idle theme, / No more yielding but a dream, / Gentles, do not reprehend. / If you pardon, we will mend."
William Shakespeare, *A Midsummer Night's Dream*, 1595.

In *A Midsummer Night's Dream*, Titania is the queen of fairies. ▶

C Other Important Work to Remember

Shakespeare's dreams inspired artists such as **William Blake (1757-1827)**, an English poet, painter and printmaker in the Romantic Age. References to these dreams can be found in *Oberon, Titania and Puck with Fairies Dancing* in 1786. It illustrates Titania's instruction to her fairy train in the last scene:

"Hand in hand, with fairy grace,
Will we sing, and bless this place."

Oberon and Titania, King and Queen of the fairies, are on the left. Puck, the perplexer of mortals, faces us. Moth and Peaseblossom, the fairies, are dancing.

▲ *A Midsummer Night's Dream* by William Shakespeare, Act IV Scene I-Oberon, Titania and Puck with fairies dancing, illustration by William Blake (28 November 1757-12 August 1827).

3 Pushing the Limits of Science

A Definition

- **It is a temptation,** a yearning that has always been on man's mind. It is as old as **Greek myths**, such as **Prometheus**, and omnipresent in art. **The quest for continuing human bettering***. But scientific progress has made it more alive, pushing the limits of reality.

- **Cloning,** stem cells* research, transplants* are now part of our lives but now, a new trend* has emerged. What if science could help us push the limits of life? What if we could turn people into superheroes, increasing our physical or intellectual abilities to a point where immortality could be reached?

Vocabulary

Bettering: amélioration
Stem cells: cellules souches
Transplant: greffe
A trend: une tendance

• **This trend is called Transhumanism.** It is **a philosophical movement** that advocates* **for the transformation of the human condition** by developing and making widely available sophisticated technologies to greatly enhance* human intellect and physiology.
This idea is **not new**. In the past, we made devices such as hearing aids, dentures to make up for defects. But the extent to which transhumanists take the concept is unprecedented. Ultimately, by merging* man and machine, science may create **embodiments* of gods**.

Vocabulary

To advocate: préconiser
To enhance: renforcer, améliorer
To merge: fusionner
An embodiment: une incarnation
A liver: un foie
To strive: lutter

B Literary Example

• **In Greek mythology, Prometheus** is a Titan who created man from clay and defied the gods by stealing fire and giving it to humanity, to enable progress and civilisation. As a consequence, he received **eternal punishment**. He was bound to a rock, where each day an eagle was sent to feed on his liver*, which would then grow back overnight to be eaten the next day.
In our western traditions, Prometheus became **a figure for human striving***, particularly **the quest for scientific knowledge**, and the risk of its consequences, the efforts to improve human existence which would inevitably lead to tragedy.

• **Mary Shelley (1797-1851)** was an English writer and one of the few prominent women writers at the time. She wrote ***Frankenstein or the Modern Prometheus*** in **1823 which** explored this idea that improving human life was hopeless. It tells the story of Victor Frankenstein, a young scientist who creates a hideous but intelligent creature in a scientific experiment.

• In *Frankenstein*, Victor is a modern incarnation of Prometheus. He is **fascinated by the power of electricity**, just like Prometheus was fascinated by fire and its power. It is this power which creates his monster. And just like Prometheus, he will receive **an undying and eternal punishment** for what he did: Immediately after he creates his creature, Victor is ill with disgust for what he has done. And he eventually gets punished by his creature, as a result of abandoning him.

Key Quote

"Learn from me, if not by my precepts, at least by my example, how dangerous is the acquirement of knowledge, and how much happier that man is who believes his native town to be his world, than he who aspires to become greater than his nature allows."
Mary Shelley, *Frankenstein or the Modern Prometheus*, 1821.

Christian Schussele (c. 1824-1879), *Prometheus Bound*. National Gallery of Art, Washington. ▶

C Other Important Works to Remember

- ***The Time Machine*, H. G. Wells, 1895:** A science fiction short story which conceptualised the concept of time travel by using a vehicle and going forwards or backwards in time.
- ***2001, A Space Odyssey*, Stanley Kubrick, 1968:** A science fiction film directed by Stanley Kubrick. It follows a voyage to Jupiter and it is noted as being scientifically accurate in its depiction of spaceflight.
- ***Edward Scissorhands*, Tim Burton, 1990:** An American dark fantasy film directed by Tim Burton. Edward, an artificial man who has scissor blades instead of fingers is played by Johnny Depp.
- ***Interstellar*, Christopher Nolan, 2014:** A science fiction film directed by Christopher Nolan set in a dystopian future where people are struggling to survive.

▲ Tim Burton.

2 Scary Imaginations

Imagination in fiction seems to serve a sole purpose which is **allowing the readers to escape reality,** to leave their dull daily life behind and transport them into some sort of unknown fantasy world. Stepping into the narrator's shoes, we therefore embark on a fantastic journey full of **twists and turns.**

1 Liberating Imagination

A Definition

Imagination has always helped the artist to apprehend man's **worst and deepest fears**, to confront them, twist them and undermine* them. Rather than hiding or burying them, exposing them, whether it is to make fun of these irrational fears or debunking* them, the artist liberates himself, and thus his audience, from the troubles they create. Among man's oldest and biggest fears, death, old age and the loss of your loved one are the most frequent ones.

Vocabulary

To undermine: saper
To debunk: démystifier
A playwright: un dramaturge
To worship: adorer, vénérer
To grant: accorder
To indulge: céder

B Literary Example

- **Oscar Wilde (1854-1900),** the well-known **Irish poet and playwright***, only wrote one novel which precisely deals with the theme of the fear of growing old, and thus dying.

Key Quote

"The only way to get rid of a temptation is to yield to it. Resist it, and your soul grows sick with longing for the things it has forbidden to itself, with desire for what its monstrous laws have made monstrous and unlawful."
Oscar Wilde, *The Picture of Dorian Gray*, 1890.

Oscar Wilde. ▶

• **Summary.** Written in **1890**, ***The Picture of Dorian Gray*** tells the story of a young man who is the subject of a picture by a painter called Basil Hallward who develops worship* for the young man's beauty. **Dorian makes a wish:** *"If it were I who was to be always young, and the picture that was to grow old! For that… I'd give my soul for that."* His wish is granted* and Dorian discovers that **he has gained eternal youth** while **his portrait ages in his place**. Youth seems indeed central in the novel: *"Youth is the one thing worth having,"* says Lord Henry Wotton, a nobleman and close friend of Basil's.
However his portrait not only ages, it shows signs of **Dorian's sins**, one of which is murder.

Key Quote

"You will always be fond of me. I represent to you all the sins you never had the courage to commit."
Oscar Wilde, *The Picture of Dorian Gray*, 1890.

• **A pact with evil.** This plot will remind the reader of **the myth of Faust**. A temptation is placed before the protagonist, which he indulges*, selling his soul in order to have eternal beauty.

• **The myth of Narcissus.** But Dorian also mirrors **Narcissus**. In the myth, Nemesis, the goddess of revenge, hears of Narcissus' rejection of Echo and punishes him. He falls in love with his own reflection that he sees in a pool. Narcissus eventually dies because he cannot obtain the object of his desire. Just like him, Dorian's obsession with **his own image is the cause of his death.**

Narcissus looking at his reflection in the water. 13th-century engraving. ▶

C Other Important Works to Remember

• ***A Christmas Carol,*** **Charles Dickens, 1843:** A short story which recounts the story of Ebenezer Scrooge, an stingy old man who is visited by ghosts and spirits and who then becomes a kinder man.

• ***Thriller music video,*** **John Landis, 1983:** A music video for Michael Jackson's song Thriller. In the video, Jackson and his girlfriend encounter zombies while walking home from a cinema theater. Jackson then becomes a zombie himself and performs his famous dance.

• ***Sleepy Hollow,*** **Tim Burton, 1999:** An American horror film which follows a police constable, Ichabod Crane, who investigates a series of murders by a Headless Horseman.

2 Monsters

A Definitions

• **Monsters fully belong to our imaginary world.** From a very early age, we are told stories of ogres, werewolves*, vampires, witches… It's a part of our **collective imaginary**.

• **But what is a monster?** Its etymology gives us an explanation. *"Monster"* comes from the Latin *monstrare*, meaning *"to show"*, and *monere*, *"to warn"*. Therefore, **monsters reveal**, show and make us aware of things. They are **important social tools**. They embody* the cultural or psychological characteristics that our society finds difficult to acknowledge*.

Monster stories act as **cathartic journeys** into our **unconscious**, coming to grip with our inner violence, angst and our darkest fantasies. Most of the narratives about monsters entertain us until the end where the monstrosity is exterminated and social order is back.

Vocabulary

A werewolf: un loup-garou
To embody: incarner
To acknowledge: reconnaître
Prey: proie
To overcome: surmonter
To subdue: soumettre, réprimer
Salvation: salut (religieux)
A scapegoat: un bouc émissaire
To display: exhiber

Monster in the Campus, directed by Jack Arnold in 1958, starring Arthur Franz and Joanna Moore. ▶

B Literary Example

• **Vampire stories.** An example of such journeys is *Dracula* written by **Bram Stoker (1847-1912)**, an Irish writer, in **1897**. This novel tells us the story of Jonathan Harker, an Englishman who becomes the prey* of **a bloodthirsty vampire named Dracula**. Dracula's actions torment humans throughout the story, causing grief and terror. We witness the eternal **battle between good and evil**, human beings versus monsters.

Religion is also central in this novel, since the only things that can overcome* and subdue* the monster are rosaries, crosses, holy water. The only way to salvation* for our society seems to be God and faith.

• **Monsters can also symbolise *"the other"*,** the person who doesn't look or act like we do and **that society rejects**. The lesson to be taught in these stories is one of **tolerance**: people should resist their xenophobic (the fear of the other) tendencies and not make *"monsters"* scapegoats* for all our problems.

Key Quote

"How good and thoughtful he is;
The world seems full of good men,
even if there are monsters in it."
Bram Stoker, *Dracula*, 1897.

C Other Important Works to Remember

Key Quote
"People are frightened by what they don't understand."
John Merrick in *The Elephant Man*.

• ***The Elephant Man*** is a **1980** film directed by the American **David Lynch** (born in 1946). It was an adaptation of Frederick Treves's memoirs *The Elephant Man and Other Reminiscences* written in 1923. Treves was the doctor who befriended with the "real" Elephant Man. It tells us about John Merrick, a man suffering from deformation and who is being shown in **a freak show**. Considered as intellectually disabled, Doctor Treves takes him out of the show and tries to help him become a full member of society. Unfortunately, even out from the freak show and among London's high society, John keeps on being mocked, harassed and isolated. He eventually dies or commits suicide as some suggest. Merrick just wanted **to fit into society**. He wanted to be viewed as an individual, and not as a monstrosity. He was displayed* and people looked at him, willing to pay in order to do that. It is a reflection on difference, on how to acknowledge and embrace it, but it also depicts society's voyeurism, watching other people in a desire to reassure oneself, compare oneself and, let's face it, make fun of them.

▲ Anthony Hopkins is Doctor Frederick Treves, and John Hurt is John Merrick.

• ***Strange Case of Dr Jekyll and Mr Hyde,* R. L. Stevenson, 1886:** A short gothic story. We follow Mr Utterson who investigates strange occurrences between his friend Dr Jekyll and an evil man, Mr Hyde. Its impact was so strong that "Jekyll and Hyde" entered the English vocabulary, referring to the duality of mankind.

• ***Bram Stoker's Dracula,* Francis Ford Coppola, 1992:** An American gothic horror film based on the novel Dracula by Bram Stoker. It tells the story of the famous vampire and his fight with Dr Van Helsing. It stars Gary Oldman as Count Dracula, Anthony Hopkins as Professor Van Helsing and Keanu Reeves as Jonathan Harker.

3 Gothic and Horror

The two fictional genres that best embody an author's scary imagination are **Gothic and Horror narratives**.

A Gothic

• **Definition.** The word *"gothic"* originally refers to the *"goths"*, and then came to mean *"German"*. It refers to the medieval architecture in which many of these stories come from. There was an infatuation in England during the eighteenth century for the gothic style, where people were keen on having their houses built in the gothic architectural way.

Gothic literature can be defined as **a narrative which is set in dark and picturesque scenery**: a large, ancient house or a dilapidated castle which conceals a terrible secret or that is a refuge for a threatening or frightening character. You will almost always find **supernatural or paranormal elements**: ghosts, omens*, visions which can sometimes be explained rationally. The weather is also very important in conveying **a gloomy* mood**: autumn, winter, fog, rain, a storm. And finally, **romance** is an important motive to be found. Gothic authors have an opportunity to explore **love and sexuality**, as well as transgressive impulses or desires.

Vocabulary

An omen: un présage
Gloomy: lugubre
Decay: délabrement
Fate: destin
A shriek: un hurlement
To collapse: s'effondrer
Doom: tragédie
Guilt: culpabilité

• **Literary example. Edgar Allan Poe (1809-1849)**, an American poet and writer, is one of the most acclaimed gothic writers. In *The Fall of the House of Usher*, a short story, he explores the *"terrors of the soul"* as well as family, isolation, aristocratic decay*, death and madness. Published in **1840**, the story begins with the unnamed narrator who arrives at his friend's house, Roderick Usher. He had received a letter from him from some distant part of the country, telling him about his illness and asking for his help. As soon as he arrives, the narrator notices a thin crack on the house.

▲ Edgar Allan Poe.

• Roderick believes that **the house is alive** and that his own fate* is connected to it. The narrator then tries to calm him down by reading him a story, but as he reads, shrieks* can be heard from the house. Roderick asserts that his sister Madeline was alive when she was entombed and that she is the one shrieking. Madeline suddenly appears and Roderick and her fall dead on the floor. The narrator flees, leaving behind him the house which splits in two and collapses*.

• In *The Fall of the House of Usher*, Poe managed to create **an emotional tone** by involving **fear, doom*** and **guilt***. The house itself plays a major role in the story. It is a character in itself, since the narrator introduces its windows as eyes in the very first paragraph. The developing fissure on its wall symbolises **the moral decay of the Usher family**, and as Roderick and Madeline die, the house dies along.

Key Quote

"During the whole of a dull, dark, and soundless day in the autumn of the year, when the clouds hung oppressively low in the heavens, I had been passing alone, on horseback, through a singularly dreary tract of country; and at length found myself, as the shades of the evening drew on, within view of the melancholy House of Usher. I know not how it was – but, with the first glimpse of the building, a sense of insufferable gloom pervaded my spirit."

Edgar Allan Poe, *The Fall of the House of Usher*, 1840.

The Fall of the House of Usher. ▶

B Horror

> **Vocabulary**
> **Dread:** effroi
> **Sanity:** santé mentale

• **Definition.** Horror fiction is often mistaken for Gothic fiction. They certainly share a lot of elements, such as **the supernatural environment**, but as Douglas E. Winter, an American writer and critic, wrote: *"Horror is not a genre, like the mystery or science fiction or the western. It is not a kind of fiction, meant to be confined to the ghetto of a special shelf in libraries or bookstores. Horror is an emotion."*
Horror fiction is all about **creating an emotional reaction that includes fear or dread***. It is a guide through a nightmare where the reader enters at his own risk. Its main purpose is to shock the audience.

• **Literary example.** The most prolific horror fiction writer might be **Stephen King (born in 1947)**, an American writer. *Carrie* (1974), *It* (1986), *Misery* (1987) are some of his most acclaimed works.

▲ Stephen King.

• His third horror novel, ***The Shining*** was written in **1977**. It centers around Jack Torrance, **a recovering alcoholic writer** who starts working as a caretaker in a hotel. It has to be noted that the motif of the writer is recurrent in Stephen King's work, as a way of representing himself while writing. Torrance's wife and son accompany him. His son Danny possesses "The shining", some sort of psychic abilities to see the hotel's past. After a terrible snow storm, the hotel is isolated and some supernatural forces take over Jack's sanity*... Violence becomes omnipresent, creating fear and disgust for the reader. This novel was **adapted in a film by Stanley Kubrick** in 1980, starring Jack Nicholson.

3 Utopias and Dystopias

When society becomes oppressive, when a people resents its government or fears for its future, it is the artist's role to **denounce** it, to warn us about the potential consequences and even to try to **find solutions.**

1 The Origins of Alternative Universes

A Definitions

- **The word Utopia** was first used in **1516** in **Thomas More's work**. Thomas More was an English lawyer who was born in 1478 and died in 1535. "Utopia" comes from the Greek words *"ou"* (not) + *"topos"* (place) *"no place"* and *"good place"*. In this satirical fiction towards society, More sets out **a vision of a perfect, ideal society**. It was originally written in Latin and depicts a fictional island society and its religious, social and political customs.
- **A Dystopia** is the exact opposite: **The portraying of a horrible or degraded futuristic society**.
- **They both have the same origins.** It's **an observation of our contemporary society**, where the author acknowledges its sins. Where the utopia tries to improve it and give solutions, a dystopia will on the contrary show us the way we are going, exaggerating trends*, amplifying them to show the horrors that potentially lie ahead if we don't resist or evolve*. It reflects our fearful preoccupations about the here and now and offers a scary indication of a probable future.

B Historical Evolution

- **Sources of inspiration.** The inspiration for such fictions is **society** as it was when the authors wrote them. The **Industrial Revolution** with its massive repercussions, **scientific advancements** with their possible deviation* led some authors to imagine better worlds, optimistic worlds where man could make the most of changes, improving his conditions.

However **pessimism** grew at the end of the 19th century, end of the 20th century, as social unrest* ripened* and socialism and communism emerged. **Totalitarian regimes** spread, producing **censorship** and **oppression**. Dystopias increased in number: *Red England: A Tale of the Socialist Horror* (Anonymous, John Milne editions,1909), *Iron Heel* (Jack London, 1908)… People became worried such political ideologies would rise to power and started imagining their terrible deviations.

Vocabulary

A trend: une tendance
To evolve: évoluer
A deviation: une dérive
Social unrest: troubles sociaux
To ripen: mûrir

▲ Thomas More.

Key Quote

"Kindness and good nature unite men more effectually and with greater strength than any agreements whatsoever, since thereby the engagements of men's hearts become stronger than the bond and obligation of words."

Sir Thomas More, *Utopia*, 1516.

• **A famous literary example.** The **post-World War II era** gave birth to the greatest dystopian novel. The famous ***1984***, by **George Orwell** (1903-1950), an English writer, is published in **1949**. Because the war and its horrors had just ended, it made Orwell's world even more plausible and vivid. People were now aware of totalitarian brutality, they understood that it was not fiction anymore and this hindsight* benefited to the success of *1984*.
"I do not believe that the kind of society I describe necessarily will arrive, but I believe that something resembling it could arrive. I believe also that totalitarian ideas have taken root in the minds of intellectuals everywhere, and I have tried to draw these ideas out of their logical consequences" said Orwell.

• **Nowadays.** Today, Utopian or Dystopian fiction **still draws on these topics**, but also topics that are widely discussed in today's society. Global warming, health, stem cells research, eugenics*, transhumanism but also the fight for gender equality are now full part of our concerns and have inspired many fictions.

2 Idyllic Worlds

Imagine a world with no crime, a world where you can actually **prevent murders before they actually happen**. Or a world where **people are perfect**, either physically or psychology speaking, where your genetics have been selected to ensure you would never get any genetic disease. It may seem like idyllic worlds. The perfect worlds where anybody would want to live. But sometimes, a perfect world is not a world where life is perfect. The two films examples below show us two kinds of these worlds.

Vocabulary
Hindsight: recul
Eugenics: eugénisme
To ensure: s'assurer

A *Gattaca* by Andrew Niccol (1997)

• ***Gattaca,*** a **1997** film written and directed by **Andrew Niccol, a New Zealander director,** explores one of these idyllic worlds. The film presents a vision of **a future society driven by eugenics** where children are conceived through genetic selection to ensure* they possess the best hereditary traits.

▲ Since he was not conceived through genetic selection, Vincent (Ethan Hawke) must intensify his efforts and even lie to have access to this fake ideal society.

• **Summary.** The film centers on Vincent Freeman, played by **Ethan Hawke**, who was conceived outside this programme and therefore has a much-shortened lifespan* and a heart condition. His parents, regretting their decision, use genetic selection to give birth to their next child.

• **Themes.** *Gattaca* explores the theme of **genetic manipulation** and the practice advocating for the genetic improvement of the human species through selective reproduction. On the surface, this plot seems to be utopian. Through science, society could be able to get rid of disease and illness, getting close to perfection.
However, it turns out to be **a dystopian fiction**. The people who were not conceived that way are second class citizens, living in genetic discrimination. And even those whose genes were selected are far from living a perfect life. Characters in *Gattaca* continually battle both with society and themselves to find their place, given no choice to be who they want to be and **where man acts like God**. Throughout the whole film, we are given to think on difference and how we should react to it by accepting it and even embracing it.

Vocabulary

Lifespan: espérance de vie
Foreknowledge: prémonition
Prescient: visionnaire
A concern: une inquiétude
To curb: limiter
To be flawed: être défectueux

Key Quote

"I'll never understand what possessed my mother to put her faith in God's hands, rather than her local geneticist."
Vincent in *Gattaca*.

B *Minority Report* by Steven Spielberg (2002)

• In **2002,** American filmmaker **Steven Spielberg** directed ***Minority Report*** with Tom Cruise in the main role. It was based on the short story *The Minority Report* written by Philip K. Dick in 1956.

▲ Steven Spielberg.

• **Resume.** Set in the year 2054, the story tells us of **an idyllic world** where PreCrime, a specialised police department, **apprehends criminals before they actually commit their crime.** This system resorts on the foreknowledge* provided by "*Precogs*", three psychics. But the system will turn out to be fallible…

• **Themes.** Spielberg was willing to create a plausible future world and some of the technology seen in *The Minority Report* have proven prescient*. *"The Internet is watching us now. If they want to. They can see what sites you visit. In the future, television will be watching us, and customizing itself to what it knows about us. The thrilling thing is, that will make us feel we're part of the medium. The scary thing is, we'll lose our right to privacy. An ad will appear in the air around us, talking directly to us."* said Steven Spielberg to Roger Ebert in 2002 in an interview published on Ebert's website.
Spielberg was a visionary 17 years ago since we are now accustomed to having ads sent to us based on what we searched on the Internet, and the loss of privacy has become a real concern* to the citizens.
Being able to predict crime and therefore curb* it seems the ultimate power for a society. Making your citizens safe is one of the first duties it has, and certainly one of the hardest to achieve. Yet the PreCrime system will turn out to be flawed*. Once people are aware of what the future holds, they can change it, proving that **free will can be stronger than determinism**.

3 Totalitarian Worlds: Dystopias

Dystopias, as we saw earlier, often act as a **distorted* mirror of our society**, warning us about potential dangers ahead, or criticising contemporary political systems.

A Literary Example

• ***Animal Farm. A Fairy Story,*** written in **1945** by **George Orwell** is one of the latter. It reflects events leading up to the Russian Bolshevik Revolution of 1917 and then on into the Stalinist era of the Soviet Union.

• **Summary.** The scene is set in on a farm. A coalition of animals overthrows* their farmer, representing human oppression and soon pigs take complete control of the farm and establish themselves as the ruling class* in the new society. They establish a set of seven commandments, an allegoric reference to Communism:

> **Vocabulary**
> **Distorted:** déformé
> **To overthrow:** renverser
> **The ruling class:** la classe dirigeante
> **To suit something:** correspondre à
> **Propaganda:** propagande
> **To pervert:** pervertir
> **A vacuum:** un vide
> **Totalitarian:** totalitaire
> **A dictatorship:** une dictature
> **To prevent from + *ing*:** empêcher de

THE SEVEN COMMANDMENTS

1. Whatever goes upon two legs is an enemy.
2. Whatever goes upon four legs, or has wings, is a friend.
3. No animal shall wear clothes.
4. No animal shall sleep in a bed.
5. No animal shall drink alcohol.
6. No animal shall kill any other animal.
7. All animals are equal.

Later, the leading pig Napoleon secretly revises some commandments to suit* his will, and eventually replaces them with the maxim *"All animals are equal, but some animals are more equal than others."* This gradual disintegration of the Seven Commandments demonstrates how **political dogma can be turned into propaganda*** and how Stalin perverted* the founding principles of the Russian Revolution in order to justify his reign of terror.
The expulsion of the farmer created a power vacuum* and it doesn't take long before the next oppressor assumes totalitarian* power. The pigs take the farm over by claiming they are the "brainworkers" with superior intelligence, and so a new set of class divisions is established. Pigs are no longer different from human beings in all their worst aspects.

• **The political point of view.** George Orwell believed strongly in **socialist ideals** but he felt that the Soviet Union perverted them. According to him, it became a brutal dictatorship*, built upon a cult of personality and enforced by a reign of terror. In a letter to his American friend Dwight MacDonald quoted by Gordon Bowker he wrote: *"Of course I intended it primarily as a satire on the Russian revolution… and that kind of revolution, violent conspirational revolution, led by unconsciously power hungry people, can only lead to a change of masters."* (*George Orwell*, Gordon Bowker, 2004).

> **Key Quote**
> *"Man is the only creature that consumes without producing. He does not give milk, he does not lay eggs, he is too weak to pull the plough, he cannot run fast enough to catch rabbits. Yet he is lord of all the animals. He sets them to work, he gives back to them the bare minimum that will prevent them from starving*, and the rest he keeps for himself."*
> George Orwell, *Animal Farm*, 1945.

B Other Important Works to Remember

- ***A Brave New World*, A. Huxley, 1932:** An English dystopian novel set in a futuristic world of genetically modified citizens.

- ***Fahrenheit 451*, Ray Bradbury, 1953:** An American dystopian novel set in a future American society where books are outlawed. Fahrenheit 451 is the temperature at which book paper catches fire and burns.

- ***The Handmaid's Tale*, Bruce Miller, 2017:** An American dystopian TV series based on the 1985 novel by Canadian Margaret Atwood. It is set in the future following a second American Civil War where a totalitarian society subjects fertile women into servitude.

▲ Elisabeth Moss (starring as the main character of the series) and Bruce Miller at the 75th Golden Globe Press Room (2018).

4 Love and Friendship

Any social identity comes from **meeting other people,** man has built himself **through encounters** which have shaped him. Whether they are individual or collective, these encounters* upset* the *status quo* and **call the established order into question.** Encounters between two individuals create **love** and **friendship** but also their darker pendant, **absence and loneliness** when you have lost that special bond*. Love and friendship make people surpass themselves*, make them better people, but it can also become a source of conflict or suffering when they lose the object of that love.

SPÉCIALITÉ ANGLAIS

1 Loves

A Literary Example

• **Love has always been one of the major themes of literature** and art in general, stretching back to antiquity. The epitome* of love in fiction in the English-speaking world is probably ***Romeo and Juliet***. Written in **1597** by **William Shakespeare**, this **tragedy** centers on two **star-crossed* lovers** whose **deaths** ultimately reconcile their antagonistic families.

• **A violent love.** Belonging to two feuding* families, the **Capulets** and the **Montagues**, Romeo and Juliet have become emblematic of young lovers as well as **doomed* love**.

In this tragedy, the **love** between Romeo and Juliet is a **violent**, **ecstatic** and **overpowering* force** that surpasses all other values. It is so strong they cannot even describe it: *"But my true love is grown to such excess, I cannot sum up some of half my wealth"* says Juliet.

Love makes them **defy their social world** and most importantly, their families: *"Deny thy father and refuse thy name,"* Juliet says, *"Or if thou wilt not, be but sworn my love, And I'll no longer be a Capulet."*

Vocabulary

An encounter: une rencontre
To upset: bouleverser
A bond: un lien
To surpass oneself: se surpasser
The epitome: la quintessence
Star-crossed: maudit
Feuding: rival
Doomed: maudit, condamné
Overpowering: irrésistible

▲ Last scene in *Romeo and Juliet.*

- **A tragic end.** Instead of bringing joy, happiness as love is supposedly all about, it brings **chaos**, combining violence and death, in a terrible race to the play's **tragic conclusion, the death of the two young lovers**. But death is chosen here. Both **Romeo and Juliet choose to commit to suicide**, as if it were the **highest expression of their love**. It seems that only through death can they preserve the depth* of their endless love. Early in the play, suicide thoughts come to Juliet and Romeo's minds: *"If all else fail, myself have power to die"* Juliet asserts. Only through death can their love remain pure and eternal.

> **Key Quote**
>
> *"My bounty is as boundless as the sea,*
> *My love as deep; the more I give to thee,*
> *The more I have, for both are infinite."*
> William Shakespeare, *Romeo and Juliet*, 1597.

B Other Important Works to Remember

- ***Pride and Prejudice*, Jane Austen, 1813:** An English romantic novel depicting the emotional development of Elizabet Bennet who comes to appreciate the difference between superficial and essential.
- ***Much Ado about Nothing*, Kenneth Branagh, 1993:** A British romantic comedy based on Shakespeare's play. It stars director and actor Kenneth Branagh, Emma Thompson and Denzel Washington among others.
- ***La La Land*, Damien Chazelle, 2016:** An American romantic musical film starring Ryan Gosling as a jazz pianist and Emma Stone as an aspiring actress. It depicts their love story as they pursue their Hollywood dreams.

2 Friendship

A Literary Example

- **In order to maintain a person's emotional stability, friendship is a key factor.** The bond which develops between two human beings makes life easier, gives support* and mutual trust*. **Friendship is a recurring motive in fiction,** as are love and hate to a greater degree. Lennie and George, the two main characters in ***Of Mice and Men***, written by **John Steinbeck (1902-1968), an American writer,** in **1937,** share a friendship which will last till the death of one of them.

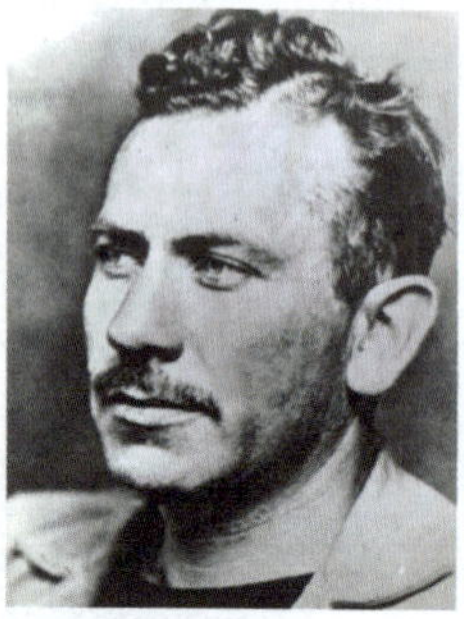

▲ John Steinbeck.

> **Vocabulary**
>
> **The depth:** la profondeur
> **Support:** soutien
> **Trust:** confiance
> **Mental disability:** handicap mental
> **Dissimilar:** dissemblable
> **To lack:** manquer de
> **To assert:** affirmer
> **Through thick and thin:** contre vents et marées
> **Till death do us part:** jusqu'à ce que la mort nous sépare

• **Two different friends.** ***Of Mice and Men*** takes place during the Great Depression in California. Lennie and George are **two migrant workers** who arrive on a farm where they are going to work. They could not be more **different** from one another. George is a small, dark man with *"sharp, strong features"*. Lennie, on the other hand, is a giant man with a *"shapeless"* face, a mild mental disability* and a great physical strength. And one can question the reality of this friendship since the people involved are so dissimilar*.

We may suspect George and Lennie's companionship to be a utilitarian one, the result of loneliness, when people stick together in order to fight isolation. As one of the characters in the book says, *"A guy goes nuts if he ain't got anybody. Don't make any difference who the guy is, long's he's with you."*

However it seems both Lennie and George found what they needed in each other. They found what they lacked*. George was the brain, Lennie was the hands. And they had something in common, they shared a dream and they never stopped trying to achieve their dream together. They dreamed of possessing their own piece of land, a cow, some pigs and rabbits. Their own version of the American Dream: *"Someday, we're gonna get the jack together and we're gonna have a little house and a couple of acres an' a cow and some pigs... an' live off the fatta the lan'."*

> **Historical review**
>
> **The Great Depression.** A **severe worldwide economic depression** which took place mostly in the 1930s. It started in America with the stock market crash of October 29, 1929 (Black Tuesday). It had devastating effects all around the world with soaring unemployment.

• **The ultimate proof of friendship.** If it is obvious to the reader that mentally retarded Lennie **needs this friendship to live his life**, we can assert* that it also gives George's life a meaning. He claims Lennie steals freedom from him but he acknowledges he wants him near him: *"I could take my fifty bucks and go into town and get whatever I want. Why, I could stay in a cat house all night...Get a gallon of whiskey, or set in a pool room... Jus' foolin', Lennie. Cause I want you to stay with me."*

And they will remain friends through thick and thin*, till death does them part*. When Lennie has unintentionally killed Mrs Curley, the wife of Lennie and George's employer's son, and hides from his pursuers, George accomplishes **the ultimate gesture a true friend can do**. He kills him in order to keep Lennie from suffering and pain. But by doing that, he destroys his own dream and future, he loses his only companion. George demonstrates what true friendship is all about. **Altruism.**

> **Key Quote**
>
> *"I got you to look after me, and you got me to look after you, and that's why."*
> John Steinbeck, *Of Mice and Men*, 1937.

B Other Important Works to Remember

• ***Watership Down*, Richard Adams, 1972:** An English adventure novel featuring anthropomorphized rabbits, possessing their own mythology, language and culture.

• ***Cry Freedom*, Richard Attenborough, 1987:** A British- South African drama set in the late 1970s, in Apartheid segregated South Africa. The film focuses on real life events involving Steve Biko, a black activist, and his friend Donald Woods, a white journalist.

• ***Of Mice and Men*, Gary Sinise, 1992:** An American film version of Steinbeck's novel starring director and actor Gary Sinise as George and John Malkovich as Lenny. It was nominated for the Palme d'Or in Cannes.

3 Loneliness and Absence

A Literary Example

• **The need of social interactions.** As a relationship grows*, whether it is love or friendship, grows at the same place **the fear of losing the object of this relationship**. Loneliness is a terrible feeling to experience for human beings. They are social "animals", they need to share. As Aristotle (Greek philosopher) said, *"Man is by nature a social animal; an individual who is unsocial naturally and not accidentally is either beneath our notice or more than human. Society is something that precedes the individual. Anyone who either cannot lead the common life or is so self-sufficient as not to need to, and therefore does not partake of society, is either a beast or a god."*
But what happens when you actually are alone? When no one cares about you, when your very existence is worthless* because you don't belong to* society anymore?

Vocabulary

To grow: grandir, pousser
Worthless: sans valeur
To belong to: appartenir à
An orphan: un orphelin
Siblings: frères et sœurs
To be short-lived: être éphémère
To become whole: se reconstruire
To flee: fuir
Relatives: membres d'une famille

• ***Jane Eyre.*** This social marginalisation is explored in **Charlotte Brontë' *Jane Eyre***. Charlotte Brontë was an English writer born in 1816 and who died in 1855. She wrote *Jane Eyre* in **1847**, and this novel follows the **experiences of its eponymous heroine**, from girlhood to womanhood, endlessly looking for the company of other people: *"There is no happiness like that of being loved by your fellow creatures, and feeling that your presence is an addition to their comfort."*

▲ Charlotte Brontë.

• **A lonely life.** From the very beginning, **loneliness is omnipresent in Jane's life**. She is an orphan*, how lonelier can a human being be? No parents to take care of her, to love her, no siblings* to play with her.
Jane lives in a manor with the Reeds family. For an orphan, living among a new family could be the way to forget about their loneliness. But she is locked in the "Red Room", which amplifies her sense of being alone, in the literal sense as well as the psychological sense.
When she finally leaves the Reeds family for the Lowood School, Jane finally gets to develop a friendship with a fellow student, Helen Burns. Yet, it is short-lived* since Helen dies, and Jane's world collapses back into absence.
Some time later, Jane finds a position as a teacher at Thornfield, where she will eventually meet love. One could think she finally has become whole*, since she has agreed to marry Mr Rochester. But Jane will lose this relationship when she learns that Rochester is actually married and flees*.
Now Jane once again finds herself alone until she meets some relatives*, the Rivers. She has finally found a sense of belonging, a family she had been yearning for so long. But Rochester's absence in her life is too strong and she comes back to him, living happily ever after.

Key Quote

"I care for myself. The more solitary, the more friendless, the more unsustained I am, the more I will respect myself."
Charlotte Brontë, *Jane Eyre, 1847.*

• *Jane Eyre* was a revolution in the world of prose fiction. Focusing on Jane's spiritual and moral development through her eyes, using a **first-person narrative**, it was also seen as a **social critique of the English society** while still being in the Romantic Movement. With a strong Christian core, it was considered by many as ahead of its time because Jane was an individualistic character, some sort of feminist figure.

B Other Important Works to Remember

• ***The Heart is a Lonely Hunter*, Carson McCullers, 1940:** An American novel focusing on a deaf man, Singer, and the people he meets in the 1930s. Singer is eventually sent to an insane asylum.

• ***The Remains of the Day*, Kazuo Ishiguro, 1989:** A novel told from a first-person point of view, that of a butler, Stevens reminiscing his life at Darlington Hall in the 1920s and 1930s. It was adapted into a film in 1993 starring Anthony Hopkins and Emma Thompson.

• ***The Piano*, Jane Campion, 1993:** A New Zealander film about a mute piano player and her daughter in the mid-19th century New Zealand. Starring Harvey Keitel, Holly Hunter and Anna Paquin, it won the Palme d'Or in Cannes in 1993.

▲ Jane Campion.

5 Relationships between the Individual and the Group

E Pluribus Unum (One from Many), the motto of the United States, clearly states the interdependence between a people and its citizens, the fact that a society is **a gathering of individuals sharing the same values and ideals.** But the relationships between the individuals themselves or between the individual and the group can be intricate.

1 Integration

A Literary Example

• **Integrating a group,** a pack*, a society has always been **very important to human beings**. Whether it is to protect oneself from isolation, greater dangers, or to share things and feelings, we need to be part of a greater group. The desire to integrate a society is clearly shown in **F. Scott Fitzgerald's *The Great Gatsby***, published in 1925. Francis Scott Fitzgerald (1896-1940) was an American writer whose works depicted the excess and flamboyance of the 1920s in the USA.

• **Summary.** The story is set in the **1920s** in the **Roaring Twenties**, or the Jazz age, a term coined by Fitzgerald. It was a hedonistic era, a frivolous one, between two world wars.
The Great Gatsby explores the tribulations of achieving the American Dream during that golden era and **Jay Gatsby** embodies these efforts **to integrate a society he does not belong to**.

• **The American Dream. Nick Carraway**, the narrator, is a young man who moved from Minnesota to New York in the Summer 1922 to learn about business. He rents a house in the West Egg district of Long Island. This district is a wealthy, but vulgar area wherelive the *"Nouveaux Riches"*, or young money, as opposed to the East Egg, where old money lives.
Carraway's next-door neighbour is Jay Gatsby, a handsome* young man living in a gigantic gothic mansion and throwing extravagant parties* every Saturday night.
The story centers around Gatsby who is obsessed with being integrated with the East Egg people, and especially Nick's cousin, Daisy Buchanan, the love of his life. He is the typical self-made man who pulled himself out of* poverty, but fakes a British accent, claims he has attended Oxford in an attempt* to justify his position in society.

▲ Francis Scott Fitzgerald.

Vocabulary

A pack: une meute
Handsome: séduisant
To throw a party: faire, organiser une fête
To pull oneself out of: se sortir de, se tirer de
An attempt: une tentative
Tacky: vulgaire
Bootlegging: contrebande
A failure: un échec
To rise above one's station: s'élever de sa condition sociale

But despite all his efforts, Gatsby will never be accepted as one of the East Egg community. He is too tacky* for them, and also, he made money from criminal activities such as bootlegging* alcohol. He will never be acknowledged by the group of people he wants so much to impress and be part of.

• **A tragic end.** His tragic death at the end of the story clearly **shows the limits of the American Dream**. Based on the principles of life, liberty and the pursuit of happiness, Gatsby's failure* to achieve it proves in a way that it no longer exists, or rather that it has been perverted into a pursuit of wealth.

America's ideals of social and class mobility, the lower classes' aspirations to rise above their station*, just like Gatsby's desperate wish to belong to the East Egg society, seem to have disintegrated, leaving us disillusioned.

Historical Review

The Roaring Twenties. This term defines the **1920s in the USA**, a time when people defied **Prohibition** and indulged in new styles of dancing with Jazz and rejected traditional moral standards.

Key Quote

"In my younger and more vulnerable years my father gave me some advice that I've been turning over in my mind ever since.
"Whenever you feel like criticizing any one," he told me, "just remember that all the people in this world haven't had the advantages that you've had."

F. Scott Fitzgerald, *The Great Gatsby*, 1925.

B Other Important Works to Remember

• ***The Importance of Being Earnest, A Trivial Comedy for Serious People*, Oscar Wilde, 1895:** A British play whose central theme is a satire of the Victorian society. The characters try to escape social obligations, making fun or rejecting of serious institutions such as marriage for instance.

• ***The Awakening*, Kate Chopin, 1899:** An American novel set in New Orleans at the end of the 19th century. The main character is Edna Pontellier, a woman who struggles to find balance between her views about femininity and motherhood and what was expected from a woman in the Deep South at that time.

2 Feeling of Rejection

A Film Example

• **Hopeless efforts.** No matter how hard people try to fit in*, to integrate a group or a community, their efforts are sometimes hopeless*. **Integration may turn into rejection**, ostracisation from a society where the people become outcasts*, undesired, unwanted.

Vocabulary

To fit in: s'intégrer
Hopeless: désespéré
An outcast: un paria
A threat: une menace
To harass: harceler

• **A famous musical.** ***West Side Story***, beyond the **tragic love story**, shows how individuals are viewed as **threats* to the society** and harassed* continually. This musical was released in **1961**, and is an **adaptation of a 1957 Broadway musical**, which in turn was inspired by Shakespeare's *Romeo and Juliet*. The film is directed by Robert Wise, on music by Leonard Bernstein, with Natalie Wood as a leading role.

• **A forbidden love.** Set in a Manhattan neighbourhood in the **mid-1950s**, *West Side Story* explores **the rivalry* between the Jets and the Sharks**, two teenage street gangs of

different ethnic backgrounds. The members of the Sharks, who are Puerto Ricans, keep on being taunted* by the Jets, a white gang. The plot revolves around **the forbidden love between Tony**, a former member of the Jets and best friend of the gang's leader, **and Maria**, the sister of the Sharks' leader.

Vocabulary

A rivalry: une rivalité
To taunt: narguer
To yearn: aspirer à
To fantasise: fantasmer
The bright side: le bon côté des choses
Down to earth: terre à terre

• **Gang and identity.** The importance of gangs in this story is crucial. They give people **a sense of identity** and knit them together through **shared cultural similarities**. But if individuals integrate into gangs, some yearn* for a wider integration. **They wish to integrate the American society** and be full parts of it. Yet, throughout the musical, it seems that America rejects them.
The **Puerto Ricans**, and immigrants in general, **are viewed as outcasts** from the beginning. They are relegated to **the poorest part of the city**, they are harassed by the white kids and eventually turn to crime to get even, leading to a vicious circle. And as we can see, they are treated by the police far worse than the white gang. We witness a great amount of abuse from the law enforcement officers.

• **A strong desire for integration.** Although they hold onto their culture and identity, fantasising* their home country, **they want to integrate in America** and add their voices to this new culture. It is especially true for **the girls who only see the bright side* of the country**, whereas **the boys are more down to earth*, being fully aware of the xenophobic system in America**. This dichotomy is clearly presented in *West Side Story's* most famous song, *America*. Girls and boys respond to each other in the song, the girls praising this land of freedom and opportunity: *Life is all right in America*, whereas the boys denounce rampant racism among the American society: *If you're all-white in America.*

▲ Promotional photograph of the American musical film *West Side Story* directed by Robert Wise in 1961, on music by Leonard Bernstein, with Natalie Wood.

B Other Important Works to Remember

• ***Automat*, Edward Hopper, 1927:** An American painting by realist painter Edward Hopper. It depicts a lone woman in an automat at night, staring at her cup of coffee. The overwhelming feeling of loneliness of this woman seems to reflect a dehumanised American society where human relationships have almost disappeared.

• ***William Shakespeare's Romeo and Juliet (Romeo + Juliet),* Baz Luhrmann, 1996:** An American romantic film which is a modern version of the iconic tragedy by William Shakespeare. Starring Leonardo Di Caprio and Claire Danes, it depicts Romeo and Juliet's doomed love story in a modern, urban world.

3 The Complexity of the Relationship to the Group

A Literary Example

• **A complex system.** Once inside a group, **a whole system of complex relationships** is built **between the members of this community** themselves, but also **between the individual and the group itself**.

• ***Lord of the Flies.*** **William Golding** (1911-1993), a British writer and poet, explored this complexity in ***Lord of the Flies***, by scanning* a peculiar society, **a group of British boys stranded* on a desert island**. Far from the world, they will build **a whole new system of society** where man's real nature will soon be revealed through the conflicts that will emerge.

Vocabulary

To scan: scruter
Stranded: échoué
An impulse: une pulsion
To be torn between: être déchiré entre
Innate: inné
Savagery: sauvagerie
Primal: primaire

• **Questioning the human nature.** Written in **1954**, this fiction tells us about **the constant fight between the two most important impulses*** within human beings: **The instinct to follow moral values**, to prioritise the good of the group over the individual's, as opposed to **our inner desire to gratify our immediate needs and gain power over others**.

• **Two opposed visions of society.** In a desire to survive on the desert island, the boys will unite into **two opposed groups or societies**. Ralph and Jack are the leaders of these conflicting groups. Ralph wants to establish rules, enforce the moral values of the British society he was raised in and protect the good of the group, whereas Jack is hungry for power and his only goal is to gratify people's primal impulses. Golding therefore symbolises Civilisation as opposed to Savagery*, and shows how the individual is torn between* these two modes of society.

• **What about individual?** The individual is shown as weak and is not always ready to give up anything in order to gain the benefits of being in a democratic group. Although the boys understand the necessity of maintaining a fire smoke in order to attract passing by ships, of planning, of thinking ahead in order to remain safe, the effort this requires is too much for some of them and they soon reject such a society. **It is hard to reject the appeal of a society based on individual freedom and self-interest**, where all you have to do is hunt, play and dance.
Golding seems convinced that **the individual has an innate* instinct for laziness**, and thus savagery, as opposed to civilisation. The theme of **savagery*** is recurrent throughout *Lord of the Flies*. Jack's boys let go their primal* instincts, they kill, they torture. There is **a total dehumanisation of the relationships**, and **an inability to recognise other people's humanity**.

And the further we go into the plot, the less distinction there is between the boys and the pigs they use in their sadistic rituals. *Lord of the Flies* clearly demonstrates the virtues of civilisation as a way to provide an outlet for the individual's innate savage impulses.

Key Quote

"The mask was a thing on its own, behind which Jack hid, liberated from shame and self-consciousness."
William Golding, *Lord of the Flies*, 1954.

B Other Important Works to Remember

- ***Sense and Sensibility,* Jane Austen, 1811:** A British romantic novel set in Southwest England, Sussex and London in the late eighteenth century. It revolves around the lives of three sisters from the Dashwood family, where they experience love but also heartbreak, judgement and disappointment. It was adapted into a film in 1995 by director Ang Lee, starring Emma Thompson.

- ***Winesburg, Ohio,* Sherwood Anderson, 1919:** An American series of short stories loosely based on the author's childhood memories. Set in the fictional town of Winesburg, Ohio, it focuses on the life of George Willard, from his childhood to his leaving Winesburg as a young man yearning for independence.

6 Confrontation to the Difference

"It is not our differences that divide us. It is our inability to recognize, accept, and celebrate those differences." Our Dead Behind Us: Poems, Audre Lorde, 1986.

SPÉCIALITÉ ANGLAIS

1 Generation Gap

A Film Example

Vocabulary

Intricate: complexe
To shape: façonner
A gap: un fossé
Intimacy: intimité
A trigger: un déclencheur
The involvement: l'implication
To stand one's ground: résister

• **Confrontation to the parents.** The intricate* relationship each individual builds with his parents will shape* him and shape his future relationships to others. And it comes as no surprise that this relationship can sometimes lead to a gap*, a generation gap where adults and children don't understand each other.

• ***Dead Poets Society.*** **Neil Perry**, one of the characters from ***Dead Poets Society***, has become the embodiment of this generation gap. The difficult relationship he has with his parents, but more particularly with his father, will eventually lead to his death.
Directed by **Peter Weir** in **1989**, ***Dead Poets Society*** is set in 1959 at Welton Academy, an all-male elite prep school. A new English teacher, **John Keating** (played by Robbin Williams), resorts to **unorthodox methods to help the young students become individuals**. He encourages them to *"make their lives extraordinary"*, by *"seizing the day"*, or *"Carpe Diem"*.

• **A role model.** Keating soon becomes **a role model for the boys**, and particularly for student Neil Perry. Neil is a popular and idealistic student at Welton. When we first meet him, Headmaster Nolan reminds him how high his hopes are for Neil's future. It seems that his life has already been decided for him, as if Ivy League (The eight elite Colleges in the USA, among which are Harvard and Yale) was the only way out for him. **Neil suffers from pressure both from the institution and his own family.**

• **The paternal figure.** Whenever in the presence of his father, Neil turns from a solar and popular student to a quiet and obedient son. He never calls him Dad or even Father but Sir, which clearly shows the lack of intimacy* and affection between the father and the son.
But meeting John Keating is the trigger* Neil needed in his life. He suddenly realises that **his life is his**, that it is time for him to take control and decide what's best for him. Neil discovers that acting is what he loves doing and gets the part of Puck in a local production of *A Midsummer's Night's Dream.* He finally gets to do what he loves and not what other people want him to do.

• **The impossibility of being an individual.** Neil's domineering father forces him to quit when he learns his son's involvement* in the play. In a last attempt to resist his father, Neil seeks help and support from Mr Keating, who advises him to stand his ground,* oppose his father and prove him acting is something he is very serious about.

Unfortunately, **the gap between father and son will never be bridged***. Mr Perry withdraws* Neil from Welton Academy to enrol him in a military academy. Unable to find the courage to rebel against his father, Neil commits suicide.
Even in this final act, the omnipresence of the father over the son's life is obvious, since Neil uses his father's revolver to kill himself. **A symbolic way** of expressing the fact that the father killed the son.

> **Key Quote**
> *"For the first time in my whole life, I know what I wanna do! And for the first time, I'm gonna do it! Whether my father wants me to or not! Carpe Diem!"*
> Neil Perry in *Dead Poets Society.*

B Other Important Works to Remember

- ***The Old Man and the Sea,* Ernest Hemingway, 1951:** An American short story telling the life of an old Cuban fisherman, Santiago, and his relationship to his young apprentice Manolin.
- ***Growing Up,* Russell Baker, 1982:** An American memoir depicting the author's childhood and adolescence during The Great Depression and World War II. The focus is on the narrator's relationship with his mother.
- ***Bend It Like Beckham,* Gurinder Chadha, 2002:** A British comedy following an eighteen-year-old Indian girl living in London whose passion is football. But because of her cultural background and because she is a girl, her parents forbid her to play. The generation gap between the girl and her parents will slowly disappear as she will prove her talent on the field.

2 Social and Cultural Gaps

A Literary Example

- **Difference is everywhere.** Society is the place where **difference expresses itself every day**. Difference of the **colour of our skin, gender, wealth**… Although **these differences are inherent to human nature** and should thus be accepted and acknowledged, they often cause a lot of turmoil*. Racism, sexism among others are cancers which spread* inside communities and slowly turn people against each other, creating irreconcilable gaps.
- **Being different in our society.** In ***The Curious Incident of the Dog in the Night-Time***, published in 2002, **Mark Haddon** (born in England in 1962) tackles* a social gap which has very seldom been addressed by fiction and art in general: **Disability***.

> **Vocabulary**
> **To bridge a gap:** combler un fossé
> **To withdraw:** retirer
> **Turmoil:** trouble
> **To spread:** se propager
> **To tackle:** s'attaquer à
> **Disability:** handicap
> **To label:** étiquetter
> **To shed a light on:** mettre en lumière
> **The breakup:** la rupture, la dissolution
> **Completion:** achèvement
> **Normalcy:** normalité

The main character, **Christopher**, a fifteen-year-old boy **has a social disability which is never really labelled***, but the reader can assume he has **autism**. The novel is written from Christopher's perspective and tells us of his **discovery of the dead body of the neighbour's dog**, Wellington. He decides to investigate the dog's death, and this leads to extraordinary adventures for Christopher.

- **Disability and Society.** Christopher confronts himself with society and Haddon sheds a light on* **how society considers or rather doesn't consider disability**. Disabled people are called *"special needs people"* and this vocabulary shows the real problem society has with them. They *"are"* special needs instead of *"having"* special needs. Their inner identity is fixed as something immutable, whereas, as Christopher says in the book: *"But this is stupid because everyone has learning difficulties because learning to speak French or understanding relativity is difficult and also everyone has special needs* [...] *like Siobahn, who has glasses so thick that they give you a headache if you borrow them, and none of these people are Special Needs, even if they have special needs."* **This passage suggests that it is the need that defines disability and not the person**, and disability is therefore relative.

• **Disability and Family.** Because of his disability, Christopher is not only excluded from society by going to special needs classes, but he is **also rejected by his family**. He lives with his father who has told him that his mother Judy died two years before, but Christopher will discover his mother is still alive and well, living with her lover Mr Shears, Wellington's owner. He has never accepted Christopher's disability and has never wanted him to live with Judy and him. **Christopher's autism has made him a social outcast**, a pariah and has even caused the breakup* of his nuclear family.

• **Optimism after all.** However, *The Curious Incident of the Dog in the Night-Time* is **a pretty optimistic book**. It ends with Christopher's completion* of his maths A-Level with top grades, he managed to **solve the investigation on Wellington's death**, he found his mother and has started a **new relationship with both his parents**. As Mark Haddon wrote on his blog in 2009, *"**Curious Incident** is not a book about Asperger's... if anything it's a novel about difference, about being an outsider, about seeing the world in a surprising and revealing way."* It paradoxically shows us **how normal Christopher is and how silly society's norms about normalcy* are.**

> **Key Quote**
> *"Everyone has learning difficulties, because learning to speak French or understanding relativity is difficult."*
> Mark Haddon, *The Curious Incident of the Dog in the Night-Time*, 2002.

B Other Important Works to Remember

• ***Robinson Crusoe*, Daniel Defoe, 1719:** A British novel presented as an autobiography. The narrator spends twenty-eight years on a desert island and tells us of his encounters with cannibals, natives before he is ultimately rescued. It is said to be based on the life of Alexander Selkirk, a Scotsman who lived four years on a desert island along the coasts of Chile.

• ***Milk*, Gus Van Sant, 2008:** An American biographical film based on the life of gay rights activist and politician Harvey Milk. Starring Sean Penn, it won two Oscars.

• ***Downton Abbey*, Julian Fellowes, 2010:** A British TV series set in the early twentieth century in Yorkshire. It focuses on the lives of an aristocratic family, the Crawleys, and their domestic servants.

▲ Daniel Defoe's characters: Robinson Crusoe, and his companion Friday, with their animals.

3 Otherness and Calling the Social Order into Question

A Political Issues

• **Integration or segregation in societies.** Confrontation to the difference can lead to **human improvement***, when a society integrates the differences among its citizens and helps them focus* on their similarities. But some societies in the recent past have done the exact opposite, by keeping people separated, segregated and emphasising* their different status, thus provoking **tension within the country**.

Vocabulary

An improvement: une amélioration
To focus: se concentrer
To emphasise: accentuer
To enforce: faire appliquer
To rape: violer
To be denied justice: se voir refuser la justice
A prejudice: un préjugé
A sin: un péché

• **Racial segregation. The Jim Crow Laws** in the **USA** are the embodiment of **keeping citizens apart**. They were state laws enforced* in the southern states until 1965 which mandated racial segregation in all public places, the "*Separate but Equal Doctrine*". From schools to buses, from water fountains to benches, Black people were kept apart, showing the discrimination they were facing in the American society.

B A Literary Example

• **When literary is questioning social order.** In ***To Kill a Mockingbird***, **Harper Lee** (1926-2016), an American novelist addresses the issue of racial discrimination and injustice by portraying the small town of Maycomb in the South in the 1930s and **the relationships between black and white citizens** there. Told through the eyes of a young girl, **Scout**, Lee tells the story of Tom Robinson, **a black man falsely accused of raping* a white woman**. Scout's father, **Atticus Finch** will defend Tom as his lawyer, acting as the champion for racial equality. Even though there is enough proof to show Tom is innocent, he will be denied justice* because of the colour of his skin.

Key Quote

"Some negroes lie, some are immoral, some negro men are not to be trusted around women – black and white. But this is a truth that applies to the human race and to no particular race of men."
Harper Lee, *To Kill a Mockingbird*, 1960.

Martin Luther King being shoved back by Mississippi patrolmen during the 220 mile 'March Against Fear' from Memphis, Tennessee to Jackson, Mississippi. ▶

• **Social changes in the USA.** Written in **1960**, *To Kill a Mockingbird* was written and published amidst the most important social change in the USA, **the fight for Civil Rights**, led among other people by **Martin Luther King** and it transpires through the book. The depiction of what happens in Maycomb symbolises the American society as a whole, in the way racial prejudice* and injustice are ingrained in it. **Atticus Finch questions the social order by deciding to fight for a poor black citizen**, a voiceless citizen symbolised by the mockingbird, a bird who does not have its own song. *"Shoot all the bluejays you want, if you can hit'em, but remember it's a sin* to kill a mockingbird,"* Atticus warns his children. Voiceless people, people whose voice can't be heard should be protected and fought for. It is to be said that To Kill a Mockingbird is now widely taught in schools in the United States to support tolerance and decry injustice.

C Other Important Work to Remember

• **Norman Rockwell, *The Problem We All Live With*, 1964.** Considered an iconic work of art of the Civil Rights Movement, this oil on canvas represents Ruby Bridges, a six-year-old black girl, escorted to an all-white school by four US marshals. It had been declared unconstitutional by the Supreme Court to segregate schools, and Ruby was among the first black children to be allowed to go to a white school in New Orleans in 1960. The painting clearly shows the hatred and violence desegregation created (insults tagged on the wall and the presence of an escort) among the white community.

• **One of the best figurative artist.** **Norman Rockwell (1894-1978)** was an American painter and illustrator whose works have had a tremendous impact on American art. His depiction of the American society and culture is admitted to be among the most accurate. From *Rosie the Riveter* (1943), showing the role of women in the war effort, to *New Kids in the Neighborhood* (1967) where white kids meet their new neighbours, black kids during the segregation era, Rockwell has been one of the best figurative artists.

1 Viajes y exilios

El mundo hispánico, con su historia tan rica, conoció **numerosos acontecimientos.** Desde el descubrimiento de América por Cristóbal Colón hasta la colonización por Francisco Pizarro y Hernán Cortés, sin olvidar la independencia liderada por Simón Bolívar y José de San Martín, el mundo hispánico cambió mucho a partir del siglo XV. Todos estos acontecimientos le permitieron ser lo que es hoy.

1 Descubrimiento y exploración de América Latina

A Una nueva tierra

• **Cristóbal Colón (1451 en Génova – 1506 en Valladolid),** gran navegante* genovés, pensaba que la Tierra no era plana sino redonda. Quería encontrar rutas marítimas más cortas para **favorecer el comercio**, con el fin de traer mercancías*, especialmente **oro** y **especias**. Decidió poner en marcha una expedición muy costosa que le permitiera navegar por el oeste para llegar a las **Indias**. Los Reyes Católicos de España (Isabel y Fernando) financiaron la expedición y el 3 de agosto de 1492, Cristóbal Colón se fue de España con sus tres **carabelas*** (la Pinta, la Niña y la Santa María) y una tripulación* que contaba con unas cien personas.

Vocabulario

El navegante: le navigateur
Las mercancías: les marchandises
Las carabelas: les caravelles
Una tripulación: un équipage
Los víveres: les vivres

• **Después de dos meses de viaje,** la tripulación empezó a perder esperanza y a rebelarse. Los víveres* se agotaban, lo que provocó la muerte de numerosos hombres. Finalmente, el 12 de octubre de 1492, el marinero Rodrigo de Triana divisó una tierra a la vista. Cristóbal Colón y su tripulación llegaron a la **isla de Guanahaní**, en el archipiélago de **Las Bahamas**, pensando llegar a las Indias, y por eso llamaron a los habitantes de esta isla "los indios". Nombrará esta isla San Salvador. **Su descubrimiento marcó el principio de la conquista y de la colonización del continente americano.**

Cromolitografía de 1892 de la pintura de Dióscoro Puebla ***Primer desembarco de Cristóbal Colón en América*** **(1862).** ▶

B La conquista*

• **La gente local.** Cuando llegaron los españoles, existían en el continente americano tres grandes civilizaciones: los **Mayas** (asentados en el actual Guatemala y en la península del Yucatán), los **Aztecas** (en el actual territorio de México) y los **Incas**, cuyo imperio se extendía a lo largo de la Cordillera de los Andes (en los actuales Perú, Bolivia, Ecuador, sur de Colombia, norte de Chile y Argentina).

• **Los conquistadores.** El proceso de la conquista de las nuevas tierras fue muy rápido: en 1533 el Imperio de los Incas, conquistado por **Francisco Pizarro (1527-1530)**, y el de los Aztecas, conquistado por **Hernán Cortés (1519-1521)**, desaparecieron. Lo posibilitó un conjunto de causas distintas: la superioridad técnica (las armas* de fuego), los caballos, los perros adiestrados para la caza del indio, las enfermedades infecciosas que los españoles llevaron consigo, contra las cuales los nativos americanos carecían de defensas (gripe, viruela…).

▲ La estatua ecuestre de Hernán Cortés (siglo XIX).

C La colonización

• **Compartir la tierra.** Para poder ejercer el gobierno sobre sus nuevos territorios, recortar el poder de los conquistadores y afirmar la autoridad real, **la Corona agrupó las tierras conquistadas en dos virreinatos***: el de Nueva España, cuya capital era la Ciudad de México (el antiguo Tenochtitlán de los Aztecas), y el del Perú, cuya capital era Lima.

Vocabulario

La conquista: la conquête
Las armas: les armes
Los virreinatos: les vice-royautés
Llevar a cabo: mener à bien
Los indígenas: les indigènes

• **La búsqueda de riquezas.** El móvil que impulsó a los conquistadores y la Corona a llevar a cabo* tal conquista fue, ante todo, la **búsqueda de metales preciosos** (el **oro** y la **plata**). Era una oportunidad para **financiar las guerras** muy costosas emprendidas por los Reyes Católicos (por ejemplo, en España con la Reconquista) y **conservar también la hegemonía política y militar en Europa**.

• **La religión.** Los españoles impusieron la **religión católica** a los indios, que tuvieron que convertirse o morir. Evangelizaron a los pueblos conquistados. Utilizaron a los indios como mano de obra para extraer el oro de las minas, por ejemplo.

▲ La crueldad del sistema español (la encomienda) en un ingenio de caña de azúcar.

Atención

La encomienda: sistema de explotación ideado por los españoles para conseguir mano de obra gratuita al utilizar a la población indígena.

- **Los abusos de los conquistadores** fueron denunciados por un fraile dominico, **Fray Bartolomé de las Casas** (1474-1566). En 1542, escribió su *Brevísima relación de la destrucción de las Indias*, en la que denunció los abusos* de los colonos españoles.

- **Los intercambios.** En aquella época, hubo intensos intercambios (controlados por la Casa de Contratación, creada en 1503 en Sevilla, que se encargaba de reglamentar el comercio con las colonias americanas.). Se intercambiaron **productos de la vida cotidiana y alimentos**. Europa recibió el maíz, la patata, el chocolate, el tomate… e introdujo en América la **caña de azúcar***, el trigo*…

Vocabulario

Los abusos: les abus
La caña de azúcar: la canne à sucre
El trigo: le blé

- **Un paso hacia la independencia.** Habrá que esperar el siglo XIX para ver independizarse los países hispanohablantes (Venezuela, México y Colombia en 1810-1811, Argentina en 1816). **Simón Bolívar (1783-1830),** general y político, apodado el Libertador, contribuyó a la liberación de gran parte de América del Sur de la presencia española. Promulgó la liberación de los esclavos y la emancipación de los indios, ayudado por **José de San Martín (1778-1850),** que fue un militar y hombre político. A este se le considera el Padre de la patria argentina por haber dirigido y defendido su independencia. Ambos lucharon para liberar los otros países.

▲ Simón Bolívar.

D Referencias en la literatura y las artes

- **Referencias literarias**

– **Alejo Carpentier (1904-1980),** fue uno de los autores cubanos más conocidos en el mundo entero. Publicó en 1979 su última novela titulada ***El arpa y la sombra***. Se trata de una novela histórica. En este libro ofrece una interesante variación sobre un tema de gran importancia, por su alcance y su aproximación al mito, y que a nadie le puede pasar inadvertido: la figura de Cristóbal Colón es sometida a la imaginación y literatura de Carpentier, ofreciendo al lector una visión renovada, y acaso más verosímil en términos psicológicos, del Descubridor genovés.

– **Vasco Núñez de Balboa (1475-1519),** fue un explorador español, primer descubridor europeo del Océano Pacífico. Las ***Cartas*** (siglo XVI) de Vasco Núñez de Balboa son un testimonio directo de la conquista de Panamá. El explorador maneja una prosa encendida y vivaz que transmite el ímpetu del Nuevo Mundo. Estas cartas fueron escritas tras quince años de permanencia en el trópico, por lo que la visión de Núñez de las selvas de Panamá tiene una precisión insospechada. Asimismo, sus cartas al rey español intentan seducir a la corona con el oro abundante supuestamente poseído por los aborígenes.

- **Referencia cinematográfica**

***También la lluvia* (2010):** película dirigida por **Icíar Bollaín**, directora española. Nos cuenta la historia de un equipo cinematográfico que va a Bolivia para rodar una película sobre la conquista española de América Latina. La película hace hincapié en la brutalidad de esta empresa.

2 El exilio republicano

A El contexto histórico

• **La Guerra Civil española** tuvo lugar en España **entre 1936 y 1939** y opuso el bando republicano al bando nacional, dirigido por el general **Francisco Franco**. Fue un **conflicto político, social y armado**, que posteriormente llevó a España a una **profunda crisis económica**. Fue uno de los conflictos civiles más cruentos, el cual generó un millón de muertos y un número importante de exiliados republicanos (dos millones). Estos dos bandos se enfrentaron durante tres años. Son, y había:

– **El bando de la izquierda,** conocido como el bando republicano, formado por el gobierno de aquella época, junto con sindicatos, comunistas, anarquistas y muchos obreros* y campesinos*.

– **El bando nacionalista,** en el cual se encontraba la parte rebelde del ejército, la burguesía, los terratenientes* y, por lo general, las clases más altas.

> **Vocabulario**
> **Los obreros:** les ouvriers
> **Los campesinos:** les paysans
> **Los terratenientes:** les propriétaires terriens

• Por diferentes motivos muy vinculados al contexto europeo de la época, el bando republicano estuvo apoyado por la Unión Soviética y por las democracias europeas, mientras que el bando nacionalista tuvo el soporte de los gobiernos fascistas de Alemania y de Italia, lo que supuso que este bando estuviera mejor armado que el otro.

▲ Madrileños que registran en las ruinas de sus casas en el "Madrid liberado". Finalmente, los nacionalistas conquistaron la capital el 28 de marzo de 1939.

B Las consecuencias

> **Vocabulario**
> **El éxodo:** l'exode
> **El exilio:** l'exil
> **Huir de España:** fuir l'Espagne

• **Los primeros exilios.** Ya durante el conflicto, hubo primeros exilios en **1937** con **"Los niños de la guerra"** (niños entre cinco y quince años) que fueron evacuados a la URSS, Francia o México. Eran alrededor de 34.000.

• **Huir de España*.** Solo quedaban republicanas Barcelona y Madrid. Tras tomar Barcelona el 25 de marzo, las tropas franquistas llegaron a la frontera francesa. Se produjo un éxodo* **republicano sin precedentes**. El exilio* republicano español se refiere al conjunto de ciudadanos españoles que tuvieron que abandonar su tierra natal y desplazarse a otros países, por **motivos políticos e ideológicos**, o por temor a las represalias (encarcelamiento, campos de concentración, ejecución…) por parte del bando vencedor y del régimen político autoritario instaurado en España por el general Francisco Franco.

• **"La retirada"** se refiere al exilio de los españoles (sobre todo catalanes) que cruzaron la **frontera pirenaica tras la caída de Barcelona** en enero de **1939**. Más de 500.000 personas huyeron a Francia donde fueron hacinadas en campos de concentración, ya que las autoridades francesas estuvieron desbordadas por esa ola masiva de exiliados. Otros decidieron emigrar a Chile, México, la Unión Soviética, Estados Unidos, por ejemplo.

• **Después de Franco.** España iba a quedarse 40 años bajo la dictadura franquista (hasta la **muerte de Franco en 1975**). La **evolución política** en España y la **instauración de la democracia** tras la muerte de Franco provocó el **regreso de una parte de los exiliados**.

▲ Refugiados que franquean la frontera española hacia Francia (Le Perthus).

C Referencias en la literatura y las artes

• Referencias literarias

– **Almudena Grandes (nacida en 1960),** es una escritora madrileña. Publicó en 2007 una novela titulada ***El corazón helado:*** durante el entierro de su padre, poderoso hombre de negocios, Álvaro Carrión divisa a lo lejos a una extraña mujer a la que nunca había visto. Esa mujer no es otra que Raquel Fernández, nieta de un exiliado a Francia tras el triunfo fascista en la España de 1939. Ambos personajes, que se sienten atraídos casi desde el primer momento, tendrán que luchar contra un pasado compartido, contra una época de nuestra historia que, todavía hoy, influirá en sus vidas de manera decisiva.

▲ Almudena Grandes en la feria del libro de Madrid en junio de 2010.

– **Víctor Hugo Rascón Banda (1948-2008),** fue un dramaturgo y abogado mexicano. Publicada en 2009, su obra titulada ***Los niños de Morelia*** relata la llegada de 465 niños españoles a la costa mexicana de Veracruz, a bordo del buque *Mexique*. Eran niños que huían de los horrores de la Guerra Civil española. Fueron acogidos por el gobierno del entonces presidente Lázaro Cárdenas. Estos niños son la primera avanzada del exilio español en México.

• Referencia cinematográfica

***Las trece rosas* (2007):** película dirigida por **Emilio Martínez Lázaro**, director madrileño. Cuenta la represión sangrienta, en 1939, al final de la Guerra Civil, contra todos los que se atrevieron a oponerse a los nacionales, en particular los miembros de las Juventudes Socialistas Unificadas (JSU). Entre los derrotados, numerosas mujeres lucharon. Trece de ellas fueron ejecutadas en 1939 y pasaron a la Historia como "las trece rosas".

2 Memoria[s]: escribir la historia, escribir su historia

El artista desempeña un papel muy importante para poner de realce momentos históricos. De cierta manera, se convierte en el "fotógrafo" de su periodo. Los diferentes ámbitos en los cuales se expresan los artistas permiten al lector o espectador descubrir y entender periodos históricos importantes. El artista se convierte en un verdadero testigo de su tiempo, ofreciendo su propia visión de cualquier acontecimiento.

1 La historia bajo el prisma de la creación

Muchos artistas españoles fueron **testigos de acontecimientos históricos** tan importantes que decidieron inmortalizarlos en sus **obras maestras**, poniendo de manifiesto una **mirada subjetiva** y ofreciéndonos su propia interpretación de tales acontecimientos.

A La creación pictórica

• **Francisco José de Goya y Lucientes (1746-1828)** fue un **testigo** y **observador de su tiempo**. Es un artista que parece totalmente arraigado* en su época. Su obra nos muestra su indignación ante los acontecimientos vividos, su posición como artista y hombre.

Vocabulario

Arraigado: ancré
El motín: la mutinerie
El levantamiento: le soulèvement
La corte: la cour

• **Su visión de la Guerra de la Independencia.** El periodo entre 1808 y 1814 es marcado por acontecimientos turbulentos en la historia de España, pues a partir del motín* de Aranjuez, acaecido a raíz de la presencia de las tropas napoleónicas en España, Carlos IV, Rey de España, se ve obligado a abdicar en el hermano del Emperador francés, José Bonaparte. En aquella época, Manuel Godoy (1767-1851) fue el primer ministro y favorito del Rey Carlos IV. Fue un personaje tan odiado por su ambición y por sus ideas reformistas conformes a la Ilustración, que también tuvo que abandonar el poder. Tras el levantamiento* del **dos de mayo** contra los soldados franceses empieza la llamada **Guerra de la Independencia**. Goya, pintor de la corte*, no perdió nunca su cargo, pero no por ello dejó de tener problemas a causa de sus relaciones con los ilustrados afrancesados.

• ***Los Desastres de la Guerra.*** Goya reacciona a la Guerra de la Independencia creando *Los Desastres de la Guerra* (**serie realizada entre 1810 y 1815**, que se compone de **82 grabados alusivos a los acontecimientos ocurridos durante la Guerra de la Independencia en España**), su segundo gran ciclo de grabados después de los ***Caprichos*** (**serie realizada entre 1797 y 1799** que se compone de **80 grabados que representan una sátira de la sociedad española de finales del siglo XVIII**, sobre todo de la nobleza y del clero).

• **Las realidades de la guerra.** *Los Desastres de la Guerra* aparecen hoy como un **testimonio** único **de los horrores** y estragos debidos a la guerra. Goya afirma su libertad de expresión y se compromete de modo singular, personal, mostrando su **pesimismo** y el espectador se siente totalmente implicado en esa visión horrible (las atrocidades cometidas por el hombre).

Representa la **barbarie de la guerra**, el **dramatismo**, el **caos**, los **desastres**. Es una forma de denunciar los efectos de la guerra, el dolor, la muerte, el hambre, la mutilación, el salvajismo.
Hay que añadir que Goya no solo representó la crueldad de los franceses para con los españoles sino también la de los españoles para con los franceses.

Vocabulario

Ahorcado: pendu
El tronco: le tronc

B La creación literaria

• **Juan Rulfo (1917-1986),** fue un novelista mexicano. Publicó en 1953 una recopilación de diecisiete cuentos titulada ***El llano en llamas***. Es una de las obras más importantes del escritor, y trata de las condiciones de vida miserables de los indígenas en México.

• **El contexto histórico.** En las décadas de 1940 y 1950, México vivió una época de cambios, cuyo rasgo principal era el haber dejado atrás la Revolución mexicana. El país daba señales de desarrollo: su población y producción crecían. Sin embargo, el campo se despoblaba, porque la reforma agraria se había detenido, y aumentaba la marginación de los desposeídos. Había concluido la época de las luchas encabezadas por caudillos, como **Emiliano Zapata** (líder revolucionario mexicano que consideraba que la cuestión agraria era central en el proceso de la Revolución mexicana) y **Francisco Villa**, también conocido como **Pancho Villa** (fue uno de los jefes de la Revolución mexicana, cuya actuación fue decisiva para la derrota del régimen del entonces presidente Victoriano Huerta), y se sucedían presidentes que ya no eran militares revolucionarios, sino que pertenecían al único partido con poder real, el Partido Revolucionario Institucional (PRI). La sociedad estaba despolitizada.

• ***La obra.*** Juan Rulfo situó sus cuentos indistintamente dentro de la Revolución o fuera de ella. El tema más importante de la obra y lo que aparece en cada cuento es la **miseria de la tierra**: constituye el telón de fondo en el que se desarrolla la narración. La obra es además una **crítica social**, y expresa el desencanto ante la Revolución mexicana. No se solucionaron los problemas agrarios, como por ejemplo el reparto de las tierras. La religión también desempeña un papel muy importante en los cuentos: muchas veces viene mezclada con supersticiones o creencias populares. Sin embargo, la religión no puede salvar al hombre: el escritor muestra que los representantes eclesiásticos niegan el apoyo a los más necesitados. Los cuentos describen la soledad del pueblo mexicano y la incomunicación: todo parece estar detenido: el tiempo, las cosas, los hombres. Las ideas se repiten constantemente, igual que las frases. No hay posibilidad de intercambio, lo que se nota por la típica estructura narrativa: el monólogo, o el pseudo-diálogo. Además, casi todos los cuentos giran en torno a un hecho sangriento. La muerte y la violencia son partes de la vida cotidiana. El hombre aparece sin esperanzas, triste e incapaz de luchar por mejorar su situación.

C Otras referencias en las artes

• **Referencia pictórica**

En enero de **1937**, el gobierno republicano le pidió a **Pablo Picasso (1881-1973)** que realizara una gran composición mural para el pabellón español de la exposición universal de París. El artista no sabía realmente qué orientación artística adoptar hasta el 26 de abril de 1937, el día del bombardeo de la ciudad vasca ***Guernica*** por aviones alemanes (la legión Cóndor) y al mando del general Franco. Hubo numerosos muertos (la población inocente) y muchos heridos. Este acontecimiento no fue sin consecuencias sobre el estado de ánimo del artista que decidió denunciar esta barbarie en su famoso cuadro titulado ***Guernica***, y dar su

Cita

Según Pablo Picasso, *"la pintura no está hecha para decorar las habitaciones. Es un instrumento de guerra ofensiva y defensiva contra el enemigo"*.

visión de este periodo histórico. A través de su cuadro, el pintor expresa su **indignación**, su **dolor frente al pueblo español que murió**. Durante todo el conflicto de la Guerra Civil española, Pablo Picasso vivirá en Francia, pero se enterará de los acontecimientos gracias a la prensa y a sus compatriotas quedados en España.

- **Referencia cinematográfica**

***La voz dormida* (2011):** película dirigida por Benito Zambrano, director español. Se inspiró en la novela epónima de Dulce Chacón, escritora española comprometida, y cuenta la represión durante la dictadura. El director trata la represión franquista durante la posguerra española a través de la vida de Pepita (María León), una andaluza que se instala en Madrid donde está encarcelada su hermana, Hortensia (Inma Cuesta), que está embarazada y dará a luz en la cárcel. Pepita se enamora de un guerrillero llamado Paulino (Marc Clotet) y tratará por todos los medios de hacerse cargo de la hija de su hermana condenada a muerte.

2 Las biografías / Los biopics de famosos

- Hoy en día, las biografías y los biopics de famosos* que formaron **parte de la Historia de un país** son cada vez más numerosos y tienen cada vez más éxito.

- El *biopic* es un género de ficción que se inspira en la biografía de personas reales. Aunque es muy frecuentado, elogiado y recibe, sobre todo, numerosos premios de interpretación, es un género* esclerótico*, entendido como tal el embotamiento* de las funciones narrativas más brillantes.

Vocabulario

Los famosos: les célébrités
Un género: un genre
Esclerótico: sclérosé
El embotamiento: l'affaiblissement
Un hermanastro: un demi-frère

A Un biopic: *Isabel* (2012-2014)

- **Fue una serie de televisión española** de ficción **inspirada de la vida de la reina Isabel I de Castilla**. Fue emitida en *La 1* de Televisión Española (RTVE) y protagonizada por Michelle Jenner y Rodolfo Sancho en los papeles de los Reyes Católicos. Hubo tres temporadas de la serie y recibió el Premio Nacional de Televisión por contar la vida de la Reina Católica con rigor y pasión.

- **Isabel la Católica.** *Isabel* es la historia de una mujer que, arrebatada de los brazos de su madre y obligada a vivir con su hermanastro*, el **Rey Enrique IV**, consiguió imponer su voluntad y llegó a ser reina de Castilla y Aragón. Isabel, quien luego será llamada Isabel la Católica, revelará sus secretos, sus amores, su ideología, sus pasiones y su lucha.

▲ *Cristóbal Colón en la corte de Isabel la Católica, el 30 de abril de 1492.* Estampa de 1850.

- **¿Quién era Isabel la Católica?** Nació en Madrigal de las Altas Torres (España) en 1451 y murió en Medina del Campo (España) en 1504. Fue quizá el más relevante personaje de la historia de España. En 1464, su hermano, el Príncipe Alfonso fue nombrado heredero del Reino de Castilla, tiempo después fue nombrado Rey de Castilla. Este falleció en 1468 y en el pacto de Toros de Guisando, Enrique reconoció a Isabel la Católica como heredera y sucesora de sus reinos. Ella se casó con Fernando de Aragón el 19 de octubre de 1469, con el cual formaron los famosos **Reyes Católicos**.
- Siendo dueña de la corona, tuvo la capacidad de ejercer el poder por sí misma y de llevar a su reino riqueza y prestigio. Isabel junto con su esposo Fernando fueron quienes inauguraron en España el Estado moderno. Por medio de ella, se logró la unidad territorial y nació la monarquía autoritaria con una nueva organización interna.

B Una biografía: *Evita. Vida y obra de Eva Perón*

- ***Evita. Vida y obra de Eva Perón,*** es una **historieta biográfica*** de **Héctor Germán Oesterheld** (militante y guionista importante en el cómic en Argentina, desaparecido en 1977) y **Alberto Breccia** (ilustrador argentino muerto en 1993) publicada en 2002. El primer proyecto de 1970 no había sido finalizado, aunque la historieta de Evita ya tenía guion y Breccia ya había realizado los dibujos. Pero en 2002, el editor Javier Doeyo encontró por casualidad en casa de Breccia una copia del guion original de Oesterheld. Con la aprobación de las viudas de ambos artistas rescató los dibujos originales en blanco y negro, y les juntó los guiones originales. Con el rescate del argumento original escrito por Héctor Germán Oesterheld, más los dibujos realizados por Alberto Breccia en 1970, tenemos aquí un trabajo sobre la vida, desde su nacimiento hasta su muerte, y la obra de Eva Perón. El libro recrea así la historieta originalmente concebida por Oesterheld y Breccia y pone de manifiesto* a esa mujer que desempeñó un papel* central en la historia de Argentina.
- **Evita Perón (María Eva Duarte de Perón, 1919-1952),** mujer muy **carismática**, fundó en 1949 el **Partido Peronista Femenino** con el fin de integrar mejor a la mujer en el mercado laboral. También impulsó una **política social** desde la presidencia de una fundación, la Fundación Eva Perón, cuyo objetivo era repartir ayudas sociales a los más necesitados. Fue una mujer **muy popular entre el pueblo argentino**.

▲ Evita Perón, segunda esposa del presidente argentino Juan Perón. Fue primera dama de Argentina desde 1946 hasta su muerte en 1952.

Vocabulario

Una historieta biográfica: une bande dessinée biographique
Poner de manifiesto: mettre en avant
Un papel: un rôle

- **Otra biografía.** Su historia apareció también en la novela titulada *Santa Evita*, publicada en 1995 y escrita por el autor argentino Tomás Eloy Martínez.

C Otras referencias en la literatura y las artes

• Referencias literarias

– **Tomás Eloy Martínez (1934-2010)**, fue un periodista y escritor argentino. Publicó en 1995 una novela titulada ***Santa Evita***, que se convirtió en su obra magistral, y en la novela argentina más traducida de todos los tiempos. Es una obra magnífica, de extraordinario tecnicismo, que abre las puertas de la reflexión sobre la historia y la identidad argentina. Dicho en palabras de Vargas Llosa, *Santa Evita* es una novela a la vez que "una biografía, un mural sociopolítico, un reportaje, un documento histórico, una fantasía histérica, una carcajada surrealista y un radioteatro tierno y conmovedor. [...] hay en ella, debajo de los alardes imaginativos y amagos líricos, un trabajo de hormiga, una pesquisa llevada a cabo con tenacidad de sabueso".

– **Pablo Neruda (1904-1973)**, fue un poeta chileno, premio Nobel de Literatura en 1971 y una de las máximas figuras de la lírica hispanoamericana del siglo XX. Escribió en 1941 un poema titulado ***Un canto para Bolívar***, muy importante en su obra. Bolívar es un personaje esencial de la historia de América y como tal se ve deificado en este poema. Se le representa como presente en toda cosa, ya sea en el cielo y la tierra, en los animales, etcétera. El país tiene una deuda de gratitud con su persona y con todo lo que hizo y consiguió.

• Referencia pictórica

Diego Velázquez (1599-1660), fue un pintor barroco español considerado como uno de los máximos exponentes de la pintura española y maestro de la pintura universal. Pintó en 1656 el cuadro ***Las Meninas***, una de las obras más representativas de la pintura española, caracterizado por su excelente ejecución en la técnica, la perspectiva, el contraste entre la luz y la sombra, la distribución de planos y personajes y la recreación del ambiente familiar. El cuadro retrata a la Infanta Margarita, hija del rey Felipe IV, rodeada de su pequeña corte. Fue titulada originalmente *La emperatriz y sus damas* y luego *La familia de Felipe IV*, para finalmente en el siglo XIX adoptar el nombre de *Las meninas*.

3 Intercambios y transmisiones

Los **medios de comunicación** (la televisión, la literatura, el cine…) forman parte de nuestra vida y son verdaderas herramientas para **difundir ideas e informaciones.** Permiten la construcción de la identidad de un país, y ofrecen diferentes interpretaciones, **diferentes puntos de vista, diferentes visiones.**

1 Las metas de la transmisión: creación y recreación

A Don Juan en la literatura

• **El mito* de Don Juan.** Después de Don Quijote, sin duda es Don Juan la **mayor aportación de la literatura española a la cultura occidental**. Este **seductor impenitente*** es el único personaje del **teatro barroco** que ha pasado a la historia como héroe individual. Es el único que ha aparecido como protagonista en un centenar de obras posteriores, en distintas épocas, países y géneros literarios, de la mano de diferentes autores que han aportado su peculiar visión del personaje. Y es que **Don Juan desbordó la obra de su creador para convertirse en mito.**

Vocabulario

Un mito: un mythe
Impenitente: incorrigible
Escenificar: mettre en scène
El pecado: le péché
La honra: l'honneur
El castigo: la punition, le châtiment
El maligno burlador: le séducteur malveillant

• **Tirso de Molina, *El Burlador de Sevilla y convidado de piedra* (1630).** El protagonista nació en el siglo XVII de la pluma de **Fray Gabriel Téllez**. Este fraile mercedario deseaba escenificar* la **lucha entre el Bien y el Mal**. Para conseguirlo creó a un personaje que desafiaba la autoridad humana y divina mediante el pecado* de la lujuria, el peor pecado posible, puesto que atentaba contra la honra*, que era el máximo valor social en la época. De ahí que Tirso revistiera a Don Juan con los ropajes del seductor. El desafío constante desencadena **el castigo* divino** y Don Juan se hunde en los infiernos: es el triunfo del Bien sobre el Mal, el maligno burlador* resulta a su vez burlado por las fuerzas divinas.

• **Molière, *Dom Juan ou le Festin de Pierre* (1665).** El burlador se afrancesa en manos del gran dramaturgo, se vuelve **más reflexivo, menos impulsivo**, y nos recuerda a Casanova. La acción se empobrece y se pierde el **mensaje religioso** pues la estatua del comendador solo tiene un efecto teatral. Don Juan es un infame seductor que actúa conscientemente, no por el impulso irracional que mueve al Burlador; es un malvado ateo muy distinto al personaje teológico de Tirso.

La estatua del comendador aparece delante de Don Juan. Ilustración sacada de la obra *Dom Juan ou Le Festin de pierre* de Molière, acto IV, escena VIII. ▶

• **José Zorrilla, *Don Juan Tenorio* (1844).** Don Juan se nos presenta como un **diablo en carne mortal**, pero el personaje se ha convertido en un "demonio familiar", domesticado, humanizado.
El protagonista pierde grandeza en la obra romántica, pero la gran aportación de Zorrilla a la historia de Don Juan es el personaje de **Doña Inés**. Esta se describe con una **rica imaginería religiosa**: símbolo de la luz solar, es garza, cordera, paloma y conocida como el "ángel de amor" que salvará a Don Juan y lo liberará de su destino trágico.

B Don Juan en el cine

Hubo también diferentes **adaptaciones filmográficas** de este mito:

• ***Don Juan, mi querido fantasma,* (1989).** Se trata de una comedia. **Dirección: Antonio Mercero.** Sevilla, 1 de noviembre de 1990. El Tenorio sale de su tumba*, como cada año. Paralelamente, Juan Marquina, gran actor español, hace el ensayo general de una versión musical de la obra. A partir de ese momento sus dos mundos se unen en un círculo de aventuras y se produce el enfrentamiento* de ambos Don Juanes, con la colaboración de cuatro mujeres que ejercerán una decisiva influencia en sus destinos... Protagonizada por J. Luis Galiardo y un sinnúmero de "chicas Almodóvar" (Verónica Forqué, María Barranco...).

Vocabulario

Una tumba: une tombe
El enfrentamiento: l'affrontement
La fama: la renommée, la réputation
La cornisa: la corniche
Enmascarado: masqué
La espada: l'épée

• ***Don Juan en los infiernos,* (1991).** Película no recomendada a menores de 13 años. **Dirección: Gonzalo Suárez.** Intérpretes: Fernando Guillén, Mario Pardo, Charo López, Héctor Alterio...
Mientras se extinguen los últimos vestigios del imperio y el rey Felipe II agoniza a la sombra del esplendor perdido, un hombre, desafiando los designios divinos y la justicia humana, convierte sus pasiones en destino y en ley su voluntad. Su fama* es tan grande como su orgullo. Su condena, eterna. Su nombre, una leyenda, Don Juan.

• ***Don Juan de Marco,* (1995).** Se trata de una comedia. **Dirección: Jeremy Leven.** Producción: Francis Ford Coppola. Un joven (Johnny Depp) pretende lanzarse desde la cornisa* de una valla publicitaria. Es un hombre enmascarado* con capa y espada*. Afirma ser Don Juan De Marco, el mejor amante del mundo, pero no encuentra sentido a su vida. La policía lo pone en manos del Dr. Jack Mikler (Marlon Brando), que acepta pasar consulta al joven durante los diez días que restan para su jubilación, en los cuales el psiquiatra reflexiona sobre los 32 años de matrimonio con su esposa Marilyn (Faye Dunaway).

C *Don Giovanni* de Mozart

• **Mozart (1756-1791),** fue un compositor austríaco. Entendió el valor de este concepto de identidad seductora incorpórea y lo representó en su **ópera *Don Giovanni*** creada en **1787**. Su adaptación dota a su personaje de un poder que no llegaron a conocer sus predecesores. Este poder es la música, presente no solo en boca de Don Giovanni sino también de todos los demás personajes que serán seducidos.

• **La ópera posee una gran importancia cultural en el siglo XVIII.** Mozart y Da Ponte (libretista de Mozart) crean la ópera de *Don Giovanni* en un momento en el que se multiplica el **interés por los libretos de ópera y su relación con la literatura**.
Gracias a tal interés, el mito de Don Juan trasciende del escenario y vive ahora en la música. Mozart ha logrado proyectar los más diversos sentimientos vividos a lo largo de la historia de Don Giovanni, dándole a cada personaje su momento musical. Don Giovanni confiesa su adicción al placer, de forma que es este el que le mantiene con vida.

2 El intelectual, el artista, el grupo

El intelectual, el artista están en el corazón de la sociedad hispánica, tanto por sus creaciones, producciones como por sus miradas, sus puntos de vista, sus juicios. Se convierten en **actores imprescindibles* de la sociedad**, tanto a través de sus producciones individuales como de su reunión en corrientes* literarias, artísticas…

Vocabulario

Imprescindibles: indispensables
Las corrientes: les courants

A Las tertulias

• **Definición de la Real Academia Española:** reunión de personas que se juntan habitualmente para conversar o recrearse.
Los intelectuales, los artistas solían reunirse para compartir sus ideas, dar su opinión sobre diferentes temas de sociedad.

• ***La tertulia del Café de Pombo*** es la obra más emblemática de **José Gutiérrez Solana**, exponente de la gran afición de su autor a las reuniones de intelectuales, habituales durante el primer tercio del pasado siglo en los más conocidos cafés madrileños: el Nuevo Levante, el Universal, el Candelas y, sobre todo, el que da título al cuadro, el Pombo.

▲ José Gutiérrez Solana (1886–1945), La tertulia del café de Pombo, 1920, Óleo sobre lienzo. Madrid, Museo Nacional Centro de Arte Reina Sofía.

B El escritor: testigo de su tiempo

• Numerosos artistas (pintores, escritores...) fueron testigos privilegiados de su tiempo y decidieron poner de manifiesto los acontecimientos de su época, vividos directa o indirectamente.

• **José Cadalso (1741-1782):** en ***Cartas Marruecas***, (publicadas en 1789), el autor efectúa un **análisis de la España de su tiempo**. Tras el periodo de grandeza que conoció a lo largo del siglo XVI bajo el reinado de los Reyes Católicos, el país ha entrado en una **etapa de declive***. En la carta XXXIV, el personaje Nuño deplora *"el floreciente estado"* que dejaron los Reyes Católicos y expresa metafóricamente la necesidad de reconstruir una nación fuerte: hay que *"cortar muchos ramos podridos de este venerable tronco,* [...] *es preciso examinar el terreno para los cimientos"*, sin valerse de *"frutos artificiales"* ni *"hojas postizas*"*.

> **Vocabulario**
> **Una etapa de declive:** une étape de déclin
> **Hojas postizas:** des feuilles artificielles

C Las generaciones literarias

A lo largo de los años, escritores crearon nuevos movimientos literarios en relación con la situación del mundo hispánico.

• La Generación del 98

– La **pérdida de las últimas posesiones coloniales** (Cuba, Filipinas, Puerto Rico) acentuó la sensación de declive y de **decadencia**. Algunos escritores empezaron a reflexionar sobre la necesidad de una regeneración de la nación española, forjando el concepto de **"regeneracionismo"**. Los máximos representantes de esta corriente fueron Miguel de Unamuno, Ramón del Valle Inclán, Pío Baroja, Rubén Darío, Azorín, Antonio Machado.

– **Ramón del Valle Inclán (1866-1936):** creó "el esperpento" que no constituye un "género literario" sino más bien una "categoría literaria", puesto que se aplica tan solo a cinco obras de Valle Inclán. Dado el contexto histórico-social de España, adopta una nueva estética, basada en la deformación grotesca, que le permite denunciar la situación degradada del país, como en la obra de teatro ***Luces de bohemia*** **(1920)**.

• La Generación del 27

– La fecha de 1927 se relaciona con la **celebración del tricentenario de la muerte de Luis de Góngora (1561-1627)**, al que admiran los jóvenes poetas por la riqueza de imágenes y metáforas de su poesía. Se consideran como miembros de esta generación a Rafael Alberti, Federico García Lorca, Jorge Guillén... Se trata de **recuperar la tradición literaria** como el romancero*, el villancico* y las canciones. Los poetas se apropian de nuevo el soneto, pero también la poesía popular de Lope de Vega por ejemplo. Se trata de favorecer la innovación lingüística y poética.

> **Vocabulario**
> **El romancero :** ensemble de romances (anciennes chansons populaires espagnoles à caractère narratif)
> **El villancico :** le chant de Noël

– **Rafael Alberti (1902-1999):** el periodo inicial de su poesía viene marcado por ***Marinero en tierra*** **(1924)**, obra en la cual compone canciones en las que se combinan la inspiración popular y la expresión culta. Se encuentra en la Sierra de Guadarrama, lejos de su mar gaditano, y expresa la nostalgia de un paraíso perdido, el Puerto de Santa María, donde está su familia y donde ocurren todos los recuerdos de su infancia y de su adolescencia.

4 Pluralidad de los espacios, pluralidad de las lenguas

El mundo hispánico se caracteriza por la **diversidad de sus espacios,** tanto en **España** como en **América Latina.** Estos espacios se convirtieron en símbolos con el paso del tiempo. La diversidad lingüística también es otro elemento que hay que tomar en cuenta y que forma parte integrante de la cultura hispánica.

1 Espacios públicos, espacios simbólicos

Los espacios desempeñan un papel importante y se convierten en **espacios de reuniones e intercambios entre la gente**. Cada ciudad tiene un espacio que la caracteriza. Numerosos artistas se inspiraron de estos espacios en sus obras, ya que son espacios que forman parte del **patrimonio cultural de un país**.

A La Plaza Mayor

• **La Plaza Mayor es la plaza principal** que se encuentra en la mayoría de las ciudades castellanas e hispanoamericanas. En América Latina recibe el nombre de **Plaza de Armas**. Es un lugar emblemático cuyo nombre apareció a finales del siglo XV bajo una ordenanza de los Reyes Católicos. Su aparición en América Latina se explica por la **colonización española**, durante la cual fue desarrollado el urbanismo castellano.

▲ *La Plaza Mayor de México* (c. 1769), Juan Antonio Prado, Óleo sobre tela, Museo Nacional de Historia-Castillo de Chapultepec.

- **Referencia pictórica.** ***La Plaza Mayor de México*** (c. 1769) de **Juan Antonio Prado**, pintor madrileño (1779-1860), fue director del Museo del Prado de 1857 a 1860. Este cuadro representa la llegada* a la catedral de México del virrey* novohispano Carlos Francisco de Croix en 1766, así como el **acontecimiento social** que representó. Se ve también la **bulliciosa* vida comercial** de la Plaza Mayor, con el **mercado** del Parián al fondo.

Vocabulario

La llegada: l'arrivée
El virrey: le vice-roi
Bulliciosa: fourmillante

- **Referencia literaria.** ***Balcón de piedra: visiones de la Plaza Mayor***, 2001, obra de **Luis Mateo Díez** (1942-…), novelista y poeta español. Es miembro de la Real Academia Española. El autor incluye treinta piezas literarias sobre la Plaza Mayor madrileña, derivadas de observaciones, vistazos, sucesos, pensamientos, encuentros y recuerdos. Los espacios de la realidad se hacen espacios de la imaginación, y la escritura reconvierte la plaza en un **territorio imaginario**. El texto constituye una excelsa descripción de un escenario urbano de identidad barroca donde, como en toda plaza que se precie, se puede asistir a la cotidiana representación del gran teatro del mundo.

B La Plaza de toros

- **La tauromaquia.** Desde finales de la Edad Media, los **juegos de toros** fueron una **práctica habitual en casi toda la península**. Aunque hoy aparecen debates a favor o en contra de esta tradición, sigue existiendo en numerosas partes de España (sobre todo en Andalucía) y también en América Latina. Frente a tal popularidad, la Plaza de toros se convirtió en un **verdadero lugar de encuentros y diversión**. Se convirtió también en un protagonista de pleno derecho en el mundo cultural.

Vocabulario

Un aguafuerte: une gravure
El grabador: le graveur
Las hazañas: les prouesses, les exploits
El torero: le torero, le toréador

- **Francisco de Goya** publicó en **1816** un álbum de **33 aguafuertes* titulado "La tauromaquia"**. El grabador* se dirigía a los aficionados, basándose en el texto histórico de **Leandro Fernández de Moratín** (1760-1828), poeta y dramaturgo madrileño, para representar la evolución de las corridas desde su origen hasta 1800. Ilustraba también las hazañas* de los toreros* más famosos de su tiempo como Pedro Romero, por ejemplo.

Francisco de Goya (1746-1828), *Pedro Romero matando a toro parado*, hacia 1816. ▶

• **Fernando Botero (nacido en 1932), pintor y escultor colombiano**. Sus personajes se caracterizan por sus **formas generosas** y un **gran colorido**. La **tauromaquia** fue un tema muy importante para él ya que, en su infancia, quería ser torero. De hecho, vendía dibujos a la salida de la Plaza de la Macarena de Medellín para combinar su pasión con sus dotes de dibujante. En su colección titulada ***La corrida***, pintada entre **1984** y **1985**, el pintor fue profundamente influenciado por el espectáculo de la plaza de toros, los colores vivos, el movimiento dinámico, la belleza y la violencia, la valentía* y el miedo, la delgada línea* entre la vida y la muerte que se encarnan ahí. Como dijo el artista mismo, *"Los toros son arte y no pueden desaparecer."*

▲ Fernando Botero el 3 de mayo de 2010 en Estambul, Turquía.

Vocabulario

La valentía: le courage, la bravoure
La delgada línea: *ici* la limite

C El mercado

• **Otro lugar muy importante en la ciudad** y sinónimo de convivencia es el **mercado**. El mercado, este lugar tan popular, puede simbolizar una ciudad en su conjunto y hasta convertirse en un verdadero protagonista en la literatura, lo que muestra su vigencia en la vida cotidiana y la imaginación popular.

• **El mercado de la Boquería (Barcelona),** es uno de los mercados más famosos en el mundo. Este mercado se ha convertido en un **símbolo** que posiciona a Barcelona como ciudad de importancia internacional. Se trata de un mercado municipal de Barcelona y seguramente el más conocido de toda la ciudad. Su nombre oficial, aunque no es muy utilizado, es **Mercat de Sant Josep**. Se sitúa en la **Rambla**, la avenida más conocida de Barcelona por la cual pasan miles de personas cada día.

• **Referencia literaria.** **Almudena Grandes** (nacida en 1960), es una **escritora madrileña**. Es también conocida por el gran público por su colaboración repetida con medios de comunicación como el diario *El País*, donde mantiene desde hace años una columna* y ha publicado varios artículos que fueron recopilados en formato libro. En 1999, ella inició una nueva serie de artículos en *El País Semanal* y quiso dotarlos de un hilo conductor*, enseguida pensó que algo tan cercano y fascinante como el mercado de abastos* podría servirle como marco ideal*. Publicó en 2003 ***Mercado de Barceló***, obra en la cual escogió el céntrico Mercado de Barceló, situado en un reconocible barrio madrileño, y lo convirtió en un microcosmos de pequeñas historias. Se trata de una recopilación de artículos de la escritora publicados entre 1999 y 2002.

> **Vocabulario**
> **Una columna:** une colonne
> **Un hilo conductor:** un fil conducteur
> **El mercado de abastos:** les halles
> **Un marco ideal:** un cadre idéal

2 Lenguas, territorios e identidades

En 2017, **más de 477 millones de personas tienen el español como lengua materna***, lo que hace de él **el segundo idioma del mundo por número de hablantes nativos* y el segundo de comunicación internacional**. Pero el número de hispanohablantes supera* los 572 millones de usuarios si se toman en cuenta a los que lo usan como segunda lengua.

> **Vocabulario**
> **Una lengua materna:** une langue maternelle
> **Los hablantes nativos:** les (locuteurs) natifs
> **Superar:** dépasser

A El multilingüismo en España

• **La diversidad lingüística** es una de las **características fundamentales de España** desde la muerte de Franco (1975), antes de la cual solo se reconocía el castellano.
Se reconoce el multilingüismo de España en el **artículo 3 de la Constitución** aprobada el 6 de diciembre **de 1978** (durante el periodo llamado la "Transición democrática"). El **castellano** es la única lengua oficial en todo el territorio español, pero se habla de forma cooficial con otras lenguas en algunas Comunidades Autónomas.

> **Atención**
> **Artículo 3 de la Constitución**
> 1. El castellano es la lengua española oficial del Estado. Todos los españoles tienen el deber de conocerla y el derecho a usarla.
> 2. Las demás lenguas españolas serán también oficiales en las respectivas Comunidades Autónomas de acuerdo con sus Estatutos.
> 3. La riqueza de las distintas modalidades lingüísticas de España es un patrimonio cultural que será objeto de especial respeto y protección.

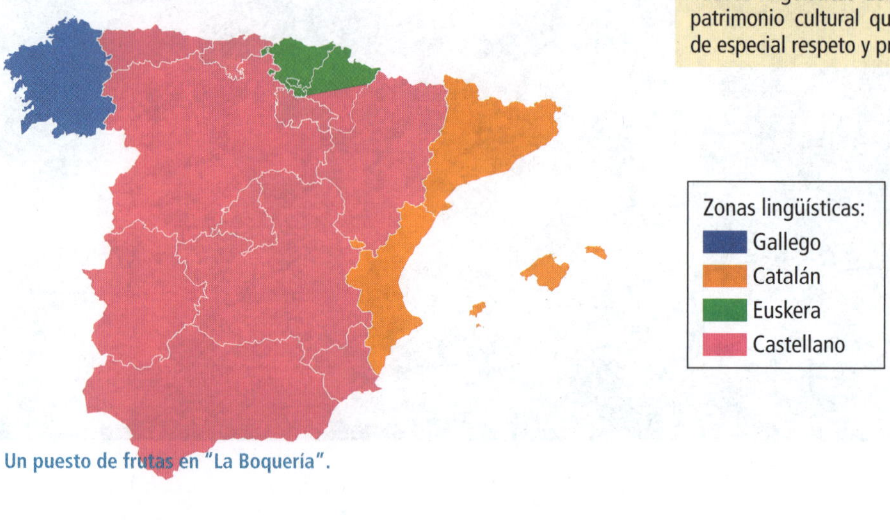

▲ Un puesto de frutas en "La Boquería".

- **Varias Comunidades Autónomas declararon oficiales sus lenguas,** además del castellano:

– **Cataluña**: el catalán y el aranés.
– **Las Islas Baleares**: el catalán (en esta parte de España se llama el mallorquín).
– **La Comunidad Valenciana y en la franja oriental de Aragón**: el catalán (se denomina el valenciano).
– **Galicia**: el gallego.
– **El País Vasco y una parte de Navarra**: el euskera o vasco.

No hay que olvidar las dos Ciudades Autónomas ubicadas en el norte de **Marruecos, Ceuta** y **Melilla**, que tienen el castellano como lengua oficial, así que el árabe y el tamazig (lengua beréber hablada en Melilla y en muchas regiones de Marruecos).

- **Referencia cinematográfica.** ***Ocho apellidos vascos*** (2014), es una película de **Emilio Martínez-Lázaro** (nacido en Madrid en 1945). Rafa (Dani Rovira) es un joven señorito andaluz que nunca ha tenido que salir de su Sevilla natal para conseguir lo único que le importa en la vida: el fino*, la gomina*, el Betis y las mujeres. Todo cambia cuando conoce a una mujer que se resiste a sus encantos: es Amaia (Clara Lago), una chica vasca. Decidido a conquistarla, se traslada* a un pueblo de las Vascongadas, donde se hace pasar por vasco para vencer su resistencia. Adopta el nombre de Antxon y varios apellidos vascos: Arguiñano, Igartiburu, Erentxun, Gabilondo, Urdangarín, Otegi, Zubizarreta... y Clemente. Esta película recibió numerosos premios.

Vocabulario

El fino: vin blanc très sec originaire de la région de Jerez (Andalousie)
La gomina: le gel pour les cheveux
Trasladarse: déménager
El encapuchado: l'homme masqué
Los desgarros: les déchirures

- **Referencia literaria.** ***Patria*** (2016), es una novela de **Fernando Aramburu** (nacido en San Sebastián en 1959). El día en que **ETA** anuncia el abandono de las armas, Bittori se dirige al cementerio para contarle a la tumba de su marido el Txato (Fernando de Luis Astarloa, ex miembro de ETA, fue detenido por haber matado a tiros al peluquero Agapito Sánchez en Portugalete y al taxista José Uriarte en Bermeo), asesinado por los terroristas, que ha decidido volver a la casa donde vivieron. ¿Conseguirá convivir con quienes la acosaron antes y después del atentado que trastocó su vida y la de su familia? ¿Podrá saber quién fue el encapuchado* que un día lluvioso mató a su marido, cuando volvía de su empresa de transportes? Por más que llegue a escondidas, la presencia de Bittori alterará la falsa tranquilidad del pueblo, sobre todo de su vecina Miren, amiga íntima en otro tiempo, y madre de Joxe Mari, un terrorista encarcelado y sospechoso de los temores de Bittori. ¿Qué pasó entre esas dos mujeres? ¿Qué ha envenenado la vida de sus hijos y sus maridos tan unidos en el pasado? Con sus desgarros* disimulados y sus convicciones inquebrantables, con sus heridas y sus valentías, la historia incandescente de sus vidas antes y después del cráter que fue la muerte del Txato, nos habla de la imposibilidad de olvidar y de la necesidad de perdón en una comunidad rota por el fanatismo político.

Atención

ETA: Euskadi Ta Askatasuna, que significa en castellano **País Vasco y Libertad**, era una organización independentista vasca, armada y violenta, fundada en 1959. Durante el franquismo, su mensaje independentista se confundía con su lucha contra el dictador. A lo largo de su historia, esta organización mató a 829 personas, hasta que notificó en 2011 el cese definitivo de la lucha armada. La organización anunció su disolución definitiva, después de más de 50 años de terrorismo, en 2018.

B La lengua española en América Latina y en Estados Unidos

El español es la lengua oficial en 19 países de América y del Caribe, y se vuelve cada vez más importante en Estados Unidos. La lengua se convierte en un verdadero elemento de identidad.

• En América Latina

– Cuando llegaron al **Nuevo Mundo**, los conquistadores exportaron con ellos el **castellano**, que iba a convertirse en lengua oficial. Empezó un verdadero **proceso de aculturación de los nativos** y la desaparición* de sus lenguas autóctonas.

– En **América Latina**, el idioma español tiene **variantes o dialectos** en las **diferentes zonas donde es hablado** a raíz de la enormidad del territorio, como también de las diferencias históricas. Es posible observar el desarrollo* de las diferentes variantes del español latinoamericano en las diversas áreas geográficas: español amazónico, boliviano, caribeño, centroamericano, andino, chileno, colombiano, ecuatoriano, mexicano, mexicano del norte, paraguayo, peruano, puertorriqueño y argentino.

> **Atención**
>
> El hecho de aculturar significa, según la definición de la RAE, *"Incorporar a un individuo o a un grupo humano elementos culturales de otro grupo"*.

– **Ejemplo de diferencias léxicas:** El autobús (España) → El micro (Argentina) → La guagua (Cuba) → El camión (México) → La buseta (Colombia, Ecuador, Venezuela y Costa Rica).

• Referencia cinematográfica. ***Ixcanul (Ixcanul Volcano)*** es una película de **Jayro Bustamante** (nacido en Guatemala en 1977) de 2015. María, joven maya cakchiquel (grupo étnico procedente de la civilización maya) de 17 años, vive con sus padres en una finca cafetalera, en las faldas de un volcán activo de Guatemala. Le espera un matrimonio concertado, proyecto que no quiere aceptar, pero del que no puede huir. María intentará cambiar su destino a pesar de su condición de mujer indígena. Pero una complicación con su embarazo la obligará a salir en busca de un hospital: el mundo moderno con el que tanto soñó le salvará la vida, pero a un precio demasiado alto.

▲ Ceremonia de inauguración del World Cinema Amsterdam con Jayro Bustamante (2015).

• En Estados Unidos

– **Estados Unidos cuenta con unos 43 millones de hispanohablantes,** o sea que se sitúa en cuarta posición de los países con más hispanohablantes. En 2060, será el segundo país hispanohablante del mundo, por detrás de México. El castellano se convirtió en una verdadera herramienta* para mejorar una carrera profesional, lo que incita a muchos estudiantes a estudiar español.

> **Vocabulario**
>
> **La desaparición:** la disparition
> **El desarrollo:** le développement
> **Una herramienta:** un outil
> **Mezclarse:** se mélanger

– Hoy en día, **uno de cada seis habitantes de Estados Unidos es de origen latino**, por lo que apareció un fenómeno lingüístico llamado el **"spanglish"** o **"espanglish"**. Se trata de una **lengua híbrida del inglés** y del español en la cual se mezclan* y se adaptan palabras en una misma frase. Se da donde vive una gran población de hispanohablantes como en Florida y California por ejemplo. Es un verdadero signo de identidad para los hispanos en Estados Unidos.

– **El spanglish fue reconocido como idioma** y hoy existen diccionarios y se manifiesta por muchos medios (cine, literatura…).

Ejemplo de frase en spanglish: José tiene que arreglar **las brekas** de su carro (*brakes* en inglés, los *frenos* en español).

• **Referencia literaria.** ***Pollito chicken*** (1977) cuento escrito por **Ana Lydia Vega** (nacida en 1946), escritora puertorriqueña. Se trata del **primer cuento narrado totalmente en spanglish** y su importancia ha sido recalcada por las últimas generaciones de escritores hispanos en Estados Unidos y por los defensores y promotores* de esta lengua híbrida.

Vocabulario
Promotores: promoteurs
Fundacional: fondatrice

Este relato de **sátira social** es considerado como la obra fundacional* del spanglish literario. Contiene una dura crítica a la pérdida de identidad de los inmigrantes que llegan a Estados Unidos. La protagonista, Suzie Bermúdez, vive empeñada en ocultar sus orígenes; se ha teñido el pelo de rubio, habla solo en inglés y adora el estereotipo de la mujer anglosajona. Lo ha hecho todo para parecerse a una norteamericana exteriormente y, aunque trata de serlo también en su interior, un viaje de vacaciones a su tierra (Puerto Rico) hace que finalmente acepte su identidad.

5 Alteridad y convivencia

Otra característica del mundo hispánico fue la **diversidad religiosa y cultural.** Esta diversidad permitió un **enriquecimiento cultural durante varios siglos,** a la vez desde el punto de vista literario, arquitectónico y artístico, pero también provocó numerosos conflictos como por ejemplo la Reconquista, uno de los mayores acontecimientos de la Historia del mundo hispánico.

1 Religiones y limpieza de sangre

Desde la **dominación árabe de 711 a 1492**, coexistieron en España las tres religiones: **cristiana, judía** y **musulmana**. 1492 es una fecha clave ya que con la **toma de Granada** los Reyes Católicos recuperaron el territorio y expulsaron a los judíos y a los árabes. Empezó entonces una **conquista religiosa**.

A Toledo y Sevilla, dos ejemplos de convivencia

- **El periodo de mejor convivencia se extiende del siglo X al siglo XII.** Toledo fue el mayor **testigo de esta convivencia entre las llamadas "3 culturas"**. Fue una convivencia a la vez intelectual, urbana y religiosa, que existió durante varios siglos.
La famosa **escuela de traductores de Toledo** es **un ejemplo de la convivencia** productiva de las tres culturas: los textos antiguos que encontraron los cristianos en Toledo eran traducidos por intelectuales judíos, cristianos y musulmanes que colaboraban en esta tarea de transmisión cultural.

- **Ejemplos arquitectónicos* de convivencia**
– En Toledo también, se observa en la judería (barrio judío) la **sinagoga Santa María la Blanca**, que fue esculpida por expertas manos musulmanas. Es un testimonio excepcional de fusión de las dos culturas, islámica y judía.

▲ Interior de Santa María la Blanca.

Vocabulario

Arquitectónicos: architecturaux

– Los mudéjares, musulmanes sujetos de los reinos cristianos después del siglo XI, eran buscados por sus talentos en cerámica, construcción, escultura de la madera* y de la piedra. "Mudéjar" es una palabra árabe que significa "aquel al que le ha sido permitido quedarse". El ejemplo de la **Casa de Pilatos en Sevilla**, que perteneció a los Duques de Alba, muestra muy bien esta convivencia urbana. Es uno de los principales palacios de Sevilla.

Vocabulario
La escultura de la madera: la sculpture du bois
Las sinagogas: les synagogues
Las mezquitas: les mosquées

▲ La Casa de Pilatos es uno de los principales palacios de Sevilla.

• **La presencia judía.** En cuanto a los judíos, se necesitaban sus **conocimientos en administración y en comercio**. Unos también trabajaban en la **agricultura**. Los judíos sabían árabe, de modo que muchos hacían de **intermediarios entre los musulmanes y los cristianos**. Además, se apreciaban sus **conocimientos en medicina** y a menudo fueron médicos reales, ya sea en Castilla o en Aragón. En los primeros 100 años de la convivencia, prosperaron y llenaron las arcas reales, muy necesitadas de su dinero para emprender nuevas "reconquistas".

• **La religión.** En lo que atañe a la religión, **Raimundo Lulio** (1232-1315), filósofo catalán de origen mallorquín, escribió entre 1274 y 1276 ***El libro del gentil y los tres sabios***. Narra, en catalán, los encuentros de un gentil y un representante de cada religión que discuten afablemente de la existencia de un dios único.
El rey de aquella época, **Alfonso X** (1221-1284), ordenó que se respetara los días sagrados de los musulmanes y judíos, Sabbat para estos y el Viernes para aquellos. Para él las sinagogas* y las mezquitas* eran lugares sagrados, ya que en ellos se proclamaba el nombre de dios.
A pesar de esta convivencia, siempre existieron rivalidades entre las comunidades. La situación estaba cambiando a medida que se iban ampliando los territorios.

• **Referencia literaria.** ***Amar después de la muerte*** o ***El Tuzaní de la Alpujarra***, comedia escrita en 1632 por **Pedro Calderón de la Barca** (1600-1681), poeta y dramaturgo madrileño. La trama principal gira en torno a la "imposibilidad de convivencia entre culturas". Es una historia de amor inspirada en un tema morisco y ambientado en las Alpujarras y Granada. En esta comedia, se dramatiza un hecho histórico ocurrido durante el reinado de Felipe II y que sucedió en la ciudad de Granada entre 1568 y 1571, la Guerra de las Alpujarras. Lo que en su momento se consideró como una guerra civil, no fue más que el inicio de una rebelión morisca que se alzó en protesta por una sanción que limitaba las libertades a los seguidores de la religión musulmana.

B Los siglos de la Reconquista y de las resistencias

• La Inquisición

– La llamada **Reconquista** se inició a **principios del siglo VIII** por el rey cristiano **Pelayo** y se acabó en 1492 con los **Reyes Católicos**. España conoció varios siglos de batallas, con el fin de recuperar su territorio e imponer su religión católica. Los RR.CC fomentaron la **Santa Inquisición**, cuyo objetivo era **luchar contra las herejías***.

– **El auto de fe***, ceremonia de penitencia pública, era ejercido por la Inquisición. Tenía lugar cuando había varios condenados* y siempre se practicaba el domingo. Esa ceremonia era un verdadero espectáculo macabro ya que era público. Personas importantes acudían a los autos de fe, que tenían lugar principalmente en la plaza pública de la ciudad para escuchar al condenado arrepentirse y para saber cuál era su castigo*.

Vocabulario

Las herejías: les hérésies
El auto de fe: l'autodafé
Un condenado: un condamné
El castigo: la punition, le châtiment
El gorro de la Inquisición: le bonnet de l'Inquisition
Los inquisidores: les inquisiteurs
La muchedumbre: la foule

• Referencia pictórica. **Goya** en su tiempo retrató ese tipo de ceremonia, que se parecía en aquella época a un verdadero espectáculo real. Con su obra titulada ***Auto de fe de la Inquisición*** (1812-1819), el pintor no solo decidió representar una escena real de la vida en España, sino también quería mostrar cómo se hacían esas ceremonias y toda la puesta en escena que necesitaban.

En este cuadro, a la izquierda vemos a un **condenado que tiene el gorro de la Inquisición***, pero también notamos que hay, a la derecha, **otros condenados que esperan su turno**. Junto al personaje central puesto de realce por la luz, vemos a los **inquisidores*** y entonces a las personas que decidían el **castigo final**. Vemos en el fondo de la obra a la muchedumbre* que asistía a la ceremonia.

▲ *Tribunal de la Inquisición* (1812-1819), Francisco de Goya. Madrid, Museo de la Real Academia de San Fernando.

• Referencia literaria. ***Limpieza de sangre*** (1997), es una novela escrita por el periodista y novelista español **Arturo Pérez-Reverte** (nacido en 1951). Esta novela hace referencia a estatutos jurídicos del antiguo régimen que comprobaban la "pureza" de la ascendencia cristiana de la gente, verdadero **mecanismo de exclusión de todas las personas catalogadas como conversos**. Estos conversos eran musulmanes y judíos reciente y superficialmente convertidos al catolicismo, que buscaban medios para medrar en una sociedad que los excluía de ciertos tipos de trabajo, como los oficios públicos por ejemplo.

• Las rebeliones. La **insurrección de las Alpujarras**, fue un **conflicto** que enfrentó al reino de España contra la población morisca que vivía en esta zona del antiguo reino de Granada entre los años 1568 y 1571, durante el reinado de Felipe II (1556-1598). Esta insurrección estalló en una zona con elevado porcentaje de población morisca, la cual se alzó en protesta por la promulgación de la Pragmática de 1567, que exigía a los moriscos, musulmanes convertidos al cristianismo, que abandonaran su cultura de origen. La insurrección se transformó en guerra e influiría en la posterior expulsión de los moriscos de España en el año 1609.

2 La fiesta, el deporte, la música... reflejos de las tradiciones

Las **fiestas**, las **costumbres** o **acontecimientos famosos**, forman parte de la cultura y tradiciones de un país. España y América Latina se pueden identificar gracias a estos elementos que les caracterizan y que unen a los hispanohablantes.

A Juegos Olímpicos de 1992: un ejemplo de acontecimiento deportivo

• El año 1992 fue muy importante para España ya que se organizaron dos acontecimientos de máxima proyección internacional, la **Exposición Universal** de Sevilla y los **Juegos Olímpicos de Barcelona**. El 17 de octubre de 1986, Barcelona recibía una de las noticias más importantes: iba a acoger **los Juegos Olímpicos de 1992.**
El **25 de julio de 1992**, empezaron los JJ.OO y Barcelona se convirtió de manera temporal en el **centro deportivo del mundo**. Fue un acontecimiento tan increíble que Juan Antonio Samaranch, presidente del Comité Olímpico Internacional de 1980 a 2001, calificó estos juegos de ***"los mejores Juegos Olímpicos de la historia"***.

• La ciudad se transformó mucho, pues mutó tanto su **arquitectura** como su **mentalidad**; los ciudadanos, especialmente los voluntarios, se echaron a las calles para convertir el evento en un **acontecimiento histórico** y tanto Barcelona como el país entero se abrieron al mundo tras muchos años a la sombra*.

> **Vocabulario**
> **La sombra:** l'ombre
> **Una huella:** une trace

• También las hazañas deportivas de los deportistas españoles dejaron **huella***, ya que subieron al podio olímpico en 22 ocasiones. Ganaron 13 medallas de oro, 7 de plata y 2 de bronce.

B Ejemplos de fiestas tradicionales

• En España. A partir del 7 de julio y durante una semana, se celebran en Pamplona **los Sanfermines**, que atraen a millones de visitantes (segundo máximo aforo mundial después del carnaval de Río) cada año. Es una fiesta muy famosa por sus encierros (son toros que corren por las calles hasta alcanzar la Plaza de toros) retransmitidos en la tele cada día en toda España.

▲ Toros y participantes durante un encierro en Pamplona.

▲ Desfile anual de la "Mama Negra" (2018).

• **En América Latina. La Mama Negra,** es una fiesta que se celebra en Latacunga en Ecuador. Se trata de una de las más bellas y tradicionales celebraciones del Ecuador y constituye un fenómeno cultural mestizo*, ya que La Mama Negra es a la vez indígena, africana e hispana.
La tradición cuenta que se trata de una mujer de raza negra, a quien la Virgen de la Merced liberó de la esclavitud*. Quien asume este papel es un varón*.

Vocabulario

Mestizo: métisse
La esclavitud: l'esclavage
Un varón: un homme

C Ejemplos de músicas y bailes tradicionales

• **En España.** El **flamenco** es un arte andaluz que integra el baile, el cante y la música de guitarra. Conocido por su gran intensidad emocional, el flamenco se distingue por sus movimientos gráciles de brazos, feroces zapateos, profundos lamentos y rasgueos de guitarra. Originario de Andalucía, España, el flamenco es el resultado de un mestizaje cultural: gitano, árabe, cristiano y judío. Hoy en día, el flamenco se aprecia y practica en el mundo entero. En 2010, la Unesco declaró el flamenco Patrimonio Cultural Inmaterial de la Humanidad.

▲ La compañía española Antonio Gades interpreta a *Carmen* durante el festival de teatro, música y danza en las Islas Canarias (2010).

• **En América Latina.** El **tango** nació en Buenos Aires (Argentina) como música y baile muy sensual. **Carlos Gardel (1890-1935)** inició el tango cantado en 1917 con "Mi noche triste". Fue un verdadero éxito y a partir de este momento, el tango se hizo música para cantar. Fue inscrito en 2009 en la Lista Representativa del Patrimonio Cultural Inmaterial de la Humanidad.

Street Art colorado que representa a bailarines de tango en el barrio de La Boca en Buenos Aires. ▶

6 Mestizajes y sincretismo

El sincretismo es la **combinación, mezcla e hibridación de ideas y representaciones procedentes de culturas diferentes.** Fue un elemento muy importante de la convivencia entre los diversos grupos que vivían en el mundo hispánico. El mestizaje es la mezcla de etnias y culturas distintas, que da origen a una nueva. Estos dos elementos caracterizan la sociedad iberoamericana desde hace muchos siglos, desde la llegada de los europeos al Nuevo Mundo, y de los africanos traídos allí como esclavos.

SPÉCIALITÉ ESPAGNOL

1 Cuba, el sincretismo por excelencia

A El contexto

- La cultura cubana es un **crisol*** donde se funden **manifestaciones culturales de 3 continentes**: Europa, África y Asia, lo que le ha dado esa dimensión de universalidad de la que goza* hoy en día.

Vocabulario
Un crisol: un creuset
Gozar: bénéficier, profiter
El son: le son, le rythme

- La cultura cubana ha sido pródiga en personalidades en todos los ámbitos culturales y ha dado al mundo manifestaciones musicales como el son* -precursor de la tan popular salsa- y el chachachá, literatos y poetas como Alejo Carpentier y Nicolás Guillén, pintores de fama internacional como Wifredo Lam o Tomás Valdés. **El sincretismo es como una expresión de la cultura cubana.**

B La música

- **Una manifestación artística mundial.** La música es, con casi toda seguridad, la manifestación artística cubana más difundida en el mundo. Ya desde principios del siglo XX, la música cubana **se expandió fuera de los límites de la isla**. De los **ritmos populares cubanos**, los más difundidos son el son, el danzón, el chachachá, el mambo, y la actual salsa, que es una derivación del son.

Músicos cubanos en las calles de La Habana (Cuba). ▶

• **Las raíces.** La música afrocubana tiene sus raíces en los **ritmos de los esclavos** negros llegados de África para trabajar en las plantaciones de algodón de la isla. Aunque vinieron de diferentes etnias, fueron los yorubas (grupo étnico africano del oeste de África) los que más aportaron a la cultura cubana, con su religión, su sistema de bailes y tambores batá. Por eso, muchas veces se llama a la música afrocubana "música yoruba".

• **Un ejemplo.** Como fiel* exponente de ello tenemos a **Merceditas Valdés (1922-1996)**, considerada como "La Reina de la Música Afrocubana". Merceditas reinó de manera insuperable durante más de 50 años en los escenarios de Cuba y de América Latina, llevando con ella los cantos llamados de base, es decir, los rezos yorubas. Ella contribuyó con su canto a fortalecer estas raíces africanas que hoy en día tanto se defienden, porque sin duda, forma parte de la identidad cubana.

C La literatura

• **Una producción muy importante.** La **literatura cubana** es una de las más prolíficas, relevantes e influyentes de América Latina y de todo el ámbito* de las letras hispanófonas, con escritores de gran fama como por ejemplo José Martí, Nicolás Guillén, Alejo Carpentier (Premio Cervantes 1977 y propuesto para Premio Nobel de Literatura), Guillermo Cabrera Infante (Premio Cervantes 1997).

> **Vocabulario**
> **Fiel:** fidèle
> **El ámbito:** le domaine, le milieu, le secteur
> **Las costumbres:** les habitudes

• **Dos ejemplos.**
– **Nicolás Guillén (1902-1989),** periodista, político y poeta cubano. Fue él quien reivindicó más el mestizaje de la región caribeña. Fue un poeta de las sonoridades en el sentido en que exploró los procesos del mestizaje de las culturas del Caribe y la musicalidad que las impregna. Su obra ***Sóngoro cosongo*** **(1931)** es el mejor ejemplo de sus teorías poéticas.

– **Alejo Carpentier (1904-1980),** escritor, músico, periodista, político y diplomático cubano, fue sin duda alguna uno de los autores fundamentales del siglo XX. Tenía un gran conocimiento del mestizaje étnico y social de Cuba. Su primera novela, ***Écue-Yamba-Ó!*** **(1933)**, llamada "*novela afrocubana*", es una de las obras más influyentes dentro de su género, y muy reveladora dentro de la producción del autor. Es una obra fundamental para entender la realidad cubana de inicios de siglo.

2 La identidad mexicana: creación y mestizaje

A El contexto

• **El mestizaje en México comenzó en 1519** cuando los españoles llegaron al sudeste del país y crearon el primer ayuntamiento en la colonia **Villa Rica de la Vera Cruz**. Acontecimientos subsiguientes incluyeron la conquista de los territorios de dos grandes grupos étnicos de aquella época, los **Mayas** en el sur y los **Aztecas** en el centro. En este proceso, los conquistadores ampliaron su dominio sometiendo sexualmente a las mujeres indígenas y esclavizando a hombres, mujeres y niños, mientras viajaban en busca de las "Siete Ciudades de Oro", que se presumía existían en el norte.

• **Cuando el número de nativos disminuyó de forma notable,** se importaron a esclavos de la costa occidental de África, principalmente. Esta herencia histórica se manifiesta en la cultura mexicana a través de la literatura, el arte y las costumbres*.

B La literatura

Vocabulario
El capítulo: le chapitre
Indigenista: indigéniste
Un caballete: un chevalet

• **Octavio Paz (1914-1998),** uno de los más influyentes poetas mexicanos del siglo XX. Fue Premio Nobel de literatura en 1990. Hoy día se reconoce como uno de los máximos exponentes de la poesía latinoamericana con el chileno Pablo Neruda y el nicaragüense Rubén Darío. En su obra ***El laberinto de la soledad*** **(1950)**, el escritor reflexiona sobre la identidad de México y los valores culturales que mueven los hilos de su historia.
En el capítulo* tres, titulado Todos los santos, día de muertos, Octavio Paz muestra que el **culto a la muerte** significa una forma de venganza contra la vida y que se trata de una tradición mexicana de primer plano.

• **Carlos Fuentes (1928-2012),** escritor y ensayista mexicano. Renovador y teórico de la nueva estética, es el autor de una obra abundante que le valió numerosos galardones. El escritor clasificó su producción entre aquella que trata de la representación de la realidad mexicana. En su novela ***La región más transparente*** **(1958)**, el autor hace una radiografía de la ciudad de México y con ella del país entero. El valle de Anáhuac se convierte en un lugar sucio, contaminado, injusto y contradictorio. En ella se encuentran irrisión, anticonformismo, a la par de una perspectiva histórica, con un protagonista mítico que atraviesa todos los espacios de la novela para proclamar el arraigo de los viejos esquemas indígenas que pesan en el presente de México. Rompe la temporalidad linear para dar impresión de simultaneidad, y, por su escritura iconoclasta y su estética nueva, se vuelve el manifiesto de la nueva novela latinoamericana.

C El arte

• **El muralismo,** es un **movimiento artístico** que nació a principios del **siglo XX** en **México**. Se trata de un movimiento de carácter nacionalista e indigenista*, que brotó tras la revolución mexicana (1910). El objetivo era socializar el arte y desarrollar una pintura de gran escala que podía narrar o plasmar visualmente episodios históricos de la historia del país. Se trata de un movimiento que rechaza la pintura de caballete* para adoptar el gran mural público como forma de expresión eminentemente popular.

• **Los mayores representantes del muralismo** son **Diego Rivera, José Clemente Orozco** y **David Alfaro Siqueiros. Diego Rivera (1886-1957),** pintor mexicano, es famoso también por haberse casado con Frida Kahlo en 1929.

Diego Rivera y Frida Kahlo. ▶

D Las tradiciones

Vocabulario
Las velas: les bougies
Un altar: un autel

• **El Día de (los) Muertos en México,** es la **tradición** más representativa de la cultura mexicana. Se celebra el 1 (homenaje a los niños muertos) y el 2 de noviembre (homenaje a los adultos muertos). Es una **verdadera fiesta** dado que se adornan las tumbas con flores (la flor de Cempasúchil, originaria de México) y velas*. Los familiares comen junto a las tumbas. En casa, realizan un pequeño altar* en el cual colocan la foto de sus difuntos, calaveras, las cosas que les gustaban…

▲ Altar en el cual se ven velas, calaveras de azúcar, y la flor de Cempasúchil.

Desfile del Día de Muertos en México (2017). ▶

• **Referencia cinematográfica.** Esta fiesta es tan importante y simboliza tanto la tradición mexicana que, en 2017, estrenó la película animada estadounidense ***Coco***, dirigida por **Lee Unkrich** y **Adrian Molina**, inspirada en esta festividad.
Miguel es un joven que sueña con convertirse en leyenda de la música, a pesar de la prohibición de su familia. Su pasión le llevará a adentrarse en el «país de los antepasados» para conocer su verdadero legado familiar.

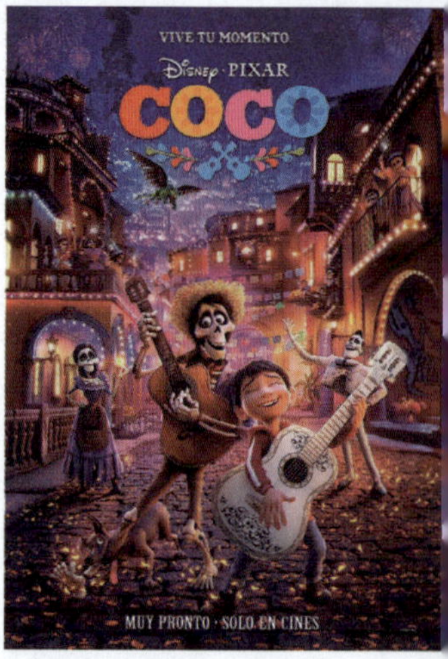

Histoire-Géographie Géopolitique Sciences politiques

MÉTHODES

COURS

Thème 1 : Comprendre un régime politique : la démocratie

Thème 2 : Analyser les dynamiques des puissances internationales

Thème 3 : Étudier les divisions politiques du monde : les frontières

Thème 4 : S'informer : un regard critique sur les sources et modes de communication

Thème 5 : Analyser les relations entre États et religions

SPÉCIALITÉ HGGSP

PRÉSENTATION

Comprendre le monde passé et contemporain

La **spécialité d'histoire-géographie, géopolitique et sciences politiques** fait partie des trois spécialités que doivent choisir les élèves de première. Proposée dans la plupart des lycées, à raison de quatre heures d'enseignement par semaine, elle donne des **clés de compréhension du monde passé et contemporain** sur le plan des relations sociales, politiques, économiques et culturelles.
Pour cela elle développe une **approche pluridisciplinaire** qui fait appel à l'histoire, la géographie, la science politique et la géopolitique.

Un enseignement pluridisciplinaire

L'histoire

L'histoire est la connaissance du passé. Les événements qui la constituent se succèdent dans le temps. Pour se repérer, les hommes ont inventé la chronologie. Pour connaître l'histoire, l'historien s'appuie sur les traces et les témoignages de l'existence, de l'organisation et des activités des hommes.
Une mise en perspective. Les événements sont ainsi mis en perspective et leur comparaison permet d'établir des **continuités** ou des **ruptures**. L'histoire **contextualise le rôle des acteurs** et s'avère donc un outil irremplaçable pour comprendre le monde contemporain. C'est déjà ce qu'affirmait le grand historien et homme politique français **François Guizot** au XIXe siècle.

La géographie

L'organisation des territoires. La géographie est avant tout l'étude des logiques d'organisation des territoires. Elle analyse **l'influence des acteurs** sur ces territoires.
Le changement d'échelles. Il permet de confronter toutes sortes de situations et de logiques d'appropriation de l'espace du local au plus global. Grâce à la **réalisation de cartes** et la connaissance des lieux proches comme éloignés, la géographie permet **la comparaison** et encourage le développement de l'esprit critique.

La science politique

L'étude de la nature du pouvoir. La science politique permet de saisir les phénomènes dans leur spécificité politique, à savoir « les fondements, les objectifs, l'exercice et les effets du pouvoir ». Elle peut donc être considérée comme l'étude de la conceptualisation et du **fonctionnement des institutions qui permettent de gouverner les hommes.**
Les domaines de la science politique. Ils sont traditionnellement au nombre de quatre : les concepts politiques, les régimes, les acteurs politiques et les relations internationales.

La géopolitique

« Tout État a la politique de sa géographie. » Cette affirmation célèbre de Napoléon Ier peut être considérée comme une des toutes premières définitions de la géopolitique. Dans les années 1970, le géographe Yves Lacoste l'a complétée et modernisée : « La géopolitique prend en compte les **rivalités des pouvoirs** dans la mesure où celles-ci portent sur des **territoires.** »
Des enjeux de pouvoir. Dans la perspective du programme de première, il convient surtout d'étudier, en considérant leur **profondeur historique**, les enjeux de pouvoir entre des territoires considérés et les conséquences qu'ils entraînent.

Document

Prenez tous les faits dont se compose l'histoire d'un peuple, qu'on est accoutumé à considérer comme les éléments d'une vie ; prenez ses institutions, son commerce, son industrie, ses guerres, tous les détails de son gouvernement : quand on veut considérer ces faits dans leur ensemble, dans leur liaison, quand on veut les apprécier, les juger, qu'est-ce qu'on leur demande ? On leur demande en quoi ils ont contribué à la civilisation de ce peuple, quel rôle ils y ont joué, quelle part ils y ont prise, quelle influence ils y ont exercée.

François Guizot, *Introduction au Cours d'histoire moderne*, 1828.

Un enseignement thématique large et valorisant

Des thèmes qui permettent de mieux comprendre le monde actuel

Appréhender des questions essentielles. En première, en partant des acquis des enseignements communs de seconde en histoire-géographie et en sciences économiques et sociales, les thèmes étudiés sont : la **démocratie**, les **dynamiques des puissances internationales**, les **frontières**, les **sources et modes de communication** et les **relations entre États et religions**. Ils se déclinent en quelques grands axes abordés par le biais d'études de cas et d'exemples (les jalons) et débouchent sur un travail conclusif qui met le thème en perspective.

Acquérir des capacités et des méthodes essentielles. L'enseignement de la spécialité histoire-géographie, géopolitique et sciences politiques met l'accent sur quatre capacités et méthodes : analyser, interroger, **adopter une démarche réflexive ; se documenter** (voir p. 200-201); **travailler de manière autonome** (voir p. 202-203) ; s'exprimer à l'oral. Elle est évaluée pour le baccalauréat en **contrôle continu**, par une épreuve comportant **une composition** (voir p. 204-205) et une **étude critique de document**.

Une spécialité qui ouvre la voie à toutes sortes d'études

Les cursus universitaires. Cette spécialité est très utile pour aborder sereinement de nombreux cursus universitaires, particulièrement **l'histoire**, la géographie, les sciences sociales, le **droit** et les **sciences politiques**.

Les classes préparatoires aux grandes écoles (CPGE). L'histoire, la géographie, la géopolitique et la science politique sont indispensables pour réussir en **CPGE littéraires,** en **CPGE économiques et commerciales**. Cet enseignement post-baccalauréat pluridisciplinaire, dispensé dans plus d'une centaine de lycées, permet ensuite, au bout de deux ou trois ans, d'**intégrer de nombreuses écoles** (journalisme, instituts d'études politiques, écoles de commerce et de management, etc.) ou de poursuivre des études universitaires en licence ou Master 1, la scolarité en CPGE permettant l'obtention des crédits ECTS nécessaires.

Zoom

La **BEL (Banque d'épreuves littéraires).** C'est le nom du concours passé en fin de 2e année de CPGE littéraires. Outre l'intégration dans l'une des **écoles normales supérieures** (Lyon, Paris, Saclay), sa finalité première, ce concours offre des places dans plus de quarante écoles et formations de haut niveau : toutes les **grandes écoles de commerce** ; des écoles de **journalisme** et **d'interprétariat** ; le **management de la fonction publique** (IEP, ISMaPP) ; les **écoles des Chartes et du Louvre** ; l'école militaire de **Saint-Cyr**, etc.
Le site Internet de la BEL donne tous les renseignements utiles sur le concours et ses débouchés : http://www.concours-bel.fr

LES MÉTHODES

Se documenter

COMMENT FAIRE ?

L'écoute active en cours est obligatoirement complétée par un **travail de documentation** d'abord aidé par les enseignants, puis **progressivement en autonomie**. Toutes les sources d'information accessibles ne sont pas équivalentes. **Les sources imprimées sont à privilégier** tout en les complétant **par des recherches sur Internet**.

Connaître les principales sources de documentation

Atlas, dictionnaires, encyclopédies et usuels

Les Atlas, dictionnaires et encyclopédies sont nécessaires pour acquérir un vocabulaire de base correct et pour faire le point sur de grandes questions. Il faut posséder un dictionnaire, mais aussi consulter les encyclopédies en bibliothèque ou sur Internet.

Les lieux « classiques » où se documenter

Votre bibliothèque « personnelle » doit comporter vos manuels de lycée. Vous serez surpris du nombre d'informations qu'ils recèlent. Il faut y ajouter au minimum un dictionnaire et un atlas.

Au CDI, vous trouverez les encyclopédies, des revues et un grand nombre d'ouvrages spécialisés. Vous serez guidé par le professeur documentaliste et votre professeur de spécialité. Vous pouvez aussi utiliser la **base de données informatiques interactive du CDI**. Elle est accessible grâce à des terminaux disponibles dans les salles de lecture et par Internet. Le principe de recherche ne diffère pas du système traditionnel, à la différence qu'il faut remplir des champs de valeur (auteur, titre, époque ou thème) et, ensuite, recopier les cotes pour obtenir l'ouvrage qui vous paraît le plus pertinent.

Le cas particulier d'Internet

Une « caverne d'Ali Baba »

La plupart des internautes utilisent d'abord les moteurs de recherche (et principalement Google) pour se documenter. Les multiples réponses à leurs requêtes, pas toujours appropriées, les laissent souvent perplexes tant il leur est difficile de démêler l'essentiel de l'accessoire.

Une obligation de tri

La meilleure démarche à suivre pour gagner du temps est de savoir où trouver des informations pertinentes.

Les grands sites marchands : ils sont toujours référencés en premier par les moteurs de recherche et contribuent à brouiller la clarté des réponses proposées. Ils peuvent cependant avoir une certaine utilité en indiquant des titres d'œuvres en rapport avec le sujet à traiter.

Les encyclopédies en ligne : Wikipédia (http://wikipedia.fr/) est la plus utilisée, malgré la méfiance – en partie injustifiée – que lui voue encore une fraction du monde universitaire. Elle peut se révéler utile pour des détails factuels mais elle ne permet que rarement d'avoir une vue d'ensemble cohérente sur un sujet précis. L'encyclopédie **Larousse** (http://www.larousse.fr/), accessible gratuitement en ligne, offre moins de choix que Wikipédia, mais la plupart des articles sont de bonne qualité (nombreuses cartes historiques). L'encyclopédie **Universalis** (http://www.universalis.fr/) reste la plus fiable pour débroussailler une question mais l'accès à l'ensemble des articles est payant.

Exercice d'application

OBJECTIF

Faire une fiche de lecture.

RÉALISATION

Conseils généraux

Une fiche de lecture a pour but de **rendre accessible, de manière structurée**, en quelques pages, **un ouvrage** essentiel à l'approfondissement d'un thème du programme. C'est un outil documentaire qui doit être utile. Il faut donc la faire avec soin en respectant des consignes précises. Elle doit être la plus courte possible, en tenant compte, bien sûr, de la taille de l'ouvrage à ficher. Elle doit surtout être accessible au lecteur et donc être rédigée avec soin : le style « télégraphique » est à éviter.

Préparer la fiche

Il faut lire attentivement l'ouvrage à ficher et noter dans un fichier informatique « brouillon » les idées essentielles. Donner un titre général à chaque chapitre permet d'en dégager l'idée principale. Ensuite, il faut dactylographier la fiche en la rédigeant à l'ordinateur, en respectant les consignes données par le professeur (police de caractères, nombre de signes, mise en page des titres et intertitres, etc.).

Rédiger la fiche

L'introduction présente l'ouvrage : auteur, titre, date de publication, type d'ouvrage, thème principal. Suivant les consignes données par le professeur, vous devrez donner plus ou moins de précisions sur la bibliographie de l'auteur, sur le genre de l'ouvrage ou le contexte de son écriture et de sa publication.

Le développement synthétise les idées principales de l'ouvrage soit en suivant son ordre, soit en regroupant certains chapitres qui ont la même thématique. **Il ne s'agit pas de résumer tout ce qui est écrit** mais d'en extraire les idées fortes. Il faut aussi recopier quelques courts passages marquants du livre. Ces citations doivent être limitées (une à deux par chapitre) et concises (une à deux phrases). Elles permettent d'illustrer votre synthèse. Il ne faut en aucun cas que votre fiche de lecture soit un collage d'extraits de l'ouvrage mis bout à bout !

La conclusion permet de dégager l'intérêt principal de l'ouvrage. Elle doit aussi adopter une démarche critique en soulignant ses limites (les oublis, les erreurs, les passages difficilement compréhensibles, etc.). Il faut aussi indiquer en quoi l'ouvrage vous a été utile et ce qu'il vous a appris.

LES MÉTHODES

Travailler de manière autonome

COMMENT FAIRE ?

Le plus grand changement induit par l'**enseignement supérieur** est une véritable **liberté dans la gestion de son temps de travail**, en grande partie parce que les horaires des cours semblent s'être considérablement allégés. C'est à cela que vous prépare, **dès le lycée**, l'**apprentissage du travail en autonomie**.

Savoir « gérer sa liberté »

L'autonomie est une liberté « surveillée »

Cette liberté presque totale de la gestion du temps est en fait **plus un piège qu'un atout**, car **qui dit « liberté » dit « responsabilités »**. Vous devez comprendre que si les contraintes apparentes sont moins fortes que pour un travail encadré, elles n'en sont pas moins réelles. Les tentations sont grandes de se dire que l'on à toujours le temps de se « mettre au travail ».

La maîtrise du temps

Travailler en autonomie, c'est, dès le début, **savoir gérer votre temps**. C'est un sujet difficile, car la majorité de votre travail dans le supérieur se fera en dehors des cours qui ne sont que la base de votre progression personnelle. **Le temps est votre seule ressource « non renouvelable »**. Ne pas savoir travailler et « gérer » son temps est la principale source d'abandons et d'échecs, bien plus que la difficulté supposée des études. C'est pour cela que cette capacité doit être acquise dès le lycée.

Connaître ses comportements

Les biorythmes

C'est un terme technique pour désigner qu'il y a des moments où l'on se sent bien et des moments plus difficiles. Apprenez à les reconnaître pour les exploiter. Certains sont « du matin » et d'autres de « l'après-midi ». **Travaillez donc intensément dans vos périodes de plus grande disponibilité** et moins dans vos périodes de forme moindre.

Les difficultés du travail individuel

Il existe des attitudes semblables à tous les êtres humains (ou presque), surtout en ce qui concerne notre propension à l'effort. L'homme n'est pas porté naturellement au travail. Aussi il faut savoir s'astreindre à un **minimum de règles et de méthodes** pour pouvoir travailler dans des conditions idéales, c'est-à-dire de rendement maximum. Il vaut mieux travailler peu... et bien. Pour cela, il faut acquérir une pratique quotidienne et connaître un certain nombre de règles (voir page suivante).

C'est pourquoi la **planification du travail en autonomie** est indispensable, en ayant bien à l'esprit que cette planification n'est qu'indicative et qu'elle est faite pour être transgressée. C'est là que se jouera une grande partie de votre réussite dans le supérieur, qui ne dépend donc pas exclusivement de l'engrangement de connaissances pointues et de la consolidation des méthodes de raisonnement historiques ou géographiques.

Les grandes lois comportementales régissant le travail en autonomie

Attitude	Définition	Exemple
Loi de Parkinson	*Le travail à faire prend toujours tout le temps disponible.*	Il faut toujours déterminer la durée optimale d'un travail à faire et ne pas la dépasser. Tout le monde a fait l'expérience des devoirs faits à la maison, sur lesquels on passe beaucoup plus de temps qu'en classe, pour des notes souvent pas meilleures.
Loi de Murphy	*Le travail à faire prend toujours trop de temps.*	Corollaire de la première loi, elle montre que la gestion du temps est la condition première de la réussite aux concours et aux examens. Il faut savoir estimer le temps idéal à mettre pour une tâche déterminée.
Loi d'Illich	*La productivité s'annule au-delà d'une certaine quantité de travail.*	Il ne sert à rien de s'abrutir des heures entières à son bureau. Au bout de deux heures, le cerveau n'enregistre plus rien de constructif. Travaillez intensément par « plages » et ménagez-vous des repos.
Loi de Laborit	*On repousse toujours les exercices difficiles à la fin.*	On programme toujours la sortie avant de faire le travail scolaire, etc. Gérer son temps, c'est aussi inscrire des tâches difficiles (ou barbantes, n'ayons pas peur des mots) dans des emplacements judicieux, qu'il faut respecter.
Loi de Pareto	*Un quart du travail donne la quasi-totalité des résultats.*	Il s'agit donc d'identifier les priorités. Cette loi peut cependant se révéler dangereuse si on la transforme en simple pratique « des impasses ». N'oubliez pas que vous ne travaillez pas uniquement pour les examens, mais aussi pour acquérir un savoir qui vous aidera, plus tard, pour choisir une profession.
Loi de Fraisse	*Ajouter un intérêt personnel à un travail permet de mieux le faire.*	Essayez de trouver un centre d'intérêt même aux travaux qui vous paraissent les plus austères. Amusez-vous en travaillant. Qui sait ? Vous verrez que les résultats s'en ressentiront. Il vaut mieux prendre les contrôles comme une sorte de « challenge » qu'il faut réussir que comme une action rébarbative et obligée.

LES MÉTHODES

Rédiger une composition

La **composition** évalue les **capacités d'analyse**, la **maîtrise des connaissances** et la **capacité à les organiser**, la **capacité à rédiger** ainsi que la **maîtrise de différents langages**. Le sujet de la composition porte généralement sur l'un des axes ou sur l'objet de travail conclusif d'un thème (voir page suivante).

Composition

COMMENT FAIRE ?

La composition est une **réponse organisée** à un sujet. Elle permet d'évaluer la capacité à **comprendre un énoncé** et à **mobiliser ses connaissances** en vue de rédiger un **devoir construit** et étayé par des exemples précis.

Étapes de la préparation

Analyser le sujet

Il faut repérer les **mots-clés** dans l'énoncé et les expliquer ainsi que délimiter l'**espace** et le **temps** qui sont concernés par le sujet.

Dégager la problématique

La problématique doit tenir compte des mots-clés, des bornes chronologiques. **Elle annonce ce que l'on veut démontrer**.

Mobilisation des savoir-faire

Construire un plan

L'élaboration du plan se réalise au brouillon. Il faut s'interroger sur la nature du plan :
– le **plan thématique** met en évidence dans chacune de ses parties un thème majeur du sujet ;
– le **plan chronologique** est organisé en parties délimitées par des dates ou des périodes constituant des ruptures, des charnières à l'intérieur des bornes chronologiques du sujet ;
– le **plan analytique** (plus rare) permet de rechercher les causes et les conséquences d'un événement ou d'un phénomène.

Développer le sujet

Le développement du sujet se réalise au brouillon. Il consiste d'abord à mobiliser les connaissances correspondant au plan : répertorier les idées essentielles, les mots-clés, les événements, les dates. Il faut ensuite **hiérarchiser ces connaissances** : associer chaque idée au thème de chaque partie, dégager des arguments et des exemples éventuels illustrant ces arguments.

Rédaction de la composition

Rédiger l'introduction et la conclusion

L'introduction doit :
– définir les termes du sujet afin d'en présenter l'intérêt ;
– mettre en évidence la problématique ;
– annoncer le plan (en utilisant des phrases courtes reliées entre elles par des connecteurs logiques).

La conclusion doit :
– répondre à la problématique de l'introduction ;
– ouvrir le sujet afin de montrer ses prolongements sur la période suivante.

Rédiger le développement

La rédaction doit insister sur la hiérarchisation des connaissances (à la fois dans la présentation et le contenu). Chaque partie du développement devra comporter :
– une première phrase annonçant l'idée principale ;
– des **sous-parties distinctes** développant chacune un argument répondant à cette idée ;
– des **exemples** venant appuyer l'argumentation ;
– des **connecteurs logiques** pour articuler le raisonnement ;
– une **phrase de transition** permettant de passer à la partie suivante.

Axes et objets de travail conclusifs des cinq thèmes du programme

Thème 1 : Comprendre un régime politique : la démocratie	
Axe 1	Penser la démocratie : démocratie directe et démocratie représentative
Axe 2	Avancées et reculs des démocraties
Objet de travail conclusif	L'Union européenne et la démocratie
Thème 2 : Analyser les dynamiques des puissances internationales	
Axe 1	Essor et déclin des puissances : un regard historique
Axe 2	Formes indirectes de la puissance : une approche géopolitique
Objet de travail conclusif	La puissance des États-Unis aujourd'hui
Thème 3 : Étudier les divisions politiques du monde : les frontières	
Axe 1	Tracer des frontières, approche géopolitique
Axe 2	Les frontières en débat
Objet de travail conclusif	Les frontières internes et externes de l'Union européenne
Thème 4 : S'informer : un regard critique sur les sources et modes de communication	
Axe 1	Les grandes révolutions techniques de l'information
Axe 2	Liberté ou contrôle de l'information
Objet de travail conclusif	L'information à l'heure d'Internet
Thème 5 : Analyser les relations entre États et religions	
Axe 1	Pouvoir et religion : des liens historiques traditionnels
Axe 2	États et religions : une inégale sécularisation
Objet de travail conclusif	État et religions en Inde

1 Les caractéristiques de la démocratie aujourd'hui

La démocratie est basée sur des **valeurs** et des **principes intangibles**. Elle se définit comme « le gouvernement du peuple, par le peuple, pour le peuple », selon la formule du président américain Abraham Lincoln, reprise dans l'article 2 de la Constitution de la Ve République. **Elle n'est pas le système politique le plus répandu dans le monde**. Même si de nombreux pays se disent démocratiques, les « vraies » démocraties ne concernent qu'un peu plus du tiers de la population mondiale.

1 Les caractéristiques communes de la démocratie

A Les valeurs fondant la démocratie

• **La liberté.** C'est la valeur première de la démocratie. Telle qu'elle a été définie dès le XIXe siècle (voir le discours de Thiers ci-dessous), **chaque citoyen peut choisir de vivre comme il l'entend**, dans les limites fixées par la loi. Il peut être gouvernant ou gouverné, il peut s'exprimer sans entrave. **La liberté** qu'elle soit individuelle (expression, croyance) ou collective (réunion, manifestation, etc.) **est garantie par l'État**.

• **L'égalité.** Chaque individu bénéficie des mêmes droits et est soumis aux mêmes obligations. C'est **une des valeurs fondatrices de la Révolution française** telle qu'elle est rappelée dès l'article 1 de la Déclaration des droits de l'homme et du citoyen (1789) : « Les hommes naissent et demeurent libres et égaux en droits. Les distinctions sociales ne peuvent être fondées que sur l'utilité commune. »

• **Deux valeurs indissociables.** Il n'est pas possible de dissocier la liberté et l'égalité comme valeurs démocratiques, comme le soulignait le philosophe Raymond Aron en 1955 : « La logique du libéralisme conduit à la démocratie par l'intermédiaire du principe de l'égalité devant la loi. Mais la démocratie exige, pour être réelle, le respect des libertés personnelles. »

B Les principes organisant la démocratie

• **Le principe représentatif.** Il est inséparable du **suffrage universel**. Les citoyens élisent des représentants qui vont exercer le pouvoir en leur nom. Pour être réellement démocratique, le principe représentatif doit satisfaire à quatre conditions : des **élections** à intervalles réguliers, l'**expression libre** des opinions politiques, la possibilité de **discuter les décisions prises** et l'**autonomie relative des gouvernants** dès lors qu'ils agissent pour le bien public.

Texte-clé

Les libertés nécessaires selon Thiers. « Pour moi, Messieurs, il y a cinq conditions qui constituent le nécessaire en fait de liberté. La première est celle qui est destinée à assurer la sécurité du citoyen. La seconde, c'est cette liberté d'échange dans les idées qui crée l'opinion publique. Mais, lorsque cette opinion se produit, il ne faut pas qu'elle soit un vain bruit, il faut qu'elle ait un résultat… Voilà ce que j'appelle la liberté électorale. La liberté de représentation nationale est, selon moi, la quatrième. Enfin vient la dernière, c'est de faire que l'opinion publique devienne la directrice des actes du Gouvernement. »
Discours au Corps législatif, 11 janvier 1864.

• **La séparation des pouvoirs.** Les trois **pouvoirs** (exécutif, législatif, judiciaire) constituant l'État doivent être **équilibrés** et **confiés à des organes différents** afin d'éviter qu'une personne ou un groupe ne concentre tous les moyens de gouverner en ses mains. Cette séparation, analysée par **Montesquieu** dès le milieu du XVIIIe siècle, ne peut être remise en cause et doit explicitement être inscrite dans la **Constitution**, c'est-à-dire la loi suprême définissant l'organisation et le fonctionnement politique d'un État.

Mots-clés

• **Régime parlementaire :** le pouvoir exécutif et le pouvoir législatif sont dépendants l'un de l'autre. Le chef du gouvernement est responsable devant le Parlement qui peut le renverser mais qui, en contrepartie, peut aussi être dissous par l'exécutif.
• **Système présidentiel :** les pouvoirs exécutif et législatif sont strictement séparés. Le président ne dispose pas du droit de dissolution mais ne peut pas être renversé par le Parlement.
• **Système politique français :** c'est une combinaison hybride entre régime parlementaire et système présidentiel.

2 Les démocraties comparées aux régimes autoritaires

A État de droit contre État despote

• **L'État de droit, garant de la démocratie.** Dans une démocratie, l'attribution et le **fonctionnement du pouvoir politique sont soumis à des règles** respectueuses des libertés individuelles et collectives qui ne peuvent être modifiées que par l'expression de la volonté générale. L'État de droit garantit aussi le **respect des minorités**, car la démocratie ne signifie pas l'octroi de tous les pouvoirs à ses représentants même élus par la majorité des citoyens ainsi que le **contrôle rigoureux des processus électoraux**.

• **L'État despote, symbole de l'arbitraire.** L'absence d'État de droit laisse le citoyen démuni face à l'arbitraire. **Il ne peut recourir à une autorité indépendante pour se défendre**, puisque c'est le pouvoir qui fixe les règles du jeu. Il contrôle directement ou indirectement la justice. Il décide seul de l'étendue des libertés individuelles et collectives ou de **la façon dont sont organisées les élections** dont les résultats ne peuvent être sérieusement vérifiés.

B Pluralisme politique ou parti unique

• **La démocratie est indissociable du pluralisme politique.** La liberté politique est inséparable de la démocratie. Elle s'incarne dans le pluralisme politique qui s'apparente à une **situation de libre compétition des candidats et des partis**. Le citoyen doit toujours avoir le choix entre plusieurs candidats afin de se faire une opinion à partir de sources d'informations multiples et indépendantes. Ce pluralisme est renforcé par le **secret du vote**, qui met l'électeur à l'abri des pressions d'où qu'elles puissent venir.

• **Le parti unique, symbole du régime autoritaire.** L'existence d'un parti unique ou d'un statut privilégié reconnu à l'un d'entre deux, **vide de son sens le processus électif démocratique**. Le citoyen vote, certes, mais **n'a pas le choix de son vote**. Plusieurs pays qui se disent des démocraties contrôlent et détournent de cette manière le suffrage universel.

Mots-clés

• **Régime autoritaire :** c'est un régime politique qui n'accepte pas les oppositions à sa politique et qui, de fait, les interdit, les élimine, les réprime ou les encadre pour les neutraliser.
• **Régime totalitaire :** c'est un régime politique autoritaire, qui, en plus, impose l'adhésion à une idéologie unique que nul ne peut discuter. Il opère une modification totale des structures politiques, économiques et sociales sans se soucier du coût humain engendré.

2 La démocratie à Athènes au Ve siècle

Le terme de démocratie apparaît seulement dans le troisième quart du Ve siècle sous la plume d'Hérodote. C'est à l'origine **un terme polémique inventé par les ennemis de l'organisation démocratique** qui s'insurgent contre la prédominance du peuple *(démos)*.

1 Une démocratie directe

A La citoyenneté athénienne

• **La naissance de la démocratie.** Après avoir été dirigée par des rois et par les grandes familles, la cité d'Athènes met progressivement en place une **nouvelle façon de se gouverner**. Les **décisions politiques passent aux mains d'un groupe d'hommes, les citoyens,** qui sont égaux devant la loi.

• **Être citoyen.** Pour cela, la règle générale veut qu'il faille être **le fils d'un citoyen et d'une mère athénienne.** Au terme de sa dix-huitième année, le jeune Athénien est inscrit par son père comme membre du dème (de la commune) de sa famille. Il profite ainsi de ses droits de citoyen mais doit également remplir **certains devoirs** (se conformer aux lois votées, honorer les dieux vénérés dans la cité, accomplir son service militaire).

• **L'évolution du statut de citoyen.** Avant les conflits qui opposent les Grecs aux Perses, est citoyen celui qui, en tant qu'**homme adulte libre**, se trouve dans la **capacité de payer son équipement afin de faire la guerre**. Après les victoires remportées contre les Perses (490/480 av. J.-C.) et le renforcement de la puissance d'Athènes lié à la mise en place d'une **imposante flotte de guerre** constituée de rameurs, **la citoyenneté est étendue aux indigents** (les thètes).

B Les citoyens, acteurs de la démocratie

• **Le rôle majeur de l'Ecclésia.** Cette **assemblée des citoyens** est le cœur de la démocratie athénienne. Elle se réunit quatre fois par mois, sur la colline de la Pnyx. Les citoyens participent à des discussions publiques où chacun peut défendre son point de vue, puis décident, par **vote à main levée**, une nouvelle loi, l'exclusion de citoyens de la vie publique (**ostracisme**) ou une déclaration de guerre.

• **La désignation des magistrats.** Les **responsabilités politiques sont partagées** entre différents groupes **et limitées dans le temps**. Tous les ans, à l'Ecclésia, les citoyens qui siègent à l'assemblée de la Boulè et au tribunal de l'Héliée sont désignés par **tirage au sort**. Cela signifie que **tout citoyen en**

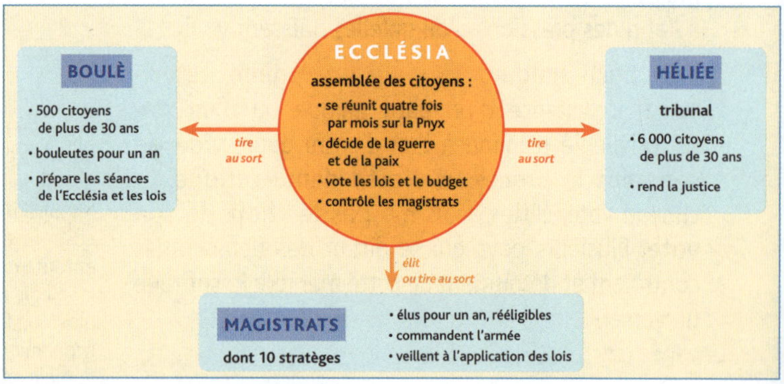

▲ Le fonctionnement de la démocratie athénienne au Ve siècle av. J.-C.

vaut un autre et que le hasard, d'origine divine, a sa place dans la vie civique. Les **magistrats les plus importants sont élus** car leur tâche nécessite des compétences particulières (commandement de l'armée, gestion du trésor public).

• **Le misthos.** Pour que les plus pauvres puissent participer au gouvernement de la cité, les élus reçoivent une **petite somme d'argent**, le misthos, institué par **Périclès**, stratège de 443 à 429 av. J.-C. Progressivement cette indemnité est étendue à tous les citoyens se rendant aux séances de l'Ecclésia et devient donc une **sorte « d'indemnité » de participation à la vie politique athénienne**.

Biographie

Périclès (490-429 av. J.-C.). Né dans une famille aristocratique, il devient l'homme le plus influent d'Athènes par sa réélection quinze fois de suite au poste de stratège (443-429 av. J.-C.). Son nom reste attaché aux grands travaux de l'Acropole et à la période d'apogée de la cité, contemporaine d'une politique impérialiste affirmée par la mise en place de la ligue de Délos. Il meurt lors de l'épidémie de peste qui ravage Athènes au début de la guerre du Péloponnèse.

2 Les limites de la démocratie athénienne

A De nombreux exclus

• **La démocratie n'est pas l'expression de l'ensemble du peuple.** Le déséquilibre entre citoyens et non-citoyens est très fort. Peu de personnes (environ 15 % des habitants) détiennent la citoyenneté à Athènes.

• **Les esclaves.** Être esclave signifie l'**exclusion de la vie politique**, des droits civils, des fêtes religieuses et de tous les lieux (palestre et gymnase) où les futurs citoyens recevaient leur éducation. L'**esclave est le négatif du citoyen**, il assure les tâches permettant au citoyen de s'occuper des affaires politiques.

• **Les femmes.** Ce sont d'**éternelles « mineures »** qui vivent toujours sous la tutelle d'un homme. Leur intégration dans la cité ne se fait pas en tant que citoyenne mais en tant que fille ou femme de citoyen. L'idée qui prévaut dans l'Athènes du ve siècle est que **le féminin est un masculin « non terminé »**. Ce qui caractérise plus que tout la condition féminine, c'est donc l'**exclusion de la vie politique** (*cf.* Aristophane avec *L'Assemblée des femmes*).

B Les inégalités entre citoyens

• **Une faible participation à la vie politique.** Les paysans éloignés de la ville ne peuvent participer régulièrement aux séances. Dans la pratique d'ailleurs, la colline de la Pnyx ne peut accueillir plus de 6 000 personnes, soit au maximum **15 % des citoyens** théoriquement en capacité de décider.

• **L'exclusion de certaines magistratures.** Les plus importantes (stratèges, archontes) sont réservées aux **citoyens qui sont éduqués** et qui ont les **capacités financières** d'exercer ces charges pendant une année entière. De fait, les thètes (citoyens les plus pauvres) en sont systématiquement exclus.

• **L'art de la parole.** À la tribune de la Pnyx (« Qui demande la parole ? » était la formule traditionnelle), certains orateurs de talent, comme Périclès, ont exercé un réel ascendant sur leurs auditeurs par leur **maîtrise de l'argumentation** qui inspirera d'ailleurs philosophes et auteurs tragiques. Les **techniques de persuasion** deviennent au ve siècle un objet de réflexion et d'enseignement comme le prouve le développement de la sophistique. **Les sophistes** s'attachent à former, dans des cours privés et payants, les élites de la tribune, capables de **convaincre le peuple par un discours adapté aux attentes de l'auditoire**.

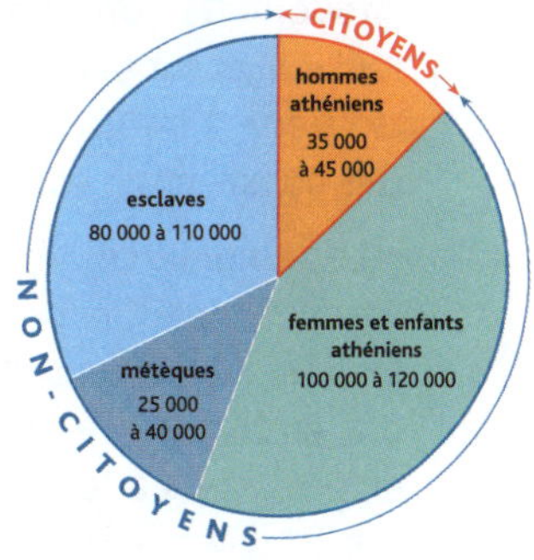

▲ La population d'Athènes au milieu du ve siècle av. J.-C.

3 L'évolution de la notion de liberté au début du XIXe siècle

Le discours de Benjamin Constant *De la liberté des Anciens comparée à celle des Modernes* (1819) est considéré comme **un des textes majeurs fondant le libéralisme politique** en France. D'une manière très pédagogique, l'auteur y oppose la **conception antique de la liberté** (« participer directement ») à la **conception héritée du siècle des Lumières et des révolutions** américaines et françaises (« être représenté »).

1 Les libertés antiques et modernes selon Benjamin Constant

A Les Anciens, la liberté pour faire la guerre

• **La guerre, état ordinaire de l'Antiquité.** En Grèce, les États sont principalement des cités. Leur petite taille les oblige à **se combattre sans cesse** sous peine de disparaître ou à s'allier entre elles pour résister aux plus forts. L'**organisation politique** est ainsi **entièrement tendue vers la guerre.**

• **La démocratie, un concept antique limité.** Voir l'Antiquité comme le premier moment de la démocratie représentative est une erreur. **La plupart des régimes politiques sont autoritaires** et gouvernés par un petit nombre de personnes (une aristocratie guerrière à Sparte, des tyrannies plus ou moins despotiques à Syracuse ou à Thèbes, etc.). Seule Athènes possède une démocratie basée sur un large corps civique.

• **La liberté à Athènes, un droit restrictif.** Même à Athènes, **la liberté est uniquement vue comme collective**. C'est l'Ecclésia, assemblée de tous les citoyens, qui décide du gouvernement, des lois et du droit. **Rien ne garantit les libertés individuelles.** Elles sont **soumises au choix collectif**, et donc parfois à l'arbitraire. Ainsi, dans un moment de fureur, l'assemblée des citoyens, dominée par les démagogues, décide de la mise à mort immédiate de six généraux pourtant vainqueurs de la **bataille navale des Arginuses** (406 av. J.-C.) au prétexte qu'ils n'auraient pas recueilli le corps des marins athéniens engloutis par les flots à cause d'une tempête.

B Les Modernes, la liberté pour commercer

• **La diminution du pouvoir du citoyen.** L'**augmentation de la taille des États** et du nombre d'habitants a **modifié la notion de citoyenneté**. Un citoyen athénien pouvait à lui seul influer sur une décision collective. Au début du XIXe siècle, **l'influence directe d'un citoyen** français ou américain **est négligeable**.

• **Le commerce, état ordinaire aujourd'hui.** **La guerre** était le **principal moyen** antique d'obtenir ce que l'on voulait. Il est **désormais remplacé par le commerce**, un moyen plus doux et civilisé de posséder. Certes la guerre n'a pas disparu mais elle est devenue l'exception tant elle est une charge pour les peuples.

Texte-clé

La liberté chez les Anciens

« [Elle] consistait à exercer collectivement, mais directement, plusieurs parties de la souveraineté toute entière, à délibérer, sur la place publique, de la guerre et de la paix, à conclure avec les étrangers des traités d'alliance, à voter les lois, à prononcer les jugements, à examiner la gestion des magistrats, à les faire comparaître devant tout le peuple, à les mettre en accusation, à les condamner ou à les absoudre ; mais en même temps que c'était là ce que les anciens nommaient liberté, ils admettaient comme compatible avec cette liberté collective l'assujettissement complet de l'individu à l'autorité de l'ensemble. »

B. Constant, *De la liberté des Anciens comparée à celle des Modernes,* 1819.

• **Commerce et liberté individuelle.** En rapprochant des peuples étrangers, le commerce rapproche leurs modes de vie et leurs pensées. Il réduit le risque de guerre. De plus, il **favorise la circulation des richesses** et **rend le pouvoir dépendant de son développement**. Tout État qui restreint le principe essentiel de **libre circulation** se restreint lui-même.

Texte-clé

La liberté chez les Modernes

« C'est pour chacun le droit de n'être soumis qu'aux lois, de ne pouvoir être ni arrêté, ni détenu, ni mis à mort, ni maltraité d'aucune manière. C'est pour chacun le droit de dire son opinion, de choisir son industrie et de l'exercer, de disposer de sa propriété, d'en abuser même ; d'aller, de venir sans en obtenir la permission… C'est, pour chacun, le droit de se réunir à d'autres individus, soit pour conférer sur ses intérêts, soit pour professer le culte que lui et ses associés préfèrent. Enfin, c'est le droit, pour chacun, d'influer sur l'administration du Gouvernement. »

B. Constant, *De la liberté des Anciens comparée à celle des Modernes*, 1819.

2 Benjamin Constant et le libéralisme politique

A Les erreurs de la Révolution et de l'Empire

• **La haine de la liberté individuelle.** Les **grands principes de 1789** contenus dans la Déclaration des droits de l'homme ont été **pervertis par la Terreur (1793-1794)** qui, en interprétant de manière abusive la pensée de Montesquieu et de Rousseau, a justifié la tyrannie et les excès de la guillotine parce que la patrie était « en danger ». Or la souveraineté de la nation ne peut, en aucun, cas, **entraîner l'assujettissement des citoyens à l'arbitraire.**

• **Le despotisme napoléonien.** Le rétrécissement progressif des libertés individuelles sous le Consulat (1799-1804) fait entrer Benjamin Constant dans l'**opposition au régime**. Détracteur de la loi de 1802 sur les tribunaux spéciaux qui peuvent rendre la justice criminelle sans que le prévenu n'ait connaissance des faits qui lui sont reprochés avant son procès, il s'exile et **combat** alors de l'étranger **Napoléon qu'il assimile désormais à un tyran**.

B Les « libertés nécessaires »

• **Être représenté.** Le monde moderne a besoin d'une **nouvelle organisation** qui laisse plus de temps aux intérêts privés garantis par l'extension des libertés individuelles. Pour cela, les citoyens doivent **déléguer la conduite des nations à des mandataires politiques**, des sortes d'intendants qui veillent sur leurs intérêts.

• **Surveiller ses représentants.** Cette liberté des Modernes recèle pourtant des dangers. Le plus grave est de laisser les mandataires du pouvoir politique sans surveillance en renonçant à une « participation citoyenne à l'exercice du pouvoir ». Il faut donc que le corps des citoyens possède le **droit de révoquer ses représentants**, si le besoin s'en fait sentir.

• **Les fondements du libéralisme politique français.** Les analyses de Benjamin Constant forment la base de la doctrine libérale telle qu'elle sera développée et enrichie tout au long du XIXe siècle. Ainsi **Thiers**, dans son célèbre **discours sur les « libertés nécessaires »** (1864), les reprend quand il évoque la condition « incontestable et indispensable » de la liberté individuelle et celle, non moins importante, dont le but est « que **l'opinion publique**, bien constatée ici à la majorité, **devienne directrice des actes du gouvernement.** »

Biographie

Benjamin Constant (1767-1830). Écrivain consacré par l'immense succès de son roman *Adolphe* (1816), il commence sa carrière politique pendant la Révolution. Fasciné par Napoléon Ier qu'il admire mais auquel il reproche sa « tyrannie », il rédige pour lui une Constitution libérale (l'Acte additionnel) lors du court retour de l'Empereur au pouvoir (les Cent Jours en 1815), puis devient un des chefs du parti libéral pendant la Restauration. Il se définit, à cette époque, comme le « maître d'école de la liberté » pouvant acclimater en France la démocratie libérale anglo-saxonne.

4 Tocqueville et la démocratie américaine

En parcourant les États-Unis au début des années 1830, pendant la présidence d'Andrew Jackson, Alexis de Tocqueville **cherche à comprendre « sur place » comment fonctionne la démocratie** qui, pour lui, attend inévitablement une Europe encore majoritairement gouvernée par des régimes monarchiques d'un autre âge. En analysant ses forces et ses faiblesses, il espère ainsi faciliter la tâche de ceux qui, sur le Vieux Continent, vont se charger de mettre en place **le système politique « de l'avenir ».**

1 Une société fondée sur l'idéal démocratique

A L'Amérique « jacksonienne »

• **Un pays libre.** Pour l'Européen habitué aux sociétés hiérarchisées, souvent autoritaires et répressives, l'Amérique apparaît immédiatement comme **le pays de la vraie liberté.** Sans monarchie héréditaire ni surveillance tatillonne des autorités, c'est une démocratie où **les citoyens sont maîtres de leur destin politique** en désignant eux-mêmes leurs représentants.

• **Un pays égalitaire. Dépourvus d'aristocratie héréditaire**, les États-Unis offrent des opportunités à tous ceux qui travaillent dur (sauf les esclaves) et qui en sont récompensés par une **ascension sociale parfois spectaculaire**. Ils sont aussi un pays touché, à cette époque, par un vaste esprit de réforme découlant de l'évangélisme protestant : adoucir le sort des prisonniers, diffuser l'instruction, autoriser les syndicats ouvriers et abolir l'esclavage.

• **Un pays en ébullition citoyenne.** Tocqueville découvre une **vie politique extraordinairement animée**, contrastant avec la langueur politique de l'Europe. La multiplication des fonctions électives permet à de **nombreux Américains** d'accéder largement aux **responsabilités locales, voire nationales,** par l'intermédiaire de **partis politiques** où se nouent de fortes solidarités.

B Ce qui fait l'Amérique démocratique

• **Un ensemble constitutionnel équilibré.** Tocqueville analyse, dans le premier volume de *De la démocratie en Amérique*, les effets bénéfiques de la **division des pouvoirs** tels qu'il a pu les observer. La séparation et l'indépendance de la justice, le **présidentialisme marqué de la Constitution** (pouvoirs législatif et exécutif strictement séparés) et la structure fédéraliste de l'Union américaine garantissent, selon lui, un régime à la fois démocratique et mesuré, **loin des excès des expériences révolutionnaires vécues par la France** quelques décennies auparavant.

• **L'évidence du suffrage universel.** Contrastant avec le suffrage censitaire (seuls les 200 000 citoyens les plus riches votent) alors en vigueur en France, les États-Unis lui semblent le « laboratoire » du suffrage universel masculin. Il permet, selon lui, **« d'accorder gouvernés et gouvernants »** tout en se gardant de la tyrannie majoritaire, tant les droits individuels des citoyens semblent solidement garantis par la Constitution.

Biographie

Andrew Jackson (1767-1845). C'est ce président démocrate « nouveau style » que rencontre Tocqueville lors de son voyage aux États-Unis. Considéré comme le défenseur des simples citoyens face à l'aristocratie financière, Jackson est un héros militaire qui a battu les Anglais à la Nouvelle-Orléans en 1815 et qui a détruit la puissance des Indiens dans le Sud. Opposé à l'intervention de l'État dans l'économie, il personnifie, pour Tocqueville, la démocratie américaine, « agressive et vivace ».

La démocratie en Amérique : discours d'Andrew Jackson lors de la campagne présidentielle de 1828. ▶

2 Un pays qui doit servir d'exemple à l'Europe

A La démocratie n'est pas l'anarchie

- **Une réflexion nouvelle sur la démocratie.** Tocqueville affirme avoir voulu étudier « l'influence qu'exercent les idées et les sentiments démocratiques sur la société politique ». Cette **démarche très novatrice** ne suit pas les chemins balisés de l'étude historique ou philosophique. L'auteur accomplit, en fait, une des premières études réellement **sociologiques** de l'histoire des sciences humaines. Sans vouloir juger, il essaie de dégager les permanences et les lois profondes de l'organisation de la société américaine.

- **La démocratie est positive.** Tocqueville **s'adresse surtout aux détracteurs de la démocratie « universelle »** qui y voient uniquement un bouleversement de l'ordre établi, débouchant sur l'anarchie, voire la guerre civile. Il s'adresse indirectement à l'un des hommes politiques majeurs de la période, François Guizot, inamovible chef du gouvernement de 1840 à 1848, farouche opposant au suffrage universel (voir document page 167).

B Une évolution inéluctable

- **« Répandre un bonheur médiocre sur tous les hommes ».** Pour Tocqueville, les sociétés européennes s'orientent inéluctablement vers l'égalité. Au lieu de se perdre en polémiques, il faut en tirer la conclusion majeure : **le « règne universel » de la démocratie est en marche**. L'exemple américain a montré que ce régime permet de « répandre un bonheur médiocre sur tous les hommes », ce qu'aucun régime n'avait réussi à faire auparavant. Et la **révolution de février 1848** lui donne assez vite raison puisqu'elle établit la **IIe République** française et le **suffrage universel masculin**.

- **Un avenir démocratique n'est pas sans danger.** La démocratie ne met pas le pouvoir politique à l'abri des abus. Elle doit être accompagnée de **modération** et de **moralité** sous peine d'être désordonnée et d'accentuer le règne dangereux de la majorité qui, si elle n'a pas de contre-pouvoir, détruit les minorités et les libertés locales.

Biographie

Alexis de Tocqueville (1805-1859). Envoyé aux États-Unis en 1831 par le gouvernement français pour étudier le régime des prisons, Tocqueville rencontre de multiples Américains et même le président Andrew Jackson.
Il revient en France avec des très nombreuses informations consignées dans des carnets qui servent de base à son ouvrage *De la démocratie en Amérique* (1835-1840) qui le rend aussitôt célèbre ainsi que sa thèse résumée rapidement par la formule : « La démocratie est la forme d'organisation politique et sociale de l'avenir et les États-Unis son laboratoire. »

5 La fin de la démocratie : le Chili de 1970 à 1973

L'histoire du Chili de 1970 à 1973 illustre l'**arrivée au pouvoir de manière démocratique d'un gouvernement socialiste**, puis sa fin tragique, dans une **Amérique du Sud** alors **sous emprise** presque exclusive **de régimes dictatoriaux**. Cette évolution se fait dans un contexte de **crises multiples** (politique, économique, sociale) aggravé par les **enjeux idéologiques de la guerre froide.**

1 Un socialiste légalement au pouvoir

A Les élections présidentielles de 1970

• **La lenteur des réformes dans les années 1960.** Dans un pays où **700 propriétaires détiennent plus de 75 % des terres agricoles**, la **réforme agraire** initiée par le président démocrate-chrétien Eduardo Frei (de 1964 à 1970) **paraît bien timide** à l'aile gauche de son parti. Au début 1970, à peine 10 % des terres avait été redistribué à de petits paysans.

• **L'alliance du centre et des gauches**. Devant la montée des revendications sociales (près de 1 500 grèves en 1969), l'aile progressiste de la démocratie chrétienne fait alliance avec les communistes et les socialistes autour du **programme dit « d'Unité populaire »**, défendu par Salvador Allende en vue des présidentielles de l'été 1970.

• **Une élection de justesse.** Avec 36,5 % des voix contre 35,3 % au candidat de la droite, **Salvador Allende crée la surprise en remportant les élections présidentielles**, le 4 septembre 1970.

B Allende président

Mot-clé

Guerre froide : période (1947-1991) de très fortes tensions idéologiques, géopolitiques, militaires et économiques au cours de laquelle les États-Unis et l'URSS s'affrontent indirectement par pays alliés interposés.

• **La peur des Américains.** Dans le contexte de la **guerre froide**, les **Américains craignent que l'arrivée d'un socialiste au pouvoir** en Amérique du Sud renforce l'opposition à leur domination, déjà affaiblie par la mise en place du **régime communiste de Fidel Castro** à Cuba en 1959. Le président Nixon ordonne à la CIA *(Central Intelligence Agency)* d'**empêcher la confirmation de l'élection d'Allende** par le Parlement chilien.

• **L'engagement démocratique d'Allende.** Pour obtenir le soutien des démocrates chrétiens au Parlement, **Salvador Allende s'engage à respecter « la liberté et la légalité »**. Ce pacte, qu'il tiendra jusqu'à la fin, lui ouvre les portes de la présidence grâce à un vote massif du Parlement en sa faveur, le 24 octobre 1970.

▲ Salvador Allende et le poète Pablo Neruda lors de la campagne présidentielle de 1970.

C Une révolution sociale légaliste

• **Un gouvernement d'Union populaire.** Le 3 novembre 1970, Allende forme un gouvernement avec des communistes, des socialistes et des chrétiens de gauche. Mais **il n'obtient pas le soutien de l'extrême gauche révolutionnaire (MIR)** qui ne lui pardonne pas son alliance « réformiste » avec le centre.

• **Les « 40 mesures ».** Allende décide d'appliquer rapidement le programme de l'Unité nationale : **nationalisation** des industries **du cuivre, du textile, de l'aéronautique, des banques**, accélération de la réforme agraire, blocage des prix, **augmentation de 60 % des salaires**. Mais, dès l'automne 1971, Allende doit faire face à l'**obstruction systématique du Parlement**, les démocrates chrétiens s'étant alliés avec la droite contre lui.

2 L'échec de la « voie socialiste » chilienne

A L'opposition des États-Unis

• **Le président américain Nixon contre Allende.** La **visite du leader marxiste cubain Fidel Castro au Chili**, en novembre1971, renforce les craintes des Américains de voir le pays basculer dans le camp communiste.

• **Une volonté d'asphyxie financière.** Richard Nixon décide d'amplifier la guerre économique contre le Chili. Les entreprises américaines rejoignent les conservateurs et l'Église dans leur lutte contre le pouvoir socialiste. Un **véritable blocus financier est organisé**, coupant tous les crédits internationaux dont avait pu bénéficier le pays jusque-là.

B La dégradation de la situation économique et sociale

• **L'hyperinflation et les « casseroles « vides ».** La chute du cours du cuivre et les conséquences du « blocus » américain entraînent une forte dégradation de la situation économique en 1972 **(inflation de 225 %)**. Contraint d'**instaurer le rationnement**, Allende doit faire face à une **agitation grandissante** (grève des camionneurs soutenue par les États-Unis, manifestation de ménagères avec des casseroles vides, etc.).

• **Le refus de la voie révolutionnaire.** Malgré la montée d'oppositions radicales, **Allende refuse de s'appuyer sur le MIR** qui prône l'armement du peuple pour hâter le passage à la révolution communiste. Au contraire, pour essayer de sauvegarder l'unité nationale, **il fait entrer des militaires au gouvernement** (nov. 1972), espérant consolider son pouvoir.

C Le coup d'État militaire

• **Les élections législatives de mars 1973.** Les **progrès de l'Union populaire aux élections de 1973** ne sont pas suffisants pour qu'Allende obtienne une majorité au Parlement. Mais ils renforcent la conviction des opposants que **seul un coup d'État peut arrêter l'expérience socialiste**.

• **La fin de la démocratie chilienne.** Le 11 septembre 1973, le **général Pinochet**, commandant en chef de l'armée de terre depuis novembre 1972, s'empare du pouvoir par un **putsch** au cours duquel **Allende trouve la mort**, probablement un suicide, dans son palais présidentiel. Ce putsch débouche sur une **répression sanglante**, la dissolution du Parlement et l'**interdiction des partis politiques**.

Biographie

Salvador Allende (1908-1973). Médecin issu d'une famille aisée, il fonde le parti socialiste chilien en 1933. Après trois tentatives malheureuses, il est élu président de la République en 1970 et déclare vouloir mener le pays légalement vers le socialisme. Ses réformes économiques et ses sympathies pour Fidel Castro cristallisent le mécontentement américain et celui des classes dirigeantes chiliennes. Il se suicide lors du coup d'État militaire de septembre 1973.

6 Le retour de la démocratie en Espagne et au Portugal

Au début des années 1970, dans **un environnement européen démocratique**, **les dictatures espagnole et portugaise**, en place depuis des décennies semblent dans des **impasses politique et gouvernementale** qui menacent leur avenir.

1 Les deux dernières dictatures d'Europe de l'Ouest

A Le Portugal salazariste

• **Une très longue dictature.** Le Portugal détient le record de **la plus longue dictature en Europe** (*Estado Novo* de 1932 à 1974). Elle affiche une **allégeance inconditionnelle envers l'Église catholique**. Salazar, son chef, affirme d'ailleurs qu'elle est au cœur de son engagement d'homme politique : « Si nous nous appelons démocrates-chrétiens, nous ne reconnaissons pas pour autant une démocratie qui ne soit pas fondée sur le christianisme, car hors du christianisme nous ne comprenons pas ce qu'est ou pourrait être la liberté, l'égalité et la fraternité humaine ». **Anticommuniste affirmé**, Salazar entretient d'excellents rapports avec le dictateur espagnol Franco.

> **Biographie**
>
> **Antonio de Oliveira Salazar (1899-1970).** Professeur d'économie politique, il devient l'homme fort du Portugal dès 1928 à la suite du putsch militaire de 1926 du général Carmona. Son programme – l'*Estado Novo* – se veut un retour à la grandeur passée du Portugal avec le soutien de l'armée, des milices paramilitaires (les chemises vertes) et de l'Église catholique. Il se résume, en fait, à un fort conservatisme autoritaire, pourchassant avec dureté toute opposition. Après sa mort, son dauphin, Marcelo Caetano ne peut conserver le pouvoir que quatre ans, chassé par la révolution des œillets (1974).

• **Le tournant des années 1960.** À la fin des années 1960, **le Portugal s'affaiblit** toujours davantage. Son agriculture reste archaïque, l'industrialisation marque de profonds retards et l'**émigration** (principalement **vers la France**) reste bien souvent la seule solution pour échapper à la pauvreté. S'y ajoute le poids des **guerres coloniales** africaines (au Mozambique et en Angola) qui ruinent l'État portugais et épuisent des forces militaires incapables d'en venir à bout.

B L'Espagne franquiste

• **Le poids de la guerre civile.** L'Espagne est marquée, jusque dans les années 1960, par la terrible guerre civile **opposant les nationalistes d'extrême droite aux républicains** de 1936 à 1939 (environ 450 000 morts). Au terme de ce conflit meurtrier qui a profondément ébranlé l'Europe juste avant la Seconde Guerre mondiale, son vainqueur, le **général Franco**, met en place une **dictature très répressive** dans le pays.

• **Franco, le « Caudillo ».** Le **général Franco** est à la fois chef d'État, chef de gouvernement, généralissime des armées et chef du parti unique. **Traditionaliste et antimoderne**, l'idéologie franquiste se caractérise par une **hostilité** viscérale au marxiste et au communisme, **à la démocratie et à la liberté d'expression**. Son projet politique d'une Espagne unie, forte et indépendante *« Espana una, grande y libre »*, en fait **un opposant déterminé**, avec l'appui conjoint de l'armée, de l'Église et du parti franquiste, **à toutes les tentatives sécessionnistes ou régionalistes**, réprimées par la terreur et l'arbitraire (arrestations, assassinats, etc.).

2 Deux transitions démocratiques rapides

A Les militaires portugais initiateurs de la démocratie

• **La « révolution des œillets ».** Au printemps 1974, dans un pays très affaibli économiquement et démographiquement, l'**armée portugaise** et ses généraux engagent le **processus de démocratisation** du Portugal, avec l'approbation du peuple. Un coup d'État militaire et un soulèvement populaire associé (la « révolution des œillets ») renversent la dictature salazariste. Les militaires mettent en place un gouvernement civil, organisent des élections libres (Assemblée constituante) et engagent un processus de décolonisation.

▲ Manifestation à Lisbonne pendant la « révolution des œillets » au printemps 1974.

• **Le Portugal démocratique.** L'**Europe de l'Ouest** décide, dès 1975, d'**accorder une large aide financière** au Portugal sous condition que le pays évolue vers une « démocratie pluraliste ». Ce qui est fait par le **gouvernement du socialiste Mário Soares (1976-1979)**. L'Assemblée constituante élue en 1975 adopte, le **2 avril 1976**, une **Constitution démocratique**, calquée en grande partie sur le modèle français de la Ve République. Malgré une situation économique difficile et les craintes de ne pas être préparé au choc de la concurrence européenne, le Portugal est intégré à la Communauté économique européenne en 1986.

B Juan Carlos, roi d'Espagne, initiateur de la démocratie

• **Le retour de la monarchie.** À l'automne 1975, deux jours après la mort de Franco, le rétablissement officiel de la monarchie espagnole s'incarne dans la personnalité du **prince Juan de Bourbon**, sous le nom de **Juan Carlos Ier**. Se réalise ainsi, en apparence, la stratégie politique envisagée par le « Caudillo », avec l'assentiment conjoint de l'armée, de l'Église catholique afin de maintenir l'influence conservatrice et religieuse dans le pays et empêcher toute évolution vers un régime républicain démocratique auquel de très nombreux Espagnols aspirent.

• **Le roi et la transition vers la démocratie.** Dès 1976, le roi Juan Carlos désigne le libéral Adolfo Suárez comme Premier ministre, en charge d'élaborer une **Constitution démocratique**. Préparée par le Parlement issu des premières élections libres après 40 ans de franquisme (le 15 juin 1977), elle est **approuvée le 6 décembre 1978 par 88 % des Espagnols.** Le 23 février 1981, **le roi intervient directement pour mettre fin à une tentative de coup d'État** d'un militaire nostalgique du franquisme qui s'était introduit, armé, dans l'enceinte des Cortes, pendant une retransmission télévisée des débats parlementaires. Dès 1986, l'Espagne est prête pour intégrer la Communauté économique européenne (qui devient l'Union européenne en 1993).

Biographie

Francisco Franco (1892-1975).
El Caudillo (« le guide »), ce surnom qu'il s'est lui-même attribué, résume bien la carrière politique du chef d'État autoritaire qui a dirigé l'Espagne pendant 36 ans. Vainqueur des républicains à la fin de la guerre civile (1939), il rétablit la monarchie mais s'en proclame « régent à vie ». Dans les années 1960, le fort développement économique a pu faire croire un instant que le franquisme survivrait à son fondateur en se transformant en pouvoir conservateur traditionaliste. Il n'en a rien été.

7 Le fonctionnement démocratique de l'Union européenne

La démocratie est le fondement du projet politique commencé en 1948 (congrès de La Haye) **ayant abouti à l'Union européenne.** Elle est le premier critère exigé pour tout État désirant rejoindre l'Union, définie par le sommet de Copenhague (1993). **L'Union européenne fonctionne cependant d'une manière complexe :** le pouvoir de décision est délégué à des représentants soit élus directement (Parlement européen) soit issus des États membres où ils ont été désignés (Commission européenne, Conseil européen, etc.).

1 Les institutions européennes

A La Commission européenne

• **L'organe exécutif de l'Union.** Créée en 1958, elle est « gardienne des traités » et garante de l'intérêt général des territoires et des populations de l'Union, avec le pouvoir de proposer et de mettre en œuvre les politiques communautaires. Elle bénéficie d'un quasi-monopole du **droit d'initiative législative** en matière d'union douanière, de marché intérieur et de monnaie unique (rôle de négociation des accords de commerce avec le reste du monde). S'il a une forte personnalité, **son président peut jouer un rôle politique non négligeable**, comme ce fut le cas de **Jacques Delors** entre 1985 et 1995.

• **Une structure double et contrôlée.** La Commission est organisée en deux structures coordonnées. Le collège des commissaires européens est un organe politique établissant les orientations stratégiques de l'Union (principe de **collégialité des décisions**). Les quarante directions générales constituent l'organe administratif, chacune sous l'autorité d'un commissaire. Les commissaires sont tous désignés par les États membres (un par État). **Responsable devant le Parlement européen**, elle rend compte de sa gouvernance, pouvant être censurée par une majorité des deux tiers des eurodéputés.

B Le Conseil européen

• **Un lieu du pouvoir européen.** Mis en place en 1974 comme plateforme informelle de discussion entre chefs d'État et de gouvernements, le Conseil européen est devenu, en 2009 (traité de Lisbonne), une institution officielle et le **lieu de grandes décisions politiques**.

• **Un président symbolique.** Le Conseil européen se réunit à Bruxelles, deux fois par semestre et décide à l'unanimité ou à la **majorité qualifiée**. Son **président** est désigné pour un **mandat de deux ans et demi**, renouvelable une fois (en complément du système de la présidence tournante d'un semestre). Son pouvoir réel est inexistant.

C La Cour de justice européenne

• **La juridiction suprême de l'Union européenne.** Elle « assure le respect du droit dans l'interprétation et l'application des traités » (article 19 du traité de l'Union). Elle siège à Luxembourg depuis 1952. Composée de 27 juges (un juge par État membre) et 11 avocats généraux, tous élus pour un mandat renouvelable de six ans, elle statue sur les différends opposant les gouvernements des États et les institutions européennes, selon trois juridictions (cour de justice, tribunal de première instance, tribunal de la fonction publique).

• **Un recours très accessible.** La Cour de justice peut être saisie par le Parlement européen, le Conseil, la Commission, un État membre, des entreprises, des organisations diverses et par les particuliers. Le traité de Lisbonne a étendu son contrôle aux actes du Conseil européen et **renforcé ses compétences dans le domaine de la liberté, de la sécurité et de la justice.**

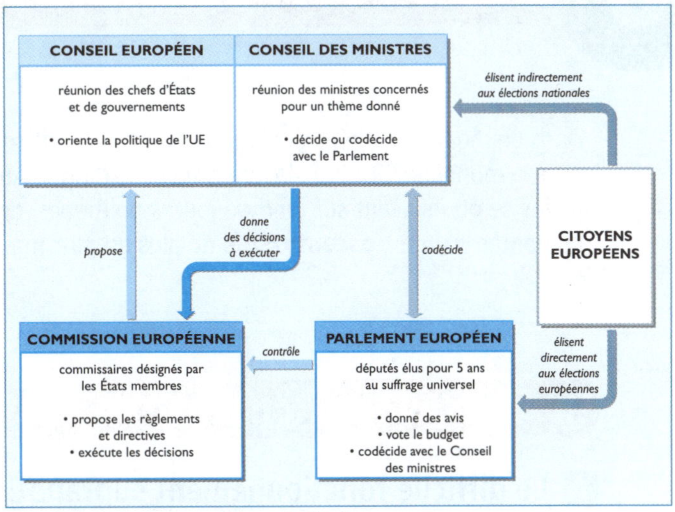

▲ Le fonctionnement politique de l'Union européenne.

2 La citoyenneté européenne

A Une citoyenneté supplémentaire

• **Une création du traité de Maastricht.** La citoyenneté européenne est définie, depuis 1992, par l'article 9 du traité de Maastricht : « Est citoyen de l'Union toute personne ayant la nationalité d'un État membre. » Elle est conçue comme **une citoyenneté additionnelle**, ne se substituant pas à la citoyenneté nationale mais s'y ajoutant : « La citoyenneté de l'Union s'ajoute à la citoyenneté nationale et ne la remplace pas ». Autrement dit, un citoyen français, ou allemand, ou italien est aussi, depuis 1992, citoyen européen.

• **Une participation à la démocratie déléguée.** Le citoyen européen peut participer à la vie politique européenne, en particulier lors des élections des députés au Parlement européen, comme le rappelle l'article 10-1 du traité de Maastricht : « Le fonctionnement de l'Union est fondé sur la démocratie représentative. » Les **citoyens européens** peuvent être **éligibles et électeurs.**

B Un organe représentatif, le Parlement européen

• **Un organe démocratiquement désigné par les citoyens.** Les députés européens sont élus **au suffrage universel direct** (élection par pays, sur liste nationale, **à la proportionnelle**, mandat de cinq ans). Le nombre de députés européens de chaque pays est fonction de sa taille démographique avec une **surreprésentation des petits pays.**

• **Des fonctions législatives réelles mais encadrées.** Le Parlement européen joue trois rôles essentiels : il examine et **adopte les actes législatifs européens avec le Conseil** ; il exerce un contrôle sur les activités des autres institutions de l'Union, notamment la Commission, afin de garantir que celles-ci fonctionnent démocratiquement ; il examine et adopte le budget européen avec le Conseil.

Biographie

Jacques Delors (1925-). Homme politique socialiste français, il est député européen en 1979 puis ministre de l'Économie et des Finances (1981-1984). En janvier 1985, il devient président de la Commission européenne, poste qu'il occupe pendant 10 ans. Partisan d'une Europe fédérale, il donne à l'idée européenne une nouvelle impulsion par le traité de l'Acte unique (1986) et celui de Maastricht (1992). Il quitte la vie politique après avoir renoncé à se présenter à l'élection présidentielle française de 1995.

8 L'Union européenne face aux États et aux citoyens

Dans un monde en pleine évolution et dans un contexte de **crise durable de la gouvernance** mondiale, l'Union s'avère difficile à diriger. Au sein de l'Union, les débats européens se poursuivent sur fond de joutes politiques, de rapports de force multiples et de la montée d'un **euroscepticisme** de plus en plus marqué.

1 Une Union européenne impossible à réformer ?

A Le difficile fonctionnement supranational

• **L'Union, garante des libertés fondamentales.** La libre circulation des personnes inscrite dans le traité de Maastricht est obtenue en 1995 quand les accords de Schengen, signés dix ans plus tôt, entrent en application. Les contrôles aux frontières entre les États membres sont supprimés. L'Union européenne permet alors les **« quatre libertés »** : libre circulation des biens, des services, des capitaux et des personnes.

• **Les États et la réforme institutionnelle de l'Union.** Malgré l'augmentation du nombre d'États membres, les institutions ont peu évolué depuis les années 1960. Le fonctionnement reste donc complexe et parfois sclérosant. Il devient fondamental d'améliorer la coopération et la prise de décision. C'est le sens du traité d'Amsterdam signé en 1997. Mais les divisions entre les pays limitent sa portée : **l'unanimité des décisions** est maintenue pour la politique étrangère et la tentative de réforme des institutions n'aboutit pas. Le traité de Nice en 2001 est aussi un compromis tiède négocié dans un climat électrique. Il instaure le principe d'une majorité qualifiée pour la prise de décision **mais n'est pas adapté à l'Europe élargie** qui s'annonce.

B Un fédéralisme impossible ?

• **Le projet de Constitution européenne.** Le Conseil européen réunit une Convention sur l'avenir de l'Europe en février 2002. La présidence en est confiée à l'ancien président français Valéry Giscard d'Estaing. Un projet de Constitution européenne est signé à Rome par les chefs d'État et de gouvernement le 29 octobre 2004. Repensant le fonctionnement de l'Union pour l'adapter à une Europe à l'échelle du continent, la Constitution crée les postes de président et de ministre des Affaires étrangères, réduit le nombre de membres de la Commission européenne, donne **plus de pouvoirs au Parlement** européen et **favorise une majorité qualifiée** plutôt que l'unanimité dans les décisions.

> **Mot-clé**
>
> **Fédéralisme :** courant politique favorable à la transformation de l'Union européenne en une fédération d'États. Ces derniers acceptent de céder une partie de leurs pouvoirs à une institution supranationale. Dans ce but, les fédéralistes sont partisans d'un approfondissement des politiques européennes.

• **Le « non » français et néerlandais.** Comme les traités précédents, ce texte doit être ratifié par tous les États membres. Mais, au printemps 2005, **les citoyens français et néerlandais refusent ce traité par référendum**. Le processus de ratification est rapidement arrêté. L'Europe, ballottée entre des positions très divergentes, entre dans une période de doute et de crise.

• **Le rafistolage de Lisbonne (2007).** Pour sortir de cette impasse institutionnelle, le traité de Lisbonne est signé le 13 décembre 2007. Beaucoup d'éléments du traité constitutionnel sont repris, mais ce tour de passe-passe, contournant le rejet des citoyens, **renforce l'image d'une Europe en « déficit démocratique ».**

Les titres des journaux après le « non » français au référendum sur la Constitution européenne (2005). ▶

2 Une Union européenne sans les citoyens ?

A Le manque d'enthousiasme des Européens

• **Le renforcement illusoire de la gouvernance européenne.** Ce renforcement n'a pas entraîné de réelle adhésion auprès des peuples. Au contraire, l'euro est accusé d'avoir fait gonfler les prix. Le taux de participation aux élections européennes ne dépasse que rarement 50 % des inscrits. Seulement un tiers des Européens a, aujourd'hui, une image positive de l'Union. **L'euroscepticisme progresse partout.**

• **Le déficit démocratique.** Bien que les différents traités tendent à renforcer le rôle du Parlement et que les institutions européennes cherchent à se rapprocher des citoyens, l'Union est régulièrement accusée de déficit démocratique. **Les peuples s'intéressent surtout aux thématiques nationales** et le pouvoir de Bruxelles, jugé peu représentatif, concentre les critiques. Les directives de la Commission européenne, qui fondent de plus en plus les législations nationales, sont souvent mal acceptées des opinions publiques car non débattues et issues de commissaires nommés et non élus.

B De nouveaux enjeux pour la démocratie européenne

• **Un enjeu politique.** Les partis politiques **souverainistes** s'opposent aux autorités de Bruxelles qu'ils accusent d'attenter à la souveraineté nationale. Certains mouvements d'extrême droite (en France, aux Pays-Bas…) préconisent même de quitter l'euro. Les fédéralistes souhaitent au contraire renforcer le rôle et le pouvoir de l'Union. Pour autant, ils ne sont pas forcément favorables à des élargissements supplémentaires, de peur de diluer l'esprit de la construction européenne dans un vaste espace peu intégré.

• **Une Europe « puissance ».** Ces différences de point de vue se retrouvent aussi entre les pays favorables à une « Europe puissance » et ceux qui se contenteraient d'une zone de libre-échange aux politiques communautaires restreintes. Toutefois, depuis 2022, la guerre en Ukraine a changé la donne et les 27 semblent prêts aujourd'hui à aller vers un renforcement de la puissance de l'Europe, particulièrement dans le domaine militaire.

Mot-clé

• **Majorité qualifiée :** processus de décision qui nécessite l'accord d'une forte majorité des membres, et non plus l'unanimité. Elle a été fixée à 55 % des membres et 65 % de la population de l'Union.
• **Souverainisme :** doctrine défendue par ceux qui veulent protéger la souveraineté nationale mise en péril, selon eux, par un pouvoir accru de l'Union européenne. À l'inverse des fédéralistes, les souverainistes militent pour une « Europe des nations », où l'autonomie politique des États serait préservée. Ils souhaitent donc un affaiblissement, voire une disparition, des institutions européennes communes.

9 Ce qui fait la puissance internationale

Depuis le XVIIIe siècle, l'**État territorial** est devenu la forme privilégiée d'exercice de l'autorité politique et **ses stratégies de puissance** sont devenues les grilles d'analyse de l'ordre mondial. Mais cette domination de la forme étatique semble **aujourd'hui menacée** dans un siècle de globalisation des flux extraterritoriaux.

1 Les moyens traditionnels de la puissance

A Les fondements de la puissance

• **La démographie, élément toujours déterminant de la puissance.** Cette corrélation entre démographie et puissance semble toujours vérifiée au début du XXIe siècle, où le **renversement du monde en faveur des nouvelles puissances émergentes que sont la Chine, l'Inde et le Brésil** reflète d'abord un basculement du rapport de force démographique.

• **La technologie militaire et la suprématie économique.** La guerre devient, à partir du XXe siècle, le reflet de la capacité d'un État à mobiliser ses ressources industrielles (capacités d'innovation, de production et de distribution) en temps de paix comme en temps de guerre. **L'hégémonie prolongée des États-Unis sur le monde** depuis 1918 s'explique d'ailleurs par la **maîtrise conjointe des puissances économiques et militaire** à l'échelle mondiale.

B L'ère nucléaire, une redéfinition des moyens de la puissance

• **L'arme nucléaire, moyen ultime de la puissance ?** L'apparition de l'arme nucléaire après 1945 a modifié la signification des éléments de puissance. Si, durant une courte période, l'avance des États-Unis dans le domaine nucléaire a semblé conforter les moyens traditionnels de sa puissance, **la diffusion de la bombe atomique a radicalement modifié le paysage géopolitique**. Ainsi, un État comme la Corée du Nord, malgré son économie moribonde, est devenue inattaquable par des puissances bien supérieures depuis ses deux essais nucléaires de 2006 et 2009.

• **L'ambivalence du statut de puissance nucléaire.** L'évolution de la Russie postsoviétique démontre pourtant l'asymétrie entre l'élément de puissance nucléaire et les moyens de puissance traditionnels. La Russie demeure au début du XXIe siècle la seconde puissance nucléaire mondiale. Mais elle **n'a pu empêcher l'extension de l'OTAN** et de son bouclier antimissile à ses frontières, englobant les anciens satellites de l'époque soviétique comme la République tchèque ou la Pologne. Cette **relativisation de la puissance atomique** explique pourquoi le monde a connu une dénucléarisation depuis la fin de la guerre froide (traités START I et II).

Mot-clé

Hyperpuissance : concept popularisé en 1999 par Hubert Védrine (ministre français des Affaires étrangères de 1997 à 2002) pour définir la superpuissance des États-Unis devenue sans rivale après la chute de l'URSS en 1991.

2 La redistribution des moyens de la puissance

A L'affaiblissement de l'État

• **Une privatisation militaire.** L'entretien permanent de forces armées et la maîtrise de technologies avancées de communication et de destruction sont devenus des moyens accessibles à des groupes terroristes. Ils **rivalisent avec l'hyperpuissance américaine** sur la maîtrise de l'information, flux essentiel dans un monde relié et globalisé par des réseaux de communication (télévision, Internet).

• **Une privatisation économique.** Les États abandonnent aux firmes multinationales (FMN) des instruments de souveraineté sur leur territoire. Ainsi, la compétition mondiale entre États pour attirer les flux d'investissements directs étrangers (IDE) les amène à multiplier incitations fiscales, zones franches et conditions dérogatoires. **Les FMN renforcent ainsi leur puissance financière au détriment des États,** renversant le rapport de force traditionnel. La firme russe Gazprom présente un chiffre d'affaires de 157 milliards et un bénéfice à comparer avec les 40 milliards de budget de l'État ukrainien.

B Le *soft power*, un moyen de la puissance renouvelé

• **Les diverses facettes du *soft power*.** Joseph **Nye** considère la puissance internationale comme la capacité d'un État à modeler les choix des autres acteurs afin qu'ils se rallient à lui. Ce *soft power* s'appuie sur trois piliers : l'**attractivité de sa culture**, ses **valeurs politiques** et leur **cohérence avec son action internationale et ses politiques extérieures** si elles sont légitimes et moralement fondées.

• **Le *soft power*, vecteur de la puissance américaine.** Nye soulignait lui-même le triomphe du *soft power* américain lors de la guerre du Golfe en 1991. La retransmission des principales étapes du conflit fut l'œuvre de la chaîne d'information en continu CNN qui, sans être dépendante du gouvernement américain, **généralisa dans le monde un regard américain** sur cette guerre. Elle mit en scène par exemple la **notion de guerre « propre »** sans dommages collatéraux sur les populations civiles.

Mot-clé

Soft power : « puissance douce » désignant la capacité à influencer sans avoir recours à des moyens contraignants.

C Une nouvelle puissance collaborative en réseau

• **La fin du monopole de l'information stratégique.** Ces technologies **rendent quasiment impossible le monopole sur l'information stratégique** qu'exerçaient jusqu'à la fin du XXe siècle les chancelleries diplomatiques et les états-majors militaires. Le dévoilement par l'ONG WikiLeaks de centaines de milliers de télégrammes diplomatiques du département d'État américain inaugure une nouvelle époque où **chaque État devra pouvoir rendre compte** à une opinion publique devenue mondiale **des moyens employés sur la scène internationale.**

• **Les nouvelles connectivités numériques.** Les tentatives des révolutions arabes des années 2011-2012 ont ouvert la route à une **nouvelle forme de la puissance en réseau**, une puissance collaborative des uns avec les autres dont la force réside dans le **nombre et la mobilité induite par la connectivité numérique**. Les « Indignés » espagnols (2011) à l'origine du parti radical Podemos (2016), « Nuit debout » (2016) et le mouvement des Gilets jaunes en France (2018-2020) ainsi que « l'usine à désinformation » visant les réseaux internationaux (appelée *Internet Research Agency*) du groupe privé Wagner soutenu par l'État russe illustrent la complexité des multiples voies que peuvent prendre ces nouvelles formes de la puissance.

SPÉCIALITÉ HGGSP

10 L'Empire ottoman, de l'essor au déclin

Puissance considérable dominant une grande partie du pourtour méditerranéen au **XVIe siècle**, l'Empire ottoman devient au XIXe siècle **« l'homme malade de l'Europe »** et disparaît après la Première Guerre mondiale. Pour diriger cet immense conglomérat territorial disparate, les sultans ont progressivement mis en place une administration remarquable, mais se sont montrés incapables de créer un véritable État.

1 L'apogée du XVIe siècle

A L'immensité de l'Empire

• **Les conquêtes territoriales.** Depuis la prise de Constantinople par les Turcs en 1453, l'Empire ottoman ne cesse de s'agrandir. Il atteint son apogée territoriale sous le règne de Soliman le Magnifique (1520-1566) qui **s'empare de la Hongrie** (bataille de Mohács en 1526) et parvient même à **assiéger Vienne**, sans succès, en 1529. Vers 1550, l'Empire englobe, en Asie, tout le Proche-Orient, en Afrique, l'Égypte et les États barbaresques (Alger, Tunis et Tripoli) et, en Europe, la péninsule balkanique et la Grèce, la Hongrie et la Crimée.

• **La domination maritime.** La flotte ottomane contrôle une grande partie des côtes méditerranéennes et **supplante les Vénitiens** dans le commerce avec l'Orient. Soliman n'hésite pas à recourir aux services de **redoutables corsaires** (comme Khayr ad-Din, dit « Barberousse ») rendant dangereuse toute navigation sous un pavillon chrétien. On n'en comprend que mieux le retentissement de la victoire navale de l'Espagne et de Venise sur la flotte ottomane à **Lépante** (1571), même si elle n'est guère exploitée par les Occidentaux sur le moment. Les Ottomans conquièrent Chypre et s'installent de manière durable en Tunisie.

B La puissance du sultan

• **Le représentant de la monarchie universelle.** Le sultan est un chef politique et religieux. Il affirme avoir pris à la fois la succession des **empereurs byzantins** et celle du prophète Mahomet. Il est donc un chef spirituel et temporel et le **calife** ayant autorité sur tous les musulmans. **Le sultan n'est cependant pas un despote absolu** comme le dépeignent les Occidentaux. Il ne peut gouverner sans le **divan** (cour de justice et conseil des ministres) et le **grand vizir** (Premier ministre).

• **Une puissance militaire et administrative.** La force militaire de l'Empire provient des **janissaires** (fantassins professionnels très entraînés issus de familles chrétiennes converties à l'islam). Sa cohésion territoriale est due au caractère remarquable de son administration. D'un côté, les régions formant l'Empire proprement dit et dirigées par des **beys et beylerbeys** dépendant directement du pouvoir central. De l'autre, **des pays conquis qui jouissent d'une large autonomie**, particulièrement en Europe où les rois sont maintenus en Hongrie et Transylvanie.

Biographie

Soliman le Magnifique (vers 1495-1566) : le règne de ce sultan ottoman correspond à l'apogée de l'Empire. Vainqueur des Hongrois (1526), il devient le dirigeant le plus puissant d'Europe, exploitant les divisions des princes chrétiens en se rapprochant de la France de François Ier, alors désireux de trouver un contrepoids à la puissance de l'empereur Charles Quint. Grand organisateur et protecteur des arts, il laisse à l'Empire un code de loi et fait construire deux grandes mosquées à Constantinople.

• **Un jeu diplomatique subtil.** L'Empire joue, au XVIe siècle, sur les divisions des princes chrétiens. Ainsi, en 1536, **Soliman fait alliance avec la France** de François Ier qui cherche des alliés extérieurs contre Charles Quint et qui obtient un régime privilégié par le système des **capitulations** (accords donnant des droits particuliers à certains étrangers).

Le sultan Soliman le Magnifique dominant la Méditerranée. Détail d'une carte vénitienne du XVIe siècle. ▶

2 « L'homme malade de l'Europe »

A Un empire dépecé

• **Le reflux territorial.** À partir du XIXe siècle, l'Empire connaît un recul territorial incessant au **Maghreb** (l'Égypte occupée par Bonaparte en 1798, l'Algérie dès 1830, puis la Tunisie sous protectorat français en 1881) et dans les **Balkans** face aux révolutions grecques (1830), serbes (1804-1813 et 1815-1817), moldavo-roumaines (1821) et bulgares (1876).

• **L'effondrement européen.** L'Empire perd tous ses territoires européens après les **deux guerres balkaniques** (1912-1913), prélude au premier conflit mondial. En 1913, il ne lui reste plus que la Turquie, l'Arménie, la Mésopotamie, la Syrie, la Palestine et une partie de l'Arabie.

B Un empire subordonné à l'Europe

• **L'extension des capitulations.** Elle symbolise le **déséquilibre** diplomatique et économique croissant **entre l'Empire et l'Europe occidentale**. Ce dernier n'a pas su se réformer malgré la tentative d'Abdülmecid (sultan de 1839 à1861) de créer un État de droit libéral et de réorganiser le fonctionnement de l'État (Constitution libérale de 1876, jamais appliquée). Incapable d'assainir ses finances, il devient débiteur des puissances occidentales qui le mettent sous tutelle financière (commission de la dette publique crée en 1881). **L'Allemagne y joue alors un rôle économique prépondérant**, s'implantant en Turquie et en Perse (construction de voies ferrées, etc.).

• **Le chaos politique.** La mise sous tutelle européenne entraîne la **révolte des étudiants** des écoles religieuses et un éclatement de fait des structures administratives. Les pays occidentaux ne parviennent pas à mettre en place un véritable plan de découpage de l'Empire, **« trop pourri »** selon le mot d'un diplomate anglais. Ils laissent le pays se décomposer jusqu'à la révolution des **Jeunes-Turcs** à Constantinople en 1908 qui met fin officieusement au sultanat sans parvenir à installer, dans l'immédiat, un pouvoir stable.

Mot-clé

Balkanisation : terme décrivant la désagrégation des territoires ottomans en Europe centrale à la fin du XIXe siècle. C'est un processus de fragmentation de zones multiethniques entre des nationalités revendiquant le contrôle de ces territoires, au nom d'un droit historique et moral souvent « imaginaire », suivant la formule de Benedict Anderson.

11 La Russie depuis 1991

Malgré les tentatives réformatrices de **Mikhaïl Gorbatchev**, secrétaire général de l'URSS de 1985 à 1991, profondément ébranlé par la **chute du mur de Berlin** à l'automne 1989, le système communiste s'effondre définitivement à la fin de 1991. Cette même année, **toutes les républiques fédérées de l'Union accèdent à l'indépendance.** L'Empire soviétique a vécu.

1 La fin difficile du système soviétique

A Les difficultés économiques

• **La mise en place d'une économie de marché chaotique.** Dès l'année 1992, la Russie connaît une très **brutale libéralisation des prix**. Malgré l'éphémère construction d'une communauté économique intégrée (CEI sans les pays baltes ni la Géorgie), l'économie planifiée à bout de souffle et la destruction des structures politiques fédérales cèdent la place à une économie de marché chaotique. Cette thérapie de choc débouche sur des **privatisations massives** souvent mafieuses et met en lumière la corruption des dirigeants tandis que des pans entiers de l'économie russe sont acquis par les Occidentaux.

> **Texte-clé**
>
> **La démission de Gorbatchev**
>
> « En raison de la situation qui prévaut actuellement, je mets fin à mes fonctions de président de l'URSS. J'ai défendu fermement l'autonomie, l'indépendance des peuples, la souveraineté des républiques. Mais je défendais aussi la préservation d'un État de l'Union, l'intégrité du pays. Les événements ont pris une tournure différente. La ligne de démembrement du pays et la dislocation de l'État a gagné, ce que je ne peux accepter car j'y vois de grands dangers pour nos peuples et pour toute la communauté mondiale. »
>
> Discours télévisé de Mikhaïl Gorbatchev (25 décembre 1991).

• **Le mécontentement populaire.** Avec **2 600 % d'inflation** en 1992 et 1 000 % l'année suivante, le niveau de vie des Russes baisse subitement. En 1994, le **chômage**, inconnu auparavant, atteint 7,5 %. Cette situation génère un vif mécontentement de la population et de fortes dissensions politiques entre les conservateurs du Parlement et le président Boris Eltsine quant aux réformes économiques à engager. Reprenant l'avantage, après une tentative avortée de coup d'État conservateur contre lui, Eltsine engage un référendum sur la Constitution et des élections législatives libres. Le parti communiste y obtient plus de 22 % des voix, soulignant le **développement d'une nostalgie précoce du temps de l'URSS**. En 2000, selon un sondage, 75 % de la population russe, toujours plus appauvrie, regrette l'époque soviétique.

B Le déclassement international

• **La fin d'un des deux « Super-Grands ».** L'année 1991 consacre la dislocation politique de l'URSS et le début de la **liquidation de l'héritage de la guerre froide**. La superpuissance soviétique s'est effondrée face à la superpuissance américaine laquelle, prise à contre-pied, ne sait pas toujours quoi en penser. D'où des interrogations stratégiques majeures puisque **le monde ne peut plus être lu de manière binaire**, débouchant sur un attentisme prudent (traité de limitation des armements nucléaires).

> **Biographie**
>
> **Boris Eltsine (1931-2007) :** membre du parti communiste soviétique dès 1961, il s'oppose à Gorbatchev en 1987 et devient, en 1989, le leader du parti « démocratique ». Élu président de la République au suffrage universel en juin 1991, il parvient, en août 1991, à faire échouer une tentative de coup d'État fomenté par des nostalgiques de l'URSS. Désormais homme fort du régime, il mène une politique libérale qui révèle les faiblesses économiques d'une Russie amorçant un déclin international accéléré.

• **Le désarroi d'une puissance.** La présidence de Boris Eltsine (1991-1999) symbolise le désarroi des premières années postsoviétiques. La production industrielle chute de façon vertigineuse, l'anarchie administrative se développe partout tandis qu'explosent la **criminalité organisée** et la **corruption**, installée jusqu'aux plus hauts sommets de l'État. La première **guerre en Tchétchénie** décidée par Eltsine en 1994 pour redorer le blason militaire de la Russie se révèle être un **désastre militaire et humain**.

2 Le rétablissement partiel de la puissance russe

A Une nouvelle orientation nationaliste

• **Vladimir Poutine au pouvoir.** Avec l'avènement au pouvoir de Vladimir Poutine en 1999, la Russie revient à une **idéologie plus conservatrice et plus dirigiste**. Le personnel politique de l'État est renouvelé en profondeur dans tous les compartiments des administrations centrales et régionales. Le discours politique se fait beaucoup plus nationaliste (thèmes de la **Grande Russie**, de la mère patrie, de l'âme russe). La **population russe** semble, dans son ensemble, **consentante** pour une politique autoritaire permettant le retour à une fierté nationale bien comprise, avec la bénédiction de l'église orthodoxe russe.

▲ Vladimir Poutine au pouvoir en Russie depuis 1999.

• **L'obsession de la grandeur perdue.** Vladimir Poutine montre une volonté inébranlable dans le **retour de la Russie comme puissance mondiale** même si ce projet politique induit des limitations démocratiques majeures. Les efforts de reconstruction d'une solide **industrie d'armement** débouchent sur une revalorisation emblématique de l'armée russe et permettent à la fois de développer les **exportations de matériel militaire** et de **moderniser l'outil de défense du pays**.

B Un retour fracassant sur la scène internationale

• **La puissance guerrière.** La Russie n'hésite pas à recourir à l'**emploi de la force** pour retrouver une influence dans les anciens territoires soviétiques. Ainsi, en 2014, elle est à l'origine de la « récupération » par des troupes militaires « non identifiées » de la **péninsule de Crimée** appartenant à l'Ukraine, jugée trop proche des Occidentaux. **Début 2022**, la Russie va même jusqu'à défier ouvertement le camp occidental en **envahissant l'Ukraine** dans le but d'y établir un gouvernement pro-russe au moment où le pouvoir en place légitimement élu envisageait de rejoindre l'OTAN.

• **Le *soft power*.** Sur le plan de la séduction internationale, le Kremlin, et ses gratte-ciels en arrière-plan, a essayé un temps de peaufiner une image de modernité avec l'organisation des **Jeux olympiques d'hiver** à Sotchi, en février 2014, et de la **Coupe du monde de football** à Moscou en juillet 2018.

• **L'arme diplomatique.** Sur le plan stratégique, la Russie s'impose dans des **alliances inattendues** avec la **Chine** et l'**Iran** (accords économiques de Shanghai), avec la **Turquie**, avec la **Syrie** (intervention décisive dans le conflit contre l'État islamique). Elle essaie de revenir **dans tous les horizons du monde** (présence en mer Méditerranée, dans les océans Pacifique, Atlantique, Arctique et Indien ; coopération militaire avec les pays africains, soutien au Venezuela).

SPÉCIALITÉ HGGSP

12 L'enjeu des langues

S'imposer comme le pays de la **langue véhiculaire mondiale** permet de disposer d'un véritable outil de la puissance internationale. À chaque époque, on a toujours **« parlé » la langue des puissances dominantes**. Le **latin** dans l'Antiquité, l'**espagnol** au XVIe siècle, le **français** au temps de Louis XIV et des Lumières, puis l'**anglais**, d'abord langue de la Grande-Bretagne, puissance coloniale impériale du XIXe siècle et langue des États-Unis, hyperpuissance du XXe siècle. Demain, peut-être, le **chinois** mandarin.

1 Les langues, un enjeu de puissance en Europe

A Les langues officielles dans l'Union européenne

• **Une reconnaissance formelle.** À chaque élargissement, la langue nationale de tout nouvel État membre a été reconnue comme langue officielle en Europe (24 langues officielles à ce jour). La législation linguistique affirme le principe que **tout citoyen européen doit pouvoir, dans sa propre langue,** s'informer de ce qui est décidé en son nom et comprendre les textes émanant de l'administration de Bruxelles.

• **Le Parlement européen, une « tour de Babel ».** À Strasbourg, le Parlement respecte un **multilinguisme intégral** lors des séances plénières, lors des réunions des commissions et des groupes politiques (cohortes d'interprètes en cabine de traduction), mais non sans la réticence de bon nombre de députés souhaitant **un alignement** majoritaire **en faveur de la langue anglaise**.

B L'hégémonie de fait de l'anglais

• **Le recul du français.** À partir de 2004, **la francophonie a régressé** significativement, dans l'Union européenne, à cause de l'élargissement à l'est. Aujourd'hui, le français est la langue étrangère d'environ 7,5 % des citoyens européens.

• **L'anglais, langue véhiculaire.** D'une manière générale, le nouveau contexte d'une Europe élargie a renforcé l'usage de la langue anglaise qui s'installe désormais comme la langue véhiculaire de l'Europe. C'est la langue étrangère la plus apprise dans les écoles européennes et **parlée par plus de 20 % des Européens.** Bien que la Commission européenne se défende de favoriser la langue anglaise, elle l'utilise dans 80 % des documents internes.

Mots-clés

• **Langue véhiculaire :** langue apprise en plus du parler local et servant de moyen de communication entre des communautés de langues différentes.
• **Langue vernaculaire :** langue locale, parlée couramment au sein d'une communauté.

2 Le français, un vecteur de rayonnement mondial

A La francophonie

• **Près de 300 millions de francophones.** La langue française, malgré la suprématie incontestable de l'anglais, jouit d'un réel respect au niveau international (274 millions de locuteurs en 2016 en tenant compte du nouveau mode de calcul de l'Organisation internationale de la

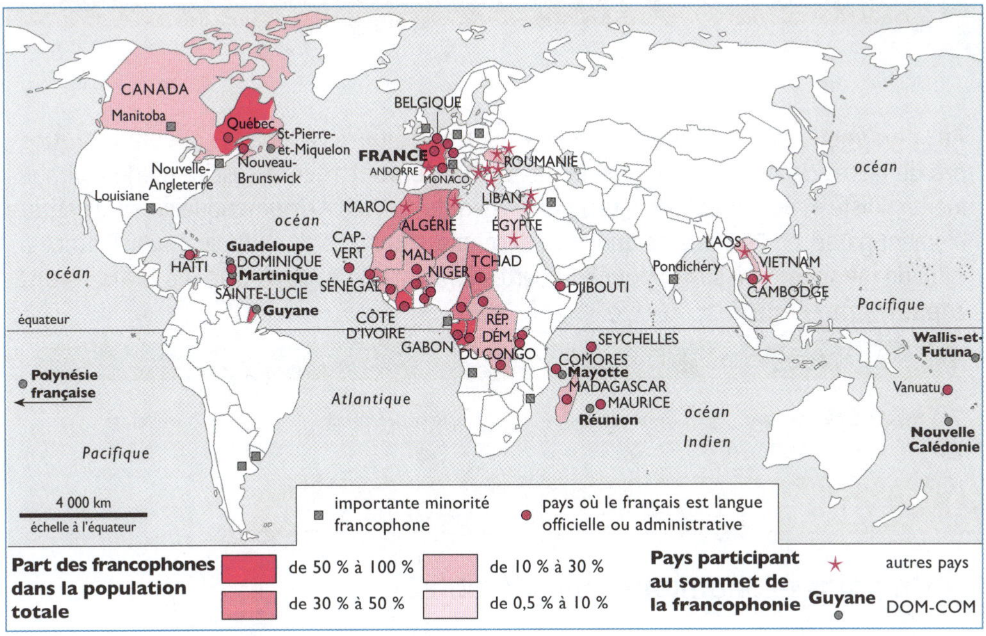

▲ La francophonie dans le monde.

francophonie ou OIF). Le français serait, aujourd'hui, la deuxième langue la plus apprise et la **cinquième langue la plus parlée** (après le chinois mandarin, l'anglais, l'espagnol, l'arabe et l'hindi). En 2050, il paraît possible que le français soit parlé par 750 millions de personnes dont 85 % en Afrique.

• **Une organisation internationale.** Aujourd'hui, la francophonie est structurée en **une organisation internationale regroupant plus de cinquante États**. Elle assure la promotion et la diffusion de la langue française et organise un sommet de la francophonie, tous les deux ans, dans une ville emblématique (Djerba en Tunisie en 2021). La France n'y joue qu'un rôle secondaire et ce sont surtout les pays africains et le Québec qui y contribuent. Ils y voient une sorte de moyen de **résister à l'américanisation du monde**.

B L'expression culturelle internationale de la France

• **Le statut particulier de la culture.** La France œuvre à l'Organisation mondiale du commerce (OMC) pour la reconnaissance d'un statut particulier de la culture **(refus de sa « marchandisation »)**. Les 800 centres de **l'Alliance française**, répartis dans 136 pays, participent largement à la diffusion de la culture française. Elle est aidée par le Bureau international de l'édition française (BIEF) qui regroupe des éditeurs francophones. En ce qui concerne les traductions littéraires, **la France vend quatre fois plus de droits d'auteurs** qu'elle n'en achète à l'étranger.

• **Le cinéma français.** Il est l'un des seuls qui, au niveau planétaire, **peut entamer l'hégémonie américaine.** Pourtant, malgré la notoriété du festival de Cannes et l'importance de la production cinématographique hexagonale, la part du marché mondial des films français reste modeste et se concentre dans des **aires géographiques limitées** (63 % des entrées en Europe, 18 % aux États-Unis, 10 % en Asie, 8 % en Amérique latine).

Mot-clé

Instituts Confucius : ce sont des instituts culturels chinois rendant hommage au célèbre philosophe (vers 551-479 av. J.-C.) qui a influencé la civilisation de la Chine jusqu'à nos jours. Ils diffusent la langue et les éléments de la culture chinoise. En 2020, on en compte plus de 525 répartis dans plus de 120 pays et régions du monde, dont plus d'une quarantaine en Afrique où ils essaient de supplanter les relais linguistiques anglais et français.

13 Les nouvelles technologies

Aux **perspectives initiales** offertes par les **extraordinaires avancées technologiques** des dernières décennies a succédé le **désenchantement récent** suscité par le « virage mercantiliste et manipulateur », pris par les géants du Web. Le numérique serait-il véritablement passé, en l'espace de quelques décennies, du stade de l'utopie émancipatrice à celui de **menace croissante** pour les libertés fondamentales **sans que les États soient capables de réagir** ?

- 1984 : Premier ordinateur personnel
- 1998 : Création de Google
- 2004 : Création de Facebook
- 2007 : Premier Iphone

1 La puissance des géants du numérique

A Un poids économique considérable

• **Des pourvoyeurs d'emplois.** Sur le plan économique, le numérique a suscité l'apparition d'un secteur d'activité dynamique, **en croissance continue**, et pourvoyeur d'emplois plus ou moins qualifiés s'occupant de la conception, de la fabrication, de la commercialisation ou de la maintenance d'appareils connectés. Selon l'INSEE, rien qu'en **France**, le numérique, en 2022, pèse près de **130 milliards d'euros** dans le PIB et entretient **1,6 million d'emplois**.

• **Des entreprises concentrées.** Dans le monde, l'industrie du numérique est concentrée dans les mains de puissants acteurs tels que Google, Apple, Facebook, Amazon et Microsoft (les **GAFAM**). **Tous d'origine américaine,** ils ont réussi à imposer leur marque et à **dominer le marché** en proposant des produits ou des services souvent très appréciés. Seules **quelques entreprises chinoises** (les **BATX**) sont en mesure, aujourd'hui, de leur faire une concurrence, limitée pour le moment à l'Asie.

B Un danger pour les libertés ?

• **Une liberté surveillée.** Par ces multiples prouesses technologiques (la géolocalisation par exemple, l'invention des smartphones) et parce que ces géants comme les GAFAM ou les BATX chinois **stockent et utilisent massivement des renseignements sur leurs utilisateurs**, le numérique place le monde en liberté surveillée. Ces multinationales recueillent et croisent une multitude d'informations telles que les numéros de téléphone, de Sécurité sociale, de carte de crédit, l'adresse, l'âge, la consommation, les pratiques sportives ou religieuses, les lieux fréquentés, etc.

• **« Le panoptique, c'est le Web ».** C'est ce qu'affirme le philosophe italien Maurizio Ferraris, faisant allusion à un **type de prison où le gardien peut surveiller tous les détenus en même temps**. Son chef n'est cependant pas un humain, mais une mémoire infinie dotée d'un savoir essentiellement bureaucratique.

Mots-clés

• **BATX :** cet acronyme désigne Baidu (moteur de recherche), Alibaba (plateforme commerciale), Tencent (messagerie et réseau social) et Xiaomi (téléphones portables et high-tech), les quatre géants du Web chinois qui sont en mesure de contester l'hégémonie américaine dans le secteur des nouvelles technologies.
• **GAFAM :** cet acronyme désigne Google, Apple, Facebook, Amazon et Microsoft, les cinq entreprises américaines (*big Five*) dominant le monde numérique américain et européen, voire mondial. Leur capitalisation boursière est supérieure au PIB de la France.

Texte-clé

« Les penseurs de la Silicon Valley prétendent remplacer l'État et ses services publics, mais aussi des institutions et des valeurs comme la vie privée, le couple, l'enseignement, etc., sans jamais prendre en compte ni les questions de légitimité, ni de souveraineté. Or, malgré toute leur importance dans la vie quotidienne des citoyens, les conditions d'utilisation (CGUS) d'une plateforme en ligne ne peuvent prétendre à la même valeur que la Déclaration des droits de l'homme ou la Constitution des États-Unis. »
J.-B. Soufron, « La Silicon Valley et son empire », revue *Esprit*, 2016/10.

2 Citoyens et États face aux nouvelles technologies

A La prise de conscience des citoyens

• **Le rôle des associations.** Organisés en collectifs divers, de plus en plus de citoyens réclament des comptes et des **garanties en matière de protection de leurs libertés** aux grands acteurs privés et publics du numérique. Une trentaine d'associations conduites par l'*American Civil Liberties Union* (ACLU) a adressé, en mai 2018, un courrier au **dirigeant d'Amazon, Jeff Bezos**, lui enjoignant d'arrêter de vendre à la police son service de reconnaissance faciale Regoknition, critiqué pour son « dangereux pouvoir de surveillance ».

• **Les rôles des ONG et des associations de défense des libertés numériques.** Elles ont lancé, sur le site *Battle for the Net*, une campagne de défense de la neutralité du Net. L'**ONG Reporters sans frontières** exerce des pressions auprès de Google et d'Amazon afin que ces plateformes n'empêchent pas la messagerie Signal, dont le cryptage permet de contourner la censure d'États autoritaires, d'utiliser certains de leurs services.

B La difficile élaboration de règles protectrices

• **La Cour suprême américaine.** Elle a rendu, en juin 2018, un arrêt considérant que **le quatrième amendement de la Constitution américaine** protégeant la vie privée **s'appliquait aux données de géolocalisation** enregistrées par un téléphone portable.

• **Le rôle de la CNIL en France.** Pionnière en la matière, la France dispose, depuis 1978, d'une autorité administrative indépendante, la CNIL (Commission nationale de l'informatique et des libertés) qui entend **garantir la protection des données personnelles des utilisateurs du numérique** en faisant accepter aux acteurs publics et privés de nouvelles règles en la matière. Ainsi la loi « pour une République numérique » de 2016 reconnaît aux personnes un droit à « l'autodétermination informationnelle ».

• **Le rôle de l'Union européenne.** En 2016, l'Europe a signé un accord avec les États-Unis sur la protection des données dans les accords commerciaux baptisé **Privacy Shield**. Enfin, le **Règlement général sur la protection des données (RGPD)** est entré en vigueur en 2018. Ce texte européen impose désormais aux entreprises de préciser à leurs utilisateurs quelles données elles collectent et quels usages elles en font.

• **Des règles illusoires ?** Censé être protecteur, le **RGPD** ne met pourtant pas fin au problème. Selon le journaliste Vincent Fagot, depuis son entrée en vigueur, il **aurait permis aux GAFAM**, plus rapides à s'adapter à ces nouvelles exigences, de **conforter leur hégémonie en matière d'exploitation de données personnelles.**

Biographie

Bill Gates (1955-). En 1975, à l'âge de vingt ans, Bill Gates fonde Microsoft. Au début du XXIe siècle, cette entreprise américaine devient, pour une dizaine d'années, la première entreprise mondiale avec une capitalisation boursière dépassant les 700 milliards de dollars. Considéré à cette époque comme l'homme le plus riche du monde, Bill Gates délaisse peu à peu la direction de Microsoft pour se consacrer à la gestion de sa fondation philanthropique.

SPÉCIALITÉ HGGSP

14 La Chine et les « nouvelles routes de la soie »

Depuis les années 1980, la Chine s'est inscrite dans la mondialisation contemporaine dont elle a été l'illustration la plus spectaculaire (PIB multiplié par 80 en 40 ans). Le dirigeant chinois Deng Xiaoping en avait énoncé le principe fondateur : « Le développement, il n'y a que cela de vrai. » **Après avoir été l'atelier du monde**, la deuxième puissance économique mondiale cherche des **relais de puissance** en essayant de **maîtriser les espaces maritimes et continentaux qui lui sont utiles.**

1 Une nouvelle stratégie de puissance

A Dépasser la puissance industrielle

• **Le principe OBOR *(One belt one road)*.** Le commerce extérieur ayant été le facteur principal de sa croissance, la Chine ne peut se passer de la mondialisation. Après avoir pensé l'industrialisation, l'aménagement et le développement de sa large façade maritime, la Chine met en place **une organisation en réseaux très sophistiquée et systématique des espaces continentaux eurasiatique et africain** selon le principe de projection spatiale OBOR *(One belt one road)*.

• **Un partenariat « gagnant-gagnant ».** Constatant l'actuelle impasse de la mondialisation, la Chine applique un nouveau principe confucéen : **« Je ne gagne que si et seulement si tu gagnes aussi »**. En proposant aux pays tiers de **financer ou de rénover une partie de leurs infrastructures**, elle accélère la mise en place de ses couloirs de circulation stratégiques.

B Penser le monde dans sa globalité

• **Une stratégie cohérente.** De par sa **diaspora mondiale** importante, la Chine a été sans doute le premier État à comprendre le monde dans sa globalité. Cette perception historique a joué un grand rôle dans l'analyse de la mondialisation, à toutes les échelles.

• **Une « toile » d'influence mondiale.** À la faveur de moyens financiers considérables, la Chine réalise, depuis deux décennies, des **« routes de la soie continentales »** et des **« routes de la soie maritimes »**. Elles **organisent** désormais **les échanges mondiaux à son profit**, étant toutes en connexion les unes les autres au gré de zones portuaires stratégiques en Asie, en Afrique et en Europe, le continent américain étant quant à lui moins concerné.

2 Les traductions géographiques

A La stratégie du « collier de perles »

• **Des accords avec de nombreux États.** L'image du collier de perles illustre l'**action de la diplomatie chinoise du président Hu Jintao** (2002-2013), à **passer des accords** avec des pays tels le Cambodge, le Myanmar, le Bangladesh, l'Iran, les Seychelles, l'Île Maurice, le Soudan (location d'accès portuaires, construction d'infrastructures, financement d'aménagements de transports).

• **La sécurisation des routes maritimes vitales.** La Chine adopte une **stratégie** volontariste pour **contrôler les routes maritimes** longeant les littoraux de la mer de Chine orientale et de la mer de Chine méridionale, du golfe du Bengale et de la mer d'Oman dans l'océan Indien, **en direction du golfe Persique** (sécurisation des flux d'importation d'hydrocarbures) et de la **mer Rouge** (acheminement maritime des exportations chinoises et libre circulation des porte-conteneurs).

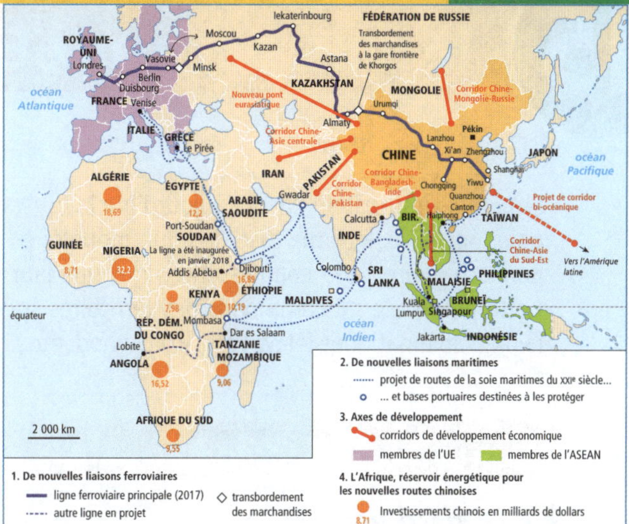

Source : *Courrier international*, 2018.

Les « nouvelles routes de la soie ». ▶

B Les « nouvelles routes de la soie » maritimes

• **Les routes polaires.** Aujourd'hui, sous la présidence de Xi Jinping, la Chine développe de nouvelles stratégies d'accès, d'une part à l'océan Glacial Arctique par le détroit de Behring **(« route de la soie polaire »**, accords de partenariat avec l'Islande) et, d'autre part, en direction de l'océan Pacifique Sud **(« route de la soie Antarctique »)**, d'être présente pour l'exploitation future de gisements d'hydrocarbures et de sites de minerais divers.

• **Les routes africaines et méditerranéennes.** Dans la même intention se développe une **« route de la soie africaine »** pour faciliter et sécuriser l'exploitation des richesses du continent. De son côté, la mer Méditerranée devient une nouvelle mer de Chine **(« route de la soie méditerranéenne »)** à la faveur d'initiatives chinoises de plus en plus nombreuses (rachat du port du Pirée en Grèce, accords de partenariat avec Gênes et Trieste en Italie, Marseille en France, investissements dans le secteur énergétique au Portugal).

Mot-clé

Routes de la soie : dès l'Antiquité, des expéditions de marchands tracent des routes dans les régions désertiques pour relier la Chine à l'Empire romain. Elles servent à transporter la précieuse soie chinoise jusqu'à Rome. Elles ont permis au monde asiatique d'entrer en contact avec l'Occident.

C Les « nouvelles routes de la soie » terrestres

• **Le renouveau des circulations eurasiatiques.** La Chine a repris une stratégie de **circulation continentale** d'est en ouest, en direction de l'Europe après l'implosion de l'URSS, à travers l'Asie centrale. Depuis le début du XXIe siècle, cette idée récurrente des routes de la soie terrestres n'a cessé de prendre de l'ampleur, au sud de la Sibérie russe, dans les **républiques d'Asie centrale**, à travers l'Iran et la Turquie, et **à destination de l'Union européenne**. Depuis 2022, le rapprochement avec la Russie, lié à la guerre en Ukraine, accélère le phénomène.

• **Des infrastructures globales.** On peut considérer « les nouvelles routes de la soie » terrestres selon une conception désormais très élargie : **axes routiers**, **axes ferroviaires**, trajets d'**hydrocarbures** (pétrole et gaz). Les investissements colossaux (au moins 3 000 milliards de dollars) se font souvent **en partenariat avec des pays étrangers** (Népal, Kazakhstan, etc.).

• **Une nouvelle façon de penser le monde.** Ainsi conçues dans une approche globale, les « nouvelles routes de la soie » sur le continent eurasiatique reflètent la façon chinoise de savoir penser l'espace et ses connexions à cette échelle continentale. **Elles construisent un nouveau centre du monde**, centre décalé en direction de l'empire du Milieu.

15 Formes et lieux de la puissance aux États-Unis

Les États-Unis restent encore aujourd'hui la **puissance dominante** d'abord grâce à leur poids militaire, leur maîtrise des flux monétaires et financiers, la domination de l'économie tertiaire de la connaissance ainsi que leur influence culturelle toujours inégalée. Cette puissance s'incarne dans des territoires spécifiques, les mégarégions et dans des lieux emblématiques (New York, Hollywood, etc.).

1 Les formes de la puissance

A Le *hard power*

• **Une puissance militaire sans rival.** Avec un budget global de la Défense dépassant les **770 milliards de dollars** en 2022, les dépenses militaires américaines sont plus de trois fois supérieures à celles de la Chine, son grand rival stratégique aujourd'hui. Elles représentent à elles seules environ **la moitié des dépenses militaires** des principaux **pays du monde**. Cette suprématie renouvelée provient **d'une décennie ininterrompue d'augmentation** (+ 70 % entre 2002 et 2012) et d'une **reprise de cette tendance** depuis l'arrivée au pouvoir de **Donald Trump** en 2017, encore accélérée par Joe Biden (soutien américain à l'Ukraine, en guerre contre son agresseur russe).

• **Une domination économique renouvelée.** Elle s'appuie sur le maintien d'une **maîtrise monétaire** (suprématie du dollar) et **financière** : Wall Street représente encore près de la moitié de la capitalisation boursière mondiale. Elle se traduit par une capacité productive et financière des États-Unis profondément renouvelée en deux décennies. **Délaissant le secteur manufacturier classique** laissé à la Chine, les États-Unis se sont tournés vers les **services à forte valeur ajoutée** profitant d'un investissement inégalé dans la recherche et le développement (30 % des dépenses mondiales). Ils possèdent encore 8 des 10 plus grandes firmes multinationales mondiales.

B L'émergence du *smart power*

• **L'importance du *soft power*.** L'influence culturelle mondiale des États-Unis reste incontestable. La **quasi-hégémonie de l'américain** comme langue internationale véhicule une **culture de masse globale**, imprégnant les entreprises comme les consommateurs. L'*American way of life* s'est répandue partout comme un modèle de consommation (alimentation, mode, culture).

• **Les limites du *soft power*.** L'efficacité du *soft power* est aujourd'hui remise en cause. La vidéothèque de 20 000 films hollywoodiens détenue par l'ancien dictateur nord-coréen Kim Jong-il ne le rendait **pas plus sensible aux valeurs américaines**. Les messages vidéo régulièrement adressés par le président Obama au peuple iranien n'ont pas eu plus d'effet que les sanctions économiques engagées depuis les années 1980 sur la détermination du gouvernement iranien de se doter d'une arme nucléaire.

• **La « puissance intelligente ».** Elle impose d'**utiliser les différents moyens de puissance selon trois dimensions superposées**. Dans la première, où seule la force militaire intervient, les États-Unis

Mots-clés

• ***Hard power*** : « puissance dure », principalement militaire, détenue par un État.
• ***Smart power*** : « puissance intelligente » qui combine les moyens traditionnels de coercition militaire ou économique du *hard power* et les moyens d'influence du *soft power*.

restent une superpuissance incontestée et sans rivale. Dans la deuxième, où la répartition de la richesse économique importe, **la globalisation rééquilibre les forces entre les États-Unis et les puissances émergentes**, telles l'Inde et la Chine. Dans la troisième, celle des **relations transnationales** où il n'y a aucune puissance régulatrice (réchauffement climatique, lutte contre le terrorisme, régulation financière), il faut, pour continuer à dominer, susciter la coopération de tous les acteurs.

2 Les territoires de la puissance

A Les mégarégions américaines

• **Le poids mondial des grandes métropoles.** La constitution des **GAFAM** comme nouveaux moteurs de l'économie mondiale conforte le **poids économique des métropoles**. Ces firmes sont presque toujours issues de **clusters urbains où se mêlent universités, micro-entreprises innovantes et fournisseurs de moyens spécialisés.**

▲ Les mégarégions, base territoriale de la puissance américaine.

• **Des métropoles aux mégarégions.** Ces vastes étendues urbaines « définies par un réseau de relations en vue d'intérêts économiques communs » (Richard Florida) sont au nombre de onze. Elles regroupent les **créateurs de nouvelles technologies** ainsi que les moyens pour les développer et les imposer. Elles forment des **ensembles économiques équivalant à de véritables États** et sont devenues les **acteurs majeurs de la nouvelle puissance économique** américaine.

B Quelques lieux emblématiques

• **Le Massachusetts Institute of Technology.** Situé près de Boston, il est considéré comme **la plus riche université au monde** (6 milliards de dollars de dotation) offrant la plus large palette d'enseignements (72 laboratoires) tous reconnus pour leur excellence (plus de **80 lauréats du prix Nobel** parmi ses anciens étudiants).

• **New York.** C'est la métropole américaine qui concentre le plus « d'acteurs à capacité mondiale d'intervention », que ce soit dans la diplomatie (siège de l'**ONU**), l'économie **(Wall Street)**, l'éducation **(Université de Columbia)**, les médias (le **New York Times**) et la culture (**Metropolitan Museum**).

• **La Californie.** La **Silicon Valley** est le cœur de la mégarégion de *Northern California*. S'appuyant sur l'université de Stanford, elle est devenue le **cœur numérique du monde**, chaque nouvelle vague d'innovation bénéficiant de la réussite des autres (fondation de HP en 1939, de Google en 1998, siège de Facebook). **Los Angeles** domine la mégarégion de *Southern California*, particulièrement grâce aux industries du divertissement (cinéma, télévision) implantées à **Hollywood** qui génèrent environ 50 milliards de revenus par an. En Europe, les films américains représentent plus de 80 % du marché.

16 Unilatéralisme et multilatéralisme

Une décennie d'unilatéralisme débouchant sur des échecs militaires (Irak) et moraux (Guantanamo) a sévèrement abîmé l'image des États-Unis dans le monde, **alimentant l'antiaméricanisme.** La présidence de Barack Obama (2009-2017) apparaît en fin de période comme une tentative de **restauration de cette réputation internationale**, de même que celle de Joe Biden (depuis 2021) après « **l'unilationnisme** » de l'ère Trump (2017-2021).

1 L'unilatéralisme américain

A Une conséquence des attentats du 11 septembre

• **Le 11 septembre 2001, un traumatisme américain.** Les attentats meurtriers du 11 septembre 2001 à New York et Washington surprennent le peuple américain. Ils constituent la **première attaque ennemie sur le territoire métropolitain** des États-Unis depuis la seconde guerre anglo-américaine de 1812. Ils visent de surcroît des emblèmes du ***hard power*** (le Pentagone) et du ***soft power*** (le World Trade Center).

• **La guerre unilatérale contre le terrorisme.** Entouré de conseillers formés durant la guerre froide, l'inexpérimenté président Bush Junior (2001-2009) adopte une **politique unilatérale** en décidant de **mener une « guerre mondiale » contre un supposé « axe du mal »** (la Corée du Nord, l'Iran et l'Irak) qui financerait le terrorisme d'Al-Qaïda. Les États-Unis se déploient en Afghanistan dès la fin 2001 pour traquer les chefs de cette organisation terroriste. En 2003, le président Bush envoie l'armée américaine renverser le régime dictatorial de Saddam Hussein en Irak dans le but de **reconstruire un « Grand Moyen-Orient » démocratique**.

B Des résultats qui mettent à mal la puissance américaine

• **L'échec en Irak.** L'opération irakienne, conduite sans l'assentiment du Conseil de sécurité de l'ONU, s'enlise rapidement face à la résistance locale. Les exactions commises par les soldats américains (torture à la prison d'Abou Ghraib) **ruinent l'image des États-Unis dans le monde.**

• **L'échec en Afghanistan.** La présence des États-Unis en Afghanistan **ne parvient pas à éradiquer le terrorisme** et il faut attendre dix ans pour qu'Oussama Ben Laden, chef historique d'Al-Qaïda, soit finalement éliminé en mai 2011 au Pakistan par les forces spéciales américaines.

Texte-clé

« Le monde ploie sous le poids de nouvelles menaces [...] la résurgence de conflits ethniques ou sectaires, la montée de mouvements sécessionnistes, les insurrections, les États défaillants. Les États-Unis ne vacilleront jamais dans leur engagement en faveur de la sécurité internationale. Mais dans un monde où les menaces sont plus répandues et les missions plus complexes, l'Amérique ne peut pas agir dans l'isolement. L'Amérique ne peut à elle seule assurer la paix. »

Discours du président américain Barack Obama, lors de la réception du prix Nobel de la paix, 10 décembre 2009.

Mots-clés

• **Multilatéralisme :** organisation de la politique extérieure d'un État conformément aux principes démocratiques en tenant compte des positions de tous les acteurs concernés.

• **Unilatéralisme :** organisation de la politique extérieure d'un État sans tenir compte des positions des acteurs concernés (autres États, organisations internationales, etc.).

2 Le retour au multilatéralisme ?

A Le déclin de l'hyperpuissance américaine

• **Un rival régional.** La polarisation stratégique des États-Unis vers le Moyen-Orient durant la décennie 2000 permet l'émergence d'un rival régional comme **le Venezuela d'Hugo Chávez** dans la chasse gardée traditionnelle de l'Amérique latine. Chávez n'hésite pas à nationaliser le pétrole vénézuélien et à exproprier des firmes américaines comme ExxonMobil pour contrer la puissance étasunienne.

• **La Chine, puissance devenue majeure.** La montée en puissance économique de la Chine, qui réalise le deuxième PIB mondial dès 2010, est mal appréhendée, d'autant que **la Chine est devenue le premier créancier de l'État américain.** Depuis 2013, la Chine dégage un excédent annuel de plus de 500 milliards de dollars dans ses relations commerciales avec les États-Unis. Elle détient environ 10 % de la dette fédérale américaine. La Chine protège la prolifération nucléaire de son allié nord-coréen entre 2006 et 2009. Elle n'hésite pas à **défier plus nettement les États-Unis en mer de Chine** pour réaffirmer sa souveraineté sur Taïwan.

B Le multilatéralisme affiché de Barack Obama

• **Une considération retrouvée pour ses partenaires.** À partir de 2009, Barack Obama renoue avec le multilatéralisme. Le nouveau président démocrate accepte de mener un **dialogue plus constructif avec l'ONU** et ses principaux partenaires occidentaux, particulièrement avec l'Union européenne.

• **Une nouvelle politique étrangère.** Barack Obama se **désengage progressivement des conflits les plus sensibles** (Irak, puis Afghanistan). Il organise la **reconfiguration des forces militaires** américaines qui n'ont plus pour mission d'être, à elles seules, « les gendarmes » de la démocratie. Il annonce aussi un **retour stratégique vers l'Asie-Pacifique** et négocie, à partir de 2011, un traité de libre-échange avec onze pays de cette région (Partenariat Transpacifique).

C La parenthèse « unilationniste » de Donald Trump

• **Un contre-pied affiché de la politique étrangère de son prédécesseur.** L'élection surprise de Donald Trump semble avoir modifié en apparence la stratégie étrangère américaine. Adepte de la politique du tweet et des décisions à l'emporte-pièce, le nouveau président **paraît revenir à l'unilatéralisme**, particulièrement en décidant de **se retirer seul des accords de Paris sur le climat** en juin 2017.

• **Une accélération du déclin international américain ?** Cette politique à la fois spectaculaire et incohérente souligne en fait le glissement des États-Unis vers une nouvelle impuissance internationale. Le sabotage systématique des conférences du G7 ou des accords laborieusement trouvés ne profite guère, en fin de compte, aux États-Unis mais **renforce la déconstruction de leur image internationale** au profit de la Chine et contribue à la montée de nouvelles tensions mondiales.

> **Mot-clé**
>
> **Unilationnisme :** néologisme construit sur la contraction des termes unilatéralisme et isolationnisme. Il pourrait servir à qualifier la politique étrangère incohérente de Donald Trump qui veut imposer la volonté américaine au reste du monde sans en avoir désormais les moyens tout en revendiquant un repli identitaire et en refusant de s'impliquer dans les affaires internationales.

• **Le retour d'un multilatéralisme revendiqué.** En 2021, le président Joe Biden affirme qu'il « faut s'engager à nouveau avec le monde ». Le soutien massif accordé à l'Ukraine dans sa guerre contre la Russie en est la meilleure illustration (70 milliards de dollars d'aide depuis 2022).

17 Points d'appui et zones d'influence des États-Unis

Les États-Unis sont le seul pays à disposer d'**une force de frappe et de projection planétaire.** Ils possèdent aussi un puissant réseau d'alliances hérité de la guerre froide (OTAN). Il faut y ajouter leur **rôle majeur dans la gouvernance mondiale** (ONU, OMC, G8, FMI, etc.) ainsi qu'**une autre arme de domination, le *soft power*.**

1 Un *hard power* toujours dominant

A Une capacité d'intervention mondiale

• **La logique insulaire.** Depuis plus d'une décennie, le contexte international renforce la logique insulaire du territoire des États-Unis. **Ouvert sur les deux plus grands océans du monde**, le pays est inscrit, davantage même que durant la guerre froide, dans une géopolitique et une géostratégie planétaires.

• **Une avance militaire conséquente.** Malgré les progrès de la Chine, les États-Unis conservent une primauté militaire qui empêche l'émergence de tout rival global. Même si la part des dépenses militaires américaines dans leur total mondial décroît régulièrement, les États-Unis possèdent des **outils de projection de puissance** dont leurs rivaux restent dépourvus. En 2018, la Chine n'a que deux porte-avions à propulsion diesel classique quand les États-Unis disposent de **dix porte-avions à propulsion nucléaire** qui servent de **bases mobiles** pour déployer des forces sur l'ensemble du globe.

• **Les quatre armées américaines *(Army, Navy, Air Force, Marines)*.** Elles utilisent un réseau de **112 bases principales extérieures** pour leur déploiement rapide en cas d'intervention militaire. Ces bases et leurs personnels permanents fondent la division du monde en **cinq grands commandements géographiques** couvrant l'ensemble du globe : l'EUCOM *(European Command)*, le PACOM *(Pacific Command)*, le CENTCOM *(Central Command)* pour le Moyen-Orient et l'Asie centrale, l'AFRICOM *(African Command)* et le SOUTHCOM *(Southern Command)* pour l'Amérique du Sud. Ils comptent près de **250 000 soldats** déployés. La Chine ne dispose encore d'aucune base militaire extérieure officiellement revendiquée dans le monde.

B Une avance technologique

• **La *Missile Defence Agency*.** Elle bénéficie de budgets annuels entre 7 et 10 milliards de dollars pour développer en permanence un **bouclier antimissile balistique** protégeant le territoire national. La composante navale de ce bouclier, la technologie Aegis, a été **vendue au Japon** afin de se protéger de la prolifération nord-coréenne. Depuis 2009, **les États-Unis aident les Européens** à se doter d'une défense antimissile européenne dans le cadre de l'OTAN.

• **La maîtrise des nouvelles technologies.** Les drones (près de 400 frappes militaires entre 2004 et 2015 au Pakistan) permettent de mener des opérations extérieures sans déploiement long et coûteux de troupes. En 2022, les États-Unis **disposent de quatre fois plus de satellites que la Chine et la Russie**. Les effectifs américains du **commandement de la lutte dans le cyberespace** (l'espace du web, de l'informatique) seront portés à 20 000 personnes en 2028 (contre 6 000 en 2018). Cette supériorité s'illustre parfaitement dans le soutien logistique apporté à l'Ukraine dans la guerre contre l'agression russe débutée en 2022.

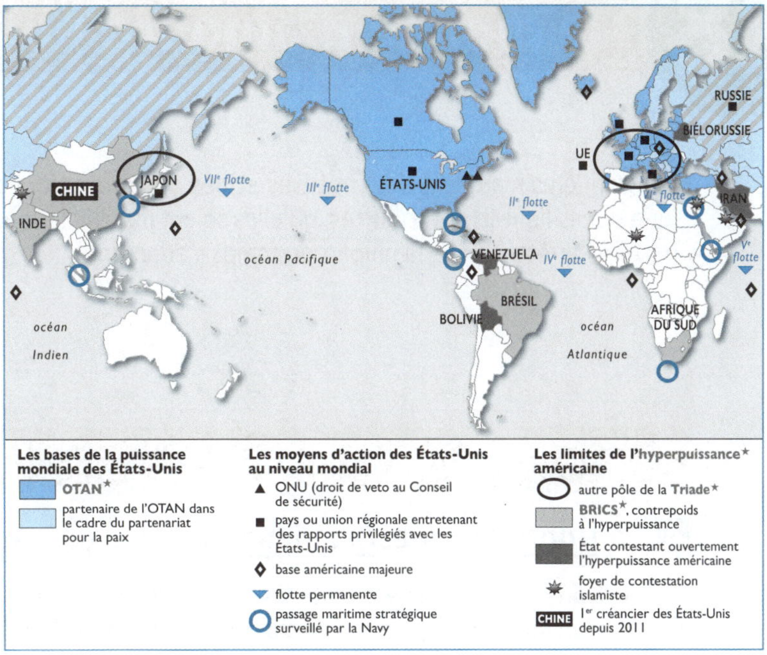

La puissance mondiale des États-Unis. ▶

2 Un réseau d'alliances inégalé

A L'OTAN

• **La rénovation de 1991.** L'Organisation du traité de l'Atlantique nord, formée en 1949-1950 avec le Canada et l'Europe de l'Ouest contre le communisme soviétique, est rénovée dès 1991 pour devenir **un outil de gestion des crises régionales** européennes (Bosnie en 1995 et Kosovo en 1999). Étendue au début du XXIe siècle aux anciens pays satellites de l'URSS, l'OTAN se transforme, avec la guerre en Ukraine, en **alliance mondiale pour la démocratie et la sécurité globale.**

• **La *« smart defense »*.** Elle permet aux États-Unis de promouvoir **une mutualisation des moyens** qui allège le fardeau du maintien de l'ordre international (par exemple en Libye en 2011).

B La reprise des alliances militaires et diplomatiques

• **La guerre contre le terrorisme.** L'administration Obama (2009-2017) privilégie la recherche d'alliances diplomatiques qu'elle organise dans le cadre du droit international de l'Organisation des Nations unies. Dans la guerre contre le terrorisme, les États-Unis parviennent à former une **coalition de quarante États contre l'État islamique** en septembre 2014.

• **La diplomatie des pactes commerciaux.** Inaugurée par le président Clinton (1993-2001) qui avait mis en œuvre l'ALENA avec le Canada et le Mexique, elle reprend à partir de 2009. L'administration Obama négocie alors l'élargissement de l'ALENA au **Partenariat transpacifique,** un accord de libre-échange global qui associerait les États-Unis et le Canada avec des pays d'Amérique latine et d'Asie-Pacifique ainsi qu'un **Partenariat transatlantique** (avec l'Europe).

• **L'engagement militaire.** Après l'intermède isolationniste de l'ère Trump (2017-2021), les États-Unis, en dépit du retrait de leur troupes d'Afghanistan (2021), ont repris leur politique de soutien militaire, particulièrement à l'Ukraine, allant jusqu'à lui fournir du matériel sophistiqué (défense aérienne, canons longue portée, avions de combat).

18 Les frontières dans le monde d'aujourd'hui

Les frontières marquent des **ruptures** et des **discontinuités** dans l'espace mondial. Le long de ces lignes, **les mobilités**, qu'elles soient matérielles ou humaines, **se modifient**, parfois s'arrêtent, mais la plupart du temps s'adaptent.

1 Les frontières délimitent les territoires

A La frontière « westphalienne »

• **La « dyade ».** La frontière est dite « westphalienne » quand elle sépare deux États. Elle a un statut juridique, la « dyade ». **Elle distingue au moins deux formes d'organisation de territoires** qui peuvent être différents par la langue, par la civilisation ou par le niveau de vie.

• **Les espaces transfrontaliers.** De part et d'autre de la frontière se développent des espaces frontaliers, c'est-à-dire sous l'influence de celle-ci. Ils sont militarisés quand les tensions s'accroissent, ils peuvent être aussi une sorte de « fin » du territoire national. **De plus en plus d'espaces s'organisent à partir des différences de part et d'autre de la frontière :** l'exemple des frontaliers français qui, tous les jours, vont travailler en Suisse en est une illustration.

• **Une importante dimension géopolitique.** Les frontières sont toujours à l'origine de **différends territoriaux entre des États** (frontières entre l'Inde, le Pakistan et la Chine par exemple) qui peuvent donner lieu à des guerres de plus ou moins grande intensité. L'agression russe contre l'Ukraine (2022) en est le meilleur exemple contemporain. La lutte pour la reprise des territoires envahis par la Russie et le retour aux frontière ukrainiennes d'avant 2014 (annexion russe de la Crimée) a entraîné une guerre meurtrière (déjà plus de 100 000 victimes).

B Les autres frontières

• **Frontières sociales et culturelles.** Le terme « frontière » désigne aussi **tous les éléments, en particulier sociaux et culturels, qui séparent des groupes humains**. Le franchissement de la ligne qu'ils représentent est rendu plus ou moins possible en fonction du degré d'adaptation à la culture de l'autre. Or, les différences d'aptitude à cette mobilité conduisent parfois à des formes de relégation dans l'espace, voire de ségrégation. **Une rue, un boulevard périphérique peuvent alors constituer**, en particulier dans les grandes métropoles, **des barrières souvent infranchissables** pour les populations les plus pauvres ou identifiées à un genre, une origine, un niveau social.

• **Les nuances anglo-saxonnes.** Pour les Anglo-Saxons, le mot « frontière » signifie avant tout un espace mouvant, flou, qui marque la limite entre les territoires colonisés et ceux qui restent à conquérir. Aux États-Unis, c'est la différence entre le **mot « *frontier* »**, qui est l'expression de cette conception, et le terme ***« border »*** qui désigne la limite entre deux États. Le premier, dans l'histoire de ce pays, est lié aux mobilités qui ont permis la conquête de l'Ouest. Le second est surtout associé, de nos jours, à la **frontière avec le Mexique** que de nombreux Américains souhaitent voir fermée aux migrants mexicains.

2 Les frontières organisent les circulations

A Frontières ouvertes et fermées

• **La frontière est au cœur d'un système de contrôle.** Il permet de filtrer les passages en fonction de nombreux critères politiques, culturels ou économiques. Des périodes peuvent être marquées par de **larges ouvertures** quand d'autres sont caractérisées par une **forte étanchéité**. Par ailleurs, des **mobilités clandestines** cherchent toujours à contourner ou à éviter les points de franchissement officiels.

• **Les frontières fermées.** Cette situation dépend de décisions des États. Elles peuvent être bilatérales ou, au contraire, être imposées par un des pays concernés sur une dyade en particulier. Il y a aujourd'hui **une quarantaine de frontières qui sont plus ou moins fermées dans le monde**, en particulier en Amérique du Nord, en Afrique et en Asie.

• **40 000 kilomètres de « murs ».** La fermeture de la frontière peut être immatérielle, mais ces dernières années ont vu se multiplier le **développement d'obstacles** de plus ou moins grande intensité (la barrière renforcée avec des moyens de très haute technologie comme celle qui sépare les États-Unis du Mexique, ou les murs entre l'État d'Israël et les territoires palestiniens). On dénombre 40 000 kilomètres d'obstacles aux formes de circulation. Dans tous les cas, les frontières fermées poussent presque toujours les migrants à des prises de risques assumées quels que soient les obstacles mis sur leur chemin. **Jamais une barrière n'a pu arrêter un clandestin déterminé.**

▲ Une frontière hautement symbolique, la frontière entre le Mexique et les États-Unis.

B Des frontières « intelligentes »

• **Des outils numériques pour moderniser les frontières.** C'est une solution qu'essaie de concrétiser la Commission européenne. Elle promeut le projet de « frontières intelligentes » en utilisant les **outils numériques** pour mieux contrôler les entrées et les sorties. La circulation à l'intérieur de l'espace communautaire serait ainsi facilitée. D'ici à 2022, tous les voyageurs qui circulent en dehors de l'espace Schengen seront identifiés par leurs empreintes faciales ou digitales : une base de données sera constituée, permettant d'identifier la situation du migrant qui veut entrer et se déplacer dans l'espace communautaire.

• **Une aide pour améliorer les conditions des migrations.** La mise en place de frontières intelligentes permettrait aussi de migrer dans des conditions beaucoup plus sûres, **en réduisant le rôle des passeurs clandestins**. Elle faciliterait également les mouvements de retour, un migrant ne redoutant plus de ne pas pouvoir revenir dans son pays d'accueil. Ce serait donc un excellent moyen de lutter efficacement contre les « antimondes ».

Mot-clé

Système westphalien : organisation géopolitique de l'Europe née à la fin de l'époque moderne. Elle reconnaît l'État comme seule organisation politique des sociétés et fait des frontières les délimitations intangibles de la puissance territoriale directe qu'il y exerce. Saint-Simon en donne une définition saisissante au début du XVIIIe siècle : « Le traité de Westphalie de 1648 établit un nouvel ordre par une opération politique qu'on appela équilibre des puissances. […] Depuis ce traité, la guerre a été l'état habituel de l'Europe. »

19 Pour protéger l'Empire romain : le *limes*

Pour matérialiser les milliers de kilomètres de frontières de l'Empire romain, des **routes** sont tracées ***(limes)*** dès le IIe siècle avant J.-C. Elles séparent les provinces romaines des territoires barbares. Dans les zones les moins sûres, **la frontière** se fait défensive, parfois sous la forme d'un **mur**, mais la plupart du temps elle repose sur un **« système ouvert »** comme pour le *limes* rhénan.

1 Les frontières de l'Empire romain

A Une zone défensive

- **Des frontières matérialisées.** Contrairement aux **Grecs** qui **ne concrétisent leurs frontières** que par quelques bornes, les Romains **matérialisent** celles qui les séparent des mondes barbares. La plupart du temps, il ne s'agit que d'une route qui peut longer un fleuve ou une barrière naturelle (fossé, forêt infranchissable, désert).

- **Des frontières renforcées.** Dans les zones dangereuses ou menaçantes pour la sécurité de l'Empire, la frontière est renforcée. On y construit parfois **des murs de protection** comme le mur d'Hadrien en Grande-Bretagne comparable à une petite « Muraille de Chine ». Mais la plupart du temps, la frontière est simplement **surveillée par l'armée** établie dans des **camps permanents** construits dans les zones les plus sensibles.

B Un système « ouvert »

- **Une épaisseur géographique.** Les frontières les mieux protégées sont en fait des **zones de contact** avec les territoires étrangers, de plusieurs kilomètres de profondeur. Si **la route en reste l'élément essentiel** (pour le déplacement des troupes), elle comporte des ramifications qui mènent soit à des ouvrages d'art défensifs (ponts, palissades, fossés, tours de guet), soit à de véritables **centres stratégiques de défense** (places fortifiées et camps permanents de l'armée où sont stationnées les légions).

- **Un déploiement humain considérable.** La frontière **fixe donc des milliers de soldats romains** de manière parfois dynamique (les patrouilles, les surveillants d'avant-garde en territoire étranger) mais la plupart du temps statique. Les légions affectées à la surveillance des frontières sont implantées dans des **camps (*castra*)**. Ces espaces rectangulaires, entourés d'une enceinte, sont divisés en quartiers où alternent bâtiments administratifs, religieux et utilitaires et casernement (tentes des soldats).

- **Les *cabanae*.** Autour de ces camps se créent des *cabanae*. Là où **vivent tous ceux qui accompagnent les soldats** (concubines, prostituées, enfants) ou en dépendent (commerçants, artisans, etc.). Ces *cabanae* forment rapidement de véritables villes.

> **Mot-clé**
>
> **Légion :** principale division de l'armée romaine, elle compte environ 6 000 hommes. Chaque légion porte un numéro et un surnom. Établies majoritairement aux frontières de l'Empire, les légions, ont, dès le Ier siècle, un recrutement de plus en plus local. Cette barbarisation de l'armée en fait peu à peu l'instrument des chefs locaux et contribue à la désagrégation progressive du pouvoir impérial dès le début du IIIe siècle.

Les frontières de l'Empire romain à son apogée (fin du IIe siècle). ▶

2 Le *limes* rhénan

A Un projet gigantesque

• **550 km de frontières fortifiées.** Pour protéger le nord de l'Empire, **se met en place sur plus d'un siècle** l'immense *limes* germanique. Débuté sous l'empereur Claude (vers 41) il n'est achevé qu'à la fin du règne d'Antonin le Pieux (161). Il unit deux frontières « naturelles » fluviales facilement surveillables. Partant du Rhin (Coblence), il déploie des milliers de tours de guet, des centaines de châteaux forts et huit camps de légionnaires jusqu'au Danube (Ratisbonne).

• **Une défense illusoire.** Ce *limes* ne parvient guère à arrêter les invasions barbares. **Percé dès 166**, il oblige les empereurs (Marc Aurèle, Commode, Septime Sévère, etc.) à d'incessantes opérations militaires pour éviter que trop de Germains n'entrent en territoire romain. Il est **totalement enfoncé** par les tribus germaniques des Alamans **dès 254**. La Belgique est envahie en 259 et la Gaule en 268. Les Alamans atteignent l'Italie du Nord en 260.

B Un vecteur majeur de la romanisation

• **Une zone de contact avec les Barbares.** Le *limes* est avant tout un espace où se rencontrent Romains et Barbares. Dès le Ier siècle, l'Empire recrute de nombreux effectifs sur place. Cette **barbarisation de l'armée romaine** entraîne un intense brassage ethnique, linguistique et culturel. La formation de nombreux couples « mixtes » (Romains et Germains), la vigueur des échanges économiques, les déplacements fréquents des troupes **accélèrent la romanisation de la Germanie**, bien au-delà du *limes*, et lui permettent de se diffuser en terres barbares.

• **Le développement urbain.** Les camps de légionnaires et les *cabanae* qui s'y fixent aux alentours sont à l'origine de la création de **nombreuses villes**, comme **Strasbourg**, Mayence, **Bonn**, Nimègue ou **Cologne**. Elles vont permettre le développement de la puissance de l'Allemagne rhénane dès le haut Moyen Âge.

> **Mot-clé**
>
> **Les *ex castris* :** ce sont des fils de soldats nés dans les *cabanae* et qui deviennent soldats à leur tour. Souvent issus d'unions mixtes, ils symbolisent le recrutement de plus en plus local de l'armée et témoignent de la puissance de la romanisation.

20 La conférence de Berlin et le partage de l'Afrique

La colonisation des territoires africains au XIXe siècle s'inscrit dans le contexte d'une **Europe impérialiste**. Dominant le monde par son dynamisme démographique, sa puissance économique et financière ainsi que par sa technologie, le Vieux Continent, **au nom de la supériorité présumée de sa civilisation**, se partage l'Asie, le Pacifique et l'Afrique. La conférence de Berlin (1884-1885) **fixe les règles entre les principaux pays colonisateurs**.

1 L'Europe et l'Afrique

A L'Afrique, un enjeu colonial récent

- **L'empire colonial britannique.** Jusqu'en 1850, le **seul empire colonial réellement constitué** est celui de la Grande-Bretagne. Vers 1850, il regroupe 240 millions d'habitants sur environ 22 millions de km² (Canada, Afrique du Sud, Inde).
- **L'accélération de la colonisation.** L'expansion coloniale devient un enjeu de puissance après 1850. Les pays européens, touchés par une grave crise économique (la Grande Dépression) veulent trouver de **nouveaux débouchés** pour leurs industries. La **France**, amoindrie par sa défaite militaire contre l'Allemagne (1870), y voit un moyen de **restaurer sa puissance**.
- **Les Européens et l'Afrique.** Encore largement inconnue et jusque-là délaissée par l'expansion coloniale, l'Afrique devient subitement un **enjeu européen**. Des missionnaires catholiques et protestants, des explorateurs (Brazza, Stanley), poussés par des sociétés de géographie françaises ou anglaises, popularisent le continent africain désormais presque entièrement cartographié.

B L'irruption allemande

- **Le retard colonial allemand.** Voulant retarder le plus possible une nouvelle guerre franco-allemande qu'il juge inévitable après la défaite française de 1871 et la perte de l'Alsace-Lorraine, **Bismarck a isolé diplomatiquement la France** en Europe. Mais **il lui laisse le champ libre dans l'expansion coloniale** pensant la détourner de son obsession de revanche en s'occupant à conquérir des territoires extra-européens. Ainsi, l'Allemagne ne participe guère à l'expansion coloniale européenne dans les années 1870.

> **Mot-clé**
>
> **Impérialisme :** selon Lénine, dans la tradition marxiste, domination qu'exerceraient sur le monde les systèmes capitalistes les plus avancés, Europe occidentale et Amérique du Nord. Par extension, toute politique de domination d'un pays sur un autre, d'ordre militaire, politique, financier, économique et culturel.

- **L'engouement allemand pour l'Afrique.** Constatant le potentiel économique africain (matières premières, construction de voies ferrées, etc.) et le trop rapide renforcement de la puissance française par son expansion mondiale, **Bismarck décide**, dans les années 1880, **d'entrer dans l'aventure coloniale** *(Weltpolitik)* en organisant une conférence à Berlin à propos du Congo où s'affrontent Belges, Français, Anglais et Portugais.

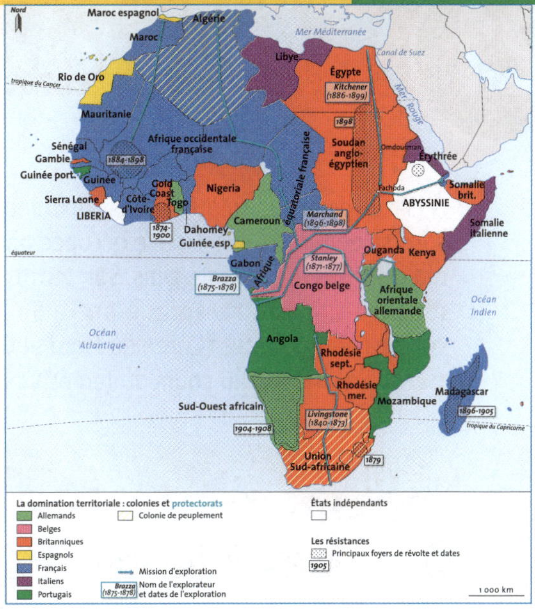

Le partage de l'Afrique par les puissances européennes à la fin du XIXe siècle. ▶

2 Le « Scramble for Africa »

A Les règles du jeu colonial définies à Berlin

• **Quatorze nations à Berlin.** La Conférence de Berlin se tient de novembre 1884 à février 1885. Invités par Bismarck, les treize principaux pays européens plus la Turquie y discutent des problèmes africains. En prenant prétexte des affrontements occidentaux au Congo, l'Allemagne entend en effet **poser des règles pour le futur partage de l'Afrique** et faire accepter les protectorats qu'elle a déjà mis en place sur le Togo, le Cameroun et la Namibie.

• **Libre circulation et occupation effective.** L'acte final de la conférence (26 février 1885) pose le principe de la liberté de circulation et de commerce sur les deux fleuves Niger et Congo. Il **définit aussi la frontière comme une ligne de partage entre deux pays colonisateurs.** Tout pays européen établi sur une côte peut désormais revendiquer l'arrière-pays jusqu'à ce qu'il se heurte à une zone d'influence d'un autre pays européen, la seule condition étant qu'il occupe réellement le terrain et qu'il le fasse savoir.

B L'Afrique dépecée

• **Une course aux frontières.** La « course aux clochers », ou « scramble » pour les Britanniques, s'accélère après la conférence de Berlin, car elle pousse à la **concurrence coloniale.** À partir du moment où une puissance européenne s'établit à un endroit et l'a notifié aux autres États, elle peut établir sa zone d'influence. Pour les déterminer, plusieurs voies sont privilégiées : missions d'exploration, expéditions militaires, traités, cartographie des territoires. Cette conférence pose un **droit international de la colonisation**.

• **Des tensions ravivées.** La pénétration européenne sur le territoire africain a donné lieu à des **compromis** mais aussi a suscité de **vives tensions** (incident de Fachoda entre la France et la Grande-Bretagne en 1898). Les Européens ont été confrontés à des mouvements de résistance auxquels ils répondent par la répression. **En 1914, le partage colonial de l'Afrique est réalisé.** Seuls le Liberia et l'Abyssinie (future Éthiopie) ont échappé à cette occupation coloniale. En effet, les Italiens qui ont tenté de s'emparer de l'Abyssinie ont été écrasés par les hommes de Ménélik II en 1896.

Biographie

Bismarck (1815-1898) : il devient chancelier de Prusse en 1862 et œuvre à la construction de l'unité allemande qu'il réalise après une guerre victorieuse contre l'Autriche (1866) et contre la France (1870-1871), ennemi commun mobilisant les énergies nationalistes germaniques. Entre 1871 et 1880, il laisse le champ libre aux ambitions coloniales françaises, pensant la détourner ainsi de sa volonté de revanche.

21 La frontière entre les deux Corées

À l'issue de la capitulation sans condition du Japon en 1945, la Corée, qui était jusque-là sous sa domination se trouve occupée par les deux « Alliés » de la Seconde Guerre mondiale, l'URSS et les États-Unis. Son territoire devient rapidement un **enjeu de la rivalité idéologique et stratégique entre Soviétiques et Américains**. En 1948, deux États coréens antagonistes (Corée du Nord et Corée du Sud) sont créés, séparés par **une frontière fermée**, qui au cours du temps va devenir de plus en plus **infranchissable**.

1 Une frontière née d'une guerre

A Les causes de la guerre de Corée

• **Une possession japonaise de 1905 à 1945.** Après le protectorat en 1905 et l'annexion japonaise en 1910, la péninsule coréenne subit une occupation rigoureuse jusqu'en 1945. Les élites coréennes, systématiquement exclues de tous les postes dirigeants, forment, dès 1919, un **parti de résistance nationale** qui constitue un gouvernement provisoire en exil à Shanghai, dirigé par **Syngman Rhee**.

• **Le partage de 1945.** Dès la fin de la Seconde Guerre mondiale, la Corée est divisée en **deux zones occupées**, américaine au sud et soviétique au nord, séparées par le **38e parallèle** qui sert, dès lors, de **frontière officieuse**.

• **Frontière et guerre froide.** Les **négociations sur la réunification du pays n'aboutissent pas** à cause de la guerre froide, l'URSS refusant que l'ONU puisse contrôler les élections qui se dérouleraient dans sa zone. En juillet 1948, l'élection à la présidence de la République de Syngman Rhee en zone américaine entraîne la création de la **Corée du Sud**. L'URSS riposte par la fondation de la République populaire de **Corée du Nord**, non reconnue par les Nations unies.

B Une guerre pour effacer une frontière

• **Une guerre de réunification.** Après l'évacuation quasi-simultanée des troupes américaines et soviétiques (1948-1949), **Kim Il-sung** ordonne à 600 000 soldats coréens du Nord de **franchir le 38e parallèle** en direction du sud dans le but de réunifier la péninsule.

• **Guerre civile et conflit de la guerre froide.** À la fois guerre civile intercoréenne et expression militaire de la guerre froide, la guerre de Corée (1950-1953) a été **particulièrement meurtrière dans un temps court** (3 millions de morts, 6 millions de sans-abri). Elle s'est développée en trois phases : invasion communiste nord-coréenne de presque toute la péninsule, réaction de l'Organisation des Nations unies et contre-attaque des États-Unis, désengagement soviétique remplacé par l'engagement de troupes chinoises à partir du nord de la péninsule et stabilisation du front dès fin 1951.

• **La ligne de cessez-le-feu pour frontière.** L'impossibilité pour les deux camps de l'emporter oblige à de longues négociations qui aboutissent à **l'armistice de Panmunjom le 27 juillet 1953**. La ligne de cessez-le-feu, dont le tracé se

Biographie

Kim Il-sung (1912-1994). Dictateur nord-coréen qui déclenche la guerre de Corée en 1950 en envahissant la Corée du Sud. Après l'armistice de 1953, il décide de fermer son pays au reste du monde. Cette orientation politique est renforcée à partir de 1967 par la mise en place de l'idéologie *Juche* qui prône l'autarcie et le repli total sur ses propres forces.

situe globalement **un peu au nord du 38e parallèle**, devient la frontière de fait entre les deux Corées, aucun traité de paix n'ayant été signé par la suite.

Garde-frontière nord-coréen dans un poste d'observation sur la frontière entre les deux Corées. ▶

2 La frontière la plus militarisée au monde

A Une frontière longtemps entièrement fermée

- **Une frontière infranchissable.** La frontière entre les deux Corées (frontière intercoréenne), paradoxalement dénommée **zone démilitarisée** (DMZ), coupe la péninsule coréenne sur 248 km d'est en ouest, et 4 km de large. C'est la frontière la plus minée au monde, la plus surveillée, la plus infranchissable.
- **Une coupure entre deux mondes.** Elle est d'abord l'expression de l'**affrontement entre l'URSS et les États-Unis,** notamment pendant toute la guerre froide jusqu'en 1989. Elle symbolise aussi l'**opposition entre deux systèmes**, dans l'ordre politique (régime démocratique au Sud, régime dictatorial semi-totalitaire au Nord) et économique (économie capitaliste libérale au Sud, économie communiste collectiviste, voire autarcique au Nord).
- **Un statu quo aux soubresauts imprévisibles.** Dans les années 1970, les deux Corées manifestent des **velléités de rapprochement** sans ingérence étrangère en entrouvrant temporairement la frontière. Dans les années 1980, les relations se tendent à nouveau. En 1994, l'arrivée au pouvoir de l'imprévisible **Kim Jong-il semble aggraver les relations entre les deux pays**. La Corée du Nord est inscrite sur la liste des États terroristes en 2002 et s'active pour la **possession de l'arme nucléaire** (retrait du traité de non-prolifération nucléaire en 2003).

B Les évolutions contemporaines

- **Un vestige de la guerre froide.** Aujourd'hui, dans sa forme, la frontière intercoréenne apparaît toujours comme un reliquat de la période de la guerre froide. Elle en reste le **dernier signe militaire, stratégique et géopolitique** emblématique.
- **Entre détente et tensions persistantes.** La frontière illustre la **variabilité des relations entre la Corée du Nord et la Corée du Sud**. En mars 2013, la Corée du Nord annonce qu'elle est à nouveau en état de guerre avec la Corée du Sud et ferme complètement la frontière. Mais, cinq mois plus tard, le programme de rencontres entre les familles coréennes désunies par la frontière, initié en 1985, stoppé en 2010, reprend.
- **Une évolution liée à celle du régime nord-coréen.** La Corée du Nord semble désormais **évoluer « à la chinoise »** avec le **maintien d'une dictature politique** de la dynastie des Kim et la **mise en place d'une économie néo-capitaliste d'État** amenée à s'intégrer de plus en plus à la mondialisation. **Protégé par une frontière à fermeture variable** et une dissuasion nucléaire suffisante, le régime autoritaire du Nord pourrait, à l'avenir, se développer rapidement, et **n'est pas près d'envisager une réunification effective des deux Corées.**

Biographie

Kim Jong-il (1942-2011). Fils de Kim Il-sung, il dirige la Corée du Nord de 1994 à 2011. Dictateur fantasque, amateur de films américains et de bonne chère, il mène une politique imprévisible qui alterne période de détente (sommets avec la Corée du Sud) et de tensions (poursuite de l'armement nucléaire, incidents transfrontaliers avec la Corée du Sud) tandis que la population s'enfonce dans une crise économique et sociale toujours plus grave.

SPÉCIALITÉ HGGSP

22 La frontière germano-polonaise de 1939 à 1990

Du début de la Seconde Guerre mondiale en 1939 à la chute du mur de Berlin en 1989, la très controversée frontière germano-polonaise s'inscrit dans trois grandes phases distinctes : 1939-1945, **le temps de la guerre** contre l'Allemagne nazie ; 1945-1990, la victoire des Alliés, le retour à la paix et l'avènement de **la guerre froide** ; après 1989, la fin de la guerre froide, **la réunification allemande**, et l'adhésion de la Pologne à l'Union européenne.

1939 | 1945 | 1950 | 1970 | 1990

- 1er septembre 1939 : invasion de la Pologne par l'Allemagne nazie
- Juillet 1945 : conférence de Postdam (fixation de la frontière germano-polonaise sur la ligne Oder-Neisse)
- Juillet 1950 : accord de Görlitz (l'Allemagne de l'Est reconnaît la ligne Oder-Neisse)
- Décembre 1970 : traité de Varsovie (l'Allemagne de l'Ouest reconnaît la ligne Oder-Neisse)
- Novembre 1990 : accord définitif entre l'Allemagne réunifiée et la Pologne

1 La frontière dans la guerre

A L'invasion de la Pologne par les nazis en 1939

• **Les frontières retrouvées de la Pologne.** Après plus d'un siècle de domination autrichienne, la Pologne retrouve, au lendemain de la Première Guerre mondiale, **ses principales frontières historiques du XVIIIe siècle** grâce au traité de Versailles de 1919. Le couloir de Dantzig (ville libre) sépare la Prusse orientale du reste du territoire de l'Allemagne nazie (IIIe Reich).

• **Le pacte germano-soviétique.** À la fin de l'été 1939, suite aux accords germano-soviétiques Ribbentrop-Molotov (et le protocole secret de partage de la Pologne entre les deux négociateurs), l'**Allemagne** envahit militairement la Pologne et **récupère la moitié occidentale du pays**, Prusse orientale comprise.

B La fixation de la frontière germano-polonaise

• **La ligne Oder-Neisse.** À la conférence de Postdam (17 juillet-2 août 1945), il est décidé que tous les territoires situés à l'est de la ligne Oder-Neisse seraient confiés à l'administration polonaise. Cette ligne, longue de 472 kilomètres, suit le tracé du cours de l'Oder et de son affluent la Neisse. **Elle annexe au territoire polonais des régions majoritairement germaniques.**

• **Un provisoire qui dure.** Les frontières définitives de la Pologne auraient dû être confirmées par **un traité de paix** qui n'eut jamais lieu et qui aurait garanti internationalement la refonte territoriale polonaise telle qu'elle avait été décidée par l'URSS et acceptée par les États-Unis. **La Pologne**, de toute façon, **considère la ligne Oder-Neisse comme définitive dès 1945.**

L'armée allemande envahit la frontière polonaise, le 1er septembre 1939. ▶

Mots-clés

- **Allemagne de l'Ouest ou RFA (République fédérale d'Allemagne) :** partie de l'Allemagne sous domination des alliés occidentaux après la Seconde Guerre mondiale qui devient une République fédérale, libérale et démocratique de 1949 à 1990, arrimée à l'Europe de l'Ouest et aux États-Unis. Sa capitale était Bonn.
- **Allemagne de l'Est ou RDA (République démocratique d'Allemagne) :** partie de l'Allemagne sous domination soviétique après la Seconde Guerre mondiale qui devient une démocratie populaire de 1949 à 1990, arrimée à l'URSS et au bloc soviétique jusqu'à sa réunification avec la RFA. Sa capitale était Berlin-Est.

2 La frontière dans la paix

A Les tensions de la guerre froide

- **Une frontière d'abord reconnue par la RDA.** Dès 1950, la République démocratique allemande (RDA), démocratie populaire téléguidée par l'URSS, **reconnaît la ligne Oder-Neisse**, qualifiée de **« frontière de la paix et de l'amitié »**. Les populations germaniques des anciens territoires allemands (Silésie) sont transférées en Allemagne et remplacées par des Polonais provenant de l'est du pays.
- **Une frontière source de contentieux entre l'Est et l'Ouest.** Jusqu'en 1970, cette frontière va être à l'origine de tensions diverses entre la Pologne et l'Allemagne de l'Ouest, liées en partie à l'**expulsion des Allemands de Silésie.**
- **L'*Ostpolitik*.** Soucieuse, dans le cadre de la **détente**, de ménager les pays d'Europe de l'Est en vue d'une possible réunification allemande, la RFA multiplie les gestes d'apaisement envers la Pologne à partir de 1970. **Par deux fois, elle reconnaît la ligne Oder-Neisse** comme frontière entre la Pologne et l'Allemagne de l'Est (traité germano-soviétique d'août 1970 et traité germano-polonais de décembre 1970).

B La reconnaissance définitive

- **Un problème qui ressurgit.** Au lendemain de la **chute du mur de Berlin** en novembre 1989, se pose à nouveau le problème de la ligne Oder-Neisse entre le territoire allemand et le territoire polonais. Les exilés allemands de Silésie allaient-ils contester à nouveau son tracé géographique selon le principe du droit au retour ?
- **Une gestion franco-allemande.** Soucieuse d'un renforcement de la **construction européenne** mais inquiète des nouveaux enjeux posés par l'inéluctable réunification de l'Allemagne, la France s'applique à s'assurer de la reconnaissance officielle de la frontière germano-polonaise sur l'Oder-Neisse en échange de son accord au chancelier allemand **Helmut Kohl** pour une réunification rapide.
- **La décision allemande.** En dépit d'une partie de l'opinion publique allemande nostalgique des territoires cédés à la Pologne en 1945, le chancelier allemand confirme l'**intangibilité de la ligne Oder-Neisse** comme frontière germano-polonaise : « Personne ne doit se tromper : nous sommes placés devant une décision tout à fait claire. Ou bien nous confirmons la frontière existante, ou bien, nous gaspillons aujourd'hui et maintenant notre chance de réaliser l'unité allemande. » Ce contentieux entre l'Allemagne et la Pologne est définitivement réglé lors des **accords entre Berlin et Varsovie**, le 14 novembre **1990**.

Mots-clés

- **Démocratie populaire :** État d'Europe de l'Est dont le régime dictatorial repose sur la domination du Parti communiste et l'étatisation de l'économie, ainsi que sur le modèle de l'URSS qui surveille son évolution politique et sa diplomatie.
- ***Ostpolitik* :** « politique orientale » menée par l'Allemagne de l'Ouest à partir de 1970, visant à normaliser ses rapports avec la RDA, l'Europe de l'Est et l'URSS communiste dans le cadre général de la détente.

23 Dépasser les frontières : le droit à la mer

Enjeux planétaires colossaux pour l'humanité, les mers et océans du monde (360 millions de km², 71 % de la surface du globe terrestre) font désormais l'objet d'une **législation internationale importante,** surtout depuis la deuxième moitié du XXe siècle. La **convention de Montego Bay signée en 1982** en est l'architecture juridique principale. Les Nations unies ont été à l'avant-garde de la définition des usages des mers et océans en distinguant des droits nationaux et des droits internationaux.

1 Le droit à la mer, une construction séculaire

A Un droit lié à la maîtrise progressive des océans

• **Le traité de Tordesillas (1494).** Dès la fin du XVe siècle, les puissances occidentales (Espagne, Portugal, Angleterre, France, Pays-Bas) prennent en compte les horizons océaniques. Ainsi se met en place une **géopolitique des mers et océans** dans le monde. La première conception politique du partage implicite des espaces maritimes est incarnée par le **traité de Tordesillas, sous l'égide de la papauté**. L'Espagne et le Portugal fixent une ligne de démarcation océanique pour leurs futures possessions outre-mer.

• **Mer, commerce et liberté.** Au début du XVIIe siècle, l'anglais Walter Raleigh définit l'importance des circulations maritimes : « **Qui tient la mer tient le commerce du monde**, qui tient le commerce tient la richesse, qui tient la richesse du monde tient le monde lui-même. » Côté hollandais, le thème de la liberté d'accès aux mers et océans est développé par l'**avocat Hugo Grotius** (1609, doctrine de la liberté des mers), pour soutenir les Compagnies néerlandaises des Indes orientales et des Indes occidentales, déjà rivales des Britanniques.

B La construction contemporaine du droit à la mer

• **Les Quatorze points de Wilson.** En 1918, dans une déclaration destinée à fonder un monde meilleur après le drame de la Première Guerre mondiale, le président américain Woodrow Wilson affirme « **l'absolue liberté de navigation sur les mers**, en dehors des eaux territoriales, en temps de paix aussi bien qu'en temps de guerre ».

• **La convention de Montego Bay (1982).** Adoptée à l'initiative des Nations unies, elle est l'instrument juridique le plus important du XXe siècle pour une **utilisation pacifique des mers et océans**, fondée sur une coopération internationale de 174 États et un cadre juridique commun. **Son champ d'application est très large et concerne l'ensemble de l'espace marin et ses marges**. Il réglemente la navigation, le survol, l'exploration et l'exploitation des ressources marines, la conservation des ressources biologiques, la protection et la préservation du milieu marin et la recherche scientifique marine. S'y ajoutent un **tribunal international du droit de la mer** et une autorité internationale des fonds marins.

Mots-clés

• **Eaux territoriales :** espace maritime côtier d'une largeur maximale de 12 milles (22 km) où l'État riverain possède une souveraineté complète (surface, sous-sol, espace aérien) équivalent à celle qu'il exerce sur ses eaux intérieures.

• **ZEE (zone économique exclusive) :** espace marin propriété d'un État qui peut disposer seul de ses ressources dans un rayon de 370 km (200 milles marins) autour des côtes.

Dates-clés

Les principaux textes juridiques définissant « le droit à la mer »

1968 : comité pour les utilisations pacifiques du fond des mers et océans, au-delà des limites des juridictions internationales.
1970 : traité interdisant de placer des armes nucléaires et d'autres armes de destruction massive sur le fond des mers et océans ainsi que dans leur sous-sol.
1973 : convention internationale pour la prévention de la pollution par les navires.
1982 : convention des Nations unies signée à Montego Bay (Jamaïque), sur le droit des mers.
1988 : convention de Rome sur la répression d'actes illicites contre la sécurité de la navigation maritime (contre les actes de terrorisme maritime et non contre la piraterie).

2 Du « droit à la mer » aux « droits de la mer » ?

A De nouvelles logiques nées de la mondialisation

• **Une « Journée mondiale de l'océan ».** Elle est célébrée tous les ans, le 8 juin, pour rappeler l'**importance des étendues océaniques pour l'avenir de l'humanité.** Elle souligne combien les logiques écologiques, économiques et géopolitiques de la mondialisation ont profondément modifié les rapports des mers et océans aux sociétés humaines.

• **La convention MARPOL.** Réactualisée en 2019, elle a été signée par 152 pays représentant 99,2 % du tonnage mondial du transport maritime et couvre la prévention des risques de pollutions marines. Elle est à l'origine de la **diminution très sensible de la pollution liée au transport** commercial qui représente aujourd'hui la quasi-totalité du trafic maritime.

B Les logiques contraires des États

• ***Sea power* et *Sea control*.** Malgré une prise de conscience mondiale, **la préservation des océans se heurte à des logiques de puissance contraires**. Dominer les océans ou leurs ressources sont redevenus des enjeux qui empêchent un vrai « droit des mers ». Ainsi **les États-Unis n'ont-ils toujours pas ratifié la convention de Montego Bay** et la gestion commune de la biodiversité maritime ne progresse guère malgré l'accord sur la conservation et l'utilisation durable de la biodiversité marine en haute mer (processus « BBNJ »), signé par 194 pays à l'ONU, le 4 mars 2023, après 20 ans d'âpres négociations.

• **Les nodules polymétalliques.** Depuis les années 1970, l'intérêt pour ces gisements de fer, cuivre, cobalt, manganèse, nickel dans toutes les plaines abyssales de grandes profondeurs, s'est renforcé avec l'envolée des prix des minerais. Désormais, **l'exploitation de ces nodules représente un enjeu stratégique** certain pour de nombreux pays (France, Allemagne, Japon, Corée du Sud, Russie, Grande-Bretagne, États-Unis, Chine, Inde, Belgique). Mais ne s'agit-il pas ici d'une ultime frontière à ne pas dépasser, avec des **risques écologiques considérables**, les fonds abyssaux étant des écosystèmes très stables peu résilients et donc très fragiles ?

• **La pêche.** Alors que les capacités de pêche ont considérablement augmenté depuis un demi-siècle, **cinq pays se partagent les deux tiers des prises en haute mer** (Chine, Japon, Taïwan, Corée du Sud, Espagne), avec des **effets très dévastateurs sur les ressources halieutiques**. Aujourd'hui, d'une manière générale, la gouvernance des mers et des océans est loin d'être maîtrisée. Le « droit des mers » n'est que balbutiant.

Mot-clé

OMI (Organisation maritime internationale) : créée en 1948 à Londres, cette institution spécialisée des Nations unies regroupe aujourd'hui 174 États adhérents. Sa mission : faire en sorte que « le transport maritime soit sûr, sans danger, respectueux de l'environnement, efficace et durable ». Elle a mis en place ou modernisé de nombreuses conventions, comme celle sur la sauvegarde de la vie en mer dite SOLAS, dont la version initiale avait été adoptée en 1914, après le naufrage du *Titanic*.

24 Les enjeux de Schengen et du contrôle aux frontières

La question migratoire est au cœur de nombreux enjeux politiques européens. Les camps de réfugiés en sont devenus l'aspect le plus visible. Ils symbolisent, malgré Schengen, **l'incapacité** des États du Vieux Continent **à mettre en place une véritable politique d'accueil des étrangers**.

1 La lente émergence d'une politique des frontières

A Du traité de Rome à Schengen

• **Le projet européen.** L'Union européenne ne se définit pas uniquement comme une association de libre-échange, son projet est également social, politique et culturel. **La libre circulation des personnes**, à l'intérieur de l'espace communautaire, est, en théorie, **une des bases de l'intégration européenne**.

• **Le traité de Rome de 1957.** Il prévoit la **libre circulation** des travailleurs dans le territoire des États membres. Il reconnaît également **le libre accès et le droit au séjour** dans ce dernier. Il faut cependant attendre les années 1980 pour que soit envisagée une première harmonisation des politiques migratoires.

• **Les accords successifs de Schengen.** En 1985, le premier accord de Schengen (Benelux, France, RFA) **transfère les contrôles des personnes aux frontières externes des États signataires**. En 1990, la **convention de Dublin** établit l'organisation du droit d'asile, dont la demande se fait dans l'État qui a reçu le demandeur. Elle prévoit des sanctions contre les transporteurs clandestins et la solidarité entre pays membres (un refus est ainsi généralisé à tout l'espace européen).

B L'agence Frontex

• **Une création récente.** En 2004 est créée l'agence Frontex qui aide les États membres et associés à l'espace Schengen à **gérer leurs frontières extérieures**. Elle contribue également à harmoniser les contrôles aux frontières au sein de l'Union.

• **Une agence au départ sans moyens.** L'agence n'a alors **ni agents ni forces d'intervention**. Elle coordonne des opérations s'appuyant sur les ressources militaires et frontalières des États membres.

• **De Frontex à l'Agence européenne de garde-côtes et de garde-frontières.** C'est le nom que prend Frontex en 2016, face à la récente crise migratoire en Méditerranée. Elle reçoit pour objectif d'**aider les États directement confrontés à la pression migratoire** (la Grèce, l'Italie, la Slovaquie, la Bulgarie, la Roumanie ou la Pologne).

▲ Les migrations méditerranéennes vers l'espace Schengen.

2 La politique des frontières à l'épreuve des crises

A L'accélération des migrations

• **2015, année terrible ?** Poussés par la recrudescence des conflits et de la misère, plus de 850 000 migrants tentent, cette année-là, de franchir la Méditerranée. La photographie du corps d'un enfant syrien sans vie sur une plage turque en septembre 2015 crée un **traumatisme mondial**.

• **La route des Balkans.** Des centaines de milliers de Syriens, d'Afghans et d'Irakiens l'ont suivie depuis 2015. Leur périple commence en **Turquie** d'où ils rejoignent la Grèce par la mer Égée. C'est là qu'ils rencontrent **les passeurs qui leur feront emprunter la route des Balkans**. Elle traverse la Macédoine, la Hongrie, puis les flux se séparent. Les migrants à destination de l'Allemagne et de la Suède se dirigent d'abord vers l'Autriche. Ceux qui veulent gagner le Royaume-Uni passent par l'Italie et la France jusqu'à Calais.

• **Calais, nouvelle frontière.** Cette ville est devenue la **porte d'entrée « terrestre » de l'Angleterre** depuis l'ouverture du tunnel sous la Manche en 1994. Depuis 2003 et l'accord franco-britannique du Touquet, **la frontière du Royaume-Uni a été « déplacée » en France**. Des milliers de migrants y sont retenus et forment la **jungle de Calais**. Ils symbolisent l'impuissance de l'Europe à gérer ses frontières.

B La cacophonie européenne

• **Les décisions des pays européens « frontaliers ».** En 2015, **la Hongrie ferme physiquement sa frontière avec la Serbie** par où transitaient jusque-là des flux considérables de migrants. En 2016, ce sont la Slovénie et la Serbie qui décident de ne plus laisser transiter de sans-papiers par leurs territoires, tout comme la Macédoine. **Ces migrants se retrouvent pris au piège**, bloqués aux frontières : 34 000 en Grèce, 1 500 en Macédoine.

• **Le Brexit.** En juin 2016, le Royaume-Uni décide de quitter l'Union européenne. Le souhait de **contrôler intégralement sa politique migratoire a été un argument décisif** au moment du référendum conduisant au Brexit.

• **Les hésitations allemandes.** L'Allemagne est le pays qui reçoit le plus de demandes d'asile. Depuis 2015, le pays est confronté à une **arrivée massive de demandeurs d'asile** (plus d'un million) : la prospérité économique, l'accueil favorable voulu par les autorités fédérales ont attiré des flux incessants par la route des Balkans. **Face aux contestations**, en particulier celles de l'opinion publique et des municipalités confrontées à ces arrivées massives, le gouvernement allemand a été obligé de **durcir les conditions d'attribution** du droit d'asile.

• **Deux visions des frontières.** Les accords de Schengen ont instauré une **liberté de circulation** à l'intérieur de l'Europe **sans instituer de politique commune des migrations**. Chaque État cherche à contrôler les entrées sur son territoire sous la pression d'**une opinion publique de plus en plus xénophobe**. Cette situation fait ressortir les fractures entre l'**Europe de l'Ouest**, traditionnelle région d'immigration, et **celle de l'Est**, incapable de gérer des flux massifs et soudains. Ces fractures sont accentuées par la crise sanitaire liée au Covid-19 (2020-2022) et la guerre en Ukraine (depuis février 2022).

Mot-clé

Jungle de Calais : la fermeture du centre de rétention de Sangatte en 2002 entraîne la dispersion des migrants le long du littoral dans des bidonvilles (jungle de Calais). En 2015, ils sont regroupés dans un site unique (« nouvelle jungle »). Démantelé quelque mois plus tard, il renaît presque aussitôt de ses cendres. Le maintien de ces « jungles », quelles que soient les actions des autorités, s'explique par la proximité du port de Calais et du site d'Eurotunnel d'où se font les tentatives pour monter dans les camions qui franchissent ensuite la Manche par mer ou via le tunnel.

25 Les frontières de la France

Le fonctionnement des frontières d'un État européen adhérent à l'espace Schengen comme la France pose des problèmes particuliers selon le lieu, les circonstances, les modalités de passage et la nationalité du passager étranger. **Les Européens peuvent voyager librement** d'un État membre à l'autre, sans visa et seulement avec une pièce d'identité. Les voyageurs **non européens sont soumis à des procédures administratives plus contraignantes** (obligation d'un passeport en cours de validité, visas souvent nécessaires, notamment pour un séjour au-delà de trois mois).

1 Les logiques frontalières françaises

A Des frontières multiples

• **4 200 kilomètres de frontières.** Par sa situation géographique européenne et ses territoires d'outre-mer, la France possède de **multiples frontières avec 35 territoires étrangers**, européens ou non. Elle se place au 43e rang mondial, avec 2 913 km de ligne frontalière pour la France métropolitaine et 1 263 km pour la France d'outre-mer.

• **Les frontières terrestres.** Sur le continent européen, la France est frontalière de l'Espagne, de l'Italie, de la Suisse, de l'Allemagne ainsi que du Luxembourg et de la Belgique. En Amérique du Sud, par la Guyane, **elle possède une frontière commune avec le Brésil**.

• **Les frontières maritimes et aériennes.** Ses frontières maritimes correspondent aux façades Atlantique, de la Manche, de la mer du Nord et de la Méditerranée. S'y ajoutent les côtes de ses territoires d'outre-mer qui lui permettent de disposer de la deuxième **zone d'exploitation exclusive** mondiale (ZEE, *voir pages 218-219*) **soit près de 12 millions de km²**. Sa cinquantaine d'aéroports internationaux matérialise ses frontières aériennes. **Chacun de ces aéroports fonctionne comme une porte d'entrée dans le pays** et le voyageur étranger, en débarquant, doit suivre les procédures administratives correspondant à son statut.

B Les différents statuts de la frontière

• **Frontière interne, frontière externe.** Selon la logique des accords de Schengen, les frontières françaises fonctionnent à deux échelles. Le principe initial de la **libre circulation des Européens** dans le territoire européen **annule, de fait, le contrôle frontalier national** entre ressortissants de l'Union. Pour les passagers non-européens, et comme tous les autres États membres entre eux, **la France consent à déléguer un contrôle d'entrée dans l'Union** au pays concerné par l'accueil initial des étrangers.

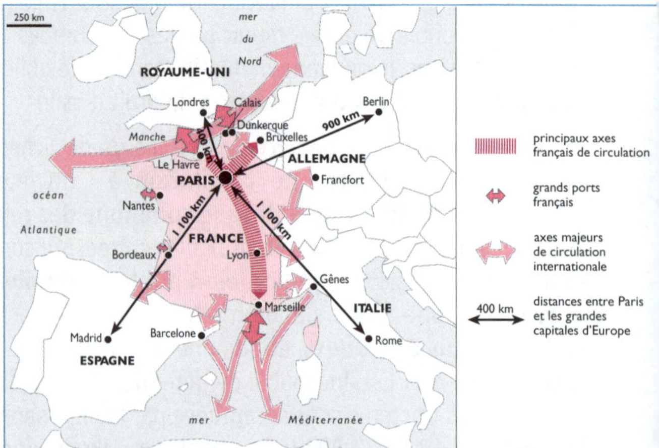

▲ Les frontières de la France en Europe.

• **Une gestion commune.** **Elle est assurée en réciprocité** avec des systèmes de visas internationaux communs à 90 jours et le maintien de visas nationaux au-delà de cette durée ; et selon des catégories particulières (touristes, professionnels, étudiants, chercheurs).

• **Les aéroports internationaux.** La France accueille chaque année des dizaines de millions de passagers régis selon **des réglementations différentes** en fonction de leur identité et de leur profil de séjour. Elle peut ainsi être le premier pays d'arrivée de certains étrangers désirant se rendre ailleurs en Europe. Dans ce cas, **c'est elle qui fait office de pays « frontière extérieure »**. Ainsi, en acceptant un voyageur étranger, elle l'autorise, de fait, à voyager ensuite librement dans tout l'espace Schengen.

2 Les enjeux politiques des frontières françaises

A Une conséquence des crises migratoires

• **Les crises de 2015 et de 2020.** L'arrivée de plus d'un million de migrants dans l'Union européenne en 2015 conjuguée aux menaces terroristes et à la crise sanitaire du Covid-19 en 2020 **ont durablement remis en cause le principe de libre circulation** et la gestion déléguée des frontières. Plusieurs pays dont la France ont utilisé la possibilité offerte par les accords de Schengen de **rétablir un contrôle temporaire aux frontières** en cas de graves menaces troublant l'ordre public.

• **Les tensions avec l'Italie.** En 2016, face à une forte croissance des demandes d'asile, la France refoule 64 000 migrants puis 85 000 en 2017. Une partie d'entre eux se concentre **sur la frontière franco-italienne, générant de vives tensions diplomatiques entre les deux pays**, accentuées par l'arrivée de l'extrême droite au pouvoir en Italie (octobre 2022). L'Italie reproche à la France de ne pas respecter son engagement européen concernant les « relocalisations » de migrants (10 000 autorisés théoriquement à entrer sur le territoire français depuis les *hotspots* italiens et à peine quelques centaines réellement admis en France).

B Une remise en cause de l'espace Schengen ?

• **Une dénonciation de l'Europe « passoire ».** Lors de périodes de crises migratoires, le discours anti-Schengen est exacerbé, particulièrement par les partis d'extrême droite argumentant de la **meilleure fiabilité des frontières nationales** pour arrêter les flux de migrants, la France redevenant seul maître de sa politique migratoire.

• **Une tentation dangereuse.** **Quitter Schengen coûterait plusieurs milliards d'euros** par an à la France (nécessité d'augmenter considérablement les capacités douanières du pays, impact considérable sur l'économie en général et le tourisme en particulier). Il faudrait aussi savoir **« comment » quitter Schengen** : maintenir la libre circulation avec seulement certains pays frontaliers, exclure de l'accord nos sept **régions ultrapériphériques d'outre-mer** (dans les océans Indien, Atlantique et Pacifique), etc.

Mots-clés

***Hotspots* et camps :** il y a aujourd'hui 360 lieux de confinement en Europe dans 44 pays, offrant à peine 47 000 places. Les *hotspots* sont des lieux dotés de structures permettant l'accélération des formalités douanières. Ils ont été mis en service en 2015-2016, en Italie et en Grèce, pour accueillir les réfugiés arrivant dans l'Union européenne. Les camps, en particulier au sud-est de l'Europe, sont les endroits où sont étudiées les demandes d'admission et à partir desquels on peut expulser les migrants.

• **Un ennemi imaginaire ?** En refusant l'entrée sur son territoire à des **réfugiés qui, de toute façon, y viendront, au risque de leurs vies,** la France et l'Union européenne, portées par une opinion publique de plus en plus frileuse, s'inventent un ennemi imaginaire qui leur permet d'éviter de regarder en face **l'échec des politiques frontalières et migratoires** communes, encore accentué par la crise sanitaire du Covid-19 débutée au printemps 2020.

26 Les espaces transfrontaliers intra-européens

Selon la formule de Jacques Delors, **« la frontière est le laboratoire de l'Europe »**. Depuis le début de la construction européenne et le projet politique, social et économique d'une intégration des États membres entre eux, **les régions européennes frontalières** se sont inscrites peu à peu dans des **coopérations de proximité**. Le programme Interreg III définit les priorités de la politique régionale européenne et plus particulièrement transfrontalière. Mais il en existe aussi **une traduction humaine** : les **travailleurs pendulaires** qui passent chaque jour la frontière en sont l'incarnation.

1 Une réalité juridique

A Une politique européenne ancienne

• **Un demi-siècle d'histoire.** La coopération transfrontalière européenne a débuté par **le temps des pionniers** où des réalités déjà anciennes se sont amplifiées comme le long de de la frontière franco-belge. Puis est venue la **reconnaissance officielle de la coopération** (1980-1990) avec le premier programme Interreg. À partir de 1990, cette coopération est encouragée par l'Union européenne qui pousse à la formation d'eurorégions. Selon des logiques transfrontalières, elles doivent **estomper les discontinuités des frontières** des États nations.

• **Les eurodistricts.** Ces entités administratives plurinationales regroupent des agglomérations situées de part et d'autre d'une frontière. L'eurodistrict de **Bâle** rassemble près de 850 000 habitants dans plus de 220 communes suisses, françaises et allemandes. Il a permis, par exemple, la mutualisation des transports en commun : **l'aéroport de Bâle-Mulhouse ou EuroAirport**, bien que situé du côté français, est officiellement binational franco-suisse.

B Trois espaces emblématiques

• **La Conférence du Rhin supérieur.** Depuis 1996, le groupement local de coopération entre des Länder allemands (Bade-Wurtemberg, Sarre, Rhénanie-Palatinat), des départements français (Moselle, Haut-Rhin, Bas-Rhin), le Luxembourg et les cantons nord-ouest de la Suisse s'est imposé sous l'appellation Conférence du Rhin supérieur. Dans cet espace économique de première importance se développe un **partenariat européen approfondi** : **échanges culturels** (« pass Musées ») et **universitaires** (manuel scolaire transfrontalier), plurimodalité des **transports** et participations croisées aux foires de Bâle, de Strasbourg et de Karlsruhe.

• **L'Eurodistrict Regio Pamina.** L'espace transfrontalier du Rhin supérieur-Centre Sud (Palatinat du Sud, Mittlerer Oberrhein, Alsace du Nord), dénommé Eurodistrict Regio Pamina depuis 2008, est une entité autonome centrée sur Karlsruhe. Il est l'aboutissement d'une **longue coopération franco-allemande** et d'une **volonté forte de « vivre ensemble »**. Ses racines puisent dans l'immédiate après Seconde Guerre mondiale où se sont développés les premiers jumelages entre villes françaises et allemandes. Les migrations pendulaires sont importantes : 16 000 frontaliers français traversent quotidiennement la Lauter et le Rhin pour aller travailler sur le territoire allemand.

• **De l'initiative Saar-Lor-Lux à l'idée de la Grande Région.** À l'origine, le territoire Saar-Lor-Lux, ancré dans un département lorrain en France, dans un Land allemand et au Luxembourg a été marqué par les discours de l'unité géographique, historique et économique. « **Chez les gens d'ici, la notion de frontière, ça sonne faux et** dur. D'ailleurs elle n'existe pas. » Le thème de la **frontière ouverte** prédomine donc depuis longtemps. Avec le renforcement de cette coopération, la problématique d'intégration régionale européenne s'est élargie vers un espace plus vaste. On parle désormais de la « Grande Région ».

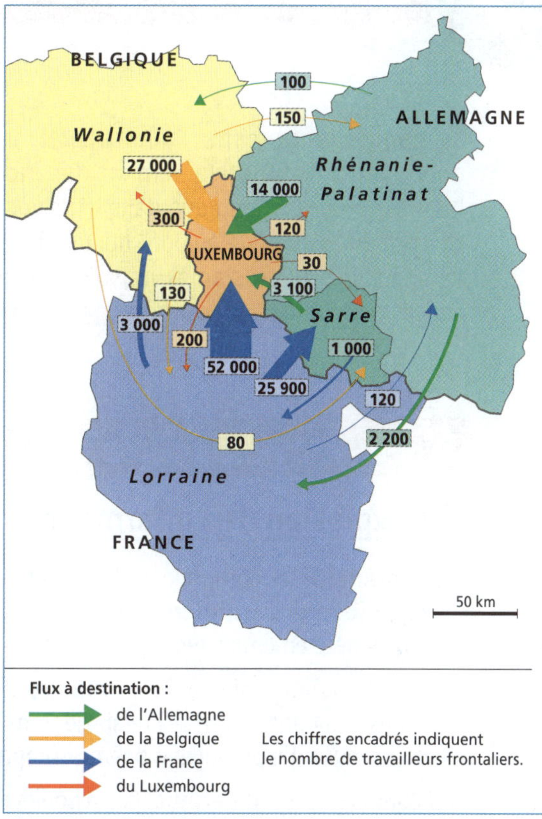

▲ Les flux de travailleurs frontaliers entre la France, le Luxembourg, la Belgique et l'Allemagne.

2 Une réalité quotidienne

A Les migrations pendulaires

• **L'effet frontière.** Il organise un territoire à partir des différences de part et d'autre de la frontière. Chaque jour **des milliers de travailleurs franchissent une frontière européenne** pour aller travailler dans un pays voisin. C'est le quotidien de milliers d'Alsaciens de la région de Mulhouse ou d'Altkirch qui ont leur emploi en Suisse, en particulier dans les usines chimiques de la périphérie de Bâle.

• **La frontière, une interface.** Les frontières existent toujours en tant que barrière : l'Alsace est une région française, Bâle-Ville un canton suisse avec des degrés d'autonomie très différents. Mais les frontières sont également des interfaces, c'est-à-dire **des zones de mise en contact**, avec des axes et des points qui permettent leur franchissement quotidien. Les emplois sont plus nombreux et mieux payés du côté suisse, le prix du foncier est plus abordable en Alsace où des citoyens helvètes et allemands construisent souvent des résidences secondaires ou principales.

B La Suisse, pays transfrontalier par excellence

• **300 000 transfrontaliers.** À la faveur de salaires deux à trois fois plus élevés, l'économie suisse attire, chaque année, plus de **300 000 travailleurs** dont environ 170 000 Français, 70 000 Italiens et 60 000 Allemands. Ils se répartissent dans les régions de l'Arc lémanique francophone, du Mittelland germanophone (cantons de Berne, de Bâle et de Zurich) et du Tessin italophone.

• **Le canton de Genève et la préférence indigène.** La moitié des frontaliers français (85 000) travaillent dans le canton de Genève et résident majoritairement dans le pays de Gex en France. L'« invasion » des frontaliers dans « l'Eldorado helvétique » a entraîné des **réactions de rejet xénophobes de la part de la population suisse** : instauration d'un quota de travailleurs étrangers dès 2014 et d'une « préférence indigène ».

Mots-clés

• **Effet frontière :** les différences économiques, sociales et de peuplement de part et d'autre d'une frontière stimulent des échanges entre les espaces délimités.

• **Migration pendulaire :** déplacement quotidien de population, particulièrement entre le domicile et le lieu de travail.

SPÉCIALITÉ HGGSP

27 Comment s'informe-t-on aujourd'hui ?

La **convergence** entre l'**audiovisuel**, les **télécommunications** et l'**informatique** donne lieu a un **bouleversement des moyens et des pratiques d'information** aussi bien dans leur contenu que dans leurs vecteurs de diffusion. À l'**information verticale et contrôlée** succède aujourd'hui une **information horizontale et débridée** sans que les inégalités préexistantes ne soient réellement comblées. Ce sont toujours les puissances dominantes qui contrôlent, sous des formes renouvelées, l'information.

1 Les moyens pour s'informer

A L'explosion de l'information

• **Instantanéité et complexité.** Aujourd'hui, l'information disponible est multiple, instantanée, et **se joue des frontières**. Des données de plus en plus diversifiées sont transmises sur toute la planète en temps réel.

• **Un coût toujours plus élevé.** **Produire de l'information coûte cher.** Il faut des journalistes dans le monde entier, des relais de transmission, des services de documentation, de diffusion et des outils de production onéreux (imprimerie, studios de télévision, etc.).

• **La convergence numérique.** Elle a bouleversé à la fois les supports et la façon de s'informer, en rendant l'information plus accessible à tout moment. Chaque événement peut être capté par toute personne équipée d'un **smartphone, soit plus de 40 % de la population mondiale** en 2023. Il peut aussi être immédiatement diffusé dès que l'on a la possibilité de se raccorder au réseau Internet. **Ainsi, plusieurs types d'information viennent en concurrence**, celle qui est **produite par les professionnels** et celle de **n'importe quel internaute** *via* la Toile.

B Anciens et nouveaux supports de diffusion

• **La presse écrite.** Elle doit relever de nombreux défis. Dans les années 1970 d'abord, **face à la radio et à la télévision,** qui la concurrencent dans le **domaine de la rapidité d'accès à l'information** et qui captent une part importante du **marché publicitaire**. Puis face à Internet, au coût de diffusion beaucoup plus bas. Pour survivre, la presse s'est diversifiée et utilise aujourd'hui massivement Internet.

• **La radio.** Média majeur des années 1960-1980, **elle conserve aujourd'hui tout son intérêt par la simplicité de sa technique et son universalité**. La création de radios d'information en continu illustre sa capacité de résistance. France Info est la 3e radio la plus écoutée en France en audience cumulée début 2023.

• **La télévision.** Au carrefour de nombreuses innovations, elle devient, à la fin du XXe siècle, le **principal moyen d'information** (création des chaînes d'information en continu) et le journal télévisé reste encore le support d'information privilégié d'une majorité d'adultes, surtout après quarante ans.

Mot-clé

Mass media : c'est une abréviation de *media of mass communication* qui signifie, en français « moyens de communication de masse ». Ces moyens d'information comprennent la presse écrite, la radio, la télévision et Internet qui parvient aujourd'hui à diffuser et à faire converger tous les moyens traditionnels préexistants.

• **Internet.** La Toile a **profondément modifié l'accès à l'information**, surtout chez les jeunes. En 2023, en, France, on considère que plus d'un adolescent ou jeune adulte sur deux **s'informe exclusivement par les réseaux sociaux**.

Les nouvelles façons de s'informer dans les pays en retard de développement : le toit d'une maison de Tananarive (Madagascar). ▶

2 Les conséquences de la révolution de l'information

A Surinformation et désinformation

• **L'uniformisation de l'information.** La plupart des médias s'approvisionnent **aux mêmes sources** (agences de presse, grandes agences d'image, principaux comptes des réseaux sociaux) ; et sous une apparence de multiplicité, ce sont **souvent les mêmes informations qui sont reprises partout**, morcelées ou **abusivement simplifiées**.

• **La manipulation.** Abreuvés d'images en temps réel, **les individus semblent de plus en plus démunis et isolés** face à l'information, qu'ils ne savent pas décrypter correctement.

• **Quelle régulation ?** Jusqu'à l'apparition d'Internet, les moyens de régulation étaient bien définis. **En France, l'État puis des institutions spécifiques sont les garants de l'indépendance des médias** (lois, réglementation, code de la profession protégeant les journalistes, etc.). **Dans la tradition anglo-saxonne, c'est la profession elle-même qui se régule** (charte de bon comportement adoptée par la presse anglaise dès 1989). L'immatérialité internationale d'**Internet oblige à une nouvelle réflexion** puisqu'aucune autorité ou groupement d'intérêt national ne peut entièrement maîtriser la Toile.

B Les nouvelles inégalités

• **La domination des pays du Nord.** Malgré l'émergence de géants chinois, le monde médiatique est plus que jamais dominé par les pays du Nord. **CNN, contrôlée par des capitaux américains,** est toujours la seule chaîne de télévision implantée dans la quasi-totalité des pays du monde. **Les deux tiers des entreprises d'information et de divertissement** sont encore aujourd'hui, directement ou indirectement, détenus par les **investisseurs américains ou européens**.

• **La fracture numérique.** Les nouveaux moyens de diffusion de l'information n'ont pas fait disparaître l'opposition Nord Sud. **Dans les pays développés**, la pénétration des appareils numériques a atteint la **quasi-totalité de la population**. Plus de 95 % des habitants des pays du Nord surfent régulièrement sur Internet et presque tous possèdent au moins un téléphone portable. D'autres régions du monde affichent un retard plus ou moins important. En janvier 2023, seuls **36 % des Africains ont accès à Internet** et 20 % utilisent un réseau social. Au Burkina Faso, les chiffres tombent à 22 % et 8 %.

Mot-clé

Régulation : définition des objectifs, des méthodes, des instruments pour maintenir en équilibre le système de la communication. Elle comprend des lois (antitrust), des règlements (directives européennes sur la protection des données personnelles), des cahiers des charges (groupes publics d'audiovisuel), des autorités indépendantes (Hadopi, Conseil supérieur de l'audiovisuel en France), etc.

SPÉCIALITÉ HGGSP

28 Le développement de la presse à grand tirage

Longtemps réservée à une élite, **la lecture devient le principal moyen d'information** des Français à partir de la deuxième moitié du XIXe siècle. Grâce à l'utilisation de la presse rotative et aux progrès de la scolarisation, la presse devient accessible à un nombre croissant de personnes.

1 La naissance de la presse à grand tirage

A Le tournant des années 1850

• **Une presse jusque-là pour les élites.** Du XVIe siècle aux années 1840, la presse, presque exclusivement politique, reste destinée aux élites. Les procédés d'impression sont coûteux, **les moyens de diffusion** (exclusivement par abonnement) **sont limités**.

• **Un développement spectaculaire.** Les perfectionnements techniques (rotative à grand débit de Marinoni) conjugués à un public alphabétisé de plus en plus large conduisent à un **abaissement spectaculaire de ses prix de vente** (quelques centimes). L'introduction de la **publicité** lui permet encore de diminuer les coûts de production et d'en faire des entreprises très rentables.

• ***Le Petit Journal.*** Symbole de cette démocratisation, *Le Petit Journal* est fondé par Millaud en 1863. Il tire à 200 000 exemplaires en 1870 et à près de 2 millions en 1895. Cette très large diffusion l'oblige à **adapter son contenu**. Pour ne choquer personne, il se veut « neutre politiquement ». Pour attirer les lecteurs, il donne une place de plus en plus large aux faits divers. Pour les fidéliser, il offre des **feuilletons**, et à partir de 1884, un supplément illustré en couleur.

B L'émulation par la concurrence

• **Une concurrence féroce.** En 1876, Jean Dupuy lance *Le Petit Parisien*, basé sur la même formule et dont le succès est immédiat. Nous sommes entrés dans l'ère de l'abondance : **1 300 périodiques sont publiés** à Paris en 1880.

• **Les journaux de province.** Ils ne sont pas en reste. De nombreuses régions se dotent d'un quotidien qui devient rapidement une institution incontournable, qui fait et défait les réputations politiques et qui **contribue à l'élargissement des horizons locaux**. Parmi les plus importants, il faut citer *le Progrès de Lyon* (1859), *Le Petit Marseillais* (1868), *L'Écho du Nord* (1868), *La Dépêche de Toulouse* (1870), *La Petite Gironde* (1872).

▲ Les presses rotatives Marinoni à l'exposition universelle de Paris en 1889.

2 L'ère des médias imprimés

A L'entre-deux-guerres

• **Une pratique généralisée.** En 1939, les Français achètent environ 12 millions de quotidiens. La pénétration de la presse a progressé au sein des foyers. Désormais, grâce à une **alphabétisation généralisée, c'est toute la famille qui peut lire et commenter les nouvelles** qu'elle découvre dans les pages de son journal favori.

• **Le triomphe de la presse provinciale.** Le déséquilibre entre Paris et la province s'est retourné en faveur de cette dernière. En 1939, les quotidiens régionaux vendent plus d'exemplaires que ceux de la capitale. **La majorité de la population lit une presse de proximité** aux étiquettes politiques moins accusées et soucieuses de préserver les équilibres locaux.

• **Une presse parisienne orientée à droite.** Seuls *L'Humanité* éditée par le PCF et *Le Populaire* dirigé par Léon Blum peuvent modestement s'opposer au *Petit Parisien* ou au *Journal* aux options très conservatrices. **La radicalisation progressive de la presse parisienne explique en partie la désaffection qu'elle subit** de la part d'un public lassé des articles élogieux sur Mussolini ou Franco. Ainsi les ventes du *Matin*, au nationalisme de plus en plus fascisant, s'effondrent (1,1 million d'exemplaires en 1919 contre seulement 320 000 en 1939).

• **L'éclatant succès de *Paris Soir*.** Seul quotidien français novateur de l'entre-deux-guerres, il connaît un développement fulgurant : 100 000 exemplaires en 1931 et 2 millions en 1938. Cette réussite s'explique par son **indépendance d'esprit**, la diversité de ses rubriques (horoscope, vie quotidienne, sport, cinéma), la **qualité de ses articles** (Pierre Lazareff, rédacteur en chef, n'hésite pas à engager Georges Simenon comme reporter) **et l'attrait de sa mise en page** (nombreuses photographies, maquette aérée).

B Depuis 1945

• **Les ordonnances de 1944.** Elles ont pour but de définir un nouveau statut des entreprises de presse basé sur la **transparence et le respect du pluralisme**. Dès les années 1960, elles n'empêchent pas la **constitution de grands empires**, comme celui de Robert Hersant. Il parvient, en une vingtaine d'années, à contrôler plusieurs quotidiens et hebdomadaires nationaux (*Le Figaro*, *L'Express*) et de nombreux quotidiens régionaux (*Le Midi libre*, *La Voix du Nord*, *L'Est républicain*, etc.).

• **Le déclin progressif de la presse écrite.** Il est lié au changement des habitudes des Français et à la concurrence des autres médias. **Il frappe d'abord la presse quotidienne parisienne** dès les années 1980 (disparition de *L'Aurore*) avant de **menacer les quotidiens régionaux** au début des années 2000. Même les newsmagazines (*L'Express*, *Marianne*), les périodiques grand public (*Paris Match*, *Voici*, *Gala*) et les revues spécialisées, pourtant réputées insubmersibles en raison d'un lectorat fidèle, **peinent à survivre aujourd'hui**. Seule la presse « télé » parvient encore à tirer son épingle du jeu.

Mot-clé

Les magazines : c'est un modèle venu d'Amérique. *Marie-Claire* en est l'archétype. Démarqué des concepts anglo-saxons (valorisation des femmes actives), l'hebdomadaire dépasse déjà le million d'exemplaires en 1939. *Match*, inspiré de l'américain *Life*, se situe dans la même lignée. Grâce à ses reportages photographiques, les ventes frôlent le million et demi en 1939. *L'Auto* (rebaptisé *L'Équipe* après la guerre) s'impose comme le premier magazine sportif. *Le Journal de Mickey*, importé d'Amérique par Paul Winkler en 1934, a déjà séduit 400 000 lecteurs en 1939.

29 Radio et télévision au XXe siècle

Après la presse, vecteur incontesté de l'information jusqu'aux années 1930, deux médias dominent en France. D'abord la **radio** qui conserve jusqu'à nos jours ses atouts majeurs : **simplicité et adaptabilité**. Puis la **télévision** qui semble, dans les années 1980, le **« rouleau compresseur informatif »** qui va tout emporter. Un célèbre pamphlet de cette époque la qualifie d'ailleurs de la « folle du logis dans les sociétés démocratiques ».

1 La radio, média révolutionnaire du milieu du siècle

A L'invention de la TSF

• **Des débuts modestes.** La TSF (téléphonie sans fil) **naît dans l'indifférence générale** au début du siècle. Héritière de l'évolution technique des transmissions militaires perfectionnées pendant la Première Guerre mondiale, **elle commence à se développer au début des années 1920**. Quelques émetteurs parviennent à diffuser des programmes captés par une poignée de « galénistes », comme on les surnomme à l'époque, c'est-à-dire des possesseurs d'un poste de réception à galène.

Biographie

Guglielmo Marconi (1874-1937) : il est le **principal inventeur de l'émetteur permettant la télégraphie sans fil**. Combinant des découvertes antérieures, il y parvient en 1896, dépose un brevet en 1899 et fonde la *Marconi's Wireless Telegraph Co.* Il arrive à intéresser rapidement de nombreux partenaires (les postes anglaises, les armées, le Vatican ou les grands organes de presse).

• **Les années 1930.** Dès cette époque, **la situation a considérablement évolué**. Une bonne couverture du territoire (une douzaine de grands émetteurs relais provinciaux ont été mis en place) et la chute du prix des récepteurs **ont multiplié le nombre d'auditeurs (20 millions)** même s'il reste encore inférieur à celui des autres grandes puissances (33,2 millions en Grande-Bretagne, 33,6 millions en Allemagne, 104 millions aux États-Unis en 1937).

Année	1930	1935	1937	1938	1939	1944
Nombre de postes récepteurs déclarés (millions)	0,5	1,9	3	4	5	5,5
Public potentiel (millions)	2	7,6	12	16	20	22

▲ Le développement de la radio en France de 1930 à 1944.

B Succès et contrôle par les autorités

• **L'État et la radio.** L'État s'intéresse rapidement à ce média qui s'affirme comme un **redoutable instrument politique**. L'achat des appareils doit être déclaré et, depuis 1923, il est frappé d'une taxe modique transformée en redevance en 1933. En 1929, le ministère des PTT (Postes, Télégraphe, Téléphone) devient de plein exercice et se trouve officiellement chargé de la radiodiffusion. À partir de 1935, le pouvoir prend carrément les choses en main.

• **Radios publiques et radios privées.** D'un côté, les radios d'État (Radio-Paris, Radio-PTT, Radio-Journal de France, diffusées sur tout le territoire) sont directement contrôlées par le gouvernement. **Elles fusionnent en 1939 pour former la radiodiffusion française nationale**. De l'autre, les radios privées (le Poste Parisien lié au quotidien *Le Petit Parisien*, Radio-Cité de Marcel Bleustein-Blanchet, Radio 37 de Jean Prouvost ou Radio-Luxembourg du groupe Havas) **nécessitent une autorisation mais peuvent émettre presque sans contraintes.**

• **Des contenus diversifiés.** Si les radios publiques offrent des **programmes classiques** (théâtre, musiques symphoniques, causeries, journal parlé de plus en plus contrôlé par les autorités), les postes privés proposent des **divertissements pionniers**. Radio-Cité organise des émissions musicales pour découvrir les chanteurs de demain (**« le crochet radiophonique » financé par Monsavon**), le Poste Parisien lance « la course au trésor » (organisée par Pierre Dac) et Radio 37 se fait l'écho des grands succès du septième art (« Le Cinéma vous parle »).

• **Le rôle du sport.** Les manifestations sportives prennent une importance grandissante dans les programmes. En 1938, les auditeurs peuvent suivre en direct, pour la première fois, **les étapes du Tour de France**, grâce aux commentaires de Georges Briquet, Jean Antoine et Alex Virot. Le vainqueur, l'Italien **Gino Bartali, devient immédiatement une vedette**. Signe des temps, la figure du **« radio reporter »** commence à se substituer à celle, plus convenue, du journaliste de presse. En 1939, **Georges Briquet tient d'ailleurs son propre rôle** de commentateur du Tour de France aux côtés de Fernandel **dans le film *Les Cinq Sous de Lavarède* de Maurice Cammage.**

2 Radio et télévision depuis les années 1950

A L'adaptation de la radio, média inusable

• **Les mutations techniques.** Principal moyen de communication « moderne » des années 1930, la radio **s'adapte sans peine à l'arrivée de la télévision** à la fin des années 1940 (le premier journal télévisé est diffusé le 29 juin 1949 devant une poignée de téléspectateurs). **L'apparition du transistor en 1948** et de la **stéréophonie en 1956** en font le premier média nomade de qualité.

• **Le média des jeunes ?** La jeunesse des Trente Glorieuses est friande de radio, aussi bien quand elle diffuse, sur les radios dites périphériques (Europe 1, RTL), **la musique qu'elle aime**, que des **informations non censurées par le pouvoir** (principalement pendant Mai 68). Elle demeure jusqu'à nos jours un média indétrônable dans toutes ses déclinaisons (généraliste, thématique ou de proximité).

B La télévision, média hégémonique de la fin du siècle

• **L'envol dans les années 1960.** La télévision, après des **taux d'équipement timides dans les années 1950 comparés aux pays anglo-saxons**, devient « le » média de la fin du XXe siècle. Longtemps malthusienne (une seule chaîne jusqu'en 1964 !) et tenue en laisse par un pouvoir politique qui comprend son utilité et qui craint son impact sur l'opinion publique, la télé, comme on l'appelle désormais, **prend son envol dans les années 1960.**

• **L'hégémonie des années 1990.** La troisième chaîne apparaît en 1973, le monopole d'État est aboli en 1982 et les opérateurs privés sont autorisés à partir de 1984 (Canal Plus). La télévision devient la reine des médias des années 1990. Chaque Français passe alors en moyenne **plus de trois heures par jour devant le petit écran**. Mais elle est peu à peu concurrencée par de nouveaux moyens de communication.

• **Les mutations contemporaines.** En 2023, **les Français** (principalement les moins de 25 ans) **regardent moins la télévision** que cinq ans auparavant. Mais cela ne signifie pas qu'ils sont moins sensibles aux médias de l'image. Ils les utilisent différemment et privilégient **les écrans « nomades »** (tablettes, smartphones, etc.) leur permettant de voir ce qu'ils désirent à tout moment. **Et, grâce aux réseaux sociaux, ils participent désormais largement à la construction de l'information.**

30 Naissance et extension du réseau Internet

La diffusion massive des **techniques de l'informatique dans tous les secteurs de la vie courante** (ordinateur, téléphone, objets connectés, etc.) et leur **mise en réseau par le biais d'Internet** ont tellement bouleversé la civilisation contemporaine que certains vont jusqu'à parler de l'avènement d'un nouvel individu, l'***homo numericus***, remplaçant peu à peu l'*homo sapiens*.

1 Du numérique à Internet

A Le développement de l'informatique

• **Le test de Turing.** Entre 1937 et 1946 sont conçus les premiers essais d'ordinateurs. Ce sont alors de gigantesques machines à calculer programmables grâce à des suites d'opérations arithmétiques et logiques, participant à l'effort de guerre américain. Dès 1950, le mathématicien britannique **Alan Turing a l'intuition du développement futur d'une intelligence artificielle** et élabore le « test de Turing » dans lequel les machines doivent imiter l'intelligence humaine et tromper la vigilance des hommes. Les progrès des ordinateurs sont cependant très lents et leur diffusion ne concerne que quelques communautés de scientifiques.

• **Les ordinateurs personnels.** Tout change à la fin des années 1970 avec l'apparition des ordinateurs personnels grand public, plus petits et dotés de microprocesseurs, tel l'Apple II de Steve Wozniak et Steve Jobs (1977). Le premier succès commercial est le **Macintosh d'Apple en 1984**. Les usages de l'informatique se multiplient avec le **traitement de texte**, les **premiers logiciels de création graphique**, mais aussi les **jeux**, qui attirent immédiatement un public familial.

• **Les innovations des années 1990.** La deuxième grande révolution date des années 1990 avec la popularisation progressive des ordinateurs portables et d'importantes **innovations** dans plusieurs domaines simultanés : le **son** (lancement du CD audio, fichiers MP3), l'**image fixe** (l'appareil photo numérique), l'**image animée** (le caméscope numérique), le **téléphone portable**, la télévision numérique.

B Mise en réseau et convergence

• **Au départ, les militaires américains.** Le **projet militaire Arpanet**, né aux États-Unis en 1969, a pour but de faciliter **les échanges d'informations entre les ingénieurs de la Défense et les grandes universités américaines**. En parallèle se développent des réseaux locaux d'entreprises. Dans les années 1980, la volonté de relier ces réseaux malgré leurs différences technologiques aboutit à la **création de protocoles universels** permettant le transport de données numériques : TCP (*Transmission Control Protocol*) et IP (*Internet Protocol*). La partie universitaire du réseau se sépare alors de la partie militaire et devient Internet.

• **L'extension mondiale des années 1990.** Internet permet aux ordinateurs de nombreuses universités de **communiquer** entre elles **quel que soit le matériel utilisé**. Internet arrive en Europe, en Asie du Sud-Est et en Australie en 1991. Les grandes universités, les multinationales s'y relient directement. Mais, pour les autres (particuliers, petites entreprises), le coût des infrastructures est tel qu'**ils ne peuvent s'y connecter que par le réseau télépho-**

nique grâce à des opérateurs publics ou privés (FAI ou fournisseurs d'accès à Internet) pour des usages de plus en plus diversifiés : messagerie différée ou instantanée, forums, services et jeux en ligne, réseaux sociaux mettant en contact des millions d'utilisateurs, encyclopédie contributive.

• **Le smartphone.** À partir de 2007, l'invention du « smartphone » (téléphone connecté) par Apple provoque l'irruption d'un **nouvel outil mobile**, peu encombrant et puissant, permettant de **réunir pratiquement tous les usages du numérique** : accès permanent à Internet via un forfait illimité, multitude d'applications, production, stockage et partage d'informations, de son, de photos, de vidéos.

> **Mot-clé**
> **Minitel :** terminal informatique simplifié relié au réseau téléphonique visant, au départ, à remplacer l'annuaire téléphonique papier par un annuaire électronique et devenant rapidement un fournisseur de services (messagerie, accès à des banques de données, etc.). Distribué gratuitement à des millions de Français par France Télécom à partir de 1980, **il crée une première convergence numérique** entre le téléphone, l'ordinateur et le téléviseur.

• **La convergence numérique.** Le smartphone **commande également de plus en plus d'objets connectés** qui pénètrent dans tous les domaines de la vie quotidienne (montres, lunettes, maisons). On parle de convergence numérique : des contenus qui nécessitaient jusqu'ici différents supports peuvent désormais circuler sur un même réseau grâce à la numérisation.

2 La déferlante Internet

A Le tournant des années 2000

• **Une conquête sur à peine 10 ans.** Les statistiques témoignent de l'incroyable succès de ce qu'on appelle les nouvelles technologies d'information et de communication (NTIC). Les experts font remarquer que **la radio a mis 38 ans pour atteindre 50 millions d'utilisateurs**, la télévision 13 ans et **Internet seulement 4 ans.** En 1997, le monde comptait déjà 325 millions d'ordinateurs fixes, 215 millions de téléphones portables et 117 millions d'internautes. Dix ans plus tard, on atteignait 3,3 milliards de portables et 1,3 milliard d'internautes.

• **La France, championne d'Internet.** Pour la France, par exemple, grâce à une intense publicité et à une concurrence effrénée entre les opérateurs, **il n'a fallu que 6 ans pour passer de 5,8 millions** (10 % des actifs), fin 1997, **à 41,6 millions de portables** (69 % des actifs) fin 2003 avec plus de 16 millions de Français connectés au Web. Le pays était préparé au développement d'Internet grâce à un ancêtre franco-français, le **Minitel**, mis en service dès 1980.

B La situation actuelle

• **Le monde en réseau.** Début 2023, d'après les estimations de l'agence *We are social*, le monde **comprend 5 milliards d'internautes** (63 % de la population), 5,5 milliards d'utilisateurs du portable (67 %) et 4,8 milliards d'usagers des réseaux sociaux (58 %), dont 4,3 milliards passent régulièrement par les données mobiles. On estime que la planète compte un nouvel internaute toutes les 10 secondes.

• **La planète « jeune ».** Le réseau social Facebook a dépassé les 2 milliards d'utilisateurs en juin 2017. **En France, 99 % des 18-24 ans et 85 % des 13-19 ans possèdent un smartphone** en 2023. En 2023, TikTok est devenu le réseau privilégié par les adolescents français (50 % des 22 millions d'utilisateurs mensuels), tandis qu'Instagram est préféré par les jeunes adultes (65 % des 26 millions d'utilisateurs mensuels).

> **Mot-clé**
> **FAI (fournisseur d'accès à Internet) :** opérateur privé ou public disposant de serveurs connectés à Internet et ayant accès à un réseau de diffusion grand public (réseau téléphonique, câble, fibre optique, etc.). Il permet à toute personne ayant accès à ces réseaux de se connecter au Web *via* un abonnement.

31 L'affaire Dreyfus et la presse

Au moment de la condamnation du capitaine Dreyfus pour trahison en 1894, **la presse reflète l'opinion d'une très grande majorité de Français** convaincue de sa **culpabilité**. Par la suite, anti-dreyfusards et dreyfusards s'opposent violemment pour la conquête de l'opinion dans de nouveaux journaux créés à l'occasion. **Peu à peu, toute la presse ou presque s'empare de « l'Affaire »** qui occupe dès lors une place considérable dans la vie politique.

1 D'une affaire judiciaire banale à « l'Affaire »

A L'affaire judiciaire

• **Le procès de 1894.** En décembre 1894, le capitaine Alfred Dreyfus est traduit devant le conseil de guerre après avoir été accusé de transmettre des documents secrets à l'Allemagne. Le général Mercier, alors **ministre de la Guerre**, demande à ses services **la constitution d'un dossier à charge** où plusieurs faux sont introduits. Les preuves paraissent si accablantes que Dreyfus est **condamné au bagne à vie et déporté en Guyane.**

• **« Il n'y a pas d'affaire Dreyfus ».** Cette affirmation du **chef du gouvernement Jules Méline en décembre 1897** illustre la position des autorités républicaines depuis 1894. Le respect de la « chose jugée » et de l'opinion publique, majoritairement anti-dreyfusarde à cause des violentes campagnes antisémites de la presse, interdit toute reconsidération d'une « péripétie » judiciaire déjà ancienne.

B « L'Affaire »

• **Une crise politique et morale.** L'affaire d'espionnage se transforme en crise politique et morale en 1898 **lors de l'acquittement du vrai coupable**, le commandant Esterhazy. **Les défenseurs de Dreyfus, que Clémenceau qualifie en 1898 d'intellectuels**, sont convaincus de son innocence, et lancent une vaste campagne en faveur de sa réhabilitation. Elle oblige la IIIe République à rouvrir le procès et le met face au dilemme de choisir **entre vérité et « raison d'État ».**

• **Une amplification nationaliste.** Les anti-dreyfusards accusent les dreyfusards de bafouer l'honneur de l'armée et au-delà celui de la France. Leur **nationalisme** prend, dans une partie de la presse, une tonalité violemment antisémite et rencontre un large écho dans l'opinion publique, faisant ainsi de l'Affaire un **révélateur des fractures idéologiques du pays.**

2 La presse au cœur de l'Affaire

A La puissance de la presse anti-dreyfusarde

• **11 millions d'exemplaires contre Dreyfus.** À l'occasion de l'affaire Dreyfus, la quasi-totalité de la presse se mobilise pour convaincre l'opinion de la culpabilité de ce dernier. **Tous les grands quotidiens de Paris et de province sont anti-dreyfusards** avec quelques nuances.

Le Petit Journal (près de 2 millions d'exemplaires dans les plus gros tirages) est franchement contre Dreyfus tandis que son concurrent direct *Le Petit Parisien* (800 000 exemplaires) est plus attentiste.

• **Émotion et invective.** La presse anti-dreyfusarde recourt au registre de l'invective et de l'émotion. Elle multiplie les articles et les **caricatures présentant Dreyfus et ses soutiens comme des traîtres à la nation française** en raison de **leur origine juive**. Elle utilise les stéréotypes antisémites et vise à diffuser auprès de l'opinion la thèse de l'existence d'un **complot juif** menaçant gravement l'intégrité de la France. Elle tente de discréditer les entreprises de révision du procès de Dreyfus en les associant à un désir de saper les fondements de l'autorité de l'État et de l'armée.

B Les armes décalées de la presse dreyfusarde

• **Une presse très minoritaire.** Représentant au départ **moins de 10 % du tirage quotidien français**, elle cherche à convaincre l'opinion que l'accusation de Dreyfus repose sur la fabrication de faux et une entreprise de dissimulation de la vérité entretenue notamment par des membres de l'état-major.

• **« J'accuse ! »** Avec la publication de « J'accuse ! » de Zola, la presse dreyfusarde amplifie le débat et le **transfère sur le terrain politique** en désignant publiquement les principaux acteurs au sein de l'armée, de la presse et de la justice, responsables de l'erreur judiciaire. **Très réactive, cette presse se développe par la création de nombreux nouveaux titres** (*Le Signal*, *Voltaire*, *Le Siècle*). Elle sait aussi riposter en publiant des articles et des caricatures destinés à prouver aux lecteurs le caractère infondé des accusations des journaux anti-dreyfusards.

Cinq Centimes

L'AURORE

Littéraire, Artistique, Sociale

Directeur ERNEST VAUGHAN

J'Accuse...!

[LET]TRE AU PRÉSIDENT DE LA RÉPUBLIQUE

Par ÉMILE ZOLA

▲ « J'accuse ! » d'Émile Zola.
Cet article de presse a transformé une erreur judiciaire antisémite en une crise politique qui a failli emporter la République.

« Ils en ont parlé ». Caricature de Caran d'Ache pour *Le Figaro*, 14 février 1898.
Seul le dessin de presse parvient à traduire en un seul document comment l'Affaire devient un séisme qui touche toute la société française. Évoquer Dreyfus et immédiatement l'ordre familial et moral est sens dessus dessous. ▶

32 De l'Agence Havas à l'AFP

Dès 1835, Charles-Louis Havas, traducteur de journaux étrangers au départ, fonde une agence qui s'inscrit dans une **position stratégique d'informateur relais** pour différents publics (États, entreprises, médias). Elle devient progressivement une source indispensable pour tous ceux qui ont besoin d'informations. D'où **son statut « protégé »**, lorsqu'elle se transforme en Agence France-Presse (AFP) en 1944 : d'abord par l'État, puis par une loi qui la rend **théoriquement indépendante** de tous les pouvoirs.

1 L'agence Havas

A Un développement rapide

• **Un besoin croissant d'informations.** À partir des années 1830, une nouvelle dynamique de la communication et de l'information des États et des acteurs de pouvoir se met en place pour distribuer toujours plus de nouvelles d'actualité. C'est en France que se développe, dès 1835, la **première officine d'informations régulières**, pour répondre à une demande croissante de la société (bureau de traduction des nouvelles du monde à l'initiative de Charles-Louis Havas). Dès lors, **un marché des informations se développe** et s'impose peu à peu à l'échelle du monde.

• **Le télégraphe électrique.** L'avènement de la technologie du télégraphe électrique (en remplacement des pigeons voyageurs) et la mise en place **des câbles océaniques transatlantiques bouleversent le monde de la communication** et de l'information et donc le fonctionnement des agences. Havas devient indispensable à la presse (synthèse des nouvelles du monde) mais aussi aux décideurs (faits boursiers, cote des actions, etc.).

• **Un traitement privilégié.** Havas, « officiellement officieuse » par rapport à l'État, bénéficie dès lors d'un traitement de faveur. **Sa branche publicité**, qui se développe à côté des services d'informations, **devient très lucrative** et permet à l'entreprise de se diversifier.

B Le temps des hésitations

• **Une société anonyme de droit privé.** La transformation de l'Agence Havas en **société anonyme**, sous la tutelle de la Banque de Paris et des Pays-Bas **en 1879**, permet de mieux séparer la branche publicité de la branche information. Mais cette dernière connaît des moments difficiles au début du XXe siècle, **concurrencée par les agences de presse étrangères** (Associated Press, Reuters, Continentale) et **critiquée pour son conformisme** ou le manque de fiabilité de ses dépêches de presse.

▲ Le premier téléscripteur (Télex) acquis par l'agence Havas en 1895. Il permet d'imprimer en clair, en moins d'une minute, n'importe quelle dépêche provenant du monde entier.

• **Les emprunts russes et la corruption.** La branche publicité d'Havas bénéficie du monopole de fait que l'entreprise détient sur l'information, ce qui lui permet de recourir souvent au mélange des genres, d'où le développement grandissant de la corruption. Ainsi, entre 1901 et 1914, **Havas diffuse**, moyennant des subventions déguisées provenant du gouvernement russe, **des informations systématiquement positives sur la Russie** pour inciter les Français à y investir via des emprunts prétendus « très sûrs ».

2 L'Agence France-Presse

A Indépendance et moralisation

• **De l'Agence Havas à l'Agence France-Presse.** Après avoir **collaboré avec le régime de Vichy** et l'occupant nazi en se transformant en Office français de l'information à partir de 1940, l'Agence Havas est nationalisée et remplacée par l'Agence France-Presse en 1944. Après 1945, l'agence s'applique à la reconstruction de son réseau international.

• **Une agence sous influence ?** Contrôlée par l'État, l'AFP est alors fréquemment dénoncée comme **un outil de propagande aux mains des gouvernements français** (6 directeurs de 1944 à 1956). Sa crédibilité internationale en est affectée (tutelle financière fixée par la loi de finance). Pendant la guerre d'Algérie, **l'agence ignore ainsi la réalité de la torture** pratiquée par l'armée française.

• **Le statut de 1957.** Le gaulliste historique Jean Marin qui dirige l'AFP de 1954 à 1975 est à l'origine du statut de 1957 garantissant **l'indépendance de l'agence** par rapport à tous les pouvoirs. Le réseau mondial de l'Agence France-Presse couvre aujourd'hui 151 pays (200 bureaux dans le monde, 2 300 collaborateurs dont 1 500 journalistes) et se classe au **troisième rang des agences mondiales d'information** derrière l'américaine Associated Press et la britannique Reuters.

B Les défis de l'ère numérique

• **Les problèmes financiers.** L'AFP est **victime de l'ampleur de la révolution induite par le développement des NTIC.** La fin du XXe siècle a été marquée par des gestions parfois inadaptées occasionnant de forts déficits (dérive des dépenses en 1998-1999) et donc des tensions avec l'État et les syndicats. Le développement d'Internet à partir de 2005 et de la gratuité de certains médias affecte fortement ses équilibres budgétaires, entraînant des plans sociaux.

• **Un retour en grâce ?** Paradoxalement, l'AFP ne semble pas hors-jeu dans le nouveau monde de l'information. Elle a développé une chaîne d'information de référence (AFP TV) et apparaît de plus en plus, dans un univers où les ***Fake news*** (voir p. 240-241) explosent, comme **une source d'information fiable et indépendante.**

> **Mot-clé**
>
> **NTIC :** les nouvelles technologies d'information et de communication correspondent à tout ce qui permet de communiquer aujourd'hui (audiovisuel, informatique, télématique).
> La **convergence numérique** fait désormais du réseau Internet le vecteur principal des NTIC. Le smartphone en est l'exemple le plus visible. Il réunit en un seul objet facilement transportable télévision, téléphone, appareil photo, ordinateur, Internet, etc. Il est à la fois producteur et récepteur d'information.

33 Les médias et la guerre du Vietnam

La « sale » guerre du Vietnam (novembre 1955-avril 1975) a tué plus de 58 000 soldats américains et fait près de 160 000 blessés. Ce conflit sanglant et très traumatisant pour le monde occidental a révélé, pour la première fois, **la puissance des médias sur les opinions publiques** aux États-Unis et dans les pays occidentaux. Le bourbier vietnamien a consacré l'importance désormais irréversible de l'impact du **photojournalisme** en temps de guerre.

1 Les médias pour cacher la « sale » guerre

A Un engagement militaire considérable

• **Une guerre sans front.** La guerre du Vietnam est le plus grand engagement militaire des États-Unis depuis la Seconde Guerre mondiale (environ 536 000 soldats déployés en 1968). **Cette guerre n'a ni front ni batailles.** Le Vietcong contrôle de vastes espaces ruraux s'étendant largement sur les hauts plateaux et dans le delta du Mékong. Il se dissimule parmi la population civile majoritairement paysanne, tend des embuscades, mine le terrain, ce qui provoque de **lourdes pertes dans l'armée américaine.**

• **Une « sale » guerre.** Cette difficulté à progresser et à lutter contre un ennemi que l'on ne voit pas pousse les Américains à recourir à des méthodes violentes telles que **l'utilisation de bombes incendiaires au napalm ou l'usage de défoliant** (l'agent orange) pour déloger les combattants en brûlant les villages et en détruisant le couvert végétal qui masque les bases militaires de l'ennemi. Les milliers de morts et de personnes contaminées renforcent l'opposition au gouvernement du Sud-Vietnam et encouragent de nombreux paysans à rejoindre les rangs du Vietcong.

B Un consensus médiatique originel

• **La censure.** Dans un premier temps s'établit un consensus entre les médias et le gouvernement. Des chercheurs universitaires, Noam Chomsky et Edward Herman, ont montré comment les médias dominants ont servi l'idéologie des élites au pouvoir, en censurant eux-mêmes les informations selon une **grille de lecture systématique intitulée « modèle de propagande ».**

• **Le contexte de la guerre froide.** Au nom de la politique américaine d'**endiguement du communisme**, les actes répréhensibles de l'armée américaine sur les populations civiles vietnamiennes sont minimisés, voire occultés. La **télévision**, notamment, ne montre longtemps que des **images neutres**, aseptisées du conflit, sans violence ni brutalité.

• **La propagande cinématographique.** Le film *Les Bérets Verts*, produit par l'acteur John Wayne avec l'appui de la multinationale cinématographique Warner et de l'armée de terre américaine, raconte l'**engagement d'un journaliste américain**, au départ opposé à cette guerre, et qui, envoyé sur le terrain pour suivre les troupes d'élites (les fameux Bérets verts qui donnent le titre à l'œuvre) en découvre progressivement les « bienfaits ». Sorti en 1968, au moment de l'élection de Richard Nixon, ce film va dans le **sens de la poursuite d'une guerre devenue de plus en plus complexe et coûteuse en argent**, en hommes et en armement. Son indéniable succès en salles ouvre paradoxalement l'ère de la défaite médiatique des autorités et du Pentagone.

La photographie qui a changé le cours de la guerre du Vietnam : enfants vietnamiens fuyant le bombardement au napalm de leur village par l'armée américaine. ▶

2 Les médias pour dénoncer la « sale » guerre

A La guerre des images

• **Le tournant de l'offensive du Têt.** Alors que les citoyens américains pensaient que leur armée gagnait la guerre dans la jungle, ils découvrent la tragédie de janvier 1968, lors de l'offensive du Têt. À cette occasion, **les reporters américains filment dans les villes de Saïgon et Hué, en direct, les combats d'une extrême violence**.

• **Le basculement de l'opinion publique.** La contestation qui ne touchait jusque-là que les campus universitaires ou quelques intellectuels se répand dans l'opinion publique. La diffusion des bombardements, des combats rapprochés, des scènes de carnage fait dire au président américain Johnson que **la télévision « avait installé le défaitisme au domicile de tous les Américains »**. L'opinion publique se détourne progressivement d'un conflit dont elle comprend de moins en moins les enjeux.

• **Une photographie décisive.** Nick Ut, envoyé par l'*Associated Press* comme photographe de guerre, prend, en juin 1972, **une photographie qui devient le symbole de l'horreur de la guerre** du Vietnam : une petite fille vietnamienne, Phan Thi Kim Phuc, nue, fuyant sur la route, les bras écartés et lançant des appels au secours. Parue le 12 juin dans le *New York Times*, elle est deux jours plus tard à la une des plus grands journaux du monde.

B La catharsis hollywoodienne

• ***Apocalypse Now.*** Réalisé par Francis Ford Coppola en 1979, soit juste après la fin de la guerre, ce film n'hésite pas à présenter **une armée américaine ayant perdu ses repères moraux**, particulièrement dans les scènes d'attaques aéroportées. Le film de Coppola illustre la fonction cathartique du cinéma américain. Il a permis aux États-Unis, très peu de temps après le conflit, de **crever en partie « l'abcès mémoriel »** qu'il représentait.

• **Une réflexion sur la guerre.** Après *Apocalypse Now*, d'autres grands films s'emparent de la guerre du Vietnam, comme *Platoon* (1986), *Full Metal Jacket* (1987) ou *Né un 4 juillet* (1989). Malgré des scènes souvent spectaculaires, ils privilégient une approche psychologique afin de bien montrer **l'inutilité de la guerre** et de mieux faire comprendre les **graves séquelles qu'elle crée chez les soldats américains** eux-mêmes.

Film-clé

Apocalypse Now : Francis Ford Coppola souhaite réaliser dès 1975 le film « définitif » sur la guerre du Vietnam. Dans un souci de réalisme maximal, le tournage se déroule aux Philippines, mais son retard – plus de deux ans et demi – en fait l'un des films les plus chers de l'histoire du cinéma américain. Récompensé par une **Palme d'or au festival de Cannes en 1979**, *Apocalypse Now* raconte, porté par la musique de Richard Wagner *(La Chevauchée des Walkyries)*, les horreurs de la guerre au travers de la mission secrète d'un officier américain chargé d'en éliminer un autre devenu fou.

34 L'information fragmentée

Le développement des nouvelles techniques d'information et de communication a **profondément modifié la façon de s'informer et d'apprendre**. La convergence numérique a accéléré **l'horizontalité de l'information** en permettant à **tout individu connecté à Internet** de diffuser un message qui peut être repris des milliers de fois en quelques minutes par les réseaux sociaux et venir concurrencer ou **contredire l'information produite par les professionnels** (journalistes, enseignants, etc.).

1 Une information décuplée et accessible

A Une somme de savoirs

• **Une bibliothèque infinie.** L'essor du numérique, d'abord sur CD ou DVD, puis aujourd'hui sur Internet, a donné accès à une **somme impressionnante de connaissances** en tout genre, jusqu'ici seulement réservées à une élite culturelle : les livres patrimoniaux numérisés de Gallica (Bibliothèque nationale) ou de Google Books, les publications en ligne des revues savantes, l'encyclopédie gratuite contributive Wikipédia.

• **Des interactions toujours plus grandes.** L'équipement massif des établissements comme des ménages, pour un coût de plus en plus modique, a permis une fréquente **mise en contact des élèves, des étudiants et des chercheurs avec cette somme de savoirs** (essor des MOOC, *Massive Open Online Courses*, formations en ligne ouvertes et massives). La mise en réseau des établissements a suscité des **innovations technologiques** permettant de **travailler autrement et de rendre le savoir plus attractif** (les écoles en contact avec le spationaute Thomas Pesquet ou avec les scientifiques de la base française en Antarctique).

> **Mot-clé**
>
> ***Fake news* : information fausse mais que rien ne distingue d'une information vérifiée** tant qu'elle n'a pas été identifiée comme telle. Elle peut donc être largement diffusée (Internet, réseaux sociaux) pendant un certain laps de temps et causer des dégâts parfois irréparables. La seule façon de s'en prémunir est de **n'utiliser que des informations provenant de sources fiables et identifiées** (agences de presse, grands médias).

B Un accès de tous à l'information

• **L'information en continu.** Les multiples sites d'informations, agences de presse, médias en ligne donnent accès aux **actualités en temps réel**, ce qui permet d'enrichir quotidiennement sa culture **(les fils RSS des sites)**. Une recherche indexée dans les archives des médias présents sur Internet ou dans les fichiers de son propre ordinateur facilite la mise en relation des informations et le suivi d'un sujet d'actualité.

• **Un moyen d'échapper à la censure.** Par ses milliards de pages Web et par ses contributeurs, Internet contribue à **échapper à la censure, à la propagande ou à la culture officielle** utilisées par certains régimes moins démocratiques. **Internet est d'ailleurs le vecteur de diffusion de l'information le plus craint par les dictatures** qui n'ont parfois d'autre parade que de **couper temporairement son accès** (Syrie, Birmanie, Corée du Nord, Turquie, Venezuela, Chine, etc.).

> **Texte-clé**
>
> « Aujourd'hui, les citoyens sont de plus en plus autonomes vis-à-vis des élites médiatiques et intellectuelles : ils se forment leurs jugements sur les grandes questions de société en étant de moins en moins influencés par ce que disent les journalistes, les universitaires. Internet a favorisé l'affirmation d'opinions sur tous les sujets, de même qu'une fragmentation accrue de l'information et du débat : on discute de plus en plus avec des personnes avec lesquelles on partage les mêmes opinions, en s'appuyant sur des sources orientées idéologiquement. »
>
> Romain Badouard, maître de conférences en sociologie, dans *La Croix*, 10 octobre 2017.

2 Une information déstructurée et inégalitaire

A Une individualisation croissante de l'information

• **Les moteurs de recherche sur Internet.** Ils ne donnent pas toujours directement accès aux meilleures ressources. **Leurs résultats répondent à des algorithmes souvent liés au placement de produits des annonceurs** et non pas au référencement des sites de qualité.

• **La fiabilité de l'information pose problème. L'absence de validation universitaire** systématique des sites peut induire l'internaute en erreur en propageant **des données erronées**, non remises à jour ou **manipulées** au service d'une idéologie quelconque (querelles autour du vandalisme de certaines pages de l'encyclopédie Wikipédia). **Les médias en ligne peuvent faire circuler en masse des informations fausses** que l'internaute ne prend pas forcément la peine de vérifier comme les ***Fake news*** **diffusées pendant les campagnes électorales américaines de 2016 et 2020** ou la guerre de désinformation que mène la Russie sur les réseaux sociaux depuis sa tentative d'envahissement de l'Ukraine en 2022.

• **La multiplicité des ressources numériques et leur absence de hiérarchisation. Elles créent une individualisation croissante de l'information et de la connaissance qui remet en cause le patrimoine commun** qui était souvent transmis par l'école (le déclin de la culture classique) et une **perte de sens critique** dans les travaux d'étudiants (la technique du copier-coller remplace la réflexion personnelle).

SPÉCIALITÉ HGGSP

B Des conséquences négatives

• **La fracture numérique.** Elle empêche l'accès universel à la culture : **les populations des pays du Sud ou des zones isolées dans les pays du Nord sont moins bien équipées**, ce qui accentue les inégalités. Malgré les progrès récents, 3,5 milliards de personnes n'ont pas accès à Internet sur la planète.

• **L'exclusion numérique.** Elle tient **certaines populations défavorisées à l'écart des potentialités du numérique et donc des sources d'informations**, quelles qu'elles soient, par manque de maîtrise des technologies : c'est **« l'illectronisme »**. Selon une étude datant de janvier 2019, **26 % des plus de 60 ans** (et 59 % des plus de 85 ans) n'ont **aucune pratique d'Internet** en France. Cette exclusion numérique a été cruellement mise en lumière lors du **premier confinement** français lié à la pandémie du Covid-19 et la généralisation de l'enseignement en distanciel. **Plus d'un collégien et lycéen sur quatre a affirmé n'avoir pas pu suivre correctement les cours à distance** à cause d'une mauvaise connexion Internet.

• **Une déstructuration des esprits ?** Les spécialistes dénoncent l'influence néfaste des écrans sur la **concentration et le fonctionnement de l'esprit**. La psychologue américaine Yalda Uhls a montré que l'utilisation du multimédia a tendance à diminuer l'empathie. L'apprentissage sur Internet semble moins efficace que l'interactivité avec un professeur : une étude de l'université de Pennsylvanie a montré que seuls 5 % des utilisateurs suivaient la totalité d'un MOOC. **La mémoire événementielle en semble affectée** : un internaute américain sur deux n'est pas capable, aujourd'hui, de hiérarchiser cinq faits importants ayant trait à l'actualité internationale de l'année écoulée.

Mot-clé

Illectronisme : il s'agit du nouvel **analphabétisme de l'ère du numérique**. Un illectronique est une personne qui ne maîtrise pas les opérations de base permettant d'utiliser les ressources électroniques (près d'un Français sur quatre début 2019).

35 Témoignages et lanceurs d'alerte

Internet est porteur de **nombreux progrès synonymes de liberté**. Mais son expansion fulgurante coïncide aussi avec **le péril d'une régression des libertés individuelles**. De l'enthousiasme des débuts, les défenseurs des libertés sont passés au stade de la vigilance. Les **lanceurs d'alerte professionnels et scientifiques** jouent, aujourd'hui, un rôle salutaire pour **défendre la démocratie et les citoyens**.

1 Le Web, lieu du débat public

A Au départ, une « utopie démocratique »

• **Un lieu de débats et de témoignages.** Internet a initialement été conçu par ses fondateurs comme un lieu permettant à chacun de partager des connaissances et de débattre sans entraves. Surnommé par ses premiers adeptes **« infobahn », « l'autoroute de l'information »,** le Web est perçu comme le **symbole de la liberté** par excellence.

• **Le Web 2.0.** Lorsqu'il naît en 1999 et avec lui l'Internet participatif, **un nouvel espace de débat public semble émerger**. Pionnier de la liberté d'Internet, l'Américain **John Perry Barlow** fonde l'*Electronic Frontier Foundation*, l'**association de défense de la liberté d'expression sur Internet**. Il fait partie de la première génération d'idéalistes de l'Internet, perçu comme abolissant les frontières et permettant de lutter contre la censure des pouvoirs politiques.

B Une évolution contradictoire

• **Blogs, chats et réseaux sociaux.** Ils permettent à une opinion publique mondialisée de participer directement au débat civique tout en s'affranchissant de la censure ou de la confiscation de la politique par des élites jalouses de leur pouvoir. Dès 2011, l'**ONU** publiait un rapport considérant que le fait de **couper l'accès à Internet était contraire à la liberté d'opinion et d'expression**.

• **La peur des dictatures.** Percevant le Web comme une menace, **les régimes autoritaires** déploient toute une batterie de mesures destinées à en **contrôler ou à en interdire purement et simplement l'accès à leurs habitants**. Ainsi, la **Chine** a érigé « une **grande muraille numérique** [autour de ses réseaux] capable de filtrer quasiment tout ce qui rentre et sort » et le réseau de la Corée du Nord fonctionne comme un Intranet sous haute surveillance.

• **Une régression des libertés individuelles.** Dans un des pays réputés parmi les plus libres et

> **Texte-clé**
>
> **Une définition européenne des lanceurs d'alerte**
>
> « Le Comité des ministres [...] reconnaissant que les personnes qui font des signalements ou révèlent des informations concernant des menaces ou un préjudice pour l'intérêt général **(« lanceurs d'alerte »)** peuvent contribuer à renforcer la transparence et la responsabilité démocratique, [...] recommande aux États membres de disposer d'un cadre normatif, institutionnel et judiciaire pour [les] protéger. »
>
> Recommandation CM/Rec(2014)7 du Conseil de l'Europe, 30 avril 2014.

> **Texte-clé**
>
> **Une transposition dans le droit français**
>
> « Un lanceur d'alerte est une personne physique qui révèle ou signale, de manière désintéressée et de bonne foi, un crime ou un délit, une violation grave et manifeste d'un engagement international régulièrement ratifié ou approuvé par la France, d'un acte unilatéral d'une organisation internationale pris sur le fondement d'un tel engagement, de la loi ou du règlement, ou une menace ou un préjudice grave pour l'intérêt général, dont elle a eu personnellement connaissance. »
>
> Article 6 de la loi du 9 décembre 2016, dite loi Sapin II.

les plus démocratiques de la planète comme les États-Unis, Internet est devenu un vecteur de prédilection des ***fake news***, de manipulation des élections, de propagation de la haine raciste et de **vols massifs de données personnelles**.

2 Du témoin au lanceur d'alerte

A Des pratiques anciennes

• **Transparence et démocratie.** Dès l'Antiquité gréco-romaine, on peut établir une correspondance entre la naissance des premiers régimes démocratiques et la transparence dans l'espace public, celui de la cité, où **agora et forum** symbolisent **le lieu par excellence du débat citoyen**. Au XVIIIe siècle, **Jeremy Bentham** déclare que **« la publicité est l'âme de la justice »**. Des **philosophes des Lumières** comme Rousseau défendent le projet d'une **société transparente** où seraient abolies les zones obscures que l'absolutisme royal s'était ménagé pour mieux protéger les privilèges d'une minorité.

• **Daniel Ellsberg et la guerre du Vietnam.** Pendant cette guerre, grâce au soutien du *New York Times*, Daniel Ellsberg, ancien agent du Pentagone considéré *a posteriori* comme **le premier lanceur d'alerte**, organise la divulgation de dossiers secrets, les ***Pentagon Papers***. Il révèle ainsi à l'opinion publique **les mensonges du pouvoir politique sur la réalité du conflit** mené en Asie du Sud-Est par les États-Unis.

B Lanceurs d'alerte à l'ère du numérique

• **WikiLeaks.** Sur Internet se multiplient de retentissantes divulgations symbolisées par WikiLeaks. Le site fondé par **Julian Assange** en 2006 est devenu le lieu où **témoignages et preuves apportés par les lanceurs d'alerte sont diffusés**. Ils concernent de nombreux crimes et délits (blanchiment d'argent sale, paradis fiscaux, finance offshore, corruption, surveillance généralisée et indue des citoyens par les États, répression et torture, etc.).

• **Edward Snowden.** Ses révélations, en 2013, dans *The Guardian* et *The Washington Post* sur l'existence du **programme d'espionnage à grande échelle des principaux serveurs Internet mené par la National Security Agency (NSA)** américaine font le tour de la planète et lui valent une condamnation par la justice américaine l'obligeant à s'exiler en Russie.

• **La lutte contre « l'économie de la surveillance ».** Les révélations d'Edward Snowden ont entraîné une prise de conscience planétaire des dangers de ce que les défenseurs des libertés appellent désormais « l'économie de la surveillance ». Selon le célèbre lanceur d'alerte : « Tout a changé. **Le gouvernement et les entreprises privées tiraient profit de notre ignorance**. Mais, désormais, nous savons. Les gens sont conscients. Nous sommes encore impuissants, mais nous essayons. **Les révélations ont équilibré le combat**. Les gouvernements et les entreprises sont dans le jeu depuis longtemps et nous commençons tout juste. »

Quelques lanceurs d'alerte

Edward Snowden contre la « surveillance » du monde par les États-Unis.
Chelsea Manning contre la violation des droits humains dans l'armée américaine.
Antoine Deltour contre le gouvernement luxembourgeois et les accords fiscaux avec de grandes firmes multinationales.
Bennet Omalu contre le lobby du football américain.
Erin Brockovitch contre la Pacific Gas and Electric Company, lors d'une pollution du réseau d'eau potable en Californie.

SPÉCIALITÉ HGGSP

36 Les théories du complot

Les nouvelles façons de communiquer ont permis à des **individus rompus aux pratiques de la manipulation** de **donner une nouvelle jeunesse à des informations fausses ou déformées** datant parfois de plusieurs siècles. Ainsi, les **théories du complot**, très ancrées dans les nébuleuses d'extrême droite et chez les fondamentalistes religieux, trouvent, sur le Net, un **espace de diffusion inédit** qui leur permet de se propager de manière beaucoup plus large et incontrôlée qu'autrefois.

1 Le complotisme, un produit des extrêmes

A Se créer une identité contre la norme

• **Une vision duale de la société.** L'idée que **le monde se divise en ami/ennemi** est à la base des théories du complot. Elle permet de **se construire facilement une identité face à l'autre** qui représente la norme, la majorité et, **aujourd'hui, le « système »**. Cette idée disculpe des échecs personnels **à cause d'un prétendu complot ennemi** qui empêche de réussir. **Elle justifie les moyens utilisés** (mensonges, amalgames, action violente) et **le mépris de leur réfutation**, puisque celle-ci est faite par l'ennemi.

• **La communauté contre l'universalité.** L'appartenance à la communauté structure les mouvances complotistes. Elle fait passer ce qu'elle considère comme **ses valeurs constitutives avant les droits individuels et universels**. Cette attitude explique le rejet des normes dominantes (démocratie, liberté, etc.) et le fait de les combattre par tous les moyens.

B Un fondement de l'identité d'extrême droite

• **Au départ, l'abbé Barruel.** Ses *Mémoires pour servir l'histoire du jacobinisme* (1798) sont l'une des bases conceptuelles du complotisme et de la **pensée contre-révolutionnaire**. Selon Barruel, **la disparition de l'Ancien Régime**, impensable car correspondant à la société parfaite voulue par Dieu, **est**, par essence, **un complot satanique**. Pour lui, **la Révolution, dans ses principes mêmes**, a cherché à détruire la religion et la France.

• **L'extrême droite identitaire.** En France, la marginalisation de la pensée contre-révolutionnaire à la fin du XIXe siècle par le triomphe de la démocratie républicaine, entraîne sa **radicalisation**. **L'idée qu'une supposée « essence raciale » de la France crée son identité** et qu'il faut **la défendre contre l'étranger** (particulièrement **le juif**) devient l'un des axes majeurs de la pensée d'extrême droite. Elle s'incarne dans l'Action française de Charles Maurras et débouche sur le statut des Juifs du gouvernement de Vichy en 1940.

Biographie

Charles Maurras (1868-1952) : théoricien politique français de l'extrême droite, inventeur du nationalisme intégral (« la nation est la forme le plus parfaite des sociétés humaines ») qu'il défend dans son journal *L'Action française*. Violemment xénophobe et antisémite, il salue l'arrivée du maréchal Pétain au pouvoir en 1940 comme « une divine surprise ». Il est condamné à la réclusion à perpétuité en 1945.

▲ Charles Maurras en 1936.

2 Le complotisme sur Internet

A Internet et la culture des extrêmes

• **« Le Web rend notre culture vulnérable aux extrêmes ».** La formule de Lawrence Lessig est corroborée par Mitchell Baker, la présidente de Mozilla : « On voit aujourd'hui une explosion des conflits et des violences sur la Toile, que la technologie rend possibles, voire magnifie. » De plus, **les internautes aguerris en désinformation peuvent entrer en contact**, beaucoup plus facilement que dans la vie « réelle », **avec un grand public crédule** et souvent désarmé face aux techniques de persuasion qu'ils déploient.

• **Une diffusion massive.** Internet offre une fenêtre de diffusion massive **aux propos extrémistes. Le manque de contrôle de la fiabilité des sources** permet d'accréditer n'importe quelle fausse information que l'on peut étayer par des preuves tronquées et qu'il est difficile de réfuter en quelques phrases. **La diffusion virale** fait le reste. L'internaute de bonne foi, convaincu à tort, transmet lui-même la fausse information et **contribue à l'élargissement sans fin de sa diffusion**.

B Vieux et jeunes complots

• **Le « vieux fond antisémite ».** Rebaptisée aujourd'hui « complot sioniste » pour éviter de tomber sous le coup de la loi, **c'est la matrice** qui a généré l'immense majorité des thèses complotistes. Elle est basée sur l'idée de départ que **les diasporas, les peuples sans patrie, s'installent dans les nations constituées pour en prendre le contrôle**. Combinée **à l'antisémitisme natif des sociétés occidentales chrétiennes** (les Juifs seraient le peuple ayant mis à mort Jésus), cette théorie se décline sous des dizaines de formes et **réapparaît sans cesse, particulièrement depuis deux siècles**, aussi bien à l'**extrême droite** politique (*La France juive* de Drumont, 1886 ; ***Mein Kampf* d'Hitler**, 1925) que religieuse (les fondamentalistes religieux radicaux), voire à l'**extrême gauche** (les Juifs associés au patronat et au grand capital).

• **Le Protocole des Sages de Sion.** Il s'agit d'un **faux grossier fabriqué par la police secrète russe en 1905** détaillant la mise en place progressive d'une prétendue conspiration juive pour prendre « les leviers de commande de l'univers » sous couvert de démocratie. Relayé aux États-Unis par Henry Ford, amplifié en Allemagne par Hitler, ce faux, **malgré toutes les preuves apportées quant à son origine totalement inventée, continue d'être un levier de propagande antisémite**, particulièrement au Moyen-Orient. **Internet lui redonne une nouvelle jeunesse** en en faisant un document prétendument « historique ».

• **La remise en cause de la réalité perçue et du savoir.** Plus contemporaine, il faut la mettre en relation avec la **surabondance d'information** et une **méfiance** grandissante face aux sources du **savoir traditionnel « vertical »**. La plus célèbre thèse complotiste est celle qui **nie la réalité des attentats du 11 septembre 2001** à New York. Mais d'autres fleurissent dans des domaines aussi divers que **la technologie** (les Américains ne seraient jamais allés sur la Lune) **ou la médecine** (les vaccins seraient dangereux et ne serviraient qu'à engraisser les multinationales pharmaceutiques).

Texte-clé

« **Le complotisme se répand dans l'électorat français.** Au cœur de cette vague amplifiée par les réseaux sociaux, les électeurs de Marine Le Pen apparaissent comme les plus sensibles aux mythes conspirationnistes, selon une étude menée par l'IFOP [...]. Début février, cette vaste enquête avait déjà montré qu'un Français sur cinq était "d'accord" avec au moins cinq thèses complotistes. Un nouveau volet de données vient démontrer la perméabilité particulièrement forte de l'électorat d'extrême droite aux théories conspirationnistes, notamment celle sur un prétendu "complot sioniste". »
Lucie Soulier, *Le Monde*, 20 février 2019.

37 États et religions aujourd'hui, l'exemple de l'Europe

Les rapports entre **les États et les religions** ont été un axe majeur de l'histoire européenne depuis près de deux millénaires. Jusqu'à la Renaissance, ils sont **étroitement complémentaires**. La religion, principalement catholique, est **nécessaire au fonctionnement des États**. L'irruption de la réforme protestante modifie profondément cette situation et enclenche un **processus de sécularisation** qui s'amplifie jusqu'à nos jours.

1 La sécularisation de l'Europe occidentale

A Les États laïcs

- **La France, championne de la laïcité.** Depuis la loi de 1905, la séparation entre les Églises et l'État est absolue (sauf en Alsace et en Moselle) : **« L'État ne reconnaît et ne subventionne aucun culte. »** La liberté religieuse est garantie au titre des libertés individuelles fondamentales (liberté de conscience) mais ne peut se faire de manière exagérément ostentatoire dans l'espace public.

- **Le Portugal.** Le principe de séparation, déjà inscrit dans la Constitution de 1911, est repris par celle de 1976 qui fonde le Portugal démocratique. **En 2004**, le Portugal signe un **nouveau Concordat** remplaçant celui de 1940 qui **met fin à de nombreux privilèges** dont bénéficiait encore l'Église catholique.

B Les États avec des accords de collaboration réciproque

- **Le statut de la majorité des États européens.** Il concerne **l'Allemagne, les Pays-Bas, la Belgique, le Luxembourg, l'Espagne et l'Italie** ainsi que la plupart des pays ayant rejoint l'Union européenne depuis 2004 (comme la Pologne, la Slovaquie ou la Bulgarie).

- **Des collaborations à géométrie variable. Partout, il n'y a plus ni religion d'État ni religion officielle** (c'était le cas en Espagne jusqu'en 1976 et en Italie jusqu'en 1984) mais **une collaboration réciproque avec l'État dans certains domaines.** En Allemagne, l'article 140 de la loi fondamentale de 1949 garantit la liberté religieuse des Églises protestantes et de l'Église catholique qui bénéficient du *Kirchensteuer* (l'impôt ecclésiastique). En Belgique, au Luxembourg et aux Pays-Bas, l'État, suivant des modalités diverses, rémunère les ministres du culte des confessions reconnues officiellement.

C Les États avec une religion officielle

- **Le Danemark et la Grèce.** Dans ces deux pays, il existe **une religion officielle**. Ainsi, la **Constitution danoise** de 1953 spécifie que « **l'Église évangélique luthérienne** est l'Église nationale danoise et jouit, comme telle, du soutien de l'État ». En **Grèce**, la constitution de 2008 précise que « la religion dominante est celle de **l'Église orthodoxe orientale du Christ** ». Le président de la République grecque doit prêter serment, lors de sa prise de fonction, au nom de la Sainte-Trinité.

- **Le Royaume-Uni.** En Angleterre, **l'Église anglicane** est une Église d'État placée sous l'autorité du souverain. Il en est de même pour **l'Église presbytérienne écossaise** (la *Kirk*). Les autres religions relèvent du droit commun. En Angleterre et en Écosse, l'instruction religieuse qui doit faire une place essentielle « aux valeurs chrétiennes » fait partie du programme scolaire dans les écoles publiques.

2 Les évolutions au XXIe siècle

A Le développement de l'islam

• **L'évolution numérique depuis la Seconde Guerre mondiale.** Les grands courants d'immigration en provenance du bassin méditerranéen lors des Trente Glorieuses ont entraîné la **constitution d'une minorité religieuse islamique conséquente** en Europe occidentale, renforcée au moment de la décolonisation. On estime qu'il y a aujourd'hui environ **16 millions de musulmans** dans l'Union européenne, dont environ 5,5 millions en France et plus de 3,5 millions en Allemagne.

• **De nouvelles demandes.** Cette augmentation rapide et récente **n'a pas été prise en compte par les récentes législations concernant le statut des religions**. Or la sédentarisation de ces nouvelles populations religieuses les a amenées à demander des lieux de culte et des moyens pour le pratiquer.

Texte-clé

L'Église catholique accepte la sécularisation de la société.

« Les chrétiens actifs dans le développement économique et social et dans la lutte pour le progrès, la justice et la charité doivent être persuadés qu'ils peuvent ainsi beaucoup pour la prospérité de l'humanité et la paix du monde. Qu'ils maintiennent au milieu des activités terrestres une juste hiérarchie des valeurs, fidèles au Christ et à son Évangile. »

Constitution pastorale *Gaudium et Spes* (joie et espoir), adoptée lors du concile de Vatican II en 1965.

B Une remise en cause des acquis de la sécularisation ?

• **Une crispation identitaire.** Certaines demandes des populations musulmanes sont apparues à une partie de l'opinion publique comme contradictoires avec l'évolution de la sécularisation européenne et **ont entraîné des réactions de rejet** débouchant sur une crispation identitaire. Cette dernière a favorisé **le développement des partis d'extrême droite** associant religion musulmane et immigration, particulièrement aux Pays-Bas, en Allemagne, en France et, plus récemment, en Italie. La **radicalisation d'une infime minorité des musulmans** européens se proclamant en lutte contre l'Occident, a amplifié ce rejet depuis plusieurs années.

• **Une incohérence des politiques publiques ?** L'incapacité des politiques publiques à **intégrer la majorité des musulmans dans la société européenne** souligne **les limites des législations en place**. Souvent il est demandé à ces populations des efforts d'assimilation alors qu'aucun moyen juridique ou financier n'est mis à leur disposition. Ainsi, il est clairement apparu que l'opacité contrainte du financement du culte islamique (construction de mosquées, écoles coraniques), faute de soutien légal, renforçait le développement de l'islam radical et le processus de confessionnalisation chez une partie des musulmans.

Mots-clés

• **Concordat :** accord diplomatique signé entre un État et le Saint-Siège (le « gouvernement » de l'Église catholique siégeant au Vatican dans la ville de Rome).

• ***Kirchensteuer* (impôt ecclésiastique) :** en Allemagne, reconnues comme des « corporations de droit public », les Églises chrétiennes bénéficient d'un impôt spécifique prélevé directement par l'État. Elles assurent, dans les écoles, un enseignement confessionnel obligatoire (sauf dispenses demandées par les élèves).

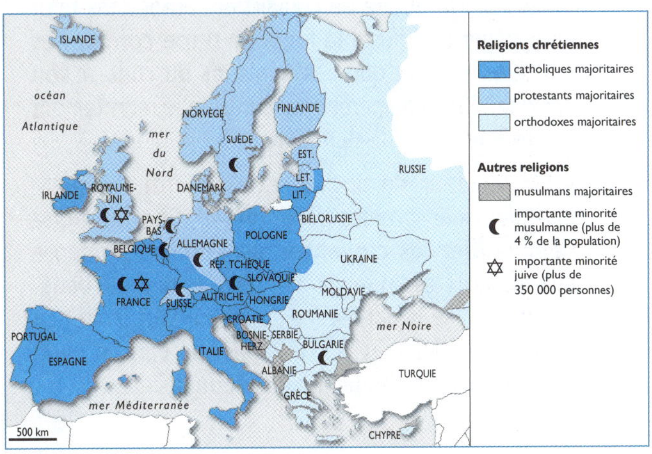

▲ Les principales religions en Europe aujourd'hui.

38 Charlemagne et l'Église

Selon certains chroniqueurs de l'époque, **Charlemagne aurait refusé de s'agenouiller devant le pape en 800 lorsque celui-ci le couronna empereur**. Dans la tradition romaine et byzantine, **il se considère de fait comme le chef de l'Église terrestre** et **voit dans le pape son subordonné**. Mais, en même temps, Charlemagne a besoin de l'Église, dépositaire exclusive du savoir et de l'écrit, pour administrer son Empire.

1 L'empereur au-dessus du pape

A Le responsable des chrétiens devant Dieu

• **Un empereur sacré.** Depuis son père Pépin le Bref, le roi des Francs est sacré, c'est-à-dire que **l'Église lui confère un pouvoir venu directement de Dieu**. Il commande le peuple élu en étant l'intermédiaire de Dieu, comme le montre la place de son trône dans le palais d'Aix-la-Chapelle. Positionné en hauteur sous le portrait du Christ, il domine l'assemblée de ses sujets placés en dessous.

• **Un devoir d'expansion de la foi.** Cette *dilatatio christianitatis* est la première mission de l'empereur. Il doit **lutter contre les païens tout en étendant son territoire**. La guerre contre les Saxons est à l'origine d'une véritable terreur religieuse codifiée dans le capitulaire (loi) saxon de 785 : « Tout Saxon non baptisé qui cherchera à se dissimuler parmi ses compatriotes et qui refusera de se faire baptiser sera mis à mort. »

B Le vrai chef de l'Église

• **Un césaropapisme.** Charlemagne le confirme dès l'*Admonitio generalis*, son plus célèbre capitulaire (celui qui crée les écoles primaires) en prenant pour modèle le roi de la Bible Josias : « **Il m'appartient de défendre en tous lieux la sainte Église** : en dehors par la guerre de conversion, au-dedans pour la protéger et diffuser la foi. » **Le pape comme les évêques** ne sont que des ministres du culte **à son service**. C'est l'empereur qui contrôle le recrutement des évêques et la discipline du clergé.

• **Le décideur du dogme et de la foi.** Se qualifiant de *rex et sacerdos* (roi et prêtre), **Charlemagne veut unifier les croyances de l'Église**. Il impose aux monastères un règlement unique (la règle bénédictine). Il fixe le dogme (ce en quoi il faut croire) en condamnant les hérésies. Il impose sa version de la principale prière chrétienne de l'époque, le Credo.

Mot-clé

Césaropapisme : absorption par le souverain temporel (César) des fonctions spirituelles qui relèvent du chef de l'Église (le pape). Ce dernier conserve sa fonction religieuse mais est soumis au souverain. C'est le mode de fonctionnement de l'Empire romain chrétien (325-476), de l'Empire byzantin (395-1453), de l'Empire carolingien (751-924) puis d'une manière plus discontinue du Saint Empire romain germanique (au moins de 996 à 1250).

Texte-clé

Le couronnement de Charlemagne

« Venant donc à Rome, Charlemagne y passa tout l'hiver. C'est alors qu'il reçut les titres d'empereur et d'Auguste. Et il s'en montra d'ailleurs si mécontent qu'il aurait renoncé, affirmait-il, à entrer dans l'église ce jour-là, bien que ce fût le jour de la Nativité [Noël], s'il avait pu connaître d'avance les desseins du pape. »

Éginhard, *Vie de Charlemagne*, vers 830.

• **Le protecteur des États du pape.** Possesseur de territoires autour de Rome qui lui ont été concédés par Pépin le Bref, **le pape a besoin de l'aide de Charlemagne** pour les conserver et les agrandir. Aussi l'empereur exerce-t-il un véritable contrôle sur les États pontificaux, n'hésitant pas à intervenir dans leurs affaires intérieures et dans la désignation des évêques.

2 Un empire administré par l'Église

A Le clergé au service de l'empereur

• **Le rôle des évêques.** Dans tout l'Empire, **les évêques sont désignés directement par Charlemagne**, sans que le pape ait son mot à dire. Ils jouent, avec les comtes, le rôle d'administrateur et de surveillant (les *missi dominici*).

• **Le clergé récompensé.** Pour s'assurer de la fidélité du clergé, l'empereur leur donne des terres et leur permet de **lever un impôt, la dîme**, généralisée en 779. **Il leur assure l'immunité**, c'est-à-dire une protection qu'il garantit personnellement.

B L'Église « éducatrice de l'État »

• **Les conséquences de la réhabilitation de l'écrit.** En réhabilitant l'écrit et le droit romain, **l'empereur a besoin du clergé** qui possède alors le monopole du savoir. Il doit donc développer les écoles pour éduquer les gens d'Église qui forment la quasi-totalité de son administration.

• **La « Renaissance carolingienne ».** Comme chef de l'institution chrétienne, Charlemagne doit en célébrer l'importance par la **construction d'abbayes et de basiliques**. Il doit aussi aider à la propagation du message chrétien en **multipliant les ateliers de copistes** permettant la **diffusion des textes sacrés** qui doivent être les plus beaux possibles. Ainsi l'Empire carolingien est « un État d'Église avec une Église d'État ».

Notion-clé

Les deux glaives : théorie fondant la **théocratie pontificale**, issue des écrits de saint Augustin (354-430) et développée par Innocent III, pape de 1198 à 1216. Le pape est *vicarius Christi* (vicaire de Jésus-Christ) et possède la *plenitudino potestatis* (la puissance totale). Il détient donc le glaive spirituel (religieux) et le glaive temporel (le gouvernement des États). Il est ainsi supérieur aux rois qu'il doit commander. Cette théorie ne s'appliquera jamais réellement dans l'Occident médiéval. Elle s'incarne dans la « querelle des investitures » qui voit s'opposer le pape et l'empereur du Saint Empire. Après quelques succès du pape (il oblige l'empereur Henri IV à venir lui demander pardon à genoux), cette querelle conforte la prééminence du pouvoir temporel sur le pouvoir spirituel, particulièrement en France.

◄ **Le denier d'argent de Charlemagne (800).** Le souverain y apparaît revêtu de tous les attributs du pouvoir des empereurs romains (couronne de lauriers, cuirasse et manteau pourpre). Au revers, l'inscription « la religion chrétienne » et la croix confirment la prééminence religieuse de l'empereur.

39 Le calife et l'empereur byzantin

La **détention du pouvoir temporel et spirituel par un seul homme** qui prévalait dans l'Empire romain, particulièrement depuis sa christianisation par Constantin (306-337), **se maintient en Orient tout au long du Moyen Âge** alors qu'elle n'est plus qu'épisodique en Europe occidentale. **L'empereur byzantin** puis **le calife** se disent à la fois souverains temporels et chefs d'une religion qu'ils essaient d'étendre au monde entier.

1 Un pouvoir théoriquement sans partage

A L'empereur, le Basileus

• **L'héritier des empereurs romains.** Détenteur d'une magistrature comme dans la Rome antique, **l'empereur est « l'autorité légitime, le bien commun de tous ses sujets »** (traité de droit byzantin dit *Épanagôgé*). Lors de son avènement, l'empereur est présenté au Sénat, puis acclamé par le peuple et par l'armée lors d'une cérémonie à l'Hippodrome.

• **Le lieutenant de Dieu sur terre.** Dans le royaume terrestre, l'empereur occupe la place que Dieu occupe dans le royaume des Cieux. **Son pouvoir** est une émanation de la providence et **n'a** donc **aucune limite théorique**. Il est « la loi incarnée ».

• **L'empire universel.** L'empereur chrétien a pour **mission d'étendre son empire**, car comme il n'y a qu'un royaume céleste, il n'y a qu'un royaume terrestre. Toute terre chrétienne est inaliénable et doit être reconquise si elle a été perdue. L'empereur est donc aussi **un chef de guerre permanent**.

B Le calife, le successeur de Mahomet

• **Les premiers califes.** Mahomet n'ayant pas organisé de succession, les musulmans de Médine choisissent **son beau-père Abu Bakr pour le remplacer** en 632. Dans un climat de guerre civile, se succèdent trois califes appelés « légitimes » jusqu'à la proclamation, par un arbitrage discuté, d'un nouveau calife, Mo'awiya, en 661. Il impose le principe de la **succession héréditaire** et fonde la dynastie Omeyyade (661-750).

• **Le calife omeyyade.** « Lieutenant de Dieu et chef militaire des croyants (émir) », il reste avant tout **un chef bédouin administrant un immense territoire** où de nombreuses populations ne sont ni arabes ni musulmanes. Mais, en se fixant à Damas, le calife, désormais **chef de guerre à la tête d'un immense empire**, met en place un **rituel monarchique** teinté d'influences perses et byzantines.

Le solidus d'or de l'empereur byzantin Léon VI le Sage, IXe siècle. ▶
Détenteur des deux pouvoirs, temporel et spirituel, le Basileus est vêtu de la chlamyde (manteau des empereurs romains), du loros (écharpe impériale) et tient le globe surmonté de la croix chrétienne (l'orbe crucigère).

• **Une adaptation du modèle byzantin ?** Avec la dynastie abbasside (750-1258), le calife, bientôt installé à Bagdad, se transforme en **monarque de droit divin** en devenant **imam** (chef de la prière) et en adoptant des noms de règne évoquant la faveur divine (laqâb). Il est **souvent représenté à la manière du Basileus**.

Mot-clé

Basileus : titre donné au départ aux rois de Perse et porté ensuite par les empereurs byzantins. Le Basileus (« roi » en grec) est l'incarnation vivante du césaropapisme *(voir p. 280-281)*. « Lieutenant de Dieu sur terre », il dirige « l'empire universel » grâce à son pouvoir temporel sur les hommes et son pouvoir spirituel sur l'Église. Le patriarche (chef de l'Église byzantine) est son vicaire et lui obéit.

2 Le problème de la succession

A Principe dynastique et usurpations à Byzance

• **La liberté de Dieu.** L'essence même du pouvoir du Basileus **interdisait le principe dynastique**, Dieu ne devant choisir que les meilleurs, qui n'étaient pas forcément les enfants. Ce principe s'impose cependant assez vite et **favorise aussi toutes les contestations**.

• **De multiples usurpations du trône.** Chaque usurpation réussie devient le signe que Dieu désire un changement de dynastie. Ainsi **les meilleurs empereurs du xe siècle sont-ils tous des usurpateurs**, mais ils s'allient à la famille régnante et conservent auprès d'eux les héritiers légitimes, appelés porphyrogénètes (nés dans la salle recouverte de marbre rouge – le porphyre – où accouche l'impératrice).

B Principe dynastique et mise sous tutelle à Bagdad

• **La succession d'Hârûn ar-Rashîd.** Il veut rendre officiel le **système de désignation de l'héritier par le souverain régnant** en choisissant au début du viiie siècle son second fils comme futur calife et en faisant placarder sa décision sur la Kaaba. Cela n'empêche pas **une guerre civile** à sa mort et **l'assassinat du successeur désigné**. Dès lors, même si le califat demeure dynastique et reste dans le clan abbasside, presque chaque succession entraîne une lutte pour le pouvoir.

• **Vers la fiction califienne.** Les troubles engendrés à chaque succession favorisent l'émergence d'administrateurs et d'hommes de guerre qui captent peu à peu le pouvoir. **Le califat passe sous la tutelle d'émirs** d'origine persane ou turque qui deviennent de véritables Premiers ministres et généraux en chef. Ils ne laissent **au calife qu'un pouvoir symbolique**, celui d'incarner l'unité de l'*umma* (communauté des musulmans) et le *dar al-islam*, le rêve d'expansion de l'islam aux limites du monde.

▲ **Le dinar d'or du calife Abd al-Malik, viiie siècle.**
Successeur du prophète Mahomet (inscription en arabe « Il n'y a de dieu que Dieu, Mahomet est le prophète de Dieu »), le calife, représenté à la manière de l'empereur byzantin, est, par le cimeterre (l'épée) qu'il tient, le propagateur de la foi islamique.

40 La mise en place de la laïcité en Turquie

Après la fin de la Première Guerre mondiale, le traité de Sèvres est **très défavorable à l'Empire ottoman**, menacé de démantèlement. Une **résistance nationaliste turque, dirigée par le militaire Mustafa Kemal s'organise**. Elle débouche sur une guerre d'indépendance qui renverse le dernier sultan calife, pourtant soutenu par les forces françaises et britanniques.

1 De l'Empire ottoman à la Turquie

A La prise du pouvoir

• **Atatürk et l'abolition du sultanat.** Au terme de la guerre de « libération » de la Turquie, Mustafa Kemal apparaît comme **le sauveur de la nation, ce qui lui vaudra plus tard le nom d'Atatürk** (le Turc-père). Il parvient d'abord à faire élire une Grande Assemblée nationale turque représentative, en avril 1920, puis à déposer le sultan calife Mehmed VI (novembre 1922) qui reste cependant calife mais qui préfère se réfugier sur un navire de guerre anglais.

• **Le maintien temporaire du califat.** La première initiative du nouveau régime est d'affirmer **la séparation des pouvoirs politique (sultanat) et religieux (califat)**. Mustafa Kemal justifie la dissociation du sultanat (pouvoir politique à Constantinople) et le maintien du califat religieux (Abdümecid II qui remplace Mehmed VI), par le fait que « le califat est une chose très importante dans l'islam, parce qu'il forme un lien sacré entre les musulmans ».

B La naissance de la Turquie

• **La République turque. La République est proclamée le 29 octobre 1923**, par la Grande Assemblée nationale turque réunie à **Ankara, nouvelle capitale** disjointe d'**Istanbul (Constantinople), trop marquée par son passé religieux**. Mustafa Kemal, surnommé le *Ghazi* (le « victorieux ») depuis ses guerres contre les Grecs pendant la Première Guerre mondiale, en devient président.

• **L'abolition du califat.** Le 3 mars 1924, la Grande Assemblée nationale vote l'abolition du califat. Mehmed VI ainsi que le 101e calife Abdlülmecid sont contraints à l'exil définitif, accusés de symboliser l'opposition politique et religieuse à Mustafa Kemal. Ce dernier justifie l'abolition en déclarant que **« la souveraineté appartient sans restriction ni condition à la nation »**.

Mots-clés

• **Franc-maçonnerie :** association de personnes, plus ou moins secrète, constituée en « loge maçonnique », et qui exprime une solidarité de pensée philosophique, morale, voire politique. Sous la IIIe République, le Grand Orient de France et la Grande Loge défendent **la République et la laïcité**, ce qui leur attire l'hostilité de l'extrême droite.

• **Traités de Sèvres et de Lausanne :** le premier, signé en 1920, est censé régler le sort de l'Empire ottoman. Mais il lui est tellement défavorable (dépècement presque total) qu'il n'est pas appliqué et entraîne une guerre d'indépendance menée par Mustafa Kemal. La victoire de ce dernier contre le sultan permet la signature d'un **second traité (Lausanne)** moins défavorable et qui, surtout, reconnaît la souveraineté de Kemal sur la Turquie nouvellement créée.

2 La Turquie laïque

A Les réformes kémalistes

• **L'exemple de la Révolution française.** Nul doute que l'engagement dans la **franc-maçonnerie** a fortement conditionné les choix philosophiques et politiques de Mustafa Kemal Atatürk, très inspiré par la Révolution française et **admirateur du siècle des Lumières.**

• **Laïcité et éducation.** La **laïcité** est **inscrite dans la Constitution**, le droit de vote est accordé aux femmes et la **mixité établie dans tous les niveaux de l'enseignement scolaire** jusqu'à l'université (interdiction de toutes les écoles religieuses au nom de la laïcité et du progrès). Selon Mustafa Kemal, « **ce sont les instituteurs qui élèvent les peuples au rang des nations véritables**. C'est vous, maîtres d'école, qui allez édifier la nouvelle génération, la nouvelle Turquie. Car la base de la République turque, c'est la culture ».

• **Lutter contre la pauvreté.** L'objectif principal est de résoudre le problème de la pauvreté en Turquie, en prenant modèle sur les civilisations occidentales. Mustafa Kemal affirme ainsi que « nous allons élever notre nation au niveau des **civilisations les plus riches et les plus modernes du monde**. Nous allons mettre notre culture nationale au-dessus du diapason de la civilisation contemporaine. La forme du gouvernement de l'État turc est la République ».

B L'évolution contemporaine

• **Une nouvelle laïcité ?** Aujourd'hui, sous le régime du président Erdogan, **la physionomie de la laïcité turque a bien changé**. Le propos présidentiel l'atteste à tout moment : « En Turquie, nous ne considérons pas que la laïcité soit hostile à la religion. **Les individus ne peuvent pas être laïcs ; c'est l'État qui peut l'être**. Auparavant, nos filles ne pouvaient pas poursuivre leur scolarité en portant le voile. Aujourd'hui, nous pouvons voir des femmes voilées, dans les universités, au Parlement et dans différents postes au sein de l'État. C'est ça la laïcité. »

• **Une nouvelle islamisation ?** Il s'agit désormais de mettre en place un grand projet d'islamisation de la société. Ainsi, il a été décidé la **construction de la plus grande mosquée de Turquie**, à Istanbul, de même que le retour du voile dans tous les lieux publics. Le président turc n'hésite pas à brandir le Coran, lors de ses meetings.

Biographie

Mustafa Kemal Atatürk : fondateur et premier président de la Turquie (1923-1938), il a joué un rôle important dans les orientations politiques de son pays, après la Première Guerre mondiale. L'aperçu le plus remarquable de son action réside dans une stratégie très affirmée et volontariste d'**occidentalisation de la société turque** (procédure de **laïcisation de l'État** à l'encontre de l'emprise historique de l'islam, imposition de l'alphabet latin à la place de l'écriture arabe précédente).

Portrait officiel de Mustafa Kemal (1881-1938), premier président de la République laïque de Turquie. ▶

41 États et religions aux États-Unis

Par rapport à la conception de la laïcité française, on peut s'interroger, aux États-Unis, sur **les rapports ambigus entre les États américains et la religion**, dans une société qui a été formée originellement par des dissidents religieux. Comme le rappelle **Tocqueville** dans *De la démocratie en Amérique* : « C'est **la religion** qui **a donné naissance aux sociétés anglo-américaines**. »

1 Historique des rapports entre États et Églises

A Des Églises et des États théoriquement séparés

• **Le premier amendement de la Constitution (1791).** Il établit un équilibre social entre la liberté religieuse totale de l'individu et la neutralité absolue de l'État. Cet équilibre est même assimilé à un mur entre Église et État par le président Jefferson dès 1802 dans sa *Lettre* à la paroisse de Danbury. **La séparation entre les Églises et les États est rappelée constamment** dès la fin du XIXe siècle et tout au long du XXe siècle, notamment par les **arrêts de la Cour suprême fédérale**.

> **Notion-clé**
>
> **Le premier amendement de la Constitution des États-Unis (1791) :** il indique que « le Congrès ne pourra faire aucune loi concernant l'établissement d'une religion ou interdisant son libre exercice ». Cette double clause est le pilier sur lequel s'est établie l'attitude religieuse des États américains depuis deux siècles.

• **Une séparation respectée au XIXe siècle.** **Cette séparation** entre Églises et États **s'impose au protestantisme** qui domine et façonne la société américaine. Les différentes Églises protestantes, qui sont celles des premiers Américains, forment les cadres de pensée et de fonctionnement de la société américaine, en particulier autour des **valeurs d'individualisme, de libre entreprise et de puritanisme**.

• ***In God We Trust.*** Aux États-Unis, **l'immigrant peut conserver sa religion** qui a souvent été un facteur de persécution dans son pays d'origine (Juifs russes et polonais arrivant à New York entre 1880 et 1914). Mais **il doit aussi adapter l'exercice de son culte aux contraintes imposées par une religion civile** qui offre des repères et un horizon commun à tous les Américains, anciens et nouveaux. Ainsi, **en 1956**, le président Eisenhower fait de la sentence ***In God We Trust*** **la devise nationale**.

B La différenciation entre le Nord et le Sud

• **L'évolution au XXe siècle.** Les Églises protestantes divergent rapidement entre les **Églises du Sud, majoritairement évangéliques**, qui représentent des communautés rurales où les valeurs morales conservatrices sont essentielles, et les **Églises progressistes du Nord-Est** urbain et industriel.

• **Des positions différentes face aux grandes questions de société.** Les Églises protestantes du **Sud** cherchent à imposer l'**enseignement du créationnisme** dans les écoles tandis que celles du Nord s'engagent dans la lutte contre la ségrégation raciale.

> **Mot-clé**
>
> **Créationnisme :** doctrine religieuse chrétienne qui affirme l'origine divine du monde et réfute la théorie darwinienne de l'évolution naturelle par sélection des espèces. Elle est promue par les protestants fondamentalistes des États du Sud pour être enseignée dans les écoles publiques américaines.

2 Les évolutions contemporaines

A La religion, marqueur essentiel de la vie politique

• **Kennedy.** Son élection, en 1960, comme premier président catholique, et donc non protestant, est une rupture fondamentale. **Kennedy** lui-même avait veillé à rassurer la population américaine sur sa neutralité vis-à-vis de Rome en déclarant : « **Je crois en une Amérique où la séparation de l'Église et de l'État est absolue**, où aucun prélat catholique ne dit au président [si celui-ci est catholique] comment agir, et où aucun pasteur protestant ne dit à ses ouailles pour qui voter. »

• **L'instrumentalisation de la religion.** Le **président républicain Ronald Reagan** pratique, dans les années 1980, cette stratégie en **ralliant des pasteurs conservateurs comme la « Majorité morale » de Jerry Falwell ou la « Coalition chrétienne » de Pat Robertson**. Elle prône le rétablissement de la prière dans les écoles publiques et la mise hors-la-loi de l'avortement. **George W. Bush** proclame, en 2000, que **Jésus-Christ est son philosophe préféré**. Cependant, la Cour suprême refuse en permanence de revenir sur le « mur » constitutionnel de séparation entre les Églises et les États.

B Diversification et sécularisation

• **La diversification religieuse.** Depuis cinquante ans, le paysage religieux des États-Unis se diversifie avec l'**arrivée massive d'immigrations extra-européennes** : les populations venues d'Amérique centrale et d'Amérique du Sud renforcent la présence du catholicisme aux États-Unis. Les populations immigrées d'Afrique et d'Asie ont développé **la pratique de l'islam** en **multipliant par trois** le nombre de musulmans américains depuis 1990.

• **Le télévangélisme.** Incarné par des figures aussi populaires que Billy Graham ou Rick Warren, il utilise désormais **Internet pour atteindre des catégories de population peu concernées par la pratique religieuse**, comme la jeunesse des grands centres urbains.

• **Les Américains sans religion.** Une véritable sécularisation de la société américaine, quoique beaucoup plus tardive que celle des sociétés européennes, semble aussi s'opérer avec la progression nette des **Américains se déclarant sans religion : 8 % en 1990 et plus de 25 % aujourd'hui.**

Mot-clé

Églises évangéliques : courant religieux du protestantisme qui croit à l'autorité supérieure de la Bible et à la nécessaire propagation de son message. Les évangélistes sont surtout présents dans le sud des États-Unis où ils représentent un tiers de la population *(Bible Belt)*.

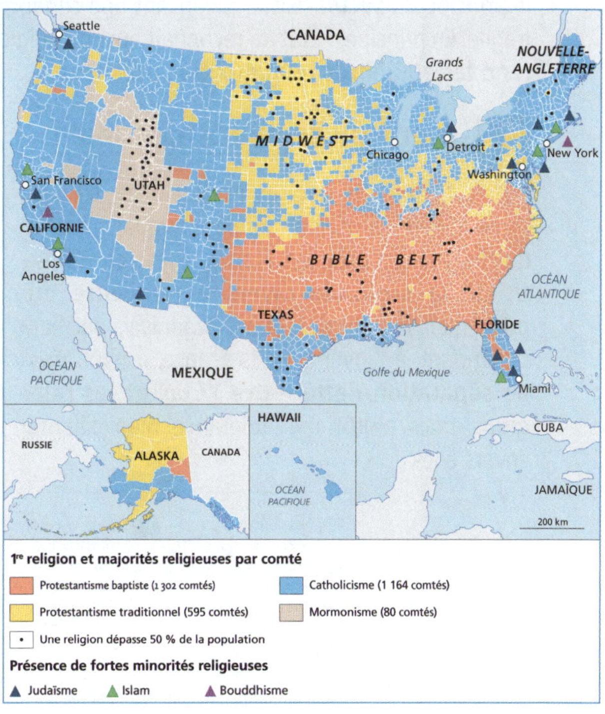

États et religions aux États-Unis aujourd'hui. ▶

42 Sécularisme et minorités religieuses en Inde

L'étendue du territoire indien, l'importance de la population, sa forte **diversité religieuse** et la **suprématie de la religion hindouiste** rendent **complexe le fonctionnement de la société et l'organisation démocratique de l'État**. Cette complexité est encore aggravée par les fréquentes tensions religieuses qui secouent le pays, notamment entre hindous et musulmans.

1 Le sécularisme indien

A L'absence de religion d'État

• **Les difficultés religieuses liées à l'indépendance.** Dès 1947, à la fin de l'empire colonial britannique et lors du passage à l'indépendance, le **gouvernement indien est confronté à de graves tensions religieuses dans le pays**, notamment entre les **deux principales religions hindouiste et musulmane** à cause du développement d'un nationalisme hindou très militant et agressif.

> **Mot-clé**
>
> **Sécularisme :** reconnaissance par l'État de toutes les religions et garanties accordées aux minorités religieuses. L'article 30 de la Constitution indienne de 1950 les autorise à créer leurs propres écoles et à obtenir des subventions de l'État pour leur fonctionnement.

• **Le rôle de Gandhi.** Guide spirituel de l'Inde et acteur de l'indépendance du pays, il prône, jusqu'à son assassinat en 1948, **la tolérance mutuelle en matière religieuse** : « Les religions sont comme des routes différentes qui convergent vers un même point. Qu'importe que nous empruntions des voies différentes pourvu que nous arrivions au même but. »

• **La Constitution de 1950.** Sous l'influence de **Nehru**, héritier spirituel de Gandhi, elle pose le principe du **sécularisme**, favorisant une cohabitation religieuse même si elle reste toujours fragile. En principe, l'État ne reconnaît aucune religion officielle mais **le poids de l'hindouisme rend les équilibres religieux très précaires**.

B L'esprit du sécularisme indien

• **Une forme de laïcité moderne.** Le sécularisme indien est parfois comparé à la laïcité telle qu'elle est comprise en France. Il est **constitutif de la profonde diversité religieuse du pays** qu'il faut bien réguler, organiser, pacifier. Cependant, à l'inverse de la France, il n'y a **pas de séparation nette entre l'État et les religions** mais plutôt une tolérance bienveillante envers elles.

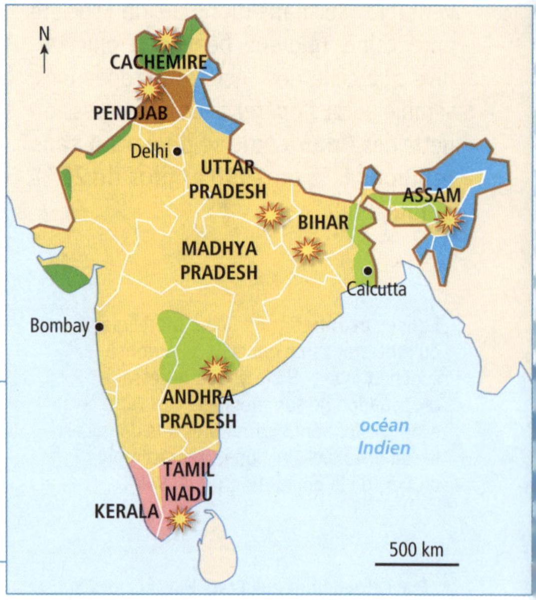

Les minorités religieuses en Inde. ▶

• **Une garantie des droits fondamentaux.** L'Inde assure les droits fondamentaux religieux et culturels à tous les citoyens, minorités comprises. Comme le précise le politologue indien Rajeev Bhargava : « Aucune institution éducative financée par l'État ne doit dispenser d'éducation religieuse. La **Constitution ne confère à la religion aucun droit de regard sur les lois du pays.** Toutes les lois pénales sont sécularistes. **Une seule anomalie majeure** persiste : **une partie des lois civiles** qui traitent de la famille, du mariage et de l'héritage **relèvent de la religion.** »

2 Les minorités religieuses en Inde

A Géographie des minorités religieuses

• **Moins de 80 % d'hindouistes.** En 2015, la publication des statistiques de l'affiliation religieuse de la population indienne a suscité une grande émotion auprès des ultranationalistes indiens. Pour la première fois depuis l'indépendance, **le nombre d'hindouistes descendait en dessous de la barre des 80 %** (970 millions) tandis que **le nombre de musulmans augmentait** (181 millions) et que celui des chrétiens (27 millions) et des sikhs (21 millions) restait stable. Il faut aussi comptabiliser 8 millions de bouddhistes et 4 millions de jaïns.

• **Une répartition inégale.** Dans le nord du pays, **les musulmans sont majoritaires dans l'État du Jammu-et-Cachemire.** De fortes minorités musulmanes sont installées au nord-ouest du Rajasthan, dans l'Uttar Pradesh, et au Bengale occidental. Les **sikhs** sont nombreux dans le **Pendjab**. Quant aux **chrétiens**, ils sont significativement présents dans le **Kerala** au sud-ouest, à Goa et dans les territoires de l'est indien au-delà de l'État indépendant du Bangladesh musulman.

B Vers une conception ethnique de l'Inde

• **Des minorités religieuses inquiètes.** Aujourd'hui le développement de la confessionnalisation pose à nouveau le problème de la reconnaissance et du statut des minorités religieuses et des communautés tribales dans la société indienne. Avec **la montée en puissance du nationalisme hindou**, les **chrétiens**, les **musulmans** et toutes les **autres minorités religieuses** de l'Inde, tous **considérés comme des citoyens inférieurs**, sont désormais stigmatisés par le Parti du peuple hindou (parti d'extrême droite du Premier ministre Modi). Les églises sont profanées, des chrétiens et des musulmans sont agressés et « reconvertis » à l'hindouisme. L'année 2017 marque une telle recrudescence des violences interreligieuses que le gouvernement américain et le Vatican sont intervenus pour demander le respect de la Constitution de 1950.

• **La fin de l'Inde sécularise ?** Comme le souligne l'historienne Charlotte Thomas : « Aujourd'hui, c'est bien l'idée même de l'Inde sécularise telle qu'elle a été conçue par les pères fondateurs lors de l'indépendance qui est en jeu. ».Dans le Gujarat, l'**abattage illégal des vaches sacrées**, auparavant puni de sept ans de prison, **est désormais sanctionné par la réclusion à perpétuité**. L'extrême droite dirigée par le Premier ministre Narendra Modi essaie même d'imposer une ethnicisation de la démocratie indienne en s'appuyant sur l'**idéologie de l'hindutva (hindouité)**, selon laquelle la nation indienne serait hindoue de par son essence.

Mots-clés

• **Confessionnalisation :** processus permettant de se forger une identité par la confrontation religieuse.
• **Hindutva (hindouité) :** ce qui fait l'essence de l'Inde par rapport au reste du monde. Ce concept, inventé par l'idéologue d'extrême droite Vinayak Damodar Savarkar en 1923, trouve une seconde jeunesse aujourd'hui par la **confessionnalisation** qui touche l'Inde contemporaine.

43 Des enjeux géopolitiques : l'Inde et le Pakistan

La partition de l'empire colonial britannique des Indes intervient en 1947, selon un **critère de démographie religieuse**. Le **Pakistan**, majoritairement **musulman**, devient la République islamique du Pakistan. L'**Inde**, majoritairement **hindoue**, se transforme en République de l'Inde. Depuis cette époque, **le Pakistan et l'Inde**, un sixième de la population mondiale à eux deux, **s'affrontent** de manière récurrente et cyclique. **Trois conflits ouverts** les ont opposés militairement. Cette conflictualité s'explique par leurs différends relatifs à la **souveraineté sur le Cachemire**.

1 Les enjeux initiaux entre les deux pays

A Le contexte de la décolonisation

• **La volonté britannique.** Le conflit entre l'Inde et le Pakistan à propos du Cachemire plonge ses racines dans le passé colonial de la péninsule indienne. Le colonisateur anglais, soucieux de neutraliser les tensions religieuses, prône une **séparation progressive des communautés musulmane et hindoue**. L'**indépendance** « improvisée » **de 1947 accélère le processus de manière dramatique** par la création de deux États : l'Inde à majorité hindouiste et le Pakistan, proclamé République islamique.

• **L'exode de 1947.** Durant l'été et l'automne 1947, **un gigantesque exode concerne 10 à 15 millions de personnes**, des musulmans et des hindous tentant de gagner leur État respectif. Ces déplacements s'accompagnent d'un **déferlement de violence, lié au tracé des nouvelles frontières** et à la montée des tensions intercommunautaires. Ces transferts sont incomplets, puisqu'en 1948 il reste 35 millions de musulmans en Inde, facteur d'affrontements ultérieurs. Ces transferts sont surtout à l'origine d'attentats, de viols, de massacres collectifs et de pillages. Le bilan approximatif s'élève entre 300 000 et 500 000 morts. Le Pendjab, frontalier du Cachemire, est la région la plus touchée, avec un tiers de sa population déplacée.

B Le problème du Cachemire

• **La première guerre indo-pakistanaise.** À l'occasion de la partition trop hâtive en 1947, l'État princier du Cachemire, à majorité musulmane, hésite à rejoindre l'un ou l'autre de ses voisins, puis choisit le rattachement à l'Inde. Le Pakistan encourage un gouvernement cachemiri rival, entraînant un conflit armé. Le cessez-le-feu imposé par l'ONU débouche sur un **découpage du territoire immédiatement contesté** : au nord-ouest, Azad Cachemire, au Pakistan et revendiqué par l'Inde ; au sud-est, Jammu-et-Cachemire en Inde et revendiqué par le Pakistan ; au nord-est, Aksai Chin, petit territoire administré par la Chine et toujours revendiqué par l'Inde.

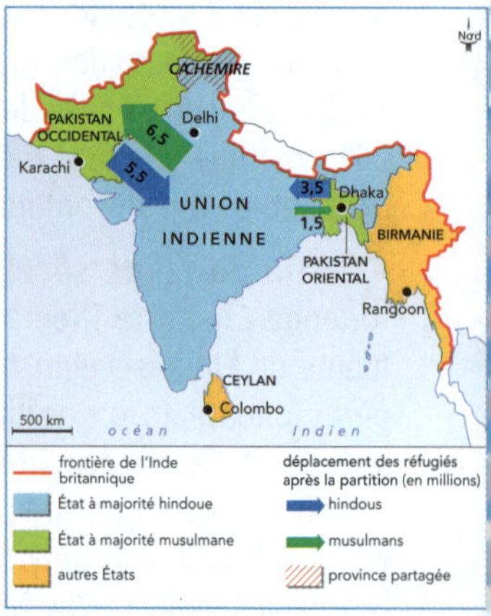

▲ Les transferts religieux au moment de l'indépendance de l'Inde (1947).

• **L'eau, source de conflictualité.** Au carrefour de plusieurs ensembles montagneux et avec l'enjeu vital d'un **immense réservoir d'eau**, le Cachemire, qualifié de « veine jugulaire » du Pakistan, devient un *casus belli* territorial permanent entre l'Inde et le Pakistan, ce dernier étant privé de la maîtrise des principales sources de l'Indus et de bon nombre de ses affluents.

2 Des tensions sans cesse ravivées

A Pendant la guerre froide

• **L'Inde et le Pakistan dans deux camps opposés.** Au début de la guerre froide, **le Pakistan fait le choix d'une alliance avec les États-Unis**, tout en développant d'excellentes relations diplomatiques avec la Chine de Mao Tsé-toung. **L'Inde se rapproche alors de l'URSS.**

• **Les affrontements militaires.** Dans les années 1960, la guerre indo-chinoise de 1962 permet à la Chine de rectifier à son profit sa frontière avec l'Inde. Encouragé par la défaite de l'Inde contre la Chine, **le Pakistan déclenche sans succès, en 1965, une deuxième guerre**. La troisième guerre, résultant de la naissance du Bangladesh (sécession de la province orientale du Pakistan), ne débouche sur aucune avancée, les deux pays reconnaissant simplement la ligne de cessez-le-feu imposée par l'ONU en 1949.

B Depuis 1989

• **La course au nucléaire.** Pour rattraper son retard militaire par rapport à la Chine, **l'Inde se lance dans un ambitieux programme nucléaire** et parvient à fabriquer sa première bombe atomique en 1998. **Le Pakistan, pour contrer le rival indien, se dote aussi de l'arme nucléaire** et peut faire son premier essai réussi la même année. Désormais, les deux pays, qui n'ont pas signé les traités de non-prolifération, peuvent revendiquer le statut de puissance nucléaire.

• **Les changements stratégiques liés au terrorisme islamique.** Les attentats du 11 septembre 2001 aux États-Unis et la guerre d'Afghanistan qui en découle déstabilisent le Pakistan. Ils ont pour conséquence la **réouverture du conflit du Cachemire avec l'Inde** (un million de soldats le long de la frontière commune). En même temps, **l'Inde décide d'enrayer le terrorisme islamique au Cachemire** et **le Pakistan rompt avec les talibans et les mouvements islamistes radicaux**. Les conditions sont peut-être en train d'être réunies désormais pour le retour à un dialogue bilatéral indo-pakistanais. Il peine cependant à s'amorcer, comme en témoigne le regain de tension entre les deux pays depuis 2019.

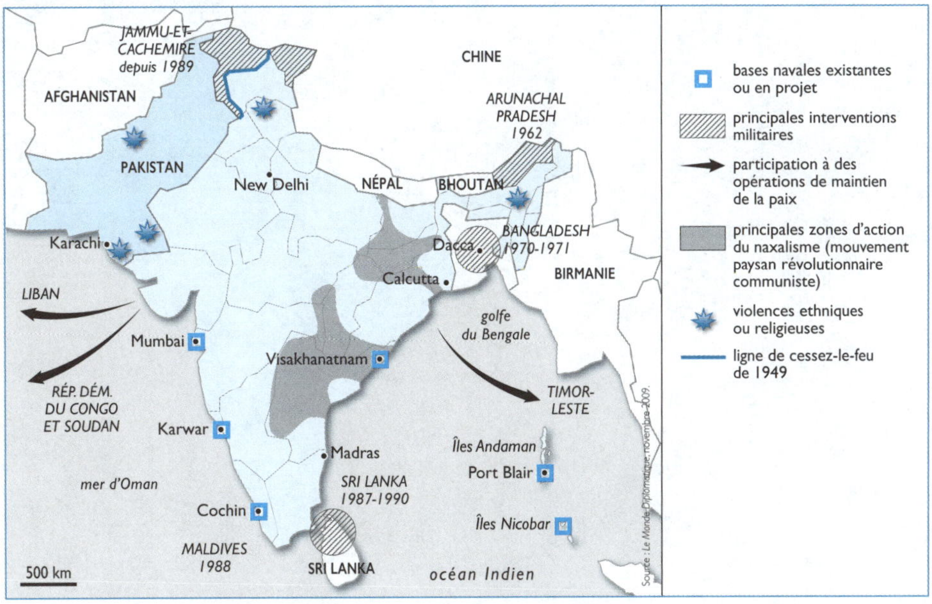

L'Inde aujourd'hui, un pays sous tensions internes et externes. ▶

Français

LES MÉTHODES

LE COURS

Les outils

La poésie du XIXe siècle au XXIe siècle

La littérature d'idées du XVIe siècle au XVIIIe siècle

EN PLUS !

À TÉLÉCHARGER GRATUITEMENT

Des fiches synthétiques sur toutes les œuvres et parcours au programme de ton bac de français.

Le roman et le récit du Moyen Âge au XXIe siècle

Le théâtre du XVIIe siècle au XXIe siècle

Définition de l'épreuve

L'épreuve du Bac de français est constituée d'une épreuve écrite et d'une épreuve orale. Elle porte sur les objets d'étude de la classe de 1re et sur les œuvres au programme, renouvelées par quart tous les ans.

L'épreuve écrite

Durée	4 heures
Coefficient	5

Le sujet de l'épreuve écrite de français permet de choisir un exercice parmi les deux proposés : un commentaire ou une dissertation.
Cette épreuve est notée sur 20 points.
Plusieurs critères entrent dans la notation :
– la maîtrise de la langue et de l'expression ;
– l'aptitude à lire, analyser et interpréter un texte ;
– l'aptitude à mobiliser une culture littéraire (maîtrise des savoirs littéraires) ;
– la capacité à construire une réflexion argumentée et structurée et à prendre en compte d'autres points de vue que le sien ;
– l'aptitude à formuler une argumentation de manière précise, en respectant son déroulement logique.

Le commentaire

Le commentaire porte sur un texte littéraire, en lien avec un des objets d'étude de la classe de 1re. Ce texte ne sera jamais extrait d'une des œuvres au programme.
La méthode et les conseils relatifs au commentaire sont donnés **pages 300-301**.

La dissertation

La dissertation prend la forme d'une question littéraire sur l'une des œuvres au programme et sur le parcours littéraire associé.
Le sujet propose trois dissertations liées au même objet d'étude, chacune en rapport avec l'une des trois œuvres du programme et son parcours associé. Le candidat doit veiller à choisir le sujet qui porte sur l'œuvre étudiée en classe pendant l'année.
La méthode et les conseils relatifs à la dissertation sont donnés **pages 298-299**.

L'épreuve orale

Durée	20 minutes
Préparation	30 minutes
Coefficient	5

Cette épreuve permet d'évaluer la qualité d'expression orale du candidat mais aussi sa capacité à mobiliser ses connaissances, développer son propos et discuter avec l'examinateur. Elle vise également à valoriser son investissement personnel, sa faculté à justifier ses choix et à les expliquer.

Cette épreuve comprend deux étapes qui se succèdent et sont précédées d'un temps de préparation de 30 minutes (les textes officiels précisent que le temps consacré à l'accueil du candidat n'empiète ni sur celui de la préparation ni sur la durée de l'épreuve).
L'ensemble de cette épreuve est noté sur 20 points.
La méthode et les conseils relatifs à l'épreuve orale sont donnés **pages 302-303**.

Accueil du candidat, « descriptif des activités » et préparation

Le candidat arrive en salle d'examen muni d'un « descriptif des activités ». L'examinateur possède ce même descriptif, remis en amont par l'enseignant de français.
Ce descriptif rend compte du travail qui a été mené avec la classe pendant l'année : récapitulatif des œuvres et textes étudiés. Il est également composé d'une partie individuelle dans laquelle le candidat a indiqué l'œuvre qu'il a retenue parmi toutes les lectures obligatoires proposées par son professeur. Cette œuvre fera l'objet de la seconde partie de l'épreuve.
Pour la 1re partie de l'épreuve, l'examinateur indique au candidat sur quel texte il va être interrogé. Ce texte est toujours choisi parmi ceux mentionnés sur le descriptif comme ayant fait l'objet d'une étude détaillée. Il indique également la question de grammaire. La préparation de l'explication de texte peut alors commencer. Elle dure 30 minutes.

1re partie : exposé sur un des textes du descriptif

Cette première partie dure 12 minutes. Elle est notée sur 12 points répartis en fonction des trois temps de son déroulement :
– lecture de l'extrait à voix haute (2 points) ;
– explication linéaire du texte ou d'un passage d'une vingtaine de lignes sélectionné par l'examinateur (8 points) ;
– réponse à une question de grammaire qui s'appuie sur un passage extrait du texte à expliquer (2 points).

Sur quel texte peut porter l'explication linéaire ?

Pour chaque objet d'étude, le candidat a étudié cinq textes au minimum de façon détaillée :
– trois extraits au moins de l'œuvre au programme ;
– deux extraits sur le parcours associé.
En tout, il y a donc au moins cinq textes pour chacun des quatre objets d'étude : ce qui correspond à vingt textes au minimum à travailler pour l'épreuve.

2nde partie : présentation de l'œuvre choisie et entretien

Cette partie de l'épreuve dure 8 minutes. Elle est notée sur 8 points.
Elle se déroule en deux temps successifs :
– la présentation de l'œuvre retenue par le candidat et l'explication argumentée de ce choix ;
– l'entretien au cours duquel le candidat doit répondre aux questions de l'examinateur, afin d'expliquer, de justifier et de défendre ses choix.

LES MÉTHODES

L'organisation de l'année et le jour J

Pour réussir l'écrit et l'oral de français, il est essentiel de bien savoir s'organiser, le jour J mais aussi au fil de l'année.

Travailler tout au long de l'année

Préparer l'oral

• **Réunir les documents nécessaires**

Vous vous présenterez à l'oral avec un « descriptif des activités » établi par votre professeur.

• **Pour chacun des objets d'étude,** vous devez réunir tout ce qui figurera dans le **descriptif** et tout ce qui pourra vous aider dans votre travail de révision :

– les **œuvres** au programme choisies par votre professeur et les lectures cursives qui les éclairent ;

– les **textes** expliqués en classe (la première partie de l'oral portera sur l'un d'eux) ;

– les **études** réalisées en classe ;

– une rapide **biographie** de chacun des auteurs abordés ;

– une **fiche synthétique sur les œuvres et les parcours étudiés** ;

– une **fiche sur chacun des livres lus de façon cursive** (personnages, intrigue, contexte, intentions de l'auteur) ;

– une **fiche synthétique sur les différents mouvements littéraires** rencontrés au cours des séquences.

> **Conseil**
> Faites bien la différence entre les textes étudiés précisément (explications de textes) et ceux simplement parcourus (lectures cursives, documents complémentaires).

> **Conseil**
> N'attendez pas la fin de l'année pour classer les documents dont vous avez besoin lors de l'épreuve orale ! Commencez à faire ce travail de rassemblement pendant l'année, à la fin de chacune des quatre étapes du programme.

• **Revoyez les différentes notions de vocabulaire** (formation et sens des mots), de grammaire (natures, fonctions, types de phrases et de propositions, valeurs des modes et des temps) et de conjugaison. Faites des fiches synthétiques sur les points à maîtriser.

• **Préparez l'entretien** en choisissant et en étudiant soigneusement l'œuvre littéraire que vous allez présenter. Préparez des fiches : sur chacun des personnages, sur le déroulement de l'histoire, sur les marques du genre, sur le mouvement littéraire et sur les principaux enjeux. Renseignez-vous sur l'auteur et sur les autres œuvres qu'il a écrites.

• **S'entraîner**

– **Lisez à haute voix** régulièrement les textes que vous avez expliqués en classe et entraînez-vous, seul(e) ou devant un(e) camarade, à les expliquer en une dizaine de minutes.

– **Exercez-vous aussi à présenter l'œuvre littéraire que vous avez choisie**. Imaginez les questions que l'on peut vous poser. Travaillez avec un(e) camarade et interrogez-vous mutuellement.

Préparer l'écrit

• **Pour chacun des deux exercices du bac (le commentaire et la dissertation),** constituez, au fil de l'année, un **dossier** comprenant :
– les **conseils méthodologiques** : les indications de votre professeur, les devoirs-modèles que vous avez examinés de près (voir par exemple pp. 304-307), les suggestions relevées dans des ouvrages comme celui-ci (voir pp. 298-303) ;
– les **comptes-rendus de vos devoirs** : comparez le corrigé proposé et ce que vous avez fait afin de voir dans quelle direction vous pouvez progresser ;
– vos **copies corrigées** : relisez attentivement les annotations de votre professeur et, lorsque vous abordez un nouveau devoir, notez, sur une feuille que vous garderez dans votre dossier, les qualités et les défauts de votre précédente copie afin de ne pas tomber dans les mêmes travers mais de bien présenter les mêmes points positifs.

Remarques sur les copies	Conseils pour progresser
Le sujet est mal compris.	Lire attentivement la consigne et en peser chacun des termes ; reformuler la consigne à la 1re personne du singulier pour mieux se l'approprier.
Le texte est mal compris.	Lire attentivement le texte sans se perdre dans les détails. Se demander ce que l'auteur a voulu dire et dans quel but.
Le devoir manque de rigueur.	Bâtir un plan clair et solide au brouillon : 1A, 1B, 1C ; 2A, 2B…
Le plan d'ensemble ne convient pas.	S'il s'agit d'un commentaire, définir clairement les intentions de l'auteur et revoir les principes de composition d'un plan (voir p. 300). S'il s'agit de la dissertation, lire attentivement la consigne et déduire le plan de la consigne elle-même (voir p. 298).
Le devoir est superficiel ; l'analyse ou/et la réflexion ne sont pas assez approfondies.	Creuser chacun des arguments ou chacune des pistes : quelles causes, quelles implications, par quels procédés… ?
La rédaction est négligée, confuse, incorrecte.	Écrire des phrases courtes. Surveiller l'orthographe. Relire. S'entraîner dans l'année en rédigeant régulièrement des petits paragraphes.

Être prêt(e) le jour J

• **Qu'il s'agisse de l'écrit ou de l'oral, prévoyez bien l'organisation matérielle :** la trousse, la convocation et la pièce d'identité en cours de validité, le transport jusqu'au centre d'examen. Prévoyez aussi de quoi boire et grignoter durant les 4 heures de l'écrit.

• **Pour l'oral, présentez les documents répertoriés sur le descriptif dans deux porte-revues :** l'un pour vous et l'autre pour l'examinateur. **Apportez les œuvres intégrales** étudiées ainsi que **celle retenue pour l'entretien.**
Ne négligez pas non plus votre tenue : anticipez son choix en fonction de la température prévue, et optez pour un vêtement confortable et adapté à la présentation d'un examen.
Enfin, prévoyez assez de temps pour votre trajet jusqu'au centre d'examen et pour trouver la salle où se déroule l'épreuve dans un lycée que vous ne connaissez peut-être pas. Évitez toute source de stress inutile !

LES MÉTHODES

La dissertation

La dissertation porte sur une des quatre œuvres au programme et sur son parcours associé. Elle permet de vérifier vos **connaissances** ainsi que votre **capacité à organiser et approfondir une réflexion.**

Choisir le sujet de dissertation

• Vous pouvez choisir de traiter le sujet de dissertation **si vous maîtrisez la technique de l'exercice, si vous comprenez clairement la question posée et si vous disposez de connaissances précises** sur l'œuvre et le parcours au programme.

• Une dissertation obtient **une bonne note** quand elle répond aux critères suivants :
– le sujet est compris ;
– le devoir répond à la question posée ;
– les règles de la dissertation sont respectées ;
– les connaissances sont solides et bien employées (plus de la moitié du devoir est occupée par des exemples précis) ;
– le plan est clair et cohérent ;
– le devoir est correctement rédigé.

À savoir

Mémorisez des citations courtes extraites des œuvres au programme. Elles vous aideront à illustrer vos arguments. C'est indispensable pour la poésie.

La lecture du sujet

La composition du sujet de dissertation

Le plus souvent, le sujet de dissertation comprend **3 étapes** :
1. Un **constat** qui lie la question proprement dite à l'œuvre et au parcours.
2. Le **problème à analyser**, sous la forme d'une question ou d'une affirmation à discuter.
3. Des **indications méthodologiques** rappelant, notamment, la place des exemples.

L'analyse du sujet

• Sans laisser de côté aucun des termes du sujet, **dégagez la question posée**. Gardez, autant que possible, dans votre introduction, les termes employés et assurez-vous de bien comprendre leur signification et leur portée, c'est-à-dire ce qu'ils impliquent.

• **Délimitez, ensuite, précisément le champ d'étude :** s'agit-il plutôt des personnages, du genre, des tonalités, des enjeux de l'œuvre ou du parcours ?

Les grandes lignes du plan

Le plan analytique (ou thématique)

• Lorsqu'une question commence par un mot interrogatif *(pourquoi, en quoi, comment…)* et admet grammaticalement une infinité de réponses possibles, il s'agit d'une interrogation « partielle » qui implique un plan analytique. Vous devrez dégager **deux ou trois réponses pertinentes à la question posée** et les présenter de la façon la plus logique et dynamique possible.

Rappel

Le plan, dans ses grandes lignes, se devine dans le sujet lui-même : **la dissertation doit présenter, de manière cohérente et organisée, les différentes réponses** possibles à la question posée.

• Quand la question est introduite par « Dans quelle mesure », il est possible de proposer deux réponses qui développent la réflexion, puis une 3e partie qui ouvre une perspective différente, voisine de la réfutation.

Ex. : « Dans quelle mesure *Le Mariage de Figaro* est-il engagé dans son temps ? »
1) Beaumarchais s'engage en dénonçant les privilèges.
2) Il s'engage en soulignant les qualités de Figaro.
3) Au-delà de son engagement dans son temps, l'œuvre nous touche encore aujourd'hui.

Le plan dialectique

• Quand la question posée par le sujet est « totale », elle n'admet grammaticalement que deux réponses possibles : **« Oui » et « Non »**. En formulant les deux réponses contradictoires, vous avez posé les grandes orientations de votre plan ; cependant, comme il ne s'agit pas de présenter un sondage d'opinion mais une pensée cohérente, vous devez **reformuler les réponses de façon à rendre leur cohabitation possible au sein de la même réflexion**.

• Dans ce type de plan, une **3e partie** (la synthèse), qui dépasse la contradiction des premières parties (la thèse et l'antithèse), est la bienvenue. Mais, si vous ne trouvez pas cette 3e réponse, renoncez-y plutôt que de proposer une perspective hors sujet ou, au contraire, répétitive par rapport à ce qui a été déjà dit. En ce cas, donnez de l'ampleur à votre conclusion en proposant une vision plus synthétique et élargie du problème.

L'introduction : 3 étapes

• **La 1re étape consiste à amener le sujet en partant d'une observation incontestable** : par exemple, présentez l'œuvre et montrez en quoi elle s'inscrit dans le parcours au programme.

• **La 2e étape pose le problème du sujet.** Une tournure comme « À ce propos, on peut se demander si… » peut exprimer le lien entre le constat initial et la question qui va être examinée au cours de la dissertation. Si le sujet comprend une citation, vous devez la reproduire dans son intégralité avant de formuler clairement la question.

• **La 3e étape annonce le plan** de façon précise et souple.

Conseils

• Ne commencez pas votre constat par une banalité du type « De tout temps, les hommes… ».
• Ne vous écartez pas des termes du sujet.
• Ne répondez pas à la question dès l'introduction, car cela rendrait le développement inutile.
• Ne présentez pas lourdement le plan : au lieu de « Dans une première partie, je… », préférez « Dans un premier temps », « D'abord », « Ensuite », « Enfin »…

La conclusion : 2 étapes

• **La 1re étape propose une réponse à la question du sujet** en rassemblant les différentes pistes abordées.

• **La 2nde étape élargit la réflexion à une problématique plus vaste** en privilégiant le domaine littéraire ou, plus généralement, artistique (pensez aux prolongements étudiés au cours de l'année). Une question, une citation sont également possibles, à condition, bien entendu, d'être pertinentes.

Conseils

• Ne réduisez pas la 1re étape à un résumé : il faut plutôt souligner la logique de la progression.
• Ne proposez pas, en guise d'ouverture, un proverbe, une évidence, une question trop large (« Quel est le rôle de la littérature ? »), une erreur historique…

LES MÉTHODES

Le commentaire

Le commentaire littéraire **éclaire les significations d'un texte et les émotions qu'il suscite** chez le lecteur ou le spectateur. Il porte sur un extrait se référant à l'un des quatre objets d'étude au programme.

Choisir le commentaire

Pour choisir le commentaire, il est nécessaire de **maîtriser la technique de l'exercice** et d'**avoir bien compris le texte**. Il est préférable que ce dernier vous plaise. Si le sens d'un mot vous échappe, vérifiez que le contexte vous permet de le comprendre sans risquer un grave contresens. Le fait de ne pas connaître l'auteur ne doit pas vous arrêter, car on n'attend pas de votre part un devoir érudit.

Les objectifs du commentaire

Le commentaire n'a pas pour finalité de mettre en lumière un sens caché mais de **montrer comment l'auteur a su toucher son lecteur**. Il s'agit de dégager objectivement ce que le texte dit au lecteur/spectateur, ce que ce dernier éprouve, et de **montrer les procédés littéraires** (genre, tonalité, style…) employés à cette fin.

La lecture du texte

Une lecture personnelle

Posez-vous les questions suivantes : **« De quoi parle le texte ? Quelles sont les intentions de l'auteur ? Quelles sont les émotions (rire, indignation, compassion…) ressenties ? »** Notez vos premières impressions : elles constituent, le plus souvent, l'armature de votre commentaire.

Une lecture renseignée

- Après cette première lecture du texte, faites appel à vos connaissances. Notez les informations mémorisées pendant l'année, en rapport avec l'objet d'étude défini par le sujet du commentaire, et qui vous semblent utiles ici.

- Si vous avez des connaissances relatives à l'auteur et à son œuvre, confrontez-les prudemment avec le texte. En effet, il est dangereux de plaquer un savoir sans discernement : les auteurs n'écrivent pas toujours le même texte !

Le plan

Les qualités d'un bon plan

Le plan doit être **cohérent** et aborder les différents enjeux du texte de façon progressive. **Commençant par les perspectives les moins importantes,** il met en avant, dans la dernière partie, l'enjeu principal de l'extrait. Chaque partie s'apparente à une définition du texte (« Ce texte, c'est… ») et aucune d'elles ne se réduit à un constat quant à la forme (genre, tonalité, procédés de style).

Méthodes

Deux méthodes sont généralement proposées, et sans doute la démarche la plus efficace se situe-t-elle à mi-chemin :

- **1re méthode :** noter, au fur et à mesure de la lecture linéaire, tout ce que l'on peut observer, puis opérer des regroupements pour dégager les lignes maîtresses du plan.
- **2nde méthode :** partir de ses impressions de lecture (personnelle et renseignée) pour bâtir les grandes lignes du plan, puis chercher, dans le texte, ce qui permet de développer telle ou telle perspective.

Conseils

S'il est, souvent, préférable de bâtir un **plan de dissertation en 3 parties,** un **plan de commentaire en 2 parties** bien équilibrées est, certainement, plus efficace qu'une progression en 3 axes peu cohérents et redondants.

L'introduction : 3 étapes

L'introduction comprend **3 étapes incontournables** qui doivent se différencier clairement tout en s'enchaînant avec souplesse :

- **La 1re étape introduit le texte** en le plaçant dans un contexte plus large : une situation historique, un mouvement littéraire, un genre… Le titre de l'œuvre (que vous devez souligner) d'où est tiré le texte, ainsi que le nom de l'auteur et la date doivent être rappelés.
- **La 2e étape présente le texte et ses enjeux :** son genre, sa tonalité, son thème, ce qui s'y passe, les intentions de l'auteur… Cette étape ne doit pas se réduire à un simple résumé du passage, car on attend que soit exposée la problématique de votre étude : « Comment la fiction est-elle au service de l'argumentation ? » ; « Comment le poète renouvelle-t-il la forme traditionnelle du sonnet ? etc. »
- **La 3e étape annonce le plan** d'une façon à la fois claire et souple.

Conseils

- Évitez les banalités sur le genre.
- Ne commencez pas votre introduction par « Ce texte… », car le déterminant démonstratif ne renvoie à rien qui précède.
- Évitez tout jugement de valeur : « Ce texte est particulièrement bien écrit… »
- Dans l'annonce du plan, préférez la 1re personne du pluriel à la 1re personne du singulier et ne parlez pas de « partie », mais dites plutôt : « Tout d'abord », « Dans un premier temps »…

La conclusion : 2 étapes

- **La 1re étape dresse un bilan** de ce qui a été analysé sans entrer dans les détails ni apporter de nouvelles perspectives. Il est possible de s'appuyer, à ce moment-là, sur une expression-clé du passage, ou sur le titre du poème, ou de l'œuvre.
- **La 2nde étape est une ouverture littéraire.** Il s'agit de situer le texte dans une perspective plus large (genre, mouvement littéraire, auteur…). Rapprocher le passage étudié d'un autre texte rencontré en classe est une bonne idée, à condition, bien entendu, qu'ils présentent de réels points communs.

Conseils

- Le bilan ne doit pas se réduire à un résumé.
- L'ouverture s'appuie sur des connaissances extérieures pertinentes : on évitera toute inexactitude.
- Les maladresses, lourdeurs et incorrections sont à proscrire car la conclusion sera lue en dernier.

FRANÇAIS

LES MÉTHODES

L'oral

L'épreuve orale, qu'il s'agisse de l'explication de texte ou de l'entretien, porte sur le travail effectué durant l'année. Le sérieux des candidats est récompensé.

L'explication de texte

Explication de texte et commentaire : deux exercices proches

• **L'explication de texte à l'oral est proche du commentaire** proposé à l'écrit. La principale différence est que le texte est déjà connu puisqu'il a fait l'objet d'une étude détaillée en classe et figure sur le descriptif établi par le professeur et transmis à l'examinateur une quinzaine de jours avant l'épreuve.

• **Dans les deux cas, il s'agit de mettre en avant le sens du texte et les émotions qu'il suscite** en s'appuyant sur un relevé et une analyse des procédés littéraires employés. Comme le commentaire, l'explication de texte est organisée en **3 étapes** :

1. Une **introduction**, qui présente le texte et le situe dans l'œuvre.
2. Un **développement** construit.
3. Une **conclusion**, qui souligne ce qui est important dans le texte et s'achève par un élargissement (parcours, objet d'étude, prolongement…).

> **Conseil**
>
> **Composition de l'introduction :**
> 1. Présentation de l'auteur et de l'œuvre.
> 2. Situation du passage dans l'œuvre intégrale étudiée.
> 3. Présentation du texte et de ses caractéristiques.
> 4. Présentation du plan choisi (linéaire ou composé).

Les particularités de l'explication de texte à l'oral du bac

• **L'explication de texte linéaire est préconisée.**
Le **plan linéaire** suit le mouvement du texte pour éclairer la démarche de l'auteur. Cette progression nécessite d'opérer des rapprochements pour écarter les répétitions. Vous éviterez un commentaire mot à mot ou ligne à ligne car il risque fort de se réduire à une simple paraphrase. Vous commencerez par dégager le plan du texte pour montrer ses enjeux.

• **L'explication du texte est précédée de sa lecture à voix haute.** Notée sur 2 points, elle ne doit pas être négligée, et vous devez vous entraîner durant l'année pour qu'elle soit correcte (les liaisons, les pauses, la versification), fluide et expressive, sans être pour autant théâtrale.

• **L'explication est suivie d'une question de grammaire** portant sur le texte étudié. Votre réponse est notée sur 2 points, et vous ne devez pas négliger cette partie nouvelle de l'oral. Vous devrez maîtriser la terminologie et montrer que vous êtes capable d'analyser une phrase ou un de ses segments. N'oubliez pas d'examiner cette question durant le temps de préparation.

Les attentes de l'examinateur

- Une lecture correcte (liaisons, versification), fluide et expressive.
- Une expression orale juste et soignée qui ne consiste pas en la lecture de la feuille de préparation.
- Une bonne compréhension du texte, un plan clair qui met en avant ce qui est important et ne dissocie pas le contenu des procédés.
- Une étude qui s'appuie précisément sur des citations du texte.
- Une explication et une réponse à la question de grammaire qui témoignent du sérieux de votre préparation, de la solidité de vos connaissances et de vos méthodes.

Conseil

Portez des vêtements neutres et montrez-vous poli(e) en disant « Bonjour, Monsieur/Madame », « Au revoir » et « Merci ».

Méthode

Durant l'année

- **Lisez les textes à voix haute :** assurez-vous de bien prononcer les noms propres et certains mots particuliers, repérez les liaisons et, pour la versification, les diérèses. Entraînez-vous régulièrement.
- **Appropriez-vous les explications de texte** conduites en classe et complétez-les si nécessaire. Mémorisez-les et entraînez-vous à les noter au brouillon en une vingtaine de minutes et à les présenter en 10 minutes oralement. Il est très utile de travailler cela avec un(e) camarade.
- **Choisissez l'œuvre** que vous présenterez dans la 2nde partie. Mémorisez sa structure, ses enjeux. Renseignez-vous sur son auteur et son contexte.

Le temps de préparation : 30 minutes

- **Notez les grandes lignes de votre explication** en n'utilisant que le recto des feuilles que vous numéroterez. Ne rédigez pas l'étude dans son intégralité : vous n'en avez pas le temps.
- **Préparez soigneusement l'introduction et la conclusion** en pensant que le dernier point de votre conclusion peut constituer le point de départ de l'entretien.

La 1re partie de l'épreuve : 12 minutes

- **Annoncez le titre et l'auteur** du texte que vous allez lire à voix haute.
- **Lisez sans précipitation** et ne vous interrompez que si l'examinateur vous indique qu'il veut que vous passiez à l'explication.
- **Ne lisez pas votre brouillon ;** pensez à citer le texte (ne recopiez pas les citations sur votre brouillon) ; regardez l'examinateur. Évitez les tics de langage, les mots familiers, les phrases inachevées.
- **Répondez à la question de grammaire** en mobilisant vos connaissances.

La 2nde partie de l'épreuve : 8 minutes

- **Présentez avec conviction l'œuvre** que vous avez choisie.
- **Développez vos réponses** en vous appuyant précisément sur les documents rassemblés.
- **N'hésitez pas à montrer votre culture personnelle,** vos centres d'intérêt et votre sensibilité.

SUJET DU BAC CORRIGÉ

Le commentaire

SUJET

Objet d'étude : « Le roman et le récit du Moyen Âge au XXIe siècle »

Vous ferez le commentaire de l'extrait du *Colonel Chabert* d'Honoré de Balzac.

Honoré de Balzac, *Le Colonel Chabert*, extrait (1832).

Le colonel Hyacinthe Chabert, déclaré mort par erreur à la bataille d'Eylau, a contacté l'avoué Derville pour retrouver son rang et ses droits. Sa femme Rose, désormais remariée au comte Ferraud, le rejette et n'entend pas lui restituer ses biens. Le colonel refuse toute transaction avec elle et disparaît. Quelques années plus tard, l'avoué Derville retrouve le colonel.

En 1840, vers la fin du mois de juin, Godeschal, alors avoué, allait à Ris, en compagnie de Derville, son prédécesseur. Lorsqu'ils parvinrent à l'avenue qui conduit de la grande route à Bicêtre[1], ils aperçurent sous un des ormes du chemin un de ces vieux pauvres chenus[2] et cassés qui ont obtenu le bâton de maréchal[3] des mendiants en vivant à Bicêtre comme les femmes indigentes vivent à la Salpêtrière[4]. Cet homme, l'un des deux mille malheureux logés dans l'*Hospice de la Vieillesse*, était assis sur une borne et paraissait concentrer toute son intelligence dans une opération bien connue des invalides, et qui consiste à faire sécher au soleil le tabac de leurs mouchoirs, pour éviter de les blanchir, peut-être. Ce vieillard avait une physionomie attachante. Il était vêtu de cette robe de drap rougeâtre que l'Hospice accorde à ses hôtes, espèce de livrée[5] horrible.

« Tenez, Derville, dit Godeschal à son compagnon de voyage, voyez donc ce vieux. Ne ressemble-t-il pas à ces grotesques qui nous viennent d'Allemagne[6] ? Et cela vit, et cela est heureux peut-être ! »

Derville prit son lorgnon, regarda le pauvre, laissa échapper un mouvement de surprise et dit :

« Ce vieux-là, mon cher, est tout un poème, ou, comme disent les romantiques, un drame. As-tu rencontré quelquefois la comtesse Ferraud ?

– Oui, c'est une femme d'esprit et très agréable ; mais un peu trop dévote, dit Godeschal.

– Ce vieux bicêtrien est son mari légitime, le comte Chabert, l'ancien colonel ; elle l'aura sans doute fait placer là. S'il est dans cet hospice au lieu d'habiter un hôtel, c'est uniquement pour avoir rappelé à la jolie comtesse Ferraud qu'il l'avait prise, comme un fiacre, sur la place[7]. Je me souviens encore du regard de tigre qu'elle lui jeta dans ce moment-là. »

Ce début ayant excité la curiosité de Godeschal, Derville lui raconta l'histoire qui précède[8]. Deux jours après, le lundi matin, en revenant à Paris, les deux amis jetèrent un coup d'œil sur Bicêtre, et Derville proposa d'aller voir le colonel Chabert. À moitié chemin de l'avenue, les deux amis trouvèrent assis sur la souche d'un arbre abattu le vieillard qui tenait à la main un bâton et s'amusait à tracer des raies sur le sable. En le regardant attentivement, ils s'aperçurent qu'il venait de déjeuner autre part qu'à l'établissement.

« Bonjour, colonel Chabert, lui dit Derville.

– Pas Chabert ! pas Chabert ! je me nomme Hyacinthe, répondit le vieillard. Je ne suis plus un homme, je suis le numéro 164, septième salle, ajouta-t-il en regardant Derville avec une anxiété peureuse, avec une crainte de vieillard et d'enfant. Vous allez voir le condamné à mort ? dit-il après un moment de silence. Il n'est pas marié, lui ! Il est bien heureux.

– Pauvre homme, dit Godeschal. Voulez-vous de l'argent pour acheter du tabac ? »

Avec toute la naïveté d'un gamin de Paris, le colonel tendit avidement la main à chacun des deux inconnus, qui lui donnèrent une pièce de vingt francs ; il les remercia par un regard stupide, en disant : « Braves troupiers[9] ! » Il se mit au port d'armes, feignit de les coucher en joue, et s'écria en souriant : « Feu des deux pièces ! vive Napoléon ! » Et il décrivit en l'air avec sa canne une arabesque imaginaire.

1. Bicêtre : lieu près de Paris, où était établi un asile d'aliénés.
2. chenu : aux cheveux blancs.
3. obtenir le bâton de maréchal : arriver au plus haut grade.
4. la Salpêtrière : hospice accueillant des femmes indigentes, c'est-à-dire des pauvres.
5. livrée : costume de domestique.
6. grotesques d'Allemagne : allusion aux personnages fantastiques des contes d'Hoffmann.
7. Derville rappelle ainsi que la comtesse a acquis son rang grâce à son mariage avec Chabert.
8. L'auteur fait référence à l'histoire qui constitue l'ensemble du livre.
9. troupiers : simples soldats.

Corrigé rédigé

Introduction rédigée

[Présentation du texte] Grand admirateur de Napoléon, Balzac imagine le terrible destin d'un colonel d'Empire déclaré mort à Eylau. *Le Colonel Chabert,* un des récits de *La Comédie humaine,* raconte le vain combat du héros pour reconquérir sa place dans le monde. À la fin de l'histoire, vingt ans après les démarches entreprises, Derville, l'avoué qui l'a soutenu, et Godeschal, son successeur, rencontrent par hasard le colonel : atteint de démence, il n'est plus qu'un matricule interné à Bicêtre.

[Problématique] Soucieux de représenter les rouages de la société, Balzac se penche sur ce héros broyé par la Restauration. Mais s'agit-il uniquement de montrer la folie du personnage ?

[Annonce de la 1re partie] Nous verrons que la représentation de la démence du héros **[2e partie]** permet à Balzac de critiquer ses contemporains au nom de ses valeurs **[3e partie]**, tout en affirmant l'ambition esthétique de son projet romanesque.

I Une scène centrée sur la folie du colonel Chabert

I-1 Un passage centré sur le personnage éponyme

En effet, dans deux scènes séparées par une courte ellipse, le colonel est le point de mire de la narration. Dans la première rencontre, il est progressivement éclairé : d'abord présenté comme l'un des indigents, il attire l'attention des deux hommes en raison de *« sa physionomie attachante »*. Il n'acquiert une identité que lorsque Derville le nomme, mentionne sa femme, *« la jolie comtesse Ferraud »* et raconte un passé que l'expression *« l'histoire qui précède »* vient résumer. Simple objet des regards dans la première scène, le personnage devient, dans la seconde, pleinement acteur. Il parle plus longuement que ses deux visiteurs et multiplie les gestes. La focalisation sur Chabert tout au long de l'épilogue éclaire les symptômes de sa démence.

I-2 La représentation de la folie

Dès le début du texte, Chabert est l'*« un de ces vieux pauvres chenus et cassés »*. La construction syntaxique reprise et étoffée dans l'expression *« l'un des deux mille malheureux logés dans* l'Hospice de la Vieillesse » attribue au personnage toutes les caractéristiques des indigents et des déments peuplant Bicêtre. L'univers de Chabert se réduit à des actes et à des faits sans importance : faire sécher son tabac ou bien tracer des raies sur le sable avec un bâton. Seuls viennent rompre la monotonie de cette existence sans horizon, un déjeuner *« autre part »* le lundi, le spectacle d'un condamné à mort dont il ne mesure pas la gravité, une pièce de vingt francs. Le personnage est coupé de la réalité : il ne reconnaît pas son ancien avoué et semble avoir perdu le fil du temps. À la fin du texte, il lance un anachronique *« vive Napoléon ! »*. Dans le monde qu'il a dessiné autour de lui, tout est prétexte à amusement : l'exécution d'un condamné comme la comédie militaire qu'il joue aux deux visiteurs pour les remercier des vingt francs.

[Transition] En plaçant son personnage à la croisée des regards et en soulignant sa démence, Balzac éclaire le destin tragique de son héros et dénonce ses contemporains.

FRANÇAIS

II Le personnage au service d'une dénonciation

II-1 La déshumanisation du personnage

Les mots « *vieux* » et « *vieillard* » sont connotés négativement tout au long de l'extrait. On les trouve associés à un lexique de la dégradation : « *vieux pauvres chenus et cassés* ». Plus loin, le groupe « *ce vieux* » est repris par « *le pauvre* » comme si les deux noms étaient synonymes. À la fin du texte, le manque de discernement qui caractérise ici la vieillesse est comparé à la « *naïveté d'un gamin de Paris* » et mis en scène dans un mime pitoyable. « *Je ne suis plus un homme* », explique le personnage à ses visiteurs. Il efface jusqu'à son nom en refusant d'être appelé Colonel Chabert : « *Je me nomme Hyacinthe* », puis « *Je suis le numéro 164, septième salle* ». Le pronom démonstratif « *cela* » (« *cela vit* ») employé par Godeschal résume cette déshumanisation.

II-2 Le regard critique de Balzac

Le glorieux colonel d'Empire s'est effacé comme ont disparu les idéaux révolutionnaires et impériaux. *La Comédie humaine* dépeint la société cruelle et ambitieuse de la Restauration. En mettant en scène un héros de l'Empire détruit, le romancier exprime ses regrets et ses critiques. Derville accuse violemment la comtesse Ferraud : sa comparaison crue (« *il l'avait prise comme un fiacre* ») retourne contre elle le procédé de déshumanisation. La critique du romancier devient plus féroce encore lorsque Godeschal présente l'épouse du colonel comme « *une femme d'esprit et très agréable ; mais un peu trop dévote* ». Ici, Balzac dénonce l'hypocrisie sociale et religieuse de la comtesse mais aussi de tous ceux qui abandonnent à la Salpêtrière « *les femmes indigentes* » et à Bicêtre les « *deux mille malheureux* ».

[Transition] Balzac ne se contente pas de tendre un miroir à la réalité : il prend position et défend ses valeurs, tout en manifestant un vrai projet esthétique.

III Une scène qui montre le rôle de l'écrivain selon Balzac

III-1 Un art de la mise en scène pour donner vie au personnage

La présence de deux visiteurs au lieu d'un seul rend possible un dialogue qui dynamise la scène. Le passé de Chabert est évoqué dans un discours narrativisé (« *Derville lui raconta l'histoire qui précède* ») et par quelques indices tels que le « *mari légitime* » ou le « *regard de tigre* ». Les marques d'oralité « *Tenez* », « *mon cher* », la répétition de l'exclamation nominale « *Pas Chabert !* » contribuent à l'illusion de réel, de même que l'ancrage géographique (Ris, Paris, Bicêtre et la Salpêtrière) et que les détails réalistes : la « *robe de drap rougeâtre* », « *la souche d'un arbre abattu* » ou les « *raies sur le sable* ». Par ailleurs, Balzac, en doublant la focalisation interne, donne au lecteur l'impression qu'il va se faire sa propre opinion : Godeschal, le nouvel avoué, et Derville, celui qui s'est retiré, écœuré par ce qu'il a vu, ne voient pas Chabert de la même manière.

III-2 Les ambitions littéraires

En effet, si Balzac entreprend de représenter le réel et de dénoncer ses contemporains, il affirme aussi un projet esthétique dont Derville se fait l'écho en se référant aux romantiques après que Godeschal a évoqué les grotesques d'Hoffmann : « *Ce vieux-là* [...] *est tout un poème ou, comme disent les romantiques, un drame* ». L'écrivain puise son inspiration dans la réalité, mais il la transfigure. Ces références montrent clairement une intention esthétique dont témoigne la composition même de l'épilogue : deux rencontres, deux ellipses (« *En 1840* », donc vingt ans plus tard, et « *Deux jours après* »), deux visiteurs, deux dessins avec un bâton. Sur l'« *avenue* » qui constitue le cadre des deux rencontres, Chabert est représenté assis, la première fois sur « *une borne* » et la seconde sur « *un arbre abattu* ». L'une et l'autre suggèrent la tragique destinée d'un héros insoumis.

Conclusion rédigée

L'épilogue du *Colonel Chabert* est caractéristique de l'écriture réaliste. En effet, Balzac emploie toute la palette des procédés narratifs et stylistiques pour donner vie à ses personnages. Mais il s'agit moins de promener, avec Stendhal, un miroir sur une grande route[1] que de créer un univers correspondant à « *une vision personnelle du monde* » (Maupassant). Le romancier prestidigitateur séduit son lecteur et l'amène à partager son point de vue critique. Toutefois, si le roman nous touche encore aujourd'hui, c'est parce que son auteur y sonde les profondeurs de la nature humaine. C'est aussi parce que la composition de l'épilogue et la mise en scène des personnages témoignent de la portée universelle de l'art.

1. Stendhal : « *Un roman : c'est un miroir que l'on promène le long d'un chemin* » (voir p. 359).

SUJET DU BAC CORRIGÉ

La dissertation

SUJET

Œuvre : *Gargantua* de Rabelais – Parcours « Rire et savoir »

« *Faire rire, c'est faire oublier* », écrit Victor Hugo et il ajoute : « *Quel bienfaiteur sur la terre, qu'un distributeur d'oubli !* ».

Cette réflexion vous semble-t-elle éclairer le pouvoir du rire dans *Gargantua* de Rabelais ? Vous prendrez appui sur *Gargantua*, sur les textes rencontrés en lien avec le parcours « Rire et savoir » ainsi que sur vos lectures personnelles.

Corrigé (plan détaillé)

Introduction rédigée

Lorsqu'on aborde *Gargantua*, une question ne tarde pas à surgir : pourquoi François Rabelais, religieux érudit, médecin renommé, éditeur et auteur de savants traités, a-t-il entrepris de publier quatre ouvrages qui mettent à l'honneur le rire, parfois le plus gras ? À cette question, Victor Hugo propose une réponse : « *Faire rire, c'est faire oublier* ». Et d'ajouter aussitôt : « *Quel bienfaiteur sur la terre, qu'un distributeur d'oubli !* ». Cette réponse, qui concerne Gwynplaine dans *L'Homme qui rit*, peut-elle éclairer aussi le pouvoir du rire dans *Gargantua* ?

Après avoir étudié la nature et les bienfaits de cet oubli, nous verrons que le rire, permet aussi de dénoncer le réel. Mais sans doute faut-il dépasser le divertissement et la satire pour chercher les bénéfices du rire du côté d'un art de lire et de vivre.

I « *Faire rire, c'est faire oublier* » : les bienfaits du divertissement

I-1 Le rire libérateur

Le rire permet de s'affranchir de la logique : La taille du héros est difficile à cerner. On le voit avaler des pèlerins perdus dans sa salade mais aussi se battre pied à pied contre les soldats de Picrochole.

Le rire bouscule les balises de la religion : lors de l'attaque du clos de Seuilly, Frère Jean substitue sans vergogne le « *service du vin* » au « *service divin* ».

La poésie n'échappe pas non plus au rire : Le chapitre consacré à la recherche du meilleur « *torchecul* » libère de la contrainte du rondeau.

L'affranchissement comme principe à Thélème : La règle est « *Fais ce que voudras* ».

I-2 Les vertus de l'inversion

Pour libérer les hommes d'une réalité sombre, le rire nous fait entrer dans un monde inversé, celui du carnaval qui, dans le calendrier chrétien, rompt les digues de la privation et de la soumission.

Ce **principe d'inversion** qui permet d'oublier le réel est aussi le ressort traditionnel de la comédie : Scapin chez Molière administre à son maître, enfermé dans un sac, une correction magistrale.

I-3 Le rire et la lecture

***Gargantua* est un vaste jeu avec les mots :** La jubilation du langage ouvre un champ de créativité où le lecteur vient partager les joies d'un univers redessiné par l'homme.

Chez Rabelais, plus que l'inversion, c'est souvent **l'invention** qui provoque le rire bienfaiteur : huit-cents mots de notre dictionnaire au moins font leur première apparition dans ses récits.

Le lecteur est entraîné dans un tourbillon libérateur : polynomie (plusieurs mots pour une seule chose), énumérations débordantes, jeux sur les sonorités.

II Faire rire, c'est révéler : la force de la satire

II-1 Les procédés de la satire

Rabelais adopte toutes les tonalités pour provoquer le rire et dénoncer.

– **Le vocabulaire scatologique :** la naissance du héros, son urine qui noie et ridiculise 260 418 Parisiens.

FRANÇAIS

– **Les clins d'œil savants** : Gargantua urine en *« soubriant »*, l'étymologie (*sub-ridere* : rire en dessous) est un clin d'œil qui ne relève pas du rire populaire. L'allusion aux mouches (chapitre XVI) qui symbolisent pour les humanistes les théologiens de la Sorbonne et désignaient déjà chez Cicéron les visiteurs importuns, est un autre clin d'œil savant.

– **L'onomastique** (le choix des noms propres) : Lasdaller, un pèlerin « las d'aller », Maître Thubal Holoferne, discrédité par *« Thubal »* qui signifie « confusion » en hébreu et par son nom emprunté à un général de Nabuchodonosor mort peu glorieusement de la vérole.

II-2 Les cibles de la satire

Rabelais **dénonce un savoir figé**, une éducation rétrograde à laquelle celle proposée par Ponocrates s'oppose en tous points.

Il **s'en prend aussi aux théologiens de la Sorbonne**, prisonniers d'un dogme strict, coupé des textes sacrés. Sans suivre totalement la Réforme, il défend un retour à l'esprit des Évangiles et se moque de la superstition, celle qui enrichit le commerce des reliques et nourrit de mauvaises raisons les pèlerinages. L'un des pèlerins ne s'est-il pas en réalité mis en route parce que sa femme était laide ?

La soif de conquêtes (Picrochole, rappelant Charles Quint) : Alcofribas Nasier couvre Picrochole de ridicule alors qu'il loue les efforts de Grandgousier pour parvenir à une conciliation. En 1853, Victor Hugo se moquera à son tour de Napoléon III.

II-3 Satire d'Alcofribas Nasier par Rabelais

Rabelais se sert de son narrateur pour **parodier** la littérature de foire, les histoires extravagantes et les prouesses des récits de chevalerie.

Il **prend ses distances avec la culture populaire médiévale**. La description des repas du jeune héros trouve sa place dans le chapitre XXI consacré à l'éducation des sophistes, Ponocrates, le bon précepteur préconisant, quant à lui, un repas *« sobre et frugal »*.

Le **prologue** : Rabelais ressemble plutôt à Socrate *« toujours buvant à tous et à chacun, toujours se moquant »*, mais *« toujours dissimulant son divin savoir »*.

III Faire rire, c'est faire vivre : les valeurs humanistes du rire

III-1 Faire rire, c'est célébrer la richesse de l'homme

Pour l'humaniste italien Pic de la Mirandole, ***« l'homme est une grande merveille »*** : le combat meurtrier (chapitre XXVII) est l'occasion de montrer à la fois la complexité du corps humain et l'étendue du savoir médical.

La diversité des formes (chronique, épopée et facétie), les avalanches lexicales, les hyperboles et distorsions célèbrent l'homme créé géant à l'image de Dieu.

III-2 Faire rire, c'est promouvoir la fraternité

Le **rire** instaure une communion des esprits et montre que tous doivent œuvrer pour le bien commun : *« La charité ne cherche pas son propre avantage »*, dit Frère Jean ; *« Le temps n'est plus de partir ainsi à la conquête des royaumes au grand dommage de son prochain »*, dit Pantagruel.

Le **livre** met en pratique cette fraternité qu'il célèbre : en écrivant *« de rire »* plutôt que *« de larmes »*, Rabelais médecin vient au secours du lecteur.

III-3 Faire rire, c'est ouvrir un accès à la sagesse

« Il est vrai qu'ici peu de perfection / Vous apprendrez, si n'êtes enclin à rire » avertit l'auteur. Les surprises du récit, comme la prophétie qui l'achève, interdisent toute interprétation unique.

Faire rire, c'est **mettre en mouvement le lecteur**, l'inviter à lire et vivre à la recherche du *« plus haut sens »*.

Conclusion rédigée

Les récits « pleins de pantagruélisme » de Rabelais occupent dans notre histoire littéraire une place particulière car nous n'avons jamais fini d'en élucider le *« haut sens »* au-delà de toutes les significations accessibles : bienfaits de l'oubli grâce à la fantaisie, surprise et libération de l'inversion, plaisir des mots affranchis du dictionnaire, dénonciation des carcans et des superstitions en tous genres, critique des prétentions et des ambitions guerrières au nom des valeurs humanistes. Le rire célèbre la grandeur de l'homme, un homme confiant et ouvert aux autres mais conscient de ses limites. Laissons à Flaubert le dernier mot : *« C'est quelque chose, le rire : c'est le dédain et la compréhension mêlés, et en somme la plus haute manière de voir la vie. »*

1 Discours, genres et tonalités

Le « **genre** » et la « **tonalité** » sont deux notions **spécifiquement littéraires** qui permettent de caractériser un texte et d'en comprendre les enjeux ; le « **discours** » est, quant à lui, une notion beaucoup plus large.

1 Les discours

On appelle « discours » toute parole orale ou écrite. Cette notion prend en compte l'**intention du locuteur (auteur, narrateur, personnage)**.

Discours narratif	Le locuteur **raconte** une histoire, qu'elle soit réelle ou fictive. Un certain temps s'écoule.
Discours descriptif	Le locuteur **décrit** un paysage, un objet, une personne (portrait). À la différence du discours narratif, la description s'apparente à un arrêt sur image.
Discours explicatif	Le locuteur **explique** un phénomène, une situation, un fonctionnement.
Discours argumentatif	Le locuteur cherche à faire partager son opinion à son destinataire en le **convainquant** avec des arguments et en le **persuadant** avec des procédés littéraires touchant sa sensibilité.

2 Les genres

Un genre regroupe des œuvres littéraires qui présentent des **caractéristiques formelles communes**.

A Les genres rattachés au discours narratif

La frontière entre les histoires vraies et la fiction n'est pas étanche, et certains auteurs choisissent de recourir à la fiction (« l'autofiction ») pour raconter leur propre vie.

Les récits d'histoires vraies	Compte-rendu historique ou journalistique, autobiographie ou biographie fidèles.
Les fictions	Apologues (à visée didactique) : conte, fable. Récits (sans visée didactique) : roman, nouvelle.

B Le théâtre et ses sous-genres

Le théâtre est destiné à être **représenté sur une scène** (voir p. 364). Les sous-genres théâtraux sont fonction des époques et de l'intention du dramaturge (auteur de théâtre) qui peut souhaiter amuser ou émouvoir le spectateur.

Comédie	Personnages du peuple, mariage, fin heureuse.
Tragédie	Personnages de haut rang, destin, issue fatale.
Tragi-comédie	Personnages de haut rang, destin, fin heureuse.
Drame (XIXe siècle)	Mélange des genres.

C La poésie

La poésie accorde une priorité à la beauté du texte et **utilise le langage d'une manière particulière**. Elle peut obéir à des règles (voir p. 321) ou, au contraire, s'en affranchir. Selon les époques et les poètes, elle joue un rôle différent mais elle cherche toujours à **susciter des émotions**.

D Les genres rattachés au discours argumentatif

L'**argumentation directe** prend la forme d'un essai ou d'un article de journal, alors que l'**argumentation indirecte** a recours à la fiction pour contourner la censure et/ou toucher son lecteur : roman, conte, fable, poème, pièce de théâtre…

3 Les tonalités

A Une tonalité qui joue la distance

Le rire établit une distance entre le thème traité et le lecteur ou le spectateur. La **tonalité comique** présente différents aspects qui peuvent s'associer :

Définition-clé

Tonalité : elle caractérise l'**effet produit** sur le destinataire. On distingue ainsi différentes tonalités en fonction de ce que ressent le lecteur ou le spectateur.

L'humour	Un sujet sérieux est traité de manière légère.
L'ironie	On laisse entendre le contraire de ce que l'on dit.
L'absurde	Les événements présentés et leur interprétation sont en décalage, si bien que ce qui se passe paraît incompréhensible.
Le burlesque	Un genre ou registre noble, comme l'épopée, est traité de façon ordinaire, voire vulgaire.
Le grotesque	Le bizarre et le monstrueux sont sources de comique.
La satire	Le rire est destiné à dénoncer.

B Des tonalités qui suscitent l'empathie ou le rejet

Différentes tonalités partagent cette proximité entre le thème traité et le lecteur/spectateur :

- **Tonalité pathétique.** Le texte touche le lecteur et l'invite à **avoir pitié** des personnages ou de la situation évoquée.
- **Tonalité tragique.** Le texte inspire au lecteur ***« terreur et pitié »*** (Aristote) en présentant des personnages victimes de la fatalité. La lutte qu'ils mènent est vaine, et l'issue fatale (la mort ou simplement l'échec) est programmée.
- **Tonalité épique.** Le texte met en avant les exploits d'un héros et les valeurs d'un peuple. Le registre épique caractérise le genre de l'épopée mais se rencontre également au théâtre et dans des romans.
- **Tonalité lyrique.** Le texte communique au lecteur les sentiments exprimés par l'auteur. Quand il s'agit de tristesse ou de nostalgie, on parle de **tonalité élégiaque.**
- **Tonalité polémique.** L'auteur prend position dans un débat d'idées et amène son destinataire à adopter son opinion en rejetant celles de ses adversaires.
- **Tonalité épidictique.** Le texte vante les qualités (un **éloge**) ou souligne les défauts (un **blâme**) d'un personnage ou d'une institution.

Conseil

Ne confondez pas **la tonalité comique,** qui vise à déclencher le rire, **et le genre de la comédie,** qui, lui, obéit à des règles formelles et ne provoque pas nécessairement le rire.

Conseil

Ne confondez pas **le genre de la tragédie** (théâtre) **et la tonalité tragique** (pas nécessairement au théâtre).

2 Les outils grammaticaux

Pour bien s'exprimer et bien comprendre les textes, il est nécessaire de **maîtriser les principaux outils grammaticaux** de notre langue.

1 Les classes grammaticales (natures)

A Les mots invariables

Adverbes	*Lentement, vite, loin, aujourd'hui, enfin…*
Prépositions	*À, après, avant, avec, dans, de, derrière, dès, devant, en, par…*
Conjonctions de coordination	*Et, mais, ou, donc, or, car, pourtant, ni…*
Conjonctions de subordination	*Puisque, étant donné que, si bien que, lorsque, quand bien même…*
Interjections	*Ah !, Oh !, Eh bien !, Hélas !, Parbleu !…*

B Les mots variables

- **Les noms** communs et les noms propres.
- **Les pronoms remplacent** un nom, un adjectif, une proposition.

  Ex. : « Es-tu prêt ? – Je le suis. » *(Le pronom* le *remplace l'adjectif* prêt.*)*

Pronoms personnels	*Je, tu, il, on, elle, nous, vous, me, moi, le, la, en, y…*
Pronoms possessifs	*Le mien, le tien, le sien, le nôtre, le leur…*
Pronoms démonstratifs	*Celui, celui-ci, celui-là, celle, celle-ci, ceux, ceux-là, ceci, cela, ce…*
Pronoms indéfinis	*Chacun, les uns, personne, rien, la plupart, les mêmes…*
Pronoms relatifs	*Qui, que, quoi, dont, où, lequel, duquel, à laquelle, desquels...*
Pronoms interrogatifs	*Qui, que, quoi, lequel, duquel, à laquelle…*

- **Les déterminants** accompagnent un nom dont ils **précisent** le genre et le nombre.

Déterminants démonstratifs	*Ce, cet, cette, ces, ce …-ci, cet …-là…*
Déterminants possessifs	*Mon, ton, son, ma, ta, sa…*
Déterminants indéfinis	*Chaque, tout, l'autre…*
Adjectifs numéraux cardinaux	*Un, deux, trois…*
Articles	Articles indéfinis : *un, une, des.* Articles définis : *le, la, les,* l'article défini élidé *l'* et les articles définis contractés *au* (= *à* + *le*), *du* (= *de* + *le*), *des* (= *de* + *les*). Articles partitifs : *du, de la, de l'.*

Conseil

Ne confondez pas les **déterminants** (placés devant un nom) et les **pronoms** (qui jouent un rôle de remplaçants).
Ex. : Je leur ***(pronom personnel)*** demande leur ***(déterminant possessif)*** avis.

- **Les adjectifs** viennent **préciser le sens** d'un nom ou d'un pronom. Ils peuvent se mettre au **comparatif** ou au **superlatif**.

  Ex. : Pierre est **plus** petit **que** Paul. (comparatif)
  Pierre est **vraiment/très** petit. (superlatif)

- **Le verbe** exprime une **action** ou un **état**.

  Ex. : Écrire *(action)* ; paraître *(état).*

FRANÇAIS

2 Les fonctions

La fonction d'un mot, c'est **son rôle dans la phrase**.

Sujet du verbe	***Je*** *serai là demain.*
Compléments d'objet du verbe	COD : *Je lis* ***un roman****.* COI : *Tu ressembles* ***à ton frère****.*
Complément d'agent (voix passive) du verbe	*Il fut admiré* ***de tous****.*
Compléments circonstanciels (lieu, temps, manière, moyen, cause, but, conséquence, comparaison, concession, condition…)	*Il se lève* ***à sept heures*** (CC de temps) ***par habitude*** (CC de cause).
Attribut du sujet	*Il deviendra sûrement* ***médecin****.* *Ce travail est* ***intéressant****.*
Attribut du COD	*Je trouve ce roman* (COD) ***très étrange****.*
Complément du nom	*Un roman* ***d'aventures****.*
Complément de l'adjectif	*Ce coureur est beaucoup plus rapide* ***que moi****.*
Apposition au nom	*Voltaire,* ***l'auteur de*** **Candide**. ***Intéressant****, son travail l'a absorbé toute la journée.*
Épithète du nom (pour un adjectif)	*Il effectue un travail* ***intéressant****.*

3 La conjugaison des verbes

A Les temps de l'indicatif

Temps simples		Temps composés	
Présent	*Je finis*	**Passé composé**	*J'ai fini*
Futur	*Je finirai*	**Futur antérieur**	*J'aurai fini*
Imparfait	*Je finissais*	**Plus-que-parfait**	*J'avais fini*
Passé simple	*Je finis*	**Passé antérieur**	*J'eus fini*

B Les temps du subjonctif

Temps simples		Temps composés	
Présent	*Que je parle*	**Passé**	*Que j'aie parlé*
Imparfait	*Que je parlasse*	**Plus-que-parfait**	*Que j'eusse parlé*

C Les temps du conditionnel

Temps simples		Temps composés	
Présent	*Je raconterais*	**Passé 1re forme**	*J'aurais raconté*
		Passé 2e forme	*J'eusse raconté*

D Les temps de l'impératif

Il existe un **présent** et un **passé** de l'impératif. Les verbes ne se conjuguent qu'à trois personnes.

Ex. : Présent : *Cours, courons, courez.* – Passé : *Aie couru, ayons couru, ayez couru.*

E Les valeurs des modes

• **L'indicatif** est le mode des actions certaines.

• **Le subjonctif** exprime une action qui ne se réalisera peut-être pas car elle dépend d'une volonté, d'un souhait.

Ex. : Je veux que tu viennes. *(Tu ne viendras pas nécessairement.)*

• **Le conditionnel** exprime une action incertaine car soumise à la réalisation d'une hypothèse.

Ex. : Si tu étais prêt, nous **partirions**.

Il peut aussi avoir une valeur temporelle de futur dans le passé.

Ex. : Il a promis qu'il **viendrait**.

• **L'impératif** exprime l'ordre, l'interdiction, la prière ou le conseil.

F Les valeurs des temps

• **Le présent de l'indicatif**

Présent de l'énonciation	*Aujourd'hui, je **rédige** mon devoir.*
Passé récent ou futur proche	*Il **sort** à l'instant. Il **revient** bientôt.*
Présent d'habitude	*Il **se lève** toujours à sept heures.*
Présent de vérité générale	*Flaubert **est** un romancier du XIXe siècle.*
Présent de narration	*Napoléon **fait route** vers Milan.*

• **Le futur.** Il exprime **une action qui va se produire**. Parfois, le futur a une valeur proche de l'impératif (ordre ou conseil).

Ex. : Tu **viendras** me voir à la récréation.

• **L'imparfait.** Il exprime **une action passée non limitée dans le temps**. C'est le temps de l'**arrière-plan**, de la description ; il peut aussi exprimer une **habitude** (imparfait itératif).

• **Le passé simple.** Il exprime **une action passée limitée dans le temps**. C'est le temps du récit. Il permet, notamment, d'exprimer des actions qui se succèdent.

• **Les temps composés** expriment une **action antérieure à une action exprimée au temps simple correspondant**.

Ex. : Aujourd'hui, je **vais** au musée ; hier, **je suis allé(e)** au cinéma.

G La voix active et la voix passive

• **À la voix active,** le sujet est actif : il **fait l'action**.

• **À la voix passive,** le sujet est passif : c'est le **complément d'agent** qui effectue l'action exprimée par le verbe.

Ex. : a) Le loup *(sujet)* dévore l'agneau *(COD)*.
Le verbe est au présent de la voix active.
b) L'agneau *(sujet)* est dévoré par le loup *(C. d'agent)*.
Le verbe est au présent de la voix passive.
c) L'agneau a été dévoré par le loup *(C. d'agent)*.
Le verbe est au passé composé de la voix passive.

Conseil

Ne confondez pas, particulièrement aux temps composés, **voix active** et **voix passive.** On reconnaît une forme verbale passive à ce qu'elle est suivie, ou peut être suivie, par un complément d'agent (on peut lui adjoindre *« par quelqu'un »*).

FRANÇAIS

H La forme pronominale

On parle de « forme pronominale » (réfléchie ou réciproque) lorsque le pronom sujet et le pronom complément désignent **la même personne**.

Ex. : **Tu te** regardes dans le miroir. *(forme réfléchie)*
Ils se parlent. *(forme réciproque)*

4 La phrase

A Les modalités

Modalité déclarative	La phrase se termine par un point et délivre une information.
Modalité interrogative	La phrase se termine par un point d'interrogation et exprime une question.
Modalité injonctive	La phrase se termine par un point ou un point d'exclamation et exprime un ordre.
Modalité exclamative	La phrase se termine par un point d'exclamation et exprime un sentiment, une émotion ou une sensation.

Définition-clé

L'**interrogation rhétorique** est une question qui n'attend pas de réponse. Elle manifeste une émotion, invite le lecteur à réagir.
Ex. : Qui pourrait imaginer une pareille situation ?

Pour mettre une phrase à la forme négative, on utilise deux mots, en général des adverbes, parfois un pronom.

Ex. : Je **n'**ai **pas** lu ce roman. – **Personne** *(pronom)* **ne** me parle sur ce ton.

B Les types de phrases selon le nombre de verbes conjugués

Phrase non verbale ou nominale	Elle ne comprend aucun verbe conjugué.
Phrase simple	Elle comprend un et un seul verbe conjugué.
Phrase complexe	Elle comprend plusieurs verbes conjugués, donc plusieurs propositions. Ces propositions peuvent être juxtaposées (placées côte à côte sans aucun lien), coordonnées (reliées par une conjonction de coordination) ou encore liées par un rapport de subordination.

C Les propositions

- **Les propositions indépendantes** se suffisent à elles-mêmes.

  Ex. : La syntaxe est simple ; les propositions indépendantes sont les plus nombreuses.
  (Cette phrase est composée de deux propositions indépendantes juxtaposées.)

- **Les propositions principales** dirigent une ou plusieurs autres propositions appelées « subordonnées ».

- **Les propositions subordonnées** dépendent des propositions principales.

  Ex. : [La syntaxe est élaborée] [**parce que** les propositions subordonnées sont nombreuses.]
  (Prop. principale) *(Prop. subordonnée)*

On distingue plusieurs sortes de propositions subordonnées : **relatives** (introduites par un pronom relatif), **conjonctives** (introduites par une conjonction de subordination) et **interrogatives indirectes** (introduites par un adverbe ou un pronom interrogatif).

Quelques subordonnées conjonctives circonstancielles :

Subordonnée de condition	***Si tu es d'accord***, *nous allons au cinéma.*
Subordonnée de cause	*Nous allons au cinéma* ***parce qu'il pleut.***
Subordonnée de conséquence	*Il pleut,* ***si bien que nous allons au cinéma.***
Subordonnée de but	*Nous appelons Zoé* ***pour qu'elle nous rejoigne.***
Subordonnée de comparaison	*Je me promène* ***comme le font les escargots.***
Subordonnée d'opposition	***Bien qu'il pleuve,*** *je me promène.*

• **Attention** à la construction de la **subordonnée interrogative indirecte** : le sujet n'est pas inversé comme dans l'interrogation directe.

Ex. : Quelle position défend l'auteur ? → Nous verrons **quelle position l'auteur défend**.

Bien qu'elles ne soient pas centrées sur un verbe conjugué, on parle de « proposition infinitive ou participiale » quand l'infinitif ou le participe ont un sujet différent du sujet principal.

Ex. : Ce matin, **j'**ai entendu [**les oiseaux** chanter]. – [**L'hiver** venu], **la cigale** eut faim.

5 L'énonciation

• **On appelle « énonciation » toute communication, orale ou écrite, avec des mots.** Elle suppose un **locuteur** et un **destinataire** et s'inscrit dans un certain **contexte spatio-temporel** (où et quand).

• **Différents indices de l'énonciation** renvoient au locuteur ou au destinataire : **pronoms personnels** *(je, nous, me, moi…)*, **pronoms possessifs** *(le mien, le tien…)* et **déterminants possessifs** *(ma, ta…)*. L'**apostrophe** peut aussi désigner le destinataire : *« Cher ami… »*

> **Rappel**
>
> **Attention !** tous les indicateurs de lieu ou de temps ne sont pas des indices de l'énonciation :
> • *aujourd'hui* et *demain* se définissent par rapport au moment où je parle (énonciation) ;
> • *ce jour-là* ou *la veille* ne se définissent pas par rapport au moment où je parle : ce ne sont pas des indices de l'énonciation.

• **La double énonciation.** Il arrive parfois que se superposent, dans un même texte, plusieurs situations d'énonciation. La double énonciation est **un phénomène courant au théâtre** car, tandis qu'un personnage s'adresse à un autre personnage, l'auteur parle à son public.

3 Les outils stylistiques

Le **style** d'un écrivain caractérise sa façon particulière de jouer avec les procédés grammaticaux et le lexique afin de donner plus de force ou d'émotion à ce qu'il exprime.

1 La phrase

A L'enchaînement des phrases

• **Enchaînement chronologique.** Dans un récit, les actions peuvent s'enchaîner chronologiquement. On peut alors relever les **indices temporels** *(alors, ensuite…)*.

• **Enchaînement logique.** Les phrases peuvent également s'enchaîner de manière logique : les **connecteurs logiques** peuvent être des conjonctions de coordination *(car, mais…)*, des adverbes *(puis, pourtant…)* ou des conjonctions de subordination *(parce que, comme…)*.

• **La parataxe.** Lorsque 2 phrases ou 2 propositions sont posées côte à côte sans que soit explicite le rapport qui les unit, on parle de **« parataxe »** ou d'**« asyndète »** (absence de liaison).

Ex. : Il pleut ; nous travaillons. *(Lien implicite : de cause à conséquence.)*

B La syntaxe

L'énumération	Des termes de même nature se succèdent.	*Il avait lu Balzac, Flaubert, Zola…*
Le parallélisme	Des constructions ou des termes de même sens sont juxtaposés.	*« Il n'avait pas de fange en l'eau de son moulin, / Il n'avait pas d'enfer dans le feu de sa forge »* (Hugo).
Le chiasme	Il consiste à croiser des termes de même nature grammaticale ou de sens équivalent.	*« Il faut manger pour vivre et non pas vivre pour manger. »*
L'ellipse	Elle consiste à supprimer certains mots grammaticalement attendus.	*« Je t'aimais inconstant ; qu'aurais-je fait fidèle ?* [= si tu avais été fidèle] » (Corneille).
L'anacoluthe	Elle est une rupture de la syntaxe.	*« Exilé sur le sol au milieu des huées, / Ses ailes de géant l'empêchent de marcher »* (Baudelaire). *« Exilé »* devrait se rapporter à *« ailes »* et donc s'écrire *« exilées »* ; il se rapporte, en fait, au possesseur des ailes : le poète.

2 Le lexique

A Le sens des mots

• Un **champ lexical** regroupe l'ensemble des mots qui se rapportent à la **même notion**. On parlera, par exemple, du champ lexical de la joie, de l'amour ou, plus concrètement, de la ville ou du jardin.

Attention !

Il ne faut pas confondre le **champ lexical** d'une notion et la **famille** d'un mot : *familial*, et *généalogie*, *ascendant* appartiennent au champ lexical de la famille, tandis que *familial* et *familier* sont des mots de la même famille.

- Le **champ sémantique** d'un mot est l'ensemble des différentes significations possibles de ce mot. En effet, la plupart des mots ont plusieurs sens ; on dit qu'ils sont **« polysémiques »** et on parle de la **« polysémie »** d'un mot. Par exemple, le cœur désigne l'organe qui assure la circulation sanguine, un lieu central (« le cœur d'une ville »), le siège des sentiments, ou de la mémoire (« par cœur »), le courage (« du cœur à l'ouvrage »).
- On distingue le **sens dénoté,** objectif et commun à tous, du **sens connoté**, qui, plus subjectif, varie selon les locuteurs et les destinataires. Par exemple, une des connotations de *blanc* est « la pureté ».

Conseil

L'étude des procédés ne se réduit pas à un relevé ; il faut montrer comment les figures de style contribuent au sens du texte.

B Les procédés de comparaison

La comparaison	Deux éléments sont rapprochés par un outil de comparaison *(comme…)*.	*« La Terre est bleue comme une orange »* (Eluard).
La métaphore	La comparaison est implicite ; l'outil de comparaison est absent, et, souvent, le comparé n'est pas là non plus. La métaphore filée se poursuit sur plusieurs termes.	*« Cette faucille d'or »* (Hugo), pour désigner la Lune.

C Les procédés d'animation

La personnification	Elle présente une chose ou un animal sous les traits d'une personne.	La Fontaine a souvent recours à ce procédé dans ses fables.
L'allégorie	Elle est une représentation concrète, donc plus compréhensible, des divers aspects d'une idée.	*« Mon beau navire ô ma mémoire »* (Apollinaire).

D Les procédés de substitution

La périphrase	Plusieurs termes viennent se substituer à un mot unique.	Ulysse, *l'homme aux mille ruses.*
La métonymie	Un mot est remplacé par un autre mot dont le sens est logiquement proche du premier.	*Les cordes* pour désigner les instruments à cordes.
La synecdoque	Elle est une forme de métonymie : on remplace la partie par le tout ou le tout par la partie.	*Boire un verre* pour désigner le contenu du verre.

E Les procédés d'opposition

L'antithèse	Des constructions ou des termes s'opposent.	*« Paris est tout petit / C'est là sa vraie grandeur »* (Prévert).
L'oxymore ou alliance de mots	Elle associe deux termes antithétiques.	*« Voilà un beau jeune vieillard pour quatre-vingt-dix ans ! »* (Molière).
L'antiphrase	Une expression dit le contraire de ce que l'on veut signifier.	*« Ô ministres intègres ! »* (Hugo). Ruy Blas dénonce la corruption.
La prétérition	Elle consiste à délivrer une information en disant qu'on ne va pas la donner.	*Je ne vous rappellerai pas que la tragédie naît au ve siècle avant Jésus-Christ.*

F Les procédés d'insistance ou d'atténuation

L'hyperbole	Elle amplifie les termes.	*Je meurs d'ennui.*
L'anaphore	Elle est une forme particulière de répétition : le mot (ou l'expression) repris(e) est situé(e) en tête de phrase ou de vers.	*« J'ai vu lever le jour, j'ai vu lever le soir, / J'ai vu grêler, tonner, éclairer et pleuvoir, / J'ai vu peuples et rois, et depuis vingt années / J'ai vu presque la France au bout de ses journées »* (Ronsard).
La gradation	Les termes suivent une progression.	*« Va, cours, vole, et nous venge ! »* (Corneille).
La litote	Elle dit le moins pour suggérer le plus.	*« Va, je ne te hais point »* (Corneille). Chimène avoue ainsi son amour à Rodrigue.
L'euphémisme	Il atténue le côté déplaisant d'une réalité ou d'une idée.	*Il nous a quittés* pour « Il est mort ».

G Les sonorités

Un son à lui tout seul n'est pas significatif ; c'est la répétition de ce son qui peut être évocatrice.

- **L'allitération** est la répétition d'une même **consonne** ou d'une même catégorie de consonnes ; on pourra, par exemple, parler d'« allitération en dentales » (répétition de *t* et *d*).
- **L'assonance** est la répétition d'un même **son « voyelle »** (*a, i*… mais aussi *an, on*…).

H Quelques suggestions d'interprétations des procédés

Le tableau qui suit donne de simples pistes : votre interprétation est, avant tout, liée au sens du texte.

Procédés	Interprétations : le procédé permet de…
Répétition, anaphore, parallélisme, chiasme, allitération, assonance…	• Insister sur un terme ou une idée. • Créer un certain rythme.
Allégorie, personnification	• Rendre le texte vivant. • Rendre l'idée accessible. • Toucher le lecteur.
Hyperbole	• Impressionner le lecteur. • Ridiculiser ce qui est évoqué.
Euphémisme, périphrase	• Éviter de dire, de façon crue, une réalité difficile.
Comparaison et métaphore	• Dire ce que l'on a du mal à exprimer avec les mots ordinaires. • Surprendre le lecteur pour le toucher. • La métaphore peut être une véritable métamorphose : le regard de l'écrivain modifie le monde.
Antithèse et oxymore	• Surprendre le lecteur. • Choquer le lecteur.

4 Les principaux mouvements littéraires

Les œuvres, d'une manière ou d'une autre, se définissent par rapport à des mouvements littéraires et esthétiques français ou européens.

IXe-XIVe siècles →	XVe-XVIe siècles →	XVIIe siècle →	XVIIIe siècle →	XIXe siècle →	XXe siècle
Littérature médiévale	Humanisme	Baroque, classicisme	Lumières	Romantisme, réalisme, naturalisme	Surréalisme, absurde

1 Le Moyen Âge

Au début du Moyen Âge, on ne distingue pas la poésie et le récit. La **chanson de geste**, qui glorifie les valeurs du chevalier guerrier (XIe siècle), fait progressivement place à une **poésie lyrique**, qui idéalise la femme (XIIIe siècle). Puis les longs récits en vers, guerriers ou courtois, sont remplacés par des poèmes plus courts (XIVe-XVe siècles).

2 Le XVIe siècle

La Renaissance, tout imprégnée des œuvres antiques, prend l'Italie comme modèle.

A L'humanisme

L'humanisme met l'homme au cœur de ses préoccupations et affirme sa confiance, plus nuancée après les guerres de Religion, dans l'humanité.

Auteurs-clés

- **Humanisme :** Rabelais (v. 1494-1553), Montaigne (1533-1592)…
- **Pléiade :** Du Bellay (1522-1560), Ronsard (1524-1585)…

B La Pléiade

Les poètes de la Pléiade défendent les qualités de la langue française et renouvellent la poésie.

3 Le XVIIe siècle

Le XVIIe siècle prend pour modèle l'« **honnête homme** », un homme sociable et cultivé.

Auteurs-clés

- **Baroque :** Cervantès (1547-1616), Shakespeare (1564-1616), Théophile de Viau (1590-1626)…
- **Classicisme :** La Fontaine (1621-1695), Molière (1622-1673), Pascal (1623-1662), Racine (1639-1699)…

A Le baroque

Le mouvement baroque s'étend dans toute l'Europe et touche la littérature française dans la première moitié du XVIIe siècle. On le reconnaît à son goût pour l'illusion, le foisonnement, l'exubérance, les jeux de miroir qui expriment toute la complexité du monde.

B Le classicisme

Le classicisme, qui prône la mesure et l'équilibre, est, sous le règne de Louis XIV, une réaction spécifiquement française à l'esthétique baroque.

4 Le XVIIIᵉ siècle et les Lumières

Les Lumières sont d'abord un mouvement d'idées : le « philosophe » réfléchit par lui-même et se met en quête de la vérité ; il revendique sa liberté et dénonce les abus.

> **Auteurs-clés**
> Montesquieu (1689-1755), Voltaire (1694-1778), Rousseau (1712-1778), Diderot (1713-1784), Beaumarchais (1732-1799)…

5 Le XIXᵉ siècle

Le siècle qui suit la Révolution française connaît une grande instabilité politique et de grands bouleversements sociaux, économiques et esthétiques.

A Le romantisme (poésie, théâtre)

Dans la première moitié du siècle, le romantisme, sous l'égide de Victor Hugo, rejette l'esthétique classique et affirme la primauté de la sensibilité.

> **Auteurs-clés**
> • **Romantisme :** Chateaubriand (1768-1848), Lamartine (1790-1869), Hugo (1802-1885), Musset (1810-1857)…

B Le réalisme (roman)

En réaction au lyrisme et à l'idéal romantique, l'écrivain réaliste veut représenter la réalité.

> **Auteurs-clés**
> • **Réalisme :** Balzac (1799-1850), Flaubert (1821-1880)…
> • **Naturalisme :** Zola (1840-1902), Maupassant (1850-1893)…

C Le naturalisme (roman)

Le naturalisme reprend le projet des réalistes et y ajoute une dimension scientifique.

D Le Parnasse (poésie)

En réaction à l'idéal romantique, le Parnasse prône « l'art pour l'art » et le culte de la beauté.

> **Auteurs-clés**
> • **Parnasse :** Leconte de Lisle (1818-1894), Heredia (1842-1905)…
> • **Symbolisme :** Verlaine (1844-1896), Mallarmé (1842-1898)…

E Le symbolisme (poésie)

Après Baudelaire et en opposition avec le naturalisme, les symbolistes expriment leur subjectivité et préfèrent suggérer plutôt que décrire avec précision.

6 Le XXᵉ siècle

A Le surréalisme (poésie)

La Première Guerre mondiale bouleverse les mentalités, et le surréalisme exprime ce désordre. Refusant les formes et les principes traditionnels, il accorde une grande place à l'inconscient.

B L'absurde

• **Pour les philosophes et romanciers** Jean-Paul Sartre (1905-1980) et Albert Camus (1913-1960), la vie de l'homme est absurde et ne peut tirer sa grandeur que de l'action.

• **Au théâtre,** l'absurde rejette les structures traditionnelles (intrigue, place de la parole…).

> **Auteurs-clés**
> • **Surréalisme :** Paul Eluard (1895-1952), André Breton (1896-1966), Louis Aragon (1897-1982)…
> • **Absurde :** Samuel Beckett (1906-1989), Eugène Ionesco (1909-1994)…
> • **Nouveau Roman :** Nathalie Sarraute (1900-1999), Alain Robbe-Grillet (1922-2008)…

C Le Nouveau Roman

Les nouveaux romanciers remettent en question les ressorts traditionnels du roman, dont les notions de « personnage » et d'« intrigue ».

5 Étudier les enjeux et les formes de la poésie

Poursuivant, au fil des siècles, l'étude de la poésie commencée en 2nde, le programme de 1re porte sur les transformations de l'écriture poétique depuis le XIXe siècle et amène à réfléchir sur les différents enjeux du genre. Pour bien **comprendre les ambitions des poètes** des XIXe, XXe et XXIe siècles, il est utile de se tourner vers les mythes et conceptions antiques qui nourrissent les différents projets.

1 Le regard de l'Antiquité sur la poésie

A Poésie et vérité

• **Homère, l'aède aveugle qui voit la vérité.** La tradition représente le légendaire aède (poète) Homère comme âgé et aveugle. L'*âge* est synonyme de « **sagesse** » et de « **connaissance** » ; quant à la cécité, étant aussi l'apanage des devins, elle signifie que le poète, incapable de voir la réalité ordinaire, perçoit **une autre vérité**, atteint le véritable sens du monde.

Étymologie

Poème : issu du grec *poiema*, ce mot désigne à la fois un objet fabriqué et le résultat d'une véritable naissance. Fabriquer et/ou donner vie : au fil des siècles, la définition du poète évolue entre ces deux pôles. Tantôt il est un **simple artisan du langage**, tantôt il est un **véritable démiurge**, plus proche des dieux que des hommes.

• **Apollon : art et vérité.** Apollon est le dieu à la fois de la Connaissance et des Arts, deux domaines que nous dissocions aujourd'hui mais que la poésie réunit. **Dieu de la Vérité,** Apollon s'adresse aux hommes en empruntant la voix des oracles, notamment celle de la pythie à Delphes. **Protecteur des arts,** il est aussi à l'origine de la lyre et la légende dit qu'il en offrit une à Orphée, figure mythologique du poète. Ainsi, la mythologie grecque, en associant art et vérité, exprime une conception ambitieuse de la poésie.

B Le pouvoir des poètes

• **Les Muses : inspiration divine et tradition.** Les neuf Muses de la mythologie sont les filles de Zeus et de Mnémosyne, la déesse de la Mémoire. Filles du dieu des dieux, elles confèrent à la connaissance et à la poésie une essence divine ; filles de Mnémosyne, elles nous rappellent que **la poésie a le pouvoir de garder en mémoire et de transmettre nos traditions et nos valeurs**.

• **Orphée et le pouvoir de la lyre.** Dans l'épisode de sa descente aux Enfers à la recherche d'Eurydice, Orphée charme, avec ses chants, les arbres qui lui montrent le chemin, ainsi que Cerbère, le terrible chien à trois têtes ; il obtient d'Hadès le retour d'Eurydice, à condition de ne pas se retourner pour la regarder ; mais le poète ne parvient pas à obéir et la perd définitivement. Ainsi, le mythe, tout en exprimant le **pouvoir supérieur du poète**, nous montre sa **fragilité**, voire son **désespoir**. Des courants se rattachent à cette **poésie orphique**.

▲ Augustin Pajou, *La Muse Terpsichore*, v. 1768.

Rappel

Le sculpteur **Pygmalion,** qui s'est consacré à son art au point d'ignorer les femmes, sculpte une statue si belle qu'il en tombe amoureux. Aphrodite, touchée par le talent de l'artiste, donne vie à l'œuvre sous les traits de Galatéa et lui permet de l'épouser. De même, le poète cherche à donner vie à son œuvre, à concurrencer, en un sens, les dieux ou le Dieu créateur.

FRANÇAIS

2 Les fonctions de la poésie

A Poésie, mémoire et société

• Filles de la déesse de la Mémoire, les Muses nous rappellent que l'une des fonctions de la poésie est de transmettre, de génération en génération, la culture d'un peuple.

• La versification et les divers procédés de reprise que l'on rencontre en poésie constituent des moyens mnémotechniques efficaces. À une époque où le livre n'existe pas, **les formes poétiques préservent la tradition, et le poète est chargé de célébrer les valeurs de son temps et le monde qui l'entoure**.

Ex. : C'est le cas pour l'*Iliade* et l'*Odyssée* d'Homère, mais aussi pour les épopées médiévales telles que *La Chanson de Roland* (XIe siècle) qui met en scène les valeurs de la chevalerie.

On retrouve cette célébration chez les romantiques et dans la poésie contemporaine, mais il s'agit souvent de louer la nature ou la femme.

B Le poète engagé dans les combats de son temps

Au fil des siècles, de nombreux poètes ont utilisé la force de la poésie pour exprimer leur engagement. Voici quelques exemples, au croisement de la littérature d'idées et de la poésie :

Théodore Agrippa d'Aubigné (1552-1630) dans *Les Tragiques* (1616)	Le poète protestant dénonce les massacres de la Saint-Barthélemy (1572) et l'intolérance religieuse.
Jean de La Fontaine (1621-1695) dans ses *Fables*	Dans « **Les Animaux malades de la peste** », le fabuliste critique le roi qui agit selon *« ses appétits gloutons »* et s'appuie sur la caution de la Cour.
Victor Hugo (1802-1885) dans *Les Châtiments*	**Le poète** s'en prend à Napoléon III et joue sur tous les registres (pathétique ou satirique) pour transmettre sa critique véhémente.
Les **poètes de la Résistance,** tels Paul Eluard et Louis Aragon	Les poètes ont mis leur art au service de la lutte contre l'occupant allemand. Le poème « Liberté » de Paul Eluard (*Poésie et Vérité*, 1942) est parachuté sur le sol français par des avions anglais.

C Poésie et langage

• « L'art pour l'art »

La poésie se caractérise par son utilisation particulière du langage ; sous la plume du poète, les mots ne sont plus des instruments invisibles : ils prennent couleur et vie car le poète est à leur service. En ce sens, la poésie est inutile : elle n'a d'autre but qu'elle-même. Telle est la position que défend, avec verve et humour, **Théophile Gautier** dans la célèbre préface de son roman *Mademoiselle de Maupin* (voir p. 327).

Après Gautier, **les poètes du Parnasse** érigent en école littéraire ce principe de « l'art pour l'art ».

• Travail de la forme et émotions : la mise en page.

Le travail de la forme, caractéristique de la poésie, suscite en nous des émotions. D'abord, la mise en page du poème bref au milieu de sa page capte notre attention et nous isole de notre environnement.

Ex. : C'est le cas des *Calligrammes* (1918) de Guillaume Apollinaire qui donnent au poème une forme figurative.

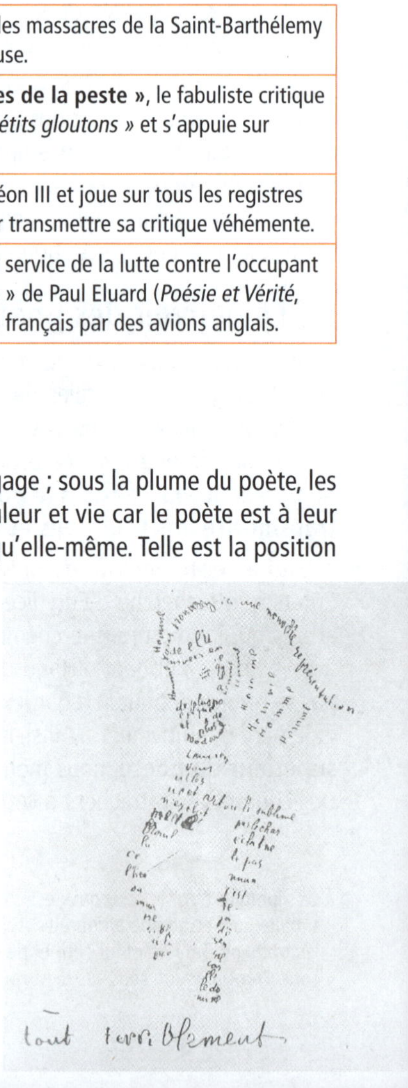

Calligramme de Guillaume Apollinaire. ▶

• **Travail de la forme et émotions : la musique.** Le poème est aussi (*« avant tout »*, écrit même Verlaine) musique ; les sonorités et les rythmes contribuent à rapprocher la poésie de la musique. Le poète, descendant d'Orphée, est également musicien.

Citation-clé

« De la musique encore et toujours !
Que ton vers soit la chose envolée
Qu'on sent qui fuit d'une âme en allée
Vers d'autres cieux à d'autres amours »
(Paul Verlaine, « Art poétique »,
in *Jadis et Naguère*, 1884).

• **Travail de la forme et émotions : les images.** Le poème peut aussi nous émouvoir grâce à ses images. Étonnantes chez les poètes surréalistes (*« La Terre est bleue comme une orange / Jamais une erreur les mots ne mentent pas »*, Paul Eluard, 1929), elles sont plus simples mais tout aussi émouvantes dans la poésie plus traditionnelle de Victor Hugo *(« Je ne regarderai ni l'or du soir qui tombe / Ni les voiles au loin descendant vers Harfleur »)*.

D Poésie et sentiments

Amoureux ou inconsolable, Orphée inaugure, avec sa lyre, la **poésie lyrique** : les vers sont destinés à exprimer, mieux que ne peut le faire notre langage ordinaire, les sentiments et les émotions. Avec ses mots, le poète nous fait partager ce qu'il ressent, et nous pouvons nous reconnaître en lui.

Ex. : Dans leurs poèmes d'amour, Eluard et Aragon (*Les Yeux d'Elsa*, 1942) sont les héritiers de cette tradition lyrique. On peut évoquer également Victor Hugo se souvenant, sur le mode élégiaque, de sa fille Léopoldine dans *Les Contemplations.*

E Poésie et connaissance (XIXe-XXe siècles)

• **Victor Hugo (1802-1885).** Chef de file du romantisme, Victor Hugo définit le poète comme un **prophète** chargé de comprendre la parole de Dieu *(« Dieu parle à voix basse à son âme »)* et de guider l'humanité *(« Peuples ! Écoutez le poète »)* (voir p. 327).

• **Charles Baudelaire (1821-1867).** La perspective chrétienne en moins, Baudelaire s'inscrit dans cette tradition du poète orphique **en quête d'un sens et d'un idéal**. Être supérieur comparé à un albatros (*« Le poète est semblable au prince des nuées »* dans *L'Albatros*), le poète aspire à l'idéal. Mais, comme pour Orphée qui perd Eurydice, cette quête d'absolu est vouée à l'échec, et le poète reste prisonnier du *« spleen »*, cet ennui profond qui l'étouffe comme un *« cachot humide »*.

• **Arthur Rimbaud (1854-1891).** Héritier de cette tradition et pourtant profondément révolutionnaire, Arthur Rimbaud ambitionne de se faire ***« voyant »*** afin de donner naissance à *« un verbe poétique accessible un jour ou l'autre à tous les sens »* et susceptible de *« not*[er] *l'inexprimable, de fix*[er] *des vertiges »* (voir p. 328).

• **André Breton (1896-1966) et les surréalistes.** Les surréalistes pensent, quant à eux, que la vérité se trouve dans **l'inconscient** et qu'il faut parvenir à libérer l'esprit de l'emprise de la raison pour réconcilier enfin les contraires (André Breton, dans *Vigilance*, parle de *« l'absence et la présence qui sont de connivence »*) et atteindre ainsi *« le cœur des choses »* (voir p. 330).

3 Les formes poétiques traditionnelles

A Les vers

• **Le décompte des syllabes.** À la fin d'un mot, le *e* se prononce quand le mot suivant commence par une consonne, mais il se fond dans la liaison quand ce dernier commence par une voyelle. À la fin d'un vers, le *e* ne se prononce pas.

Ex. : « Le mon__de est__ plein de gens qui ne sont pas plus sages ; / Tout bourgeois veut bâtir comme les grands seigneurs » (La Fontaine).

- **La diérèse.** Parfois, la mesure du vers impose une modification de la prononciation d'un mot qui va s'allonger grâce à la **diérèse**.

  Ex. : Ainsi, dans « La Grenouille qui se veut faire aussi grosse que le Bœuf », l'adjectif *« envieuse »*, qui est la clé de l'histoire, est allongé par une diérèse en même temps que la Grenouille grossit pour égaler le Bœuf : *« Envieuse, s'étend, et s'enfle, et se travaille. »*

- **Les principaux types de vers**

La poésie traditionnelle française a recours, essentiellement, à des **vers pairs** (nombre pair de syllabes) qui donnent une cadence régulière à la syntaxe. Les vers les plus courants sont l'**octosyllabe** (8 syllabes), le **décasyllabe** (10) et l'**alexandrin** (12).

Au XIXe siècle, Paul Verlaine vantera les mérites du **vers impair** :

Ex. : « Et pour cela préfère l'Impair
Plus vague et plus soluble dans l'air
Sans rien en lui qui pèse ou qui pose »
(Verlaine, « Art poétique », 1884).

Les vers sont souvent regroupés en strophes.
Lorsqu'un poète (La Fontaine ou Apollinaire, par exemple) a recours à plusieurs types de vers dans le même poème, on parle d'**« hétérométrie »**.

Types de vers	Types de strophes
dissyllabe : 2 syllabes	distique : 2 vers
trisyllabe : 3 syllabes	tercet : 3 vers
tétrasyllabe : 4 syllabes	quatrain : 4 vers
pentasyllabe : 5 syllabes	quintil : 5 vers
hexasyllabe : 6 syllabes	sizain : 6 vers
heptasyllabe : 7 syllabes	septain : 7 vers
octosyllabe : 8 syllabes	huitain : 8 vers
ennéasyllabe : 9 syllabes	neuvain : 9 vers
décasyllabe : 10 syllabes	dizain : 10 vers
hendécasyllabe : 11 syllabes	onzain : 11 vers
alexandrin/dodécasyllabe : 12 syllabes	douzain : 12 vers

- Selon le modèle classique, l'**alexandrin** est partagé en deux parties égales, les **hémistiches,** coupées par une **césure :**

  Ex. : « Que toujours, dans vos vers, // le sens coupant les mots
  Suspende l'hémisti//ch(e), en marque le repos » (Boileau).

- Les poètes romantiques, rejetant les modèles classiques, privilégient l'alexandrin ternaire : *« J'ai disloqué // ce grand niais // d'alexandrin »* (Hugo).

B Les rimes

- On peut distinguer les différentes rimes selon leur **qualité** :

Rimes pauvres	1 seul son commun *(rond/pont).*
Rimes suffisantes	2 sons communs *(rond/marron).*
Rimes riches	3 sons communs *(marron/larron).*

- On peut également étudier leur **disposition** :

Rimes plates ou suivies	Progression *aabb.*
Rimes croisées	Progression *abab.*
Rimes embrassées	Progression *abba.*

C Les procédés liés à l'enchaînement des vers

L'enjambement	La phrase – ou le groupe syntaxique – ne s'achève pas à la fin du vers ; la construction se poursuit dans le vers suivant.	« *Prophète ! si ta main me sauve* *De ces impurs démons des soirs* » (Hugo).
Le rejet	Un mot – ou un petit groupe de mots – est rejeté au vers suivant.	« *Serait-ce déjà lui ? C'est bien à l'escalier* *Dérobé. Vite ouvrons…* » (Hugo).
Le contre-rejet	Une phrase – ou une construction – commence tout à la fin d'un vers et se poursuit dans le vers suivant.	« *Souvenir, souvenir, que me veux-tu ?* *L'automne* *Faisait voler la grive à travers l'air atone* » (Verlaine).

D Quelques types de poèmes

• **La ballade,** apparue au Moyen Âge et adoptée par la **poésie lyrique**, est proche de la chanson. Elle comprend, le plus souvent, trois strophes de même structure (vers et rimes), un refrain (un vers qui se répète en fin de couplet) et un envoi.

• **L'ode.** Inspirée de l'Antiquité, l'ode fait son entrée dans la littérature à la Renaissance, notamment avec Ronsard. Utilisée pour écrire un **éloge** (*Ode à Cassandre* de Ronsard), c'est-à-dire **célébrer un personnage** ou un événement, elle comporte des strophes semblables (nombre et mesure des vers).

• **Le sonnet.** Forme importée d'Italie à la Renaissance, le sonnet est, sans doute, **la forme poétique la plus courante de la poésie française**. Écrit en alexandrins, il est composé de deux quatrains (strophes de quatre vers) et de deux tercets (strophes de trois vers). Les tercets sont unis par la rime et par la syntaxe.

4 La poésie libérée des contraintes

A Le poème en vers libres

• Au cours des siècles, les auteurs ont pris des libertés avec la versification ; déjà au XVIIe, l'hétérométrie et le jeu des enjambements libèrent la poésie de son carcan sous la plume de La Fontaine. Mais c'est dans la seconde moitié du XIXe siècle, avec Baudelaire (un épilogue en vers libre composé pour la 2e édition des *Fleurs du Mal*) et surtout Rimbaud (avec deux poèmes des *Illuminations* : « Marine » et « Mouvement »), que cette forme nouvelle apparaît.

• Au XXe siècle, certains poètes comme Apollinaire puis les surréalistes se débarrassent également de la ponctuation. **C'est alors au lecteur de participer à la création du poème** en y ajoutant son interprétation et son rythme. Au XXIe siècle, le vers libre est très répandu.

B Le poème en prose

La paternité du poème en prose est souvent attribuée à Baudelaire, qui a fortement contribué, avec son *Spleen de Paris*, à le faire connaître. En réalité, on rencontre des poèmes en prose chez le romantique Aloysius Bertrand (1807-1841).
Henri Michaux (*Plume*, 1938) et Philippe Jaccottet (*Cahier de verdure*, 1990) adoptent souvent cette forme poétique.

Rappel

Le **poème en prose** doit être distingué de la **prose poétique** que l'on peut rencontrer dans les romans. **Il forme, en effet, un tout, élaborant lui-même ses propres règles.**

6 La poésie au XIXe siècle

Après que les romantiques, autour des années 1830, ont rejeté la rigidité de l'esthétique classique, tout devient possible, et les poètes de la seconde moitié du XIXe siècle inventent de nouvelles formes qui préparent la poésie moderne.

Victor Hugo (1802-1885)	Théophile Gautier (1811-1872)	Charles Baudelaire (1821-1867)	Stéphane Mallarmé (1842-1898)	Paul Verlaine (1844-1896)	Arthur Rimbaud (1854-1891)

1 Le romantisme

A L'origine

• **Un mouvement venu d'Allemagne.** L'œuvre *De l'Allemagne* (1810) de Madame de Staël contribue à introduire en France le **romantisme allemand** ; l'auteur renoue également avec la tradition médiévale.

• **L'influence anglaise.** Les **romans anglais** qui font la part belle à l'imagination (le roman gothique) ou qui décortiquent les sentiments (Jane Austen, *Orgueils et Préjugés*) constituent, sans doute, aussi une source d'inspiration pour les écrivains français du début du siècle.

• **Les précurseurs**
Au XVIIIe siècle, la sensibilité examinée *(Les Confessions)* ou exprimée *(La Nouvelle Héloïse, Rêveries d'un promeneur solitaire)* par **Jean-Jacques Rousseau** annonce le romantisme.
François-René de Chateaubriand (1768-1848) est souvent considéré comme un préromantique : ses fictions montrent la place des sentiments et ses *Mémoires d'outre-tombe* expriment ses relations avec la nature, ses émotions, voire son malaise.

B Les caractéristiques du genre

• **Le *« mal du siècle »*.** Enthousiasmée par l'idéal révolutionnaire et les conquêtes napoléoniennes, la jeunesse de la Restauration (retour de la monarchie en 1815) ne trouve pas, ensuite, sa place dans une société qu'elle juge médiocre.

• **L'expression de soi**
L'artiste romantique, percevant le monde comme un reflet de sa sensibilité, **projette sur la nature ses sentiments exacerbés**. *« Chaque paysage est un état d'âme »*, écrit le Suisse allemand Amiel. Ainsi, Lamartine évoque l'automne pour exprimer sa tristesse :

Ex. : « Salut, derniers beaux jours ! Le deuil de la nature
Convient à ma douleur et plaît à mes regards »
(« L'Automne »).

La poésie devient la forme favorite de **l'épanchement lyrique**.

Citation-clé

« Condamnés au repos par les souverains du monde, livrés aux cuistres de toute espèce, à l'oisiveté et à l'ennui, les jeunes gens voyaient se retirer d'eux les vagues écumantes contre lesquelles ils avaient préparé leurs bras » (Musset, *La Confession d'un enfant du siècle*, 1836).

Rappel

Chez les romantiques, le **rythme binaire** classique de l'alexandrin (2 hémistiches de part et d'autre de la césure) est atténué par des enjambements ou remplacé par une cadence ternaire : *« Demain, dès l'aube, à l'heure où blanchit la campagne »* (Victor Hugo).

• Une conception ambitieuse de la poésie
Renouant avec Orphée (voir p. 321) et faisant du poète un prophète capable de pressentir l'avenir et de guider l'humanité, Victor Hugo a une conception ambitieuse de la poésie.

Ex. : *« Peuples ! écoutez le poète !*
Écoutez le rêveur sacré !
Dans votre nuit, sans lui complète,
Lui seul a le front éclairé ! »
(« Fonction du poète »,
in *Les Rayons et les Ombres*, 1840).

▲ Caspar David Friedrich, *Deux Hommes contemplant la Lune*, v. 1825-1830. Metropolitan Museum of Art, New York.

Chargé d'une mission, le poète doit agir dans son siècle. Le *« rêveur sacré »* est aussi un homme engagé contre la misère et l'oppression. Ainsi, en écrivant « Mélancholia », Victor Hugo défend la cause des enfants contraints de travailler, *« Accroupis sous les dents d'une machine sombre »* : *« Jamais on ne s'arrête et jamais on ne joue »*. Dans *Les Châtiments*, le poète en exil dénonce, sur une tonalité satirique (« Fable ou Histoire ») ou pathétique (« Souvenir de la nuit du 4 »), le coup d'État de Napoléon III.

• Les auteurs
Poésie et théâtre (voir p. 374) sont les genres privilégiés de la génération romantique dont **Victor Hugo** est le chef de file, accompagné notamment d'**Alphonse de Lamartine**, **Alfred de Musset**, **Alfred de Vigny** et **Gérard de Nerval**.

FRANÇAIS

2 « L'art pour l'art » et le Parnasse

Théophile Gautier, romantique à ses débuts, prend ses distances par rapport au mouvement qu'il a soutenu en demandant **à la poésie de ne pas avoir d'autre but qu'elle-même (« l'art pour l'art »)**. Il sera suivi, dans la seconde moitié du siècle, par les parnassiens, un mouvement dont la revue *Le Parnasse contemporain* est très admirée. **Le travail de la forme** est, pour eux, une priorité ; il débouche, parfois, sur une surenchère de procédés, mais certains poèmes ne laissent pas indifférent, comme « Les Conquérants » de José Maria de Heredia ou « Midi » de Charles-Marie Leconte de Lisle.

Ex. : *« Il n'y a de vraiment beau que ce qui ne peut servir à rien ; tout ce qui est utile est laid ; car c'est l'expression de quelque besoin ; et ceux de l'homme sont ignobles et dégoûtants, comme sa pauvre et infirme nature. L'endroit le plus utile d'une maison, ce sont les latrines »*
(Gautier, préface de *Mademoiselle de Maupin*, 1835).
Le poète pose, ici, les fondements de « l'art pour l'art » et dissocie le beau de l'utile.

3 Dans le sillage du romantisme

A Charles Baudelaire (1821-1867)

• Le déchirement entre « Spleen et Idéal ». Héritier d'Orphée et du *« rêveur sacré »* selon Hugo, Baudelaire conçoit le monde comme *« une forêt de symboles »*. En conciliant les sensations, le poète pourra participer à *« l'expansion des choses infinies »* (« Correspondances »). Mais, écrasé par le *« spleen »* (un ennui profond), il ne parvient pas à atteindre l'idéal.

• ***Les Fleurs du Mal* (1857).** Le recueil des *Fleurs du Mal*, qui valut à Baudelaire un procès et une censure, rassemble des poèmes qui expriment ce **douloureux déchirement entre « Spleen et Idéal »**, mais aussi des vers pleins de sensualité et d'autres qui posent un nouveau regard sur la réalité quotidienne (les *Tableaux parisiens* dans l'édition de 1861). Le titre du recueil montre que **la beauté de la poésie réside dans la poésie elle-même et non dans l'objet évoqué**.

• **Les poèmes en prose.** Le recueil posthume du *Spleen de Paris* (voir p. 325) marque une étape dans l'histoire de la poésie française en réunissant des poèmes en prose.

B Le symbolisme

Dans la seconde moitié du XIXe siècle, le symbolisme oppose à l'esprit positiviste en vogue son **goût pour la sensibilité et l'irrationnel.** Le monde ne se réduit pas à ce que nous percevons, et le symbole permet d'accéder à une vérité nouvelle. Le chef de file du symbolisme est Jean Moréas, mais les grands poètes qui s'apparentent à ce courant affirment, avant tout, un projet personnel en dehors de tout mouvement réglé.

C Arthur Rimbaud (1854-1891)

• Enfant précoce et poète adolescent, Rimbaud, après avoir rejeté la poésie à la mode (le Parnasse) qui l'avait un moment séduit, révolutionne le genre poétique en se lançant dans une expérience sans précédent (voir aussi p. 323).

• À 17 ans, il publie *Le Bateau ivre*, un long poème dans lequel, sous l'identité d'un navire, il se libère de toutes entraves, *« dispersant gouvernail et grappin »* pour découvrir *« la nuit verte aux neiges éblouies »* et voir *« quelquefois ce que l'homme a cru voir »*. Dans la lettre dite « du Voyant », écrite en 1871, il annonce que « Je *est un autre* » et que ***« Le Poète se fait voyant par un long, immense et raisonné dérèglement de tous les sens »***.

• Âgé de 21 ans, il renonce finalement à cette expérience de la folie *(« l'histoire d'une de mes folies »)* pour abandonner la poésie et partir en Afrique, sans prêter attention à la publication de ses poèmes.

D Paul Verlaine (1844-1896)

Compagnon de Rimbaud qu'il finira par blesser d'un coup de revolver, Verlaine cherche à émouvoir le lecteur par sa **musique** (voir p. 323) et ses images tout en **nuances** *(« Car nous voulons la Nuance encor, / Pas la couleur, rien que la nuance »,* « Art poétique »*)*.

Ex. : « Il pleure dans mon cœur
Comme il pleut sur la ville ;
Quelle est cette langueur
Qui pénètre mon cœur ? »
(Verlaine, « Il pleure dans mon cœur… », in *Romances sans paroles*, 1874).

E Stéphane Mallarmé (1842-1898)

Stéphane Mallarmé poursuit le travail de la forme entrepris par les parnassiens avec un projet beaucoup plus ambitieux. En quête du Livre par excellence, un idéal de beauté et de vérité, il propose des **poèmes ciselés et abstraits, proches de l'hermétisme**.

7 La poésie aux XXe et XXIe siècles

Avant même le grand bouleversement de la Première Guerre mondiale, les poètes, *« las de ce monde ancien »*, ont inventé de nouvelles voies tout aussi ambitieuses.

Guillaume Apollinaire (1880-1918)	Blaise Cendrars (1887-1961)	Paul Eluard (1895-1952)	André Breton (1896-1966)	Yves Bonnefoy (1923-2016)	Philippe Jaccottet (né en 1925)

1 Avant la guerre : « l'esprit nouveau »

• Guillaume Apollinaire (1880-1918)

Tout en exprimant ses sentiments dans une poésie lyrique, Apollinaire évoque la **modernité (« l'esprit nouveau »)** du siècle. La libération de la forme entamée dans la seconde moitié du XIXe siècle se poursuit et se généralise aux autres arts (le cubisme en peinture, par exemple). Apollinaire abandonne la ponctuation et explore les liens entre poésie et dessin en composant ses *Calligrammes* (1918).

Ex. : « À la fin tu es las de ce monde ancien
Bergère ô tour Eiffel le troupeau des ponts bêle ce matin
Tu en as assez de vivre dans l'antiquité grecque et romaine
Ici même les automobiles ont l'air d'être anciennes
La religion seule est restée toute neuve la religion
Est restée simple comme les hangars de Port-Aviation »
(Apollinaire, « Zone », in *Alcools*, 1913).

• Blaise Cendrars (1887-1961)

Se souvenant d'un voyage en Russie effectué à 16 ans, Frédéric-Louis Sauser, dit Blaise Cendrars, publie, en 1913, *La Prose du transsibérien et de la petite Jehanne de France*, un long poème illustré par Sonia Delaunay. Le vers libre métamorphose la forme ancienne de la ballade : **au croisement de la tradition et de la modernité**, la poésie réside dans le **mélange des arts**.

• Tradition et modernité. La poésie du début du siècle approfondit les **voies déjà ouvertes**. On retrouve ainsi, avec Saint-John Perse (Alexis Leger, 1887-1975), un lyrisme hérité des romantiques mais renouvelé par la quête d'une harmonie profonde entre la nature et l'Homme. S'inscrivent dans ce courant d'une poésie sensible et ambitieuse les poètes Pierre Reverdy ou Max Jacob.

Ex. : « Crusoé ! – ce soir près de ton Île, le ciel qui se rapproche louangera la mer, et le silence multipliera l'exclamation des astres solitaires »
(Saint-John Perse, « Images à Crusoé », in *Éloges*, 1909).

▲ Robert Delaunay, *Tour Eiffel*, 1910, Basel, Kunstmuseum.

2 Après la guerre : le surréalisme

A Le dadaïsme

Après l'euphorie des premières années du siècle, la Première Guerre mondiale provoque un sentiment d'absurdité. L'horreur et l'inutilité des combats appellent une révolte qui se traduit dans les arts. Le dadaïsme, conduit par Tristan Tzara, tourne en dérision les valeurs et les formes traditionnelles.

B Le surréalisme

Ainsi baptisé lors de la parution du *Manifeste du surréalisme* (1924), le surréalisme est un courant conduit par André Breton qui poursuit l'entreprise de destruction amorcée par Tzara tout en proposant de nouvelles valeurs. **L'amour et l'inconscient permettent d'atteindre une surréalité** que la raison et la conscience nous empêchent de rejoindre. S'affranchissant de la logique, poésie et peinture explorent de nouveaux territoires. Aux côtés de poètes comme **Paul Eluard** (1895-1952) ou **Louis Aragon** (1897-1982), on trouve les peintres Magritte ou Dali, le cinéaste Buñuel.

3 La Seconde Guerre mondiale : poésie et engagement

Durant la guerre, nombreux sont les poètes qui s'engagent du côté de la **Résistance** : Paul Eluard, Louis Aragon, René Char, Robert Desnos (mort en déportation)… Leurs poèmes célèbrent les héros de la lutte contre le nazisme et défendent les valeurs de la liberté. Leur engagement ne se réduit pas à la diffusion clandestine de leurs œuvres ; ils participent également aux missions sur le terrain.

Ex. : « Un homme est mort qui n'avait pour défense
Que ses bras ouverts à la vie
Un homme est mort qui n'avait d'autre route
Que celle où l'on hait les fusils »
(Paul Eluard, « Gabriel Péri », in *Au rendez-vous allemand*, 1945).

4 La diversité de la poésie contemporaine

A Des chemins variés

Francis Ponge (1899-1988) prend le parti des choses (*Le Parti pris des choses*, 1942. *La Rage de l'expression*, 1952). Chez lui, la croûte du pain *« façonnée »* dans le *« four stellaire* […] *en vallées, crêtes, ondulations, crevasses »* acquiert une dimension cosmique, tandis que l'on admire avec l'orange le *« fragile et rose ballon ovale »* et *« la forme parfaite du fruit »*. Le poète modifie notre regard sur le réel.

D'autres poètes, comme **Raymond Queneau** (1903-1976) et le groupe de l'**Oulipo** (Ouvroir de littérature potentielle), inventent de nouvelles contraintes formelles pour stimuler l'écriture poétique. La littérature devient jeu chez **Georges Perec** (1936-1982) ou **Jacques Prévert** (1900-1977) sans perdre de sa force émotive.

B Et aujourd'hui ?

La poésie n'est pas lettre morte malgré le triomphe du genre romanesque ; on peut évoquer **Philippe Jaccottet** (1925-2021), **Yves Bonnefoy** (1923-2016) ou **Hélène Dorion** (née en 1958) et rappeler que des revues et de nombreux sites, des manifestations comme « Le Printemps des poètes » ou des rencontres de slam continuent de faire vivre la poésie.

8 Étudier la littérature d'idées

Si la pensée mathématique abstraite ou la démarche scientifique expérimentale (la physique, par exemple) démontrent des vérités vérifiables, **les sciences humaines** et **la littérature d'idées,** quant à elles, **confrontent des opinions.**

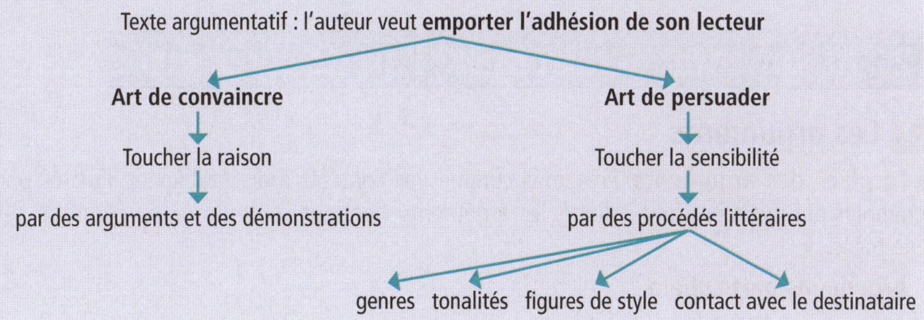

1 Littérature d'idées : enjeux et démarches

A Définition et enjeux

• **Un texte à comprendre dans son contexte.** Plus que tout autre, le texte d'idées (ou texte argumentatif) doit être situé dans son contexte car c'est souvent celui-ci qui explique les prises de position de l'auteur. Ainsi, on ne peut lire convenablement une fable de La Fontaine comme « Les Obsèques de la Lionne » sans connaître, au préalable, le fonctionnement de la Cour. Par conséquent, lorsqu'on aborde un texte d'idées, il est essentiel de **s'interroger sur l'identité de l'auteur et des destinataires visés ainsi que sur le contexte du propos.**

• **Un texte qui cherche à emporter l'adhésion du lecteur/spectateur.** Avec la seule force de la logique et des mots, il s'agit d'**amener quelqu'un à adopter un point de vue** qui n'était peut-être pas le sien au départ. La naissance de la démocratie athénienne (Ve siècle av. J.-C.) est aussi celle de la **rhétorique** qui permet de régler les conflits sans user de violence. La rhétorique antique distingue trois sortes d'éloquences :

L'éloquence judiciaire	Le discours s'adresse à des juges ; il s'agit d'accuser (le **réquisitoire**) ou, au contraire, de défendre (la **plaidoirie**) une personne ou une situation.
L'éloquence délibérative	Le discours s'adresse à une assemblée et pèse les différentes positions possibles avant de se prononcer pour une solution.
L'éloquence épidictique	Le discours trouve sa place dans une cérémonie au cours de laquelle il fait l'**éloge** ou le **blâme** d'une personne ou d'une situation. On peut citer, pour exemple, l'éloge de Jean Moulin par Malraux à l'occasion du transfert des cendres du résistant au Panthéon.

B Les démarches

• **Convaincre,** c'est toucher la **raison** du destinataire en présentant une **thèse** étayée par des **arguments**, eux-mêmes illustrés par des **exemples**. Lorsque le locuteur s'oppose à une thèse, on parle de **« réfutation »**.

• **Persuader.** Toucher la raison du destinataire s'avère souvent insuffisant si, par ailleurs, on n'atteint pas sa **sensibilité**. Tel est l'art de persuader grâce à des **procédés** littéraires : genres, tonalités, ressources grammaticales et stylistiques.

• **Délibérer.** La délibération suppose une discussion, une **confrontation** des différents points de vue. Elle peut prendre la forme d'un dialogue ou ne concerner qu'un seul individu qui, envisageant différentes perspectives, cherche à prendre la décision la mieux adaptée.

2 Argumenter et raisonner : l'art de convaincre

A Les arguments

• **La place des arguments.** Présentés comme des constats indiscutables et illustrés par des exemples qui montrent leur solidité, les arguments viennent soutenir ou, au contraire, réfuter une thèse.

• **Arguments particuliers**

L'argument *ad hominem* consiste à viser la personne que l'on critique plutôt que l'opinion qu'elle défend.

Ex. : En répondant à d'Alembert qui tentait d'apaiser sa colère contre Rousseau, Voltaire définit son ennemi comme *« un petit bout d'homme pétri de vanité »*.

On parle d'**« argument d'autorité »** quand on fait référence à des auteurs connus.

B Les raisonnements

• **Le raisonnement inductif** part d'observations particulières pour en tirer une conclusion plus générale.

Ex. : « Jetez les yeux sur toutes les nations du monde, parcourez toutes les histoires. Parmi tant de cultes inhumains et bizarres, parmi cette prodigieuse diversité de mœurs et de caractères, vous trouverez partout les mêmes idées de justice et d'honnêteté, partout les mêmes notions de bien et de mal. » Dans ce passage de l'*Émile* (1762), Jean-Jacques Rousseau s'appuie sur *« toutes les nations du monde »* pour tirer une morale universelle.

Rappel

Le **syllogisme** est un raisonnement déductif complexe et aisément détourné. Il comprend trois étapes : les **deux prémisses** et la **conclusion**.

Ex. : « Tous les hommes sont mortels ; or Socrate est un homme ; donc Socrate est mortel. »
Un syllogisme faux : « Tout ce qui est rare est cher ; or un cheval pas cher est rare ; donc un cheval pas cher est cher. »

• **Le raisonnement déductif,** à l'inverse du raisonnement inductif, **part d'une considération générale pour l'appliquer ensuite à un cas particulier**.

• **Le raisonnement par analogie** consiste à **rapprocher la situation à laquelle on s'intéresse d'une autre qui ne prête pas à débat afin d'en tirer des conclusions**.

Ex. : Molière a recours de façon amusante à ce type de raisonnement dans *Le Médecin malgré lui*, lorsqu'il compare les médecins aux cordonniers : *« Un cordonnier en faisant des souliers ne saurait gâter un morceau de cuir qu'il n'en paie les pots cassés ; mais ici l'on peut gâter un homme sans qu'il en coûte rien. »*

• **Le raisonnement par l'absurde.** On parle de « raisonnement par l'absurde » quand l'auteur **tire les conséquences absurdes de la thèse qu'il veut réfuter**.

Ex. : Dans *Le Meilleur des mondes* (1932), Aldous Huxley s'en prend aux dérives de la science en envisageant les conséquences effrayantes de son développement.

• **Le raisonnement concessif** consiste à **admettre certains des arguments de la thèse adverse** pour mieux conforter sa propre position.

3 L'art de persuader

A Le contact avec le destinataire

Les indices personnels	Pronoms personnels de 1re ou 2e personne, déterminants *(mon, votre)* ou pronoms *(le mien, le vôtre)* possessifs.
Les apostrophes	*Ex. : « Peuples ! Écoutez le poète ! »* (Hugo).
Les interrogations rhétoriques	*Ex. : « Qui ne fait châteaux en Espagne ? »*
Les modalisateurs	Les *peut-être* et les *sans doute* expriment la subjectivité de l'auteur.
Le vocabulaire affectif	Il exprime l'implication de l'auteur et touche le destinataire.

B Les figures de style (voir p. 316)

La comparaison, la métaphore	Elles touchent la sensibilité du lecteur et l'invitent à participer à la démarche argumentative.
Les figures de répétition, les procédés d'amplification et le jeu sur les rythmes	Ils donnent de la force au propos.
Les figures d'opposition (paradoxe, antithèse, oxymore)	Elles attirent l'attention du lecteur et peuvent le choquer pour l'amener à réagir.
La litote et l'ironie	Elles établissent une connivence entre l'auteur et le lecteur, qui doit déchiffrer les sous-entendus.

C Les tonalités

• La tonalité caractérisant, par définition, l'effet d'un texte sur son destinataire, il n'est pas étonnant de voir les auteurs en jouer pour toucher leurs lecteurs ou spectateurs.

• Ainsi, Marivaux (*La Vie de Marianne*, 1731) a recours à la **tonalité pathétique** pour émouvoir ses lecteurs et dénoncer une société souvent égoïste et hypocrite.

• De même, les **tonalités comique** (Rabelais par exemple) ou **satirique** (*Les Caractères* de La Bruyère) invitent le lecteur à se ranger du côté de l'auteur en considérant les travers de tel caractère ou l'absurdité de telle situation.

• Quant à la **tonalité polémique**, fortement présente chez Olympe de Gouges, prenant position dans un débat, elle se met aisément au service d'une thèse.

D Les genres : argumentations directe et indirecte

• Les auteurs ont recours à des genres variés pour défendre leurs positions :

– l'**argumentation directe** expose **explicitement** la thèse (le genre privilégié est l'**essai**) ;

– l'**argumentation indirecte** passe par le **détour de la fiction** (conte, fable, roman, théâtre…).

• Si des siècles de rhétorique ont démontré l'efficacité des procédés de style et des tonalités dans l'argumentation, on peut s'interroger sur l'efficacité du détour par la fiction. Que retenons-nous de *Candide* : la réflexion philosophique et la critique sociale ou bien les pérégrinations du personnage éponyme à la surface du globe ? En effet, si, d'un côté, la fiction séduit le lecteur et maintient son attention, d'un autre côté, ne l'accapare-t-elle pas au détriment de la thèse elle-même ?

• Il ne faut cependant pas oublier de prendre en compte la censure qui fait de l'argumentation indirecte une arme susceptible de franchir les contrôles.

9 L'argumentation directe

L'argumentation directe **défend des idées sans le détour de la fiction.** Elle prend principalement la forme de l'essai.

Montaigne, *Essais* (1580-1588)

Pascal, *Pensées* (1670)

Montesquieu, *De l'esprit des lois* (1748)

Diderot et l'*Encyclopédie* (1751-1772)

Rousseau, *Discours sur l'inégalité* (1755)

1 Lire ou étudier une argumentation directe

A Thème, thèse, arguments et exemples

Un essai traite d'un **thème**, et il est important de le dégager clairement. Dans l'extrait que vous lisez, s'agit-il de penser l'histoire (Montesquieu, *Considérations sur les causes de la grandeur des Romains et de leur décadence*, 1734), la politique (Montesquieu, *De l'esprit des lois*, 1748), la nature humaine (Montaigne, *Essais*) ? Dans le cadre de ce thème, l'auteur défend une **thèse** et s'appuie, pour cela, sur des **arguments** et des **exemples**.

B Un contexte historique

L'essai trouve sa place dans un débat d'idées, et l'auteur prend position par rapport à d'autres points de vue.

Ex. : Voltaire, dans l'article « Homme » du *Dictionnaire philosophique* (1764), s'oppose à la position que Rousseau expose dans le *Discours sur l'origine et les fondements de l'inégalité* (1755) : *« L'homme abandonné à la pure nature n'aurait pour tout langage que quelques sons mal articulés* [...]. *Il n'aurait pas plus de connaissance de Dieu et de l'âme que des mathématiques ; ses idées seraient renfermées dans le soin de se nourrir. L'espèce des castors serait très préférable. »*

C Un contexte biographique

Ajoutons au contexte historique les données biographiques. Ainsi, on comprendra mieux le combat mené par Olympe de Gouges en faveur des enfants non reconnus par leur père quand on connaît les circonstances de sa naissance. De manière générale, il est important de **mesurer le degré d'implication personnelle de l'auteur** et la part de **subjectivité** de ses propos.

Citation-clé

Écrire pour se comprendre : *« Me peignant pour autrui, je me suis peint en moi de couleurs plus nettes que n'étaient les miennes premières. Je n'ai pas plus fait mon livre que mon livre m'a fait, livre consubstantiel à son auteur, d'une occupation propre, membre de ma vie »* (Montaigne, *Essais*, livre II, 1588).

2 Diversité des formes et des projets

A Le choix de la forme brève

Le moraliste du XVIIe siècle **La Rochefoucauld** exprime ses préceptes et réflexions avec des **maximes**. La forme brève séduit, permet une lecture plus libre, favorise la méditation. Le lecteur est, en effet, invité à s'arrêter pour savourer la formulation autant que l'idée exprimée.

La forme concise et fragmentaire des ***Caractères*** de La Bruyère autorise un rythme de lecture personnel : il est possible de piocher un portrait ou un autre et de s'y arrêter pour réfléchir.

Les ***Pensées*** de **Pascal** réunissent également des fragments variés qui s'offrent à notre réflexion.

Ex. : « Que chacun examine ses pensées : il les trouvera toujours occupées au passé et à l'avenir. Nous ne pensons presque point au présent ; et, si nous y pensons, ce n'est que pour en prendre la lumière, pour disposer de l'avenir. Le présent n'est jamais notre fin ; le passé et le présent sont nos moyens ; le seul avenir est notre fin. Ainsi nous ne vivons jamais, mais nous espérons de vivre ; et, nous disposant toujours à être heureux, il est inévitable que nous ne le soyons jamais » (Pascal, *Pensées*, 1670).

B L'éloge paradoxal

Les auteurs, pour capter l'attention de leur lecteur au cours d'un essai, peuvent recourir à des anecdotes ou à des digressions, comme le fait Montesquieu dans *De l'esprit des lois* en abordant, sur le mode de l'**éloge paradoxal**, la question de l'esclavage.

> **Définition-clé**
> **Éloge paradoxal :** éloge qui, en réalité, sert à dénoncer un fait, un comportement…

Ex. : « Si j'avais à soutenir le droit que nous avons eu de rendre les nègres esclaves, voici ce que je dirais : "Les peuples d'Europe ayant exterminé ceux de l'Amérique, ils ont dû mettre en esclavage ceux de l'Afrique, pour s'en servir à défricher tant de terres.
Le sucre serait trop cher, si l'on ne faisait travailler la plante qui le produit par des esclaves" »
(Montesquieu, *De l'esprit des lois*, 1748).

C L'essai comme instrument d'interrogation

- Lorsqu'on parle d'« essai », on pense à des traités qui défendent une thèse, comme l'*Émile* de Rousseau ; il existe, en effet, de nombreux ouvrages composés pour défendre un point de vue.
- Mais la notion d'« essai » recouvre aussi une autre perspective : celle de la **réflexion**. L'auteur s'interroge, fait le point sur son existence. L'essai est plus proche alors de la méditation que de l'argumentation. C'est le cas des ***Essais*** de **Montaigne** : l'écriture est un **instrument de réflexion plus que de démonstration**, laissant la place à l'interrogation et au doute.

Si cette introspection peut intéresser le lecteur, c'est qu'il partage la même *« humaine condition »* que Montaigne. L'expérience et les réflexions personnelles acquièrent une portée universelle.

- Au XVIIIe siècle, la deuxième phrase de l'œuvre autobiographique de Rousseau, *Les Confessions*, rappelle qu'en s'étudiant soi-même on peut atteindre l'universel : *« Je veux montrer à mes semblables un homme dans toute la vérité de la nature ; et cet homme, ce sera moi. »*

10 Le dialogue argumentatif

Forme privilégiée du débat, le dialogue, quelle que soit sa forme littéraire, se prête bien à l'argumentation.

1 Le fonctionnement argumentatif du dialogue

A L'art de convaincre et d'interroger

• **Le dialogue didactique.** La fonction du **dialogue entre un maître et son disciple** est, en général, **didactique** : la forme dialoguée est alors davantage une mise en scène attrayante relevant de l'art de persuader.

Ex. : C'est ce qui se passe dans les *Entretiens sur la pluralité des mondes* (1686) de Fontenelle, au cours desquels le philosophe amène la Marquise à réfléchir. Dans sa préface, l'auteur présente son ouvrage destiné à transmettre ses connaissances en sciences physiques : *« J'avertis ceux pour qui ces matières sont nouvelles que j'ai cru pouvoir les instruire et les divertir tout ensemble. »*

Étymologie

« Heuristique » et **« maïeutique »** viennent, respectivement, des mots grecs ***eurestikos*** (« qui permet de découvrir ») et ***maieutikos*** (« art d'accoucher »).

• **Le dialogue heuristique** est, quant à lui, une **recherche** et non une démonstration. La confrontation des points de vue soulève des questions, et le lecteur nourrit sa réflexion ; le débat ne lui apporte pas une solution préfabriquée mais le guide dans ses analyses.

Ex. : Ainsi, les deux personnages, « Moi » et « Lui », du *Neveu de Rameau* de Diderot se quittent sans être parvenus à une conclusion commune.

Platon confère au dialogue heuristique une force particulière, celle de la **maïeutique :** Socrate interroge son interlocuteur et l'amène à dégager et approfondir ce qu'il savait implicitement.

B L'art de persuader

• **Des idées incarnées par des personnages.** Le dialogue est un moyen efficace pour **toucher la sensibilité du lecteur ou du spectateur**, car les personnages peuvent aisément incarner des idées. Les notions abstraites prennent corps, et le destinataire les comprend plus aisément.

• **L'efficacité de la double énonciation**

En général, l'**empathie** ou, au contraire, l'**antipathie** du lecteur/spectateur pour le personnage influent sur sa réception des idées exprimées. Les personnages mis en présence dans le dialogue ne sont, en réalité, que des pantins dans la main de l'auteur. Manipulé par l'écrivain, le lecteur est amené à se ranger du côté du protagoniste raisonnable en rejetant la position adverse.

Ex. : On se rangera plus aisément du côté d'Elmire, qui défend des positions raisonnables, que du côté de Tartuffe, dont on a perçu toute l'hypocrisie dans la comédie de Molière.

C'est la **double énonciation**, caractéristique du **dialogue fictif**, qui rend possible cette utilisation ; en effet, doivent être distingués l'échange qui a lieu entre les deux personnages et celui qui rapproche l'auteur de son destinataire.

Ex. : Ainsi, quand, dans la scène d'exposition de *Tartuffe*, Madame Pernelle, discréditée par sa colère, vante le comportement religieux de Tartuffe, le spectateur comprend que Molière, lui, le dénonce.

2 Les formes littéraires du dialogue

A Le dialogue en tant que genre spécifique

• **Les origines du genre.** Lorsqu'on parle de « dialogue », on évoque aussi un genre à part entière dont l'origine remonte à l'Antiquité avec les célèbres dialogues dans lesquels le philosophe grec Platon (V^e-IVe siècles av. J.-C.) met en scène son maître Socrate. La plupart des dialogues ont pour titre le nom de l'interlocuteur de Socrate : Protagoras, Ménon…

• **Le dialogue au XVIIIe siècle.** Les philosophes des Lumières apprécient le genre du dialogue car il répond à la fois au souci de construire un raisonnement cohérent et à celui de ne pas rebuter le lecteur par une démonstration désincarnée. **Voltaire** emprunte cette forme *(Dialogues philosophiques)* et **Diderot** l'apprécie tout particulièrement *(Le Neveu de Rameau).*

• **Les formes du dialogue.** Le dialogue est, en général, rapporté sous une **forme théâtrale**, comme dans le *Supplément au voyage de Bougainville* de Diderot (1772/1796). Il peut aussi être inséré dans une trame narrative.

B Le dialogue de théâtre

• Dans la **comédie**, le dialogue peut devenir un outil au service de l'opinion que le dramaturge veut transmettre.

Ex. : Lorsque, au tout début de *L'École des femmes*, Arnolphe dit ce qu'il pense de l'éducation des jeunes filles, son égoïsme dessert son point de vue, et le spectateur adhère rapidement à la thèse adverse.
« Et c'est assez pour elle, à vous en bien parler,
De savoir prier Dieu, m'aimer, coudre, et filer »
(Molière, *L'École des femmes*, I, 1, 1663).

> **Info-clé**
> L'interdiction, en leur temps, de *Tartuffe* (1669) et du *Mariage de Figaro* (1784) montre bien que la censure a perçu la **force subversive du théâtre.**

• La **tragédie**, parce qu'elle met en avant les valeurs d'une société, a plus rarement une fonction argumentative. On peut tout de même s'interroger sur l'assise du pouvoir royal en voyant la fragilité du roi dans *Le Cid* de Corneille ou réfléchir à la tyrannie en regardant évoluer Néron et sa mère Agrippine dans *Britannicus* de Racine.

C Le dialogue dans le roman et dans le conte philosophique

• **Les personnages incarnent des positions.**

Dans les contes philosophiques et dans certains romans, les personnages incarnent des positions, et **le lecteur est amené à réfléchir aux points de vue qui sont exprimés.**

Les péripéties de l'intrigue sont l'occasion de dialogues dans lesquels s'expriment les opinions des personnages. Selon que les personnages sont négatifs ou positifs, le lecteur sera ou non disposé à recevoir la thèse incarnée.

Ex. : Pangloss, obstiné et incapable de s'adapter, incarne une vision optimiste (celle du philosophe Leibniz) que Voltaire rejette.
« Il est démontré, disait-il [Pangloss], *que les choses ne peuvent être autrement : car, tout étant fait pour une fin, tout est nécessairement pour la meilleure fin. Remarquez bien que les nez ont été faits pour porter des lunettes ; aussi avons-nous des lunettes »*
(Voltaire, *Candide*, 1759).

• **La vie des personnages sert la thèse de l'auteur.**

D'une autre manière, le dialogue, quand il révèle la cruauté ou la misère des personnages, peut servir la position de l'auteur ; il ne s'agit plus là d'incarner une position mais de **servir d'exemple** pour soutenir une thèse ou nourrir une dénonciation.

FRANÇAIS

11 La narration argumentative

En racontant une histoire, l'écrivain amène son lecteur à **réfléchir tout en le divertissant.**

1 Le roman

• **Terrain privilégié** de l'**analyse des rapports de l'homme et du monde**, le roman, explicitement ou implicitement, permet à l'auteur d'exprimer ses critiques, ses réflexions ou ses valeurs. Avant la naissance de ce genre au XVIIe siècle, Rabelais a recours au récit de fiction pour exprimer les valeurs de la Renaissance. Les géants incarnent l'appétit de savoir des humanistes.

Quelques exemples de romans du XVIIIe siècle à visée argumentative :

Montesquieu, *Lettres persanes,* 1721	Le roman réunit la correspondance de deux Persans avec leurs amis restés en Perse. Le regard étranger permet, de façon amusante, la dénonciation des mœurs et des institutions. Grâce à la fiction le romancier contourne la censure.
Rousseau, *La Nouvelle Héloïse,* 1761	Centré sur l'analyse de la passion et de la vertu, ce roman épistolaire exprime également la place de la nature : le monde de Clarens est un paradis terrestre ayant échappé à la corruption de la modernité.
Choderlos de Laclos, *Les Liaisons dangereuses,* 1782	Dans ce roman épistolaire, l'auteur analyse les rouages du libertinage et montre les ravages d'une société hypocrite et dénuée de sentiments.
Diderot, *La Religieuse,* 1796	En imaginant les Mémoires de Suzanne Simonin, contrainte d'entrer au couvent par ses parents, Diderot fait le procès des institutions religieuses et célèbre la liberté, cette valeur-clé des Lumières.

• **Au XIXe siècle,** le roman, notamment avec Victor Hugo *(Claude Gueux, Les Misérables)* et Émile Zola *(Germinal, L'Assommoir)*, continuera d'alerter les lecteurs sur les souffrances et les injustices dont le peuple est victime.

2 L'apologue

A Le conte

• **Charles Perrault.** Transmis par la tradition orale, les **contes populaires** sont, en France, écrits par **Charles Perrault au XVIIe siècle.** L'histoire se déroule dans un espace-temps lointain *(« Il était une fois… »)*, et les personnages, simplifiés à l'extrême, en général dépourvus d'une identité définie (Cendrillon, le Petit Poucet…), servent une démonstration destinée aux adultes, principalement aux femmes, dans les salons.

> **Définition-clé**
>
> **Apologue : court récit à visée didactique** ; la morale peut être **explicite** (une moralité à la fin, par exemple) ou **implicite.**

• **Le conte philosophique.** S'inspirant des contes traditionnels et des romans d'aventures pour les détourner et s'en moquer, Voltaire excelle dans le genre du conte philosophique. Dans *Zadig (1747-1748), Candide* (1759) et *L'Ingénu* (1767), ses trois grands récits, il imagine un personnage qui découvre un nouvel environnement. La progression d'ensemble du conte sert un **projet philosophique,** tandis que les chapitres, à la fois indépendants et liés comme les maillons d'une chaîne, s'en prennent à différentes institutions ou situations : l'intolérance, la guerre ou l'esclavage dans *Candide,* par exemple.

B La fable

- Le poète grec Ésope (VIIe-VIe siècles av. J.-C.) est, traditionnellement, considéré comme le père de la fable. Au XVIIe siècle, Jean de La Fontaine renouvelle le genre en donnant vie aux récits. Les **personnages simplifiés** – animaux ou êtres humains – servent une démonstration.
- La morale peut être une **leçon de vie** *(« Rien ne sert de courir ; il faut partir à point »)* ou une **critique des institutions** comme dans « Les Animaux malades de la peste ». Veillez, toutefois, à ne pas lire toutes les fables avec l'éclairage de cette dénonciation des abus de pouvoir, car La Fontaine peut aussi exprimer son admiration pour le prestige royal comme dans « Le Chêne et le Roseau ».
- Attention à ne pas restreindre la fable à sa visée argumentative car elle a une **force poétique** essentielle : jeu sur les tonalités et l'implicite, théâtralisation du récit, utilisation originale de la versification.

Ex. : « Pour moi, satisfaisant mes appétits gloutons,
J'ai dévoré force moutons.
Que m'avaient-ils fait ? Nulle offense :
Même il m'est arrivé quelquefois de manger
Le Berger »
(Jean de La Fontaine, « Les Animaux malades de la peste », in *Fables*).
La brièveté du 5e vers de ce passage, combinée avec le rejet, contribue à donner vie aux propos du Lion et à souligner la gravité de ses crimes.

C L'utopie

• Définition et fonctions

Étymologiquement, l'utopie est un **« non-lieu »**, un lieu qui n'existe nulle part. Le mot a été créé par l'Anglais Thomas More (1478-1535), qui, avec *Utopia* (1516), imagina une île merveilleuse s'opposant en tous points à l'Angleterre de son époque. Mais l'idée de décrire un monde parfait pour nous amener à réfléchir sur le réel ne date pas de la Renaissance ; le philosophe grec Platon a déjà eu recours à ce procédé dans *La République*.

L'utopie fait rêver le lecteur. Elle est aussi un **miroir tendu à un réel critiquable** en même temps qu'un **laboratoire d'idées nouvelles** en matière d'urbanisme, d'organisation sociale, de politique, etc.

• Quelques utopies

Rabelais, *Gargantua* (1534)	**L'abbaye de Thélème,** imaginée à l'inverse de la vie monastique ordinaire, démontre les vertus de la liberté et de l'éducation.
Cyrano de Bergerac, *L'Autre monde – Les États et Empires de la Lune, Les États et Empires du Soleil* (1657/1662)	L'écrivain réfléchit à la société de son temps en présentant des sociétés idéales.
Fénelon, *Les Aventures de Télémaque* (1699)	**La Bétique :** une réflexion sur les conditions du bonheur.
Montesquieu, *Lettres persanes* (1721)	**Les Troglodytes :** une réflexion sur les conditions du bonheur.
Voltaire, *Candide* (1759)	**L'Eldorado :** un modèle de science et de sagesse.

• Les contre-utopies

Au XXe siècle, certains auteurs montreront que les mondes stables ne sont pas toujours des modèles. Les contre-utopies (ou dystopies) que sont *Le Meilleur des mondes* (Huxley 1932) ou *1984* (Orwell, 1949) dénoncent les totalitarismes et s'inquiètent d'une mauvaise utilisation de la science.

FRANÇAIS

12 La littérature d'idées à la Renaissance

La Renaissance est littéralement vécue comme une « seconde naissance ». L'humanisme, **né en Italie au XVe siècle,** se répand en Europe.

Imprimerie par Gutenberg (v. 1440-1450) — **Découverte de l'Amérique** (1492) — **Rabelais** (1494-1553) — **Ronsard** (1524-1585) — **Montaigne** (1533-1592) — **Massacre de la Saint-Barthélemy** (1572)

1 Le contexte

A Les découvertes scientifiques

• **La révolution copernicienne.** Au Moyen Âge, les hommes, suivant le modèle biblique, pensent que la Terre est au centre de l'Univers. Après avoir lu les ouvrages grecs des pythagoriciens, l'astronome polonais **Copernic** (1473-1543) révolutionne la science en montrant, en 1543, que les planètes tournent sur elles-mêmes et autour du Soleil – ce que vérifiera Galilée avec sa lunette au début du XVIIe siècle.

• **L'imprimerie.** Vers 1440-1450, l'Allemand **Gutenberg** met au point l'imprimerie qui permet à la fois une plus grande diffusion des textes et une plus grande fiabilité.

Rappel

La **Bible** est le premier ouvrage imprimé.

• **La médecine.** L'Église interdit la dissection des cadavres au nom de la future résurrection des corps ; mais le chirurgien français Ambroise Paré (v. 1509-1590) ne s'arrête pas à cette interdiction et pose, grâce à la dissection, les **fondements de l'anatomie moderne**. La connaissance du corps humain fait partie du savoir humaniste.

B Les Grandes Découvertes

Christophe Colomb débarque en Amérique du Sud. **Vasco de Gama** fait route vers l'Inde. **Magellan** entreprend le tour du globe. **Jacques Cartier** découvre le Canada… Ces découvertes repoussent les frontières du monde connu et assurent la fortune des pays européens.

La prise de position du dominicain **Las Casas** en faveur des Indiens d'Amérique montre que la découverte d'autres civilisations pose la difficile question de la nature humaine. La colonisation brutale des peuples et leur conversion forcée au catholicisme choquent la pensée humaniste faite de tolérance et de mesure.

C Le modèle italien

• **La prospérité italienne : le *Quattrocento*.** Depuis le XIVe siècle, l'Italie exerce sa **domination économique** sur l'Europe grâce à ses banques, ses ports et son industrie. Le *Quattrocento* marque le **début de la Renaissance**.

Info-clé

Quattrocento est la contraction, en italien, de ***millequattrocento*** (XVe siècle).

Quand, en 1453, Constantinople, l'ancienne capitale de l'Empire romain d'Orient, est prise par les Turcs, de nombreux savants, emportant leurs manuscrits grecs et latins, se réfugient en Italie : l'Antiquité va bientôt inspirer toute l'Europe. Lors des guerres d'Italie (1494-1559), les Français découvrent puis adoptent le raffinement et la culture du *Quattrocento*.

• **Des conditions favorables aux artistes.** Comme l'Italie, la France connaît, au XVIe siècle, un développement économique favorable aux artistes. De nouvelles catégories sociales urbaines apparaissent : les banquiers, les riches marchands, les artisans. La noblesse et la haute bourgeoisie protègent et financent les artistes. Ainsi, François Ier accueille Léonard de Vinci à Amboise, dans l'actuel château du Clos-Lucé où il mourra trois ans plus tard, en 1519.

2 La question religieuse

A Le retour aux textes

• L'imprimerie permet une diffusion plus large de la Bible, et les humanistes prônent le **retour aux sources** du savoir. C'est ce que l'on voit dans le programme éducatif de Gargantua qui consacre de nombreuses heures à la lecture des textes anciens.

• Les humanistes, tels Érasme ou Rabelais, critiquent l'église catholique et prônent une religion plus proche des textes et de l'esprit de bienveillance des Évangiles. Cette protestation conduit à la **Réforme** menée par **Luther** (1483-1546). Le mouvement se propage en Allemagne et en Europe du Nord. **Calvin** (1509-1564) l'introduit en France.

B Les guerres de Religion

• Après l'enthousiasme et l'esprit de tolérance de la première moitié du XVIe siècle, la réconciliation entre les catholiques et les partisans de la Réforme s'avère impossible. Le conflit se déchaîne de 1562 à 1598, date de l'**édit de Nantes** qui autorise le culte protestant.

• Le 23-24 août 1572, lors de la **nuit de la Saint-Barthélemy**, plus de 20 000 protestants sont massacrés à Paris. La confiance en l'homme qui caractérisait les premières décennies de la Renaissance est fortement entachée.

3 Les valeurs et la littérature d'idées

A La culture antique et la défense de la langue française

Les **sujets mythologiques** apparaissent dans la littérature, la peinture et la sculpture. Mais la Renaissance, loin d'être un repli sur le passé, revendique, au contraire, une **modernité** qui se nourrit du savoir et de l'esthétique antiques. Ainsi, **Joachim Du Bellay,** dans sa *Défense et Illustration de la langue française* (1549), affirme la grandeur du français devenu, avec François Ier, la **langue officielle** du royaume de France.

B Une réflexion sur l'homme

• **La place de l'homme.** L'homme est au cœur des préoccupations humanistes, et l'on ne s'étonne pas de voir **Montaigne** se prendre lui-même pour objet d'étude afin de découvrir les traits essentiels de la nature humaine : *« Chaque homme porte en lui la forme entière de l'humaine condition »*, écrit-il dans le 3e livre des *Essais*.

Rappel

Les **humanistes** de la Renaissance souscrivent à la devise du poète latin Térence (v. 185-159 av. J.-C.) : *« Je suis homme, et rien de ce qui est humain ne m'est étranger. »*

FRANÇAIS

En faisant de ses héros des géants pacifiques et bons vivants, Rabelais manifeste son enthousiasme pour la **capacité de l'homme à rayonner sur son univers**. Montaigne, après les guerres de Religion, se montrera plus mesuré.

• **L'homme idéal** de la Renaissance est **instruit** de tout, **curieux** de tout et **capable de vivre heureux** en société. La liberté de pensée, la tolérance et l'ouverture aux autres sont des valeurs essentielles que les philosophes des Lumières reprendront à leur compte.

C Les valeurs humanistes défendues par les écrivains

• **La tolérance et la question de la guerre.** Les humanistes de la Renaissance ont pris **conscience de la relativité des valeurs** : *« Le monde n'est que variété et dissemblance »*, écrit **Montaigne**. Ils prônent donc la paix et la tolérance. Ainsi, Rabelais se moque de l'esprit conquérant de Picrochole (inspiré de Charles Quint) et souligne l'esprit pacifique de Gargantua. **Érasme** (v. 1469-1536), le grand humaniste hollandais ami de Rabelais, ne cessera de vouloir réunir les hommes : *« le monde entier est notre patrie à tous »*, proclame-t-il en regrettant les querelles religieuses.

▲ Érasme.

• **L'éducation.** Les humanistes accordent autant d'importance au développement du **corps** qu'à celui de l'**intelligence**. *« Mens sana in corpore sano »* : la devise latine de Juvénal préside à l'éducation du géant Gargantua. Si le programme scolaire du géant multiplie les matières et suppose qu'il se lève à 4 heures du matin, Rabelais insiste sur la lecture des textes originaux et la nécessité de se forger sa propre opinion. Montaigne reprendra cette idée dans sa formule *« Mieux vaut tête bien faite que tête bien pleine »*.

D Rabelais : l'enthousiasme et la fantaisie

Médecin humaniste et grand érudit, Rabelais (v. 1494-1553) exprime sa **confiance en l'homme** dans quatre récits divertissants destinés à **amuser autant qu'à instruire**, car, sous la Renaissance, on ne saurait dissocier les plaisirs du corps et ceux de l'esprit. Jouant sur les mots et passant, sans transition, de l'invention du *« torchecul »* à des réflexions sur la guerre ou le savoir, Rabelais nous fait rire tout en exprimant les **grands combats de l'humanisme**.

Citation-clé

« Rire est le propre de l'homme » (Rabelais.)

E Montaigne : un humanisme plus posé et inquiet

• Michel Eyquem de Montaigne (1533-1592) est en quête de la nature humaine *(« l'humaine condition »)* et d'une sagesse universelle. L'écriture devient l'instrument de cette recherche, si bien que les *Essais* sont constitués des différentes strates des éditions amendées et remaniées. Traitant de l'amitié, de l'éducation ou de la diversité des usages dans le monde, Montaigne exprime **toutes les valeurs de tolérance de l'humanisme**. Mais l'expérience des guerres de Religion ont assombri sa vision de l'homme : *« Il n'y a point de bête au monde tant à craindre à l'homme que l'homme. »*

• Difficile d'utiliser le terme d'« autobiographie » pour qualifier les *Essais*, car il ne s'agit pas, pour Montaigne, comme ce sera plus tard le cas pour Rousseau avec ses *Confessions*, de se raconter pour s'analyser et se comprendre.

13 La littérature d'idées au XVIIᵉ siècle

Le XVIIᵉ siècle n'introduit pas de rupture par rapport à la Renaissance. **Les réflexions morales et religieuses occupent le premier plan.**

Blaise Pascal (1623-1662) — François de La Rochefoucauld (1613-1680) — Jean de La Fontaine (1621-1695) — Jean de La Bruyère (1645-1696) — Jacques Bossuet (1627-1704) — Fénelon (1651-1715)

1 Le contexte

- Henri IV (roi de 1594 à 1610) puis Louis XIII (roi de 1610 à 1643) ont progressivement **renforcé le pouvoir royal**. Après la Fronde (rébellion de la noblesse) sous la régence d'Anne d'Autriche, **Louis XIV**, âgé de 16 ans en 1655, exerce une **autorité absolue**.
- L'homme idéal est l'« honnête homme » ; il est mesuré, curieux de tout sans excès, sociable.

2 Pascal : scientifique et philosophe

Savant et écrivain janséniste, Pascal présente, dans son œuvre, sa vision du monde : interprétant les **textes de saint Augustin**, les jansénistes croient à la **prédestination**. Après la rédaction des *Provinciales,* lettres anonymes critiquant très sévèrement les jésuites, il approfondit sa réflexion sur l'homme, sur le monde et sur Dieu dans des fragments regroupés sous le titre de *Pensées*.

3 Réflexions sur l'homme et la société

A Réflexion sur la société et les institutions

- **Cyrano de Bergerac,** notamment dans *Les États et Empires de la Lune*, imagine un monde utopique qui lui permet d'exprimer sa vision de la société et des hommes de son temps.
- En 1699, **Fénelon,** dans *Les Aventures de Télémaque,* critique le siècle de Louis XIV.

B Les moralistes

- **La Bruyère,** avec ses **portraits satiriques** (*Les Caractères*, 1688-1696), dénonce les travers de ses contemporains et définit l'idéal de l'honnête homme, un homme avant tout sociable.
- **La Rochefoucauld** adopte la forme concise de la **maxime** pour édicter des règles de vie.
- Les *Oraisons funèbres* de **Bossuet** ainsi que ses différents écrits *(Sermons, Discours sur l'histoire universelle…)* sont caractérisés par la morale religieuse et l'art de l'**éloquence**.

C La Fontaine

S'inspirant d'Esope et jouant avec toutes les ressources de la narration et de la versification, La Fontaine fait œuvre de **moraliste** et réfléchit aux **institutions** de son temps.

14 La littérature d'idées au XVIIIe siècle

Renouant avec l'humanisme de la Renaissance, les écrivains des Lumières **défendent des valeurs qui sont les nôtres aujourd'hui.**

Montesquieu (1689-1755) — Voltaire (1694-1778) — Diderot (1713-1784) — Rousseau (1712-1778) — D'Alembert (1717-1783) — Beaumarchais (1732-1799)

1 Le contexte

A Une société en mouvement

• **Une société d'ordres et un pouvoir absolu.** La société française, figée dans son carcan d'Ancien Régime hérité du Moyen Âge est organisée en **trois ordres immuables** : le tiers état, le clergé, et la noblesse. Le **roi**, qui gouverne de manière absolue, est perçu comme la **clé de voûte** de cette société immobile. Quand, à la mort de Louis XIV en 1715, Louis XV est trop jeune pour régner, le duc d'Orléans assure la Régence ; Paris retrouve alors un climat de fête qui perdure sous Louis XV (règne de 1723 à 1774) puis Louis XVI.

• **La montée de la bourgeoisie.** Le XVIIIe siècle voit la montée d'une **bourgeoisie d'affaires** dont le **rôle économique** s'affirme. Écartée du pouvoir politique et dépourvue de privilèges, elle n'apprécie pas l'aristocratie de la Cour. Cette progression de la bourgeoisie se lit dans *Zadig* (1747-1748) de Voltaire, par exemple : le marchand Sétoc se montre plus ouvert que les piliers de la Cour (l'Envieux) et de la religion (les prêtres des Étoiles).

B L'ouverture sur le monde

• **La circulation des idées en Europe.** En Europe, les idées circulent. Par exemple, Voltaire échange plus de 20 000 lettres avec les intellectuels de l'Europe des Lumières. Les **régimes politiques de Prusse** (un monarque éclairé, c'est-à-dire raisonnable) et **d'Angleterre** (une monarchie constitutionnelle) deviennent des **modèles**. La justice anglaise intéresse aussi les philosophes : depuis 1679, l'*habeas corpus* protège l'individu contre une justice arbitraire puisque toute arrestation s'accompagne obligatoirement d'un passage devant un juge – ce qui n'est pas le cas en France avec les lettres de cachet.

> **Info-clé**
> Les **lettres de cachet** transmettent un ordre direct du roi et peuvent conduire à une incarcération sans jugement.

• **Un monde élargi à des colonies.** Depuis la découverte du « Nouveau Monde » (1492), les pays européens n'ont cessé d'installer leurs **influences dans les territoires nouvellement découverts et conquis**. Sources de rivalités, ces colonies ont également une importance économique. En effet, le **commerce triangulaire** qui se met en place (France, Afrique, Antilles) est source de gros profits, qu'il s'agisse de la vente des esclaves ou de celle du sucre. L'existence de ce commerce d'hommes ainsi que la multiplication des **récits de voyage** remettent à l'ordre du jour la question de la nature humaine et de la dignité, déjà soulevée à l'occasion des Grandes Découvertes de la Renaissance. Olympe de Gouges fera des colons une de ses cibles.

2 La pensée des Lumières

A Un modèle social : le philosophe

Après l'« honnête homme » du XVIIe siècle, cultivé et sociable, vient, au XVIIIe siècle, le **« philosophe »**. Il fréquente les salons, les cafés ou les clubs. Les idées bouillonnent ; la **raison** et l'**expérience** dominent – ce qui n'empêche pas l'humour (« l'esprit ») d'être présent.

B La dénonciation et l'expression des valeurs

• **La dénonciation des abus.** **Les écrivains revendiquent la liberté et dénoncent les abus de toutes sortes :** ceux de la justice comme ceux de la noblesse. C'est au nom de la liberté et de la dignité de l'homme que les philosophes, notamment Montesquieu et Voltaire, rejettent l'esclavage, après Condorcet en 1781 et Olympe de Gouges en 1791. Beaumarchais, lui, s'en prend aux privilèges de la noblesse.

• **La dénonciation de la monarchie absolue.** **Les philosophes critiquent l'absolutisme.** Ils ne remettent pas pour autant en cause le régime monarchique, ni n'envisagent un bouleversement radical ; il s'agit, tout au plus, de rendre les institutions en place plus équitables et efficaces.

• **La question religieuse.** L'existence de Dieu n'est pas remise en question, mais Il est, avant tout, conçu comme le ***« grand horloger »*** qui a créé le monde, laissant ensuite le mécanisme fonctionner tout seul. Les philosophes s'en prennent aux institutions catholiques jugées intolérantes et prisonnières des apparences.

• **Les valeurs.** Développant un fort esprit critique, les Lumières défendent des valeurs : la **liberté** de l'homme, sa **dignité**, la place de la raison et du **progrès** dont témoigne le grand projet de l'*Encyclopédie* conduit par Diderot et d'Alembert.

C Les grands auteurs

• **Montesquieu (1689-1755).** Le roman épistolaire des *Lettres persanes* (1721) permet à Montesquieu de poser sur la société parisienne un œil étranger et **critique**. Dans ses *Considérations sur les causes de la grandeur des Romains et de leur décadence* (1734) et surtout dans *De l'esprit des lois* (1748), il fait porter son **étude sur la société française et son régime politique**.

• **Denis Diderot (1713-1784).** Diderot participe activement à la rédaction de l'*Encyclopédie* et exprime, dans des œuvres de formes variées, ses pensées philosophiques (loin de Dieu, et proche de la nature et de l'homme) et esthétiques.

> **Citation-clé**
>
> *« Je pense, donc je suis. »* Cette célèbre citation est la seule certitude de **Descartes**, celle à partir de laquelle il construit son savoir. **Son *Discours de la méthode* (1637) ouvre la voie du doute et de la raison** qu'empruntent, après lui, les philosophes des Lumières.

• **Voltaire (1694-1778).** Son œuvre est très variée ; on retient, notamment, ses contes philosophiques : *Zadig* (1747-1748), *Micromégas* (1752), *Candide* (1759), *L'Ingénu* (1767). Dans ces fictions amusantes, Voltaire présente ses réflexions philosophiques ou politiques.

Ex. : Le discours du roi idéal de L'Eldorado : *« Je n'ai pas assurément le droit de retenir des étrangers ; c'est une tyrannie qui n'est ni dans nos mœurs, ni dans nos lois : tous les hommes sont libres »* (Voltaire, *Candide*, 1759).

• **Jean-Jacques Rousseau (1712-1778).** Rousseau, grand ennemi de Voltaire, défend l'idée que la civilisation pervertit un **homme naturellement bon**. Il écrit des essais consacrés à la **société** (*Du contrat social* en 1762, *Discours sur l'origine et les fondements de l'inégalité parmi les hommes* en 1755) et à l'**éducation** (*Émile ou De l'éducation*, 1762).

15 Étudier un récit

De l'épopée antique à l'autofiction contemporaine en passant par les grands romans réalistes ou naturalistes du XIXe siècle, la **palette des genres narratifs** est très étendue. Certaines techniques sont toutefois communes.

1 Techniques narratives

A Histoire et récit : le traitement du temps

• **L'histoire et le récit.** Histoire et récit sont à distinguer : l'**histoire** concerne l'enchaînement des événements et suit, nécessairement, un déroulement chronologique, alors que le **récit** est la mise en forme de l'histoire par un narrateur, qui raconte, à sa manière, ce qui s'est passé.
Des études portant sur les contes ont montré que l'histoire s'organisait, le plus souvent, selon un **schéma narratif** identique. Ce schéma ne s'étudie que sur une histoire complète, principalement les contes, fables et nouvelles, qui forment un tout, et cet outil n'est donc pas pertinent pour étudier une simple page de roman.

• **Le traitement du temps.** Le récit est le fait d'un narrateur qui prend position par rapport à l'histoire. Plusieurs démarches peuvent se combiner, jouant sur la position du narrateur par rapport au fait raconté ou sur le rythme du récit.

Notion-clé

Le schéma narratif :
– la situation initiale est stable ;
– l'élément perturbateur rompt l'équilibre initial…
– … et déclenche les péripéties ;
– l'élément de résolution apporte une réponse au problème posé au départ ;
– la situation finale est stable.

Récit chronologique	Le narrateur raconte les événements dans l'ordre où ils se sont produits.
Retour en arrière ou analepse	Le narrateur évoque des événements antérieurs à l'action principale.
Anticipation ou prolepse	Le narrateur évoque des événements qui se produiront plus tard.
Ellipse	Le narrateur saute certains moments jugés peu importants.
Sommaire	Le narrateur résume certains moments jugés peu importants.
Pause	Le narrateur interrompt son récit pour insérer une description ou émettre un jugement.

B Histoire et récit : la position du narrateur

La position du narrateur par rapport à l'histoire n'est pas toujours la même :

• **Narrateur externe.** Le narrateur n'appartient pas à l'histoire, qui semble se raconter toute seule, à la **3e personne**. Cependant il peut arriver que l'**auteur**, par de ponctuelles **intrusions**, vienne exprimer son opinion.

Notion-clé

L'auteur est la personne bien réelle qui a écrit l'œuvre (tableau, musique, roman, essai…) ; **le narrateur** est la personne qui raconte une histoire. Dans le récit fictif à la 1re personne, il faut distinguer l'auteur (réel) et le narrateur (fictif).

• **Narrateur interne.** Qu'il soit partie prenante de l'action ou simple témoin, le narrateur prend la parole à la **1re personne** et exprime sa **subjectivité**. Il **se raconte**, comme dans *À la recherche du temps perdu*, ou bien il **évoque un personnage qu'il a connu**, comme dans *Le Grand Meaulnes* d'Alain-Fournier.

• **Les points de vue.** On appelle « point de vue » (ou « focalisation ») l'angle selon lequel le narrateur présente les événements ; cet angle peut changer au cours du récit, et certains écrivains, tel Flaubert, aiment à glisser d'un point de vue à un autre.

Point de vue omniscient ou « focalisation zéro »	L'auteur sait tout de ses personnages.
Point de vue (ou focalisation) externe	Le lecteur voit ce qui se passe comme s'il se tenait devant la scène représentée.
Point de vue (ou focalisation) interne	Le lecteur voit ce qui se passe par les yeux d'un personnage.

C L'insertion du dialogue : les paroles rapportées

• **Le discours direct.** Les paroles sont rapportées **telles qu'elles ont été prononcées** et insérées dans le récit par des **propositions introductrices** placées au début de la réplique ou bien par des **propositions incises** appelées aussi **« incises narratives »**. Les intonations sont exprimées par la ponctuation et le verbe de parole employé *(murmurer, crier…)*.

• **Le discours indirect.** Les paroles sont **insérées dans une proposition subordonnée**, et l'intonation de l'oral a disparu. Les personnes et les temps sont modifiés. Le futur du discours direct devient, par exemple, un présent du conditionnel.

• **Le discours indirect libre garde l'intonation de la parole prononcée** sans recourir à des guillemets ou des incises. Les temps du récit et la 3e personne sont conservés. Très souvent employé par Flaubert et Maupassant, il permet d'entrer dans la pensée du personnage.

Ex. : Les pensées de Jeanne en discours indirect libre : « *Et parfois elle s'arrêtait tout à coup, et s'asseyait au bord de la route pour réfléchir à des choses tristes. Pourquoi n'avait-elle pas été aimée comme les autres ? Pourquoi n'avait-elle pas même connu les simples bonheurs d'une existence calme ?* » (Maupassant, *Une vie*, 1883).

• **Le discours narrativisé.** Les propos du personnage sont simplement **résumés**, et c'est au lecteur de les imaginer avec les renseignements donnés.

D L'insertion de la description

• Les techniques d'insertion de la description dans un récit

– Certains auteurs choisissent de glisser les **notations descriptives** dans la narration proprement dite, sous forme de petites touches brèves qui ne viennent pas interrompre le cours du récit.

– La description peut aussi être placée à l'occasion d'une pause dans la narration, pour poser le cadre ou parce que l'action justifie cette insertion. On parlera alors de « pause descriptive ».

Ex. : La description de la pension Vauquer et de sa gérante au début du *Père Goriot* de Balzac.

– D'autres romanciers ont recours au **point de vue interne** pour insérer une description. Le personnage arrive dans un endroit nouveau et prête son regard au lecteur.

Ex. : La célèbre scène de la première rencontre de Frédéric Moreau avec Madame Arnoux au début de *L'Éducation sentimentale* (1869) de Flaubert : « *Frédéric, pour rejoindre sa place, poussa la grille des Premières, dérangea deux chasseurs avec leurs chiens. Ce fut comme une apparition : elle était assise, au milieu du banc, toute seule ; ou du moins il ne distingua personne, dans l'éblouissement que lui envoyèrent ses yeux.* »

Enfin toute sa personne explique la pension, comme la pension implique sa personne.
LE PÈRE GORIOT.

La gérante de la pension Vauquer. ▶

• **L'organisation de la description.** Lorsqu'elle constitue une pause dans le récit, la description est **organisée** : la progression est verticale ou horizontale, d'une vision d'ensemble à une représentation précise, d'un plan à un autre pour créer un effet de profondeur.

• **Les fonctions de la description**

Effet de réel	La description donne l'illusion que le cadre et l'intrigue sont réels. Parfois même, le décor fictif du roman trouve sa place dans un contexte réel : le Paris sous Haussmann dans *Au Bonheur des dames* de Zola, par exemple.
Fonction informative	Le texte a une visée didactique : décrire un milieu de façon précise, scientifique.
Fonction symbolique ou programmatique	La description contribue à élaborer le sens même du roman et annonce ce qui va se passer : c'est souvent le cas dans les romans de Zola.
Fonction esthétique	Le romancier manie sa plume comme un pinceau (les descriptions impressionnistes dans *L'Œuvre* de Zola, par exemple).

• **Le portrait** est une forme particulière du **discours descriptif**. On distingue, en général, le portrait physique du portrait moral, mais les deux sont liés quand les romanciers s'attachent à faire passer, par une silhouette ou un visage, des informations sur le caractère de leur personnage.

Ex. : Dans les premières pages du *Colonel Chabert*, Balzac fait de son héros une créature fantastique, digne d'un tableau de Rembrandt en clair-obscur, afin d'exposer, de façon implicite, le destin particulier de ce soldat que l'on a cru mort.

2 Identité et rôle des personnages

A Une identité et une personnalité

En apportant des détails sur le milieu évoqué et sur ses personnages, l'écrivain donne naissance à l'illusion romanesque. Les héros semblent au lecteur de véritables personnes à qui il peut s'identifier.

• **Le nom du personnage**

Dans le conte, les personnages n'ont pas toujours de nom (le roi, la fée…) ou bien ils ont un surnom (Cendrillon, Candide). Les héros des nouvelles ou des romans ont, de leur côté, une identité. Tout d'abord, ils ont un nom, et **ce nom peut être particulièrement significatif**.

> **Roman-clé**
>
> ***Madame Bovary* de Flaubert :** le nom de jeune fille de l'héroïne est Emma Rouault. Le titre choisi par le romancier efface le prénom du personnage pour inscrire un statut social (une femme mariée : « *Madame* ») qui sera au cœur de l'intrigue et de la réflexion sur la société.

Ex. : La particule d'Eugène de Rastignac le situe dans le monde de l'aristocratie et lui ouvre les portes des salons de la noblesse (Balzac, *Le Père Goriot*).

Souvent le personnage romanesque fait corps avec son milieu.

Ex. : Conformément au déterminisme cher à Zola (voir p. 359), Claude Lantier *(L'Œuvre)* se définit par le milieu des peintres auquel il appartient et qu'il contribue à représenter.

• **La personnalité**

Les personnages des contes sont, en général, simplifiés à l'extrême. Candide, par exemple, incarne la naïveté suggérée par son prénom. Les héros de romans sont, eux, beaucoup plus complexes : les **données physiques et psychologiques** viennent étoffer leur portrait. Et différents procédés permettent de leur donner vie :

Portrait complet du personnage	Le portrait du colonel Chabert au début du roman de Balzac.
Notations descriptives	Le portrait de Madame Arnoux au fil de *L'Éducation sentimentale* de Flaubert.
Monologue intérieur	Les rêveries de Madame Bovary dans le roman de Flaubert.
Confrontation entre les personnages	Rastignac tenté par Vautrin et Bianchon dans *Le Père Goriot* de Balzac.

B Le personnage : héros ou antihéros ?

• **Un modèle.** Héritier du héros de l'Antiquité, de ce demi-dieu qui accomplit des exploits, le héros peut être considéré comme un modèle à suivre. C'est ce qui se passe dans les **épopées**, les **récits de chevalerie** à la gloire des valeurs médiévales. Les **romans d'aventures**, tels *Le Comte de Monte-Cristo* d'Alexandre Dumas ou *Michel Strogoff* de Jules Verne, s'inscrivent aussi dans cette lignée, de même que certains contes qui présentent des modèles de comportement (la patience et la douceur de Cendrillon, par exemple). Le lecteur est invité à s'identifier à un modèle de courage, de vertu ou d'intelligence.
Dans ce cas, le personnage est, avant tout, un instrument au service de l'éducation du lecteur.

• **Un modèle détourné.** Le modèle épique s'estompe au fil des siècles, et les personnages se font de plus en plus humains. On peut même avancer que la naissance du roman s'accompagne d'une désacralisation du héros, avec le personnage de **Don Quichotte**, le héros médiocre et décalé du roman de Cervantès (1605-1615).

Certains romanciers inversent même les valeurs héritées de l'épopée pour imaginer des héros dont le triomphe repose sur un détournement de la morale.

Ex. : Bel-Ami, le personnage du roman éponyme de Maupassant.

• **Un miroir.** Davantage qu'un modèle ou qu'un repoussoir, le personnage du roman ou de la nouvelle est, le plus souvent, un miroir dans lequel le lecteur cherche une analyse de ses propres sentiments et émotions.

Ex. : Ainsi, Marcel Proust décortique la jalousie dans *Un amour de Swann*.

C Personnages et intrigue : le schéma actanciel

Selon le schéma actanciel de Greimas, les personnages se définissent par la place qu'ils occupent dans l'intrigue. On distingue six fonctions :

Le sujet	Moteur principal de l'action, il accomplit une quête.
L'objet	Il est le but de cette quête.
L'adjuvant	Il aide le sujet.
L'opposant	Il contrarie le parcours du sujet.
Le destinateur	À l'origine de l'action du sujet, il le pousse à agir.
Le destinataire	Il tire profit de cette action.

Rappel

Les personnages peuvent changer de **fonction** au cours du roman. Les six forces répertoriées ci-contre ne sont pas nécessairement incarnées par des personnages : il peut s'agir d'institutions ou de valeurs.

D Les fonctions du personnage

• **La représentation d'un type.** Le personnage peut représenter **un type humain ou une catégorie sociale**.

– Dans les contes populaires et philosophiques, les personnages se réduisent souvent à **une seule caractéristique** : par exemple la méchanceté (les sœurs de Cendrillon, Vanderdendur dans *Candide*) ou bien l'intelligence (le Petit Poucet, Zadig).

FRANÇAIS

– Chez Balzac, les personnages, bien que dotés d'une personnalité plus riche que les héros des contes, représentent aussi un **type humain** : le père Goriot symbolise la paternité malheureuse, Grandet *(Eugénie Grandet)* l'avarice, Rastignac l'ambition sociale…

– Chez Zola, la famille de Maheu, dans *Germinal* (1885), illustre la **condition sociale** misérable des mineurs ; les différents membres de la famille, masculins ou féminins, jeunes ou âgés, incarnent divers destins possibles.

• **Au service d'une cause.** Le personnage, principalement dans le roman et la nouvelle, peut aussi exprimer la vision du monde de l'écrivain, voire son **engagement**.

Ex. : Victor Hugo, en écrivant son court récit *Claude Gueux,* puis son grand roman *Les Misérables,* dénonce la misère du peuple et l'injustice d'une société qui punit au lieu de soigner et d'éduquer. Le destin de Jean Valjean, ancien forçat désireux d'aider les plus pauvres, sert la cause de l'auteur.
Émile Zola *(Germinal, L'Assommoir)* dénonce la misère des ouvriers ou, au contraire, fait l'éloge de la modernité *(Au Bonheur des dames).*
Albert Camus, au XXe siècle, invente les personnages de *La Peste* pour montrer nos différentes réactions face à une situation de crise et souligner l'importance de l'action au service des hommes.

• **L'illusion de réel.** En choisissant de placer certains personnages au premier plan, le récit ne donne qu'une « vision » (Maupassant) et non une photographie de la réalité. Le lecteur suit des héros qui se détachent en se distinguant des autres personnages – ce qui crée une illusion de réel. On distingue ainsi traditionnellement :
– les personnages principaux ;
– les personnages secondaires ;
– les figurants anonymes que les héros croisent en diverses circonstances…
Balzac, en inventant le **retour des personnages** d'un roman à un autre (un personnage de premier plan dans une œuvre fait une apparition dans un autre récit), crée un véritable **univers romanesque parallèle au réel** – avec son notaire (Derville) ou son médecin (Bianchon). Grâce à ce procédé qui sera, ensuite, repris par d'autres romanciers (la famille des Rougon-Macquart de Zola, par exemple), la fiction devient un trompe-l'œil efficace.

3 Les différents genres narratifs

A Les récits vrais (principaux genres)

L'autobiographie	L'auteur raconte sa propre vie ; il emploie un point de vue rétrospectif en proposant un retour en arrière sur les événements qu'il a vécus. Il raconte et analyse les faits passés en demandant à son lecteur d'accorder crédit à ses propos. Il peut écrire pour mieux se comprendre, se justifier, étudier la nature humaine. On considère que Rousseau a ouvert la voie de l'autobiographie avec *Les Confessions.*
Le journal intime	Le récit de vie n'est pas rétrospectif mais s'écrit au fil des jours.
Les Mémoires	L'auteur évoque sa vie parce qu'il a vécu des événements historiques importants. C'est le cas de Chateaubriand *(Mémoires d'outre-tombe)* ou du général de Gaulle *(Mémoires de guerre).*
La biographie	L'auteur raconte, de façon plus ou moins romancée, la vie d'une autre personne.

Il peut arriver que fiction et vérité se mêlent étroitement, soit que l'auteur modifie, consciemment ou non, les événements, soit qu'il choisisse de recourir au détour de la fiction (autofiction) pour parler de lui, comme dans certains romans de Marguerite Duras *(L'Amant, L'Amant de la Chine du Nord)* ou dans *W ou le Souvenir d'enfance* de Georges Perec.

B Les récits fictifs

Selon la longueur de l'œuvre et sa visée, on distingue plusieurs genres :

Le roman	Long récit dans lequel les personnages peuvent être nombreux et complexes, les intrigues multiples.
La nouvelle	Récit resserré dans lequel les personnages et les péripéties sont réduits.
L'apologue (conte, fable)	Récit court à visée didactique (l'histoire véhicule une leçon).

C La place dominante du roman

• **Définition.** Le roman se définit, sans doute, par son souci **de donner vie à un monde complexe** qui associe **mensonge et vérité**. Fruit d'une création, comme le rappelle Proust en faisant œuvre de romancier et non d'autobiographe, le genre romanesque nous invite à pénétrer dans un monde original qui, pourtant, d'une manière ou d'une autre, ressemble au nôtre.

▲ *Vingt Mille Lieues sous les mers* de Jules Verne.

• **La diversité du genre romanesque**

– **Priorité à l'intrigue.** Certains romans accordent la priorité à l'intrigue : c'est le cas des **romans d'aventures** ou **de science-fiction**, héritiers, pour nombre d'entre eux, des épopées antiques. Le **roman policier**, notamment lorsqu'il est centré sur une énigme à résoudre, appartient aussi à cette catégorie.

– **Priorité à l'analyse psychologique.** On parle alors de « **romans d'analyse** » (Madame de Lafayette en est le précurseur avec *La Princesse de Clèves*) ou bien encore de « **romans d'apprentissage** » lorsqu'ils montrent l'évolution d'un personnage en prise avec la société.

– **Priorité à la représentation du réel.** Le roman **historique** cherche à faire vivre le passé et s'en approche au plus près. De nombreux romanciers privilégient l'analyse de la **société**, pour la transformer, comme Victor Hugo avec *Les Misérables*, ou bien dans un but presque scientifique, comme Balzac, écrivain réaliste, et Zola, chef de file du naturalisme. Pour les **réalistes** ou les **naturalistes** (voir p. 359), les personnages et l'intrigue sont ainsi des instruments au service d'une démonstration.

> **Œuvre-clé**
>
> ***À la recherche du temps perdu*** **de Marcel Proust** (1871-1922) comprend sept volumes (dont *Du côté de chez Swann* en 1913, *À l'ombre des jeunes filles en fleurs* en 1918, *Le Temps retrouvé* en 1927). L'écrivain s'inspire de sa propre vie pour écrire un roman dont l'ambition est de lutter contre le temps destructeur en créant une œuvre d'art éternelle.

– **Priorité à la création.** Le romancier puise, dans la réalité historique ou autobiographique, un matériau qui nourrit une œuvre originale, dotée de sa propre vie.

16 Le récit, des origines à la Renaissance

Dans l'Antiquité, l'épopée est un genre prestigieux ; au Moyen Âge, le roman, qui lui succède, est un genre populaire.

L'ÉPOPÉE →	L'ÉPOPÉE MÉDIÉVALE →		LES RÉCITS HUMANISTES DE RABELAIS	
L'*Iliade* et l'*Odyssée* d'Homère (VIIIe s. av. J.-C.)	*Chanson de Roland* (fin XIe s.)	*Le Roman de la Rose* de G. de Lorris et J. de Meung (XIIIe s.)	*Pantagruel* (1532)	*Gargantua* (1534)

1 L'épopée

A Épopée antique et action

Dans l'*Iliade* et l'*Odyssée* d'**Homère** (VIIIe siècle av. J.-C.), les péripéties s'enchaînent : scènes de combat (Achille et Hector), retournements de situation (la ruse du cheval de Troie)… Ces épopées inspireront nos romans d'aventures et de science-fiction.

Rappel

À l'origine de nos romans d'apprentissage : Ulysse, orgueilleux et curieux au début de son voyage, devra apprendre la patience et la modestie pour triompher des épreuves.

B Épopée antique et héros

L'*Iliade* et l'*Odyssée* mettent en scène des **personnages hors du commun** capables de nous éblouir par leur force (Achille) ou leur ruse (Ulysse). Virgile s'inspire de ces deux épopées fondatrices pour glorifier Rome et son héros Énée (*Énéide*, Ier siècle av. J.-C.). Mais les héros épiques, dont le destin est tracé par les dieux, demeurent, avant tout, des symboles et non des êtres de chair.

2 Naissance du mot *roman*

A Sens premier du mot

Au Moyen Âge, le mot *roman* désigne la langue populaire pour la distinguer du latin. Cette étymologie nous éclaire tout en rappelant deux caractéristiques du roman : sa **laïcité** et sa **dimension populaire**.

B La chanson de geste et les romans médiévaux

- Les romans de chevalerie et les romans courtois, plus proches de l'épopée que du roman, sont, en fait, de **longs poèmes en vers** écrits en langue romane.
- **Les chansons de geste,** telle la *Chanson de Roland*, défendent les **valeurs guerrières** de l'honneur, du **courage** et de la **fidélité**. Le chevalier Roland qui, tombé dans un piège tendu par un traître, se bat jusqu'à la mort sans demander de l'aide est un modèle d'héroïsme selon les critères du Moyen Âge.

Mort de Roland à la bataille de Roncevaux. ▶

• **Les romans courtois** mettent aussi en avant les qualités extraordinaires des **preux chevaliers**, mais les héros combattent autant pour une dame que pour leur suzerain ou pour la réalisation d'une **quête prestigieuse** comme celle du Graal. Outre les différentes versions de la légende de Tristan et Iseut au XIIe siècle, on retiendra les romans de Chrétien de Troye (XIIe siècle) tels *Le Chevalier au lion* ou *Le Conte du Graal*, dont d'autres auteurs imagineront la suite au XIIIe siècle. On peut citer aussi *Le Roman de la Rose* de Guillaume de Lorris puis Jean de Meung (XIIIe siècle) qui raconte, de façon métaphorique, une conquête amoureuse.

Œuvre-clé

Le ***Roman de Renart***, qui comprend 80 000 vers, est constitué de courts récits indépendants composés par différents auteurs à partir du XIIe siècle. Les héros sont des animaux, notamment Renart le goupil (le renard) et Ysengrin le loup. Les auteurs s'amusent souvent à parodier les romans de chevalerie.

• **Les lais,** tels ceux de Marie de France, présentent de courtes histoires destinées à faire rêver le lecteur ou à lui proposer une analyse des sentiments.

• **Les fabliaux** (XIIIe-XIVe siècles) s'inspirent de la vie quotidienne des citadins et des vilains (paysans libres).

3 Rabelais et le récit humaniste au XVIe siècle

A L'humanisme

Ce mouvement qui va transformer les mentalités en Europe se développe d'abord en **Italie dès la fin du XIVe siècle** : les artistes et les intellectuels se tournent vers **le savoir et la culture gréco-latins**, tout en formant le projet d'explorer les espaces inconnus. Les **découvertes scientifiques de Copernic (1473-1543) qui seront confortées par Galilée (1564-1642)** et les **progrès de l'imprimerie dès le XVe siècle** contribuent à changer les repères et donnent à l'homme un pouvoir sur le monde qui l'entoure.

L'humanisme se répand en Europe : le mot désigne à la fois les humanités (la culture antique) et la dignité de l'homme.

B Rabelais et les géants

Médecin humaniste, grand érudit, **Rabelais** (v. 1494-1553) exprime sa **confiance en l'homme** dans quatre récits divertissants destinés à amuser autant qu'à instruire car, à la Renaissance, on ne saurait dissocier les plaisirs du corps de ceux de l'esprit. **Rabelais nous fait rire** *(« Rire est le propre de l'homme »)* **tout en exprimant les valeurs essentielles de l'humanisme,** notamment le respect de l'autre et l'éducation.

Bien qu'ils développent des récits de fiction, on peut penser que *Gargantua* et *Pantagruel* ne sont pas des romans comme on l'entend aujourd'hui. En effet, les péripéties paraissent s'enchaîner au hasard des circonstances et les héros ne sont pas dotés d'une psychologie complexe ; ils sont là pour divertir en incarnant les valeurs humanistes.

Roman-clé

Le récit ***Gargantua*** paraît en 1534, deux ans après ***Pantagruel***, avec le titre *La Vie très horrifique du grand Gargantua, père de Pantagruel, jadis composée par M. Alcofribas abstracteur de quinte essence – Livre plein de pantagruélisme.* Gargantua, fils de Grandgousier et de Gargamelle, est le père de Pantagruel.

Pantagruel par Gustave Doré. ▶

17 Le récit au XVIIe siècle

Au XVIIe siècle, tandis que le conte divertit et instruit, le roman prend son essor ; le genre n'étant pas encore codifié, il présente des formes variées qui continueront de se diversifier par la suite.

Cervantès,
Don Quichotte
(1605-1615)

Madame de Lafayette,
La Princesse de Clèves
(1678)

Charles Perrault,
Histoires ou Contes du temps passé (Contes de ma mère l'Oye)
(1697)

1 L'essor du genre romanesque

A Les débuts du roman

Le roman est, au départ, un **divertissement mondain** qui ne prétend aucunement égaler la poésie ou la tragédie, toutes deux considérées comme des genres nobles. Les femmes sont les principales lectrices de ces œuvres dont la publication se poursuit, parfois, sur plusieurs années.

Progressivement, le genre s'affirme et séduit des auteurs désireux de faire partager à leurs lecteurs leurs **réflexions philosophiques** et leur **vision du monde**.

B Le développement de l'individualisme

Certes, il existe des récits depuis d'Antiquité : les épopées d'Homère et de Virgile, les chansons de geste, les romans courtois, les lais et fabliaux, les récits de Rabelais… Mais il faut attendre le XVIIe siècle pour découvrir des personnages qui ne sont plus de simples pantins incarnant un modèle (héros courageux ou sage humaniste).
À une époque où l'individualisme gagne du terrain, où l'homme commence à acquérir son indépendance par rapport à Dieu et aux valeurs de Son monde, il devient possible de créer des personnages qui se définissent justement par le fossé qu'ils creusent entre eux et leur environnement.

Ex. : Le géant Gargantua de Rabelais (XVIe siècle) n'est pas un héros de roman car il fait corps avec le projet humaniste qu'il incarne. À l'inverse, l'héroïne de Madame de Lafayette, la princesse de Clèves (XVIIe siècle), trace elle-même son destin, contre l'avis de son milieu.

C Deux œuvres fondatrices

• ***L'Ingénieux Gentilhomme Don Quichotte de la Manche* (1605-1615).** Ce roman de l'auteur espagnol **Cervantès** raconte les aventures d'un pauvre noble épris de chevalerie. Mais le preux Don Quichotte ne trouve pas de combat à sa mesure. Ce personnage décalé inaugure le héros solitaire, en marge d'une société dont les valeurs nouvelles lui restent étrangères. À sa manière, Emma Bovary (Flaubert, 1857), qui ne comprend pas la réalité et rêve sa vie, est une descendante de Don Quichotte.

• *La Princesse de Clèves* (1678). **Madame de Lafayette** met en scène une héroïne tragique, éprise du duc de Nemours mais fidèle à son mari. Les personnages idéalisés acquièrent, ici, une psychologie et une force individuelle. Prisonnière des lois de la Cour, la Princesse **affirme sa liberté** et, même après la mort de son mari, se refuse à l'homme qu'elle aime pourtant passionnément.
Ce roman, écrit par une femme de la Cour pour les lectrices des salons, est bien plus qu'un roman précieux. La multiplicité des péripéties romanesques a fait place à un resserrement autour du déchirement tragique vécu par le personnage.

D Des genres variés

D'autres œuvres, de tonalités variées, sont aussi à retenir.

• **Le roman sentimental.** À partir de 1607, *L'Astrée* d'Honoré d'Urfé inaugure la mode des bergers et des paysages bucoliques. Le roman renoue avec la littérature courtoise en faisant de la femme aimée un être inaccessible. Le **mouvement précieux**, qui rejette l'ordinaire, compose des œuvres qui codifient le parcours amoureux, comme chez **Mademoiselle de Scudéry** avec la « carte du Tendre ».

• **Le roman héroïque et ses parodies.** S'inspirant de l'épopée, le roman héroïque fait l'éloge de personnages de l'Antiquité ou du Moyen Âge. Il suscite la parodie, et certains romanciers, comme **Scarron** (*Le Roman comique*, 1651-1657), se moquent de cet idéalisme.

> **Citation-clé**
> La scène du bal au début de *La Princesse de Clèves* fonde le *topos* romanesque de la première rencontre : *« Monsieur de Nemours fut tellement surpris de sa beauté que, lorsqu'il fut proche d'elle, et qu'elle lui fit la révérence, il ne put s'empêcher de donner des marques de son admiration. Quand ils commencèrent à danser, il s'éleva dans la salle un murmure de louanges. »*

• **Le roman philosophique.** La forme romanesque peut devenir un **instrument de réflexion** : **Cyrano de Bergerac** (1619-1655) écrit *Les États et Empires de la Lune* puis *Les États et Empires du Soleil*, deux utopies qui dénoncent le réel ; en 1699, **Fénelon** mêle pensées philosophiques et politiques dans *Les Aventures de Télémaque*.

2 Charles Perrault : un Moderne

A Le contexte : la querelle des Anciens et des Modernes

La Renaissance a pris l'Antiquité comme référence. Dans la première moitié du siècle, les quelques auteurs, dont Corneille, qui tentent de s'affranchir de ces modèles anciens sont rappelés à l'ordre.

La querelle entre les Anciens (Boileau, Bossuet, Racine, La Bruyère…) et les Modernes (Perrault, Fontenelle…) est ouvertement déclenchée, en 1687, lorsque Charles Perrault présente, à l'Académie française, son poème *Le Siècle de Louis le Grand* dans lequel il place la littérature de son époque au-dessus de celle des Latins.

B Les contes publiés en 1697

Pour se démarquer des modèles antiques qu'il rejette, Charles Perrault réunit les **contes populaires** transmis par la tradition orale et leur donne une forme littéraire. Lus dans les salons, ils sont davantage destinés aux femmes qu'aux enfants.

Ex. : Dans « Le Petit Chaperon rouge », la fillette qui a obéi sagement finit dévorée par le loup. C'est la mère, parce qu'elle a imprudemment envoyé sa fille dans les bois sans l'avertir des dangers, qui est punie chez Perrault : les femmes sont bien les destinataires du conte.

18 Le récit au XVIIIe siècle

Tandis que le conte s'avère un moyen de contourner la censure pour exprimer les valeurs des Lumières, le roman, profitant de ce qu'il échappe à toute codification, prend son essor et acquiert ses lettres de noblesse.

Montesquieu, *Lettres persanes* (1721) — **Abbé Prévost,** *Manon Lescaut* (1731) — **Voltaire,** *Candide* (1759) — **Rousseau,** *La Nouvelle Héloïse* (1761) — **Diderot,** *Jacques le Fataliste* (1765-1784) — **Choderlos de Laclos,** *Les Liaisons dangereuses* (1782)

1 L'essor des genres narratifs

A Le contexte : un souffle de liberté

Sous la régence de Philippe d'Orléans (1715-1723), puis sous Louis XV et Louis XVI, les fêtes se multiplient, le libertinage des mœurs accompagne les idées nouvelles. La fantaisie et les subtilités du langage sont à la mode. Dans les cafés, qui abondent, les philosophes échangent leurs réflexions sur le monde, la société, les institutions…

B Le succès du roman

Ayant échappé à la codification littéraire, le roman est le genre idéal pour les écrivains en quête de liberté et trop à l'étroit dans l'esthétique classique. Sa forme convient parfaitement aux auteurs qui souhaitent faire passer des idées et une sensibilité nouvelles.

C Réalisme et analyse psychologique

Les écrivains du Siècle des lumières imaginent des intrigues qui se déroulent au cœur de la **réalité** : **passion et société** dans *La Nouvelle Héloïse* (1761) de Rousseau, **liberté féminine** dans *La Vie de Marianne* de Marivaux (1731-1741) ou *La Religieuse* de Diderot (1796)… On aurait tort de penser que seule la raison trouve grâce aux yeux des auteurs du XVIIIe siècle. C'est l'être humain tout entier, avec ses raisonnements mais aussi ses sentiments, qui les intéresse.

Info-clé

En Angleterre, ***Robinson Crusoé***, écrit par Daniel Defoe en 1719, souligne la force dominatrice de l'homme civilisé et fonde un mythe que les auteurs continuent de décliner.

D La naissance de l'autobiographie

Les Confessions, que Rousseau publie en 1782, sont considérées comme la première autobiographie car l'auteur part en quête de lui-même, se raconte pour mieux se comprendre et confie au lecteur le soin de garantir la sincérité de son portrait.

Citation-clé

« Je veux montrer à mes semblables un homme dans toute la vérité de la nature ; et cet homme ce sera moi » (Rousseau, première page des *Confessions).*

2 La diversité des formes romanesques

A Le roman picaresque

Venu d'Espagne au XVIIe siècle, le roman picaresque est une forme de **roman d'aventures** où les péripéties se multiplient : *Histoire de Gil Blas de Santillane* (publié entre 1715 et 1735) de Lesage. Voltaire s'en moque en multipliant, dans ses contes, les péripéties invraisemblables.

B Le roman épistolaire

- Si les romans épistolaires prolifèrent au XVIIIe siècle, c'est sans doute pour plusieurs raisons : l'illusion de réel qu'ils procurent, le goût pour le naturel, la possibilité de l'analyse psychologique.
- Dans les *Lettres persanes*, la lettre est avant tout un moyen, pour Montesquieu, de présenter avec un regard neuf (celui des Persans) la vie et les institutions françaises.
- En 1761, dans une tout autre tonalité, **Rousseau** écrit *La Nouvelle Héloïse*, un vaste roman qui raconte l'amour impossible de Julie et de Saint-Preux. Le titre fait allusion à la correspondance célèbre du moine Abélard et de la jeune Héloïse au Moyen Âge.
- L'utilisation que **Laclos** fait de la lettre en 1782 est encore différente : *Les Liaisons dangereuses* est un roman libertin dans lequel seul le dénouement sauve la morale.

C Les pseudo-Mémoires

Dans un souci de réalité, de nombreux romans prennent la forme de Mémoires et donnent l'**illusion de l'authenticité** : *La Vie de Marianne* de Marivaux ou encore *Manon Lescaut* de l'**abbé Prévost**.

D Un roman novateur : *Jacques le Fataliste* de Diderot

Ce roman, dont l'écriture s'étend de 1765 à 1784, date de la mort de son auteur, se noue et se dénoue en permanence pour mieux surprendre le lecteur. Diderot poursuit une réflexion sur la fatalité et la liberté dans un récit qui se permet même de se moquer de son lecteur : *« Vous voyez, lecteur, que je suis en beau chemin, et qu'il ne tiendrait qu'à moi de vous faire attendre, un an, deux ans, trois ans, le récit des amours de Jacques, en le séparant de son maître et en leur faisant courir à chacun tous les hasards qu'il me plairait. »*

3 Le conte

A La découverte des *Mille et Une Nuits*

À partir de 1704, Antoine Galland traduit de l'arabe le recueil anonyme des *Mille et Une Nuits*. Les féeries orientales séduisent le public.

B Les contes destinés aux enfants

Le XVIIIe siècle s'intéresse à l'éducation des enfants, et certains récits connaissent un succès qui traverse les siècles comme *La Belle et la Bête* publiée par Madame Leprince de Beaumont en 1757.

C Les contes de Voltaire

Pour se moquer de ses contemporains ou des genres à la mode mais aussi pour critiquer les institutions et exprimer ses idées, Voltaire reprend et **détourne le genre du conte**. Les héros (Zadig, Candide, l'Ingénu) posent un **regard distancié sur la réalité** (voir aussi p. 349).

19 Le récit au XIXe siècle

Le roman est le **genre majeur du XIXe siècle.** Mode d'expression favori de la bourgeoisie, il profite du développement des villes et d'une plus grande diffusion du livre et de la presse. Les nouvelles, aussi appelées « contes », occupent une place importante, notamment en raison de leur parution dans les journaux.

Balzac,
La Comédie humaine
(1829-1850)

Stendhal,
Le Rouge et le Noir
(1830)

Flaubert,
Madame Bovary
(1857)

Hugo,
Les Misérables
(1862)

Zola,
Les Rougon-Macquart
(1871-1893)

1 Le récit romantique

A Roman et romantisme en Angleterre et aux États-Unis

- Si le romantisme français s'exprime surtout au théâtre et en poésie, la situation n'est pas la même en Angleterre où ce courant donne naissance au roman noir (*Dracula* de Bram Stoker, 1897), aux romans psychologiques des sœurs Brontë ou aux œuvres engagées de Dickens (*David Copperfield*, 1849-1850).
- L'Américain Edgar Poe choisit la forme resserrée de la nouvelle pour donner toute leur force à ses récits fantastiques qui seront traduits par Baudelaire (*Histoires extraordinaires*, 1856).

B Le roman et l'expression du *moi*

La sensibilité romantique s'épanche dans une poésie lyrique et trouve peu sa place dans le genre romanesque. On citera, quand même, les récits *Atala* (1801) et *René* (1802) de **Chateaubriand**, les romans *Adolphe* (1816) de Benjamin Constant et *La Confession d'un enfant du siècle* (1836) de **Musset**.

C Le récit engagé

- L'écrivain romantique se doit de **guider les hommes** et d'**améliorer leur sort**. **Victor Hugo** s'en prend à une société qui punit au lieu d'éduquer en imaginant le personnage de Jean Valjean dans *Les Misérables.* Il avait déjà pris parti contre le système judiciaire dans deux récits de jeunesse : *Le Dernier Jour d'un condamné* (1829) et *Claude Gueux* (1834).
- D'autres écrivains empruntent cette voie du roman social, comme Eugène Sue avec ses *Mystères de Paris* (1842-1843) ou la romancière George Sand dans *La Mare au diable* (1846).

▲ Chateaubriand (1768-1848).

D Le roman populaire

Le roman de cape et d'épée, qui situe ses actions aux multiples rebondissements dans un cadre historique, connaît ses heures de gloire avec **Alexandre Dumas**, qui publie plus d'une centaine de romans dont *Les Trois Mousquetaires* (1844) et *Le Comte de Monte-Cristo* (1844-1846). Ces romans sont d'abord publiés en feuilletons dans la presse.

2 Le récit réaliste

A Balzac et le réalisme

- **L'illusion de réel.** En imaginant *La Comédie humaine* (une centaine de romans), Honoré de Balzac crée un prodigieux univers parallèle à la réalité. Lorsque le lecteur retrouve, dans *Illusions perdues*, Eugène de Rastignac, le héros du *Père Goriot*, il a l'impression d'avoir affaire à un monde bien réel.

> **Citation-clé**
> *« Un roman : c'est un miroir que l'on promène le long d'un chemin »* (attribué à Saint-Réal par Stendhal dans *Le Rouge et le Noir*).
> Stendhal se veut réaliste, mais ses romans, *Le Rouge et le Noir* (1830), *La Chartreuse de Parme* (1839) laissent percevoir ses aspirations romantiques.

- **L'ambition de *La Comédie humaine*.** L'organisation du roman en plusieurs parties appelées « scènes » *(Scènes de la vie parisienne, Scènes de la vie privée…)* révèle le projet du romancier : il s'agit bien de tendre à la réalité le miroir évoqué par Stendhal et, comme il l'affirme dans son avant-propos, de *« faire concurrence à l'état civil »*. Les mécanismes sociaux (notamment l'argent) et psychologiques (la passion amoureuse, l'ambition) sont découpés au scalpel.

B Flaubert et la voie du roman moderne

- **Un projet réaliste.** Après Balzac, Flaubert emprunte à son tour le chemin du réalisme et s'applique à donner une image sans indulgence de son époque. Dans le conte *Un cœur simple* ou dans les grands romans que sont *Madame Bovary* (1857) et *L'Éducation sentimentale* (1869), il mêle pathétique et ironie pour transmettre une vision sombre et grinçante de son temps.

> **Info-clé**
> En 1857, *Madame Bovary* et *Les Fleurs du Mal* sont accusés d'« outrage à la morale publique et religieuse ». Flaubert gagne son procès alors que Baudelaire le perd.

- **Un projet esthétique.** Mais, pour Flaubert, le réalisme n'est pas une fin en soi, car **l'œuvre n'a d'autre but qu'elle-même**. Les phrases sont ciselées, passées au « gueuloir » (Flaubert avait l'habitude de hurler ses romans). Ce projet esthétique *(« un livre sur rien, un livre sans attache extérieure »)*, qui prime sur l'intention réaliste, ouvre la voie au roman moderne.

3 Le récit naturaliste

A Émile Zola et le roman expérimental

- **Journaliste et romancier, Émile Zola (1840-1902)** est une figure importante de la littérature et de la vie politique de la fin du XIXe siècle. Très connu depuis le succès de *Thérèse Raquin* en 1867, il continue d'écrire des nouvelles *(Contes à Ninon)* qui paraissent dans la presse et des articles dans lesquels il prend courageusement position. On se souvient notamment de « J'accuse ! », sa lettre ouverte au président parue dans le journal *L'Aurore* en 1898.

Émile Zola : « une plume-scalpel » (*La Halle aux charges*, juillet 1885). ▶

• **Un projet scientifique : *Les Rougon-Macquart.*** À une époque où la science a le vent en poupe, Émile Zola se passionne pour les travaux du médecin Claude Bernard et se propose d'étudier le **double déterminisme social et familial** à partir d'une famille de son invention : les Rougon-Macquart. Inspirée de *La Comédie humaine* de Balzac, la fresque romanesque de Zola compte 20 romans chargés de démontrer que les personnages sont marqués par leur hérédité et leur environnement.

Rappel

La théorie de l'hérédité chez Zola s'exprime par le thème de l'alcoolisme, qui marque les fils de Gervaise *(L'Assommoir)* : Étienne *(Germinal)* ne supporte pas l'alcool, Claude *(L'Œuvre)* devient fou et se suicide, Jacques *(La Bête humaine)* a des pulsions meurtrières.

• **Du projet à sa réalisation.** Zola se documente beaucoup avant d'écrire ses romans ; on le voit visiter les mines en vue de la rédaction de *Germinal* ou rencontrer la directrice du *Bon Marché* pour mettre au point *Au Bonheur des dames*. Les descriptions sont précises et minutieuses, mais **le projet réaliste bascule souvent dans le fantastique**. Malgré le souci de vérité et la démonstration du double déterminisme, l'écriture, pour notre plus grand plaisir, dépasse le projet austère et laisse libre cours à l'imaginaire.

B Maupassant et la « vision du monde »

Comme Zola, Maupassant situe ses personnages dans un milieu qu'il souhaite analyser : le journalisme parisien dans *Bel-Ami* (1885), la spéculation immobilière autour des villes de cure dans *Mont-Oriol* (1887). Pour Maupassant, le roman est plus une « vision » qu'une démonstration scientifique.

Citation-clé

« Le réaliste, s'il est un artiste, cherchera non pas à nous montrer la photographie banale de la vie, mais à nous en donner la vision plus complète, plus saisissante, plus probante que la réalité même » (Maupassant, préface de *Pierre et Jean*).

4 Le récit fantastique ou surnaturel

• Parallèlement aux deux courants qui se succèdent – le réalisme puis le naturalisme – apparaissent des contre-courants qui explorent de nouvelles voies, notamment le surnaturel et le fantastique : Barbey d'Aurevilly (*L'Ensorcelée*, 1854) et Villiers de L'Isle-Adam (*Contes cruels*, 1883), par exemple.

• Les auteurs réalistes ou naturalistes peuvent eux-mêmes se tourner vers le fantastique comme Balzac dans son roman *La Peau de chagrin* (1831), Mérimée avec *La Vénus d'Ille* (1837) ou Maupassant dans de nombreuses nouvelles et dans son récit intitulé *Le Horla* (1886-1887).

• La nouvelle, par sa brièveté, convient particulièrement à la tonalité fantastique car elle permet un resserrement de l'intrigue autour de l'hésitation entre une interprétation réaliste et une interprétation surnaturelle des événements étranges racontés.

Illustration de la nouvelle *Le Horla* de Maupassant. ▶

20 Le récit aux XXe et XXIe siècles

Au XXe siècle, tandis que certains romanciers continuent d'écrire pour donner une image du réel, d'autres écrivains s'interrogent sur les enjeux de la littérature et brouillent les frontières entre les récits vrais et les fictions.

Proust, *À la recherche du temps perdu* (1913-1927)

Céline, *Voyage au bout de la nuit* (1932)

Malraux, *La Condition humaine* (1933)

Camus, *L'Étranger* (1942)

Marguerite Yourcenar, *Mémoires d'Hadrien* (1951)

Nathalie Sarraute, *Enfance* (1983)

(Cette liste est, bien sûr, incomplète, et nous n'avons pas assez de recul pour sélectionner des noms plus récents.)

1 Dans la continuité du XIXe siècle

A Les fresques romanesques

Au début du XXe siècle, sous l'influence de Balzac et de Zola, certains romanciers composent des **romans-fleuves** afin de donner une image de la société.

Ex. : Les Thibault (1922-1940) de Roger Martin du Gard.

B Les écrivains engagés

Certains écrivains utilisent la fiction pour exprimer leur opinion. André Malraux, en inscrivant ses romans dans l'histoire récente (*La Condition humaine* en 1933), montre que l'écrivain se doit de réfléchir aux grandes questions de son temps. Jean-Paul Sartre et Albert Camus (*La Peste*, 1947) érigent en principe l'**engagement de l'écrivain**.

2 De nouvelles voies : première moitié du XXe siècle

A Marcel Proust : le roman comme œuvre d'art

Empruntant une voie ouverte par Flaubert, Marcel Proust compose un long cycle romanesque : *À la recherche du temps perdu* (1913-1927). Tout en représentant la société de son temps et en analysant la personnalité et les émotions d'un narrateur qui lui ressemble fort, Proust affirme que **la littérature est, avant tout, une création** : *« le produit d'un autre moi que celui que nous manifestons »* dans la réalité.

Rappel

Selon Proust, alors que le temps détruit les êtres et les souvenirs, le romancier construit une œuvre qui donne vie aux personnages. C'est pourquoi le dernier volume de ce cycle s'intitule *Le Temps retrouvé*.

B André Gide : genèse du roman

Le roman *Les Faux-Monnayeurs* (1926) exprime tout le malaise d'un genre lassé des formes anciennes. En effet, André Gide compose un **roman à tiroirs**, racontant l'histoire de sa propre genèse. Son ambition est de *« purger le roman de tous les éléments qui n'appartiennent pas spécifiquement au roman »* et d'inviter le lecteur à participer à la création du livre.

C Louis-Ferdinand Céline : un nouveau langage

En donnant une **dimension littéraire au langage familier**, Céline (Louis-Ferdinand Destouches) renoue avec les origines du genre. Dans *Voyage au bout de la nuit* (1932), il exprime sa vision sombre du destin des hommes.

Ex. : « Les miennes d'idées elles vadrouillaient plutôt dans ma tête avec plein d'espace entre. C'étaient comme des petites bougies pas fières et clignoteuses à trembler toute la vie au milieu d'un abominable univers bien horrible » (dernière page du *Voyage au bout de la nuit*).

3 Le Nouveau Roman

A Le refus du roman traditionnel

- Les deux Guerres mondiales ont bouleversé la pensée et la sensibilité occidentales, si bien que **les notions d'« individu » et de « personnage » sont remises en question**.
- Dans *La Jalousie*, Alain Robbe-Grillet nomme un de ses personnages « A. » ; le deuxième s'appelle simplement « Franck » ; quant au troisième, il n'est jamais désigné, et on ne devine sa présence que par le verre ou le couvert qui lui sont destinés.

Citation-clé

Le personnage *« a, peu à peu, tout perdu : ses ancêtres, sa maison soigneusement bâtie* [...], *ses propriétés et ses titres de rente, ses vêtements, son corps, son visage, et, surtout, ce bien précieux entre tous, son caractère qui n'appartient qu'à lui, et souvent jusqu'à son nom. »* (Nathalie Sarraute, *L'Ère du soupçon*, 1956).

B Les traits distinctifs du Nouveau Roman

Le **rejet des repères traditionnels** que sont l'intrigue et les personnages n'aboutit pas à leur disparition complète. Mais **la description prend le dessus**, le plus souvent minutieuse et en focalisation externe.

C Des voies différentes

- Les romanciers au cœur ou en marge du Nouveau Roman suivent des routes qui leur sont propres : celle de la « sous-conversation » chez Nathalie Sarraute ou celle de l'objectivité chez Alain Robbe-Grillet. Michel Butor, dans *La Modification*, écrit un récit à la 2e personne du pluriel, amenant le lecteur à adopter l'identité du personnage.

Ex. : La Modification de Michel Butor s'ouvre sur cette phrase : *« Vous avez mis le pied gauche sur la rainure de cuivre, et de votre épaule droite vous essayez en vain de pousser un peu plus le panneau coulissant. »*

• Pour d'autres romanciers, comme les membres de l'Oulipo (Ouvroir de littérature potentielle), le renouveau du roman passe par l'invention de **nouvelles contraintes formelles**, comme dans *Le Chiendent* (1933) de Raymond Queneau ou le roman *La Disparition* (1969), dans lequel Georges Perec n'utilise pas la voyelle *e*.

Ex. : *La Disparition* de Georges Perec commence ainsi : *« Anton Voyl n'arrivait pas à dormir. Il alluma. Son Jaz marquait "minuit vingt". Il poussa un profond soupir, s'assit dans son lit, s'appuyant sur son polochon. »*

▲ Les écrivains du Nouveau Roman devant le siège des éditions de Minuit, en 1959. De gauche à droite : Alain Robbe-Grillet, Claude Simon, Claude Mauriac, Jérôme Lindon, Robert Pinget, Samuel Beckett, Nathalie Sarraute, Claude Ollier.

4 Les chemins de l'autobiographie

• Certains écrivains écrivent ce qu'ils ont vu ou vécu dans les camps de la Seconde Guerre mondiale pour témoigner. Leur récit autobiographique est destiné à garder la **mémoire** de ce qui s'est passé et à alerter les lecteurs. On peut citer *L'Écriture ou la Vie* (1994) de George Semprun, *Si c'est un homme* (1947) de Primo Levi.

• Mais la plupart des récits autobiographiques affichent une **quête de soi**. Certains auteurs choisissent, pour cela, **la fiction** ; on parle alors d'**« autofiction »**. La vérité factuelle n'est pas nécessaire ; les scènes recréées parlent autant de soi si ce n'est mieux, que les faits avérés. Ainsi, d'une manière ou d'une autre, Marguerite Duras se raconte dans ses romans, depuis *Un barrage contre le Pacifique* (1950) jusqu'à *L'Amant* (1984) et *L'Amant de la Chine du Nord* (1991). Les récits de Patrick Modiano (prix Nobel en 2014) poursuivent une enfance douloureuse. On peut aussi citer, pour exemple de cet enjeu du récit, les œuvres d'Éric Fottorino, qui, de *Rochelle* (1991) à *Dix-Sept-Ans* (2018), évoquent la même quête d'identité.

Info-clé

Autofiction est un mot créé en 1977 par Serge Doubrovsky, critique littéraire et romancier, pour désigner son roman *Fils*. Plus largement, ce mot caractérise les œuvres qui croisent récit autobiographique et fiction dans le but d'affiner la quête de soi.

5 Et aujourd'hui ?

• Il semblerait que le roman français continue de frôler les marges du genre romanesque en mettant **l'auteur et sa conscience au centre de l'œuvre**. Parallèlement, d'autres auteurs continuent de faire vivre des personnages, comme J.-M. G. Le Clézio (prix Nobel en 2008), évoquent l'Histoire, comme Pierre Lemaitre (*Au revoir là-haut* en 2013) ou accordent une grande place à l'imaginaire, comme Laurent Gaudé (*La Mort du roi Tsongor*, 2002). D'autres continuent d'analyser la réalité de leur temps, tel Nicolas Mathieu qui a obtenu le Prix Goncourt en 2018 pour *Leurs Enfants après eux*.

• La biographie romancée est en vogue ces dernières années. On peut citer *Charlotte* (2014) de David Foenkinos qui évoque la vie tragique de Charlotte Salomon, une femme peintre, ou encore *Légende d'un dormeur éveillé* (Gaëlle Nohant, 2017) sur le poète résistant Robert Desnos.

21 Étudier une pièce de théâtre

Le terme grec qui a donné le mot *théâtre* désigne « ce qui est regardé » et définit ainsi la spécificité de ce **genre littéraire : une représentation avant d'être un texte.** C'est donc sous l'angle du **spectacle** que le texte de théâtre doit être abordé et étudié.

1 Le texte théâtral

A L'organisation spécifique du texte de théâtre

• La spécificité du texte théâtral tient à sa finalité qui est la **représentation**. En effet, l'organisation en **actes** et en **scènes**, plutôt qu'en parties et en chapitres, est liée au spectacle lui-même.

• À l'origine, les changements d'acte permettent le renouvellement des bougies. Quant aux changements de scène, invisibles pour les spectateurs, ils facilitent le calendrier des répétitions en indiquant les noms des comédiens présents à tel ou tel moment de la pièce.

Vocabulaire-clé

• **Didascalie :** indication concernant le décor ou le jeu des comédiens.
• **Réplique :** parole d'un personnage.
• **Dialogue :** échange de répliques.
• **Stichomythie :** échange de répliques très brèves.
• **Tirade :** longue réplique.
• **Monologue :** parole d'un personnage seul sur scène (à ne pas confondre avec la tirade).
• **Aparté :** parole qu'un personnage prononce à seule destination du public.

B Un texte destiné à être prononcé

• **Le texte en vers.** La tragédie classique (XVIIe siècle) tire sa force et sa musicalité de la **versification** elle-même afin d'émouvoir les spectateurs.

Ex. : Les alexandrins de l'Infante au début du *Cid* de Corneille expriment le déchirement tragique du personnage.

• **La *commedia dell'arte*** propose à ses comédiens d'improviser à partir d'une grille définie : le **« scénario »**. Sans le jeu des acteurs, la pièce n'existe pas.

▲ Une représentation de *commedia dell'arte* par la troupe des Gelosi (1571-1604).

C La question de la place du texte

La tradition littéraire occidentale tend à sacraliser le texte en accordant à la **parole des personnages** la première place. Des auteurs et des théoriciens comme Eugène Ionesco *(Notes et Contre-Notes)* ou Antonin Artaud (*Le Théâtre et son Double*, 1938) ont condamné cette suprématie de la parole et souligné la place du spectacle.

Citation-clé

Influencé par le théâtre asiatique, celui de Bali notamment, Artaud prône un *« théâtre de la cruauté »*, c'est-à-dire un spectacle où s'affirme la présence physique intense des comédiens.

D Un genre qui puise ses racines dans l'Antiquité

• Qu'elles s'en nourrissent ou qu'elles le rejettent, les œuvres théâtrales de notre histoire littéraire se définissent par rapport à la tragédie et à la comédie de l'Antiquité grecque.

• **La tragédie.** Elle célèbre les **valeurs** (honneur, gloire…) de la société et expose les **forces** (destin, dieux…) à redouter. Elle fédère les spectateurs en leur faisant éprouver ***« terreur et pitié »*** (Aristote) : cette fonction cathartique (la catharsis) ***« purge les passions »*** des spectateurs.
Les personnages de haut rang sont déchirés par un **dilemme**, entraînés vers la mort par un destin qu'ils ne peuvent contrer malgré leurs efforts.

• **La comédie.** Destinée à faire rire, elle a aussi une **fonction satirique**. Elle met en scène des personnages types : le barbon (vieillard avare, égoïste, naïf), les jeunes gens amoureux, ainsi qu'un esclave (un valet ou une servante) débrouillard et insolent. L'intrigue tourne autour d'un mariage, et tout se termine bien pour les jeunes gens qui s'aiment.

2 Les contraintes du théâtre

A Les contraintes matérielles

• **Le temps de la représentation.** Alors que le romancier dispose d'une infinie liberté, le dramaturge voit peser sur son œuvre une succession de contraintes matérielles. Il évolue tout d'abord dans un **temps réduit**. Les tentatives pour créer de très longues pièces (*Le Soulier de satin* de Paul Claudel, par exemple) restent exceptionnelles, et la représentation devra être relativement brève.

De plus, si le lecteur peut revenir en arrière et reprendre un passage qu'il a mal compris, le spectateur, lui, est pris dans le **rythme imposé** par la représentation. À l'auteur donc de veiller à ce que son texte soit clair en soulignant ou répétant les éléments essentiels.

• **L'espace de la représentation.** De même, l'**espace est réduit** : les comédiens se déplacent entre les trois murs de la scène, auxquels s'ajoute le **« quatrième mur »** virtuel.

> **Notion-clé**
>
> **« Quatrième mur ».** Cette notion a été mise en avant par le metteur en scène André Antoine dans un souci de vraisemblance. Dans cette **conception de l'espace scénique**, le spectateur est un voyeur devant une action qui semble se dérouler sans lui. Cette notion appartient, en réalité, à Denis Diderot qui, en 1758, dans son *Discours sur la poésie dramatique*, écrit : *« Imaginez, sur le bord du théâtre, un grand mur qui vous sépare du parterre ; jouez comme si la toile ne se levait pas. »*

B La codification du théâtre

À ces contraintes matérielles s'ajoutent des **contraintes culturelles** : le théâtre est un genre traditionnellement codifié **(voir p. 370)**.
On peut supposer que cette codification, qui existe dans d'autres pays comme le Japon, est inhérente au genre théâtral lui-même. En effet, le théâtre, destiné à être représenté devant un groupe, est une célébration collective qui trouve sa place dans une société elle-même régie par des codes.
De plus, pour être compréhensible aisément, le théâtre doit se définir par rapport à des **repères** que le spectateur maîtrise ; par exemple, les conditions sociales et les caractères sont rapidement identifiables : le valet fourbe, le vieillard égoïste et avare…

3 Une œuvre collective

A Les personnes impliquées dans la représentation théâtrale

La représentation théâtrale est bel et bien une création collective. Le travail de l'**auteur** est prolongé par celui du **metteur en scène** qui dirige les **comédiens** et les **techniciens** (lumière, costumes, son...). Le public est partie prenante de la représentation. Le dramaturge peut même lui confier un rôle, comme le fait Molière dans *L'Avare* (1668) lorsque le monologue d'Harpagon devient un véritable dialogue avec la salle.

Citation-clé

« Que de gens assemblés ! [...] De grâce, si l'on sait des nouvelles de mon voleur, je supplie que l'on m'en dise. N'est-il point caché là parmi vous ? Ils me regardent tous et se mettent à rire. Vous verrez qu'ils ont part sans doute au vol que l'on m'a fait » (célèbre monologue d'Harpagon dans *L'Avare* de Molière).

B Le metteur en scène : les choix

• **Le metteur en scène fait son apparition à la fin du XIXe siècle,** avec André Antoine (1858-1943), quand le genre théâtral s'est assoupli. Entre le **simple traducteur** fidèle et invisible de la pensée de l'auteur (les metteurs en scène Jacques Copeau ou Jean Vilar) et le **créateur** qui utilise la pièce du dramaturge pour en faire sa propre œuvre (Antoine Vitez), il existe des conceptions différentes du rôle du metteur en scène.

• **Le metteur en scène doit répondre à différentes questions :** traduction du texte ou utilisation/recréation ? mise en valeur de la psychologie (la dimension romanesque du théâtre) ou projet pictural ? quelle place accordée aux spectateurs ? À cette dernière question, Ariane Mnouchkine (le Théâtre du Soleil) répond en repensant l'espace scénique (plusieurs scènes, par exemple) pour permettre au public de participer pleinement à la représentation.

4 Un spectacle

A Le décor et ses fonctions

• **Une fonction esthétique.**

Lorsque le rideau se lève, c'est le décor que le spectateur découvre en premier, un décor dont la fonction peut être de le **séduire** par sa précision (dans *Rhinocéros* de Ionesco, par exemple) ou, au contraire, par son dépouillement (*En attendant Godot* de Samuel Beckett).

Info-clé

À la fin du XIXe siècle, avec l'électricité, l'**éclairage** devient une des **ressources du théâtre**. Il est possible de mettre en lumière un personnage ou, au contraire, de le dissimuler, comme Musset en rêvait au début de *Lorenzaccio* (pièce destinée à être lue) lorsqu'il imaginait une scène nocturne.

• **Une fonction informative.**

Le décor délivre des **informations** sur le milieu social.

Ex. : Le Bourgeois gentilhomme nous montre, par exemple, la maison d'un riche bourgeois.

Les meubles ou accessoires peuvent, par ailleurs, jouer un rôle dans l'intrigue.

Ex. : Dans *Le Tartuffe*, Elmire invite son mari Orgon à se cacher sous une table pour surprendre les intentions du personnage éponyme.

• **Une fonction symbolique.**

Le décor et les accessoires ont souvent une fonction symbolique.

Ex. : L'épée que brandit Iphicrate au début de *L'Île des esclaves* de Marivaux représente le pouvoir exercé par la force ; c'est, d'ailleurs, le sens du nom du personnage.

B Le costume et ses fonctions

- **Une fonction informative.**

Comme le décor, le costume informe les spectateurs.

Ex. : La tenue de M. Jourdain, au début du *Bourgeois gentilhomme*, indique l'époque et la position sociale du personnage.

Mais les metteurs en scène ou les auteurs eux-mêmes, tel Anouilh dans *Antigone*, peuvent choisir, au contraire, des costumes neutres ou contemporains afin de donner à leurs personnages une **valeur atemporelle**.

- **Un rôle dans l'intrigue.**

Dans la comédie, le travestissement est un des ressorts de l'action.

Ex. : Dans *Le Jeu de l'amour et du hasard* (Marivaux), l'échange des conditions sociales qui est au cœur de l'intrigue s'exprime par un échange de costumes entre les maîtres et leurs serviteurs.

- **Une fonction symbolique.**

De façon plus profonde, le costume peut aussi symboliser le personnage.

Ex. : C'est le cas d'Harpagon (*L'Avare* de Molière), qui porte un costume élimé et démodé.

C Le jeu du comédien

Mentionnés par des didascalies ou créés par le metteur en scène, les jeux de scène font appel aux **gestes** et aux **expressions** des comédiens. Leur rôle peut être simplement comique ; les gestes peuvent aussi influencer l'évolution de l'intrigue.

Ex. : Dans *Le Cid*, le soufflet du Comte qui humilie Don Diègue déclenche la logique tragique de la vengeance.

D Un théâtre destiné à être écouté

- **Le rôle des intonations.**

Le texte de théâtre est destiné à être prononcé, voire déclamé.

Ex. : Molière, dans *Les Précieuses ridicules*, critique la diction très exagérée des comédiens de l'Hôtel de Bourgogne et propose un jeu plus proche de la parole ordinaire.

- **Rires et cris.**

Le langage du comédien ne se réduit pas à des mots ; la représentation donne vie à ce qui n'est que *« Ah ! Ah ! »* dans le texte imprimé.

Ex. : Les cris (ceux de Toinette au début du *Malade imaginaire*) ou les rires (celui de Zerbinette à la fin des *Fourberies de Scapin*) ne laissent jamais le spectateur indifférent.

- **Le bruitage et la musique.**

Outre les paroles, les cris et les rires, les bruits font également partie de la représentation théâtrale.

Ex. : Que serait la fin de *Dom Juan* sans les coups de tonnerre qui manifestent la puissance divine ?

La musique peut être un choix du metteur en scène ou s'inscrire dans le projet initial de l'auteur, comme dans la comédie-ballet, un genre apprécié à la cour de Louis XIV.

Ex. : Le Bourgeois gentilhomme est le fruit de la collaboration de Molière et du musicien Lully.

Poussée à l'extrême, cette association, qui vise à créer un spectacle total, mène à l'opéra.

22 Les origines de notre théâtre

Les racines de notre théâtre puisent dans l'Antiquité, qu'il s'agisse de nous émouvoir ou de nous faire rire.

1 Le théâtre antique

A Une célébration collective

Le théâtre tel que nous le connaissons naît à Athènes au Ve siècle av. J.-C. Les pièces sont montées à l'occasion des fêtes de la cité. En ce sens, dès son origine, le théâtre joue un **rôle social** particulier. Les comédies sont données entre deux tragédies afin de détendre l'atmosphère.

> **Info-clé**
> Dans sa *Poétique*, **Aristote** explique que la tragédie doit être « *mimésis* » (elle montre, imite la réalité) et « *catharsis* » (inspirant **« *terreur et pitié* »**, la tragédie purge les spectateurs de leurs passions).

B La tragédie

Les sujets sont historiques ou mythologiques, et le chœur représente les **interrogations des spectateurs**. Trois grands noms sont à retenir : Eschyle, Sophocle et Euripide. Progressivement, les personnages acquièrent plus d'autonomie et les dieux se font moins directifs.

C La comédie

Les personnages de comédie sont des **personnages ordinaires dont on peut rire**. Aristophane est le principal auteur de comédies littéraires grecques ; il inspire deux grands auteurs latins : Plaute (v. 254-184 av. J.-C.) et Térence.

2 Le théâtre français au Moyen Âge et à la Renaissance

A Le théâtre médiéval

Le théâtre médiéval s'inspire des textes religieux : les mystères, qui reprennent des épisodes de l'Évangile, sont, en effet, joués à l'occasion des **fêtes religieuses**. Les farces, elles, mettent en scène des personnages ordinaires et n'hésitent pas à recourir au comique le plus grossier.

B Le théâtre de la Renaissance

En 1548, un décret royal met fin à la représentation des mystères. Tandis que les farces continuent de faire rire, les humanistes redécouvrent les chefs-d'œuvre de l'Antiquité et imposent le **modèle grec**.

23 Le théâtre au XVIIe siècle

Alors que l'esthétique baroque domine en Europe, le classicisme, marqué par la raison et les modèles antiques, imprègne en profondeur le théâtre français jusqu'à la fin du XVIIIe siècle.

Corneille, *Le Cid* (1637)

Molière, *Le Tartuffe* (1664-1669)

Boileau, *Art poétique* (1674)

Racine, *Phèdre* (1677)

1 Deux mouvements esthétiques

A Le baroque

Le mot « baroque » vient du portugais ***barrocco*** qui désigne une perle irrégulière. Après la période troublée des guerres de Religion, le baroque est un **mouvement esthétique** qui exprime toute la **complexité d'un univers échappant à l'emprise de l'homme**. Les jeux de miroir, les trompe-l'œil, les décors chargés sont des caractéristiques de ce mouvement qui domine en Europe jusqu'au milieu du XVIIIe siècle.

Pierre Paul Rubens (1577-1640), *La Chute de Phaéton* (v. 1604-1605), National Gallery of Art, Washington. ▶

B Le classicisme

En réaction au baroque, le classicisme est un **mouvement esthétique français** qui prône l'**ordre**, la **mesure**, l'**équilibre** selon les modèles antiques. Les jardins dits « à la française » du château de Versailles en sont une bonne illustration.

2 Un théâtre baroque

• Sous Louis XIII (1601-1643), Corneille écrit des comédies baroques. Ainsi, *L'Illusion comique* (1636) est bâtie sur un jeu de théâtre dans le théâtre.

• Louis XIV, maître des arts, impose l'esthétique classique sans pour autant chasser totalement le baroque comme en témoigne la Galerie des glaces de son château et certaines comédies de Molière.

> **Œuvre-clé**
>
> ***Dom Juan* de Molière (1665) : une comédie baroque.** Chacun des actes se déroule dans un décor différent : intérieurs, forêt, bord de mer à l'acte II... Les personnages sont nombreux, à peine esquissés comme Charlotte et Mathurine dans l'acte II. Plusieurs intrigues se croisent ; leur seul point d'ancrage est le personnage éponyme, « *grand seigneur méchant homme* ». Le dénouement est spectaculaire, la statue du Commandeur offensé entraînant Dom Juan dans les flammes de l'enfer.

3 Le théâtre classique

A Les règles du théâtre classique

• **La règle des trois unités** demande à ce que l'action se déroule en **un seul jour**, en **un seul lieu** et qu'elle ne pose qu'**un seul problème**. Ainsi, les tragédies de Racine sont concentrées et le cadre choisi est épuré : le vestibule d'un palais où les différents personnages vont se croiser.

> **Citation-clé**
>
> « *Qu'en un lieu, qu'en un jour, un seul fait accompli /Tienne jusqu'à la fin le théâtre rempli* » (Nicolas Boileau, *Art poétique*, 1674).

• **La règle de vraisemblance** n'oblige pas à la vérité mais demande d'**imiter le vrai**. Les batailles ou les combats mythologiques (la mort d'Hippolyte terrassé en combattant un monstre marin dans *Phèdre* de Racine) ne peuvent donc être représentés et doivent faire l'objet d'un récit.

• **La règle de bienséance** permet de **ne pas choquer le spectateur**. Ainsi, les personnages ne peuvent mourir sur scène.

Ex. : Dans *Le Cid* de Corneille, le combat verbal entre Rodrigue et le Comte (acte II, scène 2) se prolonge en coulisses par un duel aboutissant à la mort du Comte.

B Les genres codifiés

• **La tragédie,** selon le modèle antique, met en scène des **personnages de haute lignée** prisonniers d'un destin qui les mène à leur perte.

Ex. : Titus (*Tite et Bérénice* de Corneille, *Bérénice* de Racine) est un roi de Rome. Thésée, personnage de *Phèdre*, est un roi lui aussi.

• **La comédie,** dont la fonction est satirique, met en scène des **personnages du peuple ou de la bourgeoisie**, comme le montre le titre même du *Bourgeois gentilhomme*. La première scène de *L'École des femmes* souligne le milieu populaire auquel appartient Arnolphe.

> **Citation-clé**
>
> « *Castigat ridendo mores* ». Molière reprend la devise de la comédie latine : « *La comédie corrige* (castigat) *les mœurs* (mores) *par le rire* (ridendo). »

• À côté de ces deux grands genres hérités de l'Antiquité conformément à l'esthétique classique, **la tragi-comédie** est un genre qui reprend les codes de la tragédie mais propose un **dénouement heureux**.

Ex. : Les personnages du *Cid* sont des nobles de haut rang, et Rodrigue (le Cid) fait face à un dilemme qui devrait le conduire à la mort. Mais la pièce n'est pas une tragédie : dans cette tragi-comédie, le héros peut épouser, à la fin, la fille de l'homme qu'il a tué en duel.

4 Trois grands dramaturges du XVIIe siècle

A Pierre Corneille (1606-1684)

• Le « grand Corneille » commence sa carrière littéraire comme **auteur de comédies** ; *L'Illusion comique,* en 1636, une pièce baroque, sera sa dernière comédie.

• En 1637, on reproche au ***Cid***, une **tragi-comédie** qui obtient un grand succès, son invraisemblance et la complexité de l'intrigue.

• Les très nombreuses **tragédies** qui suivent seront plus conformes aux canons du classicisme : *Horace* (1640), *Cinna* (1641), *Polyeucte* (1642)… *Tite et Bérénice* (1670), *Suréna* (1674). Corneille puise la plupart de ses sujets dans l'histoire antique ; il met en scène des personnages déchirés entre des exigences contradictoires en soulignant à la fois leur **héroïsme** et leur **fragilité humaine**.

B Jean Racine (1639-1699)

• Plus jeune que Corneille à qui il va faire de l'ombre, Racine est insensible au baroque. Élevé dans la rigueur du jansénisme (courant religieux austère qui croit à la prédestination), il compose des tragédies dont l'équilibre et le resserrement deviennent des **modèles du classicisme pur**. Les intrigues sont simples, les personnages se croisent dans un lieu unique (le vestibule du palais).

• Comme son prédécesseur, il s'inspire de l'Antiquité, notamment de la mythologie. Ses héros, comme ceux de Sophocle, sont **prisonniers d'un destin auquel ils ne peuvent échapper**. Ses pièces sont moins nombreuses que celles de Corneille : *Andromaque* (1667), *Britannicus* (1669), *Bérénice* (en 1670, comme *Tite et Bérénice* de son rival), *Iphigénie* (1674), *Phèdre* (1677)… *Les Plaideurs* (1668) est son unique comédie.

> **Œuvre-clé**
>
> ***Phèdre*, un modèle du classicisme.**
> Sous l'emprise de Vénus *« tout entière à sa proie attachée »*, Phèdre aime Hippolyte, son beau-fils. L'aveu de cette passion déclenche un mécanisme mortel (la « catastrophe » de la tragédie) que les personnages ne peuvent enrayer. La mort d'Hippolyte ordonnée par Thésée provoque celle de Phèdre et de sa confidente Œnone.

C Jean-Baptiste Poquelin, dit « Molière » (1622-1673)

• Molière est à la fois **acteur, directeur d'une troupe et auteur**. Selon les modèles de la comédie latine et de la *commedia dell'arte*, il écrit, met en scène et joue de nombreuses comédies.

• Tout en respectant les codes du genre et en divertissant son public, **il s'attaque à la société de son temps** : les médecins, les avares, les nobles désargentés (Dorante dans *Le Bourgeois gentilhomme* en 1670), les dévots proches du roi – ce qui lui vaudra l'interdiction du *Tartuffe* en 1664.

• Si certaines pièces (*Les Fourberies de Scapin*, 1671) sont proches de la farce, d'autres, écrites en vers, comme *L'École des femmes* (1662) ou *Le Misanthrope* (1666), donnent ses lettres de noblesse à la comédie.

> **Citation-clé**
>
> *« Les comédies ne sont faites que pour être jouées »* (Molière, préface de *L'Amour médecin*, 1665).

24 Le théâtre au XVIIIe siècle

Après la mort de Louis XIV (1715), dont la fin de règne a été austère, les mœurs et les pensées se libèrent, mais le théâtre reste sous l'influence des deux courants dominants, le classicisme français et le baroque (prolongé par le rococo).

Marivaux, *Le Jeu de l'amour et du hasard* (1730)

Beaumarchais, *Le Mariage de Figaro* (1784)

1 Le prestige de la tragédie

Les tragédies de Corneille et de Racine sont toujours jouées et vénérées. Des auteurs essaient de les égaler tel Voltaire avec *Zaïre* (1732), par exemple.

2 Le renouvellement de la comédie

A La comédie après Molière

- Après la mort de Molière en 1673, Louis XIV ordonne la fusion de sa troupe et de celle de l'hôtel de Bourgogne pour donner naissance à la Comédie-Française (1680). Les comédiens italiens sont chassés en 1697 – ce qui provoque le développement des théâtres de la foire (théâtres populaires à l'occasion des foires). En 1716, le Régent autorise le retour des comédiens italiens à Paris.
- À la fin du siècle, un nouveau genre fait son apparition : le **drame bourgeois**. Puisant dans la tragédie comme dans la comédie, il se veut un *« genre sérieux »* (Diderot). On peut citer *La Mère coupable* de Beaumarchais jouée en 1792.

B Marivaux (1688-1763)

Comme Molière, Pierre Carlet de Chamblain de Marivaux est fasciné par le théâtre italien, pour lequel il écrit. Il n'hésite pas à reprendre les personnages de la *commedia dell'arte* comme Arlequin ou Silvia. Sous sa plume, ces personnages types prennent du relief et leurs sentiments sont étoffés pour être décortiqués. Certaines comédies, comme *L'Île des esclaves* (1725) ou *Le Jeu de l'amour et du hasard* (1730), imaginent une **inversion de la hiérarchie sociale**, les valets devenant des maîtres et inversement. Mais nous ne sommes qu'à l'aube des Lumières, et le théâtre de Marivaux, alliant **fantaisie et morale**, ne propose pas encore une réflexion politique.

C Beaumarchais (1732-1799)

Pierre-Augustin Caron de Beaumarchais poursuit ce renouvellement de la comédie avec une pièce qui fut censurée, *La Folle Journée ou le Mariage de Figaro* (1784), deuxième volet d'une trilogie qui comprend *Le Barbier de Séville* (1775) et *La Mère coupable* (1792). Dans l'esprit rapide de la *commedia dell'arte*, Beaumarchais met en scène un personnage qui hérite du Sganarelle de Molière et de l'Arlequin de Marivaux. Mais Figaro et son auteur vont beaucoup plus loin en **dénonçant ouvertement les privilèges de la noblesse**, notamment dans le célèbre monologue de l'acte III, scène 5.

> **Citation-clé**
>
> *« [...] noblesse, fortune, un rang, des places, tout cela rend si fier ! Qu'avez-vous fait pour tant de biens ? Vous vous êtes donné la peine de naître, et rien de plus [...] »* (Beaumarchais, *Le Mariage de Figaro*, II, 5, 1784).

25 Le théâtre au XIXe siècle

Sur tous les plans – politique, social, économique, esthétique –, le XIXe siècle est une période de grands bouleversements ; les anciens repères sont remis en question.

Hugo, *Hernani* (1830)

Musset, *Lorenzaccio* (1834)

Vigny, *Chatterton* (1835)

Labiche, *Le Voyage de M. Perrichon* (1860)

Rostand, *Cyrano de Bergerac* (1897)

1 La révolution romantique

• Les romantiques, sous la houlette de Victor Hugo, **rejettent le classicisme**. Il n'est plus question de s'inspirer de la mythologie antique, de reprendre les genres codifiés depuis l'Antiquité, de suivre les règles édictées par Boileau dans son *Art poétique* (1674). Alors que les dramaturges et le public du XVIIIe siècle ont continué de voir en Racine et Corneille les modèles de la littérature française, les romantiques veulent imiter Shakespeare et prônent de nouvelles valeurs.

• Le romantisme ne s'installe pas sans heurts, et les pièces suscitent autant de haine que d'enthousiasme. Ainsi, le 25 février 1830, la première représentation d'*Hernani*, de Victor Hugo, déclenche une bagarre entre admirateurs et détracteurs dans la salle même de la Comédie-Française.

Citation-clé

« Dans l'armée romantique comme dans l'armée d'Italie, tout le monde était jeune. / Les soldats pour la plupart n'avaient pas atteint leur majorité, et le plus vieux de la bande était le général en chef, âgé de vingt-huit ans. C'était l'âge de Bonaparte et de Victor Hugo à cette date » (Théophile Gautier, *Histoire du romantisme*).

Albert Besnard (1849-1934), *La Première d'« Hernani » (avant la bataille)*. Paris, musée Victor Hugo. ▶

FRANÇAIS

2 Le drame romantique

A Les principes

La *liberté* est le mot d'ordre des romantiques. Victor Hugo souhaite et pratique le **mélange des genres et des tonalités** (le « grotesque » et le « sublime »). Dans le drame romantique, une scène comique peut succéder à une rencontre tragique. L'unité d'action et l'impression de réel restent nécessaires à la crédibilité des pièces, mais les unités de lieu et de temps sont rejetées. Les intrigues se complexifient, et les personnages se multiplient au point que certaines pièces sont difficiles à mettre en scène. L'alexandrin n'est pas banni mais il s'assouplit (un alexandrin plus ternaire que binaire) et n'est pas obligatoire (*Les Caprices de Marianne* de Musset, par exemple).

Les romantiques veulent un théâtre libre, naturel, susceptible d'exprimer toute la **palette des sentiments et des émotions humaines**.

> **Citation-clé**
>
> *« Toute époque a ses idées propres : il faut qu'elle ait aussi les mots propres à ses idées »* (Victor Hugo, préface de *Cromwell*, 1827).

B Les principales œuvres

- *Hernani* (1830) et *Ruy Blas* (1838) sont les drames de Victor Hugo les plus connus ; dans cette seconde pièce, le dramaturge emprunte à la comédie le *topos* du valet travesti en maître mais lui donne une force tragique.
- D'autres poètes romantiques écrivent aussi pour le théâtre, comme Alfred de Vigny, qui compose *Chatterton* en 1835, et Alfred de Musset, qui crée *Lorenzaccio* en 1834. La particularité des pièces d'Alfred de Musset est qu'elles ne sont pas destinées à être jouées mais lues en imaginant ce que serait leur représentation.
- En 1897, Edmond Rostand renoue avec l'inspiration des romantiques de la première moitié du siècle et obtient le plus grand succès de l'histoire du théâtre français avec *Cyrano de Bergerac*, un drame inspiré par un personnage qui a vraiment existé au XVIIe siècle.

3 Un théâtre pour divertir

Dans le prolongement de la **comédie satirique**, avec Labiche, Feydeau et Courteline, le théâtre de boulevard, ou vaudeville, s'amuse des travers de la société. De **nouveaux personnages types** apparaissent : le mari trompé, l'amant…

4 Le théâtre à la fin du XIXe siècle

A Le théâtre symboliste

Maurice Maeterlinck (1862-1949), né en Belgique, invente le **théâtre symboliste** pour exprimer « les puissances supérieures » qui régissent l'Univers.

B Le théâtre d'Alfred Jarry (1873-1907)

En 1896, *Ubu roi* ressemble au canular d'un étudiant provocateur, mais l'absurdité de la pièce ouvre la voie au théâtre moderne.

> **Citation-clé**
>
> « **Père Ubu** – *C'est fort possible, mais j'ai changé le gouvernement et j'ai fait mettre dans le journal qu'on paierait deux fois tous les impôts et trois fois ceux qui pourront être désignés ultérieurement. Avec ce système, j'aurai vite fait fortune, alors je tuerai tout le monde et je m'en irai.* » (Alfred Jarry, *Ubu roi*, III, 4, 1896).

26 Le théâtre aux XXe et XXIe siècles

La Première Guerre mondiale vient briser l'enthousiasme et la confiance nés des progrès du XIXe siècle. L'art entre dans une ère de doute et de remise en cause.

Claudel, *Le Soulier de satin* (1929) — **Cocteau,** *La Machine infernale* (1934) — **Camus,** *Caligula* (1944) — **Anouilh,** *Antigone* (1944) — **Ionesco,** *La Cantatrice chauve* (1950) — **Beckett,** *En attendant Godot* (1953)

1 Théâtre et texte poétique

A La force lyrique de la parole

Paul Claudel (1868-1955), diplomate et écrivain religieux, compose des drames où la parole lyrique donne toute sa puissance au théâtre. Ses principales œuvres pour le théâtre sont *Le Partage de midi* (1905), *L'Annonce faite à Marie* (1912), *Le Soulier de satin* (1929). D'autres dramaturges comme **Henri de Montherlant** (1895-1972), **Jean Anouilh** (1910-1987) ou **Jean Giraudoux** (1882-1944) donnent aussi une force poétique à la prose théâtrale.

B Le retour de la tragédie

Alors que l'Histoire semble un inéluctable destin qui mène l'humanité d'une guerre mondiale à une autre, la tragédie fait son retour. Sans doute les auteurs voient-ils en elle une forme susceptible d'exprimer ce **conflit de la liberté individuelle et d'une force** – *« une machine infernale »* (Jean Cocteau) – **qui la dépasse**. Reprenant les récits antiques, **Anouilh**, **Giraudoux** ou **Cocteau** écrivent des tragédies modernes qui montrent la vérité éternelle des mythes.

> *Ex. : « Et voilà. Maintenant, le ressort est bandé. Cela n'a plus qu'à se dérouler tout seul. C'est cela qui est commode dans la tragédie. On donne le petit coup de pouce pour que cela démarre, rien, un regard pendant une seconde à une fille qui passe et lève les bras dans la rue, une envie d'honneur un beau matin, au réveil, comme de quelque chose qui se mange, une question de trop que l'on se pose un soir… C'est tout. Après, on n'a plus qu'à laisser faire. On est tranquille. Cela roule tout seul. C'est minutieux, bien huilé depuis toujours »* (Anouilh, *Antigone*, 1946).

2 Le théâtre engagé

Pour **Jean-Paul Sartre** (1905-1980), l'homme se définit par son engagement ; la littérature est donc militante, et le théâtre devient une tribune pour exprimer des idées philosophiques comme dans *Huis clos* (*« L'enfer, c'est les autres »* ; 1944) ou politiques comme dans *Les Mains sales* (1948). Le théâtre d'**Albert Camus** (1913-1960) s'interroge également sur le pouvoir et sur les relations entre les hommes : *Caligula* (1944), *Les Justes* (1949).

3 Le théâtre de l'absurde

A L'impossibilité de communiquer

• Dénonçant notre langage vide et notre incapacité à vraiment communiquer, **Samuel Beckett** (1906-1989) et **Eugène Ionesco** (1909-1994) mettent en scène des dialogues qui ne sont plus de véritables échanges.

> **Œuvre-clé**
> *La Cantatrice chauve* est jouée sans interruption au théâtre parisien de la Huchette depuis sa création en 1950. Ionesco, s'inspirant des méthodes de langue, écrit, par exemple : *« L'huile de l'épicier du coin est de bien meilleure qualité que l'huile de l'épicier d'en face. »*

• Cette **communication impossible** condamne les hommes à la solitude et à un destin misérable, comme les personnages exclus d'*En attendant Godot* (1953) de Samuel Beckett.

B La violence

Le contexte historique de la Seconde Guerre mondiale contribue à expliquer cette **violence** qui domine dans nombre de pièces des années 1950, comme *Les Bonnes* (1947) de Jean Genet (1910-1986) ou *La Leçon* (1951) d'Eugène Ionesco. Mais la violence est aussi une forme de présence qui donne toute sa puissance à la représentation théâtrale, comme le veut Antonin Artaud, partisan d'un *« théâtre de la cruauté »*.

C Un nouveau théâtre

Dans les pièces de Ionesco et de Beckett, les **didascalies** foisonnent : le spectacle est total car le théâtre ne se réduit pas au dialogue des personnages ; **tout fait sens**, du décor aux costumes en passant par la mise en place des comédiens.

4 Le théâtre aujourd'hui

Sans doute n'avons-nous pas suffisamment de recul pour percevoir les lignes de force majeures des œuvres contemporaines. On peut, tout de même, citer quelques auteurs reconnus.

• **Michel Vinaver** (né en 1927) a été longtemps le P-DG de Gillette tout en menant une carrière de dramaturge. Sa pièce *L'Ordinaire* est entrée au répertoire de la Comédie-Française en 2009 ; s'inspirant d'un fait réel, elle réunit sur scène des dirigeants d'entreprise coupés du monde suite à un accident d'avion et contraints de se poser la question du cannibalisme.

• Le théâtre de **Valère Novarina** (né en 1947) s'inspire de celui d'Antonin Artaud et s'attache à montrer la force des mots : *« Le vrai sang des choses est à chercher au fond des mots »* dit-il.

• **Bernard-Marie Koltès** (1948-1989), qui a beaucoup travaillé avec le célèbre metteur en scène Patrice Chéreau, est notamment l'auteur du *Retour au désert* en 1988, une pièce qui mélange les tonalités pour exprimer les déchirures familiales.

• **Jean-Luc Lagarce,** décédé du sida à 38 ans en 1995, est un des auteurs contemporains les plus joués en France et à l'étranger. Sa pièce la plus connue, *Juste la fin du monde*, a été composée en 1990 ; elle est entrée au répertoire de la Comédie française en 2007 et a été adaptée au cinéma par Xavier Dolan. Le film obtient le Grand Prix du festival de Cannes en 2016 et trois Césars en 2017.

• On peut citer aussi **Yasmina Reza** (née en 1959) dont la pièce *Art* (1994), interprétée par Pierre Vaneck, Fabrice Luchini et Pierre Arditi, est souvent reprise. L'intrigue est un huis clos : face à la question de l'art contemporain trois amis se déchirent et en viennent aux mains. *Le Dieu du carnage*, pièce créée en 2008, a été adaptée au cinéma par Polanski (*Carnage*, 2011).

Histoire Géographie

(Enseignement commun)

MÉTHODES

COURS

Histoire

Géographie

LES MÉTHODES

Répondre à une question problématisée en histoire

COMMENT FAIRE ?

La **réponse à une question problématisée** en histoire permet à l'élève de montrer qu'il maîtrise les **connaissances** du programme et qu'il sait utiliser à bon escient les **notions** et les **échelles chronologiques**. Il traite le sujet par une **réponse organisée**, composée d'une introduction, de plusieurs paragraphes et d'une conclusion.

Étapes de préparation

Analyser le sujet

Il faut bien **comprendre** les mots du sujet et le **délimiter** dans le **temps** et dans **l'espace**.

Mobiliser ses connaissances

Cet exercice doit **répondre à la problématique** avec logique, grâce à une certaine hiérarchie et organisation des connaissances. Pour cela, il faut se poser les **grandes questions** : *qui ? quoi ? comment ? pourquoi ? quand ? où ?* etc. Elles permettent de **mettre** toutes ses connaissances en vrac, au brouillon, avant de les **trier** et de les **hiérarchiser**.

Appliquer les savoir-faire

Rédiger une problématique

Dégagez une **problématique** : discernez la ou les questions auxquelles le devoir devra répondre. Elle sert de **fil directeur** à la réflexion et donc au plan.

Faire un plan

Cadre de la démonstration, le plan permet de classer les éléments de réponse à la problématique en adoptant une structure **chronologique** ou **thématique**.

Rédiger le devoir

L'introduction

Après avoir montré que vous avez bien compris le sujet par **une analyse des termes**, présentez la **problématique** sous forme de question directe ou indirecte et **annoncez le plan**.

Le développement du devoir

Le corps du devoir est formé de **2 à 4 paragraphes**. Chaque partie comprend plusieurs arguments développés par un exemple, un fait précis et/ou une explication.

La conclusion

Elle apporte une **réponse à la problématique**. Elle peut finir par **l'élargissement du sujet** : il s'agit de l'ouvrir sur des perspectives plus larges.

Tout le devoir doit être rédigé en soignant l'expression et l'orthographe.

Analyser un document en histoire

COMMENT FAIRE ?

Cet exercice permet à l'élève de faire la preuve de sa capacité à comprendre le **contenu**, l'**apport** et la **portée** d'un document. Aussi, après l'avoir replacé dans son contexte historique, il s'agit de le mettre en relation et de le confronter à des connaissances personnelles pertinentes, grâce à la consigne qui accompagne le document et qui a pour but d'orienter l'analyse.
Lorsqu'un document est proposé, il faut :
– en **dégager le sens général** par rapport au chapitre d'histoire auquel il se rapporte ;
– le **critiquer**, c'est-à-dire en montrer l'intérêt et les limites, permettant ainsi de mieux comprendre la période historique concernée.

Étapes de préparation

Cerner le contexte

Après avoir présenté le document, dégagez les éléments qui permettent d'expliquer le contexte historique, les circonstances immédiates et globales dans lesquelles ce document a été produit.

Analyser le texte selon la ou les questions

D'abord, lisez attentivement le document et prenez soin de bien le comprendre. Repérez les mots-clés et la structure de l'argumentation, puis lisez attentivement la consigne pour bien cerner la logique de l'exercice. Ensuite, relisez le texte en soulignant et en annotant les éléments qui vous permettront de répondre à la consigne. Enfin, organisez les éléments du texte pour répondre de manière structurée au questionnement historique auquel il se rapporte.

Appliquer les savoir-faire

Rédiger l'analyse

Votre rédaction doit être organisée mais elle doit rester concise en raison du temps limité. Présentez le document à travers une **courte introduction**. Le **développement** en deux ou trois parties s'appuie sur les thèmes principaux du document en respectant l'orientation donnée par la consigne.
Votre analyse doit **toujours s'appuyer d'abord sur les documents**, en localisant le mieux possible l'élément que vous souhaitez expliquer (en utilisant les différents plans d'une photographie, les lignes et paragraphes d'un texte, les figurés d'une carte...).
La paraphrase est totalement à proscrire : il faut reformuler les idées du document en justifiant l'analyse par des citations courtes et bien sélectionnées. **La conclusion** fait le bilan de la réponse en une ou deux phrases de synthèse.
Bien que l'ensemble de vos réponses ne comporte pas de limite de volume, attention à ne pas rédiger une sorte de mini-composition, un exposé général qui n'utilise le document que comme support d'un cours.

LES MÉTHODES

Analyser deux documents en histoire

COMMENT FAIRE ?

L'analyse de documents peut demander à l'élève de **confronter deux documents** de même nature ou de nature différente. L'objectif de l'exercice reste le même : il s'agit de répondre à la question posée à partir de l'analyse des documents développée par l'ajout de connaissances. Aussi, lorsque deux documents sont proposés, l'élève doit **dégager le sens général de chacun des documents** dans la perspective de la question historique à laquelle il se rapporte, puis il doit les mettre en relation afin de **souligner l'intérêt de cette confrontation**.

Étapes de préparation

Identifier les documents

L'identification de chaque document est primordiale pour pouvoir les confronter avec un certain esprit critique. Après avoir bien identifié la **nature** et la **source** du document, il faut en cerner avec précision l'**auteur** et le **contexte**. Cette première étape permet de poser la base de l'exercice : les deux documents s'opposent-ils ? Ou vont-ils se renforcer l'un l'autre ? **On commence à identifier la relation entre les deux documents**.

Les reporter à la question

Travaillez ensuite sur les documents en fonction de la question posée. Il s'agit de bien **comprendre** chaque élément – ce qui demande du temps –, et d'identifier les éléments de réponses. La **structure des documents apparaît**. **Confrontez**-les alors avec la question historique à laquelle ils se rapportent et faites **ressortir des axes** qui formeront les idées.

Cerner la relation entre les documents

Le travail sur les documents permet de faire **ressortir des points communs ou des points de divergence**, des **relations de cause à effet** ou une **évolution** entre les documents. Certains éléments peuvent expliquer des arguments présents dans l'un des documents ou **souligner les limites ou l'intérêt** particulier des sources. Cette confrontation, cette relation entre les documents vous permettra de trouver le plus souvent **l'articulation des arguments**.

Exercice d'application

ÉNONCÉ

Comparez ces deux gravures satiriques révolutionnaires pour établir les transformations politiques et sociales entre les deux régimes.

A. « Â faut espérer qu'eu s jeu la finira ben tôt » **B.** « J'savais ben qu'jaurions not' tour »

▲ Caricatures révolutionnaires du XVIIIe siècle. Gravures anonymes coloriées, BNF, Paris.

CORRIGÉ

Présenter les documents et le contexte

Les deux documents sont des **gravures anonymes coloriées, du dernier quart du XVIIIe siècle**, conservées à Paris à la Bibliothèque nationale. Ces **images satiriques** commencent à être diffusées au début de l'année 1789 dans un contexte de crise aiguë de la monarchie absolue et d'effervescence politique et sociale. Réalisée au printemps 1789, la **première gravure** dénonce l'**inégalité de la société d'ordres**. La **seconde** témoigne des **changements politiques et sociaux** consécutifs à la première année de la Révolution française.

Décrire la première gravure et l'interpréter

Cette gravure représente **deux personnages richement vêtus assis sur le dos d'un homme dépenaillé**. Ils symbolisent les **trois ordres de la société française** de l'Ancien Régime. À califourchon, on identifie d'abord le **clergé** avec sa croix (premier ordre de la société française) et la **noblesse** avec son épée. Celui qui porte la charge symbolise le **tiers état**, représenté par un paysan. La caricature dénonce la société d'ordres et de privilèges de l'Ancien Régime. Elle montre concrètement la domination du clergé et de la noblesse qui pèsent sur le tiers état. Comme le souligne le titre, la caricature exprime le souhait que cette situation cesse.

Décrire l'évolution dans la seconde gravure et l'interpréter

Le **tiers état** est à présent **sur le dos de la noblesse**. Il a abandonné sa binette pour une épée et ramène fièrement un lapin qu'il a chassé. Le paysan porte une veste rouge sans accroc et arbore sur son chapeau, comme les deux autres ordres, la **cocarde tricolore**. Il frappe dans ses mains et donne le rythme au trio dirigé par le clergé qui porte la **balance de l'égalité**. La seconde gravure montre que l'ordre social a changé. Les privilèges, l'impôt dû au clergé (la dîme) et les droits seigneuriaux ont été abolis (4 août 1789). Les principes de liberté et d'égalité de tous face à la justice, aux impôts et aux emplois sont proclamés dans la **Déclaration des droits de l'homme et du citoyen**. La Révolution permet au tiers état de prendre sa revanche.

Conclure

Le changement politique évoqué par ces deux gravures représente donc le **passage d'une monarchie absolue de droit divin à une monarchie constitutionnelle** où la Nation est au cœur de la vie politique. La nouvelle monarchie est instaurée par une constitution rédigée en septembre 1791. Les annotations (« Vive le Roi, Vive la Nation », « Paix et concorde ») permettent de dater la gravure des années 1790-1791, à une période où le roi, qui prête serment à la **Constitution**, semble accepter le régime.

Répondre à une question problématisée en géographie

COMMENT FAIRE ?

Comme en histoire, la **réponse à une question problématisée** en géographie permet à l'élève de montrer qu'il maîtrise les **connaissances** du programme et qu'il sait utiliser à bon escient les **notions** et les **échelles géographiques**.

Étapes de préparation

Les points communs avec la question problématisée en histoire

Les **étapes de préparation** sont exactement les mêmes : analysez le sujet, mobilisez vos connaissances, faites un plan détaillé au brouillon. La **rédaction** de la problématique comporte les mêmes enjeux. Le devoir doit avoir la **même forme** qu'en histoire (introduction, paragraphes, conclusion) et les différentes étapes de rédaction sont identiques.

Spécificités en géographie

Mais il existe quelques **particularités** :
– dans l'introduction, lorsque le sujet est défini, pensez à en préciser les **limites spatiales** ;
– vous pouvez utiliser un **plan à échelles**, pour montrer un phénomène sous ses différents aspects.
Quel que soit le plan choisi, la dimension spatiale doit toujours être au centre de votre réflexion.

Appliquer les savoir-faire

Attitude à avoir

Tout au long du temps de l'exercice, demandez-vous régulièrement **si vous êtes toujours dans l'optique du sujet**. **Relisez-vous** régulièrement et, à la fin, prennez cinq à dix minutes pour vérifier l'**expression** et l'**orthographe**.

Conseils liés à la rédaction

N'employez jamais le futur, n'utilisez pas « va » ou « vont ». Évitez les parenthèses ou les guillemets, sauf pour une citation (dont on indiquera l'auteur, la date et les circonstances). Évitez l'emploi de la première personne du singulier (*je*) ainsi que certaines expressions (*au niveau de, sur le plan de, de tout temps, il y a*…). Faites des **phrases simples et assez courtes**, avec une ponctuation précise. La **présentation** doit être claire : sautez deux lignes entre chaque paragraphe, avec des alinéas. Veillez à **l'équilibre des parties**.

Erreurs à éviter

Ne vous contentez pas de généralités : à **chacune de vos idées doit correspondre un exemple précis** (daté, localisé, chiffré), à chaque exemple correspond une idée. Enchaînez logiquement les idées en évitant de « passer du coq à l'âne » : il s'agit de faire une **démonstration**. Évitez le **hors sujet**, en particulier la simple récitation intégrale d'un cours et d'une leçon sans avoir sélectionné ce qui concernait uniquement le sujet.

LES MÉTHODES

Réaliser un croquis en géographie

COMMENT FAIRE ?

Un croquis de géographie est une **réponse cartographique à un sujet qui pose une problématique**. Il est le produit d'une **réflexion argumentée** et montre comment un territoire s'organise en fonction du sujet traité. Il suppose un **tri**, des **croisements**, des **choix** et une **hiérarchisation des informations**.

Étapes de préparation

Analyser le sujet et dégager une problématique

La démarche est la même que pour une composition. Définissez les termes du sujet et le cadre spatial, dégagez-en les enjeux pour élaborer une problématique qui sert de fil directeur à la réflexion spatiale et donc à la construction de la légende.

Mobiliser ses connaissances

Rassemblez les informations cartographiables qui répondent à la problématique et ne retenez que les informations nécessaires au traitement du sujet pour éviter de surcharger la carte ce qui nuirait à sa lisibilité.

Appliquer les savoir-faire

Construire la légende

La légende doit être structurée, hiérarchisée et faire apparaître une démonstration. Elle est organisée en parties (deux ou trois en général), voire en sous-parties, qui portent un titre court et qui doivent révéler la cohérence de l'argumentation. Les informations figurées dans la légende doivent bien correspondre aux titres et sous-titres proposés.

Choix des figurés

À chaque information doit correspondre un figuré pertinent en vérifiant si les figurés choisis peuvent se superposer et se hiérarchiser, en respectant les conventions du langage cartographique. Il existe **trois types de figurés** : de **surface**, **ponctuels**, **linéaires**, dont on fait varier la taille, la couleur (gradation ou contrastes), l'épaisseur, l'orientation (pour les hachures). Les figurés de surface permettent de représenter les aires géographiques. Les figurés ponctuels permettent de localiser des phénomènes précis. Les figurés linéaires (lignes, flèches) doivent être utilisés pour représenter les réseaux de communication routiers et fluviaux, les axes, ainsi que les échanges (flux).

Choix des couleurs

La couleur doit suggérer le phénomène représenté (par exemple, utilisez le bleu pour tous les éléments se rapportant à l'eau ou au froid). Attention ! Le blanc est la couleur du vide : un espace laissé en blanc sur le fond de carte signifie qu'il n'est pas compris dans le sujet. **Le blanc ne doit pas être un figuré de surface dans la légende.**

Réaliser le croquis

C'est un travail de localisation précise d'informations sélectionnées et de respect de codes graphiques. La légende doit pouvoir être lue en même temps que le croquis. **Il faut être attentif à l'exactitude des localisations, au soin et à la lisibilité du croquis**.

Reporter les informations

Commencez par dessiner les figurés de surface (plages de couleur, puis hachures), puis les figurés ponctuels et linéaires. Chaque information de la légende doit se retrouver à l'identique sur le croquis.

Indiquer la nomenclature

Les noms en relation avec le sujet doivent être écrits horizontalement, sauf ceux du réseau hydrographique qui doivent suivre les cours d'eau. L'écriture et la taille des noms sont les mêmes pour un même type d'information. Donner un titre et orienter le croquis.

Exercice d'application

ÉNONCÉ

Mumbai, une métropole fragmentée

Le sujet s'inscrit dans la partie du programme intitulée « La métropolisation : un processus mondial différencié ». Il convient de montrer, dans un premier temps, que Mumbai est une métropole moderne et mondialisée : un certain nombre de figurés ponctuels doivent souligner la présence de centres économiques, culturels et scientifiques et de nœuds de communication majeurs. Dans un deuxième temps, il est nécessaire de s'intéresser aux recompositions en cours dans la métropole indienne : des figurés linéaires permettent de mettre en évidence les nouveaux axes de développement de la ville. Enfin, grâce surtout à des figurés de surface, peuvent être étudiés plus spécifiquement les espaces différenciés produits par ces processus à l'œuvre aujourd'hui, et qui font de Mumbai une métropole peu durable aux fortes inégalités.

CORRIGÉ

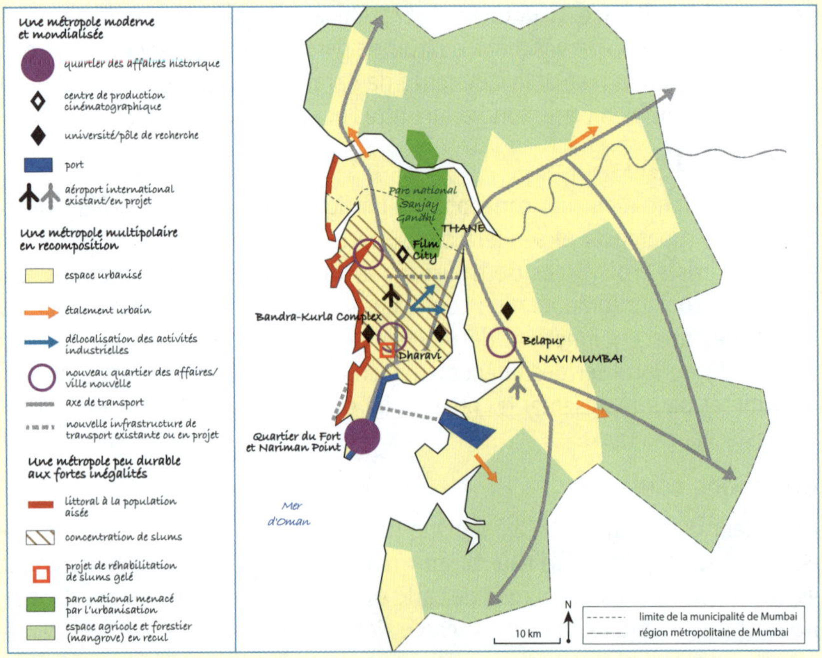

Mumbai, une métropole fragmentée. ▶

LES MÉTHODES

Analyser deux documents en géographie

COMMENT FAIRE ?

Comme en histoire, l'exercice d'analyse de documents comporte **un titre, un ou deux documents** qui peuvent être de nature différente. Il est accompagné d'une **consigne** qui guide l'analyse du ou des documents. Cette analyse doit permettre à l'élève de faire la preuve de sa capacité à **comprendre le contenu, l'apport** du ou des documents, en fonction de la question posée, et les **enjeux spatiaux** qu'ils abordent.

Étapes de préparation

Comprendre la consigne

Commencez par **bien lire** et **comprendre** la consigne qui oriente l'analyse des documents. Or, celle-ci comporte forcément une **dimension spatiale**, propre à la géographie, que vous devez cerner dès le début du travail. Elle mène à la **confrontation des documents**.

Comprendre les documents

Il s'agit souvent de **deux documents de nature différente**. Vous devez **discerner l'importance de chacun** et leur **appliquer une dimension spatiale** : *quel est l'espace concerné* ? *quelle est l'échelle concernée* ? *peut-on l'analyser sous différentes échelles spatiales* ? De plus, il est indispensable de les confronter pour **les situer l'un par rapport à l'autre** et **saisir la pertinence de ce choix**.

Appliquer les savoir-faire

Étapes de la réponse

Comme en histoire, après une **introduction** succincte mais claire où vous posez le sujet, le **développement** se présente sous forme de **paragraphes**. Chaque paragraphe développe une **idée**, un argument qui s'appuie sur des **éléments du document** : lorsqu'il s'agit d'une carte, d'un graphique ou d'un tableau, il faut donner des chiffres, des localisations, etc. Il faut ensuite **les expliquer et les développer à l'aide des connaissances**. Enfin, la **conclusion** répond à la problématique, critique éventuellement les documents et peut ouvrir la perspective.

Éclairer les documents

Partir de la description des documents est primordial. Mais complétez aussi impérativement cette description par **un apport de connaissances** lesquelles viennent expliquer l'analyse des cartes ou des tableaux. La démarche géographique doit toujours être appliquée : faites attention aux **échelles géographiques** et aux **systèmes des acteurs spatiaux**. Enfin, **confronter** les documents permet de voir s'ils se complètent, se contredisent, se développent...

1 La Révolution française et l'Empire

Entre 1789 et 1815, la **France** connaît un **bouleversement politique sans précédent.** La monarchie absolue cède la place à une **monarchie constitutionnelle,** puis à une **République** qui se termine par un **coup d'État en 1799** instaurant un nouveau régime. D'abord **consul**, **Napoléon Bonaparte** se fait sacrer **empereur** en 1804. La volonté nouvelle d'unir la nation autour de **grands principes** a des échos dans toute l'Europe.

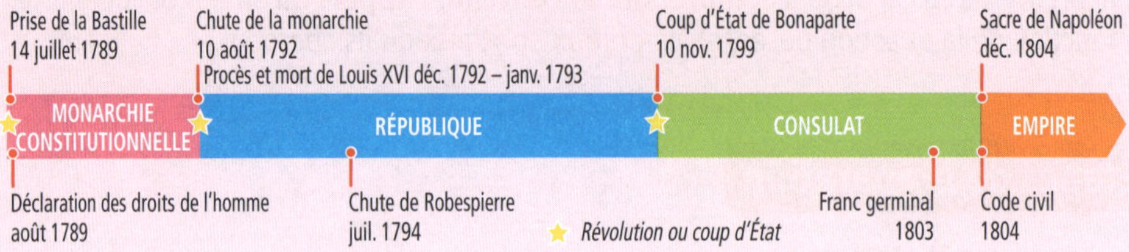

1 De la monarchie constitutionnelle à la République

A La mise en avant de grands principes

• **La révolution des députés.** L'absence de réaction de Louis XVI face à ses réclamations pousse le tiers état à se proclamer le 17 juin Assemblée nationale. Les députés, réunis dans la salle du Jeu de paume, font le serment de ne se séparer qu'après avoir rédigé une Constitution.

• **L'effondrement de la monarchie.** Une révolution populaire violente débouche, le 14 juillet, sur la prise de la Bastille, symbole de l'arbitraire royal. Afin de sauver le droit de propriété, l'Assemblée abolit les privilèges et les droits seigneuriaux et adopte, le 26 août, la Déclaration des droits de l'homme et du citoyen.

• **Le divorce entre le roi et la nation.** Le 14 juillet 1790, la fête de la fédération célèbre une France nouvelle où la souveraineté réside dans la nation et où les Français sont devenus des citoyens. Mais la fuite de Louis XVI ouvre une grave crise politique entre une partie du peuple, acquise à la République et la bourgeoisie modérée. La République est proclamée dans l'urgence en septembre 1792.

Mot-clé

La Déclaration des droits de l'homme et du citoyen : s'inspire à la fois de la pensée des Lumières et des Déclarations des droits anglaise et américaine. Elle définit de grands principes devenus universels. Reprise ensuite dans la constitution des IVe et Ve Républiques, elle a inspiré la rédaction de la Déclaration universelle des droits de l'homme de 1948.

◄ *Le Serment du Jeu de Paume*, le 20 juin 1789. Jacques Louis David, vers 1791. Huile sur toile.

B Conflits et débats

• **Des députés divisés.** Au sein de l'Assemblée, les Montagnards souhaitent se diriger vers une démocratie sociale. Leurs adversaires, les Girondins, s'inquiètent de cette pression populaire permanente et entendent surtout consolider les grands principes de 1789. Lors du procès du roi, les arguments des Montagnards l'emportent et Louis XVI est déclaré coupable de trahison.

• **La République montagnarde.** Face aux attaques des États voisins et au soulèvement des Vendéens, le gouvernement est confié en mars 1793 à un Comité de salut public où Robespierre joue un rôle dominant. Les libertés individuelles sont suspendues et Robespierre instaure une véritable dictature, éliminant ses opposants, comme Madame Roland exécutée en novembre 1793. Inquiets, les députés modérés le font arrêter et guillotiner le 28 juillet 1794 sans procès.

Mot-clé

La Terreur : mise à l'ordre du jour le 5 septembre 1793 dans le but d'éliminer les ennemis de la Révolution. À l'automne, les invasions étrangères sont arrêtées, les fédéralistes et vendéens écrasés mais la Terreur a fait 17 000 victimes et la guerre civile environ 200 000.

2 Du Consulat à l'Empire

A Réconcilier les Français

• **Consolider l'héritage de la Révolution.** Marqué par les acquis de la Révolution et décidé à stabiliser le nouveau régime, Bonaparte fait adopter une Constitution qui maintient la République, mais fonde un régime exécutif fort, le Consulat. Le Code civil confirme l'égalité des droits proclamée en 1789, mais le droit de grève et d'association est interdit.

• **Pacifier le pays.** Bonaparte mène une politique de réconciliation nationale. Il autorise le retour des nobles émigrés. Il offre des postes de fonctionnaires aux anciens royalistes comme aux anciens révolutionnaires. Il se réconcilie avec les catholiques en signant avec le pape le Concordat de 1801. Prenant le prétexte d'un complot royaliste, il se fait proclamer en 1804, par plébiscite, empereur des Français.

B Armer la nation

• **Un régime autoritaire.** Après son sacre, Napoléon se comporte comme un roi. Il crée une cour autour de lui et une nouvelle noblesse, la noblesse impériale. Il gouverne désormais seul ; les assemblées ne sont plus consultées, ni même les ministres. Les libertés de presse et de réunion disparaissent et les opposants sont arrêtés.

• **Des guerres meurtrières.** À partir de 1803, la guerre reprend, opposant bientôt de nouveau la France à toute l'Europe. En 1812, Napoléon subit un grave revers en Russie et, en 1814, la France est envahie par l'Europe coalisée. De nouveau vaincu à Waterloo en 1815, il est exilé dans la lointaine île de Sainte-Hélène, où il meurt en 1821.

C L'Europe et la Révolution française

• **Espoirs de liberté.** En Europe, la Révolution de 1789 a d'abord suscité l'espoir des partisans des Lumières. Dans les pays où elles pénètrent à partir de 1794, les armées françaises sont accueillies en libératrices : la France supprime la dîme, les droits seigneuriaux, les privilèges.

• **Rejet de la domination.** Mais les armées françaises survivent en pillant les pays qu'elles occupent ; de plus les populations doivent payer de lourds impôts à la France et fournir des soldats à la Grande Armée de Napoléon. En Espagne, le peuple se soulève contre l'occupant à partir de 1808 et, dans la plupart des pays occupés, le sentiment national se développe.

2 L'Europe entre restauration et révolution

Les guerres révolutionnaires, poursuivies par Napoléon Bonaparte jusqu'en 1815, propagent **en Europe les idées de la Révolution,** notamment les idées de libertés politiques, économiques et religieuses, mais aussi le **droit des peuples à disposer d'eux-mêmes.** Contre **les monarchies restaurées** par le Congrès de Vienne, des **courants nationaux et libéraux** s'organisent alors, **en Grèce** d'abord puis **en France** et **en Europe.** Ils s'accompagnent de l'apparition de **sociétés secrètes.**

1 L'Europe du congrès de Vienne

A La restauration de l'ordre monarchique

• **Le système Metternich.** Les monarques européens vainqueurs de Napoléon à Waterloo en juin 1815, refusent de prendre en compte les aspirations de leurs peuples et suppriment les libertés, de peur de voir leur pouvoir se fragiliser. Une diplomatie nouvelle est mise en place à l'instigation du ministre des Affaires étrangères autrichienne, Metternich.

• **Le mépris des nationalités.** Le congrès de Vienne rétablit un ordre conservateur. En 1815, les souverains ont rétabli leur pouvoir absolu. Ils ont redessiné les frontières sans tenir compte des nationalités. Ainsi les Allemands sont divisés en plusieurs États, alors que l'Empire autrichien comprend de nombreuses nationalités : Allemands, Hongrois, Tchèques, Croates...

▲ *Scène des massacres de Scio : familles grecques attendant la mort ou l'esclavage*
Eugène Delacroix, 1824.
Huile sur toile.

• **De nouvelles aspirations.** Après 1815, des mouvements libéraux et nationaux se développent. Les libéraux veulent des constitutions limitant le pouvoir des rois et plus de libertés. Les patriotes réclament l'indépendance pour leur peuple, ou son unification lorsqu'il est divisé en plusieurs États.

B Restauration et monarchie de Juillet en France

• **La Restauration par Louis XVIII.** En 1814, la monarchie est restaurée par les souverains d'Europe. Un frère de Louis XVI devient roi sous le nom de Louis XVIII. Il reprend le drapeau blanc et accorde une constitution aux Français.

• **La Monarchie de Juillet.** On qualifie de monarchie de Juillet le règne de Louis-Philippe arrivé sur le trône en juillet 1830. Plus libéral que son prédécesseur, le roi adopte le drapeau tricolore et élargit le droit de vote.

2 Les révolutions en France et en Europe

A À l'origine de l'indépendance grecque

• **Le mouvement national et libéral grec.** C'est dans le milieu de la bourgeoisie fortunée qu'est fondée une société secrète, l'Hétairie, qui se donne pour but d'unir les Grecs en vue de leur indépendance. Un véritable réseau clandestin de résistance aux Turcs se forme dans le pays et les Grecs parviennent à proclamer en janvier 1822 l'indépendance du pays.

• **Répression ottomane et intervention européenne.** La riposte des Turcs est féroce : le massacre de Chios (avril 1822) provoque l'indignation de l'Europe et la naissance d'un puissant courant philhellénique. Face à la triple alliance (Grande-Bretagne, France, Russie) dirigée contre eux, les Ottomans sont obligés de reconnaître en février 1830 un État grec indépendant.

B 1830 en France et en Europe

• **Les Trois Glorieuses.** Charles X, qui avait succédé à son frère Louis XVIII en 1824, suspend en 1830 la liberté de la presse et limite le droit de vote aux propriétaires terriens les plus riches. Ces décisions provoquent une révolution : du 27 au 29 juillet 1830, les Parisiens chassent Charles X, qui est remplacé par Louis-Philippe, plus libéral.

• **Des guerres meurtrières.** D'autres soulèvements ont lieu en Europe mais ils n'aboutissent pas ; seuls les Belges, révoltés contre la Hollande, obtiennent leur indépendance en 1830.

C 1848 en France et en Europe

• **La Révolution de 1848 en France.** En 1848, une nouvelle vague révolutionnaire secoue l'Europe. Elle commence à Paris, le 24 février. La population est épuisée par la crise économique qui la plonge dans le chômage et la misère, et elle revendique davantage de libertés. Les ouvriers et les étudiants se soulèvent ; le roi Louis-Philippe est renversé et la monarchie est remplacée par une république. Mais les premières mesures des parlementaires ne sont pas favorables aux ouvriers, qui se révoltent (23-26 juin). L'Assemblée réprime violemment l'insurrection.

• **Le « printemps des peuples ».** Cette révolution se propage dans toute l'Europe au printemps 1848. Dans l'Empire d'Autriche, les États allemands, les États italiens, les libéraux et les patriotes dressent des barricades et obtiennent des constitutions. Les patriotes allemands tentent aussi de réaliser l'unité nationale, alors que, dans l'Empire d'Autriche, les Tchèques et les Hongrois proclament leur indépendance. L'Italie, divisée en sept États, est en proie depuis 1847 à une agitation menée par le Risorgimento, mouvement unificateur.

> **Biographie**
> **Giuseppe Mazzini** (1805-1872). Nationaliste italien, membre de la société secrète Carbonaria, il fonde le mouvement Jeune Italie en 1831. Il est le principal acteur du nationalisme italien jusqu'en 1848.

• **L'échec des mouvements.** Le « printemps des peuples » ne dure pas. Les armées, fidèles aux souverains, matent les révoltes, et ces derniers parviennent à rétablir leur autorité absolue. Les frontières restent inchangées. L'écrasement par l'armée autrichienne de la révolution viennoise, puis, avec l'aide des Russes, de l'insurrection hongroise, rétablit l'Autriche dans son rôle de gendarme de l'ordre de 1815.

HISTOIRE

3 La difficile entrée dans l'âge démocratique (1848-1871)

Les révolutionnaires de février 1848 entendent établir une **république démocratique et sociale.** Les mesures prises en faveur des chômeurs effraient le reste de la société. La question sociale conduit à une guerre civile et au **retour d'un pouvoir autoritaire.** **Napoléon III** rétablit l'Empire et réprime les opposants.

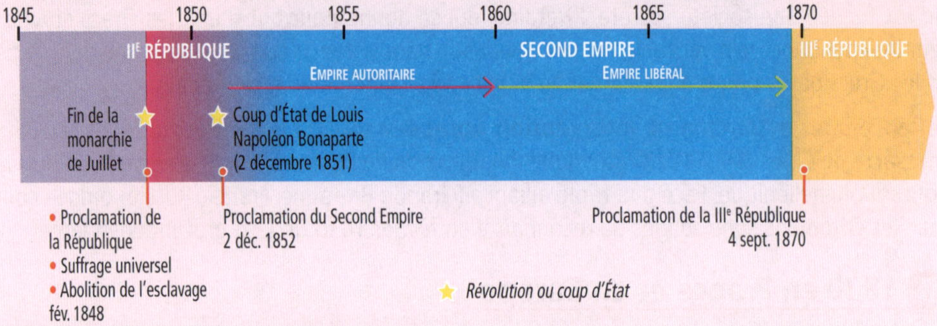

1 La Deuxième République

A De grandes avancées démocratiques

• **Les premières mesures.** Après la révolution de février 1848, la République est proclamée et un gouvernement provisoire se met en place avec des personnalités comme le poète Lamartine, Ledru-Rollin ou Louis Blanc, favorables à une république démocratique et sociale. Il établit le suffrage universel masculin, crée des ateliers nationaux pour employer des chômeurs, diminue la durée de la journée de travail.

• **L'abolition de l'esclavage.** Sous-secrétaire d'État à la Marine en 1848, Victor Schœlcher prépare et fait voter le décret d'abolition immédiate et complète de l'esclavage dans les colonies françaises, ainsi que l'article de la Constitution qui fait des esclaves libérés des citoyens français. Mais la réalité est rude : livrets de travail et passeports intérieurs obligatoires pour tout déplacement de « nouveaux libres » sont instaurés et des arrêtés fixent la police du travail.

▲ *Le vote ou le fusil,* par Bosredon. Gravure imprimée en 1848. « Ça, c'est pour l'ennem du dehors ; pour le dedans, voici comme l'on combat loyalement les adversaires… »

B Des tensions qui font échouer le projet républicain

• **Le pouvoir aux républicains modérés et aux bourgeois libéraux.** Les élections à l'Assemblée constituante ont lieu en avril 1848. Elles donnent une large majorité aux républicains modérés. Ils décident aussitôt la fermeture des ateliers nationaux accusés d'être trop coûteux. Les ouvriers se révoltent (23-26 juin), mais l'Assemblée réprime violemment l'insurrection (20 000 morts).

• **Une République divisée.** Des tensions s'expriment entre conservateurs et républicains, villes et campagnes, bourgeois et ouvriers. En mai 1850, l'Assemblée vote une loi qui oblige à justifier de trois ans de résidence dans la même commune pour pouvoir voter. Elle a pour conséquence de retirer le droit de vote à 3 millions de Français, essentiellement des ouvriers.

• **Louis Napoléon Bonaparte, premier président.** Le 10 décembre 1848, Louis Napoléon Bonaparte, le neveu de Napoléon Ier, avait été élu président de la République au suffrage universel. Mais, peu avant la fin de son mandat, le 2 décembre 1851, il organise un coup d'État : il dissout l'Assemblée et s'empare de la totalité des pouvoirs. La résistance au coup d'État est faible et rapidement brisée.

2 Le Second Empire (1852-1870)

A Un régime autoritaire

• **Le rétablissement de l'Empire.** Après son coup d'État, Louis Napoléon crée une nouvelle constitution qui lui donne la totalité du pouvoir. En décembre 1852, il rétablit l'Empire à la suite d'un plébiscite et devient empereur sous le nom de Napoléon III.

• **Des mesures économiques efficaces.** Durant son règne, Napoléon III favorise la croissance économique du pays. Le réseau ferré passe ainsi de 3 600 à 16 000 kilomètres ; les premières banques de dépôts apparaissent : le Crédit Lyonnais (1863) et la Société Générale (1864). Pour développer le commerce, l'empereur signe un traité de libre-échange avec l'Angleterre (1860).

Biographie

George Sand (1804-1876). De son vrai nom Amantine Aurore Lucile Dupin, l'écrivain George Sand ouvre ses romans à la question sociale en défendant les ouvriers et les pauvres. Elle s'engage activement en politique à partir de 1848, inspirant Ledru-Rollin, participant au lancement de trois journaux, plaidant auprès de Napoléon III la cause de condamnés, notamment celle de Victor Hugo.

• **Une politique de grandeur nationale.** Napoléon III mène une politique extérieure active. Il aide le Piémont-Sardaigne à unifier l'Italie et obtient en contrepartie Nice et la Savoie (1860). Il achève la conquête de l'Algérie et acquiert la Nouvelle-Calédonie.

• **La limitation des libertés.** Jusqu'en 1860, le régime est autoritaire. Les libertés fondamentales (de réunion, de presse...) sont fortement limitées.

B Oppositions et répression

• **L'exil de Victor Hugo.** Les opposants sont arrêtés ou contraints à l'exil. Ainsi, l'écrivain Victor Hugo, farouche opposant à Napoléon III, doit quitter la France.

• **Vers un Empire plus libéral.** Après 1860, l'Empire devient plus libéral. Napoléon accorde le droit de grève aux ouvriers en 1864, tolère les syndicats et rétablit partiellement les libertés de presse et de réunion (1868). Mais l'opposition républicaine progresse et ces mesures ne font que la renforcer.

• **La fin de l'Empire.** En 1870, Napoléon III déclare la guerre à la Prusse mais il est fait prisonnier avec le gros de son armée à Sedan, dans les Ardennes. À Paris, un gouvernement provisoire proclame la République, le 4 septembre 1870.

Allégorie de l'abolition de l'esclage à La Réunion, 20 décembre 1848.
Alphonse Garreau, 1849. Huile sur toile. ▶

HISTOIRE

4 La mise en œuvre du projet républicain (1870-1914)

Défaite par l'Allemagne, la France met du temps avant de parvenir à adopter une **nouvelle constitution républicaine.** À partir de 1879, les républicains posent le socle d'une **culture politique** qui restera celle de toute la IIIe République. Mais des oppositions persistent et les Français se divisent sur les **grands principes** qui doivent guider la vie politique.

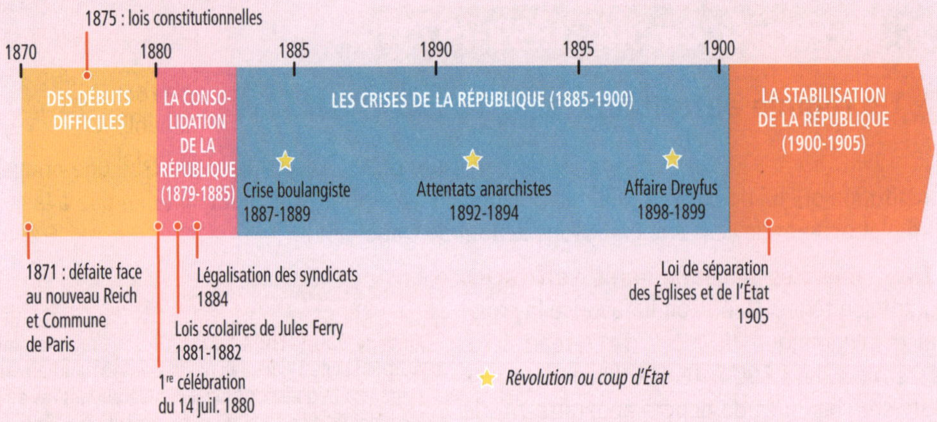

1 La mise en place de la IIIe République

A L'affirmation de la démocratie et des libertés

• **Les débuts de la République.** En 1871, après la défaite contre la Prusse, une organisation ouvrière révolutionnaire se met en place à Paris : la Commune. Mais cette insurrection est écrasée dans le sang par la toute nouvelle Assemblée nationale à majorité monarchiste.

• **Un régime parlementaire.** En 1875, une partie des royalistes de l'Assemblée se joint aux républicains pour voter les lois constitutionnelles qui organisent la nouvelle République. Le parlement, élu au suffrage universel, joue un rôle prépondérant dans la vie politique d'autant qu'à partir de 1879, le président de la République renonce à utiliser son droit de dissolution de l'Assemblée.

• **Les libertés : socle de la démocratie.** La liberté d'expression est renforcée en 1881 par des lois instaurant une large liberté de la presse, du colportage et de l'affichage. Le développement de la vie politique est encouragé par la liberté de réunion. En 1884, une loi autorise les syndicats et accorde ainsi au monde ouvrier la possibilité légale de s'organiser et de défendre ses intérêts.

▲ *L'arrestation de Louise Michel (pendant la Commune).* Jules Girardet. 1871. Huile sur bo

B L'enracinement de la culture républicaine

• **République et sentiment national.** L'idée républicaine est indissociable du patriotisme. La grandeur de l'histoire nationale et la diversité du territoire français sont exaltées afin de renforcer l'amour de la patrie et de présenter la défense du pays comme un devoir.

• **L'école au cœur du projet républicain.** L'école primaire devient obligatoire, gratuite et laïque en 1881-1882. L'école forme les futurs citoyens en les préparant à leurs devoirs civiques. Elle est aussi censée assurer l'égalité des chances et la promotion par le mérite. Mais, si l'école primaire est ouverte à tous, le lycée reste payant et les bourses sont peu nombreuses.

> **Mot-clé**
>
> **Les lois Ferry** : en juin 1881 et mars 1882, Jules Ferry, ministre de l'Instruction publique, fait voter les lois scolaires : la gratuité de l'école primaire publique, l'obligation scolaire de six à treize ans et la laïcité de l'enseignement public.

• **Symboles et lieux de référence.** *La Marseillaise* redevient hymne national en 1879 et le 14 juillet est institué fête nationale en 1880. Dans toutes les villes de France, des avenues et des places prennent le nom de la République. La devise « Liberté, Égalité, Fraternité » est inscrite sur les bâtiments publics où sont installés des bustes de Marianne. Le Panthéon est laïcisé en 1880 et on y enterre les grands hommes auxquels la République se réfère (Voltaire, Rousseau). À l'occasion des funérailles de personnalités républicaines, comme Victor Hugo (1885), sont organisées d'imposantes cérémonies populaires.

2 Des oppositions qui perdurent

A Les tensions avec l'Église

• **L'avènement d'une République laïque.** Les gouvernements successifs de la IIIe République adoptent une législation anticléricale à partir des années 1880. Les symboles religieux sont retirés des lieux publics, le divorce est rétabli (1884). La campagne de laïcisation se fait dans une ambiance de lutte politique au Parlement et de débats enflammés dans la société.

• **La séparation des Églises et de l'État.** En décembre 1905 est votée la loi de séparation des Églises et de l'État. Un inventaire des biens ecclésiastiques est prévu pour qu'ils deviennent propriété de l'État. En 1907, tous les biens de l'Église sont remis aux communes, les lieux de culte sont laissés à la disposition des fidèles et des ministres du culte.

B Crises et faiblesses de la République

• **Nationalisme et antisémitisme.** Plusieurs crises politiques secouent la République à la fin du XIXe siècle. En 1889, le général Boulanger rallie autour de lui les opposants à la République et semble prêt à faire un coup d'État, mais il y renonce. Entre 1892 et 1894, des anarchistes multiplient les attentats pour déstabiliser la République, sans y parvenir. Enfin, en 1898-1899, l'affaire Dreyfus divise les Français et révèle l'existence de l'antisémitisme en France.

• **Le refus du vote des femmes.** La première suffragette française, Hubertine Auclert, considère le droit de vote comme le préalable nécessaire à tout progrès pour la condition féminine. En 1880, elle refuse de s'acquitter de ses impôts estimant que, ne votant pas, elle n'avait pas à les payer. Ses actions sont soutenues par un certain nombre de personnalités mais le droit de vote des femmes n'est pas mis en discussion à l'Assemblée.

• **La place croissante de la question militaire.** À partir de 1909, la rivalité avec l'Allemagne met les questions militaires au premier plan.

> **Mot-clé**
>
> **Suffragettes :** les femmes qui se sont battues pour obtenir le droit de vote pour les femmes. Les premières suffragettes apparaissent au Royaume-Uni à partir des années 1870 sous le nom d'abord de « suffragistes ».

HISTOIRE

5 Industrialisation et société française (1848-1914)

La seconde moitié du XIXe siècle est marquée au niveau économique et social par le développement d'une **industrialisation massive**, qui s'accompagne d'un **essor des villes** et d'un important **exode rural**. Ces changements provoquent de **nombreuses mutations** dans la société et des tensions qui font de la **question ouvrière** un élément-clé de la vie politique.

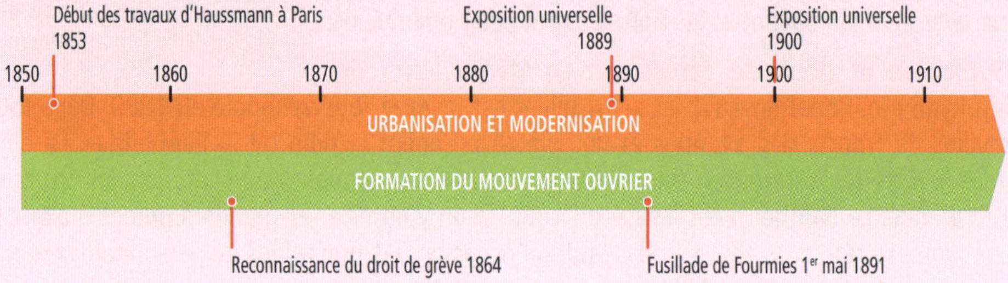

1 Industrialisation, urbanisation et modernisation

A La transformation des modes de production

• **Une première industrialisation.** L'industrialisation concerne d'abord le textile, où les nouvelles machines permettent de produire beaucoup de tissus. La sidérurgie et la métallurgie fournissant des quantités croissantes de machines, de rails, de ponts, de charpentes métalliques (tour Eiffel pendant l'Exposition universelle de 1889), la production de charbon, nécessaire à la machine à vapeur et à la sidérurgie, augmente fortement.

• **Une seconde industrialisation.** Une seconde industrialisation démarre dans les années 1880 avec le début de l'électricité qui sert d'abord à produire de la lumière, puis à actionner des machines. Le pétrole commence aussi à être exploité pour alimenter des moteurs. L'industrie chimique (colorants, engrais) connaît à cette époque un essor rapide. À partir de 1900, c'est le début de l'industrie automobile.

• **Les régions industrielles.** Les industries textiles et métallurgiques se concentrent surtout sur les gisements de charbon et de minerai de fer, donnant naissance aux pays noirs. Les industries de la seconde industrialisation se localisent en général près des grandes villes, où se situent la main-d'œuvre et les consommateurs, et dans les ports.

▲ *Napoléon III remettant au baron Haussmann le décret d'annexion des communes limitrophes.* Yvon Adolphe. 1865. Huile sur toile.

B Croissance urbaine et exode rural

• **L'essor des villes.** La croissance urbaine concerne surtout la capitale, les cités industrielles ou minières, et les ports. La croissance des villes s'explique surtout par l'exode rural. En effet, la situation des ruraux est difficile : les artisans des campagnes subissent la concurrence de l'industrie, les ouvriers agricoles sont remplacés par les machines et les petits paysans souffrent de la baisse des prix agricoles. Ils partent donc pour les villes où ils peuvent facilement trouver du travail dans les nouvelles usines. Le salariat se développe.

• **La nécessaire modernisation urbaine.** Les nouveaux venus s'entassent dans des quartiers insalubres du centre des villes ou à leur périphérie, dans les banlieues misérables. Cet afflux de personnes entraîne des problèmes de logement, d'hygiène (eau potable et égouts insuffisants), de circulation (éloignement entre domicile et travail), de délinquance. Entre 1852 et 1870, à Paris, de grands travaux d'urbanisme dirigés par le préfet Haussmann ont pour principal objectif de résoudre ces problèmes.

Biographie

Les frères Pereire : Émile (1800-1875) et Isaac Pereire (1806-1880) sont les hommes d'affaires parmi les plus importants du Second Empire, qui dominaient le secteur des transports, des banques et assurances et de l'immobilier.

2 Permanences et mutations de la société

A Le poids croissant des ouvriers

• **Un lent progrès social.** Depuis 1803, les ouvriers devaient posséder un livret rempli par les patrons (dates d'embauche, salaire, comportement), faute de quoi ils pouvaient être arrêtés pour vagabondage. En 1864, la grève est autorisée, le livret supprimé.

• **La question ouvrière.** Face à des conditions de travail encore très difficiles, les ouvriers multiplient les actions afin d'obtenir petit à petit une réduction du temps de travail et une législation sociale plus favorable. Ces revendications prennent la forme de manifestations qui sont parfois réprimées dans le sang par les forces de l'ordre, appelées par les préfets sur la demande du patronat local.

Événement-clé

La fusillade de Fourmies : le 1er mai 1891, les ouvriers de cette petite ville textile du Nord manifestent pour revendiquer l'amélioration de leurs conditions de travail. Des grévistes sont arrêtés et, lorsque la foule marche pour les libérer, l'armée ouvre le feu, faisant plus de 35 blessés et neuf morts, dont quatre jeunes femmes et un enfant.

B Immigration et place des étrangers

• **Un recours massif à la main-d'œuvre étrangère.** Du fait des progrès de l'industrialisation et de la dénatalité précoce, la France a trouvé une réponse à la pénurie de main-d'œuvre en ayant massivement recours à l'immigration depuis la fin du XIXe siècle. À la veille de la Première Guerre mondiale, les étrangers représentent 3 % de la population totale.

• **Des conditions de vie précaires.** L'État encourage d'abord la venue d'une population frontalière (Belges, Italiens et Allemands). En 1889, la loi sur le droit du sol (don de la nationalité française aux enfants nés en France de parents étrangers) facilite leur intégration. Ce sont ainsi plus de 5 000 enfants qui sont naturalisés Français tous les ans jusqu'en 1914. Mais les étrangers ne peuvent pas bénéficier des lois sociales, par exemple de la protection pour les accidentés du travail (1889).

▲ **Le marteau-pilon, forges et aciéries de Saint-Chamond. Joseph-Fortuné Layraud, 1889. Huile sur toile**

Le marteau-pilon était une imposante machine-outil de forge, haute de 21 mètres et pesant 100 tonnes. Démonté en 1930, puis érigé à l'entrée sud de la ville, il est devenu l'emblème de l'usine du Creusot. Ce tableau a été réalisé pour l'Exposition universelle de 1889.

HISTOIRE

6 La France en Europe et dans le monde (1848-1914)

La seconde moitié du XIXe siècle est marquée en France par une **politique d'expansion territoriale.** En Europe, Napoléon III entend intervenir dans les affaires politiques des Italiens et des Allemands. La IIIe République met en œuvre une **politique coloniale**, qui concurrence les ambitions des autres grandes puissances européennes.

1 La France et la construction des unités italienne et allemande

A Le Second Empire et l'unité italienne

• **L'appui de Napoléon III à Cavour.** Après l'échec des révolutions de 1848, l'Italie demeure divisée en plusieurs États. Le royaume de Piémont-Sardaigne est le plus industrialisé des États italiens. Son roi, Victor-Emmanuel II, est un roi libéral qui respecte une constitution. En 1852, il nomme un Premier ministre libéral, Cavour, qui se donne pour objectif de réaliser l'unité de l'Italie. Cavour, avec l'appui des troupes françaises de l'empereur Napoléon III, réussit à chasser les Autrichiens de Lombardie (région de Milan) en 1859. Dans le centre de l'Italie et dans les États du pape, les partisans de l'unité italienne votent leur rattachement au Piémont. La France laisse faire en échange de la Savoie et de Nice (1860).

• **La protection de Rome par Napoléon III.** En 1860, Garibaldi, un ardent patriote, débarque en Sicile, puis en Italie du Sud, à la tête d'une armée de volontaires ; les régions du Sud sont à leur tour rattachées au Piémont. En 1861, Victor-Emmanuel II est proclamé roi d'Italie. En 1866, la Prusse bat l'Autriche. L'Italie profite de l'affaiblissement de cette dernière pour lui arracher la Vénétie. Soucieux de ne pas mécontenter les catholiques français, l'empereur Napoléon III maintient des troupes à Rome pour protéger les États du pape. Mais, en 1870, la France, en guerre contre la Prusse, rappelle son armée. Rome est aussitôt occupée par l'armée italienne et devient la capitale de l'Italie en 1871.

B Le Second Empire et l'unité allemande

• **La Prusse pousse Napoléon III à la guerre.** Au milieu du XIXe siècle, les Allemands sont dispersés en 39 États. Deux d'entre eux veulent réaliser l'unité des Allemands : la Prusse et l'Autriche. En 1862, le roi de Prusse, Guillaume Ier, nomme Bismarck chancelier. Pour réaliser l'unité de l'Allemagne, celui-ci doit d'abord éliminer l'Autriche. Il modernise et renforce l'armée prussienne, puis provoque une guerre contre l'Autriche et la bat à Sadowa, en 1866. La victoire de la Prusse renforce sa puissance et son prestige. En 1870, Bismarck manœuvre pour que la France déclare la guerre à la Prusse. Les États de l'Allemagne se rangent aussitôt à ses côtés. La France est envahie et vaincue.

• **La proclamation du Reich à Versailles.** La victoire sur la France permet l'achèvement de l'unité allemande. Le 18 janvier 1871, dans la galerie des Glaces du palais de Versailles, les princes allemands proclament Guillaume Ier empereur d'Allemagne. La France, défaite, signe le traité de Francfort avec l'Empire allemand en mai 1871. Elle lui cède l'Alsace et le nord-est de la Lorraine.

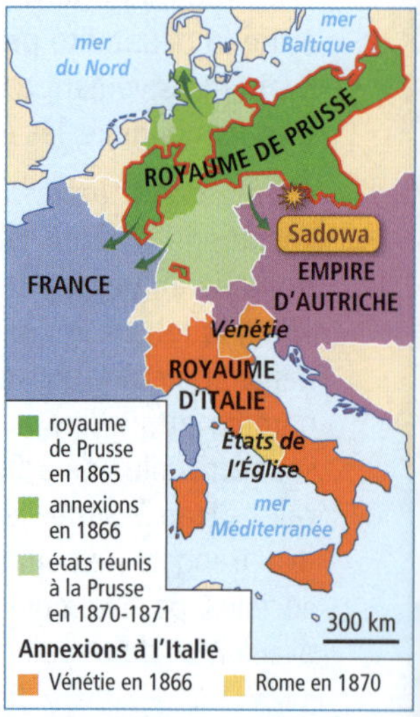

▲ Les unifications italienne et allemande entre 1864 et 1870.

2 Métropole et colonies

A Une colonisation avant tout militaire

• **Les conquêtes coloniales.** À partir de 1830, les pays européens se lancent à la conquête de nouveaux territoires en Asie et en Afrique. La colonisation s'intensifie après 1870. La supériorité militaire des Européens leur permet de s'imposer facilement, parfois à la suite de massacres. En 1914, les conquêtes coloniales sont presque achevées : la France et le Royaume-Uni possèdent à cette époque les empires coloniaux les plus étendus.

• **Des motivations contestables.** La colonisation s'explique d'abord par le développement du sentiment national en Europe. Chaque peuple européen veut montrer qu'il est supérieur aux autres en conquérant davantage de territoires. Les puissances européennes veulent aussi obtenir des débouchés, c'est-à-dire disposer de territoires pour y écouler leurs produits industriels, à une époque où ils se vendent mal, et s'y procurer des matières premières (minerais surtout). Elles recherchent aussi des bases terrestres pour pouvoir contrôler les grandes routes maritimes, favoriser leur commerce et leurs déplacements dans le monde. Elles veulent enfin des terres pour y installer des colons. Les Européens pensent que les peuples d'Afrique et d'Asie sont arriérés et que la colonisation leur apporte la civilisation et le progrès.

B Une société coloniale très hiérarchisée

• **Plusieurs types de colonies.** Certaines colonies sont des colonies de peuplement. Mais la plupart sont essentiellement destinées à être exploitées, et les Français sont peu nombreux à y vivre. Les colonies proprement dites, comme l'Algérie, sont administrées par un gouverneur et des fonctionnaires issus de la métropole. Dans les protectorats, comme la Tunisie ou le Maroc, la métropole laisse un gouvernement indigène en place, mais celui-ci doit obéir aux ordres.

• **L'exploitation des colonies.** Après la colonisation, les colons et les sociétés françaises s'approprient les meilleures terres agricoles pour y faire des plantations, c'est-à-dire des cultures destinées à l'exportation. Ils se mettent aussi à exploiter les richesses minières. Mais ils ne développent pas l'industrie. Les Français construisent des voies de chemin de fer et des ports afin de faciliter le commerce avec la métropole. Autour des ports, ils bâtissent de nouvelles villes sur le modèle français, destinées à l'administration coloniale et aux colons. Les indigènes doivent payer de nouveaux impôts en argent. Dans la plupart des colonies, ils doivent aussi fournir des corvées pour la construction des routes ou des chemins de fer.

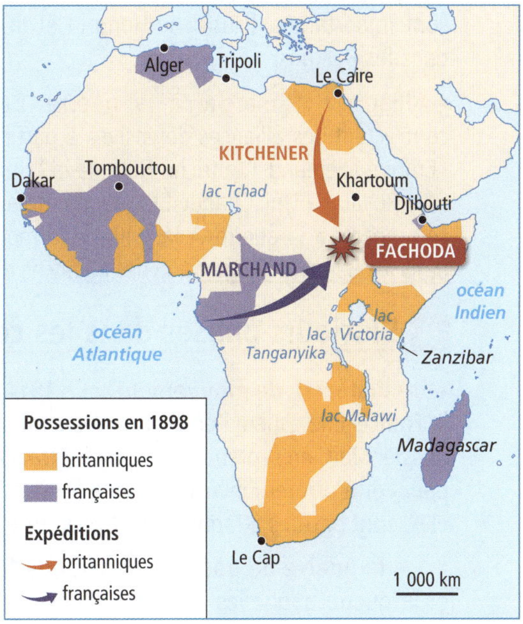

Fachoda, le choc des impérialismes. ▶

Mot-clé

Code de l'indigénat : recueil des mesures d'exception que doivent suivre les populations indigènes dans les colonies, d'abord en Algérie, puis dans toutes les colonies à partir de 1887. Il place les populations colonisées dans un statut juridique inférieur. Privées de droits politiques, elles restent soumises à une justice particulière.

7 1914-1918 : une guerre mondiale et totale

La guerre de 1914-1918 est la première **guerre mondiale**, qui mobilise des territoires coloniaux sur toute la planète. C'est aussi une **guerre totale** qui abolit la distinction entre militaires et civils.

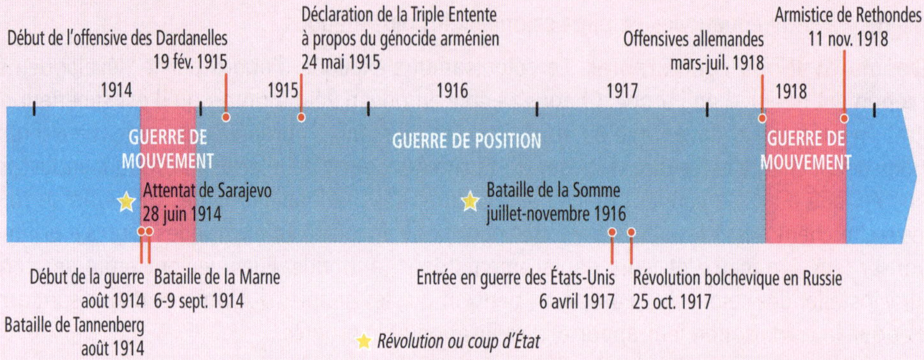

1 Un embrasement mondial et ses grandes étapes

A Aux origines de la guerre

• **Les rivalités européennes.** Depuis la fin du XIXe siècle, les rivalités économiques entre les pays européens s'intensifient. Ainsi, le Royaume-Uni craint la concurrence commerciale de plus en plus vive de l'Allemagne. Les puissances européennes se disputent aussi les derniers territoires à coloniser ; en 1905 et en 1911, par exemple, la France et l'Allemagne évitent deux fois une guerre à propos du Maroc qu'elles convoitent l'une et l'autre. Enfin, les rivalités territoriales sont importantes. L'Autriche-Hongrie et la Russie veulent toutes deux étendre leur influence dans les Balkans.

• **Alliances et marche à la guerre.** Dans la crainte d'affrontements, les États d'Europe contractent des alliances défensives à partir de la fin du XIXe siècle : la Triple-Alliance rassemble l'Empire allemand, l'Autriche-Hongrie et l'Italie, alors que la Triple-Entente unit la France, la Russie et le Royaume-Uni. Chaque État augmente aussi fortement ses dépenses militaires et semble ainsi se préparer à la guerre. À la suite de la mobilisation de l'armée russe contre l'Autriche-Hongrie dans les Balkans, l'engrenage des alliances débouche sur le début de la guerre.

B Plusieurs phases dans les combats

• **De la guerre de mouvement…** En 1914, l'armée allemande envahit la Belgique neutre, puis la France. Elle espère l'écraser rapidement pour pouvoir ensuite retourner ses troupes contre la Russie. Mais, en septembre, le général français Joffre lance une contre-offensive sur la Marne et parvient à arrêter l'invasion. Sur le front oriental, les armées russes pénètrent en Prusse, mais elles sont battues à Tannenberg (27 août) et commencent alors à reculer.

• **…à la guerre de position.** À partir de 1915, les deux camps se trouvent de nouveaux alliés et la guerre gagne les Balkans (offensive des Dardanelles, 1915), l'Italie et le Moyen-Orient.

À l'ouest, les deux armées se fixent sur un front qui va de la mer du Nord à la Suisse. De 1915 à 1917, les offensives pour percer ce front se soldent à chaque fois par des échecs sanglants (offensive de l'Entente sur la Somme en 1916).

Mot-clé

Brutalisation : notion forgée par l'historien George Mosse qui exprime un accroissement de la violence subie et donnée par les combattants.

• **Le tournant de 1917.** L'année 1917 est un tournant. En avril, les États-Unis déclarent la guerre à l'Allemagne. En octobre, les bolcheviks s'emparent du pouvoir en Russie ; peu après ils signent l'armistice, puis la paix de Brest-Litovsk avec l'Allemagne (mars 1918). Cela provoque la dernière offensive allemande vers l'ouest, qui les mène de nouveau jusqu'à la Marne. Mais les armées alliées disposent du renfort de près de deux millions de soldats américains et de nouveaux tanks très efficaces. En quelques mois, les puissances centrales s'effondrent. En Allemagne, une révolution chasse l'empereur Guillaume II et le nouveau gouvernement républicain signe l'armistice à Rethondes, le 11 novembre 1918.

2 Les sociétés en guerre : des civils acteurs et victimes de la guerre

A Combattants et civils subissent les violences de la guerre

• **L'épreuve du feu.** Avec la guerre de position, les soldats connaissent des conditions de vie effroyables. Les bombardements pulvérisent les corps, mal protégés, provoquant de terribles mutilations et des troubles psychiques durables. La scientifique Marie Curie se bat pour que des appareils à rayon X puissent arriver sur le front et permettre de repérer les fractures et localiser les éclats d'obus.

• **Une guerre qui touche aussi les civils.** Toutes les armées ont commis des atrocités sur les civils. Cette violence atteint son paroxysme avec le génocide commis contre les Arméniens par les Ottomans en 1915 : 1,5 million d'Arméniens périssent. Le 24 mai 1915 la Triple-Entente publie une déclaration à propos des « crimes contre l'humanité et la civilisation » perpétrés contre les Arméniens de l'Empire ottoman.

Mot-clé

Génocide : crime qui consiste en l'élimination physique intentionnelle, totale ou partielle, d'un groupe national, ethnique ou religieux.

B À l'arrière, des sociétés civiles mobilisées

• **Les liens entre le front et l'arrière.** Dans les usines ou les champs, les femmes remplacent les hommes partis au combat. Les colonies fournissent des soldats, mais aussi des travailleurs qui viennent en Europe occuper les postes vacants dans l'industrie. Des associations de bénévoles, comme les « marraines de guerre », apportent leur soutien moral aux soldats.

• **La mobilisation des esprits.** La censure stricte de la presse et de la correspondance des soldats doit empêcher le découragement des populations. Une propagande active se met en place qui se transforme en « bourrage de crâne » lorsqu'elle diabolise l'ennemi décrit comme un barbare.

▲ Ouvrières préparant les têtes des obus dans l'usine d'armement de Birkenhead (Angleterre, 1917).

HISTOIRE

8 Sortir de la guerre, construire la paix (1918-1923)

La Grande Guerre représente un **désastre humain et matériel** sans précédent. Malgré les propositions du président américain Wilson, la paix qui se dessine avec les **traités d'après-guerre** est fragile. La Russie est en guerre jusqu'en 1922. En France, les **mémoires de la guerre** émergent dans leur diversité.

1 Bilans de la guerre et traités de paix

A Le bilan humain et matériel et les propositions de Wilson

• **Un désastre d'abord européen.** Entre 1914 et 1919, la guerre a fait plus de 8 millions de victimes et 6 millions d'invalides. Il faut y ajouter les morts de la grippe espagnole qui a fait des ravages en 1919 sur la population affaiblie (1 million de morts). Le désastre est aussi matériel et financier. Les régions situées sur les fronts sont ravagées. Les États sont déjà très endettés et ils doivent en plus financer la reconstruction et aider les veuves, les orphelins, les invalides. Enfin, la hausse des prix s'amplifie, liée à la création artificielle de monnaie, mais aussi à la forte demande de marchandises alors que la production est faible.

• **Le projet du président Wilson.** Thomas Woodrow Wilson emporte les élections présidentielles américaines en 1912. Lors du déclenchement de la Première Guerre mondiale, il annonce la neutralité de son pays. C'est sur ce programme de paix qu'il est réélu en 1916 ; en 1917 pourtant, il demande au Congrès américain de déclarer la guerre à l'Allemagne. Il s'agit selon lui d'une « guerre de la liberté et du droit » au service de la démocratie et de la paix. Le 8 janvier 1918, il définit les buts de guerre dans ses « Quatorze points » qui sont aussi bien la liberté du commerce maritime que le droit de tous les peuples européens à avoir chacun un État ou la création d'une Société des Nations chargée de maintenir la paix dans le monde. Il reste à la Maison-Blanche jusqu'en 1921.

Rappel

Les 14 points du président Wilson : programme de paix présenté par le président des États-Unis Woodrow Wilson devant le Congrès le 8 janvier 1918 pour mettre fin à la Première Guerre mondiale et reconstruire l'Europe.

B Les traités de paix

• **L'Europe redessinée.** La Conférence de la paix s'ouvre à Paris en janvier 1919. Les pays vainqueurs y réfléchissent à des traités de paix mettant en place un ordre international plus juste tout en satisfaisant leurs intérêts nationaux. Le texte servant de base à leurs discussions est le message en 14 points du président Wilson. À l'issue des discussions, un traité est signé entre les Alliés et chaque pays vaincu (1919 et 1920) ; le traité de Versailles, signé avec l'Allemagne, cherche avant tout à l'empêcher de refaire une guerre ; les autres traités signés avec l'Autriche, la Hongrie et la Turquie démembrent les empires et dessinent les frontières de nouveaux États. Une Société des nations (SDN) est créée pour maintenir la paix dans le monde. En 1922, le Haut-commissariat pour les réfugiés de la SDN permet aux apatrides de pouvoir voyager (passeport Nansen).

▲ *Lénine et Staline en discussion à Gorki*
Anonyme. 1922.

• **L'Allemagne jugée coupable.** Le traité de Versailles entre les puissances victorieuses et l'Allemagne est signé le 28 juin 1919. L'Allemagne est rendue responsable de la guerre et, à ce titre, elle est obligée de payer des réparations pour dommages de guerre aux vainqueurs. Elle perd une partie importante de son territoire (l'Alsace-Lorraine qui revient à la France, les régions orientales rattachées à la nouvelle Pologne) et se trouve partagée en deux zones isolées l'une de l'autre par le « couloir de Dantzig ». Elle perd aussi toutes ses colonies. L'armée allemande est réduite à 100 000 volontaires et privée d'armes lourdes comme les tanks ou les avions. De plus, la région du Rhin est démilitarisée et en partie occupée.

• **La paix, une œuvre fragile.** Les Allemands considèrent que le traité de Versailles a été « dicté » par les Alliés et qu'il est profondément injuste. Dans les années qui suivent la guerre, ils le rendent responsable de toutes les difficultés que traverse le pays. Beaucoup d'États ne se satisfont pas de leurs nouvelles frontières et les conflits frontaliers se multiplient. Il faut attendre 1923 pour que les frontières se stabilisent. Si les principales nationalités d'Europe ont obtenu leur indépendance, il subsiste des minorités nationales avides de libertés dans de nombreux États (Allemands et Hongrois en Tchécoslovaquie par exemple).

2 La guerre après la guerre

A À l'Est, une guerre qui continue

• **La guerre civile en Russie.** Le 3 mars 1918, la Russie bolchevique de Lénine signe la paix de Brest-Litovsk avec l'Allemagne au prix de lourdes pertes territoriales (le quart de son territoire). À partir de 1918, les « Russes blancs », partisans de l'ancien régime tsariste, cherchent à renverser le gouvernement bolchevik avec le soutien des puissances européennes. En 1920, la Pologne attaque aussi la Russie pour étendre son territoire vers l'est.

• **Le « communisme de guerre ».** Dans la tourmente, les bolcheviks mettent en place le « communisme de guerre » : ils imposent leur dictature, nationalisent l'industrie et le commerce, réquisitionnent les récoltes des paysans pour ravitailler l'armée et les villes et organisent l'Armée rouge. En 1922, ils l'emportent, mais le pays est ravagé.

Mot-clé

Communisme de guerre : ensemble des politiques adoptées par les bolcheviks de 1918 à 1922 dans le contexte de la guerre civile russe.

B À l'Ouest, des mémoires divisées

• **La question des disparus.** Au sortir de la guerre, plus de 250 000 soldats demeurent disparus en France, leurs corps n'étant pas localisés. Le 10 novembre 1920, huit cercueils contenant les corps de soldats non identifiés sont rassemblés dans la forteresse de Verdun, lieu symbolique de la guerre. Un des cercueils est transporté vers Paris et placé le 11 novembre 1920 sous l'arche de l'Arc de Triomphe, lors d'une cérémonie officielle. Une « flamme du souvenir » est installée près de ce « soldat inconnu ».

• **Les monuments aux morts.** Durant les années 1920, presque toutes les communes de France financent, avec l'aide de l'État et d'associations d'anciens combattants, la construction d'un ou plusieurs monuments aux morts. Ces constructions révèlent des sentiments bien différents dans la société au sortir de la guerre, certaines soulignant l'héroïsme des poilus, d'autres mettant en avant leurs souffrances ou appelant au pacifisme.

9 La métropolisation, un processus différencié

Depuis 2007, 50 % de la population mondiale vit en ville ; cette urbanisation ne cesse de progresser et s'accompagne d'une **concentration dans les très grandes villes multimillionnaires** des populations, des activités et des fonctions de commandement.

1 Le poids croissant des métropoles

A Un monde d'urbains

• **Un phénomène mondial.** En 2019, 56 % de la population mondiale, soit plus de 4 milliards de personnes, se concentre dans les agglomérations urbaines alors qu'elles étaient 800 millions en 1950. En 2050, cette proportion devrait atteindre 66 % et les villes devraient accueillir 6,3 milliards d'habitants.

• **Une urbanisation ralentie dans les villes du Nord.** La forte croissance urbaine des pays du Nord date des années 1950-1980 et les taux d'urbanisation, aujourd'hui, y dépassent souvent 75 %. La croissance urbaine se poursuit mais à un rythme ralenti (0,5 % par an).

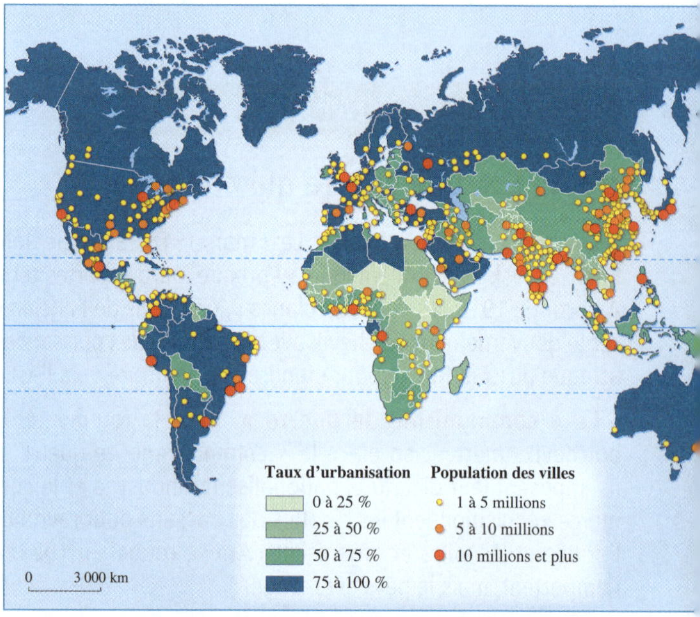

▲ L'urbanisation dans le monde en 2025 : projection de l'ONU.

• **Des villes du Sud en pleine expansion.** Si l'urbanisation est moindre dans les pays du Sud, 40 % en moyenne, les rythmes d'urbanisation sont plus forts que dans les pays développés (plus de 3 % par an). L'Afrique et l'Asie, moins urbanisées pour l'instant, ont des villes en très forte croissance.

B Une métropolisation croissante mais inégale

• **Métropoles et mégapoles.** Une métropole est un pôle urbain majeur exerçant une influence sur un vaste territoire et doté de fonctions de commandement, de capacités d'innovation et d'investissement ainsi que d'activités de niveaux national et international. Selon leur taille, leurs fonctions et leur influence, on peut différencier les métropoles. Trois continents vont ainsi accueillir des mégapoles de plus de 20 millions d'habitants en 2050 selon l'ONU : l'Asie (Delhi, Tokyo, Shanghai, Dacca, Mumbai, Beijing, Karachi, Jakarta, Séoul), l'Amérique (Mexico, São Paulo, New York) et l'Afrique (Kinshasa, Lagos, Le Caire).

• **Les grands projets métropolitains.** Autre marqueur du caractère métropolitain des villes, l'existence de grands projets urbains, portés par les élus et sollicitant les architectes et les urbanistes les plus renommés (gratte-ciels, musées, monuments).

• **Des métropoles en concurrence.** Ces très grandes villes entretiennent d'importants réseaux (télécommunications, congrès, voyages aériens). Elles bénéficient d'excellentes conditions d'accessibilité, d'accueil et d'hébergement, mais également d'effets d'image positifs. Dans l'espace mondialisé, l'enjeu pour les métropoles consiste à attirer hommes et capitaux pour asseoir leur croissance, d'où l'importance du « marketing urbain ».

Mot-clé

Ville mondiale : le concept de ville mondiale est attribué à la sociologue **Saskia Sassen**, auteur du livre *The Global City* (1991). Elle s'applique aux villes qui exercent une grande influence au niveau mondial. Londres, New York, Paris et Tokyo sont traditionnellement considérées comme les quatre grandes villes du monde. Selon d'autres auteurs, on peut citer Hong Kong, qui, à bien des égards, a dépassé Paris. La question de savoir si une ville correspond ou non à ce concept de ville mondiale a fait l'objet de nombreuses discussions.

2 Des espaces métropolitains en mutation

A Partout, des métropoles qui s'étalent

• **L'extension spatiale de l'espace métropolitain.** Le processus qui domine est l'étalement ; la croissance s'opère par l'intégration des zones rurales devenues périurbaines. Du point de vue démographique, cet étalement profite surtout aux périphéries, alors que les centres voient leur population se stabiliser, voire décroître.

• **Au Nord, périurbanisation et « desserrement urbain ».** Le long des voies de communication, puis, en taches d'huile entre ces principaux axes, les citadins s'éloignent du centre des agglomérations pour trouver un cadre de vie plus agréable, plus près de la nature et moins cher.

• **Au Sud, un étalement anarchique.** Si les centres-villes restent encore densément peuplés, l'habitat précaire, ou bidonvilles, s'est emparé des périphéries où s'installent les nouveaux venus sur des terrains inoccupés, ce qui entretient le processus d'étalement.

B Fractures sociales, fractures spatiales

• **Spécialisation des espaces métropolitains.** Le centre-ville concentre les fonctions les plus prestigieuses. Il est aussi rénové et réhabilité pour les populations aisées. À la périphérie, se situent les quartiers résidentiels et certaines activités de production qui recherchent de l'espace (aménagements de loisirs, aéroports, aires de stockage).

• **De nouveaux centres fonctionnels.** De nouvelles centralités, à proximité des nœuds de communication, s'affirment à la périphérie des villes, là où, aujourd'hui, se concentrent les urbains : centres commerciaux, technopôles, nouveaux quartiers d'affaires.

• **De forts contrastes spatiaux et sociaux.** Plus du tiers de la population des métropoles des pays en développement vit dans des bidonvilles. Aux quartiers populaires dégradés s'opposent des quartiers résidentiels fermés pour les populations aisées.

Mot-clé

Ségrégation socio-spatiale : processus de division sociale et spatiale des populations urbaines en unités distinctes (par exemple par quartiers), impliquant à la fois un mouvement d'exclusion et un mouvement de réunion des semblables. Les groupes isolés et mis à l'écart subissent ainsi des discriminations au niveau politique, juridique ou économique.

10 La France : la métropolisation et ses effets

La France urbaine est marquée par le phénomène de métropolisation. Celui-ci génère de nouvelles différenciations, d'une part entre **Paris et les autres métropoles** françaises, d'autre part entre les **villes petites et moyennes** qui se marginalisent ou, au contraire, se revitalisent.

1 La diversité des métropoles françaises

A Paris, ville primatiale

• **Une ville mondiale.** L'influence politique de Paris est liée au fait qu'elle est le siège d'institutions internationales comme l'UNESCO et l'OCDE. Ses monuments (tour Eiffel, Notre-Dame de Paris) et ses musées (le Louvre) attirent, chaque année, plus de 40 millions de touristes du monde entier. Ses universités et ses écoles prestigieuses accueillent des dizaines de milliers d'étudiants venus de l'étranger.

• **Une dynamique démographique particulière.** Jeunes étudiants et jeunes actifs qualifiés (célibataires ou en couple sans enfants) affluent à Paris. Ce renouveau profite aux arrondissements péricentraux (notamment X^{e} et XIe), voire centraux (IIe, IIIe et IVe). Dans la périphérie parisienne, les arrivées sont le fait des étudiants, mais aussi de jeunes actifs ou de familles à revenus modestes.

• **La métropole du Grand Paris (MGP).** Depuis le 1er janvier 2016, la métropole du Grand Paris regroupe les communes de Paris, les trois départements de la petite couronne (Hauts-de-Seine, Seine-Saint-Denis et Val-de-Marne) et quelques communes de la grande couronne (Argenteuil et les communes de la communauté d'agglomération Les Portes de l'Essonne).

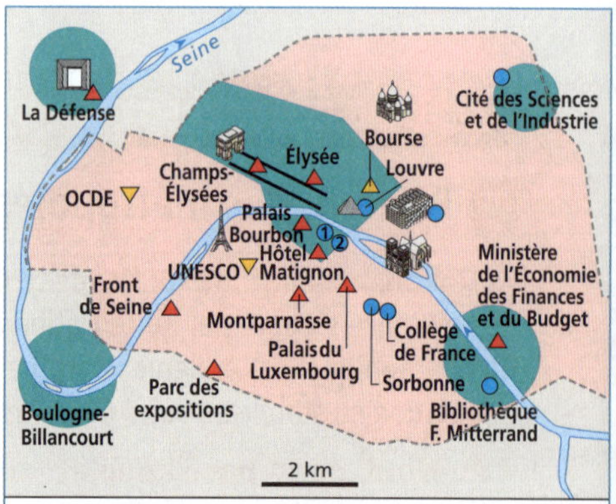

Des lieux de commandement à l'échelle européenne et mondiale
- ▲ centres du pouvoir politique et économique
- ▼ UNESCO, OCDE
- espace d'activités tertiaires supérieures

Des lieux de création et d'activités intellectuelles
- ● Sorbonne
- 1 musée d'Orsay 2 Institut de France

Un patrimoine architectural universellement connu
- ▲ Louvre

▲ Paris, ville mondiale.

B Des dynamiques urbaines variées

• **Une hiérarchisation des métropoles.** Les métropoles les plus peuplées sont celles de Paris (12 millions d'habitants), de Lyon (2,2 millions), de Marseille-Aix (1,7 million), de Toulouse, Lille, Bordeaux et Nice (entre 1 et 1,3 million). La localisation des pôles de haute technologie obéit en partie à un processus de polarisation sur les grandes métropoles du Midi et, à un moindre degré, de l'Ouest. Outre Paris, les principales métropoles de l'innovation sont Lyon, Grenoble, Toulouse, Bordeaux, Rennes, Nantes, Montpellier, Strasbourg et Lille.

• **Un rayonnement européen limité.** Hormis Paris, la France compte peu de métropoles de rang international. C'est un effet du centralisme français. Seule Lyon a un rayonnement international, comparable à des métropoles européennes comme Glasgow, Bologne ou Cologne. Les autres métropoles ont un rayonnement international soit modeste (Marseille, Strasbourg, Nantes, Toulouse, Lille), soit potentiel (Bordeaux, Nice, Montpellier, Grenoble et Rennes). Cela tient notamment à leur faible influence scientifique et au nombre modeste de grands groupes ou de banques internationales.

Mot-clé

Grand Paris : le futur réseau de transports du Grand Paris comprendra 200 km de métro automatique, 4 lignes et 68 nouvelles gares, pour près de 2 millions de voyageurs quotidiens. Il devrait être achevé en 2030.

2 Attractivité des métropoles et effets sur les autres villes

A Une attractivité variable et des croissances inégales

• **Une attractivité variable.** L'attractivité des métropoles varie selon les régions. Les jeunes de 20 à 29 ans cherchent d'abord un emploi à Paris ou dans une métropole d'une région économiquement dynamique (Alsace, Rhône-Alpes). Ce n'est qu'ensuite qu'ils cherchent à s'installer dans une métropole du Sud.

• **Des croissances inégales.** Les métropoles ont globalement des taux de croissance supérieurs à ceux des villes moyennes. Les grandes agglomérations qui connaissent toutefois une faible croissance se concentrent dans le quart nord-est du pays (au nord d'une ligne Le Havre-Montbéliard), à l'exception notable de l'Alsace avec Strasbourg. Ce sont surtout les métropoles des régions industrielles en reconversion qui perdent de la population (Lens, Valenciennes, Thionville...).

B Des effets contrastés sur les villes petites et moyennes

• **De la périurbanisation à la rurbanisation.** La croissance de la population des villes petites ou moyennes est positive autour des grandes métropoles ou dans leurs aires d'influence, comme en région parisienne. Depuis 1999, la croissance de la population dans les communes de moins de 10 000 habitants est forte jusqu'à 50 km de la métropole et son maximum est atteint dans un rayon de 25 km autour d'elle.

Mot-clé

Rurbanisation : intégration de communes rurales dans les couronnes périurbaines du fait de l'installation de personnes conservant leur emploi dans la métropole.

• **L'émergence des villages-dortoirs.** Mais même dans ce périmètre sous influence métropolitaine, on assiste à une dévitalisation des centres-villes des petits pôles urbains. Les nouveaux habitants préfèrent s'installer dans des lotissements de maisons individuelles en périphérie, à proximité des échangeurs des voies rapides et des grandes surfaces commerciales. Cet habitat récent ressemble à celui des banlieues pavillonnaires : on passe des cités-dortoirs aux villages-dortoirs.

Une ville de banlieue en Île-de-France avec de grands ensembles. ▶

11 Espaces et acteurs de la production de richesses

La révolution des transports, les mutations de l'économie et l'augmentation des échanges liés à la mondialisation se traduisent par de **nouvelles localisations des espaces productifs**.

1 Espaces productifs majeurs et facteurs de localisation

A Le poids des héritages dans la localisation des activités

• **L'importance des facteurs naturels.** La diversité et la richesse des sols et des climats sont à l'origine de la puissance de certains grands espaces agricoles. Les conditions climatiques des côtes maritimes et de certaines montagnes ont favorisé aussi très tôt le développement du tourisme saisonnier. De nombreuses localisations industrielles sont liées à la présence de gisements de matières premières (charbon, fer) et de sources d'énergie (barrages hydroélectriques).

• **Le rôle de la main-d'œuvre pour la grande industrie.** Pour la grande industrie (textile, mécanique), le facteur premier de localisation est celui d'une main-d'œuvre abondante. Cela suppose une implantation de ces espaces industriels à proximité de métropoles susceptibles de fournir des dizaines de milliers de travailleurs.

• **L'importance nouvelle du cadre de vie.** La nature est devenue davantage un élément du cadre de vie qu'un gisement de ressources à exploiter. À titre d'exemple, l'énergie est à présent disponible dans de nombreuses régions du monde avec la généralisation de l'électricité produite par les centrales nucléaires, les éoliennes ou les panneaux photovoltaïques. Les activités qui ne nécessitent pas la proximité immédiate d'un grand bassin d'emploi ou de consommation (comme les nouvelles technologies) ont donc tendance à se localiser dans des régions à l'environnement agréable.

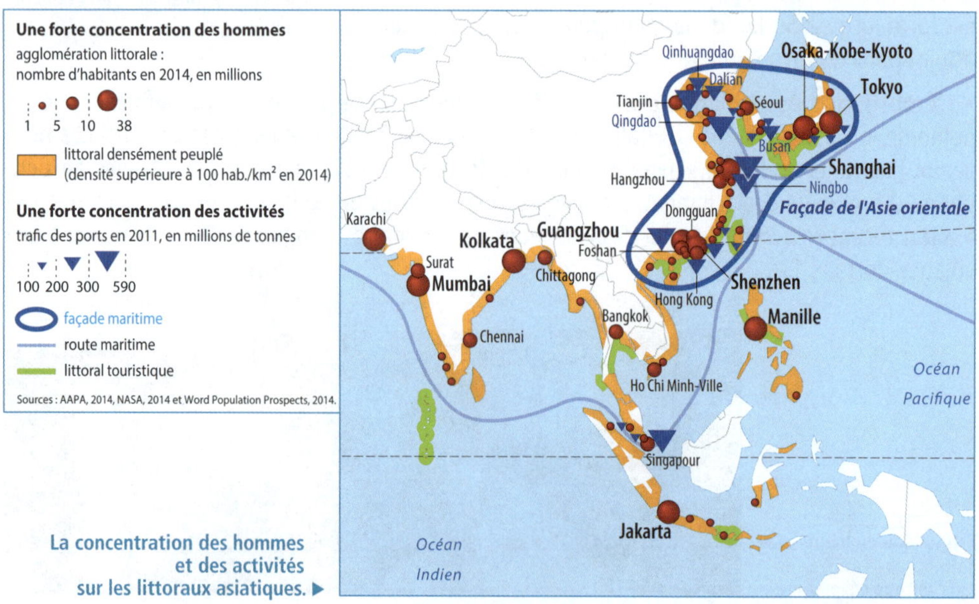

La concentration des hommes et des activités sur les littoraux asiatiques. ▶

B Littoralisation et métropolisation de la production

• **La révolution des transports et des télécommunications.** L'accessibilité des lieux est devenue un facteur déterminant pour de nombreuses localisations. Les transports (notamment par conteneurs) sont un vecteur essentiel de l'intégration des espaces. Les positions de carrefour (métropoles, ports, aéroports) et les grands axes d'échanges à l'échelle nationale, continentale, voire mondiale, apparaissent comme des lieux privilégiés de localisation des activités.

• **Le rôle des grands ports.** On peut citer l'exemple de l'industrie lourde (métallurgie, sidérurgie, raffinerie), qui est devenue une industrie sur l'eau, dans des zones portuaires permettant l'importation rapide de la matière première et facilitant l'exportation du produit manufacturé.

• **Compétence de la main-d'œuvre.** Avec l'essor de l'économie de la connaissance ou du savoir, les hautes qualifications sont devenues une des principales exigences pour la localisation des nouvelles activités.

> **Mot-clé**
>
> **Technopôle :** pôle d'activité réunissant des universités, des laboratoires de recherche et des entreprises fabriquant des biens de haute technologie.

2 De nouvelles stratégies pour les entreprises

A Les entreprises obéissent à de nouvelles logiques

• **Les stratégies des firmes transnationales (FTN).** Les firmes des secteurs énergétique, minier et agroalimentaire ont investi dans les pays du Sud pour y exploiter les richesses minérales et agricoles, destinées à alimenter l'industrie des pays du Nord. D'autres ont délocalisé leur production pour contourner les barrières douanières ou pour réduire les coûts de production.

• **La division internationale du travail.** Les FTN mettent en place un marché mondial du travail : les cadres internationaux sont gérés par la maison mère, les travailleurs peu qualifiés de l'industrie et des services sont recrutés dans les territoires aux règles fiscales et sociales quasi inexistantes, ce qui permet de mettre en concurrence des milliers de fournisseurs dans les pays à bas salaires de l'Amérique latine et de l'Asie, et de maintenir des salaires excessivement bas. Dans les pays développés, cette stratégie entraîne des destructions d'emplois et l'apparition de travailleurs pauvres en Europe et aux États-Unis.

B Délocalisations des espaces productifs

• **Les phénomènes de délocalisation.** Délocaliser, c'est déplacer vers des pays étrangers tout ou partie des activités, des capitaux et des emplois d'une entreprise. Les phénomènes de délocalisation d'activités industrielles, voire d'activités de services, apparus dès les premières décennies du xxe siècle, se sont multipliés et accélérés depuis la fin des années 1990. Si les délocalisations concernaient d'abord des secteurs comme l'habillement, l'électroménager ou l'électronique, elles touchent aujourd'hui des activités de services à distance (maintenance informatique, numérisation, saisie et archivage de textes).

• **Une géographie mouvante.** La stabilité de la nouvelle localisation dépend du but recherché par l'entreprise. Lorsqu'il s'agit d'une implantation sur un marché stable, celle-ci est souvent durable. En revanche, lorsque la délocalisation est liée à un avantage comparatif à court terme (coût de la main-d'œuvre comme pour la fabrication automobile), l'installation peut n'être que temporaire.

> **Mot-clé**
>
> **Firme transnationale :** entreprise qui, à partir d'une base nationale, développe son activité à une échelle internationale en implantant des filiales et des unités de production dans au moins cinq États différents.

12 La France : les systèmes productifs

L'espace économique français a connu de **profondes transformations** depuis les années 1970. Les **espaces productifs** se reconvertissent ou se relocalisent, sur le territoire ou au-delà des frontières nationales. On assiste comme ailleurs à une **polarisation des activités** dans ou près des grandes métropoles.

1 De nouvelles localisations des espaces productifs

A Une relocalisation et une reconversion des activités

• **Des régions industrielles en mutation.** La révolution des transports et l'augmentation de la concurrence dans les années 1970-1980 ont abouti au déclin en France de certains bassins d'extraction de minerais et à une relocalisation des activités. Mais certaines de ces branches ne subsistent aujourd'hui que grâce au soutien financier de l'État, qui veut limiter les licenciements dans des villes où une grande partie de la population vit de la présence des activités industrielles.

• **L'aide à la reconversion.** Dès le début des années 1970, certaines vieilles régions industrialisées (bassins houillers du Nord, centres de la sidérurgie lorraine, foyers de la métallurgie de Franche-Comté) frappées par la crise entament leur reconversion vers des activités plus dynamiques. Mais le coût de cette reconversion s'est révélé exorbitant et son bilan reste fragile.

▲ L'espace industriel français.

B Un espace économique déséquilibré

• **Des disparités qui ne s'effacent pas.** Certaines grandes oppositions tendent à disparaître : entre la France industrielle (à l'est d'une ligne Le Havre-Marseille) et la France rurale (à l'ouest), et entre l'Île-de-France et la province. Pourtant l'espace économique reste déséquilibré. Des régions, comme l'Île-de-France, l'Alsace, la région lyonnaise ou les Alpes du Nord, demeurent puissantes. Elles continuent de concentrer capitaux, main-d'œuvre et consommateurs.

• **L'exemple des zones industrialo-portuaires (ZIP).** Les littoraux sont aussi les lieux privilégiés de cette nouvelle géographie économique. À partir des années 1960 par exemple, l'État crée des ZIP pour promouvoir l'industrie sur l'eau française et assurer les approvisionnements en hydrocarbures. Quatre ports se spécialisent : sidérurgie à Dunkerque, produits pétroliers à Fos-sur-Mer, chantiers navals à Saint-Nazaire, terminaux porte-conteneurs au Havre.

Mot-clé

Polarisation : attraction ou influence qu'exerce une métropole sur un espace périphérique plus ou moins étendu et hétérogène et qui se trouve dans une situation de dépendance à l'égard de ce centre.

2 Entre valorisation locale et intégration européenne et mondiale

A L'ouverture sur l'Europe et le monde

• **Les bases du système productif français.** La puissance de la France à l'exportation repose d'abord sur ses FTN : on parle d'internationalisation des entreprises. Des sociétés comme Danone, Total, Michelin, Carrefour, AXA sont présentes partout dans le monde et peuvent réaliser des alliances (Renault avec le Japonais Nissan). Les petites et moyennes entreprises et industries (PME et PMI) emploient près de 50 % des salariés. Leur flexibilité permet aux grands groupes de développer une sous-traitance très performante.

• **L'importance des nœuds de communication et des espaces frontaliers.** La performance des communications concerne évidemment Paris mais aussi la région lyonnaise, Bordeaux, Toulouse, les grandes vallées (comme celle du Rhin), les littoraux et les espaces frontaliers surtout du Nord-Est (Nord-Pas-de-Calais, Lorraine, Alsace). L'État aménageur s'engage dans la construction des grandes infrastructures (projets actuels du canal Seine-Nord Europe et du tunnel ferroviaire Lyon-Turin).

• **Délocalisation ou relocalisation ?** Dans le contexte de crise financière internationale et de fermeture d'usines en France, l'État a décidé de renforcer les aides à la réindustrialisation (ARI) ou à la relocalisation, en proposant aux entreprises des avances remboursables. Le gouvernement veut, par exemple, encourager la création de nouveaux centres d'appels en France. Le mouvement de relocalisation ne se fait cependant qu'au rythme d'une centaine d'entreprises par an : on compte en moyenne un cas de relocalisation pour vingt cas de délocalisation.

B Le rôle des métropoles et des espaces technopolitains

• **Des métropoles de plus en plus spécialisées.** La décision de l'État de favoriser le développement extra-parisien a abouti à soutenir le développement des grandes métropoles du sud et de l'ouest de la France (les huit métropoles d'équilibre), notamment l'essor des universités et des grandes écoles. L'État a choisi Toulouse pour accueillir l'aéronautique, Bordeaux pour les activités aérospatiales, Rennes pour les télécommunications, Grenoble pour l'électronique.

• **Répartition des industries de pointe et des activités high-tech.** Trois grands types d'espaces accueillent les pôles de l'innovation : la région parisienne, qui concentre main-d'œuvre qualifiée et grand marché d'emploi et de consommation, les périphéries méridionales et occidentales, aux nombreuses aménités pour les ingénieurs (mer ou océan, soleil et cadre champêtre ou montagnard) et, enfin, les villes proches des frontières, qui profitent des dynamiques transfrontalières.

• **Les synergies puissantes des parcs technologiques ou scientifiques.** Les espaces technopolitains se caractérisent d'abord par les synergies qu'ils ont suscitées entre les entreprises ou les start-up d'un même secteur, entre des spécialités différentes mais complémentaires, entre des grandes entreprises et un vivier de PME (fournisseurs et sous-traitants), entre l'industrie d'une part et d'autre part l'appareil de recherche public (CNRS, INRA, CNES…) et privé et l'appareil de formation de haut niveau (universités, IUT, grandes écoles).

> **Mot-clé**
> **Aménités :** ensemble d'éléments contribuant à rendre appréciable et agréable un lieu pour ceux qui y vivent (climat, paysage, ambiance).

GÉOGRAPHIE

13 Les espaces ruraux : multi-fonctionnalité ou fragmentation ?

Dans un monde de plus en plus urbanisé, se pose la question des **spécificités des espaces ruraux**. Les **fonctions non agricoles** (résidentielles, touristiques ou encore industrielles) tendent de plus en plus à s'y développer. Les campagnes dans le monde sont donc marquées par de **profondes mutations** et une diversification qui peut aller jusqu'à la **fragmentation**.

1 Nouvelles campagnes, nouveaux espaces ruraux

A Des campagnes en négatif des villes ?

• **Espace rural, espace urbain.** La notion de campagne comporte étymologiquement une dimension plus agricole (champs et terres cultivés, au service de la ville) que celle d'espace rural. On définit généralement l'espace rural en négatif de l'espace urbain. Ce serait donc un espace marqué par les faibles densités (de population, de constructions, d'emplois, d'équipements, etc.), par les paysages où prédominent les formations végétales (forêts, prairies, cultures, friches, etc.) et, enfin, par l'importance des activités agricoles en termes de surfaces (plus qu'en termes d'actifs).

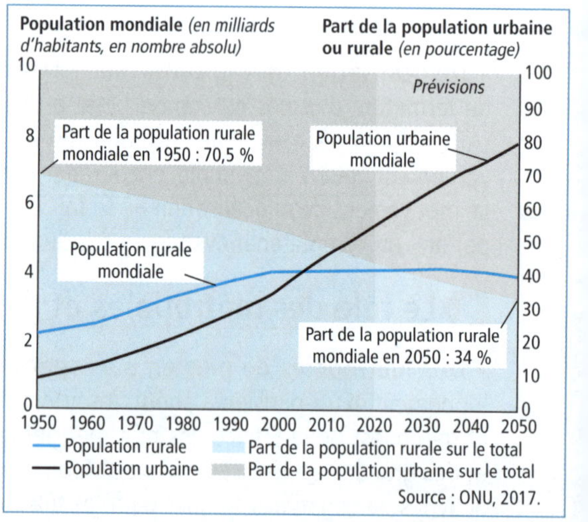

▲ L'évolution de la population rurale (1950-2050).

• **La campagne, un territoire mineur ?** Dans le monde d'aujourd'hui, et plus particulièrement dans les pays du Nord, la campagne apparaît comme vidée de sa population, fragilisée. Pourtant, il convient de rappeler que les campagnes continuent d'accueillir 3,5 milliards d'êtres humains. On passe donc plutôt de sociétés paysannes à des sociétés rurales qui entretiennent des liens étroits avec les espaces urbains.

B Des espaces ruraux marqués par la multifonctionnalité

• **Une fonction agricole entre enjeux alimentaires et non alimentaires.** Dans les pays en développement et émergents, l'agriculture reste encore, et largement, la première activité rurale : les campagnes peuvent, dans leur très grande majorité, y être encore qualifiées de paysannes. Au contraire, dans les pays développés, l'agriculture est désormais très minoritaire dans les espaces ruraux en termes d'emploi (moins de 10 % des ruraux sont des actifs liés à ce secteur) et de création de richesses, même si elle continue de marquer la plupart des paysages ruraux et d'occuper la majeure partie de l'espace. Au-delà de sa fonction première de production alimentaire, l'agriculture y remplit des rôles multiples (entretien des paysages, renforcement des identités territoriales par les produits de qualité du terroir, production d'agrocarburants…).

• **L'essor des fonctions résidentielles.** Après la fin du phénomène massif d'exode rural, certaines campagnes se mettent à accueillir des populations venues des villes, à la recherche d'un logement moins cher et d'un environnement considéré comme plus agréable. Ces déplacements concernent d'abord les campagnes périurbaines : les nouveaux habitants continuent de travailler en ville et effectuent des migrations quotidiennes entre leur lieu de domicile, rural, et leur lieu de travail, urbain.

• **Fonctions productives et fonctions de protection.** Certains espaces ruraux voient se développer des activités productives industrielles (souvent le fait de petits établissements) et touristiques (dans les campagnes offrant un patrimoine culturel et naturel remarquable). Mais les conflits entre fonctions productives et fonctions de protection ne sont pas rares. On attribue en effet de plus en plus aux espaces ruraux des fonctions de protection de l'environnement, sous forme de parcs naturels et d'aires protégées.

Mot-clé

Ruralité : au sens large, caractère rural d'un espace, d'une population, etc. ; au sens plus étroit, ensemble de représentations collectives et de caractères concourant à une forme d'identité et de fonctionnement des espaces ruraux. Selon le géographe **Alexis Gonin**, cette ruralité reposerait notamment sur l'importance des espaces ouverts et végétalisés, la valorisation d'un ancrage local, le poids des liens de proximité et d'interconnaissance, etc.

Les environs de Colmar, entre champs et villages dortoirs. ▶

2 Des espaces ruraux entre contraste et fragmentation

A À l'échelle mondiale

• **Une diversification croissante.** On constate un accroissement des inégalités entre les campagnes qui demeurent principalement agricoles, et celles qui parviennent à diversifier leurs activités, et donc à créer de nouveaux emplois et à renouveler leur population.

• **Une opposition Nords-Suds.** À l'échelle mondiale, les contrastes sont forts entre espaces ruraux développés et multifonctionnels des Nords et espaces ruraux en développement des Suds, dans lesquels les « petites » agricultures peu productives restent prépondérantes.

B Aux échelles régionales et locales

• **Entre déclin et maintien de fortes densités.** Les inégalités sont fortes entre les espaces ruraux qui doivent gérer une déprise démographique, ceux qui connaissent une « renaissance rurale », et ceux qui atteignent des niveaux records de densités. Les trajectoires démographiques et les enjeux de développement rural sont très différents entre les espaces ruraux anciennement très peuplés (Asie du Sud-Est), les espaces ruraux nouvellement confrontés au défi du nombre (Afrique subsaharienne) ou les campagnes en phase de réinvention entre déclin et renouveau (Europe).

• **Le cas des espaces en déprise.** La déprise est un processus de fragilisation de l'espace rural, marqué par le dépeuplement des campagnes (exode rural) et une disparition progressive des activités rurales (agriculture, commerces, services, artisanat, industrie, etc.). La déprise rurale peut accompagner une déprise agricole (fragilisation, voire abandon progressif des activités agricoles et des terres agricoles).

Mot-clé

Néoruraux : citadins choisissant de s'installer à la campagne et y travaillant également, que ce soit dans l'agriculture (généralement de qualité, maraîchère ou d'élevage), dans le tourisme (agritourisme, tourisme vert) ou dans des activités tertiaires, grâce au télétravail.

GÉOGRAPHIE

14 La France : des espaces ruraux multifonctionnels et aménagés

La **diversification des fonctions productives** est très marquée dans le cas des campagnes françaises. Ces mutations s'accompagnent d'**enjeux d'aménagement** et de développement rural qui mobilisent des acteurs à différentes échelles, du développement local aux **politiques nationales et européennes**.

1 Des espaces ruraux en mutation

A L'isolement du rural profond ou hyper-rural

• **La diagonale des déprises.** Les campagnes en décroissance démographique sont celles qui sont éloignées d'un pôle urbain ; les déplacements quotidiens vers les lieux de travail n'y sont pas possibles. On constate qu'elles sont presque toutes situées le long d'une diagonale traversant des régions avec une faible densité de population, la « diagonale du vide » ou « diagonale aride », qui va du sud du Massif central aux Ardennes, coupant la France en deux.

• **Les autres campagnes isolées.** Une grande partie des Alpes du Sud et de la Corse donne aussi une impression de vide. À une échelle plus fine, les campagnes « profondes » sont celles où les pôles urbains sont moins importants, où l'activité agricole est la plus en difficulté, où la diversité des emplois est moindre.

• **Le manque de services et d'équipements.** Au total, le rural isolé ou profond comprend plus de 16 000 communes et abrite environ 12 % de la population sur plus de la moitié du territoire. Dans les espaces en déprise, on assiste, malgré la mobilisation des habitants, à la fermeture de certains services publics (écoles, poste, centre des finances publiques, tribunaux de grande instance, maternités) et commerciaux (boulangeries…). Les difficultés des familles pauvres et des personnes âgées y sont tout aussi sensibles, bien que moins visibles, que celles rencontrées dans certaines banlieues.

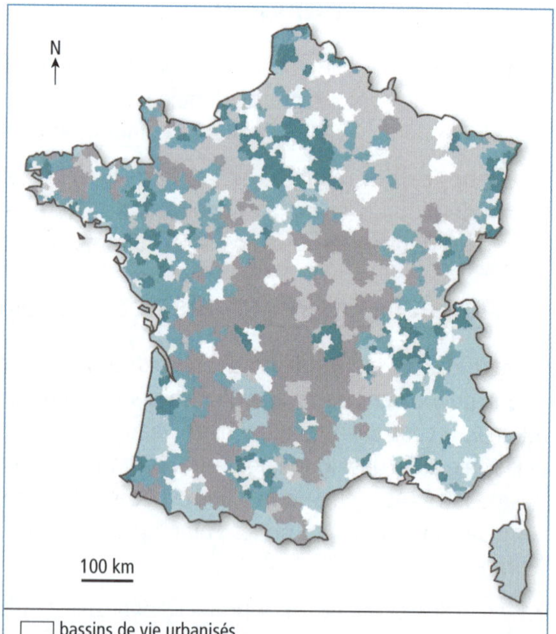

Source : Gonin et Quéva, *Géographie des espaces ruraux*, Armand Colin, 2018.

La diversité des campagnes françaises. ▶

B De nouvelles formes de développement

• **Le développement résidentiel.** Dans certains de ces espaces isolés, des retraités réinvestissent la maison de famille. Le télétravail permet aussi à quelques familles, disposant en général de plusieurs voitures, de venir s'installer.

> **Mot-clé**
> **Agrotourisme :** forme de tourisme fondée sur l'articulation entre activité agricole et activité touristique ; il s'appuie sur une pluralité de produits touristiques (hébergement, restauration, visites guidées, dégustation de produits du terroir, etc.).

• **Le développement touristique.** Les espaces ruraux en déprise peuvent transformer leurs handicaps en atouts : leur faible densité en fait des espaces attractifs pour des citadins en quête de nature. Leur patrimoine culturel mais aussi gastronomique peut être valorisé. Habitants et communautés de communes développent ainsi des formes de tourisme vert ou de vacances à la ferme, construisent des écomusées, créent des gîtes ruraux et des parcours de golf ou transforment une partie de leur territoire en réserve naturelle protégée mais ouverte aux visiteurs.

• **Le développement des PME.** Les petites et moyennes entreprises peuvent aussi être attirées par les avantages comparatifs de ces espaces ruraux : main-d'œuvre parfois qualifiée (dans les anciennes régions spécialisées) et moins exigeante en termes de salaire, cadre de travail calme… C'est le cas de la plasturgie d'Oyonnax dans le Jura, de la coutellerie dans la région de Thiers ou à Laguiole dans le Massif central, du textile dans la région de Cholet (Maine-et-Loire).

2 Des enjeux d'aménagement aux niveaux local et européen

A À l'échelle locale et nationale

• **L'accès au numérique.** 2 % des lignes téléphoniques (600 000 foyers) sont inéligibles à l'ADSL. Pour désenclaver ces zones blanches rurales, les collectivités territoriales proposent des aides pour accompagner l'équipement en accès haut débit par des technologies alternatives comme le satellite ou le WiMax. Mais 27 % des lignes (8 millions de foyers, localisés notamment en zones rurales isolées) ne permettent pas un accès à plus de 2 Mbits par seconde, ce qui rend l'accès à certains sites difficile.

• **Pôles d'excellence et zones de revitalisation.** Parmi les territoires de projet, les pôles d'excellence rurale doivent favoriser l'activité économique ou l'offre de services des régions rurales. Pour lutter contre la déprise qui touche près de 40 % du territoire, des zones de revitalisation rurale (ZRR) sont créées en 1996 : maintien de services publics (écoles, poste) et d'activités (subventions aux petits commerces), aide à l'installation de jeunes agriculteurs et au développement des gîtes ruraux et des installations touristiques. L'ouverture du prêt à taux zéro (PTZ) permet la rénovation de logements anciens dans 6 000 communes rurales.

B A l'échelle européenne

> **Mot-clé**
> **PAC :** politique agricole commune, mise en place par la Communauté européenne en 1962 pour atteindre l'autosuffisance alimentaire et améliorer les revenus des agriculteurs.

• **L'UE et la réduction des inégalités socio-spatiales.** Le Fonds européen de développement régional (FEDER) a pour vocation de renforcer la cohésion économique et sociale dans l'UE en accordant une attention particulière aux spécificités territoriales. Il cible particulièrement les problèmes économiques, environnementaux et sociaux dans les zones présentant des handicaps géographiques naturels (régions peu peuplées).

• **Les financements du FEDER.** Les investissements du FEDER se concentrent sur plusieurs domaines : l'innovation et la recherche ; la stratégie numérique ; le soutien aux petites et moyennes entreprises (PME) ; l'économie sobre en carbone.

15 La Chine : développement, inégalités et ressources

Fin 2014, la Chine est devenue la **première économie mondiale** en parité de pouvoir d'achat, avec 16,5 % du PIB mondial. Ses succès industriels, commerciaux et financiers font d'elle un moteur de l'économie mondiale. Mais cette intégration à la mondialisation ne va pas sans poser des **problèmes de développement et d'environnement**.

1 Développement et inégalités

A Vers une société de plus en plus inégale

• **Un des États les plus inégalitaires au monde.** Les inégalités de richesse sont de plus en plus fortes en Chine, faisant du pays l'un des États les plus inégalitaires au monde : 20 % de la population concentre plus de la moitié des richesses du pays alors que les 20 % les plus pauvres ne s'en partagent que 4,7 %.

• **Surmasculinité et vieillissement.** La Chine présente une situation démographique particulière issue d'une politique ancienne de l'enfant unique (1979) avec une préférence accordée aux garçons et des progrès spectaculaires de l'espérance de vie. On prévoit un déficit en femmes estimé à 50 millions en 2050 ainsi qu'un vieillissement accéléré dans un contexte d'urbanisation rapide et de faible couverture sociale.

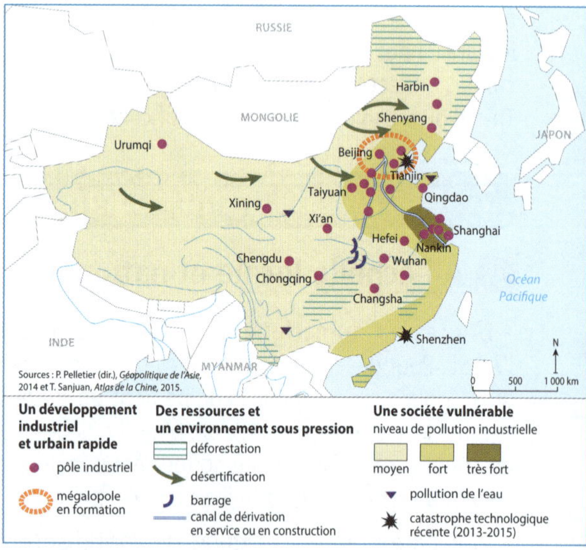

▲ La Chine, entre croissance économique et défis environnementaux.

B La première des puissances émergentes

• **La Chine dans la mondialisation.** En ouvrant leur pays aux investissements étrangers, les dirigeants chinois ont sorti leur pays du sous-développement et ont voulu élever le niveau de vie de leur population. Entrée dans l'OMC en 2001, la Chine est devenue le pays asiatique le plus attractif pour les investisseurs. Elle connaît un taux de croissance d'environ 7 à 10 % par an. Atelier du monde, elle accueille les produits semi-finis et les réexpédie vers les marchés extérieurs une fois finis. Premier exportateur mondial, la Chine inonde la planète de ses produits manufacturés à bas prix.

• **Un pays de plus en plus dépendant de l'économie mondiale.** Pour garantir sa propre croissance, la Chine doit être de plus en plus présente sur tous les continents et sur les lignes de communications maritimes (océan Indien, pourtour de l'Afrique). Elle investit surtout sur le marché des matières premières (hydrocarbures, métaux) en raison de ses besoins élevés. Elle est devenue le deuxième consommateur de pétrole après les États-Unis et en importe pour 100 milliards de dollars chaque année.

• **Une diplomatie au service de ses besoins.** La diplomatie doit permettre à la Chine de s'assurer un accès privilégié aux ressources naturelles indispensables, à la fois chez ses proches voisins riches en sources d'énergie (Russie, Kazakhstan), mais aussi chez les pays du Moyen-Orient, d'Afrique et d'Amérique latine qui lui fournissent des métaux et du pétrole.

2 Des ressources et des environnements sous pression

A Le risque énergétique

• **Le poids des énergies fossiles.** 70 % de l'électricité consommée en Chine provient encore des énergies fossiles. La Chine représente 25 % de la consommation globale de l'énergie, 16 % de la consommation chinoise étant satisfaite par l'importation de pétrole et de gaz. On estime que la demande chinoise d'énergie pourrait augmenter de 75 % à l'horizon 2035, ce qui peut générer une pénurie d'approvisionnement.

• **Les impacts environnementaux.** La Chine est le plus grand producteur et consommateur de charbon, bien qu'elle ne détienne que 13 % de la réserve mondiale avec 114,5 milliards de tonnes. Sa production représente 48 % de la production mondiale avec 1,8 milliard de tonnes, et sa consommation de charbon s'élève à 1,9 milliard de tonnes soit la moitié de la consommation mondiale. Les impacts du charbon sur l'environnement sont sévères en Chine où la pollution dans les grandes villes ainsi que la forte diminution des terres arables sont des phénomènes préoccupants.

> **Mot-clé**
>
> **Surmasculinité :** le sex-ratio ou rapport de masculinité, exprime la proportion des hommes et des femmes dans une population. Il permet de mesurer un surnombre d'hommes (surmasculinité) ou de femmes (surféminité). À la naissance, dans le monde, le rapport de masculinité est de 105 garçons pour 100 filles, mais la mortalité des garçons étant plus élevée que celle des filles, le rapport s'inverse au fil du temps. En Chine, il y aurait en moyenne 120 garçons pour 100 filles.

• **Le phénomène « d'airpocalypse ».** La pollution de l'air est parfois si extrême que certaines périodes ont été qualifiées d' « airpocalypse ». En réponse, les autorités ont ordonné aux usines les plus polluantes de quitter Pékin et ses environs, et ont désigné des « zones sans charbon » où plus de trois millions de foyers sont passés brusquement au gaz et au chauffage électrique.

B Déforestation et désertification

• **L'avancée des déserts.** Croissance urbaine et surexploitation agricole ont provoqué un recul des terres arables et une désertification dans les régions du nord comme les environs du désert de Gobi. Le nombre d'habitants de la Mongolie-Intérieure, par exemple, a officiellement quadruplé durant les cinquante dernières années et le nombre de têtes de bétail a été multiplié par six. La zone est devenue un désert, alimentant des tempêtes de sable (« dragon jaune ») qui balaient régulièrement Pékin, à 350 kilomètres au sud. Les étendues sablonneuses qui touchent 27 % du pays progressent rapidement : elles gagnent du terrain sur les terres arables au rythme de 260 000 hectares par an (soit la superficie du Luxembourg), au lieu de 155 000 hectares dans les années 1950.

> **Mot-clé**
>
> **Désertification :** dégradation progressive des terres les transformant en milieux désertiques. La désertification peut avoir pour origine des variations climatiques et/ou les activités humaines.

• **La Grande muraille verte (GMV).** Depuis 1978, des barrières vertes sont construites contre le vent : des millions de pins, de peupliers et de saules sont plantés à travers tout le nord de la Chine. Le projet de « Brise-Vent des trois Nords » vise à planter, d'ici à 2050, 35 millions d'hectares, créant une ceinture végétale d'environ 4 500 kilomètres de long sur 1 450 kilomètres de large.

16 La Chine : des recompositions spatiales multiples

Les **disparités régionales** sont flagrantes entre les régions littorales de l'Est et celles de l'intérieur ou de l'Ouest, moins dynamiques. Le gouvernement chinois mène des projets économiques de développement en Chine intérieure et sur les marges de l'Ouest pour prévenir les **risques de dislocation interne**.

1 Favoriser les liaisons littoral / arrière pays

• **Une littoralisation massive.** La Chine est un pays immense où les masses humaines se concentrent principalement dans les plaines, ce qui crée un déséquilibre au profit de l'est de la Chine. Le développement du pays depuis les années 1980 a fortement aggravé ces inégalités régionales. Les régions littorales représentent 14 % du territoire mais concentrent 43 % de la population.

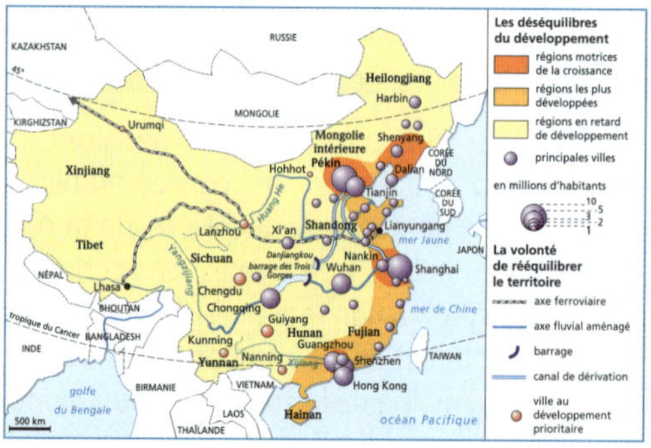

▲ Aménagement du territoire chinois.

• **Les tensions dans l'ouest.** Dans les régions de l'Ouest où l'on trouve des minorités non chinoises (Tibet, Xinjiang), les tensions ont augmenté suite à l'arrivée massive de colons chinois (de l'ethnie Han). Le Xinjiang, où vivent les Ouïghours turcophones et musulmans, riche en pétrole et en charbon, constitue une zone de transit pour les hydrocarbures venus d'Asie centrale.

• **Le désenclavement des périphéries marginalisées de l'Ouest.** Le gouvernement chinois s'efforce de faciliter les liaisons entre le littoral et l'intérieur pour que les provinces de l'arrière-pays se développent. L'État a pour projet de désenclaver les marges lointaines de l'Ouest par le développement du transport aérien et la construction de neuf nouvelles autoroutes.

2 Développer l'ouverture internationale

• **Une nouvelle route de la soie.** L'initiative *Belt and Road* repose sur un important volet terrestre, ferroviaire et routier *(Silk Road Economic Road).* Un premier corridor doit relier le grand Ouest chinois à l'Asie centrale et au Moyen-Orient vers la Turquie via l'Iran. Le corridor Chine-Pakistan (CEPC), ou route méridionale, doit aller de la province chinoise du Xinjiang au port en eau profonde pakistanais de Gwadar.

• **La relance du train.** Des relations ferroviaires intercontinentales sont prévues entre la côte Pacifique et Rotterdam. La nouvelle voie ferrée qui permet d'atteindre Lhassa en deux jours depuis Pékin servira à faire du Tibet une plateforme d'exportation des produits chinois vers l'Asie du Sud. Ces projets visent aussi à assimiler et à siniser les minorités tibétaines et ouïghoures.

Mot-clé

Désenclavement : action d'aménagement du territoire qui consiste à sortir une région ou une ville, peu desservie par des routes ou des voies de communication, de son isolement.

Langues vivantes

(Enseignement commun)

ANGLAIS

ESPAGNOL

ALLEMAND

1 Grammaire : quelques points importants

1 Parler du présent

A Le présent simple

Le présent simple est employé pour :

• **exprimer une habitude,** un fait habituel
Ex. : *I **wake up** at 6 a.m. every morning.* (Je me lève à 6 heures tous les matins.)

• **définir une caractéristique du sujet**
Ex. : *She **plays** the piano.* (Elle joue du piano.)

• **exprimer une vérité générale**
Ex. : *Water **boils** at 100 degrees.* (L'eau bout à 100 degrés.)

• **exprimer un état, un sentiment ou une opinion**
Ex. : *I **think** you **are** right.* (Je pense que tu as raison.)

• **présenter une succession rapide d'actions,** d'événements
Ex. : *She **hears** the phone, **gets** out of her bath and **runs** to answer.*
(Elle entend le téléphone, sort de son bain et court répondre.)

> **Attention !**
> Veillez à ne pas oublier le **-s** de la **3e personne du singulier !**
> John **plays** tennis every Sunday morning.
> *John joue au tennis le dimanche matin.*

B Le présent *be + V-ing*

Le présent ***be + V-ing*** est employé pour :

• **décrire un fait, une action, un événement** en train de se produire
Ex. : *The children **are crossing** the street.* (Les enfants sont en train de traverser la rue.)

• **les verbes d'attitude**
Ex. : *She **is lying**. They **are sitting**.* (Elle est allongée. Ils sont assis.)

• **décrire ce que la personne qui parle voit ou sait** au moment où elle parle
Ex. : *My sister is in London. She **is learning** English.*
(Ma sœur est à Londres. Elle apprend l'anglais.)

• **exprimer l'irritation,** associé à un adverbe indiquant la répétition, l'habitude
Ex. : *Mark **is** always **bullying** other kids.* (Mark n'arrête pas d'harceler d'autres enfants.)

2 Parler du passé

A Le prétérit

• **Le prétérit** est le temps que l'on emploie pour **parler d'un événement, d'une action passés**, datés de façon précise :
Ex. : *I **lived** in Paris from 1999 to 2001.* (J'ai vécu à Paris de 1999 à 2001.)

> **Attention !**
> Le **prétérit** est utilisé pour indiquer la durée écoulée depuis un événement situé dans le passé.
> She left the country **two years ago**.
> *Elle a quitté le pays il y a deux ans.*

• **Formation**
– **Verbes réguliers** : base verbale + ***-ed***
Ex. : *I **walked** 2 miles.* (J'ai marché 3 kilomètres.)
– **Verbes irréguliers** : formes à connaître par cœur
Ex. : *She **ate** sushi, then **went** to bed.* (Elle a mangé des sushis puis s'est couchée.)

B Le *present perfect*

• **Le *present perfect* relie le passé au présent.** L'utilisation de cette forme signifie que :
– **l'action ou l'état viennent juste de se terminer**
Ex. : *I* ***have read*** *for two hours.* (Je viens de lire pendant deux heures.)
– **l'action passée ou l'état du sujet ont des répercussions sur le présent**
Ex. : *He* ***has mud*** *on his clothes. He* ***has played*** *outside.*
(Il a de la boue sur ses vêtements. Il a joué dehors.)

• **Formation**
Have au présent + participe passé (***V-ed*** ou 3e colonne de la liste des verbes irréguliers).

• **Cette forme** peut être associée avec des termes permettant de **dater le début de l'action** ou de **donner la durée de l'action.**
– ***Since*** + date ou événement précis
Ex. : *They have lived here* ***since they got married.***
(Ils habitent ici depuis qu'ils sont mariés.)
– ***For*** + durée
Ex. : *They have lived here* ***for eleven years.***
(Ils habitent ici depuis onze ans.)

> **Attention !**
> Le ***present perfect*** ne doit pas s'employer tout le temps pour parler du passé. Ce n'est pas parce que la structure de cette forme évoque celle du passé composé qu'elle est systématique ! Observez :
> **Does he have a new car?** *A-t-il une nouvelle voiture ?*
> **Yes, he bought it last week.** *Oui, il l'a achetée la semaine dernière.*

C Le *present perfect* continu

• **Le *present perfect* continu** est très similaire au ***present perfect*** mais, en l'utilisant, on insiste sur la **durée.**
Ex. : *She* ***has been doing*** *her homework for two hours now.*
(Elle fait ses devoirs depuis deux heures maintenant.) *[sous-entendu : c'est long]*

• **Formation**
Have au présent + ***been*** + ***V-ing***

D Les actions habituelles du passé que l'on ne fait plus

• ***Used to*** **+ verbe**
On insiste sur la coupure entre passé et présent.
Ex. : *When he was a child, he* ***used to walk*** *to school.*
(Quand il était enfant, il allait à l'école à pied.)

• ***Would*** **+ verbe**
On insiste sur la répétition, l'habitude, un trait de caractère ou une volonté du sujet grammatical.
Ex. : *When she was little, she* ***would spend*** *hours staring at the sky.*
(Quand elle était petite, elle passait des heures à regarder le ciel.)

3 Parler de l'avenir

Le temps grammatical du futur n'existe pas en anglais. Pour parler de l'avenir, on peut employer diverses structures.

• ***Will*** **+ verbe**
Ex. : *We* ***will go*** *to the cinema as soon as my mother gives me money.*
(Nous irons au cinéma dès que ma mère m'aura donné de l'argent.)

- ***Shall* + verbe**

S'emploie surtout à la forme interrogative pour faire une suggestion ou demander un conseil.

Ex. : ***Shall we*** *go now?* (Est-ce que l'on y va maintenant ?)

- ***Be going to* + verbe**

– **Exprime l'intention** du sujet grammatical.

Ex. : ***I'm going to do*** *the washing up.* (Je vais faire la vaisselle.)

– **Énonce une prédiction** fondée sur ce que l'on constate.

Ex. : *It's sunny, it**'s going to be** a beautiful day.* (Il y a du soleil, ça va être une belle journée.)

- ***Be to* + verbe**

– **Implique que l'action a été convenue**, organisée à l'avance.

Ex. : *We **are to fly** to Ireland for Christmas.* (Nous devons aller en Irlande pour Noël.)

– **Exprime un ordre** ou une **obligation**.

Ex. : *You **are to obey** your teacher at once!* (Tu dois obéir à ton professeur tout de suite !)

- ***Be about to* + verbe**

Exprime un **futur immédiat** : l'action ou l'événement est sur le point de se produire.

Ex. : *He **is about to divorce**.* (Il est sur le point de divorcer.)

4 Les modaux

- ***Can, could***

– **Forme affirmative :** expriment la **capacité**, la **possibilité**, la **probabilité**.

Ex. : *She **can** drive.* (Elle sait conduire.)
*You **could** do it if you tried.* (Tu pourrais y arriver si tu essayais.)

– **Forme interrogative :** expriment une **demande** ou une **demande de permission**.

Ex. : ***Can** I come with you?* (Est-ce que je peux venir avec toi ?)
***Could** I borrow your phone?* (Pourrais-je emprunter votre téléphone ?)

– **Forme négative :** expriment l'**impossibilité ou l'interdiction**.

Ex. : *You **can't** park here.* (Vous ne pouvez pas vous garer ici.) *Mark **couldn't** come to the cinema, he was sick.* (Mark ne pouvait pas venir au cinéma, il était malade.)

- ***Must***

– **Forme affirmative :** exprime le **devoir**, l'**obligation** ou la **forte probabilité**.

Ex. : *You **must** listen to your parents.* (Il faut que tu écoutes tes parents.)
*He **must** be sleeping.* (Il doit être en train de dormir.)

- ***May, might***

– **Expriment la permission.**

Ex. : ***May** I come in?* (Vous permettez que je rentre ?)

– **Expriment la probabilité, l'éventualité, le doute.**

Ex. : *He **may** be exhausted.* (Il doit être épuisé.) *They are nowhere to be found, they **might** have gone out.* (Ils sont introuvables : il se pourrait qu'ils soient sortis.)

- ***Would***

– **Exprime le conditionnel.**

Ex. : *He **would** have better grades if he worked more.*
(Il aurait de meilleures notes s'il travaillait davantage.)

– **Exprime la volonté.**

Ex. : *She insisted but her son **wouldn't** do his homework.*
(Malgré son insistance, son fils a refusé de faire ses devoirs.)

• ***Should***
Exprime le conseil.
Ex. : *You **should** read more books.* (Tu devrais lire davantage.)

• ***Should** + **have** + **participe passé***
Exprime le reproche ou le **regret**.
Ex. : *Mike **should have driven** more carefully.* (Mike aurait dû conduire plus prudemment.)

5 Le discours direct et le discours indirect

A Passage du discours direct au discours indirect

• **Proposition principale introductive** du discours indirect au **présent** ou au ***present perfect***. La subordonnée est au même temps que dans le discours direct.
– Discours direct
Ex. : *The journalist writes: "The President has delivered a speech."*
– Discours indirect
Ex. : *The journalist writes that the President has delivered a speech.*

• **Proposition principale introductive** au **prétérit** ou au **plus-que-parfait**. Il y a alors un changement de temps.
– Discours direct
Ex. : *He said: "I want to go to Italy, I will book plane tickets." She said: "I ate too much."*
– Discours indirect
Ex. : ***He said that he wanted** to go to Italy and that **he would book** plane tickets.*
***She said that she had eaten** too much.*
– Les paroles prononcées au présent sont rapportées au prétérit : ***want*** devient ***wanted***.
– Les paroles prononcées au futur ou au conditionnel sont rapportées au conditionnel : ***will book*** devient ***would book***.
– Les paroles prononcées au ***present perfect*** ou au **prétérit** sont rapportées au ***past perfect*** : (***had*** + participe passé) : ***ate*** devient ***had eaten***.

B Questions au discours indirect

• On note les mêmes changements de temps, de pronoms et d'adjectifs.

• De plus, on passe de la forme interrogative à la forme affirmative.

• Enfin, on doit introduire ***if*** ou ***whether*** dans la phrase s'il n'y a pas déjà un pronom interrogatif.
– Discours direct
Ex. : *She asked: "**Can you** stop talking?" He asked her: "**Where did you go** last weekend?"*
– Discours indirect
Ex. : *She asked him **whether / if he could** stop talking.*
*He asked her **where she had gone** the previous weekend.*

Conseil

Veillez à bien changer les pronoms lorsque vous passez du discours direct au discours indirect. De même, les repères temporels et spatiaux doivent être modifiés :

Last → The previous	Last week → The previous week
Next → The following	Next month → The following month
Today → That day	Yesterday → The day before
Tomorrow → The next day	Here → There

ANGLAIS

C Ordres au discours indirect

Discours direct

Ex. : *Our parents told us: "Turn the TV off and go to your bed."*

Discours indirect

Ex. : *Our parents told us to turn the TV off and to go to our bed.*

> **Attention !**
> Il faut bien faire la **différence** entre *say* et *tell*.
> • ***To say something to somebody.***
> He **said** hello to his neighbour.
> *Il a dit bonjour à son voisin.*
> • ***To tell somebody something.***
> He **told** his children to tidy their room.
> *Il a dit à ses enfants de ranger leur chambre.*

6 Le passif

A Formation

• Pour passer **de la forme active à la forme passive**, l'objet de l'action devient le sujet grammatical.

• On conjugue l'auxiliaire ***be*** au temps de la voix active et on utilise le participe passé du verbe (***V-ed*** ou 3e colonne de la liste des verbes irréguliers).

Ex. : *The cat* ***eats*** *the mouse.* (Le chat mange la souris.) *[actif]*

The mouse ***is eaten*** *by the cat.* (La souris est mangée par le chat.) *[passif]*

B Emplois

• Mise en valeur de l'objet de l'action

Le passif permet de choisir un point de vue différent en se focalisant sur l'objet de l'action. On introduira l'agent de l'action par ***by***.

Ex. : *Thousands of viewers watched the match last night.*

(Des milliers de spectateurs ont regardé le match hier soir.)

The match ***was watched*** *by thousands of viewers last night.* (Le match a été regardé par des milliers de spectateurs hier soir.) *[Dans le 2d énoncé, l'accent est mis sur le match.]*

• Absence de mention du sujet de l'action

On utilisera le passif si l'on ne connaît pas le sujet de l'action ou si ce sujet est tellement évident qu'on peut l'omettre sans dénaturer le message.

Ex. : *My wallet* ***has disappeared!*** (Mon portefeuille a disparu !)

Obama ***was elected*** *in 2008.* (Obama a été élu en 2008.)

• Traduction de « on »

La tournure impersonnelle « on » est très souvent traduite par le passif.

Ex. : *I* ***was told*** *that…* (On m'a dit que…)

7 Les tags

• **Les tags, ou *question tags*, sont des petites questions placées en fin de phrase.** Ils servent à **demander une confirmation ou un avis** sur ce qui vient d'être énoncé.

• Ils sont peu employés en français mais **très courants en anglais** et correspondent à des interjections familières telles que « non ? », « hein ? », « pas vrai ? », « n'est-ce pas ? ».

• **Structure.** Auxiliaire ***be***, ***do*** ou ***have*** / ou **modal (*n't*)** + pronom sujet (selon le verbe et le sujet de la phrase).

– Après un énoncé à la forme affirmative, le tag est à la forme négative.

Ex. : *He helped her,* ***didn't he?*** (Il l'a aidée, n'est-ce-pas ?)

– Après un énoncé à la forme négative, le tag est à la forme affirmative.

Ex. : *You* ***haven't seen*** *that film,* ***have you?*** (Tu n'as pas vu ce film, hein ?)

> **Attention !**
> *Le tag de "I am" est "Aren't I?"*
> I **am** late, **aren't** I? *Je suis en retard, n'est-ce-pas ?*

2 Le vocabulaire utile par thème du programme

1 Identités et échanges / *Identities and Exchanges*

Abréviations
qch : quelque chose
qqn : quelqu'un
sth : something
sb : somebody

A Noms et expressions avec des noms

un immigrant légal ≠ illégal a legal ≠ an illegal immigrant
le taux d'immigration the immigration rate
un camp de réfugiés a refugee camp
sans papier undocumented
le contrôle des frontières border control
l'exil exile
un passeur a smuggler
la citoyenneté citizenship
la persécution persecution
l'expulsion deportation
la survie survival
l'hospitalité hospitality
le dialogue dialogue
le partage sharing
le racisme racism
le protectionnisme protectionism
la mondialisation globalisation
la mobilité mobility
le multiculturalisme multiculturalism
un ghetto a ghetto
un quartier a neighbourhood
des bidonvilles slums / shanty towns
les tensions tensions
le rêve américain american dream
le niveau de vie the living standard
un emploi subalterne a menial job
un atelier (personnel exploité) a sweatshop
main d'œuvre bon marché cheap labour
la richesse ≠ la pauvreté wealth ≠ poverty
l'asile politique political asylum
le droit d'asile the right of asylum
le choc des cultures culture shock
l'incompréhension culturelle cultural misunderstanding
le déclassement social social downgrading
la mixité sociale social mix
un voyage a trip
le tourisme tourism
un dépaysement a change of scenery

B Adjectifs

compréhensif understanding
culturel cultural
désillusionné disillusioned
linguistique linguistic
menaçant threatening
optimiste / plein d'espoir hopeful
problématique problematic
tendu tensed

C Verbes et expressions avec des verbes

assimiler to assimilate
échanger to exchange
émigrer to emigrate
entrer en masse to swarm into
être accueilli à bras ouverts to be welcome with open arms
être attiré par une vie meilleure to be lured by a better life
être déraciné to be uprooted
être rejeté to be rejected
expulser to deport
faire entrer clandestinement to smuggle in
fuir un pays to flee a country
mettre un frein à l'immigration to curb immigration
monter dans l'échelle sociale to climb the social ladder
recommencer to start afresh
restreindre to restrict
saisir sa chance to seize the opportunity
se mélanger avec to mix with / to blend with
transgresser la loi to break the law
vivre sous le seuil de pauvreté to live below the poverty line

2 Espace privé et espace public / *Private Space vs. Public Space*

A Noms et expressions avec des noms

l'éducation education
l'émancipation emancipation
la rue street
le village village
le centre-ville downtown
l'habitat housing
les banlieues the suburbs
les bidonvilles slums / shanty towns
l'église church
la mosquée mosque
le temple temple
les transports en commun public transportation
la mobilité sociale upward mobility
la parité parity
le monde du travail the world of work
le télétravail teleworking / working from home
la société society
les droits rights
les devoirs duties
la sociabilité sociability
la famille family
l'entourage circle of acquaintances
la sphère privée / publique private / public realm
le machisme machismo
le féminisme feminism
les clichés clichés / stereotypes
les valeurs values
les mentalités mentalities
les us et coutumes habits and customs
la transformation transformation
la hiérarchie hierarchy
les inégalités inequalities
les traditions traditions
les croyances beliefs
le refus rejection
l'évolution evolution
les mutations changes
l'égalité hommes-femmes gender equality
le fossé entre les sexes the gender gap
la liberté de mouvement freedom of movement
les espaces religieux religious places
le plafond de verre glass ceiling
l'échelle sociale social ladder
l'égalité des chances equality of opportunity

B Adjectifs

conditionné conditioned
égalitaire egalitarian
familial familial / family
féministe feminist
machiste macho
médiatique newsworthy
professionnel professional
religieux religious
social social
traditionnel traditional

C Verbes et expressions avec des verbes

attirer l'attention sur to draw attention to
distinguer to distinguish
évoluer to evolve
faire le trajet domicile-travail to commute
hiérarchiser to prioritise
jouer un rôle to play a part
mettre en lumière to highlight
mettre sur un pied d'égalité to put on equal terms
passer inaperçu to go unnoticed
présager to foreshadow
reléguer au second plan to put on the back burner / to overshadow
s'adapter to adapt
s'émanciper to become emancipated
se fondre dans la masse to blend into the masses
sensibiliser to create awareness about

3 Art et pouvoir / *Art and Power*

A Noms et expressions avec des noms

l'architecture architecture
les bâtiments buildings
les monuments monuments
la musique music
un hymne a hymn
un chant a song
la littérature literature
une satire a satiric pamphlet / a satire
la propagande propaganda
un prospectus a flyer
une affiche a poster
une caricature a caricature
la peinture painting
un portrait a portrait
le film the movie (US) / the film (UK)
la culture ≠ la contre-culture culture ≠ counterculture
l'art officiel official art
l'art de rue street art
la liberté de création freedom of creation
un porte-parole a spokesperson
une critique a criticism
un détracteur a critic
l'idéologie ideology
les convictions beliefs
l'opposition opposition
l'apologie the promotion
l'avant-garde avant-garde
une manifestation / une contestation a protest / a demonstration
un rassemblement a rally
un dissident a dissident
des troubles unrest
un point de vue a point of view
la sensibilisation awareness
la censure censorship
des mesures de répression a crackdown
l'engagement social et politique social and political commitment
le contre-pouvoir opposing power

B Adjectifs

caricatural caricatural
controversé controversial
engagé committed
influent influential
institutionnel institutional
officiel official
patriotique patriotic
provocateur provocative

C Verbes et expressions avec des verbes

censurer to censor
condamner to condemn
convaincre to convince
critiquer to criticise
défendre to defend
être contre qch to be against sth
faire l'apologie de to champion / to advocate sth
faire la lumière sur to shed light on / to highlight
faire passer un message to get a message across
influencer to influence
légitimer to legitimate
limiter la liberté de qqn to curtail sb's freedom
museler to muzzle
passer sous silence to pass over in silence
prévenir to warn
protester contre qch to protest against sth
pousser un cri d'alarme to issue a warning
provoquer une prise de conscience to raise awareness
remettre en question to call sth into question
s'engager dans to commit oneself into
s'exprimer to express oneself
se soulever contre qch to rise up against sth
souligner / accentuer to emphasise

4 Citoyenneté et mondes virtuels / *Citizenship and Virtual Worlds*

A Noms et expressions avec des noms

un blog a blog
un forum a forum
les relations relationships
la confiance ≠ la méfiance trust ≠ mistrust / distrust
les risques risks
un cyberpirate a hacker
le piratage piracy
le cyber-harcèlement cyber-bullying
l'anonymat anonymity
les fausses informations fake news
les réseaux sociaux social networks
l'éducation aux medias education to the media
le paiement virtuel virtual payment
l'accès au savoir access to knowledge
les données personnelles personal data
la prudence caution
le contrôle parental parental control
le progrès progress
les nouvelles technologies new technologies
le profil the profile
le téléchargement downloading
les mensonges lies
la vérité the truth
les repères landmarks
l'escroquerie fraud
une atteinte à la vie privée an invasion of privacy
le repli sur soi withdrawal
l'intelligence artificielle artificial intelligence
la démocratie participative participative democracy
le contrôle d'Internet Internet control
la liberté d'expression freedom of speech
l'usurpation d'identité identity fraud
un lanceur d'alerte a whistleblower
l'esprit critique critical mind
les traces numériques digital traces
le droit à l'oubli the right to oblivion
le droit à la vie privée the right to privacy
le droit à l'image the right of publicity
une plateforme collaborative a collaborative platform
informatique IT (information technology)

B Adjectifs

anonyme anonymous
dangereux dangerous
faux false / fake
fiable reliable
juste et précis accurate
malintentionné malicious
numérique digital
partial / pas objectif biased
privé private
prudent cautious
ultra connecté ultra-connected
virtuel virtual

C Verbes et expressions avec des verbes

arnaquer to con
chercher des informations to search for information
contrôler to control
démêler le vrai du faux to know right from wrong
entrer en contact avec qqn to get in touch with sb
espionner to spy on
être accro à Internet to be addicted to the Internet
être discriminé to be prejudiced against
harceler to harass
harceler en ligne to cyberbully
manipuler to manipulate
partager des données to share data
pirater to hack
provoquer l'indignation to cause an outrage
se connecter ≠ se déconnecter to log in ≠ to log off
se faire passer pour qqn to pretend to be
surfer sur Internet to surf on the Internet
tchater to chat online

5 Fictions et réalités / *Fictions and Realities*

A Noms et expressions avec des noms

un hommage a tribute
un mythe a myth
une légende a legend
une figure tutélaire a figurehead / a guardian figure
l'incarnation embodiment
une icône an icon
un modèle a model
le héros the hero
le super-héros the superhero
l'exemple the example
les civilisations civilisations
l'éthique ethics
la morale morality
les sources d'inspiration the sources of inspiration
l'imagination imagination
le retour à la réalité back to reality
la ressemblance resemblance
la science-fiction science fiction
le champ des possibles the field of possibilities
la fantaisie fantasy
la représentation representation
la vision vision
le réalisme realism
la mythologie mythology
les histoires stories
la pensée the thought
le récit the narrative
un récit à la 3e personne a third person narrative
la fiction fiction
une dystopie a dystopia
une utopie an utopia
le patrimoine patrimony
un archétype an archetype

B Adjectifs

esthétique aesthetic
éthique ethical
fantastique fantastic
fictif fictional
imaginaire imaginary
légendaire legendary
merveilleux magic / supernatural
politique political
réel ≠ irréel real ≠ surreal
utopique utopian

C Verbes et expressions avec des verbes

croire à to believe in
être déconnecté de la réalité to be disconnected from reality
fantasmer to fantasise
incarner to embody
interpréter to interpret
s'échapper de to escape from
penser à to think of / to think about
quand la réalité dépasse la fiction when reality surpasses fiction
raconter to tell
ramener à la réalité to bring back to reality
réfléchir to think
rêver d'un monde meilleur to dream of a better world
s'évader to escape
s'identifier à qqn to identify with sb
(s')imaginer to imagine (oneself)
s'inspirer de to draw from
(s')inventer to invent (oneself)
se battre contre to fight against
(se) représenter to represent (oneself)

Attention !

Ne mélangez pas les adjectifs finissant en **-ing** et ceux finissant en **-ed** !

Tiring → *Fatigant*
Frightening → *Effrayant*
Tired → *Fatigué*
Frightened → *Effrayé*

ANGLAIS

6 Innovations scientifiques et responsabilité / *Scientific Innovations and Responsibility*

A Noms et expressions avec des noms

les sciences sciences
une expérience an experiment
une découverte a discovery / a finding
une découverte capitale a breakthrough
un chercheur a researcher
le clonage cloning
les manipulations génétiques genetic engineering
les vaccins vaccines
les dérives abuses
la surpopulation overcrowding
la consommation consumption
la croissance growth
la pollution pollution
les gaz d'échappement exhaust gas
le forage drilling
le déboisement deforestation
l'empreinte carbone the carbon footprint
le réchauffement climatique global warming
l'effet de serre the greenhouse effect
la hausse du niveau de la mer the sea-level rise
la couche d'ozone the ozone layer
les réserves en eau water supplies
l'épuisement des ressources naturelles the exhaustion of natural resources
les espèces en voie d'extinction species facing extinction
les espèces menacées endangered species
une inquiétude / une préoccupation a concern
une menace a threat
une pénurie / un manque a shortage
l'épuisement des ressources ressources depletion
l'environnement the environment
la faune fauna
la flore flora
la biodiversité biodiversity
le développement durable sustainable development
la transition énergétique energy transition
l'énergie renouvelable / durable renewable / sustainable energy
le recyclage recycling
la prise de conscience the awareness
le covoiturage carpool
les éoliennes wind turbines
une centrale nucléaire a nuclear power station
les robots robots
une ONG an NGO (Non Governmental Organization)
un plaidoyer a plea
des dégâts irréversibles irreversible damages

B Adjectifs

alarmant alarming
biologique biological
écologique ecological
génétique genetic
nucléaire nuclear
préjudiciable detrimental
responsable responsible
technologique technological

C Verbes et expressions avec des verbes

agir to act
améliorer to improve
démontrer to demonstrate
détruire to destroy
dévoiler / divulguer to disclose
éclipser to overshadow
endommager to damage
épuiser des ressources to deplete ressources
être menacé d'extinction to face extinction
être sensible à to be sensitive to
faire des recherches sur to research
faire entendre sa voix to speak up
gaspiller to waste
innover to innovate
mettre en péril to jeopardise
polluer to pollute
réduire to decrease
résoudre un problème to solve a problem

7 Diversité et inclusion / *Diversity and Inclusion*

A Noms et expressions avec des noms

l'invalidité disability
un handicap a handicap
un handicapé a disabled person
la différence difference
les générations generations
le fossé des générations the generation gap
les personnes âgées the elderly / the seniors
une population vieillissante an ageing population
la vieillesse old age
les barrières linguistiques language barriers
les langues régionales / officielles / étrangères regional / official / foreign languages
le métissage culturel cultural melting-pot
la religion religion
la sexualité sexuality
la nationalité nationality
une minorité a minority
l'inclusion ≠ l'exclusion inclusion ≠ exclusion
l'intégration integration
la cohésion cohesion
la solidarité solidarity
l'entraide mutual aid
l'égalité equality
un salaire décent a living wage
le pouvoir d'achat the purchasing power
la tolérance tolerance
une discrimination a discrimination
un bouc émissaire a scapegoat
les préjugés prejudices
le sectarisme sectarianism
le mépris disdain / scorn
la xénophobie xenophobia

B Adjectifs

contraire à l'éthique unethical
controversé / polémique controversial
cosmopolite cosmopolitan
inégal unequal
intergénérationnel intergenerational
majoritaire predominant
minoritaire minority
ouvert d'esprit ≠ fermé d'esprit open-minded ≠ close-minded / narrow-minded
respectueux ≠ irrespectueux respectful ≠ disrespectful
solidaire supportive
tolérant ≠ intolérant tolerant ≠ intolerant

C Verbes et expressions avec des verbes

avoir accès à to have access to
avoir confiance en qqn to trust sb
avoir de l'estime pour qqn to esteem sb
compter les uns sur les autres to rely on one another
discriminer to discriminate
élever un enfant to raise a child
être conscient de to be aware of
être égaux to be equal
être partagé entre deux cultures to be torn between two cultures
être victime de discrimination to be discriminated against
exclure ≠ inclure to exclude ≠ to include
faire évoluer les mentalités to change mentalities
lutter pour l'égalité to fight for equality
maltraiter qqn to ill-treat sb
menacer to threaten
mettre sur un pied d'égalité to put on equal terms / to put on an equal footing
provoquer un débat to spark a debate
relancer un débat to reignite a debate
satisfaire les besoins de sa famille to provide for one's family
s'élever socialement to work one's way up
se méfier to distrust
se mobiliser to mobilise
tisser des liens to create links
vivre ensemble to live together

8 Territoire et mémoire / *Territory and Memory*

A Noms et expressions avec des noms

la colonisation colonisation
les colonies colonies
l'esclavage slavery
l'exploitation exploitation
la conquête the conquest
l'expédition the expedition
l'avènement the advent
l'effondrement the collapse
le déclin the decline
la destinée the destiny
l'humanité mankind
la nation the nation
le nationalisme nationalism
le séparatisme separatism
l'unité unity
le peuple the people
le pays the country
la communauté the community
un guerrier a warrior
la résistance resistance
la défaite defeat
un pionnier a pioneer
l'indépendance independence
une lutte sans merci a merciless battle
les événements the events
les faits the facts
les racines the roots
l'héritage heritage
l'oubli oblivion
le souvenir remembrance
un témoignage a testimony
un hommage a tribute
l'amnistie amnesty
l'amnésie amnesia
un traumatisme a trauma / a traumatism
l'histoire officielle official history
à la mémoire de qqn in someone's memory
la commémoration commemoration
un monument aux morts a war memorial
le devoir de mémoire the duty of memory

B Adjectifs

colonial colonial
contemporain contemporary
emblématique iconic
frontalier frontier
historique historical
individuel individual
moderne modern
mythique mythical
national national
régional / local regional / local
solennel solemn / formal
traumatisant traumatic

C Les verbes

coloniser to colonise
commémorer to commemorate
conquérir to conquer
écrire une nouvelle page to write a new page
être en deuil to grieve
être gravé dans la pierre to be cast in stone
envahir to invade
faire le deuil de qqn / qch to mourn sb / sth
gracier to pardon
hériter to inherit
inscrire dans le marbre to set in stone
prendre son indépendance to become independent
rendre un dernier hommage à to pay one's last/final tribute / respects to
rester gravé dans sa mémoire to remain in someone's memory
se souvenir to remember
témoigner to testify
tourner la page to turn the page

1 Grammaire : quelques points importants

1 *Otro* et *otra*

• On ne met jamais d'article indéfini devant ***otro*** et ***otra***.
Ex. : ***Otro*** *trabajo.* (Un autre travail.) ***Otra*** *persona.* (Une autre personne.)

• En revanche, ils peuvent être précédés d'un article défini.
Ex. : ***El*** *otro libro.* (L'autre livre.) ***Las*** *otras personas.* (Les autres personnes.)

2 Le verbe *avoir* : *tener* ou *haber* ?

• On emploie le verbe ***tener*** pour exprimer le fait de posséder quelque chose.
Ex. : ***Tengo*** *una casa muy grande.* (J'ai une très grande maison.)

• On emploie le verbe ***haber*** comme auxiliaire pour former les temps composés.
Il est alors immédiatement suivi d'un participe passé invariable.
Ex. : ***Hemos*** *trabajado mucho.* (Nous avons beaucoup travaillé.)

3 Le verbe *demander* : *preguntar* ou *pedir* ?

• On emploie le verbe ***preguntar*** pour poser une question.
Ex. : *Le* ***pregunto*** *a qué hora empieza la clase.*
(Je lui demande à quelle heure commence le cours.)

• On emploie ***pedir*** pour solliciter, chercher à obtenir quelque chose, réclamer.
Ex. : *Te* ***pido*** *ayuda.* (Je te demande de l'aide.)

• ***Pedir que*** **+ subjonctif**, permet de traduire ***demander de*** **+ infinitif**.
Ex. : *Te* ***pido que*** *te calles*. (Je te demande de te taire.)

> **Attention !**
> Il faut penser à respecter **la concordance des temps,** et utiliser le subjonctif imparfait dans un contexte passé **(voir p. 451)**.

4 L'obligation

• Pour exprimer l'obligation personnelle (lorsque le sujet est désigné), on utilise ***tener que*** **+ infinitif** ou ***deber*** **+ infinitif**.
Ex. : ***Tengo que*** *estudiar.* (Je dois étudier.)
Mi vecino ***debe*** *irse.* (Mon voisin doit partir.)

• Pour exprimer l'obligation impersonnelle (lorsque le sujet n'est pas désigné) on emploie ***hay que*** **+ infinitif**.
Ex. : ***Hay que*** *escuchar al profesor.* (Il faut écouter le professeur.)

> **Rappel**
> ***Hay*** est la forme impersonnelle de l'auxiliaire ***haber***. Elle peut donc être conjuguée à tous les temps.
> **Había que escuchar al profesor.**
> *Il fallait écouter le professeur.*

5 La négation

Pour former une phrase négative, on place la négation ***no*** devant le verbe. Seul un pronom complément peut l'en séparer.
Ex. : ***No*** *quiero ir al cine.* (Je ne veux pas aller au cinéma.) ***No*** *te hablo.* (Je ne te parle pas.)

6 Le verbe *être* : *ser* ou *estar* ?

Emplois de *ser*	Exemples
Ser + nom	***Son*** personas agradables. (Ce sont des personnes agréables.)
Ser + pronom	***Eres*** tú. (C'est toi.)
Ser + infinitif	*Lo importante* ***es*** *participar*. (L'important c'est de participer.)
Ser + numéral	***Somos*** *tres en el coche*. (Nous sommes trois dans la voiture.)
Ser + nationalité	*Ella* ***es*** *española*. (Elle est espagnole.)
Ser de + origine	***Soy de*** *Barcelona*. (Je suis de Barcelone.)
Ser de + matière	*La mesa* ***es de*** *madera*. (La table est en bois.)
Ser de + possession	*El libro* ***es de*** *mi hermano*. (Le livre est à mon frère.)
Ser + participe passé Pour passer à la **voix passive**. Le complément d'agent est introduit par la préposition ***por*** lorsqu'il est exprimé.	*Mi puerta* ***fue*** *forzada por ladrones*. (Ma porte a été fracturée par des voleurs.)
Ser + lieu / endroit Pour **situer dans l'espace** et traduire **« se tenir »**, **« avoir lieu »**, **« se passer »**, **« se dérouler »**. (À bien distinguer de l'expression habituelle de la spatialité, qui se fait toujours avec *estar*.)	*La fiesta* ***es*** *en casa de Juan*. (La fête a lieu chez Juan.)
Ser + heure / jour / date / saison Pour **situer dans le temps** de façon impersonnelle.	***Son*** *las tres y media de la tarde*. (Il est 15 h 30.) *Hoy* ***es*** *lunes*. (Aujourd'hui c'est lundi.)

Emplois de *estar*	Exemples
Estar + lieu Pour **situer dans l'espace** et traduire **« se situer »**, **« se trouver »**, **« être »**.	*Mis zapatos* ***están*** *en tu casa*. (Mes chaussures sont chez toi.)
Estar + date Pour **situer dans le temps** de façon personnelle.	***Estamos*** *a 29 de junio*. (Nous sommes le 29 juin.)
Estar **+ gérondif** Pour traduire **« être en train de »**.	*La gente* ***está*** *hablando*. (Les gens sont en train de parler.)
Estar **+ participe passé** Pour indiquer le résultat d'une action antérieure.	*La puerta* ***está*** *cerrada*. (La porte est fermée.)

Emplois de *ser* / *estar* + adj. qualificatif	Exemples
Ser + adjectif Lorsque la **caractéristique est essentielle**, (physique ou morale), qu'elle peut définir le sujet.	*Mi vecino* ***es*** *alto*. (Mon voisin est grand.) *Mis padres* ***son*** *generosos*. (Mes parents sont généreux.)
Estar **+ adjectif** Lorsque la **caractéristique est passagère**, dépendante de circonstances particulières, durables ou non (état physique ou moral par exemple).	***Estamos*** *cansados por el trabajo*. (Nous sommes fatigués à cause du travail.) *Hoy* ***estoy*** *triste*. (Aujourd'hui je suis triste.)

Attention !

Certains **adjectifs** changent de sens selon qu'ils sont employés avec ***ser*** ou avec ***estar***. C'est le cas de **bueno**, **malo**, **listo**, **rico**, **moreno**.

7 Les prépositions *a / en / de / por / para*

Prép.	Emplois	Exemples
a	Après un verbe de mouvement, pour indiquer la destination	*Voy* ***a*** *la piscina.* (Je vais à la piscine.)
	Devant un COD de personne	*Respeto* ***a*** *la gente.* (Je respecte les gens.)
en	Pour situer dans l'espace	*Estoy* ***en*** *España.* (Je suis en Espagne.)
	Pour situer dans le temps	***En*** *aquella época.* (À cette époque-là.)
de	Pour indiquer l'origine	*Soy* ***de*** *Madrid.* (Je suis de Madrid.)
	Pour indiquer la possession	*Este libro es* ***de*** *mi vecino.* (Ce livre est à mon voisin.)
	Pour définir la matière	*La cartera es* ***de*** *cuero.* (Le cartable est en cuir.)
por	Pour exprimer la cause	*No puedo salir* ***por*** *la lluvia.* (Je ne peux pas sortir à cause de la pluie.)
	Pour indiquer le déplacement dans un lieu	*Me paseo* ***por*** *el parque.* (Je me promène dans le parc.)
	Pour exprimer la notion d'échange	*Me compré un coche* ***por*** *5 000 euros.* (Je me suis acheté une voiture pour 5 000 euros.)
para	Pour exprimer le but	*Voy a casa* ***para*** *estudiar.* (Je vais chez moi pour étudier.)
	Pour exprimer son point de vue	***Para*** *mí, es una mala idea.* (Pour moi, c'est une mauvaise idée.)
	Pour préciser le destinataire, la destination	*Tengo un regalo* ***para*** *tus padres.* (J'ai un cadeau pour tes parents.)

8 Les verbes à valeur affective

• Le verbe ***gustar*** (*aimer quelque chose*) est le plus utilisé. Il se construit comme le verbe *plaire* en français.

• Le sujet de ***gustar*** peut être pluriel avec un COI singulier, ou singulier avec un COI pluriel.
Ex. : ***Te gustan*** *los gatos*.
(Tu aimes les chats. / Les chats te plaisent.)
Os gusta *la película*.
(Vous aimez le film. / Le film vous plaît.)

me	
te	*gusta* + nom singulier
le	
nos	*gustan* + nom pluriel
os	*gusta* + infinitif
les	

• Pour insister, on peut placer devant l'ensemble de la construction : *A mí ; A ti ; A él / ella / usted ; A nosotros / nosotras ; A vosotros / vosotras ; A ellos / ellas / ustedes.*
Ex. : ***A mí*** *me gusta leer.* (Moi, j'aime lire.)

• D'autres verbes se construisent sur le même modèle : ***encantar*** (*adorer*), ***extrañar*** (*surprendre, étonner*), ***doler*** (*faire mal*), ***dar miedo*** (*faire peur*), etc.
Ex. : ***Me encantan*** *los viajes.* (J'adore les voyages.)
Me duele la pierna. (J'ai mal à la jambe.)

Attention !

Lorsque le sujet d'une **tournure affective** est un nom propre ou un groupe nominal, il doit être précédé de la préposition ***a***, et il faut répéter le pronom COI, ***le*** ou ***les*** devant le verbe.
A Paula le gustan los coches.
Paula aime les voitures.

9 La comparaison

• **Comparatif de supériorité**
– ***Más*** + **adjectif** + ***que***
Ex. : *Es **más** listo **que** su amigo.* (Il est plus intelligent que son ami.)
– ***Más*** + **adjectif** + ***de lo que*** + **verbe conjugué**
Ex. : *Es **más** listo **de lo que** pensamos.* (Il est plus intelligent que nous ne le pensons.)

• **Comparatif d'infériorité**
– ***Menos*** + **adjectif** + ***que***
Ex. : *Es **menos** simpático **que** su vecino.* (Il est moins gentil que son voisin.)
– ***Menos*** + **adjectif** + ***de lo que*** + **verbe conjugué**
Ex. : *Es **menos** simpático **de lo que** pensamos.* (Il est moins gentil que nous ne le pensons.)

• **Comparatif d'égalité**
– ***Tanto*** + **nom** + ***como***
Ex. : *Compro **tantos** caramelos **como** mi hermana.*
(J'achète autant de bonbons que ma sœur.)
– ***Tan*** + **adjectif/adverbe** + ***como***
Ex. : *Es **tan** listo **como** su hermano.*
(Il est aussi intelligent que son frère.)

> **Attention !**
> *Tanto* s'accorde en genre et en nombre avec le nom qu'il détermine.

• Il y a **quatre comparatifs irréguliers** :
bueno/a → ***mejor*** (meilleur/e) ; *malo/a* → ***peor*** (moins bon/ne / pire) ; *grande* → ***mayor*** (plus grand/e) ; *pequeño/a* → ***menor*** (plus petit/e).

10 Le vouvoiement

• **Vouvoiement singulier :** ***usted*** + **verbe conjugué à la 3e personne du singulier**.
Ex. : *Señor, **usted** ha olvidado sus llaves.* (Monsieur, vous avez oublié vos clés.)

• **Vouvoiement pluriel :** ***ustedes*** + **verbe conjugué à la 3e personne du pluriel**.
Ex. : *Señoras, **ustedes** lucen encantadoras.* (Mesdames, vous êtes ravissantes.)

• **Les possessifs correspondants :** ***su*** (votre) / ***sus*** (vos).
Ex. : ***Su** casa es grande.* (Votre maison est grande.)

• **Le pronom réfléchi :** ***se***.
Ex. : *Usted **se** equivoca. / Ustedes **se** equivocan.*
(Vous vous trompez.)

> **Attention !**
> La présence de *usted* et *ustedes* devant le verbe est obligatoire pour éviter toute confusion avec ***él /ellos / ella / ellas***.

• **Les pronoms personnels compléments non réfléchis COD :**
– ***Usted*** → ***le*** / ***lo*** (masculin), ***la*** (féminin).
Ex. : *Señor, **le/lo** veo.* (Monsieur, je vous vois.) / *Señora, **la** veo.* (Madame, je vous vois.)
– ***Ustedes*** → ***los*** (masculin), ***las*** (féminin).
Ex. : *Señores, **los** veo.* (Messieurs, je vous vois.) / *Señoras, **las** veo.* (Mesdames, je vous vois.)

• **Les pronoms personnels compléments non réfléchis COI :**
– ***Usted*** → ***le*** (masculin / féminin).
Ex. : *Señor / Señora , **le** digo la verdad.* (Monsieur / Madame, je vous dis la vérité.)
– ***Ustedes*** → ***les*** (masculin / féminin).
Ex. : *Señores / Señoras, **les** digo la verdad.* (Messieurs / Mesdames, je vous dis la vérité.)

11 La concordance des temps

La concordance des temps est obligatoire en espagnol. Le temps de la proposition principale permet de choisir entre le subjonctif présent ou le subjonctif imparfait dans la subordonnée.

Prop. principale	Prop. sub.	Exemples
Présent de l'indicatif Passé composé Futur simple Impératif	Subjonctif présent	***Quiero que vengas*** *con nosotros.* (Je veux que tu viennes avec nous.) *Le* ***diré que venga*** *con nosotros.* (Je lui dirai de venir avec nous.)
Imparfait de l'indicatif Passé simple Conditionnel présent Plus-que-parfait	Subjonctif imparfait	***Yo quería que vinieras*** *con nosotros.* (Je voulais que tu viennes avec nous.) *Le* ***dije que viniera*** *con nosotros.* (Je lui ai dit de venir avec nous.)

12 Les principaux emplois du subjonctif

Emplois	Exemples
Après les verbes exprimant **la volonté, le désir** *(querer, esperar, desear…).*	*Quiero que* ***respetes*** *a los demás.* (Je veux que tu respectes les autres.)
Après les verbes exprimant **l'ordre, la prière** *(decir, pedir, ordenar…).*	*Dile que* ***se calle.*** (Dis-lui de se taire.)
Après les verbes exprimant **le regret, la crainte** *(sentir, temer, lamentar…).*	*Tememos que ella se* ***haya ido.*** (Nous craignons qu'elle soit partie.)
Après ***para que***, pour exprimer **le but**.	*Te lo digo para que* ***hagas*** *esfuerzos*. (Je te le dis pour que tu fasses des efforts.)
Après les **verbes d'opinion à la forme négative** *(no creer que, no pensar que…).*	*No pienso que* ***sea*** *útil.* (Je ne pense pas que ce soit utile.)
Après *Quizá(s) / Tal vez / Acaso* pour exprimer l'**éventualité**.	*Tal vez no* ***vengas.*** (Tu ne viendras peut-être pas.)
Après la négation ***no*** pour exprimer **l'interdiction, la défense**. C'est-à-dire l'ordre négatif.	*No se lo* ***digas*** *a tus padres.* (Ne le dis pas à tes parents.)

13 Les emplois des temps du passé

- **Le passé simple, ou prétérit** s'emploie lorsque l'on veut parler d'un fait passé qui n'a plus de rapport avec le présent. On parle alors de passé révolu.
Ex. : *Ayer,* ***fui*** *al cine.* (Hier, je suis allé au cinéma.)

- **Le passé composé** s'emploie lorsque l'on veut parler d'un fait passé qui a encore un rapport avec le présent.
Ex. : *Me* ***he roto*** *el brazo hace tres días.* (Je me suis cassé le bras il y a trois jours.)

- **L'imparfait de l'indicatif** est le temps du récit au passé et de la description. Il permet d'exprimer la continuité, la répétition d'une action qui se déroule dans le passé ainsi que la durée dans le passé.
Ex. : *Yo* ***iba*** *a la biblioteca tres veces a la semana.* (J'allais à la bibliothèque trois fois par semaine.)

2 Le vocabulaire utile par thème du programme

1 Identités et échanges / *Identidades e intercambios*

Abréviations
qch : quelque chose
qqn : quelqu'un

A Noms et expressions avec un nom

l'émigration la emigración
l'immigration la inmigración
la fuite la huida
le départ la salida
l'exil el exilio
la frontière la frontera
le contact el contacto
le partenariat la asociación / la alianza
l'accueil la acogida
l'hospitalité la hospitalidad
l'intégration la integración
le partage el compartir / el reparto
le dialogue el diálogo
la compréhension ≠ l'incompréhension la comprensión ≠ la incomprensión
la curiosité la curiosidad
la découverte el descubrimiento
les voyages los viajes
le tourisme el turismo
le changement el cambio
le dépaysement el cambio de ambiente
le mélange la mezcla
la diversité la diversidad
la mondialisation la mundialización
la menace la amenaza
le conflit el conflicto
la mobilité la movilidad
le clan el clan
le ghetto el gueto
le quartier el barrio
les tensions las tensiones
l'acculturation la aculturación
le choc des cultures el choque de culturas / el choque cultural
le groupe social el grupo social
la société de castes la sociedad de castas
l'ascension sociale la ascensión social
le déclassement social la pérdida de categoría social
la demande d'asile la solicitud / la petición / la demanda de asilo
le droit d'asile el derecho de asilo

B Adjectifs

accueillant/e acogedor/a
compréhensif/ive comprensivo/a
culturel/le cultural
linguistique lingüístico/a
menaçant/e amenazador/a
mixte mixto/a
problématique problemático/a
tendu/e tenso/a

C Verbes et expressions avec un verbe

accueillir acoger
braver un interdit desafiar una prohibición
comprendre comprender / entender
découvrir descubrir
dialoguer dialogar
échanger intercambiar
émigrer emigrar
entrer en contact avec qqn entrar / ponerse en contacto con alguien
être accueilli à bras ouverts recibir con los brazos abiertos
fuir huir de
immigrer inmigrar
risquer sa vie arriesgarse la vida
transgresser la loi transgredir [i] la ley
traverser cruzar
s'exiler exiliarse
saisir sa chance aprovechar la oportunidad

2 Espace privé et espace public / *Espacio privado y espacio público*

A Noms et expressions avec un nom

la société la sociedad
le rôle el papel
l'émancipation la emancipación
les droits los derechos
la liberté de mouvement la libertad de movimiento
la sociabilité la sociabilidad
la famille la familia
l'entourage el entorno
la sphère privée / publique la esfera privada / pública
l'éducation la educación
la liberté la libertad
le monde du travail el mundo laboral
le télétravail el teletrabajo / el trabajo a distancia
le lieu / l'endroit el lugar
les lieux de convivialité los lugares de convivencia
l'évolution la evolución
la parité la paridad
le machisme el machismo
le féminisme el feminismo
l'habitat el hábitat
les distinctions las distinciones
les clichés los estereotipos / los clichés
les valeurs los valores
les mentalités las mentalidades
les us et coutumes los usos y costumbres
la transformation la transformación
la structure la estructura
la hiérarchie la jerarquía
la mixité la mixidad
l'égalité la igualdad
les inégalités las desigualdades
les traditions las tradiciones
les croyances las creencias
le modèle el modelo
les coutumes las costumbres
le refus el rechazo
les changements los cambios
les mutations las transformaciones / los cambios
au sein de la société en el seno de la sociedad / en el interior de la sociedad / dentro de la sociedad
être logé à la même enseigne estar en el mismo caso

B Adjectifs

conditionné/e condicionado/a
familial/e familiar
féministe feminista
machiste machista
médiatique mediático/a
politique político/a
professionnel/le profesional
religieux/euse religioso/a
social/e social
traditionnel/le tradicional

C Verbes et expressions avec un verbe

accepter aceptar
attirer l'attention llamar la atención
changer cambiar
désirer / souhaiter desear
distinguer distinguir
évoluer evolucionar
hiérarchiser jerarquizar
jouer un rôle desempeñar un papel
mettre sur un pied d'égalité poner en pie de igualdad / al mismo nivel
passer inaperçu/e pasar desapercibido/a
refuser rechazar
reléguer au second plan relegar a un segundo plano
s'adapter adaptarse
s'émanciper emanciparse
se fondre dans la masse mezclarse con la gente
sensibiliser sensibilizar
structurer organizar / estructurar
vouloir querer [ie]

3 Art et pouvoir / *Arte y poder*

A Noms et expressions avec un nom

l'architecture la arquitectura
les immeubles / les bâtiments los edificios
les résidences las residencias
les monuments los monumentos
les infrastructures las infraestructuras
l'œuvre d'art la obra de arte
la peinture la pintura
le tableau el cuadro
le portrait el retrato
la gravure el grabado
la musique la música
l'hymne / le chant el himno / el canto
la littérature la literatura
la satire la sátira
le cinéma el cine
le film la película
la propagande la propaganda
l'affiche el cartel
le pouvoir el poder
le contre-pouvoir el contrapoder
la culture la cultura
la contre-culture la contracultura
la critique la crítica
la caricature la caricatura
la censure la censura
la liberté de création la libertad de creación
la résistance la resistencia
l'expression la expresión
le mépris el desprecio
les idées las ideas
l'idéologie la ideología
les convictions las convicciones
le témoignage el testimonio
l'opposition la oposición
l'approbation el consentimiento
l'apologie la apología
la contestation la protesta / el desacuerdo
l'avant-garde la vanguardia

B Adjectifs

abstrait abstracto/a
avant-gardiste vanguardista
caricatural/e caricaturesco/a
comique cómico/a
controversé/e controvertido/a
culturel/le cultural
disproportionné/e disproporcionado/a
engagé/e comprometido/a
institutionnel/le institucional
officiel/le oficial
patriotique patriótico/a
polémique polémico/a
puissant/e poderoso/a
satyrique satírico/a

C Verbes et expressions avec un verbe

appuyer / soutenir apoyar
caricaturer caricaturar
célébrer celebrar
censurer censurar
condamner condenar
construire construir
convaincre convencer
critiquer criticar
défendre defender [ie]
dire tout haut ce que tout le monde pense tout bas decir en voz alta lo que muchos prefieren callar
être contre qch estar en contra de algo
être d'accord avec qch estar de acuerdo con algo
être pour qch estar a favor de algo
faire le portrait de qqn retratar a alguien
légitimer legitimar
passer sous silence callar / pasar por alto
peindre pintar
protester contre qch protestar contra algo
pousser un cri d'alarme dar la voz de alarma
remettre en question poner en tela de juicio
(s')exprimer expresar(se)
(s')opposer oponer(se)
se soulever contre qch levantarse contra algo
tourner un film rodar [ue] (una película)

4 Citoyenneté et mondes virtuels / *Ciudadanía y mundos virtuales*

A Noms et expressions avec un nom

les relations las relaciones
les données personnelles / les coordonnées los datos personales
la communication la comunicación
les contacts los contactos
la confiance la confianza
la méfiance la desconfianza / el recelo
le danger el peligro
les risques los riesgos
le blog el blog
le forum el foro
le progrès el progreso
les nouvelles technologies las nuevas tecnologías
l'intelligence artificielle la inteligencia artificial
le lanceur d'alerte el informante / el denunciante / el alertador
la liberté d'expression la libertad de expresión
les réseaux sociaux las redes sociales
le profil el perfil
la manipulation la manipulación
les informations las informaciones
l'accès au savoir el acceso al saber
les mensonges las mentiras
la prudence la prudencia
le contrôle parental el control parental
la vérité la verdad
l'aide la ayuda
l'utilité la utilidad
le harcèlement / le cyber-harcèlement el acoso / el ciberacoso
l'agresseur el/la agresor/a
l'usurpation d'identité la usurpación de identidad
les repères los puntos de referencia
l'escroquerie la estafa / el fraude
le contrôle el control
la censure la censura
une atteinte à la vie privée una violación a / de la privacidad
le repli sur soi el aislamiento / el ensimismamiento

B Adjectifs

connecté/e conectado/a
dangereux/euse peligroso/a
faux/ausse falso/a
indispensable imprescindible / indispensable
malintentionné/e malintencionado/a
numérique digital / numérico/a
réel/le real
prudent/e prudente
utile ≠ inutile útil ≠ inútil
virtuel/le virtual

C Verbes et expressions avec un verbe

agresser agredir [i]
arnaquer / escroquer timar / estafar
chater / tchater chatear
chercher des informations buscar información
contrôler controlar
démêler le vrai du faux distinguir entre lo verdadero y lo falso
entrer en contact avec qqn entrar en contacto con alguien
être accro à Internet ser adicto/a a Internet
harceler acosar
manipuler manipular
mentir mentir [ie/i]
partager compartir
raconter des mensonges contar [ue] mentiras
se connecter conectarse
se faire passer pour qqn fingir ser alguien diferente
se passer de qch prescindir de algo / vivir sin algo
surfer sur le net navegar por Internet
twitter tuitear
usurper usurpar
utiliser utilizar / usar
diffuser / répandre difundir

5 Fictions et réalités / *Ficciones y realidades*

A Noms et expressions avec un nom

la littérature la literatura
les mythes los mitos
les croyances las creencias
les histoires las historias
les civilisations las civilizaciones
le patrimoine el patrimonio
le modèle el modelo
l'éthique la ética
l'incarnation des valeurs la encarnación de los valores
l'inspiration la inspiración
les sources d'inspiration las fuentes de inspiración
l'imagination la imaginación
le héros / l'héroïne el héroe / la heroína
le super-héros el superhéroe
l'exemple el ejemplo
la figure la figura / el personaje
la réalité la realidad
en deçà de la réalité inferior a la realidad
entre la réalité et la fiction entre realidad y ficción
les légendes las leyendas
quand la réalité dépasse la fiction cuando la realidad supera la ficción
retour à la réalité regreso a la realidad
la ressemblance la semejanza
la science-fiction la ciencia ficción
le champ du possible / des possibles la esfera de lo posible / el mundo de posibilidades
la fantaisie la fantasía
la morale la moraleja
la représentation la representación
la vision la visión
le réalisme el realismo
l'hyperréalisme el hiperrealismo
la mythologie la mitología
la pensée el pensamiento
l'utopie la utopía
le récit el relato
la fiction la ficción

B Adjectifs

culturel/le cultural
esthétique estético/a
éthique ético/a
fantastique fantástico/a
fictif/ve ficticio/a
imaginaire imaginario/a
légendaire legendario/a
réel/le ≠ irréel/le real ≠ irreal
politique político/a
utopique utópico/a

C Verbes et expressions avec un verbe

croire (à) creer (en)
être déconnecté/e de la réalité estar desconectado/a de la realidad
incarner encarnar
interpréter interpretar
penser (à) pensar [ie] (en)
raconter contar [ue]
ramener à la réalité traer de vuelta a la realidad
réfléchir reflexionar
rêver d'un monde meilleur soñar [ue] con un mundo mejor
s'évader evadirse
s'inspirer de inspirarse en
(s')imaginer imaginar(se)
(s')inventer inventar(se)
(se) représenter representar(se)
transformer transformar

Attention !
Les verbes à **diphtongue**, à **affaiblissement** et à **alternance** sont signalés par **[ie]**, **[ue]**, **[i]** et **[ie/i]**.

6 Innovations scientifiques et responsabilité / *Innovaciones científicas y responsabilidad*

A Noms et expressions avec un nom

les découvertes los descubrimientos
le progrès el progreso
les améliorations las mejoras
les avancées los avances
les sciences las ciencias
la planète el planeta
l'environnement el medio ambiente
la pollution la contaminación
les gaz d'échappement los gases de escape
l'effet de serre el efecto invernadero
la recherche la investigación
le clonage la clonación
les transports los transportes
le recyclage el reciclaje
la biodiversité la biodiversidad
l'humanité la humanidad
les robots los robots
coûte que coûte a toda costa / cueste lo que cueste
une ONG una Organización No Gubernamental
des produits jetables productos de usar y tirar
des dégâts irréversibles daños irreversibles
la prise de conscience la toma de conciencia
le réchauffement climatique el calentamiento global
le covoiturage el coche compartido
la surpopulation la superpoblación
la manœuvre la maniobra
la consommation el consumo
les expériences los experimentos
les chercheurs los investigadores
le forage la perforación
les forêts los bosques
les essais los ensayos / las pruebas
la destruction la destrucción
l'épuisement des ressources naturelles el agotamiento de los recursos naturales
une planète qui ne cesse de se dégrader un planeta en continua degradación
la faune / la flore la fauna / la flora
les espèces en voie d'extinction las especies en vía(s) de extinción
l'énergie la energía
les éoliennes los aerogeneradores
les énergies renouvelables las energías renovables
les dérives los desvíos / las desviaciones
la croissance el crecimiento
les vaccins las vacunas
la bioéthique la bioética

B Adjectifs

biologique biológico/a
écologique ecológico/a
éthique ético/a
génétique genético/a
nucléaire nuclear
préjudiciable dañino/a / perjudicial
responsable responsable
technologique tecnológico/a

C Verbes et expressions avec un verbe

agir actuar
alléger la tâche de l'homme aliviar la tarea del hombre
améliorer mejorar
consommer consumir
détruire destruir
développer desarrollar
endommager dañar / deteriorar
faire des recherches sur investigar
faire entendre sa voix hacer oír su voz / hacerse escuchar
innover innovar
mettre en danger poner en peligro
porter préjudice perjudicar
réduire reducir
rendre la vie plus agréable amenizar la vida

7 Diversité et inclusion / *Diversidad e inclusión*

A Noms et expressions avec un nom

la discrimination la discriminación
l'intégration la integración
l'égalité ≠ l'inégalité la igualdad ≠ la desigualdad
l'émancipation la emancipación
la différence la diferencia
le handicap la discapacidad
un handicapé un discapacitado / un minusválido
la génération la generación
les langues régionales / officielles / étrangères las lenguas regionales / oficiales / extranjeras
la culture la cultura
les valeurs los valores
le respect el respeto
la liberté la libertad
l'évolution la evolución
les préjugés los prejuicios
les minorités las minorías
l'acceptation la aceptación
la tolérance la tolerancia
la solidarité la solidaridad
l'entraide la ayuda mutua
le soutien el apoyo
la pitié la compasión
la religion la religión
la croyance religieuse la creencia
les coutumes las costumbres
la tradition la tradición
la sexualité la sexualidad
la nationalité la nacionalidad
l'ethnie / la communauté la etnia
les clichés los tópicos / los clichés
les menaces las amenazas
le mépris el desprecio
la cohésion la cohesión / la unidad / la unión
la marginalisation la marginación / la marginalización
le/la marginal/e el/la marginado/a

B Adjectifs

cosmopolite cosmopolita
ethnique étnico/a
handicapé/e discapacitado/a / minusválido/a
intergénérationnel/le intergeneracional
majoritaire mayoritario/a
minoritaire minoritario/a
moderne moderno/a
ouvert/e abierto/a
respectueux/euse ≠ irrespectueux/se respetuoso/a ≠ irrespetuoso/a
solidaire solidario/a
tolérant/e ≠ intolérant/e tolerante ≠ intolerante

C Verbes et expressions avec un verbe

avoir confiance en qqn confiar en alguien
avoir de l'estime pour qqn sentir [ie/i] aprecio por alguien
avoir des préjugés tener prejuicios
compter les uns sur les autres contar [ue] (los) unos con (los) otros
discriminer discriminar
faire évoluer les mentalités hacer evolucionar las mentalidades
inclure incluir
insulter insultar
intégrer integrar
lutter pour l'égalité luchar por la igualdad
menacer amenazar
mettre sur un pied d'égalité poner en pie de igualdad
respecter respetar
s'entendre bien (mal) avec qqn llevarse bien (mal) con alguien
se mobiliser movilizarse
tisser des liens establecer lazos
vivre ensemble convivir

8 Territoire et mémoire / *Territorio y memoria*

A Noms et expressions avec un nom

l'histoire la historia
les espaces los espacios
les frontières las fronteras
les colonies las colonias
le passé el pasado
l'avenir el porvenir / el futuro
le patrimoine el patrimonio
l'héritage la herencia
le droit de connaître la vérité el derecho a conocer la verdad
la commémoration la conmemoración
la conquête la conquista
la colonisation la colonización
la reconquête la reconquista
l'indépendance la independencia
les évènements los acontecimientos
l'amnésie la amnesia
le témoignage el testimonio
l'oubli el olvido
les racines las raíces
la nation la nación
le pays el país
le peuple el pueblo
les conquistadors los conquistadores
l'expédition la expedición
l'organisation la organización
la résistance la resistencia
la défaite la derrota
l'exploitation la explotación
l'esclavage la esclavitud
le nationalisme el nacionalismo
le séparatisme el separatismo
les faits los hechos
le devoir de mémoire el deber de memoria / el deber de recordar
le souvenir el recuerdo
à la mémoire de qqn en memoria de alguien
une lutte sans merci una lucha sin piedad / un combate sin piedad
le monument aux morts el monumento a los caídos

B Adjectifs

collectif/ive colectivo/a
controversé/e controvertido/a
emblématique emblemático/a
frontalier fronterizo/a
historique histórico/a
individuel/le individual
national/e nacional
régional/e regional
territorial/e territorial
mondial/e global / mundial

C Verbes et expressions avec un verbe

coloniser colonizar
commémorer conmemorar
conquérir conquistar
gracier amnistiar
hériter heredar
imposer imponer
prendre son indépendance independizarse
se produire suceder / acontecer
raconter (un fait) relatar (un hecho)
témoigner testimoniar
tourner la page pasar página
régner de manière autoritaire reinar de forma autoritaria
rester gravé/e dans sa mémoire quedarse en su memoria / permanecer en su memoria
se rappeler qch recordar [ue] algo
se souvenir de qch acordarse [ue] de algo
vaincre vencer

1 Grammaire : quelques points importants

1 Le système de conjugaison

A Généralités

• **Il n'existe que deux séries de terminaisons verbales :**

	Terminaisons du présent	Terminaisons du prétérit
1re p. du sing. *(ich)*	**-e**	Ø
2e p. du sing. *(du)*	-st	-st
3e p. du sing. *(er/sie/es)*	**-t**	Ø
1re p. du plur. *(wir)*	-(e)n	-(e)n
2e p. du plur. *(ihr)*	-t	-t

Attention !
Les deux séries de **terminaisons** ne diffèrent l'une de l'autre qu'à deux personnes : **la 1re et la 3e du singulier**.

• **L'infinitif** se compose de la même façon pour tous les verbes : **radical + *-en* ou *-n***.

• **La classification des verbes.** On distingue **six catégories de verbes**, en fonction des variations de radical par rapport à celui de l'infinitif, soit des plus irréguliers aux plus réguliers.

B Les trois auxiliaires (*haben, sein* et *werden*)

• **Ils sont très irréguliers** (parce que leur radical change souvent). Ils nécessitent d'apprendre par cœur la conjugaison au présent, au prétérit de l'indicatif, ainsi que le participe passé.

	haben (rad. de l'inf. : *hab-*)	**sein** (rad. de l'inf. : *sei-*)	**werden** (rad. de l'inf. : *werd-*)
Présent	ich habe **du hast** **er/sie/es hat** wir haben ihr habt sie/Sie haben	**ich bin** **du bist** **er/sie/es ist** **wir sind** **ihr seid** **sie/Sie sind**	ich werde **du wirst** **er/sie/es wird** wir werden ihr werdet sie/Sie werden
Prétérit	**ich hatte** **du hattest** **er/sie/es hatte** **wir hatten** **ihr hattet** **sie/Sie hatten**	**ich war** **du warst** **er/sie/es war** **wir waren** **ihr wart** **sie/Sie waren**	**ich wurde** **du wurdest** **er/sie/es wurde** **wir wurden** **ihr wurdet** **sie/Sie wurden**
Participe passé	gehabt	**gewesen**	**geworden**

• ***haben*** et ***sein*** sont les **auxiliaires des temps composés** : parfait (équivalent du passé composé) et plus-que-parfait de l'indicatif.

• ***werden*** est l'**auxiliaire** :
– du futur de l'indicatif.
Ex. : *Die Katze **wird** die Maus **fressen**.* (Le chat mangera la souris.)

– du conditionnel.
Ex. : *Wenn sie Hunger hätte, **würde** die Katze die Maus **fressen**.*
(S'il avait faim, le chat mangerait la souris.)
– de la voie passive.
Ex. : *Die Maus **wird** von der Katze **gefressen**.* (La souris est mangée par le chat.)

C Les six verbes de modalité

• Il s'agit de ***dürfen*** et ***können*** (possibilité), ***müssen*** et ***sollen*** (devoir), ***mögen*** (***ich möchte***) et ***wollen*** (volonté), dont le radical peut changer ou non.

	dürfen (dürf-)	können (könn-)	müssen (müss-)	sollen (soll-)	mögen (mög-)	wollen (woll-)
Prés.	**ich darf** **du darfst** **er/sie/es darf** wir dürfen ihr dürft sie/Sie dürfen	**ich kann** **du kannst** **er/sie/es kann** wir können ihr könnt sie/Sie können	**ich muss** **du musst** **er/sie/es muss** wir müssen ihr müsst sie/Sie müssen	**ich soll** du sollst **er/sie/es soll** wir sollen ihr sollt sie/Sie sollen	**ich mag** **du magst** **er/sie/es mag** wir mögen ihr mögt sie/Sie mögen	**ich will** **du willst** **er/sie/es will** wir wollen ihr wollt sie/Sie wollen
Prét.	**ich durfte** **du durftest** **er durfte** **wir durften** **ihr durftet** **sie durften**	**ich konnte** **du konntest** **er konnte** **wir konnten** **ihr konntet** **sie konnten**	**ich musste** **du musstest** **er musste** **wir mussten** **ihr musstet** **sie mussten**	ich sollte du solltest er/sie/es sollte wir sollten ihr solltet sie/Sie sollten	**ich mochte** **du mochtest** **er mochte** **wir mochten** **ihr mochtet** **sie mochten**	ich wollte du wolltest er/sie/es wollte wir wollten ihr wolltet sie/Sie wollten
P. passé	**gedurft**	**gekonnt**	**gemusst**	gesollt	**gemocht**	gewollt

• **Les verbes de modalité fonctionnent :**
– **par groupe de deux.** Deux d'entre eux expriment la possibilité : *dürfen* et *können*, deux autres le devoir : *müssen* et *sollen* et les deux derniers la volonté : *mögen* (*ich möchte*) et *wollen* ;
– **par groupe de trois.** Trois d'entre eux expriment l'indépendance du sujet grammatical : *können* (savoir, être capable de), *müssen* (avoir conscience de devoir absolument) et *wollen* (vouloir absolument) et les trois autres une dépendance par rapport au monde extérieur : *dürfen* (avoir la permission de quelqu'un d'extérieur), *sollen* (devoir parce que quelqu'un d'extérieur le demande) et *mögen* sous la forme *ich möchte* (j'aimerais bien… mais je dois tenir compte des contraintes extérieures indépendantes de ma volonté).

D Le verbe *wissen* (*savoir*)

Il se conjugue comme un verbe de modalité sans en avoir le sens.

	wissen (rad. de l'inf. : *wiss-*)	
Présent	**ich weiß** **du weißt** **er/sie/es weiß**	wir wissen ihr wisst sie/Sie wissen
Prétérit	**ich wusste** **du wusstest** **er/sie/es wusste**	**wir wussten** **ihr wusstet** **sie/Sie wussten**
Participe passé	**gewusst**	

ALLEMAND

E Les verbes forts ou verbes irréguliers

Il s'agit par exemple de ***fahren***, ***geben*** et ***gehen*** dont le radical :

- **change toujours au prétérit** (équivalent de l'imparfait et du passé simple français) :

	fahren (rad. de l'inf. : *fahr-*)	**geben** (rad. de l'inf. : *geb-*)	**gehen** (rad. de l'inf. : *geh-*)
Prétérit	**ich fuhr** **du fuhrst** **er/sie/es fuhr** **wir fuhren** **ihr fuhrt** **sie/Sie fuhren**	**ich gab** **du gabst** **er/sie/es gab** **wir gaben** **ihr gabt** **sie/Sie gaben**	**ich ging** **du gingst** **er/sie/es ging** **wir gingen** **ihr gingt** **sie/Sie gingen**

- **peut changer, ou non :**

– à la 2e et 3e personnes du singulier du présent de l'indicatif (c'est le cas des « verbes forts en "a" , en "e" ou en "o" ») ;
– à la formation du participe passé.

	fahren (rad. de l'inf. : *fahr-*)	**geben** (rad. de l'inf. : *geb-*)	**gehen** (rad. de l'inf. : *geh-*)
Présent	ich fahre **du fährst** **er/sie/es fährt** wir fahren ihr fahrt sie/Sie fahren	ich gebe **du gibst** **er/sie/es gibt** wir geben ihr gebt sie/Sie geben	ich gehe du gehst er/sie/es geht wir gehen ihr geht sie/Sie gehen
Participe passé	gefahren	gegeben	**gegangen**

- Comme il n'y a aucun moyen de savoir si le radical d'un verbe fort subit ou non un changement, il est recommandé de les apprendre par cœur.

F Les huit verbes mixtes

Il s'agit de ***brennen*** = brûler, ***bringen*** = apporter, ***denken*** = penser, ***kennen*** = connaître, ***nennen*** = nommer, ***rennen*** = courir, ***senden*** = envoyer et ***(sich) wenden*** = (se) tourner, dont le radical :

- **ne change pas au présent de l'indicatif**

	brennen	**bringen**	**denken**	**kennen**	**nennen**	**rennen**	**senden**	**wenden**
Présent	es brennt	ich bringe du bringst er bringt wir bringen ihr bringt sie bringen	ich denke du denkst er denkt wir denken ihr denkt sie denken	ich kenne du kennst er kennt wir kennen ihr kennt sie kennen	ich nenne du nennst er nennt wir nennen ihr nennt sie nennen	ich renne du rennst er rennt wir rennen ihr rennt sie rennen	ich sende du send**est** er send**et** wir senden ihr send**et** sie senden	ich wende du wend**est** er wend**et** wir wenden ihr wend**et** sie wenden

- **change au prétérit et au participe passé**

	brennen	**bringen**	**denken**	**kennen**	**nennen**	**rennen**	**senden**	**wenden**
Prétérit	es brannte	ich brachte du brachtest er brachte wir brachten ihr brachtet sie brachten	ich dachte du dachtest er dachte wir dachten ihr dachtet sie dachten	ich kannte du kanntest er kannte wir kannten ihr kanntet sie kannten	ich nannte du nanntest er nannte wir nannten ihr nanntet sie nannten	ich rannte du ranntest er rannte wir rannten ihr ranntet sie rannten	ich sandte du sandtest er sandte wir sandten ihr sandtet sie sandten	ich wandte du wandtest er wandte wir wandten ihr wandtet sie wandten
P. passé	gebrannt	gebracht	gedacht	gekannt	genannt	gerannt	gesandt	gewandt

G Les verbes faibles ou verbes réguliers

Il s'agit des verbes dont le radical ne change jamais.

	machen (rad. de l'inf. : *mach-*)
Présent	ich mache du machst er/sie/es macht wir machen ihr macht sie/Sie machen
Prétérit	ich machte du machtest er/sie/es machte wir machten ihr machtet sie/Sie machten
Participe passé	gemacht

Attention !

Les **formes verbales** signalées en **gras** correspondent à des **irrégularités** par rapport à la règle générale.

2 La place du groupe verbal

La place du groupe verbal (verbe conjugué + partie non conjuguée et invariable du groupe verbal) varie en fonction du type de phrases.

Types de phrases		Place du verbe conjugué	Place de la partie non conjuguée du groupe verbal
GV à l'infinitif	construction	dernière place	avant-dernière place
	exemple	*sich (A)* ***beeinflussen lassen****.* (Se laisser influencer.)	
Déclarative	construction	deuxième place	dernière place
	exemple	*Er* ***lässt*** *sich* ***beeinflussen.*** (Il se laisse influencer.)	
Interrogative globale	construction	première place	dernière place
	exemple	***Lässt*** *er sich* ***beeinflussen ?*** (Se laisse-t-il / Est-ce qu'il se laisse influencer ?)	
Interrogative partielle	construction	deuxième place	dernière place
	exemple	*Warum* ***lässt*** *er sich* ***beeinflussen ?*** (Pourquoi se laisse-t-il influencer ?)	
Impérative	construction	première place	dernière place
	exemple	***Lassen*** *Sie sich nicht* ***beeinflussen !*** (Ne vous laissez pas influencer !)	
Subordonnée	construction	dernière place	avant-dernière place
	exemple	*Ich bin der Meinung, dass er sich* ***beeinflussen lässt.*** (Je pense qu'il se laisse influencer.)	

ALLEMAND

3 Les déclinaisons

A Les pronoms personnels et les adjectifs possessifs

		Pronoms personnels			Adj. possessifs* correspondants
		Nominatif	Accusatif	Datif	
Singulier	1re pers.	ich	mich	mir	mein...
	2e pers.	du	dich	dir	dein...
	3e pers. masc.	er	ihn	ihm	sein...
	3e pers. fém.	sie	sie	ihr	ihr...
	3e pers. neutre	es	es	ihm	sein...
Pluriel	1re pers.	wir	uns	uns	unser...
	2e pers.	ihr	euch	euch	euer...
	3e pers. / form. de politesse	sie / Sie	sie / Sie	ihnen / Ihnen	ihr... / Ihr...

*** L'adjectif possessif se décline comme :**
– l'article indéfini ***ein...*** quand il sert de déterminant à un GN singulier ;
– l'article défini ***die*** quand il sert de déterminant à un GN pluriel.

B Le groupe nominal

		Masculin	Féminin	Neutre
Nominatif (GN sujet ou attribut du sujet)	art. déf.	der große Mann	die große Frau	das brave Kind
	art. indéf.	ein Ø großer Mann	eine große Frau	ein Ø braves Kind
	Ø art.	Ø guter Käse	Ø gute Milch	Ø gutes Brot
Accusatif (GN COD ou après certaines prép.)	art. déf.	den großen Mann	die große Frau	das brave Kind
	art. indéf.	einen großen Mann	eine große Frau	ein Ø braves Kind
	Ø art.	Ø guten Käse	Ø gute Milch	Ø gutes Brot
Datif (GN COI, COS ou après certaines prép.)	art. déf.	dem großen Mann	der großen Frau	dem braven Kind
	art. indéf.	einem großen Mann	einer großen Frau	einem braven Kind
	Ø art.	Ø gutem Käse	Ø guter Milch	Ø gutem Brot
Génitif (GN complément du nom)	art. déf.	des großen Mannes	der großen Frau	des braven Kindes
	art. indéf.	eines großen Mannes	einer großen Frau	eines braven Kindes
	Ø art.	Ø guten Käses	Ø guter Milch	Ø guten Brot(e)s

- **Les prépositions toujours suivies de l'accusatif :** ***durch***, ***für***, ***gegen***, ***ohne***, ***um***, ***wider***.
- **Les prépositions toujours suivies du datif :** ***aus***, ***bei***, ***mit***, ***nach***, ***seit***, ***von***, ***zu***.

Info
Dans ce tableau, les déclinaisons des **noms** sont indiquées en vert et celles des **adjectifs** en rouge.

2 Le vocabulaire utile par thème du programme

1 Identités et échanges / *Identität und Austausch*

A Noms et expressions avec des noms

Abréviations

qch : quelque chose qqn : quelqu'un etw : etwas jmd : jemand (N) jn : jemanden (A) jm : jemandem (D) jds : jemandens (G) A : accusatif D : datif N : nominatif

l'identité die Identität(en)
la nationalité die Nationalität(en) / die Staatsangehörigkeit(en)
la citoyenneté die Staatsbürgerschaft(en)
la communauté die Gemeinschaft(en)
le groupe die Gruppe(n)
le cercle der Kreis(e)
le quartier der Stadtteil(e) / der Bezirk(e)
le ghetto das G(h)etto(s)
la tension die Spannung(en)
la menace die Bedrohung(en)
le conflit der Konflikt(e)
la frontière die Grenze(n)
la fuite die Flucht(en)
l'exil das Exil(e)
l'émigration die Auswanderung(en)
l'immigration die Einwanderung(en)
le droit d'asile das Asylrecht(e)
le demandeur d'asile der Asylbewerber(-)
l'échange der Austausch(e)
le dialogue der Dialog(e) / das Gespräch(e)
l'intégration die Integration
le mélange die Mischung
le contact der Kontakt(e)
la découverte die Entdeckung(en)
le partenariat die Partnerschaft(en)
la mixité die Mischung / die Durchmischung
l'hospitalité die Gastfreundschaft
l'accueil die Aufnahme
la mobilité die Mobilität
la mondialisation die Globalisierung
le choc des cultures der Kulturschock
le tourisme der Tourismus
la curiosité die Sehenswürdigkeit(en)
le voyage die Reise(n)
l'expérience (personnelle) die [persönliche(n)] Erfahrung(en)

B Adjectifs

accueillant gastfreundlich
compréhensif verständnisvoll
culturel kulturell
linguistique sprachlich
menaçant bedrohend
mixte gemischt
problématique problematisch
tendu gespannt

C Verbes et expressions avec des verbes

accueillir qqn jn auf/nehmen (i ; a, o) / jn empfangen (ä ; i, a)
comprendre qqn / qch jn / etw (A) verstehen (a, a)
découvrir qch etw (A) entdecken
échanger avec qqn sich (A) mit jm aus/tauschen
émigrer aus/wandern
être accueilli à bras ouverts herzlich aufgenommen werden (i ; u, o)
faire partie d'un groupe einer Gruppe an/gehören / zu einer Gruppe gehören
fuir flüchten / fliehen (o, o)
immigrer ein/wandern
intervenir dans un conflit bei in einem Konflikt ein/greifen (i, i)
prendre contact avec qqn mit jm Kontakt auf/nehmen (i ; a, o)
risquer sa vie sein Leben aufs Spiel setzen
saisir sa chance sein Glück versuchen
s'exiler ins Exil gehen (i, a)
s'identifier à qqn / qch sich (A) mit jm / etw (D) identifizieren
transgresser la loi gegen das Gesetz verstoßen (ö ; ie, o)
voyager reisen

ALLEMAND

2 Espace privé et espace public / *Privatsphäre und Öffentlichkeit*

A Noms et expressions avec des noms

l'espace privé die Privatsphäre
la vie privée das Privatleben
le cercle familial der Familienkreis(e)
le membre de la famille das Familienmitglied(er), der / die Verwandte *(adj. subst.)*
le cercle d'amis der Freundeskreis(e)
la confiance ≠ la défiance das Vertrauen ≠ das Misstrauen
l'atmosphère familière die Gemütlichkeit
la zone de confort der Komfortbereich / die Komfortzone
le marginal der Außenseiter(-)
l'espace public der öffentliche Raum / die Öffentlichkeit
l'opinion publique die öffentliche Meinung
le semblable der Mitmensch(en, en)
la vie professionnelle das Berufsleben
la coopération die Zusammenarbeit
l'engagement das Engagement
la participation à qch die Teilnahme an etw (D)
le poste à responsabilité der Führungsposten(-)
la parité homme-femme der gleiche Anteil von Männern und Frauen
l'éducation die Erziehung
l'espace religieux der religiöse Bereich / der religiöse Raum
les traditions die Traditionen / die Sitten und Bräuche
les valeurs die Werte
la liberté de mouvement die Bewegungsfreiheit

B Adjectifs

casanier häuslich
confortable gemütlich
(dés)agréable (un)angenehm
(in)dépendant (un)abhängig
méfiant misstrauisch
personnel persönlich
privé privat
professionnel beruflich
public öffentlich
qui aime sortir ausgehfreudig
qui inspire confiance vertrauenerweckend
réservé zurückhaltend
seul einsam
social sozial / gesellschaftlich
timide schüchtern
traditionnel traditionell

C Verbes et expressions avec des verbes

agir handeln
aller volontiers au devant des autres gern mit anderen in Kontakt treten (i ; a, e)
bien aimer sortir gern aus/gehen (i, a)
bien s'amuser ensemble zusammen Spaß haben*
entrer dans la vie active in den Beruf ein/steigen (ie, ie)
(ne pas) être capable de s'intégrer sich (A) (nicht) integrieren können*
être là l'un pour l'autre füreinander da sein*
exercer une activité professionnelle einen Beruf aus/üben / berufstätig sein*
faire carrière Karriere machen
faire confiance à qqn ≠ se méfier de qqn jm vertrauen ≠ jm misstrauen
mener à bien un projet ein Projekt aus/führen
(ne pas) nouer de contact avec qqn (keinen) Anschluss finden (a, u)
profiter de la vie das Leben genießen (o, o)
s'engager pour / contre qch sich (A) für / gegen etw (A) ein/setzen
s'ennuyer sich (A) langweilen
s'émanciper (de qch) sich (A) (von etw) emanzipieren
sensibiliser qqn à qch jn für etw (A) sensibilisieren
se replier sur soi / se retirer du monde sich (A) [von der Welt] zurück/ziehen (o, o)
se sentir en sécurité sich (A) geborgen fühlen
se retirer de la vie active sich (A) ins Privatleben zurück/ziehen (o, o)
soutenir un projet ein Projekt unterstützen
travailler (ensemble) (zusammen/)arbeiten
vivre dans sa bulle zurückgezogen leben

3 Art et pouvoir / *Kunst und Macht*

A Noms et expressions avec des noms

l'art die Kunst (die Künste)
les arts plastiques die bildende Kunst (die bildenden Künste)
l'artiste der Künstler(-)
la musique die Musik / das Musizieren
la peinture (en tant qu'art) die Malerei / das Malen
le cinéma (en tant qu'art) der Film / das Filmen
le théâtre (en tant qu'art) das Theater(spielen)
la sculpture (en tant qu'art) die Bildhauerei
le dessin (en tant qu'art) das Zeichnen
la danse (en tant qu'art) der Tanz / das Tanzen
la photographie (en tant qu'art) das Fotografieren
la poésie (en tant qu'art) die Dichtung
l'œuvre / le chef-d'œuvre das Werk(e) / das Kunstwerk(e)
la liberté de création die Kunstfreiheit
le pouvoir ≠ le contre-pouvoir die Macht ≠ die Gegenmacht
la culture ≠ la contre-culture die Kultur ≠ die Gegenkultur
l'offre culturelle das Kulturangebot(e)
la critique die Kritik(en)
la caricature die Karrikatur(en)
la mise en garde die Warnung(en) / Mahnung(en)
l'art dégénéré entartete Kunst
la censure die Zensur
l'interdiction d'exercer sa profession das Berufsverbot(e)
l'interdiction de peindre das Malverbot(e)
l'interdiction d'écrire das Schreibverbot(e)
la manipulation die Manipulation
l'exposition die Ausstellung(en)
la collection die Sammlung(en)

B Adjectifs

artistique künstlerisch
caricatural / stéréotypé klischeehaft
censuré zensiert
contemporain zeitgenössisch
créatif kreativ
doué begabt
engagé engagiert
intéressé par la culture kulturinteressiert
institutionnel institutionell
passionné d'art kunstbegeistert
qui aime les arts musisch
talentueux talentiert

C Verbes et expressions avec des verbes

censurer qch etw (A) zensieren
critiquer qqn /qch jn / etw (A) kritisieren / Kritik an jm / etw (D) üben
délivrer une interdiction d'exercer sa profession (à qqn) (jm) Berufsverbot erteilen
être d'accord avec le système angepasst sein*
être surveillé (par qqn) (von jm) überwacht werden (i ; u, o)
exprimer qch etw (A) aus/drücken / etw (A) zum Ausdruck bringen (a, a)
faire allusion à qch auf etw (A) an/spielen
faire / jouer de la musique musizieren / Musik machen
interdire qch à qqn jm etw (A) verbieten (o, o)
mettre qqn en garde jn warnen / jn mahnen
peindre malen
prendre une décision eine Entscheidung treffen (i ; a, o)
recevoir une interdiction d'exercer sa profession Berufsverbot bekommen (a, o)
remettre qch en question etw (A) in Frage stellen
résister à qch etw (D) widerstehen (a, a)
s'exprimer sich (A) aus/drücken
s'opposer au système sich (A) gegen das System stellen
sculpter la terre formen
sculpter la pierre meißeln
sculpter le bois schnitzen
se produire sur scène auf/treten (i ; a, e) / auf der Bühne stehen (a, a)
se rebeller (contre qch) [gegen etw (A)] rebellieren / sich (A) [gegen etw (A)] auf/lehnen
tourner un film einen Film drehen

ALLEMAND

4 Citoyenneté et mondes virtuels / *Bürgerschaft und virtuelle Welten*

A Noms et expressions avec des noms

la citoyenneté die Staatsbürgerschaft(en) / die Bürgerschaft(en)
l'initiative citoyenne die Bürgerinitiative(n)
le devoir die Pflicht(en)
la règle die Regel(n)
le droit / le droit des citoyens das Recht(e) / die Bürgerrechte
la punition / la peine die Strafe(n)
la valeur der Wert(e)
le civisme die Zivilcourage
l'engagement das Engagement
les libertés fondamentales die Grundfreiheiten
la liberté de la presse die Pressefreiheit
la liberté d'opinion die Meinungsfreiheit
l'info(rmation) die Information(en) / die Info(s)
la collecte d'info(rmations) die Informations-beschaffung
le flot d'info(rmations) die Informationsflut
la nouvelle die Nachricht(en)
le reportage der Bericht(e) / die Reportage(n)
l'émission de télévision die Fernseh- sendung(en)
le monde virtuel die virtuelle(n) Welt(en)
le changement der Wandel
la tendance der Trend(s)
les nouvelles technologies die neuen Technologien
internet das Internet
la consommation internet der Internetverbrauch
l'internaute der Internet-Nutzer(-)
la page web die Webseite(n)
le réseau (social) das [soziale(n)] Netzwerk(e)
l'addiction / la dépendance die Süchte
le danger die Gefahr(en)
le harcèlement moral das Mobbing
les fake news die Fake News
le scandale der Skandal(e)
le risque das Risiko (die Risiken)
les données personnelles die Privatdaten
la protection des données der Datenschutz
le contrôle parental die elterliche Kontrolle
le cyber-harcèlement das Cybermobbing

B Adjectifs

anonyme anonym
connecté online / vernetzt
dangereux gefährlich
déconnecté offline
dépendant (à internet) (internet)süchtig
moderne modern
nouveau neu
tendance trendy
vrai / faux wahr / falsch
virtuel virtuell

C Verbes et expressions avec des verbes

aller voir sur internet ins Internet gehen (i, a)
contrôler qch etw (A) kontrollieren
(en)courir un risque ein Risiko ein/gehen (i, a)
évoluer / se transformer sich (A) entwickeln
faire preuve de civisme Zivilcourage zeigen
falsifier qch etw (A) (ver)fälschen
partager qch / des données / une information sich (D) etw (A) / Daten / eine Information teilen
rendre compte de qch über etw (A) berichten
respecter qqn / qch jn / etw (A) respektieren
s'engager pour qqn / qch sich (A) für jn / etw (A) engagieren / ein/setzen
s'informer / informer qqn sur qch sich (A) / jn über etw (A) informieren
surfer sur Internet im Internet surfen
susciter l'attention de qqn jds Aufmerksamkeit erregen
veiller à qch auf etw (A) achten / auf/passen
vivre dans un monde virtuel in einer virtuellen Welt leben
faire l'expérience de qch / vivre qch etw (A) erleben

Rappel

- Les **voyelles** derrière les verbes à l'infinitif correspondent aux temps forts des verbes irréguliers.
- Le « * » signale les auxiliaires ***haben*** ou ***sein***, les modaux.
- (en, en) derrière le nom signale les **masculins faibles**.
- Le « / » indique un verbe à **particule séparable**.
- Le **pluriel des noms** est entre parenthèses.

5 Fictions et réalités / *Fiktion und Wirklichkeit*

A Noms et expressions avec des noms

la fiction die Fiktion(en)
l'imagination die Fantasie / die Einbildungskraft / die Vorstellungskraft
la créature imaginaire das Fantasiegebilde
le cinéma (en tant qu'art) der Film
le film der Film(e)
la littérature die Literatur
l'aventure das Abenteuer(-)
le côté aventureux die Abenteuerlichkeit
la soif d'aventure die Abenteuerlust
le roman d'aventure der Abenteuerroman(e)
la poésie (en tant que genre littéraire) die Dichtung
le théâtre (en tant que genre littéraire) das Theater
la pièce de théâtre das Theaterstück(e)
la création das Schaffen
le rêve der Traum (die Träume)
la réalité die Wirklichkeit
le fait die Tatsache(n)
l'absence d'imagination die Fantasielosigkeit
le quotidien der Alltag
le train-train der Alltagstrott
la routine die Routine
l'affaire courante die Routineangelegenheit(en)
le travail de routine die Routinearbeit(en)
la question de routine die Routinefrage(n)
le réalisme der Realismus
le récit die Erzählung(en)
la source d'inspiration die Inspirationsquelle(n)
l'utopie die Utopie(n)
la légende die Legende(n) / die Sage(n)
la mythologie die Mythologie
la science-fiction die Science-Fiction
le héros der Held(en, en)

B Adjectifs

abstrait abstrakt
aventureux abenteuerlich
banal / dépourvu d'imagination fantasielos
concret konkret
culturel kulturell
fictif fiktiv
imaginatif fantasievoll
qui a beaucoup d'imagination fantasiebegabt
qui a le goût de l'aventure abenteuerlustig
réel wirklich
routinier routinemäßig
utopique utopisch

C Verbes et expressions avec des verbes

avoir soif d'aventures vor Abenteuerlust brennen (a, a)
créer qch etw (A) schaffen (u, a)
convevoir qch etw (A) konzipieren
correspondre à la réalité der Wirklichkeit entsprechen (i ; a, o)
dépasser l'imagination / l'entendement die Vorstellungskraft übersteigen (ie, ie) / sprengen
devenir réalité Wirklichkeit werden (i ; u, o)
écrire qch etw (A) schreiben (ie, ie) / verfassen
être de toutes les aventures sich (A) in jedes Abenteuer stürzen
être (toujours) en quête d'aventure auf Abenteuer aus sein*
être inspiré de faits réels auf wahren Begebenheiten basieren
être profondément ému (par qch) [von etw (D)] auf sehr tiefe Weise berührt werden (i ; u, o)
(af)fabuler (à propos de qqn / qch) [von jm / etw (D)] fantasieren
faire réfléchir (qqn) à qch (jn) zum Nachdenken bringen (a, a)
incarner des valeurs Werte verkörpern
inventer qch etw (A) erfinden (a, u)
raconter qch (à qqn) (jm) etw (A) (nach)erzählen
ramener qqn à la réalité jn auf den Boden der Tatsachen zurück/holen
reprendre son train-train quotidien in den Alltagstrott zurück/kehren
rêver de qch von etw (D) träumen
s'imaginer / se représenter qch sich etw vor/stellen / etw (A) vor seinem geistigen Auge sehen (ie ; a, e)

ALLEMAND

6 Innovations scientifiques et responsabilité / *Wissenschaftliche Innovationen und Verantwortung*

A Noms et expressions avec des noms

l'innovation die Innovation(en)
la science die Wissenschaft(en)
la recherche die Forschung
la découverte die Entdeckung(en) / die Erfindung(en)
l'expérience scientifique das Experiment(e)
le progrès der Fortschritt(e)
la centrale nucléaire das Atomkraftwerk(e) / das Kernkraftwerk(e)
l'énergie nucléaire die Atomkraft / die Kernkraft
la manipulation génétique die Genmanipulation
la responsabilité die Verantwortung(en)
la menace die Bedrohung(en)
les dérives der Fehltritt(e)
la prise de conscience die Bewusstwerdung
la biodiversité die Biodiversität
l'énergie renouvelable die erneuerbare(n) Energie(n)
le risque das Risiko (die Risiken)
les déchets der Müll
le sac en plastique die Plastiktüte(n)
le continent de plastique / le 7e continent das Plastikmeer
la pollution de l'environnement die Umweltverschmutzung
la qualité de vie die Lebensqualität
le choc climatique der Klimaschock
le changement climatique der Klimawandel

B Adjectifs

avancé / progressif fortschrittlich
(co)responsable (mit)verantwortlich
dangereux gefährlich
démesuré übermäßig
écologique ökologisch
éthique ethisch
génétique genetisch
innovant innovativ
nuisible pour l'environnement umweltschädlich
raisonnable vernünftig
respectueux de l'environnement umweltfreundlich

C Verbes et expressions avec des verbes

avertir / prévenir qqn de qch jn vor etw (D) warnen
causer / occasionner qch (de négatif) etw (A) an/richten
consommer qch etw (A) verbrauchen
(en)courir un risque ein Risiko ein/gehen (i, a)
découvrir qch etw (A) entdecken
développer qch (avec qqn) etw (A) [mit jm] entwicklen
détruire / anéantir qch etw (A) zerstören / vernichten
être responsable de qch für etw (A) verantwortlich sein*
faire de la recherche [nach etw (D)] forschen
faire des expériences scientifiques experimentieren
gaspiller qch [etw (A)] verschwenden
inventer qch etw (A) erfinden (a, u)
mettre en danger la nature / l'équilibre die Natur / das Gleichgewicht gefährden
nuire à / détruire l'environnement der Umwelt schaden / die Umwelt zerstören
polluer (qch) [etw (A)] verschmutzen
préserver / protéger l'environnement die Umwelt schonen / schützen
procéder scientifiquement wissenschaftlich vor/gehen (i, a)
produire qch etw (A) produzieren / her/stellen
progresser / faire des progrès fort/schreiten (i, i) / Fortschritte machen
prouver qch etw (A) nach/weisen (ie, ie)
renoncer à qch auf etw (A) verzichten
respecter la nature auf die Natur achten
se dégrader sich (A) verschlechtern
se poser des questions sur qch etw (A) hinterfragen
sortir du nucléaire aus der Atomenergie aus/steigen (ie, ie)
utiliser qch etw (A) benutzen / verwenden

7 Diversité et inclusion / *Vielfalt und Einbeziehung*

A Noms et expressions avec des noms

la diversité die Vielfalt
l'enrichissement die Bereicherung
la tolérance ≠ l'intolérance die Toleranz ≠ die Intoleranz
la similitude die Ähnlichkeit(en)
le point commun die Gemeinsamkeit(en)
la différence der Unterschied(e)
le préjugé das Vorurteil(e)
le cliché das Klischee(s)
le stéréotype das Stereotyp(e)
la discrimination die Diskriminierung
le racisme der Rassismus
la xénophobie die Fremdenfeindlichkeit
le harcèlement moral das Mobbing
le handicap die Behinderung(en)
la minorité die Minderheit(en)
la cohésion sociale der gesellschaftliche Zusammenhalt
l'exclusion die Ausgrenzung(en)
l'inclusion das Beteiligen / die Einbeziehung
l'intégration die Integration
la culture die Kultur(en)
la langue die Sprache(n)
la connaissance / le savoir die Kenntnis(se)
la particularité die Besonderheit(en)
l'acceptation / la reconnaissance de qch die Anerkennung etw (G)
la relation avec / le rapport à qqn die Beziehung(en) / das Verhältnis zu jm

B Adjectifs

cosmopolite kosmopolitisch / weltoffen
différent unterschiedlich / verschieden
égaux en droits gleichberechtigt
intégré integriert / eingelebt
(in)tolérant (in)tolerant
multiculturel Multikulti-
ouvert aufgeschlossen / offen
raciste rassistisch
respectueux respektvoll
semblable ähnlich
sociable kontaktfreudig
solidaire solidarisch
varié / divers vielfältig / facettenreich
xénophobe fremdenfeindlich

C Verbes et expressions avec des verbes

accepter / reconnaître qch / qqn etw (A) / jn akzeptieren / an/erkennen (a, a)
avoir bcp de choses en commun vieles gemeinsam haben*
avoir une représentation juste / fausse de qqn / qch eine richtige / falsche Vortstellung von jm / etw (D) haben*
avoir des préjugés envers qqn / qch jm / etw (D) gegenüber voreingenommen sein*
combattre les préjugés Vorurteile bekämpfen
contribuer à qch zu etw (D) bei/tragen (ä ; u, a)
être conscient de qch sich (D) einer Sache bewusst sein*
être harcelé par qqn von jm gemobbt werden (i ; u, o)
être prêt à qch zu etw (D) bereit sein*
être victime de discrimination (de la part de qqn) (durch jn) diskriminiert werden (i ; u, o)
faire des efforts sich (A) an/strengen
faire évoluer les mentalités für ein thema sensibilisieren (ä ; ie, a)
faire participer qqn à qch jn an etw (D) beteiligen
lutter pour l'égalité für Gleichberechtigung kämpfen
mettre qqn sur un pied d'égalité (avec qqn) jn auf die gleiche Stufe stellen (wie jmd)
nouer de nouveaux contacts / de nouvelles amitiés neue Kontakte / Freundschaften knüpfen
participer à qch sich (A) an etw (D) beteiligen
prendre part à qch bei etw (D) mit/machen / an etw (D) teil/nehmen (i ; a, o)
s'adapter à qch sich (A) an etw (A) an/passen
s'intégrer sich (A) integrieren / sich (A) ein/leben
s'ouvrir à qqn / qch sich (A) jm / etw (D) öffnen
se faire de nouveaux amis Freunde gewinnen (a, o)

8 Territoire et mémoire / *Territorium und Gedächtnis*

A Noms et expressions avec des noms

le territoire das Territorium (die Territorien) / das Gebiet(e)
la naissance de qch die Entstehung etw (G)
le pays das Land (die Länder)
la frontière die Grenze(n)
le royaume das Königreich(e)
l'empire das Kaiserreich(e)
la démocratie die Demokratie(n)
la dictature die Diktatur(en)
le Troisième Reich das Dritte Reich
la guerre (mondiale) der Krieg(e) / der Weltkrieg(e)
le crime contre l'humanité das Verbrechen(-) gegen die Menschlichkeit
le criminel de guerre der Kriegsverbrecher(-)
la république die Republik(en)
la République fédérale d'Allemagne (RFA) die Bundesrepublik Deutschland (BRD)
la République démocratique allemande (RDA) die Deutsche Demokratische Republik (DDR)
la construction du mur de Berlin der Bau der Berliner Mauer / der Mauerbau
la chute du mur de Berlin der Fall der Berliner Mauer / der Mauerfall
la réunification die Wiedervereinigung
la Résistance der Widerstand
la mémoire das Gedächtnis
l'histoire die Geschichte
le souvenir (de qqn / qch) die Erinnerung [an jn / etw (A)]
le devoir de mémoire die Erinnerungspflicht
le lieu du souvenir der Erinnerungsort(e)
le lieu de mémoire die Gedenkstätte(n)
la plaque commémorative die Gedenktafel(n)
le monument commémoratif das Mahnmal(e) / das Denkmal (die Denkmäler)
le témoignage das Zeitzeugnis(se)
le témoin der Zeitzeuge(n, n)
la victime das Opfer(-)
le juif der Jude(n, n)
les Tziganes d'Allemagne die Sinti und Roma
les victimes de l'euthanasie die Euthanasie-Opfer
l'opposant(e) der / die Oppositionelle *(adj. subst.)*
l'opposant politique der politische(n) Gegner(-)
l'homosexuel der / die Homosexuelle *(adj. subst.)*
l'intellectuel(le) der / die Intellektuelle *(adj. subst.)*
le résistant der Widerstandskämpfer(-)

B Adjectifs

allemand deutsch
controversé umstritten
démocratique demokratisch
historique historisch
juif jüdisch
national-socialiste nationalsozialistisch / NS-

C Verbes et expressions avec des verbes

anéantir qch / exterminer qqn etw (A) / jn vernichten
attaquer un pays ein Land an/greifen (i, i)
commémorer qch etw (G) gedenken (a, a)
déclarer la guerre à un pays einem Land den Krieg erklären
détruire qch etw (A) zerstören
entretenir la mémoire de qqn / qch die Erinnerung an jn / etw (A) wach/halten (ä ; ie, a)
envahir (un pays) in ein Land ein/marschieren
faire un discours eine Rede halten (ä ; ie, a)
fonder un état einen Staat (be)gründen
hériter (qch de qqn) [etw (A) von jm] erben
libérer qch / qqn etw (A) / jn befreien
naître / voir le jour entstehen (a, a)
occuper qch etw (A) besetzen
témoigner de qch von etw (D) zeugen
tourner la page die Vergangenheit bewältigen
se souvenir de qqn / qch sich (A) an jn / etw (A) erinnern

Enseignement scientifique et mathématiques

(Enseignement commun)

ENSEIGNEMENT SCIENTIFIQUE

Une longue histoire de la matière

Le Soleil, notre source d'énergie

La Terre, un astre singulier

Son et musique, porteurs d'information

MATHÉMATIQUES

Flashez et retrouvez la totalité des cours ici :

1 Un niveau d'organisation : les éléments chimiques

Les noyaux des atomes des éléments chimiques stables naissent au sein des étoiles. Certains noyaux, instables, peuvent se désintégrer. **Comment peut-on décrire ces réactions nucléaires ?**

1 L'origine des éléments chimiques

• **Le Big Bang est un modèle** permettant de décrire l'évolution de l'Univers depuis sa naissance, ainsi que la formation des éléments chimiques qui le composent. Lors de son évolution, les constituants de l'Univers se sont peu à peu formés et organisés.

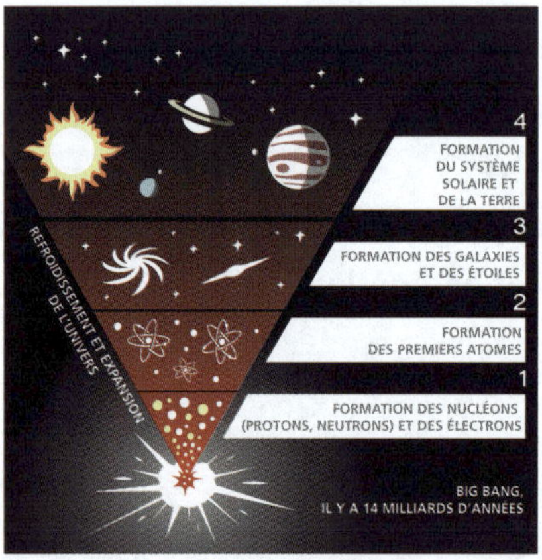

◄ La théorie du Big Bang.

• **La matière dans l'Univers se transforme continuellement.** L'hydrogène se transforme en hélium puis en d'autres éléments plus lourds, comme l'oxygène, le carbone, le fer, le silicium par des **réactions nucléaires** au sein des étoiles.

Rappel
Lors d'une **réaction nucléaire,** un élément se transforme en un autre élément.

Hydrogène H	Hélium He	Oxygène O	Carbone C	Néon Ne	Azote N	Magnésium Mg	Silicium Si	Fer Fe	Soufre S
90 %	9 %	0,1 %	0,06 %	0,012 %	0,01 %	0,005 %	0,005 %	0,004 %	0,002 %

▲ Abondance des éléments chimiques (proportions) dans l'Univers.

Oxygène O	Magnésium Mg	Fer Fe	Silicium Si	Soufre S	Aluminium Al	Nickel Ni	Chrome Cr	Hydrogène H	Carbone C
48,8 %	16,5 %	14,3 %	13,8 %	3,7 %	1,6 %	0,8 %	0,2 %	0,2 %	0,02 %

▲ Abondance des éléments chimiques (proportions) dans le globe terrestre.

Hydrogène H	Oxygène O	Carbone C	Azote N	Phosphore P	Calcium	Soufre	Sodium	Potassium	Chlore
61 %	24 %	13 %	1,4 %	0,25 %	0,24 %	0,05 %	0,04 %	0,03 %	0,03 %

▲ Abondance des éléments chimiques (proportions) dans le corps humain.

2 La source d'énergie des étoiles

Une étoile est principalement composée d'hydrogène. Elle est le siège de **réactions de fusion nucléaire** qui libèrent une grande quantité d'énergie. Lors de la fusion nucléaire, des noyaux légers s'unissent (ils fusionnent) pour former un noyau plus lourd.

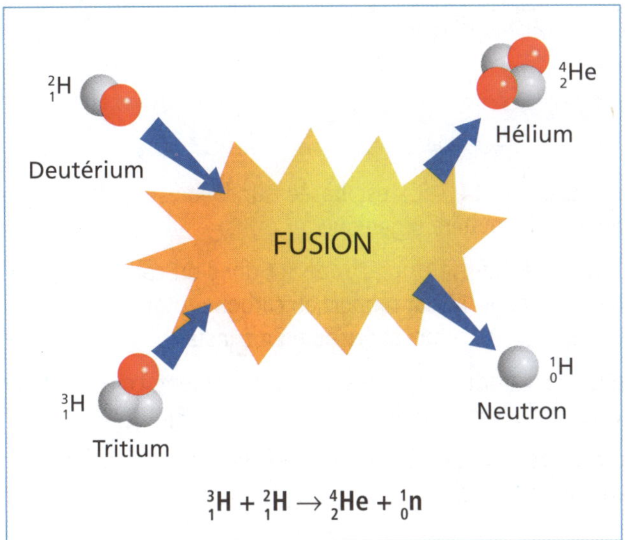

▲ Réaction de fusion nucléaire.

3 La radioactivité

• **Certains noyaux sont instables** et se désintègrent en émettant d'autres particules plus petites et un rayonnement. On parle de **désintégration radioactive (radioactivité)**.

• **La désintégration radioactive d'un noyau est un phénomène aléatoire.** Il n'est pas possible de prévoir à quel instant elle aura lieu.

• **La demi-vie.** Soit N_0 le nombre de noyaux radioactifs dans un échantillon à l'instant $t = 0$.
Au bout d'une demi-vie ($t = T$), le nombre de noyaux radioactifs sera divisé par deux, soit

$$N = \frac{N_0}{2}.$$

> **Mot-clé**
> **Période radioactive (ou demi-vie) :** temps T nécessaire à la désintégration de la moitié des noyaux contenus dans un échantillon macroscopique.
> C'est une caractéristique du noyau.

> **Zoom**
> La période radioactive du carbone 14 est de 5 600 ans.

Date	$t = 0$	$t = T$	$t = 2T$	$t = 3T$	$t = nT$
Nombre de noyaux radioactifs	$N = N_0$	$N = \frac{N_0}{2}$	$N = \frac{N_0}{4}$	$N = \frac{N_0}{8}$	$N = \frac{N_0}{2^n}$

Isotope		Période
Tritium	^{3}H	12,3 ans
Plutonium	^{239}Pu	24 300 ans
Iode	^{129}I	17 millions d'années
Uranium	^{238}U	4,5 milliards d'années

▲ Périodes radioactives de quelques isotopes.

4 Dater la matière avec la radioactivité

• **La datation au carbone 14** (^{14}C) est basée sur la mesure de l'activité radioactive du carbone 14 contenu dans la matière organique.

• **Un organisme vivant échange du carbone** (et donc du carbone 14) avec son environnement. La proportion de carbone 14 par rapport au carbone total dans un organisme vivant à un instant *t* est la même que dans l'atmosphère au même instant.

• **Lorsqu'un organisme vivant meurt,** ces échanges cessent. La quantité de carbone 14 qu'il contient décroît au cours du temps car les noyaux se désintègrent.

• **En mesurant le rapport du carbone 14 au carbone total** dans un échantillon de matière, on peut donc déterminer son âge.

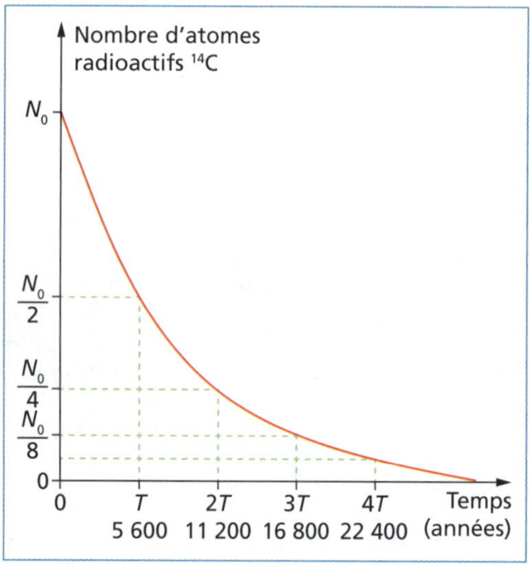

▲ Décroissance radioactive du carbone 14.

2 Des édifices ordonnés : les cristaux

Lors d'un repas, on peut servir les boissons dans un verre ordinaire ou bien dans un verre « en cristal ». Cette appellation est trompeuse. Pour le scientifique, le cristal est bien différent du verre. **Comment distinguer cristal et verre ?**

1 Le chlorure de sodium : un exemple de cristal

• **Dans la nature, le chlorure de sodium peut être trouvé sous deux états : dissous** en solution ou bien **solide**. Ce sel provient de deux sources : il est récolté par évaporation de l'eau de mer dans les marais salants, ou bien extrait en profondeur à partir du sel gemme ou halite, une roche.

• **Le cristal de chlorure de sodium est constitué d'un empilement régulier** de deux ions : Na^+ et Cl^-. Ces ions se disposent les uns par rapport aux autres dans un empilement cubique. Au sommet du cube, on trouve un ion Cl^-, ainsi qu'au centre de chaque face du cube. Au milieu des arêtes du cube, on trouve un ion Na^+ ainsi qu'au centre du cube.

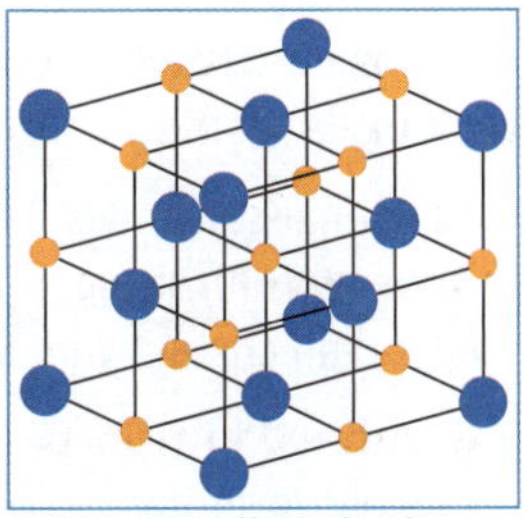

▲ Structure d'un cristal de chlorure de sodium. Bleu : Cl^-, orange : Na^+.

• **La structure cubique est répétée.** Aussi, les atomes des sommets, des faces et des arêtes sont partagés par plusieurs cubes. **Cet empilement régulier et répété désigne l'état cristallin.** Cet état cristallin se manifeste dans la structure du cristal au niveau macroscopique : il est possible de distinguer des formes cubiques dans des cristaux de sel gemme dits automorphes.

2 La structure cristalline

A La maille cristalline

• Tous les solides cristallisés présentent une structure cristalline qui est définie par une **maille élémentaire** caractérisée par une forme géométrique où sont empilés les constituants, ou entités, du solide cristallisé. **Cette maille est répétée périodiquement.**

• **Une maille a une forme géométrique particulière :** maille **cubique**, **hexagonale**, quadratique… Les entités qui sont empilées dans la maille sont de natures diverses : atomes, ions ou molécules. La position des entités dans la maille n'est pas la même d'une structure cristalline à l'autre.

• Ainsi, un **type cristallin est défini par la forme géométrique de la maille,** la nature et la position dans la maille des entités qui le constituent.

• Les cristaux les plus simples correspondent, comme l'exemple du chlorure de sodium, à une maille cubique. Cette maille peut être représentée en perspective cavalière. Pour cela on peut suivre le protocole suivant :

1 - Dessiner un carré correspondant à la face avant.
2 - Dessiner les arêtes (fuyantes placées avec un angle de 30° et longues de la moitié de l'arête du carré avant).
3 - Relier les points arrières pour dessiner la face arrière.
4 - Positionner les entités.

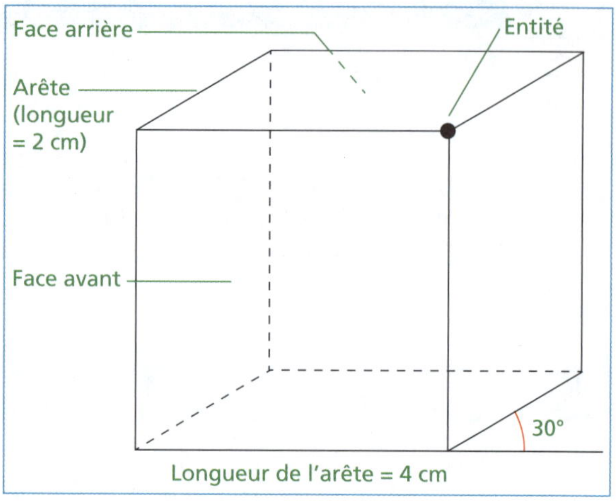

▲ Représentation d'une maille en perspective cavalière.

B Structure cristalline et propriétés macroscopiques

• La maille cristalline est répétée de nombreuses fois, on peut donc retrouver pour tous les cristaux, la **forme de cette maille à l'état macroscopique.**

• La connaissance des caractéristiques de la maille d'un cristal est importante pour déterminer **la masse volumique d'un cristal**. Par exemple, il est possible de déterminer la masse volumique d'un cristal ayant une **maille cubique**.

• **Nombre d'entités par maille,** noté *N*.
– Une entité située au sommet du cube est commune à huit mailles voisines.
– Une entité située sur une face du cube est commune à deux mailles.
– Une entité située sur une arête du cube est commune à quatre mailles.
– Une entité située au centre d'un cube n'appartient qu'à une seule maille.

• **Volume de la maille,** noté *V*.
Pour une maille cubique, son volume est calculable par la formule : $V = a^3$, *a* désignant la longueur d'un côté du cube.

• **Masse volumique du cristal,** notée ρ.
Le cristal a une masse volumique qui est celle de la maille.

$$\rho = \frac{N \times M}{N_A \times V}$$

M est la masse molaire des entités. Si plusieurs entités différentes sont présentes, on fera la somme des différentes masses molaires. N_A est le nombre d'Avogadro, il a pour valeur $6{,}02.10^{23}\ mol^{-1}$.

Zoom
Les propriétés microscopiques d'un cristal conditionnent ses propriétés macroscopiques, comme la masse volumique.

3 L'état cristallin à différentes échelles

• Un cristal est composé de mailles répétées.

• Les géologues utilisent le terme de **minéral** qui désigne un état cristallin. Un composé de formule chimique donnée peut cristalliser sous différents types de structures qui ont des propriétés macroscopiques différentes. La même composition chimique peut alors cristalliser sous différents minéraux.

La silice a comme formule chimique SiO_2 ; elle cristallise sous différentes formes minérales qui ont des mailles, et par conséquent des masses volumiques, différentes. Le plus connu des minéraux de la silice est le **quartz,** mais on connaît aussi la tridymite, la calcédoine, la coésite…

- Les minéraux peuvent se présenter dans la nature sous la forme d'un cristal parfait : on parle alors de minéraux **automorphes.** Le plus souvent, **ils sont associés entre eux dans des roches.** Une roche peut être formée de l'association de cristaux d'un même minéral ou de plusieurs minéraux. **Ces minéraux présentent des caractéristiques optiques qui permettent de les distinguer les uns des autres.**

▲ Exemple de roche observée au microscope. Chaque plage correspond à un minéral.

- Des structures cristallines existent aussi dans les organismes biologiques (coquille, squelette, calcul rénal…).

4 Solides cristallisés et solides amorphes

- Dans certains cas, les entités s'empilent sans ordre géométrique. Cela génère un **solide amorphe.** C'est le cas du verre. L'introduction avait posé la question de la différence d'un verre en verre et d'un verre en cristal. Les deux sont constitués de solide amorphe mais de compositions chimiques différentes.

> **À noter**
> Dans le langage courant, il y a confusion entre les termes « verre » et « cristal ».

- Les roches sont constituées principalement de minéraux, donc de cristaux. **Certaines roches volcaniques peuvent contenir du verre.** Si la lave refroidit lentement, les entités chimiques s'empilent dans un ordre géométrique particulier formant des minéraux. Si la lave refroidit très rapidement, les entités chimiques ne peuvent pas s'empiler dans un ordre géométrique ; cette absence d'ordre est à l'origine du **verre volcanique.**

3 Une structure complexe : la cellule vivante

La compréhension de l'organisation cellulaire et de ses implications est le fruit d'une succession de progrès techniques. **Comment l'organisation cellulaire a-t-elle été découverte ?**

1 La naissance de la théorie cellulaire

Depuis l'Antiquité, deux faits étaient communément admis : les animaux et les plantes sont constitués d'éléments qui se répètent mais que l'on ne connaît pas. Par ailleurs, la génération spontanée explique l'apparition des êtres vivants.

A Le bouleversement du XVIIe siècle

- **Le microscope optique.** En 1632, Anton Van Leeuvenhoek, naturaliste et drapier hollandais, invente le premier **microscope optique** qui permet une observation de formes de vie microscopiques avec des appareils qu'il perfectionne tout au long de sa vie. Les plus puissants associent différentes lentilles pour un grossissement de 400.
- **La cellule.** En 1665, Robert Hooke, physicien britannique, utilise un microscope pour observer des fragments minces de liège (tissu végétal). Il remarque des petites loges répétées qu'il nomme **« cellules »**. Ce qu'il décrit sont des cellules mortes dont il voit uniquement la paroi. Il dessine ce qu'il observe.
- La mise au point des microscopes de plus en plus puissants aux XVIIIe et XIXe siècles s'accompagne de progrès notables sur la notion de cellule.

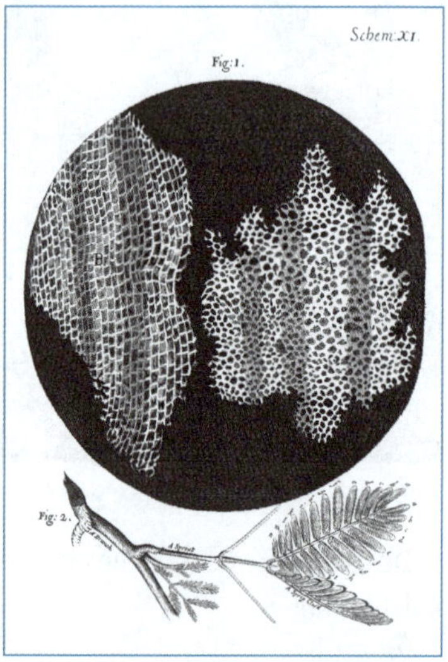

▲ Observations de Robert Hooke sur la structure cellulaire du liège (1665).

B La théorie cellulaire

Au XIXe siècle est formulée la théorie cellulaire. Trois savants ont un rôle important.

- En 1838, **Matthias Jakob Schleiden,** botaniste allemand, publie un ouvrage sur les végétaux dans lequel il relate que ses études sur les différents tissus végétaux montrent que ces derniers sont tous constitués de cellules et, plus particulièrement, il identifie le **noyau,** élément constant dans les cellules.
- **Theodor Schwann** est un zoologiste allemand, collègue de Schleiden. Lors d'un dîner en 1838, Schleiden montre ses travaux à Schwann. Celui-ci prend conscience de l'existence du noyau, et donc de cellules, dans les tissus animaux qu'il observe.
- En 1858, **Rudolf Virchow,** physicien allemand, observe des divisions cellulaires et comprend que les cellules proviennent de cellules pré-existantes, remettant en causes la génération spontanée.

Ces trois savants ont permis l'énoncé des deux principes de la théorie cellulaire.

Zoom

Les principes de la **théorie cellulaire :**
– Tout être vivant est constitué de cellules.
– Toute cellule est issue d'une autre cellule.

2 Les progrès de l'observation

A L'ultrastructure cellulaire

• **Les nouvelles techniques.** La fin du XIXe et le début du XXe siècle voient les microscopes optiques devenir de plus en plus performants. Des techniques de **colorations** sont mises en place. Le contenu cellulaire devient plus visible.

• **Deux grands groupes de cellules** sont décrits : les **procaryotes** sans organite et les **eucaryotes** contenant des organites.

• **Chez les eucaryotes,** le noyau est de mieux en mieux décrit. On constate qu'il disparaît lors de la division cellulaire pour laisser place à des bâtonnets qui seront appelés **chromosomes**. De nombreux organites sont décrits : c'est le cas de l'**appareil de Golgi**, par exemple.

• **Le microscope électronique.** Dans la seconde moitié du XXe siècle est mis au point un nouveau microscope : le microscope électronique qui permet d'observer des échantillons à des grossissements bien plus importants que les meilleurs microscopes optiques. Les plus performants grossissent jusqu'à 5 millions de fois l'échantillon. Ce type de microscopie n'utilise pas la lumière pour illuminer l'échantillon, mais un faisceau d'électrons. L'**ultrastructure cellulaire** devient alors de plus en plus complète.

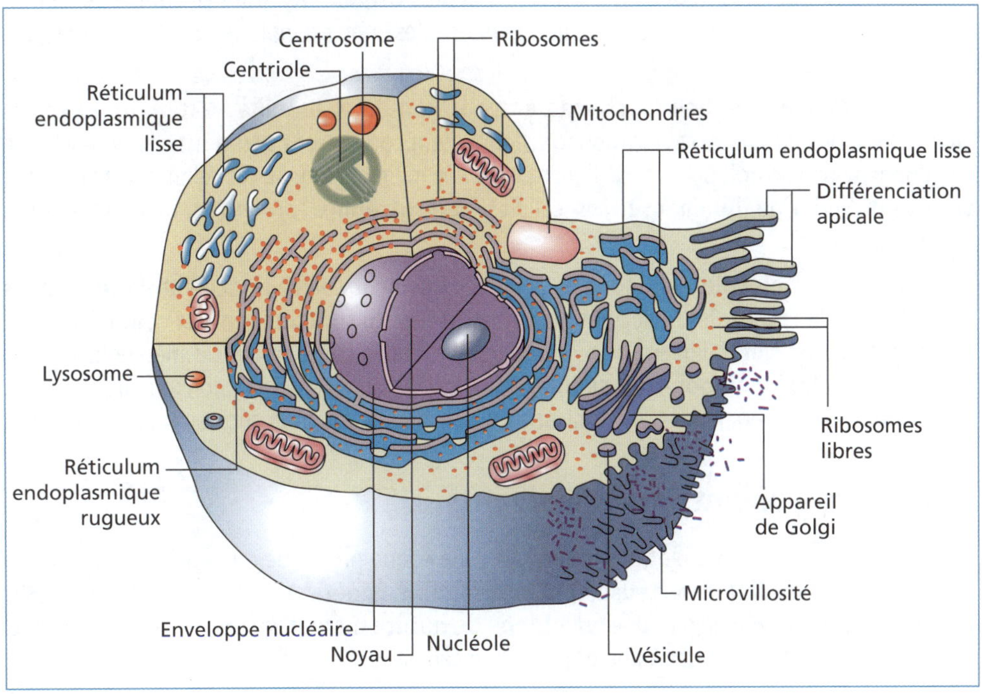

▲ Ultrastructure d'une cellule animale.

• **Les progrès des moyens d'observations,** mais également des **techniques biochimiques d'identification** des molécules, ont permis aussi de faire le **lien entre molécules et structure cellulaire**. Par exemple, **la membrane plasmique** est constituée de **deux couches de molécules lipidiques**. Des **protéines** sont associées à cette double couche.

B Ordres de grandeur

La cellule eucaryote (20 à 100 micromètres ou µm) apparaît constituée d'**organites** (quelques µm pour les plus gros), eux-mêmes limités par une membrane épaisse d'une dizaine de nanomètres (nm). La **membrane** est constituée d'une association de molécules (dont la taille est de l'ordre de quelques nm). Les molécules sont constituées d'atomes de taille inférieure au nm.

3 Les caractéristiques communes des cellules

A Un milieu réactionnel

• **Les cellules présentent toutes une même organisation.** Elles présentent un **cytoplasme aqueux** (riche en eau) contenant l'information génétique portée par le ou les chromosomes. Le cytoplasme est séparé du milieu extérieur par la **membrane**.

• **Chaque cellule est un milieu réactionnel.** De nombreuses réactions se produisent dans le cytoplasme. L'ensemble de ces réactions constitue le **métabolisme**. Ces réactions permettent de **produire les molécules nécessaires à l'organisation et au fonctionnement cellulaires**. C'est par exemple, le cas de la synthèse des lipides, des protéines membranaires. D'autres réactions conduisent à la **dégradation des molécules organiques pour produire de l'énergie** que la cellule utilise pour son fonctionnement. C'est par exemple le cas de la respiration cellulaire.

• **La membrane est un lieu d'échange entre la cellule et le milieu extérieur.** La cellule prélève les molécules nécessaires à son fonctionnement comme les **nutriments**. Pour assurer ce fonctionnement, elle doit prélever de l'énergie dans le milieu extérieur. Les cellules **autotrophes prélèvent l'énergie lumineuse**. Les cellules **hétérotrophes prélèvent des nutriments** qu'elles dégradent.

• **L'action des molécules exogènes.** Le fonctionnement cellulaire dépend de **molécules extérieures** à la cellule. Ces molécules peuvent **stimuler le fonctionnement cellulaire**. C'est le cas d'hormones qui indiquent à la cellule qu'elle doit réaliser tel ou tel métabolisme. **Les poisons sont toxiques pour les cellules.** Ils peuvent bloquer le fonctionnement cellulaire. C'est ce qui est recherché lors de l'utilisation de médicaments anticancéreux qui bloquent la prolifération cellulaire.

B Les virus, vivants ou non vivants

• **Les virus ont une organisation commune.** Une coque protéique ou **capside** contient une ou plusieurs **molécule(s) porteuse(s) d'information génétique** : de l'ADN ou de l'ARN. Certains virus possèdent en plus une **enveloppe de nature membranaire** autour de la capside. Ces virus peuvent faire songer à une organisation cellulaire.

• **Les virus ne possèdent pas de cytoplasme.** Ils ne sont donc pas un milieu réactionnel. Pour se multiplier et croître, ils parasitent les cellules et détournent à leur service toute la machinerie cellulaire. **Ils ne sont donc pas des organismes vivants.**

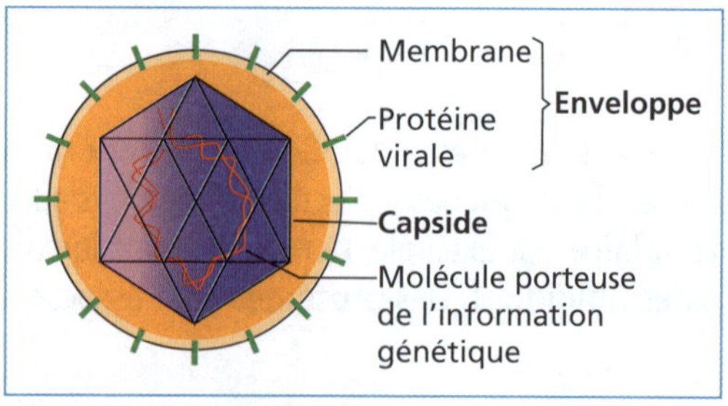

▲ Structure générale d'un virus

4 Le rayonnement solaire

La Terre reçoit son énergie du Soleil. Comment notre étoile produit-elle son énergie ?
Quelles informations apporte l'étude du rayonnement émis par une étoile ?

1 L'énergie du Soleil

• **Origine de l'énergie du Soleil.** Au cœur du Soleil, la température est de 15 millions de degrés Celsius. L'énergie du Soleil est due à une chaîne de **réactions nucléaires de fusion** qui s'y produisent. Des noyaux d'hydrogène se transforment en noyaux d'hélium. Ces réactions peuvent être schématisées par l'équation :

$$4\,{}^{1}_{1}\text{H} \rightarrow {}^{4}_{2}\text{He} + 2\,{}^{0}_{1}\text{e}\ .$$

Zoom
Lors des réactions de fusion, il y a aussi émission de rayonnement électromagnétique gamma (γ).

• **La perte de masse.** Lors d'une réaction nucléaire, la masse des produits formés est inférieure à la masse des réactifs utilisés. La différence de masses est appelée **perte de masse** $|\Delta m|$.
La relation d'Einstein permet de calculer cette perte de masse :

$$E = |\Delta m| \times c^2$$

avec E : énergie libérée en joule ;
$|\Delta m| = |m_{produits} - m_{réactif}|$ en kilogramme ;
c : célérité de la lumière, $c = 3.10^8\ \text{m.s}^{-1}$.

2 La masse du Soleil

La puissance totale émise par le Soleil est de $3{,}9.10^{26}$ W. Chaque seconde, l'énergie émise par le Soleil est donc égale à $3{,}9.10^{26}$ J. La perte de masse s'obtient par le calcul :

$$|\Delta m| = \frac{E}{c^2} = \frac{3{,}9.10^{26}}{9.10^{16}} \approx 4{,}3.10^9\ \text{kg}.$$

Rappel
Relation entre puissance et énergie : $E = P \times \Delta t$, avec E en joule, P en watt et Δt en seconde.

Chaque seconde, la masse solaire transformée en énergie est d'environ 4,3 millions de tonnes.

3 Profil spectral et température des étoiles

• **Le profil spectral d'une étoile** représente l'intensité lumineuse des radiations émises par ce corps, en fonction des longueurs d'onde de ces radiations. En utilisant le profil spectral de l'étoile, on détermine la longueur d'onde λ_{max} donnant une intensité maximale. La **loi de Wien** permet de déterminer la température de surface d'un corps chaud.

• **La température θ de l'étoile** s'obtient alors par la formule :

$$\theta = \frac{2{,}89.10^6}{\lambda_{max}} - 273$$

avec θ en degré Celsius ;
λ_{max} en nanomètre.

Plus la longueur d'onde maximale est faible, plus la température de surface de l'étoile est élevée.

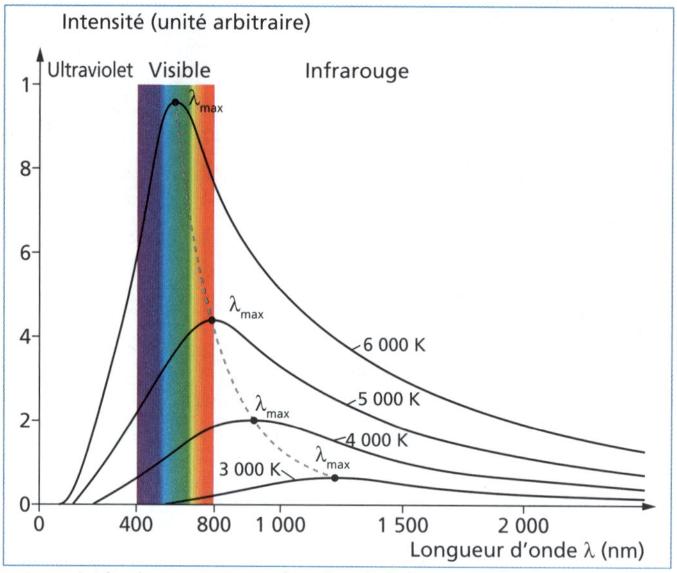

▲ Intensité lumineuse émise en fonction de la longueur d'onde pour des corps de températures différentes.

4 Rayonnement solaire

Comme toutes les étoiles, le Soleil perd de l'énergie par rayonnement. **Le rayonnement solaire est l'ensemble des ondes électromagnétiques émises par le Soleil**. C'est ce rayonnement électromagnétique que la Terre intercepte et qui nous fournit lumière et chaleur.

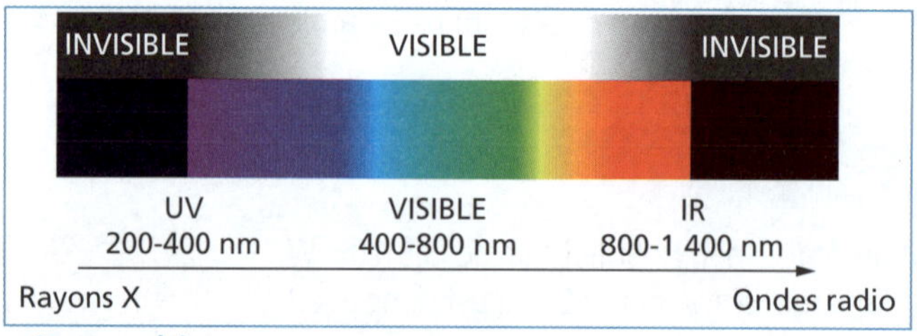

▲ Spectre solaire.

5 Puissance solaire reçue par la Terre

• **La puissance radiative** reçue du Soleil par une surface plane est **proportionnelle à l'aire de la surface éclairée**. Elle dépend aussi de l'angle entre la normale à la surface et la direction des rayons du Soleil.

Rappel
Pour une même surface, la puissance solaire reçue dépend aussi de l'heure, de la saison, de la latitude.

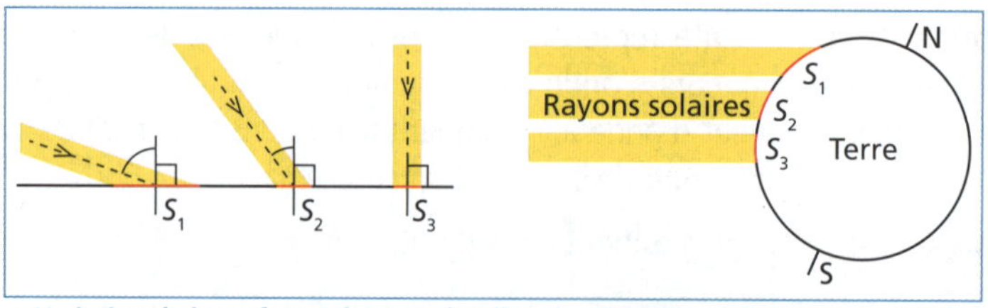

▲ Variation de la surface éclairée selon l'angle d'incidence des rayons solaires.

• **La puissance reçue** est maximale lorsque la surface éclairée est minimale. Ici, $S_1 > S_2 > S_3$, donc $P_1 < P_2 < P_3$.

5 Le bilan radiatif terrestre

La Terre est l'une des planètes du système solaire. Elle reçoit du Soleil l'énergie indispensable à la vie et aux différents phénomènes physiques qui s'y produisent. **Quel est le devenir de l'énergie reçue ?**

1 Caractéristiques du rayonnement solaire reçu par la Terre

• **L'énergie de la fusion nucléaire de l'hydrogène au cœur de notre Soleil** traverse de nombreuses couches jusqu'à sa surface pour y être libérée, en grande partie sous forme de **rayonnement solaire**. Ce **flux de photons** forme des ondes électromagnétiques qui se propagent dans toutes les directions de l'espace, et notamment vers la Terre.

• **Le maximum d'émission lumineuse du Soleil** se situe à une **longueur d'onde d'environ 0,5 µm**. La partie visible du spectre est comprise entre 0,38 et 0,78 µm (du violet au rouge). Le Soleil émet donc la plus grande partie de son rayonnement dans le **visible** (le jaune, plus exactement).

• La puissance émise par le Soleil par unité de surface, E_s, est égale à 6.10^7 W.m^{-2}. La surface du Soleil étant une **sphère**, sa puissance est émise dans toutes les directions de l'espace. Le rayonnement solaire est un **rayonnement électromagnétique**, il ne se dissipe pas pendant sa propagation dans le vide. La puissance totale émise par le Soleil est équivalente à celle émise par la mégasphère qui a pour rayon la distance Terre-Soleil.

$$P_{totale} = E_s \times \text{(surface solaire)} = E_s \times 4 \times \pi \times r_{Soleil}^2$$

$$P_{totale} = 6.10^7 \times 4 \times \pi \times (7.10^8)^2 = 3{,}7.10^{26}\ \text{W}.$$

La Terre étant en moyenne à 148 millions de kilomètres du Soleil :

$$C_T = \frac{P_{totale}}{\text{surface}_{mégasphère}} = \frac{P_{totale}}{4 \times \pi \times D^2}$$

$$C_T = \frac{3{,}7.10^{26}}{4 \times \pi \times (1{,}48.10^{11})^2}$$

$$\mathbf{C_T = 1\,344\ W.m^{-2}.}$$

Cette valeur C_T est la **constante solaire.**

• **La Terre intercepte un disque de rayonnement solaire.** Ce disque est de **rayon égal** à celui de la Terre. À la surface de ce disque, on sait que la puissance reçue du Soleil est C_T (1 344 W.m^{-2}), la puissance totale reçue par la Terre vaut donc C_T multipliée par la surface de ce disque. Cette puissance va être répartie sur la totalité de la surface de la Terre. La valeur de la constante solaire par unité de surface terrestre sera donc :

$$C_V = C_T \times \frac{\text{surface}_{disque}}{\text{surface}_{Terre}} = C_T \frac{\pi \times R_T^2}{4 \times \pi \times R_T^2} = \frac{1\,344}{4} = 336\ \text{W.m}^{-2}$$

La constance solaire par unité de surface terrienne vaut donc 336 W.m^{-2}.

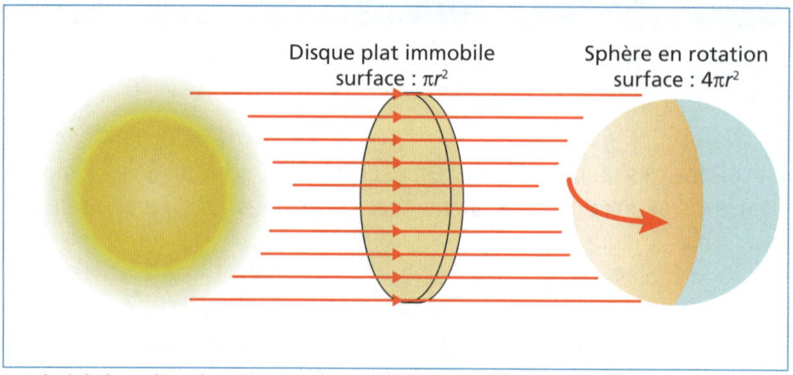

▲ Calcul de la surface de projection du rayonnement solaire.

2 Devenir du rayonnement solaire que reçoit la Terre

• **L'atmosphère terrestre interagit avec le rayonnement solaire** qui n'atteint pas complètement le sol au niveau de la mer. L'essentiel du spectre reçu se trouve ainsi entre 400 et 700 nm, ce qui correspond au domaine de sensibilité de l'œil humain.

• **Les molécules constituant l'air diffusent également le rayonnement solaire.** La lumière bleue est plus diffusée dans l'atmosphère que la lumière rouge. Cela explique la couleur bleue du ciel.

• **La fraction du rayonnement solaire incident** réfléchie sans être absorbée est appelée **« albédo »**. Sur Terre, environ 30 % du rayonnement solaire est réfléchi sans être absorbé (20 % par les nuages et 10 % par les surfaces gelées). Le reste est absorbé par l'atmosphère, les continents et les océans. **L'albédo global de la Terre est donc de 0,3.** Le flux de photons réellement absorbé par la Terre est donc de : $340 \times 0{,}7 = 238$ W. m^{-2}.

> **Rappel**
> L'air est constitué à 80 % de N_2, 19 % de O_2 et d'autres gaz comme H_2O, l'argon…

• **Le rayonnement solaire absorbé par l'atmosphère est réémis** en grande partie sous forme d'un rayonnement infrarouge vers le sol et vers l'espace.

• **Les continents et les océans réémettent également l'énergie absorbée** sous forme d'un **rayonnement électromagnétique** dans le domaine infrarouge. Plus la température de la surface est élevée, plus la puissance réémise par unité de surface est importante.

• Si l'on considère que la Terre est en **équilibre radiatif,** ce qui signifie qu'elle émet autant de rayonnement qu'elle en absorbe, on peut utiliser la **loi de dite de Stefan** pour déterminer sa température de surface. On obtient une température de – 18 °C, soit un écart de plus de 30 °C par rapport à ce qui est mesuré.

• L'absorption des radiations infrarouges par certaines molécules atmosphériques est responsable de cette différence. On nomme ce phénomène **effet de serre.**

• **L'étude des spectres du rayonnement solaire** mesuré au sommet de l'atmosphère (en rouge sur la figure ci-après) et au niveau de la mer (en bleu) permet de déterminer les molécules responsables de cet effet de serre. Ce sont les molécules d'**eau** et de **dioxyde de carbone.**

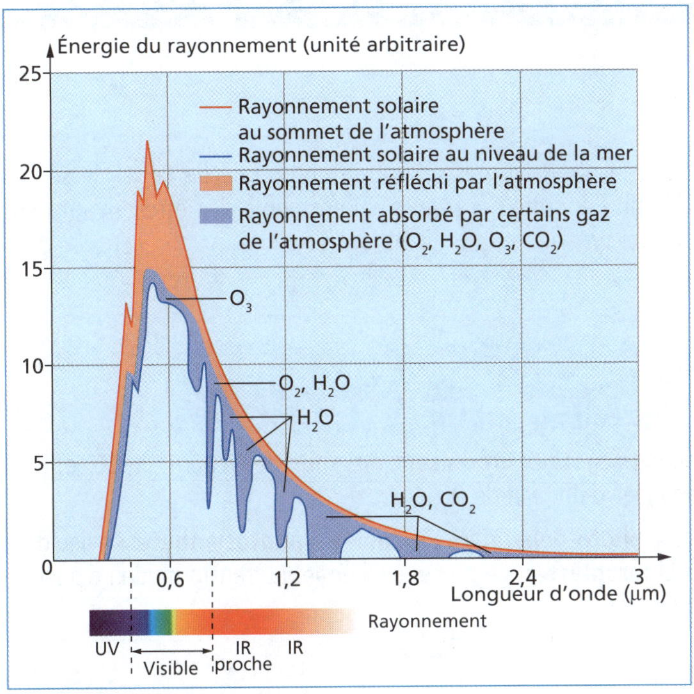

▲ Spectres du rayonnement solaire mesuré au sommet de l'atmosphère (en rouge) et au niveau de la mer (en bleu).

- **La puissance reçue par le sol en un lieu donné** est égale à la somme de la puissance reçue du Soleil et de celle reçue de l'atmosphère. Ces deux dernières sont du même ordre de grandeur.
- **Un équilibre, qualifié de dynamique,** est atteint lorsque le sol reçoit au total une puissance moyenne égale à celle qu'il émet. La température moyenne du sol est alors constante.

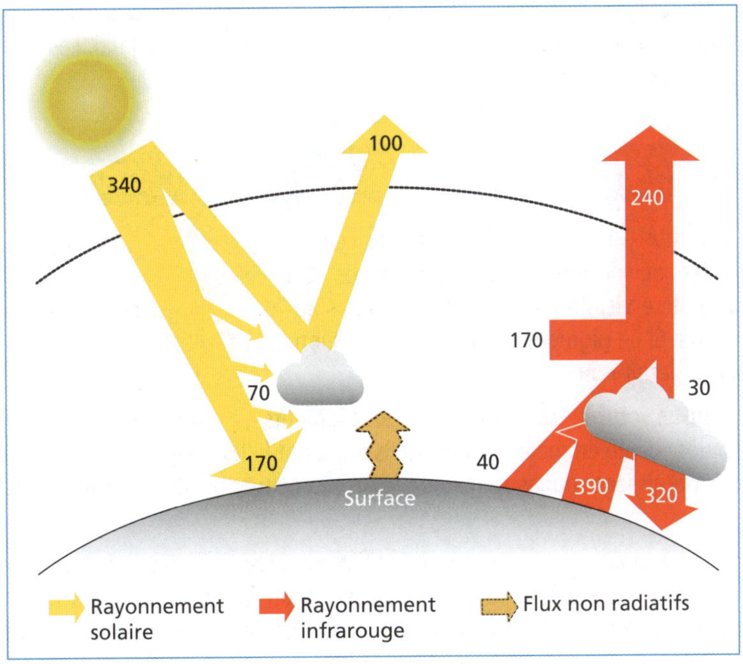

▲ Bilan radiatif de la Terre.

6 Une conversion biologique de l'énergie solaire : la photosynthèse

L'utilisation par la photosynthèse d'une infime partie de l'énergie solaire reçue par la planète fournit l'énergie nécessaire à l'ensemble des êtres vivants. **Quelle place occupe la photosynthèse dans la biosphère ?**

1 La synthèse de matière organique à partir d'énergie lumineuse

• **À la lumière, les végétaux produisent des glucides** à partir de CO_2 et H_2O. Cette production est accompagnée d'un rejet de O_2.

• **Cette synthèse photo-dépendante, appelée « photosynthèse »** a lieu dans des organites particuliers, les **chloroplastes**. Ce processus permet la transformation d'énergie lumineuse en énergie chimique.

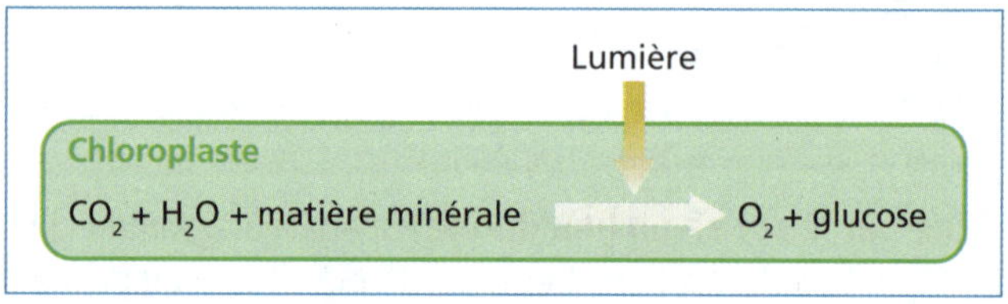

▲ Équation bilan de la photosynthèse.

• **À partir des premiers produits de la photosynthèse,** un végétal fabrique d'autres types de molécules organiques (lipides, protéines, acides nucléiques…).

• La photosynthèse a lieu dans les **parties chlorophylliennes** du végétal. Les feuilles sont les principaux organes chlorophylliens.

2 L'utilisation de l'énergie solaire durant la photosynthèse

• **Lorsque la lumière rencontre la matière,** celle-ci peut la diffuser ou l'absorber. Les substances qui absorbent la lumière visible chez les organismes s'appellent **pigments**. Si un pigment absorbe toutes les longueurs d'onde, il paraît noir.

> **Mot-clé**
> **Pigment :** substance responsable de la couleur d'un milieu dans lequel elle est insoluble.

• **Une feuille nous semble verte** parce que les pigments qu'elle contient absorbent la lumière rouge et la lumière bleue en même temps qu'ils diffusent la lumière verte. Les algues rouges, au contraire, nous paraissent rouges parce que leurs pigments absorbent surtout la lumière verte et la bleue.

• On peut mesurer la **capacité d'un pigment à absorber diverses longueurs** d'onde en utilisant un **spectrophotomètre.** Cet appareil dirige un faisceau lumineux de plusieurs longueurs d'onde à travers une solution du pigment en question et mesure la proportion de lumière transmise selon chaque longueur d'onde. Cela permet de réaliser un **spectre d'absorption** des pigments chlorophylliens.

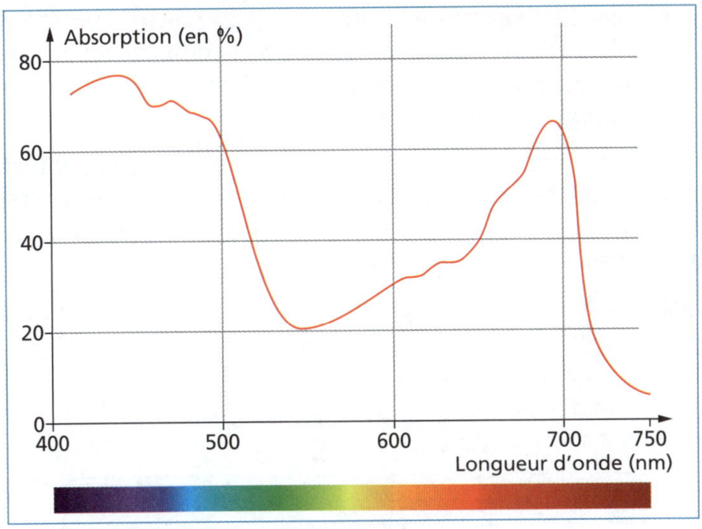

▲ Spectre d'absorption des pigments chlorophylliens.

- Ce spectre permet d'imaginer que la lumière bleu-violet et la lumière rouge sont les plus favorables à la photosynthèse chez les plantes, parce qu'elles sont absorbées, tandis que la lumière verte est la moins favorable.

- **Cette hypothèse a été validée par Theodor W. Engelmann en 1883.** Il a dirigé sur une algue filamenteuse de la lumière qu'il avait préalablement fait passer à travers un prisme. Il a ainsi exposé des segments distincts de l'algue à des longueurs d'onde différentes. Il a utilisé des bactéries pour repérer les segments libérant le plus de dioxygène, ce qui permet de savoir à quels endroits la photosynthèse est la plus productive. Les bactéries se sont agglutinées autour des parties de l'algue exposées à la lumière rouge et à la lumière bleu-violet.

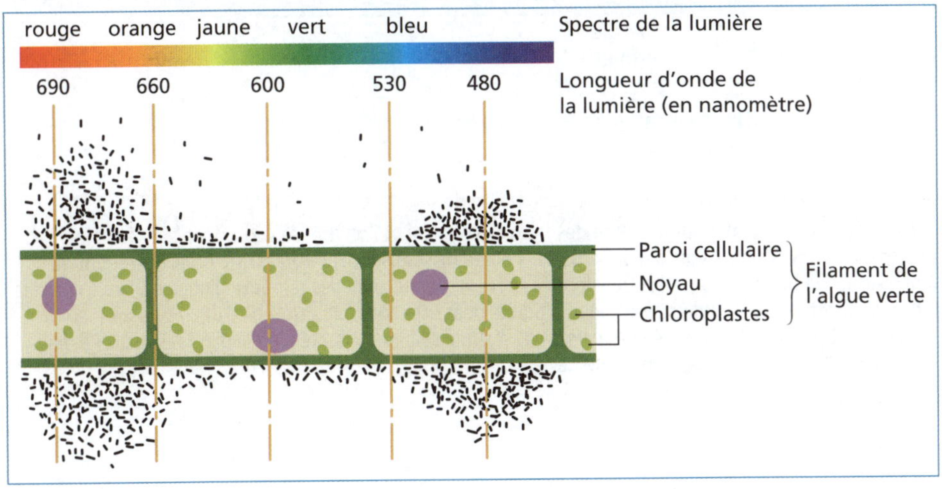

▲ Résultat de l'expérience réalisée par Engelmann.

3 L'importance de la photosynthèse dans la biosphère

- **La biosphère est constituée d'un ensemble d'écosystèmes.** Un écosystème est composé d'êtres vivants, d'un environnement et de l'ensemble des relations entre les êtres vivants et l'environnement.

• **Dans un écosystème, les végétaux occupent une place particulière.** Étant les seuls êtres vivants à pouvoir synthétiser de la matière organique à partir de matière minérale et de lumière, **les végétaux se trouvent à la base des réseaux trophiques** dans les écosystèmes. Ils sont les **producteurs primaires** de la matière organique.

• **À l'échelle de la planète,** la photosynthèse permet l'**entrée d'énergie et de matière minérale dans la biosphère**. L'énergie solaire ayant permis la photosynthèse est stockée sous forme chimique. Ce n'est qu'une infime partie de l'énergie solaire reçue par la planète : environ 0,1 % de la puissance solaire totale disponible.

• **La respiration cellulaire et la fermentation** extraient l'énergie emmagasinée dans les molécules organiques pour produire l'énergie nécessaire au fonctionnement des êtres vivants.

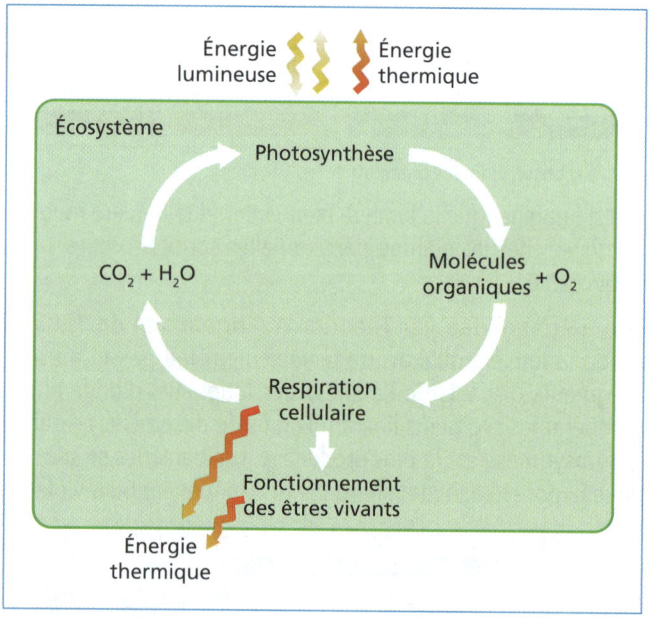

▲ Flux d'énergie et de matières dans un écosystème.

Zoom

L'**étude de gisements** permet d'obtenir des **indices** concernant l'origine des **combustibles fossiles**.
La présence de restes organiques (pollen, bois…) ou de fossiles, leur capacité à être brûlés montrent qu'ils sont issus d'une biomasse qui s'est transformée et fossilisée au cours des temps géologiques. Seule une très **faible proportion** de la matière organique produite peut échapper à l'**action des décomposeurs**. Brûler un combustible fossile, c'est en réalité utiliser une énergie solaire du passé piégée dans des roches depuis longtemps (plusieurs dizaines, voire centaines de millions d'années).

7 Diversité des ressources énergétiques

L'énergie solaire est à l'origine d'une grande diversité de ressources énergétiques qualifiées de renouvelables et de non renouvelables. **Comment les ressources énergétiques sont-elles générées à partir de l'énergie solaire ?**

1 Des énergies ayant pour origine le Soleil

A Des ressources énergétiques d'origine solaire

- **Les panneaux solaires** convertissent l'énergie solaire absorbée en **électricité** utilisable.
- **L'éolien.** L'énergie solaire est inégalement répartie à la surface du globe terrestre. Cela conduit à des mouvements de l'atmosphère. En surface, ces mouvements correspondent aux **vents**. Les éoliennes sont mises en mouvement par ces **flux d'air** et produisent de **l'électricité**.
- **L'hydrolien.** Les vents conduisent à la mise en mouvement des masses d'eau océaniques, les **courants océaniques**. Les hydroliennes convertissent ces **flux d'eau** en **électricité**.
- **L'hydraulique.** L'énergie solaire est le moteur du **cycle de l'eau**. Elle permet l'évaporation de l'eau au niveau des océans. Cette vapeur d'eau est déplacée par les vents au-dessus des continents où elle précipite sous forme de pluies. Les ruissellements d'eau sont canalisés dans les **barrages hydraulique**. Les **flux d'eau** mettent en mouvement des turbines et sont alors convertis en **électricité**.
- **Les combustibles fossiles.** Le Soleil permet la formation des combustibles fossiles (voir paragraphe 2) **source d'énergie thermique** principalement. Ces combustibles constituent un **stock d'énergie**.
- **La biomasse.** Le Soleil permet aussi la formation de la biomasse (voir paragraphe 3) **source d'énergie thermique**. Cette biomasse correspond à un **stock d'énergie**.

B Des énergies ayant des temps de formation différents

- Les différentes énergies évoquées ont des temps nécessaires à leur renouvellement différents.
- **Le Soleil est une source d'énergie gigantesque** qui est directement utilisable par les panneaux photovoltaïques ou indirectement dans les flux d'eau ou d'air. Le renouvellement de ces énergies est plus rapide que leur consommation par l'humanité. Ce sont des **énergies renouvelables** qui ne produisent pas de **gaz à effet de serre**.
- **La production de biomasse est rapide** mais nécessite du temps. Cette ressource énergétique est qualifiée de **renouvelable** dans la mesure où la vitesse de consommation par l'humanité n'excède pas celle de la production.

Énergies	Temps nécessaire au renouvellement
Photovoltaïque	Immédiat
Éolien	Immédiat
Hydrolien	Immédiat
Hydraulique	Immédiat
Combustibles fossiles	Quelques dizaines de millions d'années
Biomasse	De quelques mois à quelques années

▲ Temps de formation des différentes énergies

• **À l'échelle de l'humanité, les combustibles fossiles ne se renouvellent pas** rapidement. Ils constituent une **énergie non renouvelable**.

2 Les combustibles fossiles

A L'origine de ces combustibles

• **Les combustibles fossiles** sont les **charbons**, les **pétroles** et les **gaz** combustibles.

• **On trouve dans ces combustibles des indices d'une origine biologique.** Les charbons contiennent des **fossiles végétaux**. Les pétroles et gaz sont constitués de molécules dont la composition est proche des **molécules organiques**.

• **Les combustibles fossiles se sont formés à partir de la matière organique** produite par **photosynthèse**, il y a plusieurs dizaines à plusieurs centaines de millions d'années. La matière organique a été **conservée** et **transformée** lentement.

B L'utilisation de ces combustibles

• **L'utilisation des combustibles fossiles est incontournable** actuellement. Elle correspond encore à plus de la moitié des différentes énergies utilisées dans le monde.

• **Leurs utilisation est problématique d'un point de vue écologique.** En les utilisant, on restitue dans l'atmosphère des quantités importantes de gaz à effet de serre (CO_2 principalement) qui ont été piégés il y a très longtemps. C'est l'origine du réchauffement climatique actuel.

À noter
– L'utilisation des combustibles fossiles conduit à un épuisement de cette ressource.
– Le rejet de CO_2 est le problème majeur de l'utilisation de ces combustibles.

3 La biomasse source d'énergie

• **La biomasse est constituée de matière organique** utilisable comme source d'énergie.

• **La biomasse produite libère de l'énergie lors de sa combustion.** On utilise ainsi du bois, des granulés de bois.

• **Le bioéthanol provient de la fermentation de glucides** produits par les végétaux tels que la betterave à sucre, la canne à sucre. De l'alcool est obtenu qui est transformé en bioéthanol.

• **Le pouvoir calorifique** d'une matière combustible évalue la quantité d'énergie libérée lors de la combustion d'une même masse de matière. Il diffère selon les différentes biomasses.

Ressources énergies	Pouvoir calorifique ($MJ.kg^{-1}$)
Essence	47,3
Bioéthanol	29,7
Bûche de bois	14,6
Granulés de bois	17,6

▲ Pouvoir calorifique de différents combustibles

• **La biomasse utilisée comme source d'énergie est neutre** d'un point de vue climatique. Les rejets de CO_2 correspondent à du CO_2 qui a été prélevé pour la synthèse de cette biomasse. La situation est plus compliquée, pour fabriquer le bioéthanol, on utilise des combustibles fossiles source de CO_2.

• **La production de biomasse comme source énergétique entre en concurrence** avec la production de biomasse à destination de **l'alimentation**.

8 La forme de la Terre

La Terre est ronde alors que, localement, elle nous apparaît plane dans la plupart des expériences quotidiennes. Pourquoi la Terre est-elle ronde ? Comment peut-on la décrire ? **Comment a-t-on déterminé la longueur du méridien terrestre ?**

1 La forme de la Terre

La forme de la Terre est due à une force appelée **force gravitationnelle.** Cette force a permis à la matière de se rapprocher et de former la Terre primitive. Une fois la planète formée, le centre de la Terre attire la matière avec une force égale dans toutes les directions. Progressivement, la Terre prend alors sa forme : une **sphère.**

Rappel

Attraction gravitationnelle. Deux corps possédant une masse exercent l'un sur l'autre une action attractive, à distance, qui dépend de la masse des corps et de la distance qui les sépare.

2 Se repérer sur la Terre

• **Méridiens et parallèles.** Pour se situer sur la Terre, l'Homme a tracé des lignes imaginaires à sa surface : les méridiens et les parallèles.

Les **méridiens** sont des demi-cercles qui joignent les deux pôles. Le méridien de référence est le **méridien de Greenwich.**

Les **parallèles** sont des cercles imaginaires parallèles à l'équateur. L'**équateur** est le parallèle de référence.

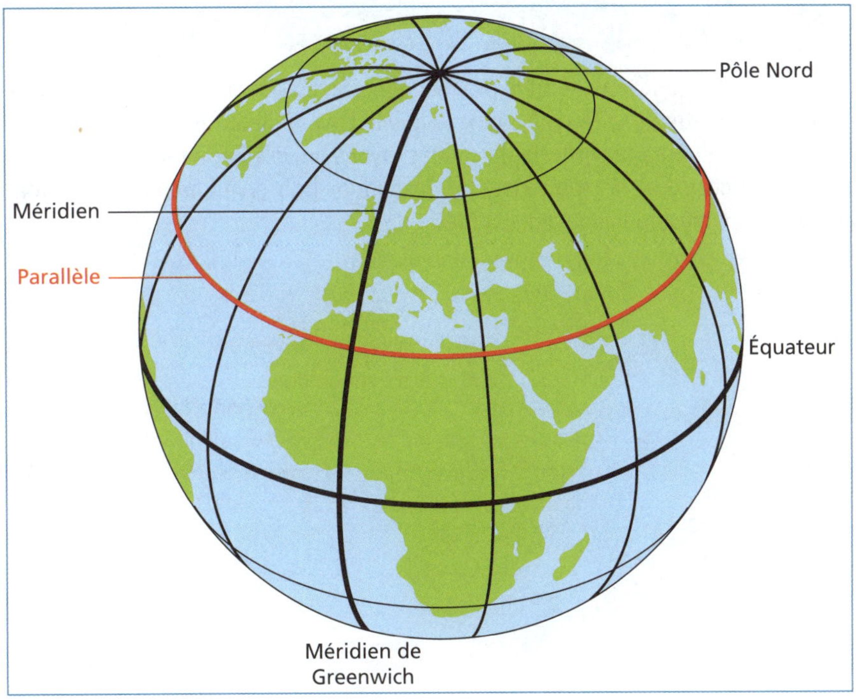

▲ Méridiens et parallèles.

• **Longitude et latitude.** Pour repérer un point à la surface de la Terre, on utilise ses **coordonnées géographiques** (ou coordonnées angulaires) : la longitude et la latitude.

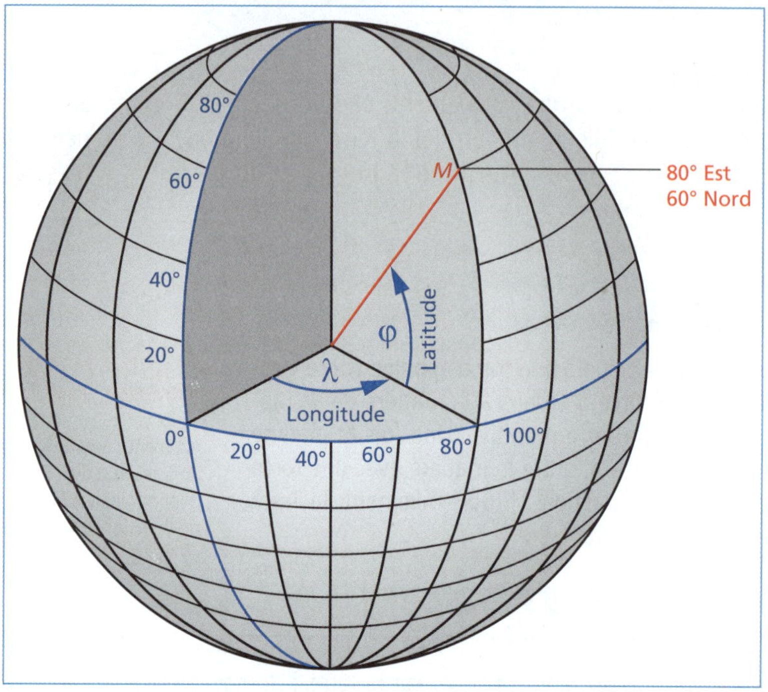

▲ Longitude et latitude.

La longitude λ est l'angle formé entre le méridien de référence (méridien de Greenwich) et le méridien du point *M*. Ici la longitude est 80° Est. **La latitude** φ est l'angle formé entre l'équateur et le parallèle du point *M*. Ici la latitude est 60° Nord.

3 La mesure du méridien par Ératosthène

• **L'expérience d'Ératosthène.** Il fut le premier à mesurer la longueur du méridien terrestre et à en déduire le diamètre de la Terre. À Syène (actuelle Égypte), il observa qu'au solstice d'été, à midi (lorsque le Soleil est à la verticale du sol) les rayons du Soleil éclairaient le fond d'un puits (ils sont donc verticaux). À la même date, à Alexandrie, il observa l'ombre d'un bâton planté verticalement et en mesura l'angle au sommet.

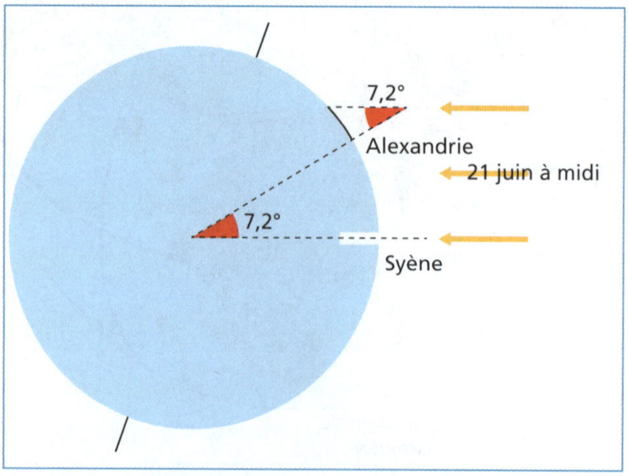

▲ Expérience d'Ératosthène à Syène et à Alexandrie, 200 av. J.-C.

• **Calcul.** En utilisant la propriété des **angles alternes-internes,** Ératosthène détermina l'angle séparant les deux villes : 7,2°. Cet angle correspond à 1/50e de la circonférence d'une sphère, donc de la Terre. Connaissant la distance séparant Syène et Alexandrie, deux villes situées sur le même méridien et distantes de 900 km, il en déduit la circonférence de la Terre. Il trouva, par cette méthode, une circonférence de 39 375 km.

4 La mesure du méridien par Delambre et Méchain

• **La triangulation.** En 1791, Jean-Baptiste Delambre et Pierre Méchain sont chargés par l'Académie des sciences de mesurer la longueur de l'arc de méridien entre Dunkerque et Barcelone. Pour cela, ils utilisent la méthode de la **triangulation**. Grâce à leurs mesures, la **valeur du mètre** a pu être fixée comme le dix millionième du quart du méridien terrestre.

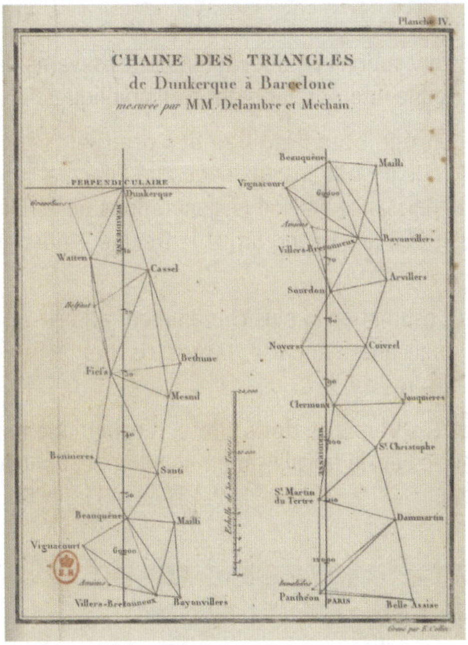

▲ Chaîne des triangles de Dunkerque à Barcelone.

• **Loi des sinus.** Si on connait la mesure de deux angles et la longueur d'un côté du triangle, alors on peut connaître la mesure du troisième angle et la longueur des deux autres cotés.

$$\frac{a}{\sin\widehat{A}} = \frac{b}{\sin\widehat{B}} = \frac{c}{\sin\widehat{C}}$$

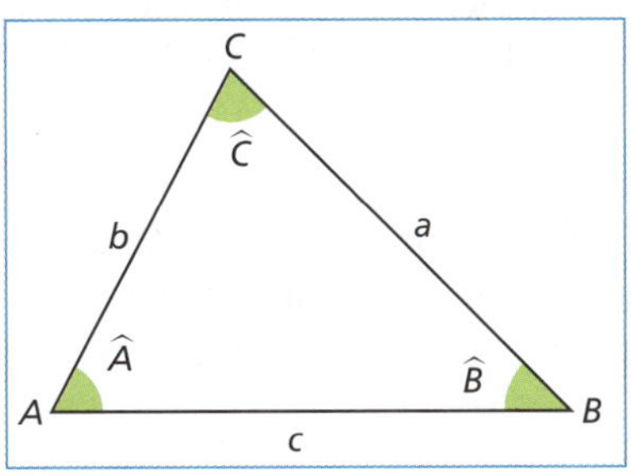

▲ La loi des sinus.

9 L'histoire de l'âge de la Terre

L'âge de la Terre sera estimé à 4 000 ans av. J.-C. au XVIe siècle, quelques dizaines de millions d'années à la fin du XIXe siècle, pour être déterminé aujourd'hui à 4,55 milliards d'années. **Comment les scientifiques ont-ils pu faire vieillir notre planète de plus de 4 milliards d'années en 400 ans ?** La réponse à cette question convoque à peu près toutes les sciences (mathématiques, physique, chimie, biologie, histoire…).

1 L'âge biblique

• Après avoir rejeté toute conception cyclique du temps, les savants de la Renaissance ont évalué l'âge de la Terre d'après une interprétation des récits bibliques.

• **La Bible contient une chronologie détaillée des premières générations :** Adam a vécu 930 ans, il enfanta Seth à l'âge de 130 ans, qui engendra Énoch à 105 ans, etc. Il est alors possible de déduire la date de naissance de Noé (7 générations après Enoch) : 1 056 ans après la Création. Comme Noé avait 600 ans quand arriva le Déluge, ce dernier est daté de 1 656 ans après la Création.

• À l'aide de ces données, l'estimation la plus couramment admise au début du XVIIe siècle était celle du chef de l'Église anglicane irlandaise, **James Ussher (1581-1656),** estimant que la **Terre s'était formée 4 004 ans av. J.-C.**

• **L'existence de différentes versions de la Bible,** ainsi qu'une meilleure connaissance des dynasties impériales chinoises et de la civilisation égyptienne, vont remettre progressivement en cause cette estimation.

2 Le début des temps modernes

• Depuis la seconde moitié du XVIIe siècle, **la stratigraphie** (étude des dépôts successifs de matériaux) permet de réaliser une **datation relative** des événements géologiques. Par exemple, elle permet de déduire la simultanéité ou l'antériorité d'une éruption volcanique avec la mise en place d'une couche sédimentaire.

• **Si l'on est capable de déterminer la vitesse à laquelle se forme un dépôt sédimentaire,** par exemple un millimètre d'argile, il est alors possible de déduire, par proportionnalité, le temps de dépôt d'une couche d'un mètre d'épaisseur d'argile. Le temps de dépôt est de 100 000 ans.

• **En étudiant l'épaisseur des couches sédimentaires dans les Alpes, Buffon (1707-1788)** aboutit à un âge estimé de la Terre entre plusieurs millions et plus d'un milliard d'années. Buffon n'osa pas publier ses résultats, ceux-ci venant heurter l'estimation issue de la Bible.

▲ Georges Louis Leclerc, (comte de) Buffon.

• **Buffon chercha à valider ses résultats** en les recoupant par une datation basée sur une autre méthode scientifique. Il fit l'hypothèse que la Terre était au départ une **sphère incandescente** qui ensuite s'est **refroidie**. Dans ses forges de Montbard, il chauffe des sphères de rayons différents, puis en mesure les temps de refroidissement. Il extrapole ses résultats à une sphère aux dimensions terrestres. Ses expériences lui inspirent des durées de l'ordre de 100 000 ans.

• **Les lois de diffusion de la chaleur** ont été établies par **Joseph Fourier (1768-1830)** quelques années après.

• **En s'appuyant sur les travaux de Buffon et de Fourier, lord Kelvin (1824-1907)** donne d'abord une fourchette de 20-400 millions d'années, puis la réduit à 20-40 millions en 1897 en datant l'âge du Soleil *« probablement inférieur à 100 millions d'années »*.

• **L'idée que les lois de la physique sont universelles,** applicables non seulement dans le présent, mais aussi dans le passé et le futur, peut sembler évidente aujourd'hui. Cela n'était pas de cas au XVIIIe siècle.

• **Kelvin jouissant d'une autorité immense,** cet âge de la Terre de quelques dizaines de millions d'années sera finalement accepté par une partie de la communauté scientifique. Même l'Église renoncera à son estimation de 4 004 ans établie par James Ussher.

▲ Lord Kelvin.

3 La controverse entre les géologues et les physiciens

• À la fin du XIXe siècle, la plupart des géologues estiment l'âge de la Terre à plusieurs milliards d'années. Pour **Charles Darwin (1809-1882),** cette estimation est plus vraisemblable que celle de Kelvin. **Pour rendre compte de l'évolution de la faune et de la flore,** quelques millions d'années ne se suffisent pas. Des couches géologiques de plusieurs dizaines de millions d'années ne contiennent pas de variations significatives dans l'évolution des fossiles qu'elles ont emprisonnés.

• **Thomas Henry Huxley (1825-1895),** scientifique britannique, dira pour défendre Darwin sur ce point : *« La mathématique peut se comparer à un moulin d'une facture exquise, qui peut moudre de la matière à n'importe quel degré de finesse. Cependant, ce que l'on en tire dépend de ce que l'on y a mis ; et de même que le meilleur moulin du monde n'extraira pas de la farine de blé de cosses de petits pois, ainsi des pages de formules ne fourniront pas un résultat fiable à partir de données imprécises. »* Aujourd'hui, nous connaissons l'origine de l'erreur commise par Kelvin : la Terre ne peut pas être considérée comme un solide homogène.

4 La radioactivité

• **En 1902, Ernest Rutherford (1871-1937) et Frederick Soddy (1877-1956)** établissent la notion de **période d'un élément radioactif**. Pour caractériser la radioactivité d'un élément, ils en mesurent l'activité, c'est-à-dire le nombre de désintégrations qu'il subit par unité de temps. Ils s'aperçoivent que le temps qu'il faut pour que l'activité d'un élément radioactif diminue de moitié est une constante qui ne dépend que du noyau étudié. Ce temps, appelé période T du noyau radioactif, est caractéristique : à chaque intervalle de temps T, la quantité de noyaux radioactifs restante est divisée par deux. Il en résulte que la radioactivité est exponentiellement décroissante.

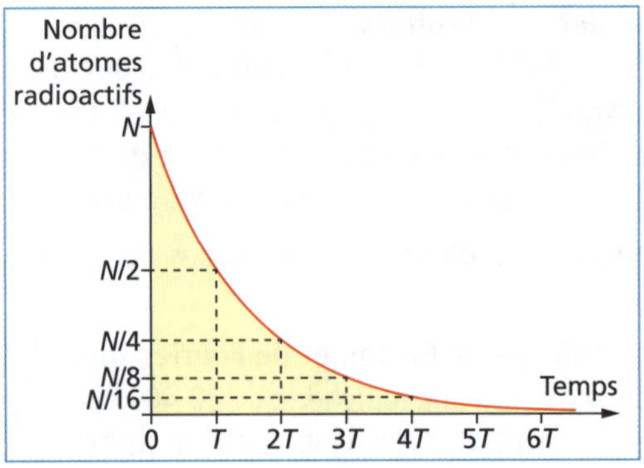

▲ Courbe de décroissance radioactive.

• **C'est cette régularité qui fait de la radioactivité une horloge.** On doit à Rutherford d'avoir exploité cette loi de décroissance pour la datation des roches. Il estime l'âge d'un granite à 497 millions d'années.

• **En 1938, Alfred Nier (1911-1994) propose une approche isotopique** de la datation radiométrique. Il mesure la composition isotopique du plomb (rapport ^{207}Pb / ^{206}Pb) et trouve, pour les plus vieux échantillons de roche, des âges de 2,5 Ga. À la même époque, l'astronome **Edwin Hubble** avait estimé l'âge de l'Univers entre 1,8 et 2 Ga, en utilisant l'**éloignement progressif des galaxies**.

À noter
Ga = milliard d'années.

• **Au début des années 1950, la spectrométrie de masse** a fait des progrès. **Clair Patterson (1922-1995)** procède à l'analyse de la composition isotopique des météorites et montre que la Terre et les météorites se sont formées à la même époque, il y a 4,55 Ga, à partir d'un même matériau. C'est donc l'âge de formation du système solaire. Cet âge sera confirmé par d'autres méthodes isotopiques. **L'âge de l'Univers sera réévalué par les astronomes et estimé à 14 Ga.**

5 Conclusion

Cette détermination de l'âge de la Terre est exemplaire du **tournant opéré dans le monde savant depuis la Renaissance**. Pour Ussher, la réponse se trouvait dans la Bible, source divine de vérité. La détermination scientifique de l'âge de la Terre a été réalisée en confrontant des données, des théories et des hypothèses. Loin d'une vision statique, la recherche scientifique est faite de **débats**, de **réfutations** et d'**évolutions**. Comme toute question scientifique complexe, elle a été résolue grâce à la participation de nombreux scientifiques : mathématiciens, physiciens, chimistes, biologistes et géologues.

10 La Terre dans l'Univers

D'un point de vue scientifique, l'Univers est l'ensemble de tout ce qui existe. **La place de la Terre dans l'Univers fut l'objet de nombreuses controverses scientifiques** au cours des siècles. Deux systèmes cosmologiques se sont affrontés : le géocentrisme et l'héliocentrisme.

1 Du géocentrisme à l'héliocentrisme

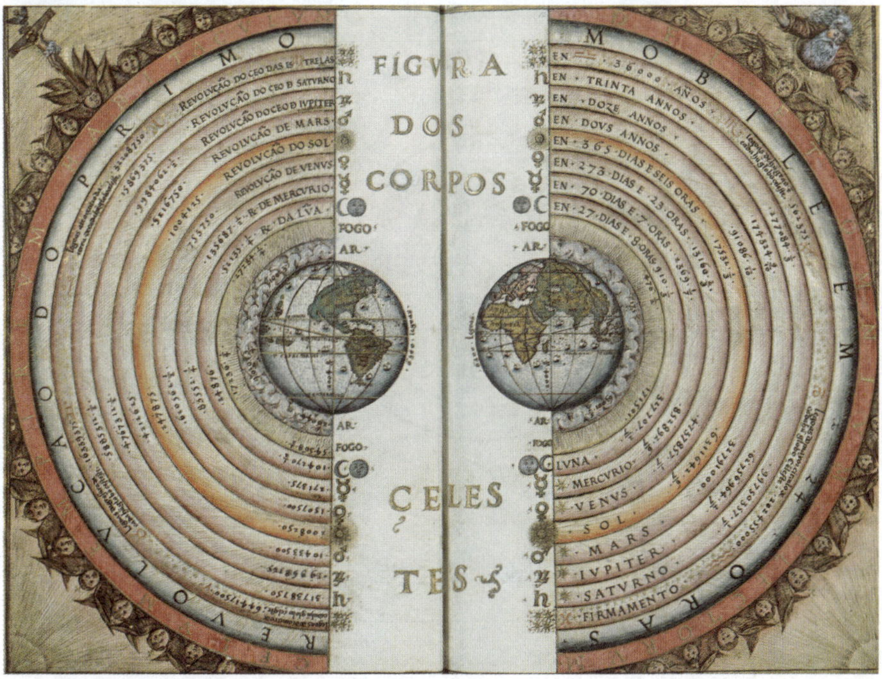

▲ Modèle géocentrique du système solaire de Ptolémée.

A Le modèle géocentrique

• **Le modèle géocentrique** date de l'Antiquité. Il est défendu par **Ptolémée** et par Aristote qui placent la Terre au centre de l'Univers. Dans ce système, la Terre est immobile. Les planètes et le Soleil tournent autour de la Terre sur des orbites circulaires parfaites. Le modèle géocentrique est autant une conception scientifique qu'une conception philosophique.

> **À noter**
> Dans le modèle géocentrique, l'alternance des jours et des nuits, ainsi que les saisons est due au **mouvement du Soleil** autour de la Terre.

• **Défauts du modèle.** Certains astres viennent mettre à mal ce modèle. En effet, l'observation astronomique montre que les planètes semblent faire des allers-retours sur leur trajectoire au fil des mois. Pour expliquer le mouvement de ces « astres errants », les Grecs imaginent les trajectoires des planètes comme des combinaisons de mouvements circulaires complexes.

B Le modèle héliocentrique

• **La théorie de Copernic.** Un nouveau modèle s'oppose à cette vision de l'Univers. Le **modèle héliocentrique,** défendu par **Copernic (1473-1543),** place alors le Soleil au centre de l'Univers. Les planètes (dont la Terre) tournent sur des orbites circulaires. La Terre tourne aussi sur elle-même. Entre la fin du XVIe siècle et le début de XVIIIe siècle, la controverse entre les deux modèles fait rage. L'héliocentrisme est même interdit par le dogme religieux. Il faudra attendre le milieu du XVIIIe siècle pour qu'il soit enfin accepté.

> **À noter**
> C'est l'astronome grec **Aristarque de Samos** qui, dès le IIIe siècle av. J.-C., imagine un système héliocentrique. Copernic s'en inspira pour développer son modèle.

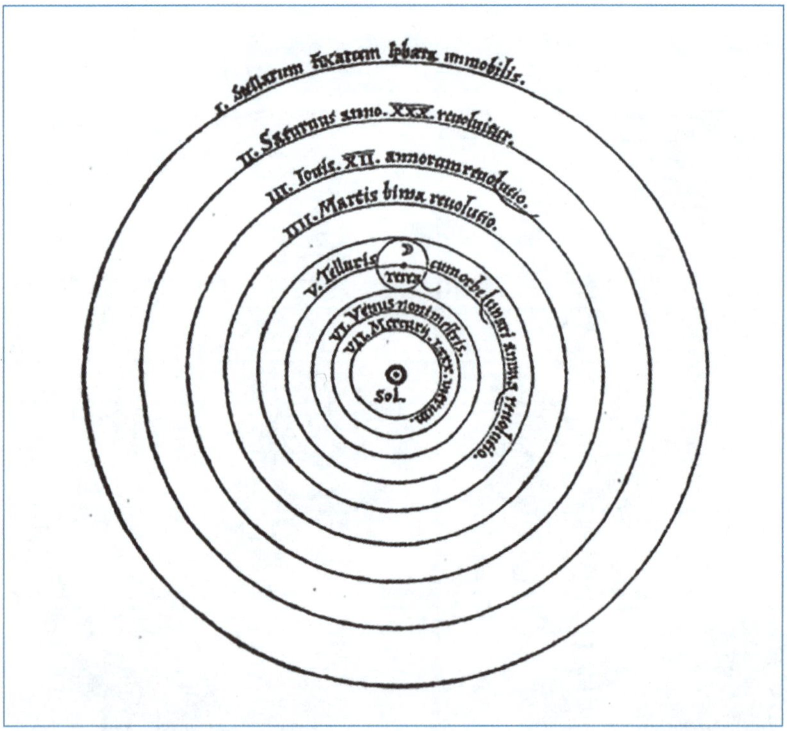

▲ Système héliocentrique de Copernic.

• **Découvertes ultérieures.** L'héliocentrisme sera encore réfuté par de nombreux scientifiques mais, grâce aux travaux de plusieurs autres, ce modèle théorique sera progressivement validé et affiné. Dès la fin du XVIe siècle, les observations de la Lune et des planètes par **Galilée** appuient le modèle héliocentrique. Au XVIIe siècle, les lois de **Kepler** permettent de décrire plus précisément les mouvements des planètes autour du Soleil : elles seront expliquées par la loi de gravitation de **Newton**. Et c'est à **Foucault** et son **pendule** que l'on doit la première expérience prouvant le mouvement de rotation de la Terre (XIXe siècle).

2 La notion de référentiel

• Pour décrire un mouvement, il faut d'abord définir l'objet par rapport auquel on va étudier le mouvement : c'est le **référentiel.**

• Pour étudier le mouvement des planètes, on se place dans le référentiel lié au centre du Soleil : c'est le **référentiel héliocentrique.**

▲ Référentiel héliocentrique.

• Pour étudier le mouvement des satellites de la Terre, on se place dans le référentiel lié au centre de la Terre : c'est le **référentiel géocentrique.**

▲ Référentiel géocentrique.

3 La Lune, satellite de la Terre

• **La Lune est le satellite de la Terre.** Dans le référentiel géocentrique, la Lune tourne autour de la Terre sur une orbite quasi circulaire de 384 000 kilomètres de rayon. Sa période de révolution est d'environ 27 jours.

À noter
La **période de rotation de la Lune** est égale à sa période de révolution. C'est pour cette raison que, vue de la Terre, la Lune nous présente toujours la même face.

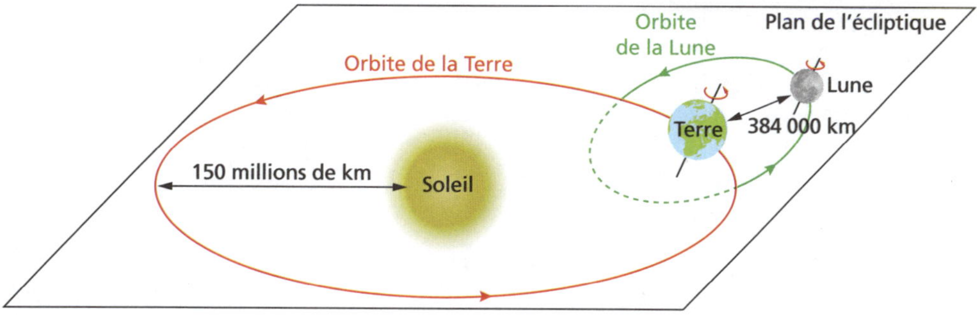

▲ Système Soleil-Terre-Lune.

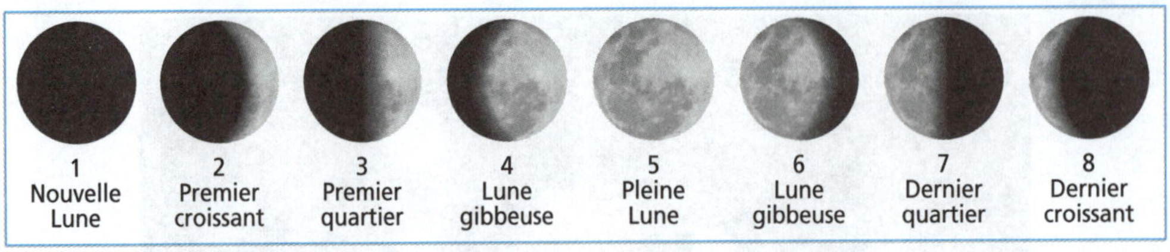

▲ Observation de la Lune vue de la Terre.

• Quelle que soit sa position autour de la Terre, la Lune est toujours à demi éclairée par le Soleil. Vue de la Terre, cette partie éclairée présente **différentes phases.**

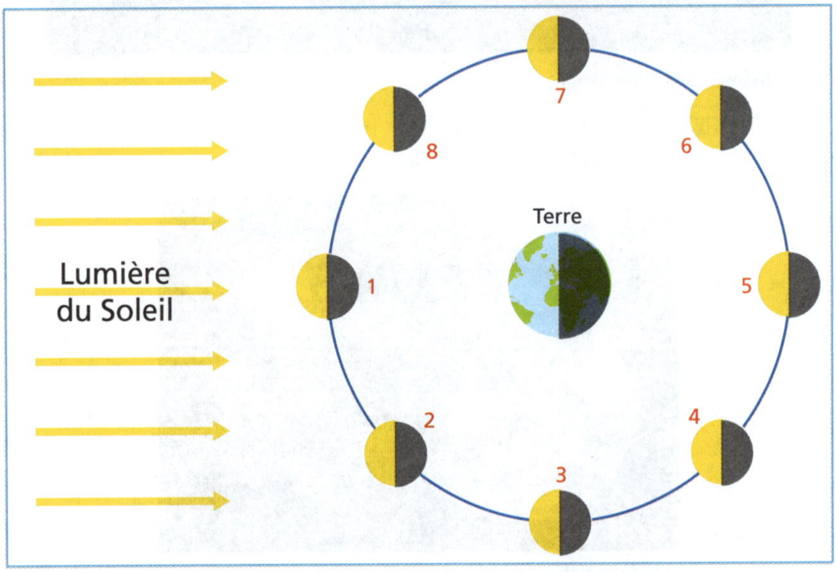

▲ Mouvement de la Lune autour de la Terre.

11 Le son, phénomène vibratoire

Un son est une onde produite par la vibration mécanique d'un objet (une corde de guitare, par exemple). L'onde sonore produite se propage alors dans un milieu matériel (air, eau…). Un son peut être **pur** ou **complexe.** Le niveau d'intensité sonore permet de déterminer si un son est **faible** ou **fort.**

1 Intensité et niveau d'intensité sonore

• **Intensité sonore.** La sensation auditive perçue par l'oreille humaine dépend de l'**intensité sonore *I*** du son émis. Celle-ci dépend de la puissance acoustique *P* du son ainsi que de la surface *S* du récepteur. L'intensité sonore s'obtient par la formule :

$$I = \frac{P}{S}$$

P en watt (W) ;
S en mètre carré (m^2) ;
I en $W.m^{-2}$.

• **Niveau d'intensité sonore.** La sensation auditive n'étant pas proportionnelle à l'intensité sonore, on définit alors une nouvelle grandeur permettant d'en rendre compte : le **niveau d'intensité sonore *L*.**

$$L = 10 \log \frac{I}{I_0}$$

I : intensité sonore ($W.m^{-2}$) ;
I_0 : seuil d'audibilité égal à 10^{-12} $W.m^{-2}$;
L : niveau d'intensité sonore en décibel (dB).

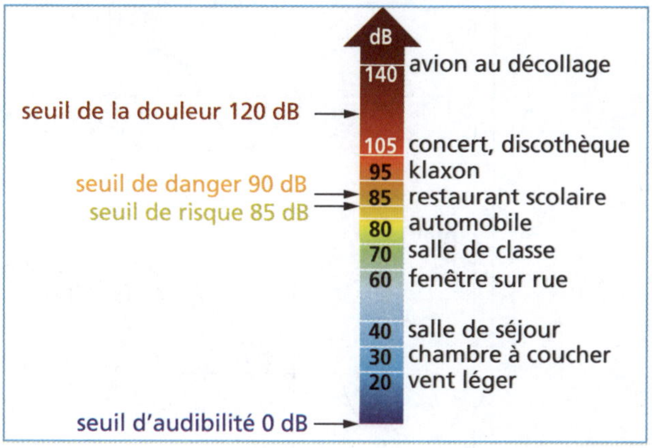

Échelle du bruit en dB. ▶

2 Son pur

Un son pur est caractérisé par une **onde sonore sinusoïdale.** C'est le cas d'un son émis par un diapason.

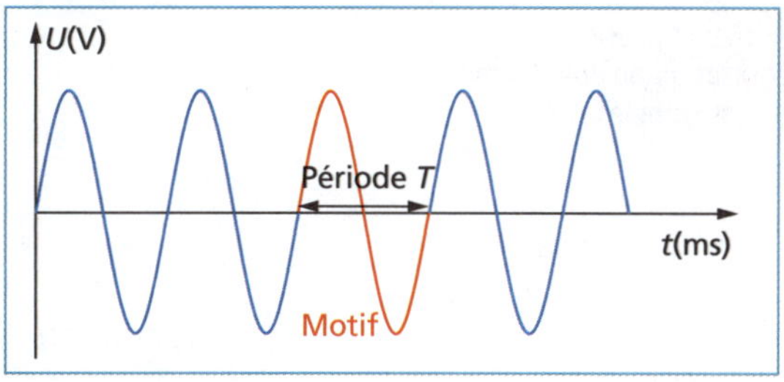

◀ Représentation temporelle d'un son pur.

Rappel
La **période temporelle *T*** d'une onde sonore sinusoïdale et sa fréquence *f* sont reliées par la formule :

$$\text{Hz} \rightarrow f = \frac{1}{T} \leftarrow \text{s}$$

3 Son composé

• **Un son composé est une onde sonore périodique.** Sur sa représentation temporelle, on distingue un motif qui se répète à intervalles de temps identiques. On appelle **fondamental** f_1 la fréquence de cette onde sonore.

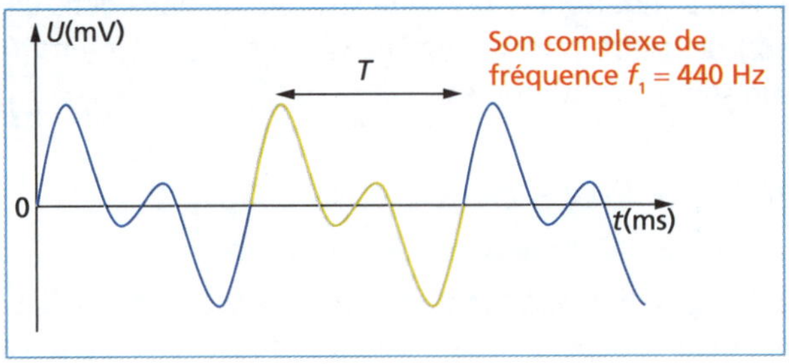

▲ Représentation temporelle d'un son complexe.

• **Décomposition d'un son complexe.** Un son complexe peut être décomposé en une somme de sons purs (ici, deux), appelés **harmoniques**. La fréquence de ces harmoniques est :

$$f_n = n \times f_1$$

f_n : fréquence de l'harmonique de rang n ;
f_1 : fréquence du son fondamental.

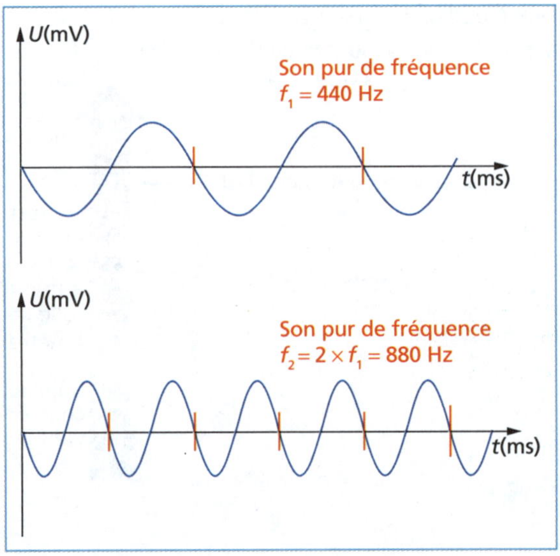

▲ Sons purs composant le son complexe ci-dessus.

À noter

C'est au mathématicien et physicien français **Joseph Fourier** qu'on doit l'étude des propriétés des sons complexes.

4 Analyse spectrale d'un son

Le diagramme en bâtons présentant l'amplitude relative du fondamental et des harmoniques est appelé **spectre d'un son.**

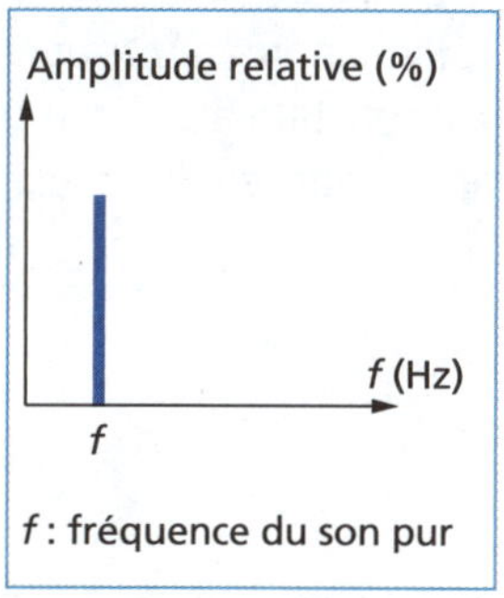

▲ Spectre d'un son pur.

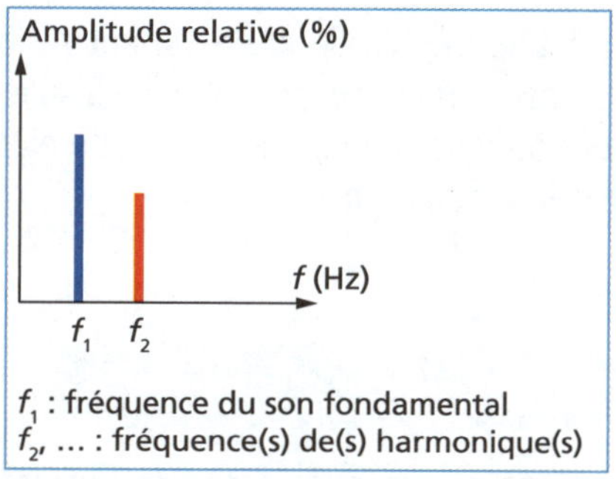

▲ Spectre d'un son composé.

À noter

Deux instruments différents jouant la même note produisent deux sons de même hauteur. La fréquence du son fondamental est donc la même. Les deux instruments n'ont pas le même timbre : leurs spectres sont donc différents.

5 Acoustique musicale

• **Instruments à cordes.** Lorsqu'on fait vibrer la corde d'un instrument à cordes, elle émet un son. La **fréquence fondamentale** du son émis ne dépend que des caractéristiques de la corde (sa longueur, sa tension, sa masse linéique).

• **Une harpe.** Les sons produits par les cordes d'une harpe varient selon la **longueur de la corde**. Les sons les plus aigus sont obtenus avec les cordes les plus courtes. La fréquence fondamentale du son produit par une corde augmente lorsque la longueur de la corde diminue.

▲ Harpe.

Zoom

Lorsqu'on souffle dans un **instrument à vent,** une colonne d'air entre en vibration. Pour modifier la hauteur du son (fréquence), on modifie la longueur de la colonne.

12 La musique ou l'art de faire entendre les nombres

En faisant vibrer une corde et en variant sa longueur, Pythagore montra que la fréquence est inversement proportionnelle à sa longueur. Il constata aussi que certaines associations de sons étaient agréables à l'oreille ; les rapports de leur longueur avaient alors une valeur déterminée.

1 De la fréquence à la note

• **Intervalle.** Chaque note jouée par un instrument de musique peut être identifiée par la fréquence fondamentale. On appelle **« intervalle »** l'écart de hauteur (fréquence) entre deux notes. Il s'obtient par le rapport des fréquences fondamentales des deux notes.

• **Octave.** Deux sons dont les fréquences sont dans le rapport 2 / 1 correspondent à la même note à deux hauteurs différentes. On appelle **« octave »** l'intervalle qui sépare deux notes dont les fréquences sont dans le rapport 2 / 1.

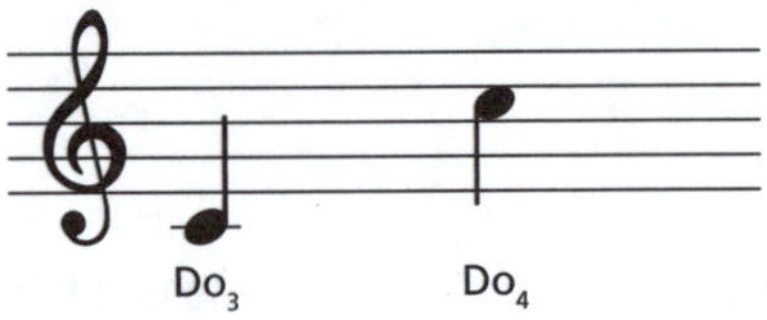

▲ Une octave.

Fréquence Do_3 : 261,63 Hz
Fréquence Do_4 : 523,26 Hz
Le Do_3 et le Do_4 sont séparés par une octave.

$$\frac{f_{Do4}}{f_{Do3}} = 2$$

2 Les gammes

Une **gamme** est une suite de notes réparties sur une octave et ayant entre elles des **propriétés de consonance**. La dernière note répétant la première à l'octave supérieure (pour une gamme ascendante) ou inférieure (pour une gamme descendante). Il existe plusieurs systèmes de gammes.

A Gamme de Pythagore

• **Sons consonants.** Dès l'Antiquité, la construction des gammes est basée sur des fractions simples (2 / 1, 3 / 2, 4 / 3). En effet, deux sons dont les fréquences sont dans des rapports simples sont agréables à l'oreille : ils sont consonants.

• **Les gammes naturelles, dites « de Pythagore »,** sont basées sur le cycle des **quintes**. La gamme est obtenue en prenant les quintes successives d'une note de départ. Les rapports de fréquence seront donc 3 / 2, $(3/2)^2$, $(3/2)^3$, $(3/2)^4$…

À noter
Deux sons de fréquences f_1 et f_2 sont à la **quinte** l'un de l'autre si le rapport de leur fréquence $f_2 / f_1 = 3 / 2$.

Cycle des quintes	Ramenée à l'octave	
Note de départ : **Do $_1$**	**Do$_1$**	
La quinte du Do$_1$ est le **Sol$_1$** : $f_{sol1} = 3/2 \times f_{Do1}$	soit $f_{Sol1} = 3/2 \times f_{Do1}$	**Sol$_1$**
La quinte du Sol$_1$ est le **Ré$_2$** : $f_{re2} = (3/2)^2 \times f_{Do1} = 9/4 \times f_{Do1}$	soit $f_{Re1} = f_{Re2}/2 = 9/8 \times f_{Do1}$	**Ré$_1$**
La quinte du Ré$_2$ est le **La$_2$** : $f_{la2} = (3/2)^3 \times f_{Do1} = 27/8 \times f_{Do1}$	soit $f_{La1} = f_{La2}/2 = 27/16 \times f_{Do1}$	**La$_1$**
La quinte du La$_2$ est le **Mi$_3$** : $f_{mi3} = (3/2)^4 \times {}_{Do1} = 81/16 \times f_{Do1}$	soit $f_{Mi1} = f_{Mi3}/4 = 81/64 \times f_{Do1}$	**Mi$_1$**
La quinte du Mi$_3$ est le **Si$_3$** : $f_{si3} = (3/2)^5 \times f_{Do1} = 243/32 \times f_{Do1}$	soit $f_{Si1} = f_{Si3}/4 = 243/128 \times f_{Do1}$	**Si$_1$**
L'octave du Do$_1$ est le **Do$_2$** : $f_{Do2} = 2/1 \times f_{Do1}$	**Do$_2$**	

▲ Gamme pythagoricienne basée sur un cycle de sept quintes successives, ramenées sur une seule octave.

Note	Do	Ré	Mi	Fa	Sol	La	Si	Do
Rapport	1	9 / 8	81 / 64	4 / 3	3 / 2	27 / 16	243 / 128	2

Le Fa, par exemple, s'obtient en prenant la quinte inférieure (descendante) au Do$_1$.

$f_{Do1} = 3/2 \times f_{Fa0}$ soit $f_{Fa0} = 2/3 \times f_{Do1}$ ramenée à l'octave : $f_{Fa1} = 4/3 \times f_{Do1}$

> **Zoom**
> Le Fa n'est obtenu d'après un cycle de 11 quintes successives. Il est possible de l'obtenir plus simplement en prenant une quinte descendante.

• **Dans une gamme naturelle, l'écart entre deux notes d'une octave n'est pas constant.** Cette variation peut provoquer des **dissonances.** Une nouvelle gamme a donc été créée afin de remédier à tous ces problèmes de dissonances et de modulation.

B Gamme tempérée

• **La gamme tempérée** est constituée de 12 notes séparées par des intervalles de temps égaux : un demi-ton.
Do – Do# – Ré – Ré# – Mi – Fa – Fa# – Sol – Sol# – La – La# – Si.

> **Zoom**
> Dans une **gamme tempérée,** l'écart entre deux notes d'une octave est constant.

▲ La gamme tempérée.

• **La gamme chromatique** est constituée de 12 demi-tons. Le rapport des fréquences entre deux demi-tons vaut donc $\varepsilon = \sqrt[12]{2}$.

$f_{Do3\#} / f_{Do3} = 277{,}18 / 261{,}63 = \sqrt[12]{2}$

$f_{Ré3} / f_{Do3\#} = 293{,}67 / 277{,}18 = \sqrt[12]{2}$

Dans cette échelle et sur une même octave, on détermine la fréquence d'une note par la formule :

$f_{note} = f_{Do(de\ l'octave)} \times (\sqrt[12]{2})^{\text{nombre de demi-tons séparant les deux notes}}$.

Par exemple, le Do$_3$ et le Mi$_3$ sont séparés par 4 demi-tons :

$f_{Mi3} = f_{Do3} \times (\sqrt[12]{2})^4 = 261{,}63 \times (\sqrt[12]{2})^4 = 329{,}63$ Hz.

> **À noter**
> $\varepsilon = \sqrt[12]{2} = 2^{1/12}$
> Ce rapport est un nombre irrationnel.

13 Le son, une information à coder

Le son produit par un instrument de musique peut être capté par un microphone. Pour numériser ce son et obtenir un fichier informatique, il faut passer d'un **signal analogique** à un **signal numérique.** Pour stocker ou envoyer le fichier obtenu, il est parfois nécessaire de le compresser.

1 Signal analogique et signal numérique

• **Le signal analogique est un ensemble continu d'informations.** Il peut prendre une infinité de valeurs. Lorsqu'un microphone capte un son, il apparaît une variation de tension à ses bornes.

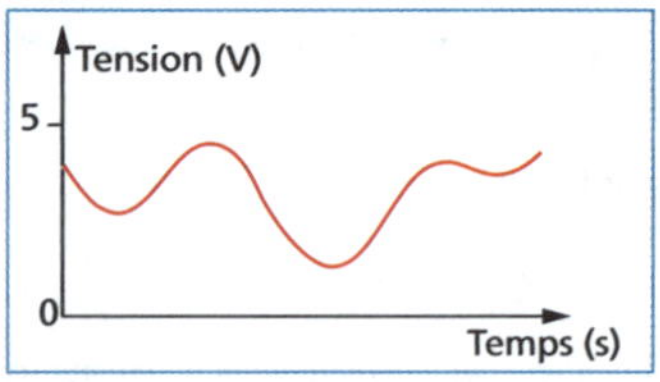

▲ Signal analogique.

• **Le signal numérique est un ensemble discontinu (discret) d'informations.** Il ne peut prendre que deux valeurs : 0 et 1.

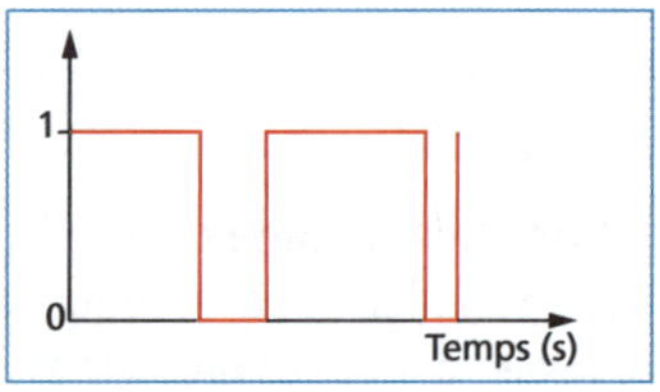

▲ Signal numérique.

2 Numériser un son

• **Passage d'un son analogique à un son numérique.** Pour numériser un son, on procède à la discrétisation du signal analogique. On transforme les **informations continues** dans le temps en **grandeurs discontinues,** qui varient par paliers. Cette opération s'effectue en plusieurs étapes.

> **À noter**
> Pour que la numérisation soit convenable, il faut que la fréquence d'échantillonnage soit au moins deux fois supérieure à la fréquence du son à numériser : c'est le **théorème de Shannon.**

• **L'échantillonnage** consiste à relever à intervalles de temps égaux T_e des échantillons du signal. On appelle **fréquence d'échantillonnage** f_e le nombre d'échantillons mesurés par seconde, avec $f_e = 1 / T_e$. L'échantillonnage couramment utilisé pour numériser un son est de 44,1 kHz car la fréquence maximale audible pour l'oreille humaine est de 20 kHz.

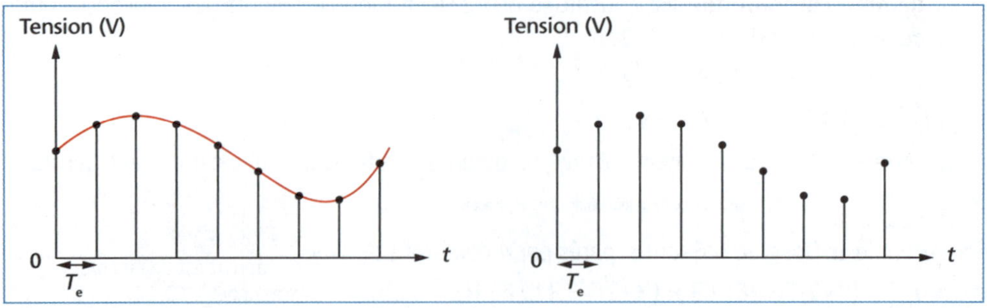

▲ Échantillonnage.

• **La quantification** consiste à **discrétiser l'amplitude du signal.** Chaque échantillon est alors associé à une valeur d'amplitude, exprimée en **bit.** Le bit est un chiffre binaire, il peut prendre la valeur 0 ou 1.

> **Zoom**
> Une quantification en n bits permet de traduire la valeur de l'amplitude de l'échantillon avec une précision de 2^n valeurs.

Une quantification en 2 bits, permet de décrire le signal avec 4 valeurs : 00 ; 01 ; 10 ; 11.
Une quantification en 3 bits est plus précise qu'une quantification en 2 bits car elle permet de décrire le signal avec 8 valeurs : 000 ; 001 ; 010 ; 011 ; 100 ; 101 ; 110 ; 111.

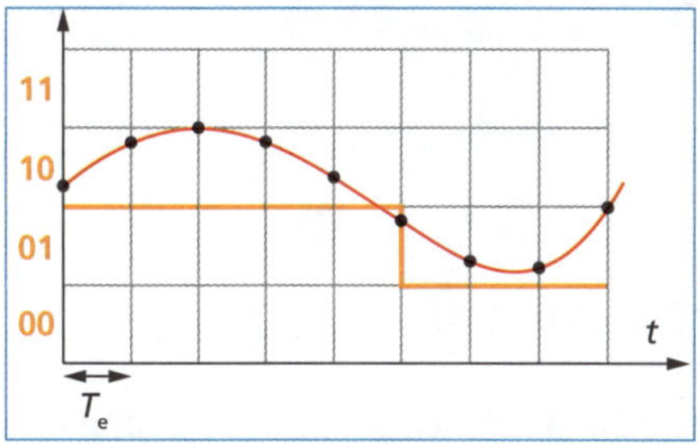

▲ Codage du 2 bits.

Signal numérisé
Signal analogique

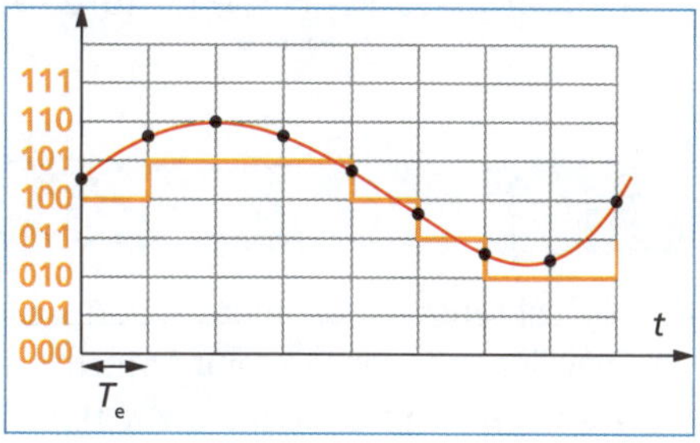

▲ Codage sur 3 bits.

• **La taille d'un fichier audio** varie selon la fréquence d'échantillonnage f_e, la quantification Q, le nombre de voies n (son mono : $n = 1$, son stéréo : $n = 2$) et sa durée t (seconde). Elle s'exprime en **octet** et s'obtient par la formule :

$$N = f_e \times \frac{Q}{8} \times n \times t$$

La taille d'un fichier son d'une minute numérisée en 44,1 kHz, 16 bits stéréo est :
$N = 44{,}1\ .\ 10^3 \times (16/8) \times 2 \times 60 = 10\ 584\ 000$ octets, soit 10 335 ko, soit environ 10,09 Mo.

> **À noter**
> **1 kilo-octet (ko)** = 1 024 octets.
> **1 mégaoctet (Mo)** = 1 024 ko.

3 Compresser un fichier son

• **Compresser un son** est un traitement numérique qui permet de **réduire la taille du fichier** en dégradant le moins possible la qualité du son à transmettre.

• **Le format** le plus couramment utilisé pour compresser un son est le **format mp3.**

Quantité de données traitées en kilobit par seconde kbps	Format	Ratio de compression	Taille du fichier	Qualité
1411,2	Wav	1 : 1	10,09 Mo	CD audio
192	Mp3	1 : 7	1,44 Mo	CD audio
128	Mp3	1 : 11	0,92 Mo	Proche CD audio
96	Mp3	1 : 15	689 ko	Moyenne
64	Mp3	1 :22	470 ko	Mauvaise

▲ Comparaison de la taille du fichier d'un son de 1 minute selon la nature du format et de la compression.

• **Le ratio ou quotient de compression Q** s'obtient par le rapport volume initial des données sur le volume après compression. Pour un son traité en 192 kbps : $Q = 10{,}09 / 1{,}44 \approx 7$.
Le fichier compressé est 7 fois plus petit que le fichier original.

14 Entendre la musique

L'air est le vecteur de la musique, du son. Au niveau d'une source sonore (instrument, enceinte…) l'air est comprimé, décomprimé. Cela génère des ondes sonores qui ne deviennent musique que grâce aux oreilles et au cerveau. **Comment oreilles et cerveau permettent-ils d'entendre la musique ?**

1 L'organisation de l'oreille

L'oreille est sensible aux ondes sonores. Elle est organisée en trois parties.

- Le pavillon et le canal auditif forment l'**oreille externe.**
- **L'oreille moyenne** est une cavité remplie d'air, limitée par deux membranes : le **tympan** vers l'extérieur et l'autre au niveau de la **fenêtre ovale.** Cette cavité contient **trois osselets** qui sont, dans l'ordre, de l'extérieur vers l'intérieur : le marteau, l'enclume et l'étrier.
- **L'oreille interne** et formée du **vestibule,** structure permettant le maintien de l'équilibre et de la **cochlée,** constituée de trois canaux enroulés, contenant les récepteurs de l'audition en lien avec le **nerf auditif.**

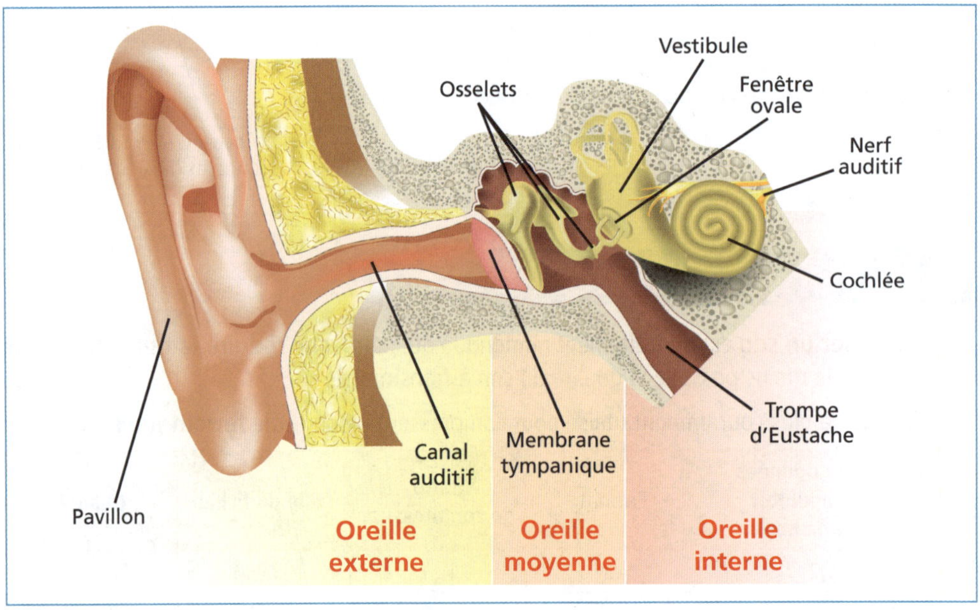

▲ Les trois parties de l'oreille.

2 De l'oreille au cerveau

A Rôles de l'oreille externe et de l'oreille moyenne

- **Le pavillon** a une forme qui permet de **canaliser les ondes sonores** vers le canal auditif puis vers le tympan. Ces ondes font alors vibrer le **tympan** qui entre en résonnance.

• **Cette résonnance** est transmise *via* les **trois osselets** de l'oreille moyenne vers la membrane de la **fenêtre ovale.** La présence des osselets et la taille plus petite de la fenêtre ovale amplifient les vibrations du tympan.

B Rôle de l'oreille interne

• **La cochlée** est un **labyrinthe creux** constitué de trois canaux en spirale contenant chacun un liquide : de la **lymphe**.

• **Au niveau du canal central,** appelé **conduit cochléaire,** on trouve une structure sensible aux vibrations, l'**organe de Corti,** constitué de cellules sensorielles ciliées, liées par des **cils vibratiles** à une structure rigide, la membrane de Corti. On dénombre environ **15 000 cellules ciliées.**

• **Les vibrations de la membrane** de la fenêtre ovale mettent en mouvement le liquide qui lui-même met en mouvement la membrane de Corti.

• **Les cils vibratiles** des cellules ciliées entrent alors en **résonnance.** Les cellules génèrent alors un message nerveux transmis par le **nerf auditif** vers le cerveau

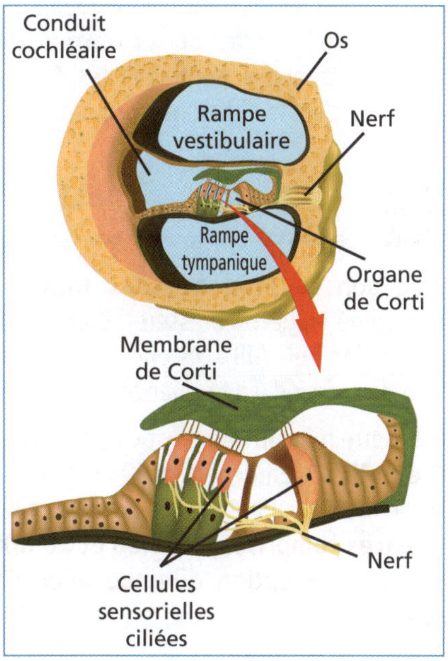

▲ L'organisation de la cochlée.

C Le rôle du cerveau

• **Les messages nerveux élaborés au niveau des cellules ciliées gagnent le cerveau.** Ces informations sont d'abord envoyées vers le **cortex auditif** sur la partie temporale du cerveau. Ce cortex est organisé en deux parties : le cortex primaire et le cortex secondaire, qui reçoivent des informations des deux oreilles.

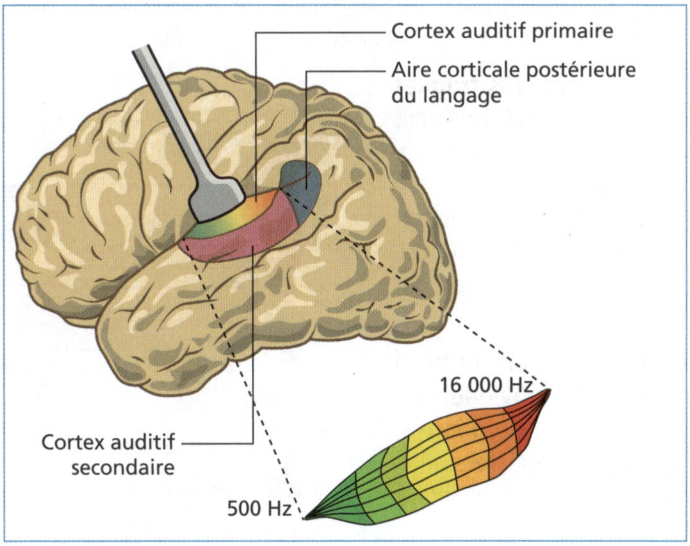

▲ Le cortex auditif.

• **Le cortex auditif primaire** est le **lieu d'un traitement simple des informations auditives,** comme la reconnaissance de la fréquence des sensations auditives.

• **Le cortex auditif secondaire** contient l'**aire du langage.** Il permet une compréhension des sons, de la parole.

• **L'imagerie médicale** permet de comprendre que les informations auditives sont aussi traitées dans d'autres zones du cerveau ayant des fonctions différentes. Si l'écoute fait appel à la mémoire, le cortex dit « **préfrontal** », vers l'avant du cerveau, et une structure profonde, l'« **hippocampe** », sont sollicités. Si le sujet parle en écoutant ou bien bat la mesure sur une musique, c'est le cortex **moteur,** en partie médiane, qui devient actif.

3 Ce que peut entendre l'oreille

• **Le son se propage sous forme d'ondes sonores.** Localement, l'air (ou l'eau) est comprimé(e), décompressé(e). L'amplitude de la variation de pression (ou **intensité**) est mesurée en **décibels** (dB). Les ondes sont caractérisées par la **fréquence** de la répétition de la variation de pression. La fréquence est exprimée en hertz (Hz).

• Un être humain jeune est capable d'entendre des sons dont l'intensité varie à peu près entre **0 et 120 dB.** En dehors de ces valeurs, l'oreille n'est pas sensible. Des sons de plus de 130 dB deviennent douloureux. Les mesures montrent que **l'oreille humaine est sensible à des fréquences comprises entre 20 et 20 000 Hz.**

• **Cette perception diminue avec l'âge** et elle dépend de **l'état de santé auditif** de l'individu.

4 La fragilité du système auditif

• **L'oreille est un dispositif fragile** qui, lorsqu'il est détérioré, diminue sa performance. Tous les éléments de ses différentes parties sont fragiles.

• **Le tympan peut être perforé** par des **infections**, telles les otites, ou bien des **bruits trop intenses,** comme une explosion. Le sujet n'entend plus, ou moins bien. Le tympan peut cicatriser seul. Dans certains cas, une chirurgie réparatrice peut être utile.

• **Les cellules ciliées sont très fragiles** face à des sons de **fortes intensités** émis pendant de **longues périodes.** Une exposition prolongée à des sons d'intensité supérieure à 80 dB conduit à une destruction définitive et non récupérable de cellules ciliées et donc à une diminution des capacités auditives.

• **Des mesures d'atténuation du bruit** ainsi que des **dispositifs individuels de protection** existent. Grâce aux **innovations technologiques**, les appareils auditifs et les dispositifs de protection individuelle ne cessent d'évoluer.

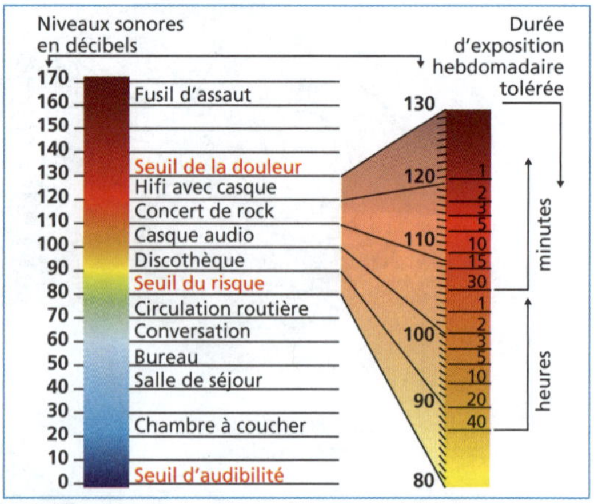

▲ Échelle du son et risque pour la santé.

1 Analyse de l'information chiffrée

1 Cardinal d'une population. Fréquence d'un caractère

A Définitions et notations

On considère une population d'individus E.
Sur cette population E, on étudie deux caractères « A » et « B ».

• Dans une population E :
– l'ensemble des individus qui possèdent le caractère « A » est noté A,
– l'ensemble des individus qui possèdent le caractère « B » est noté B.
Les ensembles A et B sont des sous-populations de E.

• On note :
Card(E) le nombre total d'individus de la population E. On lit : « cardinal de E ».
Card(A) le nombre d'individus de la population E qui possèdent le caractère « A ».
Card(B) le nombre d'individus de la population E qui possèdent le caractère « B ».

• Si le caractère « A » prend des valeurs numériques, on dit qu'il est quantitatif. Sinon, il est qualitatif.

• On note $\overline{A}$ l'ensemble des individus de E qui ne possèdent pas le caractère « A ».

B Propriété

Soit E une population. Soit A l'ensemble des individus de E qui possèdent le caractère « A » et $\overline{A}$ l'ensemble des individus de E qui ne possèdent pas le caractère « A ».

La fréquence du caractère « A » dans la population est le nombre : $f(A) = \dfrac{\text{Card}(A)}{\text{Card}(E)}$.

On a alors : $f(\overline{A}) = 1 - f(A)$.

Une fréquence peut s'exprimer sous forme d'une fraction, d'un nombre décimal ou d'un pourcentage.

2 Tableau croisé d'effectifs

Définitions

• Soient A une sous-population de E dont les individus possèdent le caractère « A » et B une sous population de E dont les individus possèdent le caractère « B ».
$A \cap B$ est l'ensemble des individus de E qui possèdent à la fois le caractère « A » et le caractère « B ».
$A \cup B$ est l'ensemble des individus de E qui possèdent le caractère « A » ou le caractère « B ».

• On peut dresser un tableau croisé d'effectifs des caractères « A » et « B » dans un tableau à double entrée.

Caractères	B	$\overline{B}$	Total
A	Card($A \cap B$)	Card($A \cap \overline{B}$)	Card(A)
$\overline{A}$	Card($\overline{A} \cap B$)	Card($\overline{A} \cap \overline{B}$)	Card($\overline{A}$)
Total	Card(B)	Card($\overline{B}$)	Card(E)

Exemple : Dans les classes de 1re, on a compté les élèves qui viennent au lycée en transports en commun et les élèves qui viennent par leurs propres moyens.
A est le caractère « Être un garçon » et B le caractère « Venir en transports en commun ».

Caractères	Transports en commun	Propres moyens	Total
Garçons	84	76	**160**
Filles	72	56	**128**
Total	**156**	**132**	**288**

On a alors : $\overline{A}$ est le caractère « Être est une fille ».
$\overline{B}$ est le caractère « Venir par ses propres moyens ».
Dans l'ensemble des classes, il y a 288 élèves. Donc : Card(E) = 288.
156 élèves viennent en transports en commun : Card(B) = 156.
132 élèves viennent par leurs propres moyens : Card($\overline{B}$) = 132.
Card($A \cap B$) = 84 signifie que 84 élèves sont des garçons et viennent en transports en commun.
Card($\overline{A} \cap B$) = 72 signifie que 72 élèves sont des filles et viennent en transports en commun.
Card($A \cap \overline{B}$) = 76 signifie que 76 élèves sont des garçons et viennent par leurs propres moyens.
Card($\overline{A} \cap \overline{B}$) = 56 signifie que 56 élèves sont des filles et viennent par leurs propres moyens.

3 Représentations graphiques

A Nuage de points

Lorsqu'une population possède deux caractères quantitatifs, il est parfois utile de représenter ces caractères par un nuage de points.

Taille *x*	1,82	1,72	1,68	1,77	1,65
Âge *y*	17	18	17	16	17
Taille *x*	1,78	1,64	1,76	1,78	1,65
Âge *y*	17	16	18	18	18

Exemple : Soit la taille *x* (en mètre) et l'âge *y* (en année) de 10 élèves d'un lycée.
On place dans un repère, les points de coordonnées (*x* ; *y*).

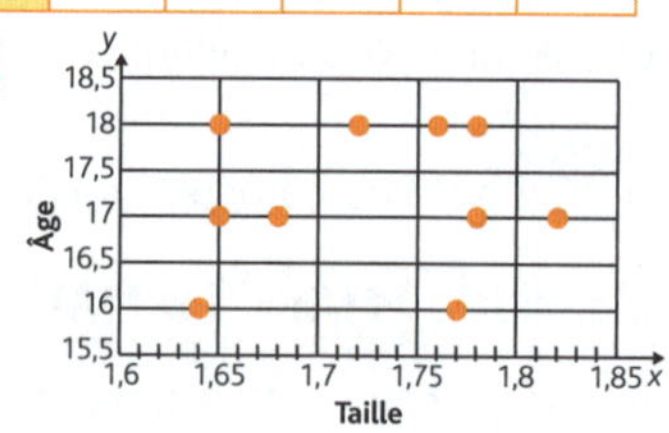

B Diagramme en barres

Pour comparer l'évolution de plusieurs caractères dans une population, il est parfois utile de représenter les caractères dans des diagrammes en barres empilées où apparaissent tous les caractères étudiés.

Exemple : Une caserne de pompiers étudie l'évolution du nombre d'hommes et de femmes engagés entre les années 2018 et 2023.
On représente ces deux caractères dans un diagramme en barres empilées.

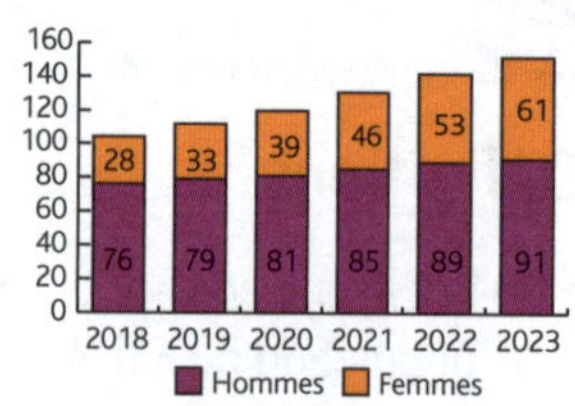

C Diagramme circulaire

Pour visualiser la répartition de caractères dans une population, on peut utiliser un diagramme circulaire.

Exemple : Lors d'une élection municipale, trois candidats se sont présentés.
Le candidat *A* a obtenu 960 voix, le candidat *B* a obtenu 768 voix et le candidat *C* a obtenu 348 voix.
En utilisant un tableur, on représente la répartition des voix obtenues par les différents candidats sous la forme d'un diagramme circulaire.
Les angles de chaque secteur angulaire sont proportionnels aux effectifs.

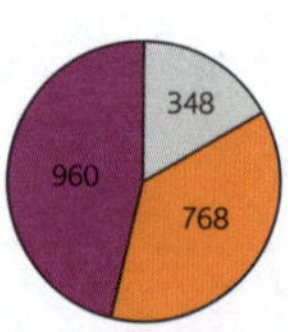

2 Probabilités conditionnelles

1 Fréquences conditionnelles

Définition

On considère une population E dont certains individus possèdent un caractère « A ».
Dans la sous-population A, on considère les individus qui possèdent un caractère « B ».
On appelle fréquence conditionnelle de B parmi A, notée $f_A(B)$ (se lit f de B parmi A), la fréquence du caractère « B » dans la sous-population A.

On a : $$f_A(B)=\frac{\text{Card}(A\cap B)}{\text{Card}(A)}.$$

Exemple : On considère la population des élèves d'un lycée et on s'intéresse aux élèves selon leur genre (fille ou garçon) et le régime scolaire qu'ils possèdent (interne, demi-pensionnaire, externe). Les résultats sont donnés dans le tableau suivant.

	Internes (I)	Demi-pensionnaires (DP)	Externes (Ex)	Total
Filles (F)	100	730	270	**1 100**
Garçons (G)	135	786	279	**1 200**
Total	**235**	**1 516**	**549**	**2 300**

La fréquence conditionnelle $f_G(I)=\frac{\text{Card}(I\cap G)}{\text{Card}(G)}=\frac{135}{1200}=0{,}1125$. Cela signifie que, parmi la sous-population de référence des garçons G (c'est la condition), 11,25 % sont internes.

La fréquence conditionnelle $f_{DP}(F)=\frac{\text{Card}(F\cap DP)}{\text{Card}(DP)}=\frac{730}{1516}\approx 0{,}4815$. Cela signifie que, parmi la sous-population de référence des élèves demi-pensionnaires DP (c'est la condition), environ 48,15 % sont des filles.

Remarque :
Dans le tableau ci-dessus, les lignes et colonnes intitulées « Total » s'appellent les marges du tableau.

2 Fréquences marginales

Définition

On considère une population E dont certains individus possèdent les caractères « A » et « B ».
On suppose qu'on connaît le tableau croisé d'effectifs des caractères « A » et « B » auquel on ajoute les marges (ligne et colonne «Total »).
On appelle fréquence marginale, le quotient de la somme des effectifs d'une ligne (ou d'une colonne) du tableau par l'effectif total.

Exemple : On considère la population des élèves d'un lycée et on s'intéresse aux élèves selon leur genre (fille ou garçon) et le régime scolaire qu'ils possèdent (interne, demi-pensionnaire, externe).

Les résultats sont donnés dans le tableau suivant.

	Internes (I)	Demi-pensionnaires (DP)	Externes (E)	Total
Filles (F)	100	730	270	**1 100**
Garçons (G)	135	786	279	**1 200**
Total	**235**	**1 516**	**549**	**2 300**

La fréquence marginale des filles est le nombre : $\frac{1100}{2\,300} \approx 0{,}478$.

Cela signifie que les filles représentent environ 47,8 % de la population du lycée.

La fréquence marginale des internes est le nombre : $\frac{235}{2\,300} \approx 0{,}102$.

Cela signifie que les internes représentent environ 10,2 % de la population du lycée.
On peut parfois construire le tableau des fréquences marginales :

	Internes (I)	Demi-pensionnaires (DP)	Externes (E)	Fréquences marginales en %
Filles (F)	100	730	270	≈ 47,8
Garçons (G)	135	786	279	≈ 52,2
Fréquences marginales en %	≈ 10,2	≈ 65,9	≈ 23,9	100

Remarque : La somme des fréquences marginales en ligne et la somme des fréquences marginales en colonne sont, chacune, égales à 100 %.

Flashez et retrouvez la totalité des cours ici :

- Probabilité de A sachant B
- Utiliser un arbre pondéré
- Modéliser par un arbre pondéré
- Évènements indépendants
- Succession d'épreuves indépendantes

3 Modèles linéaires

1 Fonctions affines

A Définition d'une fonction affine

Une fonction affine f est une fonction définie pour tout nombre réel x par la relation :

$$f(x) = mx + p \text{, où } m \text{ et } p \text{ sont des réels fixés.}$$

On dit que la fonction f est définie sur $\mathbb{R}$, l'ensemble des nombres réels.

- Si $p = 0$, alors la relation devient $f(x) = mx$. La fonction f est une fonction linéaire.
- Si $m = 0$, alors la relation devient $f(x) = p$. La fonction f est une fonction constante.

B Représentation graphique d'une fonction affine

Propriété

La représentation graphique d'une fonction affine est une droite.

Remarques :

- Lorsque la fonction est **linéaire**, elle est représentée par une droite passant par l'origine du repère.
- Lorsque la fonction est **constante**, elle est représentée par une droite parallèle à l'axe des abscisses.

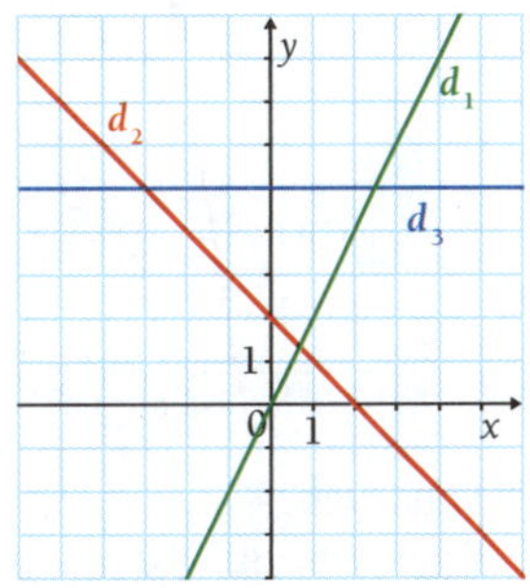

C Coefficient directeur

Si $f(x) = mx + p$, alors m est le coefficient directeur (appelé aussi « pente ») de la droite représentative de f, et p est l'ordonnée à l'origine.

Propriété : Soient f une fonction affine définie par $f(x) = mx + p$ et d la droite qui la représente dans un repère. Soient $A(x_A\,;\,y_A)$ et $B(x_B\,;\,y_B)$ deux points quelconques de d.

- $m = \dfrac{f(x_B) - f(x_A)}{x_B - x_A} = \dfrac{y_B - y_A}{x_B - x_A} = \dfrac{y_A - y_B}{x_A - x_B}$. Lorsque $x_B - x_A = 1$, alors $y_B - y_A = m$.
- p est l'image de 0 par la fonction f, c'est donc l'ordonnée du point d'intersection de la droite représentative de f avec l'axe des ordonnées.

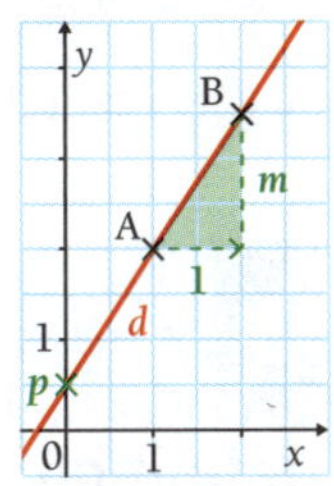

2 Sens de variation des fonctions affines

A Définition

On considère une fonction affine f définie sur $\mathbb{R}$ et I un intervalle de $\mathbb{R}$.

- On dit que f est croissante sur I lorsque,

pour tous réels a et b de I tels que $\boldsymbol{a \leqslant b}$, on a : $\boldsymbol{f(a) \leqslant f(b)}$.

f conserve l'ordre : quand les valeurs de x augmentent, les valeurs de $f(x)$ augmentent également.

- On dit que f est décroissante sur I lorsque,
pour tous réels a et b de I tels que $\boldsymbol{a \leqslant b}$, on a : $\boldsymbol{f(a) \geqslant f(b)}$.

f inverse l'ordre : quand les valeurs de x augmentent, les valeurs de $f(x)$ diminuent.

B Propriété

Soit f une fonction affine définie pour tout réel x par $f(x) = mx + p$.

- Si m est positif : quand les valeurs de x augmentent, les valeurs de $f(x)$ augmentent également. La fonction affine f est croissante sur $\mathbb{R}$.
- Si m est négatif : quand les valeurs de x augmentent, les valeurs de $f(x)$ diminuent. La fonction f est décroissante sur $\mathbb{R}$.

• $m > 0$
$f(x) = 5{,}5x - 3$

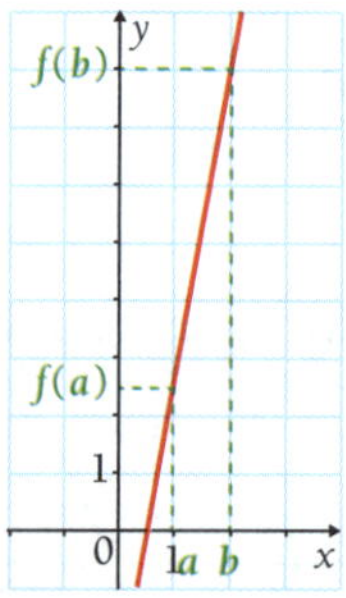

• $m < 0$
$g(x) = 3 - 2x$

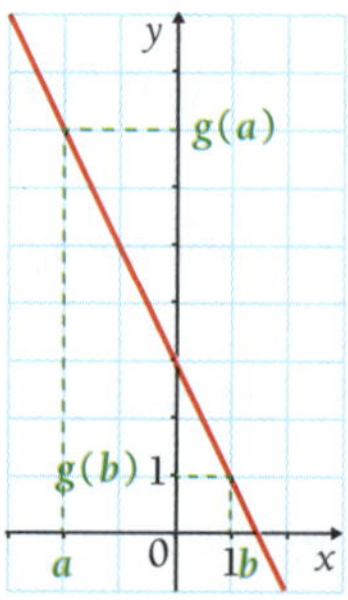

• $m = 0$
$h(x) = 2{,}5$

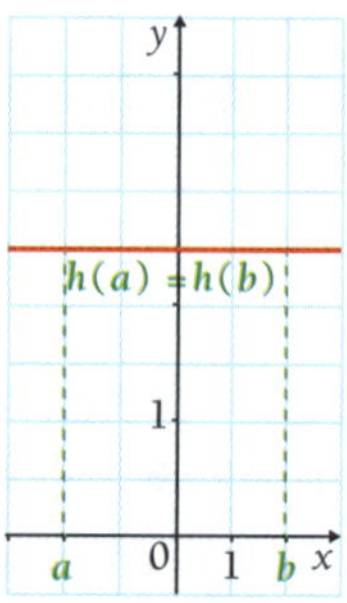

Remarques :

- Cas particulier : si $m = 0$, quelle que soit la valeur de x, $f(x)$ est égal à un même nombre. La fonction f est constante sur $\mathbb{R}$ (elle est à la fois croissante et décroissante).
- Lorsqu'on connaît deux réels différents a et b et leurs images par une fonction affine f, le signe du coefficient directeur $m = \dfrac{f(b) - f(a)}{b - a}$ donne le sens de variation de f.

3 Suite arithmétique définie par une relation de récurrence

Définition

Soit u une suite numérique.
On dit que u est une suite arithmétique s'il existe un nombre réel r tel que, pour tout entier naturel n, on a : $\boldsymbol{u(n+1) = u(n) + r}$ **ou** $\boldsymbol{u_{n+1} = u_n + r}$.

- $u(n+1) = u(n) + r$ ou $u_{n+1} = u_n + r$ est la relation de récurrence de la suite arithmétique.
- Le nombre r est la raison de la suite arithmétique.

Exemple : Soit u la suite définie par $u(0) = -5$ et pour tout entier naturel n par $u(n+1) = u(n) + 4$.
u est une suite arithmétique de premier terme $u(0) = -5$ et de raison $r = 4$.

Remarque : On passe toujours d'un terme à son suivant en ajoutant la raison r :

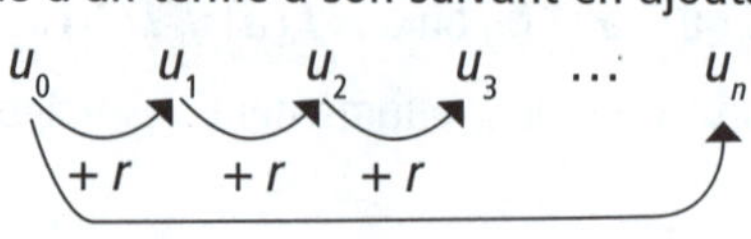

4 Suite arithmétique définie par une formule explicite

A Propriété 1

$(u(n))$ est une suite arithmétique de raison r et de premier terme $u(0)$ si et seulement si, pour tout entier naturel n, on a : $\boldsymbol{u(n)=u(0)+nr}$ ou $\boldsymbol{u_n=u_0+nr}$.

$u(n)=u(0)+nr$ ou $u_n=u_0+nr$ est appelée forme explicite de la suite arithmétique.
On dit alors que l'on a exprimé le terme général $u(n)$ en fonction de n.

Exemple : La suite u définie pour tout entier naturel n par $u(n)=7+3n$ est une suite arithmétique de raison $r=3$ et de premier terme $u(0)=7+3\times0=7$.

Remarque : Lorsqu'une suite arithmétique est définie par sa formule explicite, on peut calculer n'importe quel terme de rang n en remplaçant l'entier n par le rang souhaité.

Exemple : La suite u définie pour tout entier naturel n par $u(n)=7+3n$.
Pour calculer le terme de rang 4, on remplace n par 4 dans la formule :

$$u(4)=7+3\times4=7+12=19.$$

B Propriété 2

Soit u une suite arithmétique de raison r et u_p un terme de rang p, avec p entier naturel.
Pour tout entier naturel $n\geqslant p$, on a :

$$\boldsymbol{u(n)=u(p)+(n-p)r} \quad \text{ou} \quad \boldsymbol{u_n=u_p+(n-p)r}.$$

5 Variation des suites arithmétiques

A Définitions : suites croissantes ou décroissantes

Soit $u : n \mapsto u(n)$ une suite définie pour tout entier naturel n.

- Quand les valeurs de n augmentent, si les valeurs de $u(n)$, notées u_n, augmentent aussi, on dit que la suite u est croissante. On a alors $u(n+1)\geqslant u(n)$ pour tout entier naturel n.
- Quand les valeurs de n augmentent, si les valeurs de $u(n)$ notées u_n, diminuent, on dit que la suite u est décroissante. On a alors $u(n+1)\leqslant u(n)$ pour tout entier naturel n.

B Variation des suites arithmétiques

Propriété

Soit u une suite arithmétique de premier terme $u(0)$ et de raison r.
On a alors $u(n+1)=u(n)+r$, ce qui s'écrit aussi $u_{n+1}=u_n+r$.

- Si r est positif, alors u est croissante.
- Si r est négatif, alors u est décroissante.

Remarque : Si $r=0$, alors la suite u est constante (à la fois croissante et décroissante).

C Interprétation graphique

On considère une suite arithmétique de premier terme $u(0)$ et de raison r. Pour tout entier naturel n, $u(n)=u(0)+nr$.
Les points $(n\,;u(n))$ représentant la suite appartiennent à la droite d'équation $y=rx+u(0)$.
La suite u et la fonction affine f définie sur $\mathbb{R}$ par $f(x)=rx+u(0)$ ont le même sens de variation.

• Si $r \geqslant 0$:

La suite u est croissante.

Pour tout entier naturel n, $u(n+1) \geqslant u(n)$, ce qui s'écrit aussi $u_{n+1} \geqslant u_n$.

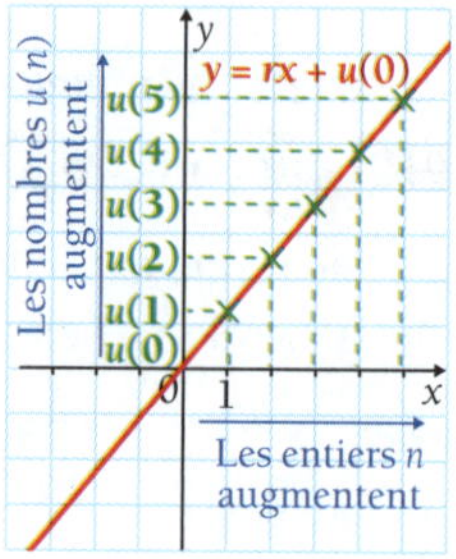

• Si $r \leqslant 0$:

La suite u est décroissante.

Pour tout entier naturel n, $u(n+1) \leqslant u(n)$, ce qui s'écrit aussi $u_{n+1} \leqslant u_n$.

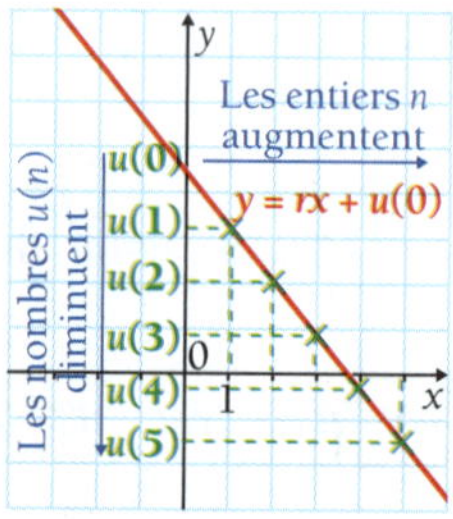

• Cas particulier : Si $r = 0$, la suite est constante.

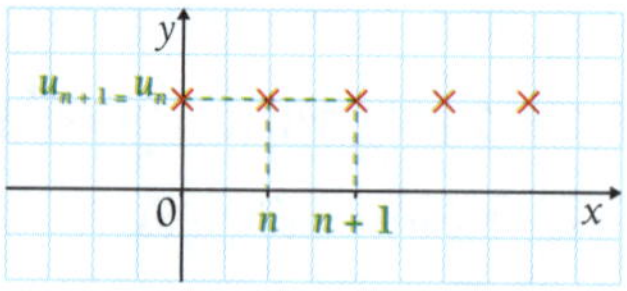

Flashez et retrouvez la totalité des cours ici :

- Modéliser par une fonction affine
- Suites numériques
- Représentation graphique d'une suite arithmétique
- Calculer les termes d'une suite arithmétique avec un tableur
- Modéliser par une suite arithmétique
- Déterminer un seuil

4 Modèles exponentiels

1 Suite géométrique définie par une relation de récurrence

Définition

Soit q un nombre réel strictement positif.
Une suite (u_n) est une suite géométrique si et seulement si, pour tout entier naturel n :

$$u_{n+1} = q \times u_n .$$

q est appelée la raison de la suite géométrique (u_n).
$u_{n+1} = q \times u_n$ s'appelle la relation de récurrence de la suite géométrique (u_n).

Remarque : On passe toujours d'un terme à son suivant en multipliant par la raison q :

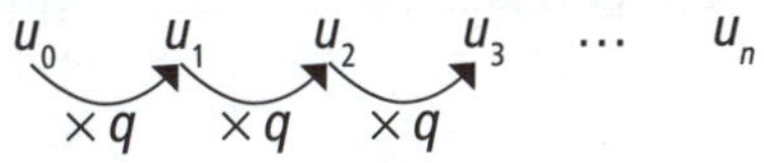

Pour calculer les termes de la suite (u_n), on doit les calculer les uns après les autres : u_1 puis u_2, puis u_3, etc.

Exemples :

- On considère la suite (u_n) définie par $u_0 = 5$ et pour tout entier naturel n par :

$$u_{n+1} = 1{,}5 \times u_n.$$

La suite (u_n) est une suite géométrique de premier terme $u_0 = 5$ et de raison $q = 1{,}5$.
On a alors : $u_1 = 1{,}5 \times u_0 = 1{,}5 \times 5 = 7{,}5$; $u_2 = 1{,}5 \times u_1 = 1{,}5 \times 7{,}5 = 11{,}25$.

- La suite (v_n) de premier terme $v_0 = 8$ et de raison $q = 0{,}2$ a pour relation de récurrence : pour tout entier naturel n, $v_{n+1} = 0{,}2v_n$.

On a alors : $v_1 = 0{,}2 \times v_0 = 0{,}2 \times 8 = 1{,}6$; $v_2 = 0{,}2 \times v_1 = 0{,}2 \times 1{,}6 = 0{,}32$.

2 Suite géométrique définie par une formule explicite

A Propriété 1

(u_n) est la suite géométrique de premier terme $u_0 > 0$ et de raison $q > 0$ si et seulement si, pour tout entier naturel n, on a $u_n = u_0 \times q^n$.
$u_n = u_0 \times q^n$ s'appelle la formule explicite de la suite (u_n).

Remarque : Lorsqu'une suite géométrique est définie par sa formule explicite, on peut calculer n'importe quel terme de rang n en remplaçant l'entier n par le rang souhaité.

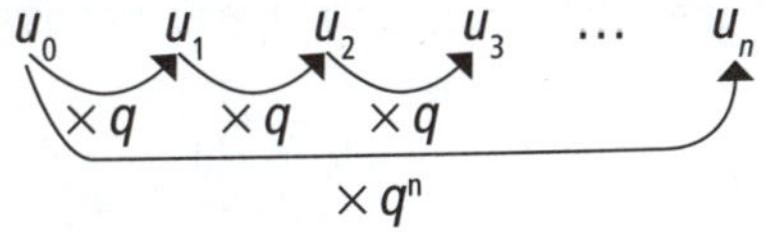

Exemple : On considère la suite géométrique (u_n) de premier terme $u_0 = 4$ et de raison $q = 0{,}6$.
La formule explicite de la suite est : $u_n = 4 \times 0{,}6^n$.
Le terme de rang 5 est $u_5 = 4 \times 0{,}6^5 = 0{,}311\,04$.

MATHS

B Propriété 2

Soit (u_n) une suite géométrique de raison $q > 0$. Soit p un entier naturel.
Pour tout entier naturel $n \geqslant p$, on a $u_n = u_p \times q^{n-p}$.

Exemple : On considère la suite géométrique (u_n) telle que $u_6 = 2$ et de raison $q = 1,5$.
On a alors $u_9 = u_6 \times q^{9-6} = 2 \times 1,5^3 = 6,75$.

3 Variation des suites géométriques

Sens de variation des suites géométriques

Propriété

Soit (u_n) une suite géométrique de premier terme $u_0 > 0$ et de raison $q > 0$.

- Si $0 < q < 1$, alors la suite (u_n) est strictement décroissante.
Lorsque les valeurs de n augmentent, les valeurs de u_n diminuent.

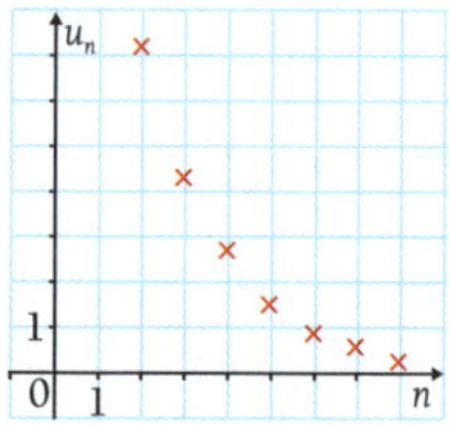

- Si $q = 1$, alors la suite (u_n) est constante.

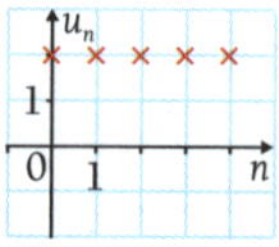

- Si $q > 1$, alors la suite (u_n) est strictement croissante.
Lorsque les valeurs de n augmentent, les valeurs de u_n augmentent.

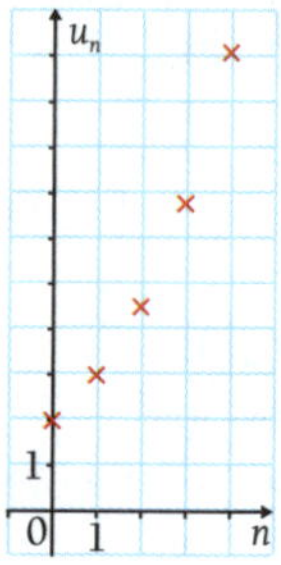

4 Représentation des suites géométriques

A Représentation graphique d'une suite géométrique

Propriété

On considère une suite géométrique (u_n) de premier terme $u_0 > 0$ et de raison $q > 0$.
Pour tout entier naturel n :

$$u_n = u_0 q^n.$$

Une suite géométrique (u_n) se représente dans un repère, par un nuage de points de coordonnées $(n ; u_n)$.

Remarque : Une suite géométrique a une croissance appelée croissance exponentielle.

Exemples :

- $u_0 = 2,5$ et $q = 0,8$
Pour $n = 0$ les coordonnées sont (0 ; 2,5).
Pour $n = 1$ les coordonnées sont (1 ; 2), etc.

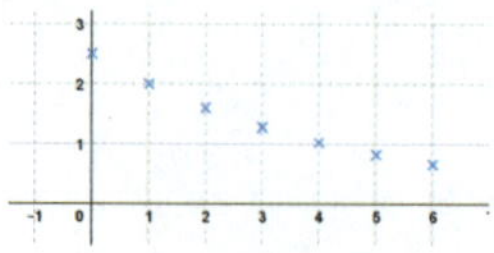

- $u_0 = 0,5$ et $q = 1,4$
Pour $n = 0$ les coordonnées sont (0 ; 0,5).
Pour $n = 1$ les coordonnées sont (1 ; 0,7), etc.

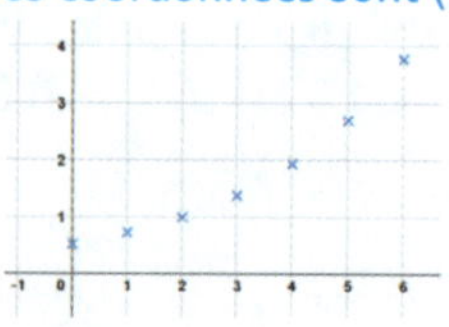

B Représentation graphique d'une suite géométrique avec un tableur

- On considère la suite géométrique (u_n) de premier terme $u_0 = 4$ et de raison $q = 0,6$.
- Pour représenter les huit premiers termes de la suite (u_n) avec un tableur :

– on doit calculer les termes de la suite (u_n) pour $n = 0$ à $n = 7$ pour obtenir les huit premiers termes ;
– on sélectionne les deux colonnes des valeurs de n et de u_n ;
– on choisit le menu « Insertion » puis « Nuage de points » ;
– on obtient le nuage de points :

	A	B
1	n	u_n
2	0	4
3	1	2,4
4	2	1,44
5	3	0,864
6	4	0,5184
7	5	0,31104
8	6	0,186624
9	7	0,1119744

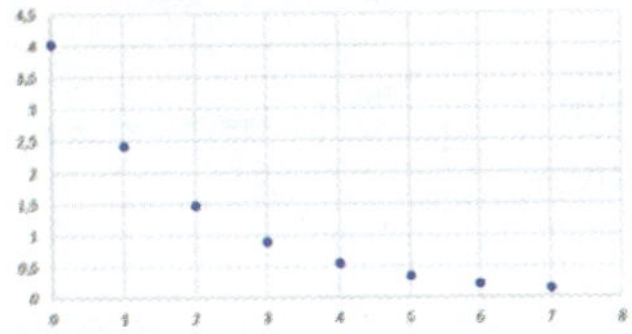

5 Fonctions exponentielles

A Définition de a^x

Soit a un réel strictement positif.
La fonction f définie sur $[0 ; +\infty[$ par $f(x) = a^x$ est appelée fonction exponentielle de base a.
Cette fonction est le prolongement à tout nombre réel x positif de la suite géométrique (u_n) de premier terme $u_0 = 1$ et de raison a, définie pour tout entier naturel n par $u_n = a^n$.

Remarques :

- Pour tout réel $a > 0$ et tout réel $x \geqslant 0$, on a $a^x > 0$.
- Les valeurs de a^x se calculent en général avec la calculatrice.

B Propriétés algébriques

Pour tout réel $a > 0$, $a^0 = 1$.
Pour tous réels x et y avec $x \geqslant y \geqslant 0$, on a :

$$a^x \times a^y = a^{x+y} \qquad \frac{a^x}{a^y} = a^{x-y} \qquad (a^x)^y = a^{xy}$$

C Représentation graphique

Propriété
Soit a un réel strictement positif.
La courbe représentative de la fonction f définie pour tout réel positif x par : $f(x) = a^x$ dépend de la valeur du réel a.

Exemples :

$f(x) = 1,6^x$
$f(x) = 1^x$
$f(x) = 0,3^x$

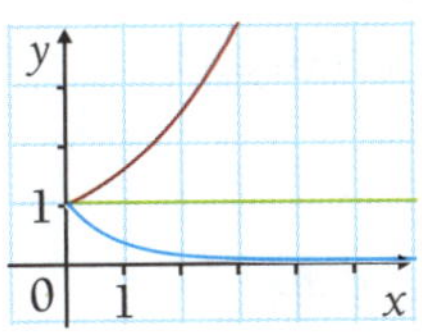

$a = 1,6$ $y = a^x$
$a = 1$ $y = a^x$
$a = 0,3$ $y = a^x$

6 Variation des fonctions exponentielles

Sens de variation des fonctions exponentielles

Propriété 1

Soit a un réel tel que $a > 0$.

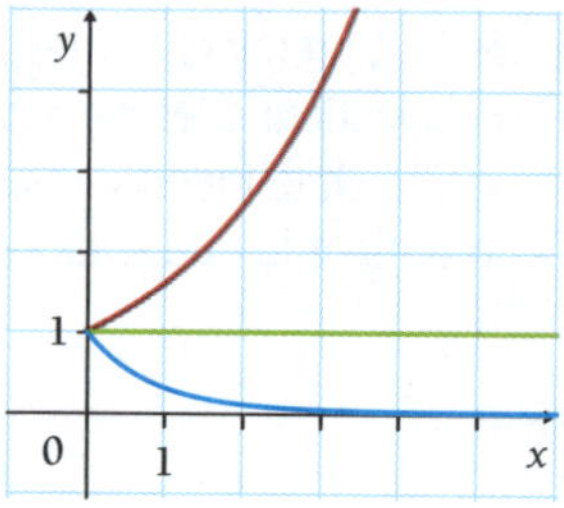

- Si $a > 1$, alors la fonction définie pour tout réel positif x par $f(x) = a^x$ est **strictement croissante** sur $[0\,;+\infty[$.
- Si $0 < a < 1$, alors la fonction définie pour tout réel positif x par $f(x) = a^x$ est **strictement décroissante** sur $[0\,;+\infty[$.
- Si $a = 1$, alors la fonction définie pour tout réel positif x par $f(x) = 1^x = 1$ est **constante** sur $[0\,;+\infty[$ (f est à la fois croissante et décroissante).

Propriété 2

Soit k un réel non nul.

- Si $k > 0$ alors les fonctions f et g définies pour tout réel $x \geq 0$ par $f(x) = a^x$ et $g(x) = ka^x$ ont le même sens de variation.
- Si $k < 0$ alors les fonctions f et g définies pour tout réel $x \geq 0$ par $f(x) = a^x$ et $g(x) = ka^x$ ont des sens de variation contraires.

Flashez et retrouvez la totalité des cours ici :

- Modéliser par une suite géométrique
- Tracer une fonction exponentielle à la calculatrice
- Déterminer un seuil
- Notation $a^{\frac{1}{n}}$
- Modéliser par une fonction exponentielle
- Évolutions successives
- Taux d'évolution moyen

5 Variation instantannée

1 Tangente à une courbe en un point

A Sécante à une courbe en deux points

Définition

Soit f une fonction définie sur un intervalle I, et de courbe représentative $\mathscr{C}_f$.
La droite passant par deux points distincts A et B de la courbe $\mathscr{C}_f$ est appelée sécante à la courbe représentative de f en $\text{A}(a\,;f(a))$ et $\text{B}(b\,;f(b))$.

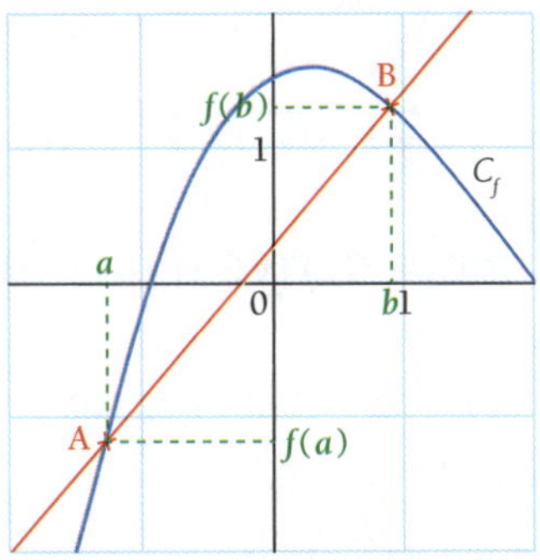

Le coefficient directeur de cette sécante est le quotient :

$$\frac{y_B - y_A}{x_B - x_A} = \frac{y_A - y_B}{x_A - x_B} = \frac{f(b) - f(a)}{b - a}.$$

Remarques :

- Le coefficient directeur s'appelle aussi la pente de la droite (AB).
- En physique par exemple, si $y = f(x)$, on utilise la notation $\frac{\Delta y}{\Delta x} = \frac{f(b) - f(a)}{b - a}$.

B Tangente à une courbe en un point

Définition

Soient f une fonction définie sur un intervalle I et $\mathscr{C}_f$ sa courbe représentative.
Soient $\text{A}(a\,;f(a))$ un point de $\mathscr{C}_f$ et $\text{M}(x\,;f(x))$ un point mobile de $\mathscr{C}_f$.
Lorsque M se rapproche de plus en plus de A, les sécantes (AM) tendent vers une position limite.
La droite T obtenue lors de cette position limite, est appelée tangente à la courbe $\mathscr{C}_f$ en A.

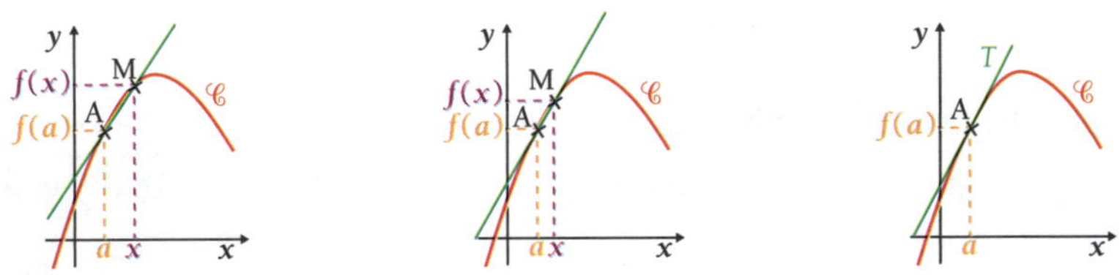

MATHS

2 Nombre dérivé d'une fonction

A Définition

Soient f une fonction définie sur un intervalle I et $\mathscr{C}_f$ sa courbe représentative.
Soient $A(a\,;f(a))$ un point de $\mathscr{C}_f$. Soit T la tangente à la courbe $\mathscr{C}_f$ en A.
Le coefficient directeur de la tangente T au point A d'abscisse a est appelé nombre dérivé de f en a. Il est noté $f'(a)$.

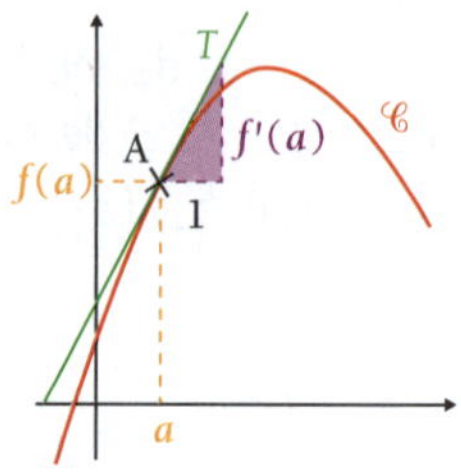

B Interprétation du nombre dérivé d'une fonction

Définition

Soit T la tangente au point $A(a\,;f(a))$ d'une courbe $\mathscr{C}_f$ représentative d'une fonction f.

- La tangente T « monte » équivaut à $f'(a)>0$.
- La tangente T « descend » équivaut à $f'(a)<0$.

Flashez et retrouvez la totalité des cours ici :

- Calculer un nombre dérivé à la calculatrice
- Tracer une tangente à la calculatrice
- Utilisation du nombre dérivé

6 Variation globale

1 Fonction dérivée d'une fonction f

A Définition

Soit f une fonction définie sur un intervalle I qui admet un nombre dérivé $f'(x)$ en tout réel x de I.
On appelle fonction dérivée de f sur I, notée f', la fonction définie sur I par :

$$f' : x \mapsto f'(x).$$

B Fonction dérivée des fonctions de référence

Propriété

Les fonctions dérivées des fonctions de référence définies sur $\mathbb{R}$ sont les suivantes.

Fonction f	Fonction dérivée f'
Fonction constante : $f(x) = k$ avec k réel	$f'(x) = 0$
Fonction identité : $f(x) = x$	$f'(x) = 1$
Fonction carré : $f(x) = x^2$	$f'(x) = 2x$
Fonction cube : $f(x) = x^3$	$f'(x) = 3x^2$

Exemple : Soit f la fonction carré définie pour tout réel x par :

$$f(x) = x^2.$$

Soit $A(2\,;f(2))$ un point de la courbe représentative de la fonction f.
On a alors : $A(2\,;2^2)$ soit $A(2\,;4)$.
On veut calculer le coefficient directeur de la tangente à la courbe représentative de la fonction f au point A.
La fonction dérivée de la fonction f est définie pour tout réel x par :

$$f'(x) = 2x.$$

On a donc : $f'(2) = 2 \times 2 = 4$.
Le nombre dérivé $f'(2) = 4$ est le coefficient directeur de la tangente à la courbe représentative de la fonction f au point A.

2 Opérations sur les fonctions dérivées

Propriété

Soient u et v deux fonctions qui admettent une fonction dérivée sur un intervalle I.

- La fonction $u+v$ admet une fonction dérivée sur I et :

$$(u+v)' = u' + v'.$$

- Soit k un réel. La fonction $k \times u$ admet une fonction dérivée sur I et :

$$(k \times u)' = k \times u'.$$

Exemples :

• On considère la fonction f définie pour tout réel x par :

$$f(x)=x^2+x.$$

On a pour tout réel x :

$$f(x)=u(x)+v(x) \text{ avec } u(x)=x^2 \text{ et } v(x)=x.$$

On sait que pour tout réel x :

$$u'(x)=2x \text{ et } v'(x)=1.$$

La fonction f admet une fonction dérivée et on a pour tout réel x :

$$f'(x)=u'(x)+v'(x)=2x+1.$$

• On considère la fonction f définie pour tout réel x par $f(x)=6x$.
On a pour tout réel x :

$$f(x)=6\times u(x) \text{ avec } u(x)=x.$$

On sait que pour tout réel x : $u'(x)=1$.
La fonction f admet une fonction dérivée et on a pour tout réel x :

$$f'(x)=6\times u'(x)=6\times 1=6.$$

Flashez et retrouvez la totalité des cours ici :

- Dérivée des polynômes de degré inférieur ou égal à 3
- Calculer une fonction dérivée avec un logiciel de calcul formel
- Signe de la dérivée et sens de variation
- Extremums d'une fonction

PAPIER À BASE DE FIBRES CERTIFIÉES

hachette s'engage pour l'environnement en réduisant l'empreinte carbone de ses livres. Celle de cet exemplaire est de : 2,1 Kg éq. CO_2 Rendez-vous sur www.hachette-durable.fr

Achevé d'imprimer en juin 2023 en Espagne par Macrolibros
Dépôt légal : juillet 2023 - Édition 01